HEYNE <

W0377681

Das Buch

Der geheimnisvolle Wick ist einer der mächtigsten Drachenkrieger des Nightfury-Clans. Zuverlässig und furchtlos ist er eine unverzichtbare Stütze für seine Brüder. Dennoch ist er in seinem Clan ein Außenseiter. Gequält von einer dunklen Vergangenheit verschließt sich Wick jeder Form von Beziehung und gilt als wortkarg und ruppig. Als er bei einer Mission der schönen J.J. Solares das Leben rettet, ist er zunächst fest entschlossen, sie auf Abstand zu halten, obwohl er sich sofort unwiderstehlich von ihr angezogen fühlt. Schließlich kann es nur ein böses Ende nehmen, wenn einer wie er sich auf die Liebe einlässt, oder? Aber auch J.J. spürt, dass zwischen ihr und dem sexy Drachenkrieger eine magische Verbindung besteht. J.J. kann Wicks Seelenqualen verstehen, denn auch sie selbst hat mit den Geistern ihrer Vergangenheit zu kämpfen. Langsam gelingt es J.J., Wicks Mauern zu durchbrechen, und zum ersten Mal in ihrem Leben erfahren die beiden, was es bedeutet zu lieben und geliebt zu werden. Doch dann gerät Wick im Kampf gegen den feindlichen Drachenclan der Razorback in tödliche Gefahr …

Die FEUER-Serie:

Erster Roman: Tödliches Verlangen
Zweiter Roman: Verborgene Sehnsucht
Dritter Roman: Gefährliche Begierde
Vierter Roman: Verhängnisvolle Liebe

Die Autorin

Coreene Callahan arbeitete nach ihrem Psychologiestudium zunächst als Innenarchitektin, bevor sie beschloss, sich ausschließlich ihrer großen Liebe zu widmen: dem Schreiben. Sie lebt mit ihrer Familie in Kanada.

Weitere Informationen zu Autorin und Werk erhalten Sie unter:
www.coreenecallahan.com

www.twitter.com/HeyneFantasySF
@HeyneFantasySF

www.heyne-fantastisch.de

COREENE CALLAHAN

FEUER

Verhängnisvolle Liebe

Roman

WILHELM HEYNE VERLAG
MÜNCHEN

Titel der amerikanischen Originalausgabe:
FURY OF DESIRE
Deutsche Übersetzung von Ingrid Klein

MIX
Papier aus verantwortungsvollen Quellen
FSC® C014496
FSC
www.fsc.org

Verlagsgruppe Random House FSC® N001967
Das für dieses Buch verwendete FSC®-zertifizierte
Papier *Holmen Book Cream* liefert
Holmen Paper, Hallstavik, Schweden.

Deutsche Erstausgabe 10/2014
Redaktion: Uta Dahnke
Copyright © 2013 by Coreene Callahan
Copyright © 2014 der deutschsprachigen Ausgabe by
Wilhelm Heyne Verlag, München,
in der Verlagsgruppe Random House GmbH
Printed in Germany 2014
Umschlaggestaltung: Nele Schütz Design, München,
unter Verwendung von shutterstock/Halay Alex
Satz: KompetenzCenter, Mönchengladbach
Druck und Bindung: GGP Media GmbH, Pößneck

ISBN: 978-3-453-31590-7

Für meine Leser, die so geduldig auf Wicks Geschichte gewartet haben. Hier ist sie endlich.

1

Im Hauptquartier war es ruhig … ausnahmsweise, verdammt noch mal.

Die Kampfstiefel breitbeinig auf den Boden gepflanzt, den Arm voller Baupläne, verharrte Wick unter dem holzverkleideten Torbogen zwischen der Küche und dem Esszimmer. Mit geschärften Sinnen horchte er angestrengt. Nichts. Kein Gelächter. Keine polternden männlichen Stimmen, keine Pfiffe, kein gutmütiges Frotzeln waren zu hören. Er spähte nach links in den kurzen Gang, der um den steinernen Kamin in das Wohnzimmer führte. Der große Plasmabildschirm war dunkel. Irgendwelches Klackern von Billardkugeln war auch nicht zu vernehmen. So gut wie überhaupt kein Geräusch, nur das leise Knistern der Flammen in dem riesigen Kamin, aus dem der Geruch von brennendem Holz zu ihm drang.

Nichts und niemand.

Spitze. Es war amtlich.

Ruhe war eingekehrt und damit das beruhigende Wissen, dass er jetzt reichlich Zeit für sich allein vor sich hatte. Jedenfalls für die nächsten paar Stunden, innerhalb dieser wunderbaren Ruhephase, wenn der späte Vormittag in den frühen Nachmittag überging.

Danach würde die Hölle losbrechen. Aber bis seine Waffenbrüder aus den Federn krochen und sich bereitmachten für den Tag, hatte er Black Diamond – das Quartier, das er mit den anderen Drachenkriegern teilte – ganz für sich allein. Gott sei Dank. Er brauchte den Frieden und die Stille. Etwas Ruhe und Erholung könnte er auch vertragen, um die radikalen Veränderungen innerhalb des Nightfury-Clans im Verlauf der letzten Monate zu verkraften. Das Hauptquartier war früher ein Rückzugsort gewesen, eine Zuflucht, wenn sie mal wieder eine Nacht gegen die Razorback-Arschlöcher, die er Feinde nannte, gekämpft hatten.

Zu dumm, dass alle guten Dinge ein Ende hatten.

Ein Paradebeispiel gefällig? Die weibliche Invasion.

Himmelherrgott, verdammt noch mal, das war schlicht Wahnsinn hoch zwei. Wer hätte gedacht, dass drei Menschenfrauen eine derartige Unruhe verbreiteten? Oder Männern so leicht den Kopf verdrehten? Er jedenfalls nicht. Andererseits, was zum Teufel wusste er schon? Wick ging Frauen in der Regel weiträumig aus dem Weg. Er wusste nie, was er sagen oder wie er sich verhalten sollte in ihrer Nähe. Und nachdem er den Zirkus beobachtet hatte, den seine Kumpels veranstaltet hatten während der letzten paar Monate, und den man nur IRRSINN nennen konnte, wusste er, dass seine Strategie schlichtweg brillant war.

Weiblichen Wesen aus dem Weg zu gehen – ganz besonders solchen mit hoher Energie – war die bessere Lösung. Eine notwendige Maßnahme, die man auch Selbstschutz im weitesten Sinne nennen konnte … egal. Auf keinen Fall würde er wie seine Brüder enden: eng verbunden und auf bedauernswerte Weise entmündigt, während ihre Partnerinnen sie bewachten und den Ton angaben.

Wick stampfte über den Holzdielenboden zu dem Tisch, der die Mitte des Raums einnahm. Das polierte Mahagoniholz des Tisches glänzte unter dem Kronleuchter aus Kristall. Es war ein hübsches Möbelstück, französisch, achtzehntes Jahrhundert, aus einem eleganten Palais in Paris entwendet. Wie es hier gelandet war, quasi am anderen Ende der Welt, nur zwanzig Minuten von der Innenstadt Seattles entfernt, war kein Geheimnis.

Daimler. Der Numbai, der Mann für alle schwierigen Fälle der Nightfury, hatte einen guten Geschmack, was er regelmäßig unter Beweis stellte.

Was perfekt war. Eine echte Besser-geht's-nicht-Nummer.

Ohne Daimlers Hilfe wäre Wick nie und nimmer zu seiner Kunstsammlung gekommen, ganz zu schweigen von der Landschaft von Gauguin, die über dem Kaminsims hing. Seine stete Niedergeschlagenheit ließ nach, als er das Gemälde studierte. Wirbelnde Farben. Präzise Linien, die sich verbanden. Kühne Pinselstriche und Ausgewogenheit bestimmten das Bild, vervollständigten das Ganze – Kunst, durchtränkt von Geschichte, einfach rundherum wohltuend.

Beste Erzählkunst, von der Hand eines Meisters.

Wick legte die dicken Rollen auf den Tisch und riss sich von dem Gemälde los. Später. Er würde noch Zeit genug haben, seine Schlafzimmertür zu verschließen und seiner Leidenschaft zu frönen, aber … *später.* Die gegenwärtige Situation verlangte, dass er handelte und sich nicht in Tagträumen verlor.

Mit einer schnellen Handbewegung zog er das Gummiband von der ersten Rolle ab und breitete die Blaupause auf der polierten Tischplatte aus. Er runzelte die Stirn. Das war die falsche. Zuerst brauchte er den Gebäudegrundriss, keinen Plan der Elektro- und Rohrleitungen. Er griff zum nächsten Plan und wiederholte die Prozedur, breitete jede Rolle aus, bis der Tisch unter dem schweren Papier verschwand und …

Verdammt. Hätte er sich auch gleich denken können. Die letzte Rolle enthielt die Information, die er suchte, nämlich den aktuellen Bauplan. Nicht, dass er diese ganzen Informationen brauchte, um in eine derartige Einrichtung der Menschen einzubrechen – Swedish Medical war ein Krankenhaus wie jedes andere –, aber Gründlichkeit war die beste Vorbereitung, und egal was der Rest der Krieger dachte, Wick war immer vorbereitet.

Er nahm es den Nightfury nicht übel, dass sie ihn dennoch für eine tickende Zeitbombe hielten. Wick wusste, dass seine *Fick-dich*-Attitüde schuld an dieser Einschätzung war. Wahrscheinlich sollte er mal was dagegen tun … Schritte unternehmen, seinen Ruf aufzupolieren und seinen Waffenbrüdern zu versichern, dass er nicht unter einem Todeswunsch litt. Das Problem? Jemanden vollzulabern war nie sein Ding gewesen. Etwas rücksichtslos, schnell und sauber durchzuziehen schon eher. Die anderen Krieger würden ihm entweder folgen. Oder nicht.

Das lag ganz bei ihnen.

Wick legte die Stirn in Falten angesichts der Zeichnung vor ihm, verfolgte mit seiner Fingerspitze einen der eingezeichneten Krankenhausflure. Mit einem »Hm« blätterte er eine Seite zurück. Das Dach des Gebäudes wurde sichtbar. Versehen mit einem Landeplatz für Rettungshubschrauber, war das Dach die beste Wahl. Auf einer offenen Fläche zu landen wäre nicht nur nützlich, sondern auch bequemer. Je mehr Platz er hatte, um heranzufliegen, zu landen und seine

Drachenflügel anzulegen, desto besser. Zu wenig Platz konnte er nun mal nicht leiden. Beengtheit – allein der Gedanke daran – erzeugte ihm eine Gänsehaut, und …

Wick unterdrückte einen Schauder und verdrängte die Erinnerung, stopfte sie in das schwarze Loch in seinem Hinterkopf. Sich zu erinnern war nie eine gute Idee. Die Vergangenheit war *Vergangenheit*. Es hatte keinen Sinn, sie wieder auszukramen und Dinge aufleben zu lassen, die man am besten ruhen ließ.

Wick konzentrierte sich wieder auf die von Menschen angefertigte Bauzeichnung und plante den Kurs, merkte sich den Grundriss, überlegte, welches der brauchbarste Weg durch die labyrinthischen Korridore des Krankenhauses war. Sein Ziel war die Intensivstation. Oder vielmehr die verletzte Frau, die momentan bewusstlos in der Abteilung für Schwerverletzte lag.

Jamison Jordan Solares.

Wick verzog leicht den Mund. *Jamison.* Seltsamer Name für eine Frau, aber irgendwie gefiel er ihm.

»Jamison«, murmelte er, sprach ihn Silbe für Silbe aus, prüfte den Klang.

Hmm. Ihr Name hörte sich gut an, kam ihm leicht über die Lippen, flatterte durch die Stille, gab seiner selbstgewählten Einsamkeit etwas Würze. Wick schüttelte den Kopf, aus seiner Freude wurde Selbstironie. Ihr Name spielte keine Rolle. Genauso wenig wie sie, jedenfalls für ihn. Seine Aufgabe beschränkte sich darauf, sie aus der Intensivstation zu entführen, sicher ins Hauptquartier zu schaffen und Mac zu übergeben. Und das alles, um dem neuesten Mitglied des Nightfury-Clans eine Schuld zurückzuzahlen.

Die meisten Männer hätten wohl »vergiss es« gesagt. Hätten sich darüber hinweggesetzt, dass man eine Schuld begleicht.

Er nicht.

Mac hatte Venom das Leben gerettet, einem Mann, den Wick mehr als alle anderen schätzte. Ohne ihn …

Wicks Kehle verengte sich. Mist. Er wollte nicht über *was wäre, wenn* nachdenken. Venom war sein bester Freund, der einzige Mann, der ihn so, wie er war, akzeptierte, sein Retter in mehr als einer Hinsicht. Und ob es ihm gefiel oder nicht, ein derart großes Geschenk nahm man nicht einfach so hin. Es war für ihn eine Frage der Ehre, zum Dank etwas Gleichwertiges anzubieten, sodass … Keine Frage. Er würde die Schuld begleichen, indem er dem neuesten Mitglied seiner Gruppe auch ein Geschenk machte: Er würde ihm bringen, was die von Mac erwählte Frau sich wünschte und dringender brauchte als alles andere: ihre jüngere Schwester, sicher und gesund zurück im Schoß der Familie.

Das Knifflige daran war, wie er die schwer verletzte Jamison aus dieser Einrichtung der Menschen herausschaffen konnte, ohne dass die Arschlöcher, die sie bewachten, es merkten. Eine Herausforderung. Endlich. Etwas Kompliziertes, was eine solide Planung und einiges an Dreistigkeit erforderte. Wick summte, und seine Vorfreude stieg, als er sein Handgelenk drehte und auf seine MTM-Militär-Armbanduhr sah.

Noch sieben Stunden bis zum Sonnenuntergang.

Sein Mund verzog sich. Scheiße, aber er konnte es wirklich kaum erwarten, dass die Nacht anbrach. Sie aus dem Krankenhaus zu entführen und gleichzeitig einen Haufen ahnungsloser Menschen auszutricksen versprach, ein echter Spaß zu werden.

Venom stand im Esszimmer von Black Diamond und sah seinem besten Freund beim Schlafen zu. Wick hatte sich auf einen Lehnstuhl gefläzt und war über dem Tisch zusammengesunken. Unter seinen angewinkelten Ellbogen lag zerknittertes Papier, die Wangen ruhten auf den Unterarmen, und sein dunkles Haar glänzte im schwachen Licht. Der Tisch war übersät mit Bauplänen voller Eselsohren. Organisiertes Chaos. Das war mal wieder typisch. Wohin Wick auch ging, hinterließ er ein Durcheinander. Wie es aussah, hatte sich der Mann stundenlang mit den Plänen beschäftigt und Gott weiß was recherchiert.

Aber warum Wick hier war – hier im Esszimmer statt im Bett in seinem üblicherweise abgeschlossenen Schlafzimmer –, war ein Rätsel.

Stirnrunzelnd überflog Venom das Durcheinander erneut, bis sein Blick schließlich am schreibbereiten Stift zwischen den schlaffen Fingern seines Freundes hängen blieb. Er schüttelte den Kopf. Sehr seltsam. Er konnte sich nicht erinnern, wann er Wick das letzte Mal mit geschlossenen Augen gesehen hatte.

Oder so entspannt.

Was nicht wirklich überraschte. Wick war ganz besonders auf Verteidigung bedacht, war immer auf der Hut. Er gehörte zu den Männern, die den allermeisten misstrauten und nur äußerst selten so etwas wie Schwäche zeigten. Aber es war durchaus schon vorgekommen. Wie er Forge und Mac aus dem Abseits in ihren Clan geholt hatte, war ein Paradebeispiel für Wicks Bereitschaft, sich in die Schusslinie zu begeben. Doch wenn so etwas vorkam, waren seine Augen immer weit geöffnet, war sein Blick wachsam und argwöhnisch, war er mit seinem Körper, seinen Fäusten eine einzige tödliche Ladung in Bereitschaft.

Nicht, dass Venom ihm vorwarf, so vorsichtig zu sein.

Alle Nightfury waren es in einem gewissen Ausmaß. Das lag am Krieg, der veränderte einen Mann nun mal. Machte ihn misstrauisch Außenstehenden gegenüber und sorgte dafür, dass er immer und ständig mit Hinterhalten und Feinden rechnete. So musste es auch sein …

Jedenfalls außerhalb des Hauptquartiers.

Aber innerhalb desselben? Black Diamond diente ihnen als Zufluchtsort, war ein Ort des Trostes und der gegenseitigen Akzeptanz, der Sicherheit und des Vergnügens, wo die Nightfury-Krieger loslassen und sie selbst sein konnten. Die Tatsache, dass Wick es nicht konnte – sich nirgends wohlfühlte –, machte Venom ziemlich zu schaffen. Kein Mann sollte derart isoliert leben. Insbesondere kein geschätztes Mitglied eines Clans der Drachenblütigen.

Zu dumm, dass alte Gewohnheiten schwer abzuschütteln waren. Misstrauen war ein tückisches Luder, hielt Wick im selbstgewählten Gefängnis fest.

Keine Stahlstäbe oder Stacheldraht. Auch keine Wärter. Trotzdem war der Mann gefangen, grausame Erfahrung und vergangener Schmerz hatten ihn fest im Griff.

Den Blick auf seinen besten Freund geheftet, schluckte Venom den bitteren Geschmack der Enttäuschung herunter. Es war einfach zu viel Scheißdreck. Egal was er auch anstellte – oder wie sehr er es versuchte –, er konnte ihm nicht helfen. Oder es ihm erleichtern. Nicht, wenn Wick weiterhin so auf Distanz blieb.

Er war zwar immer anwesend, mit ihm zusammen, aber nicht wirklich.

Dieser Zustand war ein Dauerthema zwischen ihnen. Eins, das Venom quälte. Es wurde schlimmer. Die gefühlsmäßige Kluft zwischen ihnen wuchs von Tag zu Tag. Er spürte die Distanz, die zunehmende Entfremdung dieses Mannes, der total auf dem Rückzug war. Wick würde nur eine Augenbraue heben und ihm eine Abfuhr erteilen. Ihm sagen, dass er sich das einbildete, dass das Hauptquartier jetzt, zusätzlich von den drei Frauen bevölkert, ein belebterer Ort sei und er seine Ruhe brauche, Schluss aus. Aber Venom glaubte das nicht.

Etwas hatte sich geändert in den vergangenen Tagen.

Sein Freund stieß ihn zurück, errichtete psychologische Barrieren und emotionale Blockaden. Das war genau der Mist, an dem er seit Jahren mit Wick gearbeitet hatte, wovon er ihn zu befreien versucht hatte. Ein Rückschlag? Und ob. Einer der nervte? Absolut. Besonders, da sich Venom einsam fühlte. Verlassen und allein auf weiter Flur ohne das gewohnte und schützende Sicherheitsnetz. So hatte er sich nicht mehr gefühlt, seit er das Halsband von Wicks Hals gerissen, ihn aus dem Käfig gezerrt und aus dem Dreckloch gezogen hatte vor all den Jahren.

Die Geschichte sollte keine Rolle spielen, aber irgendwie tat sie es doch. Dass Wick ihn ausschloss – sich weigerte, mit ihm darüber zu reden, was ihn umtrieb –, fühlte sich wie Vertrauensbruch an. Wie ein Tritt in die Eier. Wie Exil ohne die Möglichzeit zur …

Venom biss die Zähne zusammen. Verdammt, nach allem,

was sie erlebt hatten, verdiente er Besseres von Wick. Und zwar … was? Einbezogen zu werden. Informiert zu werden. Vertrauen von einem Mann zu erhalten, der hundertprozentig seins hatte. Also … Genau. Es ging wieder von vorn los. Er war wieder auf das Karussell aufgesprungen, dessen Hauptantrieb Kummer war. Das sich endlos mit Lichtgeschwindigkeit drehte, ab und zu aufgehalten durch die Einsicht »wir haben's vermasselt«, sie aber beide im Prinzip in gefährliche Richtungen katapultierte.

Seufzend lockerte er die Schultern und setzte sich in Bewegung, ging zum Ende des Tisches. Zeit für eine Abrechnung. Zeit, dem sturen Mistkerl, den er seinen besten Freund nannte, eine zu verpassen und ihm die Leviten zu lesen. Oder ihm einen Arschtritt zu geben, damit er zur Vernunft kam.

Beides war Venom gleich lieb.

Keiner kämpfte schließlich so gemein wie Wick. Toller Plan, in jeder Hinsicht. Die Sache bedeutete nämlich, zwei Fliegen mit einer Klappe zu schlagen: Er würde den Kampf bekommen, nach dem er sich sehnte, während er gleichzeitig zur Sache kam. Und Wick? Die Prügelei würde seinen Freund genug entspannen, um sich mit ihm zu unterhalten, und ihm helfen, die Worte zu finden, die ihm immer so schwer über die Lippen kamen.

Geräuschlos ging Venom um die gepolsterten Stühle herum, die an der einen Tischseite aufgereiht waren. Wie Soldaten standen die Louis-XVI-Stühle an dem großen Mahagonitisch mit dem darüberhängenden Kronleuchter. Gedämpftes Licht brach sich in dem alten Kristall und warf alle Regenbogenfarben an die hohe Decke. Venom ignorierte sie und schlich zum Stuhl seines Freundes. Als er hinter ihm stand, schnellte seine Hand vor, und er schnippte gegen das Ohrläppchen seines Kumpels.

Wick erwachte knurrend und schoss hoch. Mit einem dumpfen Aufprall kam er auf die Füße, die großen Hände zu Fäusten geballt, wachsam, die goldenen Augen glühten. Mit dem Rücken zur Glastür trat Venom einen Schritt zurück und machte sich bereit für …

Mit einer schnellen Drehung schlug Wick zu. Venom wehrte den ersten Faustschlag ab, nicht aber den zweiten. Er grunzte, als Wick ihn traf, seine Deckung durchbrach und sein Gesicht rammte. Knöchel krachten gegen seinen Wangenknochen. Sein Kopf knickte nach hinten weg, ein gemeines Geräusch zerriss die Stille. Der Kronleuchter schwankte vor seinen Augen, und ein wirbelnder Schmerz fuhr ihm unter die Schädeldecke. Mit einem Knurren wich Venom nach links aus und verpasste seinem Freund einen kräftigten Kinnhaken.

Knack!

Getroffen. Genau auf den Punkt.

Wicks Kinn fuhr hoch, während sein Kopf nach hinten geschleudert wurde. Er taumelte zurück, geriet ins Rutschen. Venom fand sein Gleichgewicht wieder und ging erneut in Stellung, erwartete eine weitere Runde. Nur …

Dass sie nie kam.

Schweigen und Stille setzten stattdessen ein, als Wick sich den Schlaf aus den Augen rieb und innehielt, um die Lage zu peilen. Venom blinzelte, total überrascht. Seltsam. Ungewöhnlich in mehr als einer Weise. Und so ganz und gar nicht der übliche Stil seines Freundes. Wick zögerte nie, jemandem eine zu verpassen. Und Rückzug? Mann, das Wort hatte noch nie auf seinem Spielplan gestanden. Aber während eine Sekunde um die andere verging und Venom auf die nächste Attacke wartete, machte sein Freund genau das: Er trat den Rückzug an. Ließ die Hände sinken. Öffnete die Fäuste und nahm eine lockerere Haltung ein.

Wick strich sein zerknittertes Muskelshirt glatt und musterte ihn stirnrunzelnd. »Was zum Teufel ist los, Ven?«

»Klinge-linge-ling«, murmelte Venom und wusste nicht, was er von Wicks plötzlichem Verhaltenswandel halten sollte. War das etwas, was ihn beunruhigen sollte? Oder erfreuen? Venom hatte keinen Schimmer. Eins war jedenfalls sicher: Die Verhaltensänderung erforderte genaueste Beobachtung. »Der abendliche Weckruf.«

»Scheiße. Die Sonne geht unter.«

»Genau. Wir haben noch ungefähr eine Stunde.«

Wick spähte hinüber zur doppelten Glastür. Verdunkelt durch Zauber, wellte sich das Glas, wirkte wie laufendes Wasser und ließ keine tödlichen UV Strahlen durch. Immer das alte Lied. Die Fenster hatten ihren eigenen Willen. Was auch gut war. Kein Angehöriger des Drachenbluts konnte Tageslicht ertragen – er würde erblinden, wenn er dumm genug wäre, es zu versuchen –, sodass der magische Eingriff notwendig war, der den Zauber, der Black Diamond umgab, bewirkte. Der Vorteil? Dunkle Fenster tagsüber – Schutz in seiner reinsten Form –, die es ihm und seinen Kameraden ermöglichten, sich überall hinzubewegen, ohne befürchten zu müssen, von der Sonne gegrillt zu werden. Schon bald allerdings würde sich jede Scheibe erst aufhellen und nach und nach ganz klar werden, sodass das Mondlicht die oberirdischen Räume des Hauptquartiers durchfluten würde.

Wick knetete seine geprellten Fingerknöchel und ging zurück zum Tisch.

Venom folgte ihm, seine Neugier hatte die Oberhand gewonnen. Als er neben seinem Kumpel stehen blieb, wanderte sein Blick über den Stadtplan von Seattles Innenstadt, suchte nach dem Grund für Wicks Interesse. Die Überschrift einer der Blaupausen stach ihm ins Auge. Sieh mal einer an. War das nicht interessant? Wick … betrachtete die Baupläne eines Krankenhauses. Eine Ahnung – eine ganz vage – kam ihm. Venoms Mund verzog sich zu einem Lächeln, als sein Blick auf die Notizen fiel, die auf einen gelben Notizblock gekritzelt waren.

Sah aus wie eine Einkaufsliste. Eine, die weniger mit Fressalien als vielmehr mit tödlichen Dingen zu tun hatte.

Er warf Wick einen Seitenblick zu und hob fragend die Augenbrauen. »Erzählst du mir, worum es hier geht?«

»Um einen Gefängnisausbruch.«

»Tanias Schwester?«

Wick nickte, wortlos wie immer.

Venom runzelte die Stirn. »Was zum Teufel soll das, Mann?«

»Ich schulde es Mac.« Wick hielt seinem Blick stand, sah ihn mit ernster Miene an. »Er hat dein Leben gerettet. Dich beschützt, als ich es nicht konnte. Ich muss es ihm zurückzahlen.«

»Das ist meine Verpflichtung, nicht deine, also …«

»Quatsch. Du bist mein Freund … *meiner*.« Wick rollte seine Schultern, so als fühlte er sich unwohl in seiner eigenen Haut, und wandte den Blick ab. Er konzentrierte sich wieder auf den Berg von Papier. »Ich schulde ihm was, also bezahle ich.«

Wicks leises Murmeln zerriss Venom geradezu, verwirrte ihn. Es waren nicht so sehr die Worte, sondern die Wucht hinter ihnen: der Besitzanspruch in Wicks Tonfall, die Sorge und der Kummer, das unmissverständliche Bekenntnis zu ihrer Freundschaft. Dazu, dass sie sich gegenseitig brauchten. Zu dem unlösbaren Band der Blutsbrüderschaft. Und in diesem Moment kapierte er … verstand er, warum Wick ihn wegstieß, sich weigerte, ihn an sich heranzulassen.

Selbstschutz. Um nicht gefühlsmäßig kaputtzugehen. Wick hatte Angst, ihn zu verlieren.

Und das war kein Wunder. Die Nacht, in der er verletzt worden war, war nicht gerade schön gewesen. Die Razorback hatten ihn beinahe umgebracht, hatten ihn der Länge nach aufgeschlitzt. Nur Wicks schnelles Denken und schnelles Handeln hatten ihm das Leben gerettet. Myst – die Gefährtin des Nightfury-Kommandanten – hatte den Rest übernommen, ihn zusammengenäht, nachdem Wick ihn zurückgebracht hatte ins Hauptquartier. Aber es war knapp gewesen, hatte echt eine Weile auf Messers Schneide gestanden, und …

Mensch. Kein Zweifel. Er hatte seinen besten Freund zu Tode erschreckt, hatte den nie aus der Ruhe zu bringenden Wick ins Schleudern gebracht. Das war eine gute Theorie. Ergab eine Menge Sinn, auch wenn es ihn höllisch überraschte, weil … Gefühle bei Wick? Die Erkenntnis, dass sein Freund so tiefe Gefühle hatte? Absolutes Hirni-Gebiet.

»Hey, Wick?«

»Was?«

»Du weißt, dass ich dich liebe, richtig?«

»Fick dich.« Wick machte eine kleine Drehung und stieß ihn mit seiner Schulter an.

Venom fing an zu schwanken, musste aber grinsen. Die sanfte Kollision war so gut wie jeder kleine, liebevolle Schubs. Sicher, Wick mochte nicht in der Lage sein, seine Gefühle mit Worten auszudrücken, aber der Mann konnte sie zeigen. Was schließlich und endlich das war, was zählte.

»Also …« Venom verstummte und änderte die Richtung, brachte die Unterhaltung wieder auf ihren Ursprung zurück. »Wir haben's auf die Schwester abgesehen.«

»Jawohl.«

»Wir weihen Mac und Forge ein?«

»Und Sloan.« Wick schnappte sich den Stift vom Notizblock, beugte sich vor und stützte sich mit den Handflächen auf den Tisch. »Wir brauchen Rückendeckung. Sie ist verletzt.«

»Sie in Drachengestalt nach Hause zu fliegen fällt also aus.«

Wick nickte. »Mac und Forge werden uns einen Wagen für den Transport besorgen.«

»Warum keinen Krankenwagen nehmen?«

»Zu auffällig … Die Menschen werden den Diebstahl zu schnell spitzkriegen. Uns die Bullen auf den Hals hetzen.« Wick blickte mit schmalen Augen erneut auf den Stadtplan. »Zu riskant. Nein … wir transportieren sie in einem Geländewagen. Einem Kastenwagen vielleicht, kommt darauf an, ob wir eine Krankentrage brauchen oder nicht.«

»Und Sloan?«

»Krankenhauscomputer.« Wick tippte mit dem Stift auf den Notizblock. »Wir werden möglicherweise spontan irgendwelche Infos brauchen.«

»Und ganz sicher ihre medizinischen Berichte. Kopien

ihrer Röntgenaufnahmen, Untersuchungsergebnisse und weiß der Teufel noch was. Myst will sie bestimmt sehen.«

»Genau.«

Das Wort – und die Begeisterung dahinter – amüsierten Venom. Seine Lippen zuckten. Das hatte es ja noch nie gegeben. Die Begeisterung, klar, aber auch die Tatsache, dass Wick mit ihm redete. Endlich mal eine verdammte Abwechslung. »Du genießt das.«

»Nun komm schon, Ven«, sagte Wick, und das »na, logo« in seinem Tonfall war nicht zu überhören. Eine Sekunde später stieß er sich vom Tisch ab, den Schalk in den Augen. »Wie oft holen wir schon jemanden aus dem Knast?«

Venom schnaubte. Wie oft, fürwahr.

Wie ein Idiot grinsend, ließ er seiner eigenen Begeisterung freien Lauf. Und warum auch nicht? Mit Wick, der gut drauf war, versprach die Nacht prima zu werden. Verdammt, was hieß das *prima*. Gottverdammt *fantastisch* kam schon eher hin, bis auf …

Ein winzig kleines Problem.

»Also«, sagte er vorsichtig, tastete sich an das Thema heran. Wick würden seine Einwände nicht gefallen, aber Teufel noch eins, es war nicht zu ändern. Auf keinen Fall würden sie sich die Frau schnappen, ohne vorher ein paar Grundregeln festzulegen. Was bedeutete, dass er unter heftigen Beschuss geraten würde durch seinen besten Freund. »Wir müssen einen Boxenstopp einlegen, bevor wir das Krankenhaus entern.«

Wick zog die Brauen zusammen. »Wofür das denn?«

»Ich muss auftanken.« Venom holte tief Luft und wappnete sich für das Schlimmste. »Und du auch.«

Ein Knurren ertönte in der Stille. Wicks Anspannung war

so stark, dass seine Armmuskeln zuckten. Wick wandte den Blick ab, schüttelte den Kopf, dann trat er einen Schritt zurück.

»Wick…«

»Mir geht es gut.«

»Lüg mich nicht an.« Ein schneller Griff, und Venom verkrallte seine Hand in Wicks Shirt. Sein Freund wich zurück, suchte einen Fluchtweg. Verdammt noch mal. Wieder die alte Leier. Wick zu zwingen, sich zu nähren, begann und endete immer auf die gleiche Weise. Wick hasste es, berührt zu werden, und obgleich Venom die Panik verstand, die ihn umtrieb, konnte er Ausflüchte nicht gelten lassen. Der Mann musste sich von weiblicher Energie nähren, sich mit dem Meridian verbinden oder sterben. Um diese Tatsache kam er nicht herum. Um die Tatsache, dass ihresgleichen dazu verdammt war. Also hielt Venom fest, ließ Wicks Rückzug nicht zu. »Ich spüre, dass du nicht mehr genug Energie in dir hast. Du hast dich viel zu lange nicht genährt, du bist kurz davor, einen Heißhunger auf Energie zu entwickeln, zu gierig zu sein.«

»Ven…«

»Du kannst die Frau da nicht herausholen, wenn du hungrig bist. Tanias Energielevel ist hoch, was bedeutet, dass der ihrer Schwester wahrscheinlich auch hoch ist.« Venom setzte seinem besten Freund die Faust auf die Brust und knuffte ihn, hoffte, ihm etwas Verstand einzubläuen, dann ließ er ihn los. »Sie ist verletzt, Wick. Wenn du dich ihr in dieser Verfassung näherst… sie berührst, während du hungrig bist… Du könntest die Kontrolle verlieren, den Meridian anzapfen, ohne es zu wissen, und sie dabei töten. Eine höllische Art, es Mac zu vergelten, meinst du nicht auch?«

»Scheiße.«

Eine treffende Antwort mit einem unangenehmen Nachgeschmack. Und die Untertreibung des Jahrhunderts.

Aber egal wie sehr Wick sich dagegen sträubte, er würde das Richtige tun für seinen besten Freund. Leben oder sterben. Sich einlassen oder verlassen werden. Zwei Wahlmöglichkeiten, aber nur eine wirkliche Option. Venom würde für alles sorgen, was Wick brauchte, um weiterzuleben, oder bei dem Versuch sterben.

2

Jedes Mal, wenn sie wegdriftete, wachte Jamison Jordan Solares anschließend an einem anderen Ort auf. *Reise nach Jerusalem* für die Verletzten und unter Schlafentzug Leidenden. Nicht gerade tröstlich. Unvertraute Orte und fremde Menschen hatte sie noch nie gemocht. Und hier, umgeben von hellen Wänden, gedämpften, tiefen Stimmen und dem stechenden Geruch von Antiseptika, bekam *fremd* eine völlig neue Bedeutung. Sie kannte nichts und niemanden und wusste dennoch ganz genau, wo sie gelandet war.

Im Swedish Medical.

Oder genauer … in einem Krankenbett, das sich jetzt in gleichbleibendem Tempo über einen weiteren typischen Krankenhausflur bewegte. So eine schöne sanfte Fahrt. Zu dumm, dass sie der Fahrgast war.

Neonlampen strahlten über ihr. Sausten an ihr vorbei wie eine beleuchtete Landebahn in den endlosen Krankenhausfluren. Aber was wusste sie schon? Sie konnte sowieso nichts richtig erkennen. Nicht mit einem halb zugeschwollenen Auge und dem schmerzenden, dumpfen Pochen in ihrem Schädel. Ergänzt durch die vielen Stiche, Prellungen und … oh Gott. Sie hatte nicht die leiseste Möglichkeit, den Schmerz zu kontrollieren.

Oder sich vor dem zu retten, was als Nächstes kam.

J.J. versuchte es trotzdem, drehte ihr Gesicht weg, suchte

Zuflucht in ihrem Kissen, bemühte sich verzweifelt, dem grellen Licht auszuweichen und sich zu fassen. Keine Chance. Der Schmerz wurde stärker, ging ihr bis auf die Knochen und sorgte dafür, dass sich ihre Muskeln verkrampften. Sie drehte sich um auf der Matratze, aber … Pech gehabt. Bewegung half nicht. Verschlimmerte es eher noch, denn gemeinerweise kündigte sich jetzt zu allem Überfluss auch noch Übelkeit an. Sie hatte einen ekelhaften Geschmack im Mund. Verzweifelt versuchte sie zu schlucken, etwas Feuchtigkeit in ihren ausgetrockneten Mund und ihre wunde Kehle zu bekommen, und sie krallte die Fäuste in ihre Laken. Das Pflaster über der intravenösen Kanüle spannte sich und zerrte an der Injektionsnadel, die Flüssigkeit in ihre Vene ließ.

Eine weitere Welle Übelkeit erregender Qual überrollte sie. J.J. kämpfte gegen ihr heftiges Zittern an, verbiss sich ein Stöhnen und betete um Bewusstlosigkeit. Um Benommenheit. Um eine alles auslöschende, gnädige Ohnmacht. Sie kam nicht. Genauso wenig wie Erleichterung. Klar, war ja zu erwarten gewesen. Heftige Schmerzen waren nun mal die logische Folge, wenn man es überlebt hatte, von Daisy zusammengeschlagen beziehungsweise niedergestochen worden zu sein. Das verdiente einen Orden in vielerlei Hinsicht. Andere Häftlinge hatten nicht so viel Glück gehabt. Waren nicht mehr am Leben, um davon zu erzählen.

Sie wünschte nur, dass diese Ehre nicht so viele Prellungen, aufgerissene Haut und das Pochen eines gebrochenen Knöchels unter einem Gipsverband beinhaltete. Diese Verletzungen waren allerdings nichts im Vergleich zu den Stichwunden … mehreren Stichwunden. Eine hatte ihren rechten Unterarm aufgeschlitzt. Eine zweite begann am Schlüsselbein und reichte ihr bis zur Schulter. Während die dritte? Diese klaffende Wunde war echt der Hammer. Ein wahrer Beweis dafür, wie gut Daisy mit einer Klinge umzugehen wusste.

Ein Schauder lief ihr über den Rücken.

Meine Güte, es war wirklich knapp gewesen. Viel zu knapp. Hätte sie gezögert – wäre sie auch nur eine Millisekunde langsamer gewesen –, wäre sie jetzt tot. Hätte einen Stich ins Herz abbekommen. Würde jetzt in einem Autopsieraum liegen. Würde nicht mehr das Brennen der Messerwunde an ihrer rechten Seite spüren. So brutal wie die Frau, die sie ihr beigebracht hatte, verlief der Schnitt unter ihrer Brust quer über ihren Brustkorb. Eine schreckliche Verletzung, die sie Zentimeter für Zentimeter einer selbstgebastelten Stichwaffe verdankte, geführt von einer gemeingefährlichen Irren. Jetzt wurde sie von Nähten zusammengehalten, die kreuz und quer über ihre Haut verliefen und sowohl die Fähigkeiten des Chirurgen als auch ihren Lebenswillen bezeugten.

J.J. schloss die Augen und ließ sich fallen. Glück gehabt. Sie hatte unglaublich viel Glück gehabt.

Seltsam, es so zu betrachten. Zumal sie angegriffen worden war. Aber trotz der Stichwunden, der Prellungen und gebrochenen Knochen konnte sie nicht anders, als Dankbarkeit zu empfinden. Sie hatte überlebt. Es entgegen aller Wahrscheinlichkeit geschafft und war lebend davongekommen. Also Schluss mit dem Jammern. Scheiß auf die Umstände und die Schmerzen. Die Tatsache, dass sie überhaupt irgendetwas fühlte, war eine Gnade.

Ein unglaubliches Wunder, wenn sie in Betracht zog, wer ihren Tod gewollt hatte.

Officer Griggs. Der ganz spezielle Gefängniswärter. Nichts

anderes als ein Verbrecher mit einer Dienstmarke im Frauengefängnis des Staates Washington, das sie ihr Zuhause nannte.

Sie ignorierte den pulsierenden Schmerz und schüttelte den Kopf. Oh, was für eine Ironie. Viereinhalb Jahre Haft. Insgesamt vierundfünfzig Monate, ohne sich auch nur einmal am Papier geschnitten zu haben, und jetzt lag sie hier … zusammengeschlagen und ein einziges Schmerzbündel. Ein weiteres Opfer von Griggs hundsgemeinen Machtspielen.

Es war die reinste Besessenheit.

Wäre er in sie vernarrt gewesen, hätte J.J. ihm aus dem Weg gehen können. Ihn mit seinen eigenen Waffen schlagen können. Ihn reinlegen können. Ihn gnadenlos manipulieren können, um ihre eigene Haut zu retten. Aber leider war es nicht so einfach. War es nie, wenn ihre Schwester involviert war. Tania bedeutete ihr mehr als alles andere auf der Welt. War die einzige Person, die sie ihre Familie nannte und die ihr am Herzen lag, also … keine Frage. Von der Sekunde an, da Griggs sich auf Tania fixiert hatte – sie belästigte, wenn sie sie im Gefängnis besuchte, J.J. als Druckmittel benutzte, um Tania zu Sex mit ihm zu zwingen –, war er von einem x-beliebigen Gefängniswärter zum Feind Nummer eins geworden.

All das war jedoch kurz davor gewesen, sich zu ändern. Griggs hatte das gewusst. Genau wie sie und Tania.

Es begann und endete mit einer Sache … der Ankunft eines Briefes. Einem, der an das Gefängnis gerichtet war und vom Bewährungsausschuss kam. Man mochte es Karma nennen. Oder Glück. Oder eine Belohnung für gute Führung und abgeleistete Zeit. Aber wie auch immer man es bezeichnete, Hoffnung war die wichtigste Botschaft. J.J.s Kehle verengte sich. Mein Gott, Freiheit. Eine zweite Chance zu einem wirklichen Leben. Die Gelegenheit, etwas wiedergutzumachen, anderen zu helfen und irgendwie etwas zurückzugeben. Vielleicht sogar dafür zu sorgen, dass andere junge Frauen nicht die gleichen Fehler machten, die sie gemacht hatte.

Sie hätte nur einen Monat gebraucht.

Mickrige einunddreißig Tage, und danach hätten Freiheit und Sicherheit gewinkt. Aber oh nein, das war zu viel verlangt gewesen. Reine Luftschlösser mit dem Wiesel Griggs im Nacken. Dieser Betrüger schnüffelte zu gern herum, und sobald er den Brief in ihrer Akte entdeckt hatte? Abpfiff. Er war wie der Teufel hinter ihr her gewesen, hatte ihr Daisy und ihre Mannschaft auf den Hals gehetzt, um sie in der Bibliothek in die Enge zu treiben. Seine Überlegung war ganz simpel: Wenn er sie verletzte, verletzte er Tania. Eine exzellente Strategie … mit üblen Folgen. Solchen, die bei ihr offensichtlich waren – lebensbedrohende Verletzungen und jede Menge Schmerzen. Aber noch schlimmer, zumindest für sie? Niemand anders wusste um seinen Anteil an dem Angriff auf sie. Und sie konnte es nicht beweisen.

Daisy würde nicht reden. Als Lebenslängliche, die ihre Zeit absaß für einen dreifachen Mord, würde sie es unterm Deckel halten. Jegliche Kooperation zu verweigern war schließlich das A und O jedes Häftlings. Je weniger der Gefängnisdirektor und die Wärter wussten, desto besser. Was bedeutete, dass die Wahrheit über Griggs niemals herauskommen würde. Nicht, solange er seine Karten richtig ausspielte: Insassen Vergünstigungen versprach, diejenigen bedrohte, die nicht spurten, das System gnadenlos manipulierte. Und was bedeutete das für J.J.? Sie war geliefert, und zwar total.

Keine Beweise. Keine Glaubwürdigkeit. Kein Ausweg.

Vor vierundzwanzig Stunden hätte sie möglicherweise eine Chance gehabt. Aber du meine Güte, wie schnell sich ihr Glück gewendet hatte. J.J.s Kehle verengte sich, ihr tat die Brust weh. Es war nicht fair. Sie war so kurz vorm Ziel gewesen. So nah dran. Jetzt waren die Chancen, dass sie das Gefängnis als freie Frau verließ, gleich null. Kämpfe duldete der Direktor nicht. Inzwischen untersuchte er bestimmt schon den Vorfall und hatte J.J.s Termin beim Bewährungsausschuss auf Eis gelegt, während er versuchte herauszufinden, wer für den Zwischenfall verantwortlich war. Und ob Anklage erhoben werden sollte.

Und das alles, ohne dass J.J. da gewesen wäre, um sich zu verteidigen.

Vor Kummer und Schmerz brannten Tränen in ihren Augen. Und zu wissen, dass der Direktor kein Idiot war, half auch nicht. Logik und die Realität, die das Gefängnissystem antrieb, diktierten den Weg und erforderten ein gewisses Maß an Pragmatismus. Hoffnung war etwas, was sie sich nicht leisten konnte. Und Glück? Sie schnaubte. Genau. Das Glück war genauso launisch wie das Schicksal. J.J. hatte nie gewusst, wohin das eine oder das andere sie werfen würde – ob es etwas Gutes oder der ganz große Schlamassel werden würde.

Letzteres schien plausibler. Besonders nach dem, was sie getan hatte.

Mörder wurden nicht auf freien Fuß gesetzt. Die Gesellschaft glaubte an diesen Grundsatz und sie auch. Zweite Chancen bekamen andere Menschen, nicht sie. Niemals sie. Und als Reue sie packte und ihr Schuldbewusstsein wuchs, sah J.J. die Sinnlosigkeit ein. Wie sie es machte, war es verkehrt, so oder so. Ihr brutaler Freund hatte sie in diese Lage gebracht, sie gezwungen, zwischen ihrem und seinem Leben zu wählen. Ein Selbstläufer alles in allem. Der Selbsterhaltungstrieb war nicht verhandelbar und siegte am Ende immer. Das war die einfache Wahrheit. In dem Moment, als er ihr drohte, sie zu töten, wenn sie nicht bei ihm blieb, war es eine einfache Entscheidung, war der Weg klar …

Abdrücken. Ihn ausschalten oder selbst in einem Leichensack enden.

Unfair? Klar. Ein notwendiges Übel? Absolut. Ihr Fehler? Ohne Zweifel.

Sie hatte sich ihr eigenes Grab geschaufelt. Hatte eine falsche Entscheidung nach der anderen getroffen. Ihm viel zu schnell vertraut und sich auf einen gewalttätigen Mann eingelassen, der bereit war, seine Fäuste einzusetzen, um sie bei der Stange zu halten. Ihr Fehler. Ein schweres Päckchen, das sie tragen musste. Davon freigesprochen zu werden blieb in weiter Ferne. Gott würde ihr das nie verzeihen. J.J. machte ihm das nicht zum Vorwurf. Sie würde sich selbst das auch nie verzeihen, also …

Ein scharfer Knall ertönte über ihr.

Erschrocken zuckte J.J. zusammen. Ihre wunden Muskeln protestierten, stachen sie mit unsichtbaren Nadeln, als sie aufblickte. Sie sog die Luft ein. Ein anderer Typ. Nicht der ruhige Krankenwärter, der sie aus dem Aufwachraum gefahren hatte vor einer Weile. Sondern an seiner statt? Ein großer Fremder mit breiten Schultern und großen Händen, die er auf das Kopfende ihres Bettes stützte.

Umringt von schwarzem Eyeliner, blickten blaue Augen sie an. »Hey, Sie sind ja wach.«

Sie blinzelte. Ihr verletztes Auge protestierte und begann

zu tränen, während ein pochender Schmerz in ihrer Schläfe einsetzte. Sie kniff die Augen zusammen, zwang sich, genauer hinzusehen und … heiliger Strohsack! Ein Spinnennetz-Tattoo mit einer hässlichen roten Spinne in der Mitte prangte seitlich an seinem Hals. Ihr Blick fiel wieder auf seine gepiercte Nase. Der schwarze Metallknopf glitzerte unter dem Oberlicht und zwinkerte seinem Zwilling zu, der gleich darüber in der Augenbraue des Typen zu Hause war.

Ein ganzer Chor von »was zum Teufel« machte die Runde in ihrem Kopf.

»Ich weiß, ich weiß«, sagte er und klang genervt. Lange Ponyfransen, durchzogen von burgunderroten Strähnen, hingen ihm in die Stirn, ein hübscher Kontrast zu der Igelfrisur, die ansonsten seinen Kopf schmückte. »Ich sehe nicht aus wie ein Krankenpfleger, aber vertrauen Sie mir … ich bring Sie hier raus. Und auch schneller als schnell, keine Sorge.«

Ihm *vertrauen*? Einem Gothic-Typen mit verrücktem Spinnen-Tattoo? J.J. öffnete ihren Mund, um zu … tja, ehrlich gesagt, sie war sich nicht sicher. Vielleicht dem *Keine-Sorge*-Kommentar zu widersprechen? Oder ihn nach seinem Namen zu fragen? Leider gelang ihr weder das eine noch das andere. Ihr Gehirn war wie im Leerlauf, parkte irgendwo zwischen verwirrt und scharfsinnig. Das war absolut nicht lustig, aber genauso wenig hatte es oberste Priorität. Wenigstens im Moment nicht. Warum nicht? Weil der Gothic-Typ Geschwindigkeit aufnahm. Er schnalzte mit seinem Kaugummi und schob sie samt ihrem Krankenbett und allem um eine scharfe Kurve. Was … lieber Gott, hilf mir … zu einer Frage führte. Was um alles in der Welt meinte er mit »schneller als schnell«?

Alarmglocken schrillten in ihrem Kopf, summten in ihren Schläfen. Ihr Blick flackerte, verschwamm immer wieder. »W-wohin …?«

Er hob eine Augenbraue. »Wohin wir gehen?«

Schien eine wichtige Frage zu sein. Eine absolut lebensnotwendige, wenn man berücksichtige, dass er aussah wie ein Vampir. Oder wie ein Axtmörder. Andererseits sollte sie sich vielleicht die Kombipackung gönnen, sozusagen die Zwei-ineinem-Nummer, weil … Scheiße aber auch. *Vampir/Axtmörder* passte zu ihm wie angegossen.

Er öffnete den Mund, zweifellos, um die hochwichtige Antwort zu liefern.

»Keine w-weiteren Tests«, sagte sie und kam ihm damit zuvor. Sie würde keine weitere Runde mit einem Arzt aushalten. Kein weiteres Herumstochern, Abklopfen oder irgendwelche Spritzen. Nichts, was irgendetwas mit Untersuchung zu tun hatte. »Keine weiteren …«

»Nee, bei Ihnen ist alles okay. Die Computertomografie war die letzte.« Putzmunter beugte er sich mit seinem buschigen Pony über ihr Kopfende und grinste, sah lustig aus so kopfüber. »Der Arzt sagt, Sie haben Glück gehabt. Haben 'nen hübschen Schlag abbekommen, das ist mal sicher. Sie haben nur eine leichte Gehirnerschütterung.«

Nur. Was für ein idiotisches Wort. »Super.«

Ihre sarkastische Antwort brachte ihn zum Lachen. Eine Sekunde später blies er sein Kaugummi zu einer rosa Blase auf. »Wir müssen zwei Etagen nach oben. Ihr Zimmer ist fertig.«

Die Räder des Bettes rumsten über ein unebenes Stück des Flurs. Unbeeindruckt von Bodenschwellen, schob Grufti sie auf eine Doppeltür zu. Die Kollision war unvermeidlich, und J.J. wappnete sich für den Aufprall. Die Rollen ihres Bettes verkanteten sich, Stahl und Metall schepperten, die Matratze unter ihr vibrierte, und …

Mehr brauchte es nicht. Sie war mit ihren Nerven am Ende. J.J. unterdrückte ein Stöhnen. O Gott, tat das weh. Sie konnte einfach nicht mehr. Und während Schmerzen ihr ein giftiges Schlaflied sangen, nahm der Druck auf ihren Brustkorb zu, schnürte ihr die Luft ab und presste ihre Lungen zusammen, sodass ihr schlecht wurde. Keine gute Idee. Zu kotzen würde ihr wirklich nicht guttun und ihr erst recht keine Freunde verschaffen.

J.J. biss die Zähne zusammen und verkrallte beide Hände in das Laken. Die Infusionsnadel wurde hin und her gezerrt und zwickte sie, riss am Pflaster. Blut quoll hervor auf ihrem Handrücken, und der Schlauch, der sie mit dem medizinischen Cocktail verband, schlug gegen das Bettgitter.

Magensäure schwappte ihr in die Luftröhre.

Innerlich fluchend, schluckte J.J. die ätzende Säure herunter, öffnete ihre Fäuste und presste ihre Handflächen flach auf das Laken, um sich zu stabilisieren. Nach und nach hörte die Welt auf, sich zu drehen, sodass sie endlich wieder dringend benötigte Luft holen konnte. Die schwarzen Flecken vor ihren Augen verschwanden, und …

Der Gothic-Typ produzierte eine neue Kaugummiblase und ließ sie geräuschvoll platzen.

J.J. kämpfte gegen den Reflex an, sich zu übergeben, und dankte Gott, als der Typ langsamer wurde und sie vor einen Fahrstuhl rollte. Mit einem leisen Klingeln glitten die Türen auf. Die Räder quietschten, als er ihr Bett herumschwang und rückwärts in den Fahrstuhl fuhr. Er drückte mit der Faust auf den Knopf für die fünfte Etage. Mit einem leisen Plop schlossen sich die Türen. Der Boden gab nach und hob sich wieder, schleuderte sie förmlich nach oben. Ihr Magen gurgelte, mochte die Bewegung nicht. J.J. flüsterte ein aufrichtiges Gebet, bot Gott ihre Dienste in der Gefängniskirche an, sollte sie den Transport von einem Raum zum anderen überstehen, ohne kotzen zu müssen.

Ein wahrscheinlicher Ausgang? Wunschdenken? J.J. konnte es nicht sagen. Das letzte Wort war noch nicht gesprochen bei Grufti. Und man konnte es auch nicht in positivem Licht betrachten, weil …

Mann, veranstaltete er einen Lärm: knallte immer mit seinem Kaugummi, summte vor sich hin, verursachte ihr Kopfschmerzen, indem er ihr Kopfende als Trommel benutzte. Mit fliegenden Händen setzte er jetzt zu einer neuen Runde an, schlug einen Rhythmus, der garantiert jeden – ob verletzt oder nicht – laut hätte protestieren lassen.

Die Fahrstuhltüren glitten einladend auf. Der Gothic-Typ verstand den Hinweis und beeilte sich, den Flur zu betreten, das Bettende voraus und … oh, Mist. So schnell wie ein Rennwagen. Der Typ hatte sie nicht mehr alle. Fuhr schneller als ein außer Kontrolle geratener Einkaufswagen.

»H-halt«, krächzte sie und krallte sich am Laken fest.

Er stellte sich taub und sauste auf eine T-Kreuzung im Flur zu. J.J. würgte, als er weit ausholte und die Kurve zu schnell nahm. Sie hüpfte auf und ab im Bett, kullerte hin und her unter Decken und Laken. Als ihr Schädel kurz vorm Platzen war vor Schmerzen, kam eine Theke in Sicht, voller Aktenordner und hoher Papierstapel. J.J. konzentrierte sich auf einen schiefen Stapel. Sie musste sich zusammennehmen, und jede Ablenkung war hilfreich, jedenfalls so lange, bis …

»Hey!« Die verärgerte fremde Stimme ließ sich, kurz bevor ein Frauenkopf hinter der hohen Theke auftauchte, vernehmen. Dunkle Augen verengten sich und funkelten Grufti wütend an. Er bremste ab, kam ins Schleudern und vor dem Schwesternzimmer mehr oder weniger zum Stehen. »Wir sind hier in einem Krankenhaus, nicht auf der Rennbahn. Also schön langsam!«

»'tschuldigung«, sagte er grinsend und sah alles andere als zerknirscht aus. Wieder ließ er seinen Kaugummi knallen. Das Geräusch hallte in J.J.s Schädel wider, als sie zu dem Typen hochblickte. Die rosa Blase verschwand in seinem Mund. »Aber mir wurde gesagt, dass ich sie hierherbringen soll … und zwar schnell.«

»Der Himmel bewahre mich …« Schnaubend wuchtete sich die Schwester aus ihrem Stuhl und kam hinter der hohen Theke hervor. Korpulent mit einem runden Gesicht und dunkler Haut, maß sie Grufti mit einem weiteren vernichtenden Blick. Laufschuhe quietschten, als sie sich J.J.s Bett näherte. »Ist Ihnen klar, dass es einen Unterschied gibt zwischen effizient und irre?«

»Wollte nur helfen«, murmelte er, und seine Augen schimmerten ein bisschen, nun ja … J.J. wusste es nicht genau. Beunruhigend? Nicht vertrauenswürdig? Streitlustig und zugleich amüsiert? Vielleicht. Vielleicht auch nicht. Vielleicht bildete sie es sich auch nur ein. Konnte ein bisschen aus der Spur sein, nicht ganz bei sich angesichts der Schmerzmittel, die über einen Tropf in ihren Kreislauf gepumpt wurden. »Also … wohin soll ich sie bringen?«

Argwöhnisch musterte die Schwester ihn. Sie musterte ihn prüfend mit gerunzelter Stirn. »Ich kenne Sie nicht. Wie heißen Sie?«

»Bin neu hier.« Seine großen Hände flogen wieder über das Kopfende, so als wollte er das große Trommelfinale spielen. Das rhythmische Geräusch driftete in den verlassenen Flur. »In Ordnung, ich hau ab. Kümmern Sie sich gut um sie, Schwester.«

»Warten Sie eine Minute, Mister. Ich brauche Ihre …«

»Nee, brauchen Sie nicht.«

Die Schwester sah ihn stirnrunzelnd an.

Er zwinkerte ihr zu. Einen Moment später begegnete sein Blick J.J.s. Er verzog die Lippen, tippte sich ans Kinn und ließ ihr Bett los. »Bis dann, Schätzchen.«

Als er sich umdrehte, blinzelte J.J.; der Kosename hatte sie total überrascht.

»Impertinenter Lümmel.« Stocksauer sah die Schwester dem Kerl hinterher, der zurück zum Fahrstuhl ging. Als er um die Ecke verschwand, schüttelte sie den Kopf. »So ein hirnverbrannter Idiot. Ich weiß wirklich nicht, wo sie die aufgabeln heutzutage, aber dem Typen müsste man erst mal Manieren beibringen.«

»Und Fahrstunden geben.«

Die Schwester grinste. »Hat Sie ordentlich durchgeschüttelt, was?«

»Ich habe mich wie ein James-Bond-Martini gefühlt.«

»Ha! Geschüttelt, nicht gerührt. Der war gut, Süße.«

Ein Dankeschön wäre jetzt angemessen gewesen. Aber als J.J. den Mund öffnete, verengte sich ihre Kehle, und die Worte wollten nicht kommen. Die heftige Übelkeit allerdings meldete sich rechtzeitig, schoss geradezu ihre Speiseröhre hoch. Als der Würgereflex eintrat, legte sich Druck auf ihren Magen, der sich verkrampfte. Sie drehte ihr Gesicht ins Kissen und stöhnte.

»Ach du liebes bisschen.« Die Schwester wandte sich um und schnappte sich etwas von der Theke. Schnell wie der Blitz zurück, umfasste sie J.J.s Nacken und hob ihren Kopf an. Als J.J. trocken über einem Nierenbecken würgte, spannte sich ihre Haut schmerzhaft über ihren vielen Messerstichen. Sie wimmerte. Die Schwester murmelte etwas, versuchte sie in sachlichem Tonfall zu beruhigen: »Schön durchatmen. Ein durch die Nase, aus durch den Mund. Genau so, Kindchen. Das machen Sie sehr gut.«

Schweiß trat ihr auf die Stirn. Schüttelfrost setzte ein, und ihre Zähne klapperten. J.J. klammerte sich an die Stimme der Schwester und lauschte ihrem Herzschlag. Das Pochen nahm zu, ihr Puls schlug dreimal so schnell, während sie wieder trocken würgen musste, gleichsam eine weitere qualvolle Welle erklomm. Aber als sie auf der anderen Seite hinunterglitt und tief in das Tal der Leiden eintauchte, passierte etwas ganz Wunderbares. Betäubung setzte ein und half ihren Muskeln, sich zu entspannen. Sie sog gierig die Luft ein, war dankbar, dass sie überhaupt atmen konnte.

»Sehr gut. So ist es fein.« Die Schwester hielt immer noch die Nierenschale und griff nach ihrem Handgelenk. Sie fühlte J.J.s Puls und sah dabei auf die große Wanduhr hinter der hohen Theke. »Schon viel besser. Ihr Puls beruhigt sich. Atmen Sie schön weiter. Das bringen wir schon wieder in Ordnung.«

Auf der Seite zusammengerollt, nickte J.J. Der Plan gefiel

ihr. Besonders, wenn *in Ordnung bringen* so viel hieß wie eine weitere Runde Schmerzmittel.

»Gut.« Die Schwester ließ J.J.s Handgelenk los und legte ihre Hand auf das Bett. »Es gibt ein paar Dinge, die Sie wissen sollten. Ich bin Schwester Ashford. Ich werde mich eine Weile um Sie kümmern. Wie geht es Ihnen jetzt? Besser?«

J.J. nickte leicht. Das war zwar keine richtige Antwort, aber das war alles, was sie zustande brachte. Alles, was ihr bei ihren protestierenden Muskeln möglich war, da die Übelkeit sie immer noch im Griff hatte, jetzt aber auch Müdigkeit einsetzte.

»Das kann schon mal passieren, wenn man Demerol bekommt«, sagte Schwester Ashford leise und voller Mitleid. Sie zog die Bettdecke glatt und sah J.J. an. Dann streckte sie die Hand aus. J.J. verspannte sich, war es nicht gewohnt, berührt zu werden, machte sich auf das Schlimmste gefasst. Aber es kam nicht. Stattdessen lächelte Schwester Ashford und tätschelte leicht ihr Knie. »Machen Sie sich keine Sorgen, Jamison. Sie werden sich in null Komma nix besser fühlen. Ruhe und Frieden haben. Sie brauchen jetzt ganz viel Schlaf. Der Arzt kommt bald zur Kontrolle, aber jetzt wollen wir Sie mal auf Ihr Zimmer bringen, damit Sie sich ausruhen können, okay?«

Freundliche, mitfühlende Worte.

Die Tränen, die J.J. so lange zurückgehalten hatte, drängten an die Oberfläche. Als alles vor ihren Augen verschwamm und ihr die Brust abschnürte, schluckte sie, kämpfte gegen den Ansturm an. Weinen würde nichts helfen. Erfahrung war ein großer Lehrer, aber … wow. Das hatte sie nicht erwartet. Nicht diese Geduld. Auch nicht diese Freundlichkeit. Verurteilte Verbrecher bekamen das in der Regel nicht oft zu spüren. Verdienten es auch nicht. Aber als Schwester Ashford weiter mit ihr plauderte und sie weiterschob, das Quietschen der Räder auf dem Flur widerhallte, breitete sich in J.J. Dankbarkeit aus. Ein *Geschenk*. Ob die Schwester es wusste oder nicht, sie hatte ihr ein unglaubliches Geschenk gemacht. Eins, das J.J. ihre Würde wiedergab. Ihr das Gefühl vermittelte, normal zu sein. Geschätzt. Sodass sie sich zur Abwechslung mal wie ein normaler Mensch fühlte und nicht wie ein völlig verkommener.

»Schwester Ashford?«

»Was ist, Kindchen?«

»Vielen Dank.« Sie legte den Kopf schräg und sah die Schwester an.

»Machen Sie sich keine Gedanken. Mein Bruder sitzt im Gefängnis, und die Dinge sind nie so, wie sie scheinen.« Mit ernster Miene begegneten die braunen Augen der Schwester über den Rand des Kopfendes hinweg ihrem Blick und hielten ihn fest. »Stimmt's, Jamison?«

»Ja, Ma'am«, sagte sie, ihre Stimme kaum mehr als ein Flüstern.

In einem ruhigen Tempo – sehr ungothicmäßig – schob Schwester Ashford sie zu einem Krankenzimmer. Die Glastür stand offen und ermöglichte J.J. einen ungehinderten Blick ins Innere. Ihr Verstand machte eine Momentaufnahme, katalogisierte Details, vermittelte Informationen. Helle Wände, das leise Piepen medizinischer Geräte, eine hölzerne Schrankwand, die das Bett umgab, und … nein. Das war nicht ihr Zimmer. Zimmer Nummer 532 war bereits belegt, der große Umriss mitten in dem Bett ein zwingender Beweis. Sie spähte den Flur hinunter und erblickte einen weiteren Eingang. Während sie sich näherten, trat ein Mann in den Flur. Stiefelsohlen knarrten, er schwenkte in ihre Richtung. Das Flurlicht spiegelte sich in der Dienstmarke, die an seine Brust geheftet war.

Angst packte J.J., schnitt ihr die Luft ab. O nein … nein, nein, nein. Das konnte nicht sein. Es *konnte* einfach nicht sein. Sie weigerte sich zu glauben, dass die Welt derartig gemein war. Aber als sein nur allzu vertrauter Blick sie traf und sie den Kopf schüttelte, traf die Wahrheit sie volle Breitseite. Sie war eine tote Frau, das Wie und Wann nichts als eine Formsache.

Sie wusste es im tiefsten Inneren, wo sowohl Verstand als auch Gefühl herrschten.

Officer Griggs. Der Mann, der für ihre Verletzungen verantwortlich war, der den Angriff geplant und Daisy geschickt hatte, um sie in der Gefängnisbücherei zu stellen. Mit stockendem Atem starrte J.J. ihn an, ihre Gedanken wirbelten, ihr Verdacht wuchs, Panik stieg in ihr auf … Der Grund, warum er hier im Krankenhaus war, war nur allzu klar.

Er war gekommen, um es zu Ende zu bringen.

Sie konnte es an dem kalten Glitzern seiner Augen erkennen. Er verfolgte einen einfachen Plan: den Fehler korrigieren. Sie zum Schweigen zu bringen, bevor sie redete und er und seine Aktionen unter das Mikroskop des Gefängnisdirektors gerieten. Typen wie Griggs hatten etwas gegen genaue Untersuchungen. Sie gediehen im Schatten, an dunklen Orten, von denen die meisten nichts wussten, geschweige denn, dass sie sie aufsuchen wollten. Und als er seine glänzenden für den Gefängnisgebrauch vorgesehenen Handschellen von seinem Gürtel löste und auf sie zukam, begann J.J. zu beten.

Um göttlichen Beistand. Um irgendein Wunder. Einen cleveren Einfall – etwas, irgendetwas, was das Schicksal aufhalten, das Unvermeidliche hinauszögern und ihr Leben retten würde. Griggs war einfach so schrecklich hinterhältig, eine unglaublich falsche Schlange. Auf die eine oder andere Weise würde er einen Weg finden, sie zum Schweigen zu bringen. Unfälle passierten nun mal. Insassen wurden ständig aus verschiedensten Gründen verprügelt: weil sie die Klappe aufrissen gegenüber den Wärtern, wegen Schmuggelei …

Während eines Fluchtversuchs.

All das führte möglicherweise zum Einsatz tödlicher Gewalt.

Ein Szenario, das Griggs zu seinem Vorteil nutzen könnte. Er würde auch dafür sorgen, dass es gut aussah. Den Schauplatz inszenieren. Sicherstellen, dass es unschön endete und er eine weiße Weste behielt. Alles, um seinen eigenen Arsch zu retten. Und da Griggs bis zum Hals in der Scheiße steckte und schnell sank, würde eine Vertuschung der Angelegenheit oberste Priorität haben, also … genau. Auf keinen Fall würde er zögern, sie zu begraben.

3

Übersät mit mehr Sternen als Wick zählen mochte, glitzerte der Himmel über ihm, erstreckte sich mit majestätischem Funkeln über städtische Randgebiete. Ein seltener Anblick. Einen, den er schätzte, zumal, als die Wolkendecke sich verzog. Die Flügel weit gespreizt, drosselte er seine Fluggeschwindigkeit. Kalte Luft glitt über seine Schuppen, rüttelte an dem Gewebe seiner ineinandergreifenden Drachenhaut.

Eigentlich hätte seine feurige Seite eine Grimasse schneiden, sich beschweren müssen über den Übergang vom Herbst zum Winter. Seine Drachenseite gab jedoch keinen Laut von sich. Protestierte nicht. Wünschte sich weder wärmeres Wetter noch weiter südlich zu fliegen. Zeigte nicht einmal einen Schauder des Unbehagens. Das Stillschweigen war eine Anomalie, ein Teil seiner Unberechenbarkeit. Die meisten Feuerdrachen hassten Frost und Schnee, verbrachten mehr Zeit drinnen als draußen, wenn die kühle Bergluft vom Norden in den Süden wehte und Temperaturen unter null Grad über die kanadische Grenze kamen.

Er nicht. Lebenslange Entbehrungen hatten dafür gesorgt, bestimmten den Maßstab.

Er fand sich schlicht mit der Kälte ab, flog hinaus, um den Feind zu bekämpfen, egal, welches Wetter herrschte. Rikar, ein Frostdrache und stellvertretender Kommandant der Nightfury, liebte ihn dafür. Eisregen. Schneestürme. Das dichteste Schneegestöber. Es spielte keine Rolle. Wick ließ sich keine Gelegenheit entgehen, Hatz auf die Razorback zu machen. Was bedeutete, dass er, während die anderen Krieger lieber vor einer ganz bösen Sturmbö in Deckung gingen, als Rikars Partner fungieren konnte. Spitzenmäßig in jeder Hinsicht. Das Arrangement verschaffte beiden, was sie brauchten – einen guten harten Kampf –, während sie gleichzeitig die Regeln befolgten. Bastian ließ keinen Scheiß zu, tolerierte keinen Ungehorsam. Keiner flog ohne Rückendeckung aus dem Hauptquartier.

Und wenn einer bekloppt genug wäre, es zu versuchen? Dann würde Bas dem Krieger den Arsch aufreißen.

Nicht empfehlenswert … oder auch nur andeutungsweise spaßig. Die Regeln existierten aus einem bestimmten Grund, nämlich den Nightfury-Clan gesund und am Leben zu halten. Und sosehr Wick Chaos genoss, seine Waffenbrüder schätzte er viel zu sehr, um ihr Leben wegen einer Dummheit aufs Spiel zu setzen. Klugheit war immer willkommen. Dämlichkeit jedoch?

Nicht so sehr.

Was bedeutete, dass er keinen Mist bauen oder sich unerlaubt von der Truppe entfernen durfte. Nicht mit Venom und dem Rest der Jungs, die hinter ihm flogen. Wick biss die Zähne zusammen. Scheiße, er hätte sich gern mal eine Auszeit von der Routine gegönnt. Hätte zu gern seinen Lieblingsort tief im Mount Rainier angeflogen und sich neben einem Lavastrom eingerollt, während seine Kumpels passende Frauen suchten und sich nährten. Er schnaubte angewidert. Magmatröpfchen waberten um seine Nüstern, jagten über seine Hörner, als er sein Haupt schüttelte. Verflixt aber auch. Durch die

Brutalität seines Entführers hatte er sich schon in jungen Jahren eine Berührungsphobie eingehandelt: Er hasste es, angefasst zu werden, und schon gar nicht mochte er selbst jemanden berühren.

Ein schlechter Geschmack breitete sich in seinem Mund aus. Wick schluckte und kämpfte gegen sein Unbehagen an. Mann. Er war ein echtes Weichei, ein Hasenfuß wegen seiner Aversion. Die meisten Männer fanden es toll, Zeit mit dem anderen Geschlecht zu verbringen. Genossen das Fummeln. Sehnten sich nach Kontakt und gegenseitiger Befriedigung. Er nicht. Ihm graute davor, er fühlte sich unzulänglich, nicht bereit. Unfähig, weibliche Wesen in Ekstase zu versetzen, was sie aber erwarteten, während Männer seiner Art sich an ihnen nährten. Mist. Er wusste nicht mal, was das hieß. Hatte nie wirkliche Lust erlebt, geschweige denn, einem anderen Lebewesen welche verschafft.

Zu dumm, dass Druck und Hunger sich einen Dreck darum scherten.

Er war ein Sklave seiner Natur und der Energie, die seine Art zum Überleben brauchte. Die Göttin aller Dinge hatte dafür gesorgt, hatte Seinesgleichen vor langer, langer Zeit verflucht. Einige behaupteten, dass sie sie aus Rache verzaubert hatte. Andere hielten es für eine höchstrichterliche Fehlerkorrektur. Wick ging beides am Arsch vorbei. Alles, was ihn interessierte, war das Ergebnis, die völlige Abhängigkeit Drachenblütiger von Menschenfrauen – nicht nur, um sich fortzupflanzen, sondern auch, um sich mit dem Meridian zu verbinden, dem elektrostatischen Strom, der seine Spezies nährte. Die Energiequelle, die den Planeten umgab, nährte Pflanzen und Tiere gleichermaßen. Es funktionierte automatisch bei allen Lebewesen, mit Ausnahme der Angehörigen des Drachenbluts. Dank der Göttin – und ihrem ungeheuren Frust – war die direkte Verbindung zwischen dem Meridian und seiner Art gekappt. Jetzt brauchte ein Mann eine Frau, um zu überleben. Was bedeutete, dass die Verbindung zum Energiestrom des Meridians nur durch sie möglich war. Durch Nähe und Intimität, so nahe, dass Haut auf Haut traf und …

Wick unterdrückte einen Schauder. Brutale Bestrafung mit scharfen Zähnen und einem gemeinen Biss. Unfair? Ohne Frage. Leider hatte *fair* nicht das Geringste damit zu tun. Silfer, der Drachengott, hatte es verbockt, hatte die falsche Gottheit erzürnt mit seinen Betrügereien. Jetzt büßten alle Drachenblütigen für seine Dummheit. Was unglaublich nervte, aber hey …

Es war, wie es *war*. Schließen wir die Akte. Legen wir sie ab unter »Vermasselt« und machen weiter.

Gute Strategie. Die beste, wirklich … logisch, klar, präzise. Leider keine, die ihm half. Er konnte das Grauen nicht abstellen. Seinen Verstand nicht abschalten, während er sich dem Ziel näherte, über Gebäude und Asphalt unter ihm schwebte. Unsichtbar durch den Tarnzauber, überflog er die Straßen der Stadt. Es war viel los in Seattle heute Nacht. Es wimmelte von Menschen, die, in ihre Mäntel gehüllt, die Kragen hochgestellt, die Hände in die Taschen gesteckt hatten. Das schnelle Klackern hochhackiger Schuhe ertönte, während sie über die Bürgersteige eilten. Musik driftete nach oben, wummernde Bässe drangen aus den Nachtclubs und lockten Männer und Frauen aus Taxis zu den Neonlichtern und geschlossenen Türen.

Eine weitere Freitagnacht. Und immer das Gleiche.

Menschen feierten gern. Der schwache Geruch von Alkohol und Parfüm sagte ihm, dass die Party voll im Gange war. Gut für Venom. Nicht so toll für ihn. Es bedeutete, dass es viele geben würde, zwischen denen er wählen konnte, und mehr Betrieb herrschte, als ihm lieb war.

Der Gedanke hellte seine Stimmung nicht gerade auf. Er wollte das einfach nicht tun. Andererseits ... er wollte es nie. Fremde Hände, die seinen Körper streiften, die unangenehme Gefühlsaufwallung – allein der Gedanke daran ließ ihn zusammenzucken und sich winden, fort von dem kribbelnden Schmerz der Überlastung. Dem heftigen Druck und verrückt machenden Hunger, an der Grenze der Erträglichkeit, der ihn um seine Beherrschung brachte.

Kämpfen oder fliehen.

Eine instinktive Reaktion, eine ganz natürliche und eine, der Wick sich nicht entziehen konnte. Nicht, dass er es nicht versucht hätte ... immer wieder. Aber Venom hatte recht. Er konnte Jamison nicht entführen und seine Schuld begleichen, solange er hungrig war. Er wollte die Frau retten, nicht in Gefahr bringen. Also, es führte kein Weg daran vorbei. Es gab keine Ausflüchte welcher Art auch immer. Er musste sich mit einer Fremden zusammentun und Nähe zulassen. Mit einer, der er scheißegal war. Einem menschlichen Wesen, das nur eins im Sinn hatte ... die Verheißung von Lust, und das möglichst prompt.

Wick zog eine Grimasse, flog einen Bogen und verharrte dann wie ein Raubvogel quasi stehend in der Luft über einem niedrigen Dach. *Lust.* Das Wort verursachte ihm eine Gänsehaut. Seine Drachenseite scheute, mochte weder die seelische

Erstarrung noch die dahinterliegenden Gründe. Mist, er taugte einfach nicht dazu. Trotz seiner siebenundachtzig Jahre und obwohl er sich in der Vergangenheit schon so oft genährt hatte, wurde es nie leichter. Er fühlte sich immer unzulänglich … immer eine Nummer zu klein. Unfähig, das zu liefern, was eine Frau forderte, wenn er sich nahm, was er brauchte.

Zugegeben, Venom half ihm. War immer ein Ruhepol, half ihm über heikle Momente hinweg, unterstützte ihn während des ganzen Prozesses, leistete, was er selbst nicht konnte. Traurig, aber wahr. Er konnte sich einfach nicht nähren, ohne dass Venom dabei war. Panik ergriff Wick jedes Mal und legte ihn lahm, sorgte dafür, dass er ausflippte, sobald eine Frau ihm zu nahe kam. Der Selbstekel saß tief, zerriss ihn förmlich und versengte seine Seele. Beschädigt. Er war nicht mehr zu retten. Beschämt durch die Unfähigkeit, für sich selbst zu sorgen.

Wick legte die Flügel an und ging wie ein Stein zwischen zwei hohen Gebäuden nieder. Glas erzitterte, schepperte in Stahlrahmen und reflektierte seine schwarzen Schuppen mit den bernsteinfarbenen Spitzen, seine grimmig glühenden Augen. Während das goldene Licht sich brach und über den Asphalt sprang, landete Wick auf dem Dach des Hauses in ihrer Mitte. Die rasiermesserscharfen Spitzen seiner Klauen erzeugten ein kreischendes Geräusch auf dem Metall, das ihm durch und durch ging.

Kein toller Start. Besonders deshalb nicht, weil er bereits viel zu angespannt war.

Dunkelgrüne Schuppen blitzten über ihm auf und glitzerten im Mondlicht. Einen Augenblick später landete Venom geräuschlos neben ihm. Sein Freund rollte seine mächtigen Schultern und schlug mit den Flügeln, wirbelte Steinstaub auf zu Minitornados. Das Muskelspiel seiner Flanken stellte die Stärke des Mannes zur Schau, während er seine schwarzen Flügel faltete und anlegte.

Mit schimmernden rubinroten Augen nickte Venom ihm zu. »*Das Gridiron. Gute Wahl.*«

Gut hatte nichts damit zu tun. Der Nachtclub und die Menschen, die ihn besuchten, zogen seinen Freund an wie ein Magnet. Venom liebte das Gedränge und ranke und schlanke, gothicmäßig aufgemotzte Weiber, also … was du nicht sagst, Sherlock. Es war ein Kinderspiel. In Erwartung des Gefallens, den Venom ihm tat, suchte Wick immer die Lieblingslokale seines Freundes aus.

»*Rutscht rüber.*« Das leise Knurren, gewürzt mit etwas Highland-Akzent, ertönte in ihrer mentalen Verbindung, vibrierte zwischen Wicks Schläfen. Eine Sekunde später enttarnte sich der Schotte mit den purpurroten Schuppen und sauste heran. Rauch wirbelte hinter ihm auf, und Forge bleckte seine Fänge. »*Oder noch besser, haut ab. Nicht gerade viel Platz da unten. Wir können nicht landen, wenn ihr Wichser euch nicht verpisst.*«

»*Müssen wir denn?*«, beschwerte sich Mac und vollführte einen langsamen Salto hinter dem Schotten, während er näher kam. »*Ich hasse das Gridiron. Es ist so verdammt laut.*«

Venom verdrehte die Augen, rückte aber beiseite, veränderte seine Drachen- zu Menschengestalt. Wick folgte seinem Beispiel, stampfte mit den Füßen in den Cowboystiefeln auf, bewegte sich auf dem Dach in Richtung Tür. Hinter dem Stahl befanden sich die Treppe und eine ganze Bar voller Frauen, die ganz heiß auf Sex waren. Also hey, was du heute kannst besorgen, das verschiebe nicht auf morgen. Je schneller er es hinter sich brachte, desto eher konnte er abhauen. Auf dem Weg in die Stadt sein und dem Swedish Medical einen Arschtritt verpassen.

Nicht mehr hier sein, wo er mit seiner Unfähigkeit konfrontiert war.

»*Halt die Klappe, Mac.*« Dunkelbraune Schuppen schimmerten, und Sloan zog seinen gehörnten Kopf ein und vollführte einen Salto in der Luft, um auf dem Dach zu landen. Schneeweiße Klauen klackerten auf dem Dach, als die dreifachen skorpionartigen Stacheln an seiner Schwanzspitze im Schein der nächtlichen Stadt aufleuchteten. »*Nicht jeder hat ein persönliches Spielzeug, das ihn zu Hause ernährt.*«

»*Meine Frau ist kein Spielzeug*«, widersprach Mac, und das Fauchen in seinem Ton war unmissverständlich. Er krümmte seine riesigen blaugrauen Klauen, und rasiermesserscharfe Krallen versprachen Angriff. »*Noch so eine Äußerung über Tania, und ich reiß dir den Arsch auf.*«

Wick schnaubte, während er mit knirschenden Stiefeln das Dach überquerte. Er konnte Macs Stil gut leiden. Was auch leicht war. Der Mann mochte zwar ein Neuzugang sein unter den Drachenblütigen – und seine Zauberkräfte, die zur *Verwandlung* gehörten, noch nicht ganz ausgereift –, aber er hatte einen verdammt harten Schlag und ließ sich nichts gefallen. Beides große Pluspunkte … jedenfalls in seinen Augen.

Glucksend stieß Forge das neueste Mitglied ihres Clans mit seiner stacheligen Schwanzseite an.

Mac warf dem Schotten einen vernichtenden Blick zu.

Sloan fletschte die Zähne, sein Lächeln halb amüsiert, halb drohend. »*Versuch's nur, Ire.*«

»*Hört mit der Blödelei auf.*« Die tiefe Stimme wie Donnergrollen, dehnte Venom seine Schultern. Leder knarrte, als seine Bikerjacke protestierte. »*Ich bin hungrig, und wir haben uns heute noch um eine Frau zu kümmern. Je schneller wir uns nähren und hier rauskommen, desto besser.*«

Diese Stellungnahme ernüchterte die Gruppe.

Was kein Wunder war. Dafür zu sorgen, dass eine verletzte Frau in Sicherheit gebracht wurde, würde ihnen einiges abverlangen. Seltsam, aber der Gedanke hatte etwas Belebendes für Wick. Nicht, dass es beschwerlich werden würde für sie, sondern dass er ihr möglicherweise half … und wegen des Friedens für Mac und seine Gefährtin. Wegen der Schuld, die er zurückzahlen würde. Und, ja, auch wegen der Möglichkeit, den Behörden der Menschen eins auszuwischen und auf ihr lächerliches Rechtssystem zu pfeifen. Er hatte den Polizeibericht und die Gerichtsprotokolle gelesen. Jamison hatte sich selbst geschützt. Und dafür war sie ins Gefängnis geworfen und misshandelt worden.

Wicks Augen verengten sich. Der Metallgriff in seiner Hand überzog sich mit Eis. Er riss die Tür weit auf, nahm die Kälte kaum wahr. Ungerechtigkeit. Sie zeigte sich in so vielen Formen. Er war ein Paradebeispiel dafür. Seine Gefangenschaft und all die Torturen, die er jahrelang erlitten hatte, spielten keine Rolle mehr. Die Geschichte gehörte der Vergangenheit an. Aber Jamison hatte immer noch eine Chance, und er würde dafür sorgen, dass sie sie bekam. Aber zuerst musste er sich … musste er …

Es schnürte ihm die Kehle zu. Wick zuckte zusammen. Er zwang sich trotzdem weiterzugehen, die Treppe hinunterzusteigen. Der widerliche Geruch von abgestandenem Alkohol war ein Angriff auf seine Sinne, während seine Waffenbrüder ihm folgten. Ihre Stiefelschritte ertönten rhythmisch auf den

Stahlstufen, gesellten sich zu dem hämmernden Bass und den hohen Tönen einer Sängerin. Zunehmende Dunkelheit umfing ihn, schloss ihn ein in sein ureigenes Gefängnis. Seine Nachtsicht wies ihm den Weg, während aus Aufregung Grauen wurde, sich in seiner Magengrube sammelte.

Es war erbärmlich. Nichts änderte die Tatsachen. Oder befreite seinesgleichen von ihrem Fluch.

Mit gerunzelter Stirn wartete Wick am Fuß der Treppe. Zeit, sich zu entscheiden. Nach rechts zum Notausgang zu gehen, »scheiß drauf« zu sagen und sich wie der Blitz zu verdünnisieren. Oder nach links mitten hinein in den Alkoholrausch der Menschen. Beide Stiefel auf den Boden gestemmt, die Hände zu Fäusten geballt, spähte er durch die offene Tür in den Club. Stroboskoplichter beleuchteten von hinten die dem Eingang am nächsten Stehenden, männliche und weibliche Körper nur mehr Silhouetten. Einige waren an der hinteren Bar versammelt, warteten auf ihre Drinks. Andere standen eng umschlungen, waren mehr an Sex interessiert als an ihrer Umgebung.

Wicks Herz verkrampfte sich, dann schlug es heftig in seiner Brust, hämmerte wie wild. Jetzt oder nie. Keine einfache Wahl. Besonders nicht, da der Fluchtweg nur ein paar Meter entfernt lag. Zwei schnelle Schritte, ein schneller Stoß, und er wäre draußen … in der Gasse, die dahinter lag. Im Kalten, könnte die frische Nachtluft einatmen, statt Frauenparfüm, den Geruch von Männerschweiß und Zigarettenqualm.

Die Versuchung durchzuckte ihn. Er wendete sich Richtung Ausgang.

Eine große Hand landete auf seiner Schulter.

Er biss die Zähne zusammen und blickte nach links. Unnachgiebige rubinrote Augen begegneten seinem Blick. Wick schüttelte den Kopf.

Venoms Griff wurde fester. »Gehen wir.«

Wicks Mund war wie ausgetrocknet, und er konnte nicht antworten. Stattdessen nickte er, stellte einen Fuß vor den anderen und ging dorthin, wohin er am wenigsten gern gehen wollte.

4

Als das Kopfende ihres Bettes gegen die Wand ihres Krankenzimmers stieß, riss sich J.J. zusammen, um ja nicht in Panik zu geraten. Die Angst saß trotzdem tief, fuhr ihr durch Mark und Bein. Die scharfen Spitzen drangen in ihr Herz, sanken tief ein und verlangten ihr alles ab, machten es ihr schwer, sich zu konzentrieren, geschweige denn, ihre Reaktion im Griff zu behalten. Aber das musste sie. Und zwar augenblicklich. Bevor Griggs ihren Gesichtsausdruck sah und ihre Notlage mitbekam. Sonst war sie geliefert.

Flambiert und erledigt.

Als spitzenmäßiger Manipulator würde der schmierige Nichtsnutz von einem Wärter das ausnutzen und gegen sie wenden. Und noch einmal nachlegen, bis nichts als Grauen übrig blieb. Vorahnung war schließlich schlimmer als die Wirklichkeit. Das wusste er. Genau wie sie. Leider war sie machtlos gegen das Unsicherheitsgefühl. Genau wie gegen das Schwitzen ihrer Handflächen.

Sie wischte die Feuchtigkeit am Bettlaken ab, als er sich ihrem Bettende näherte. Er hielt die Handschellen in der Hand, ließ sie um die Spitze seines Zeigefingers kreisen. Die Bewegung war die pure Einschüchterung, hundertprozentig Wilder Westen, von der Art, wie Revolverhelden mit ihren Schießeisen angaben. Herumwirbeln. Packen. Zielen und schießen. Das Wiesel beherrschte es perfekt.

Nicht, dass Schwester Ashford es bemerkt hätte.

Die Schwester war damit beschäftigt, J.J.s Bett richtig hinzustellen. Sie summte eine grässliche Melodie, während sie dem Bett einen letzten Schubs gab und darauf achtete, dass es im rechten Winkel zu der Wand hinter J.J. stand. Dann bückte sie sich, um die Räder festzustellen. Nett, nicht wahr … diese Art von Selbstvergessenheit? J.J. wünschte sich, sie besäße auch ein wenig davon. Vielleicht würde dann ihr Herz aufhören, derartig zu hämmern. Vielleicht könnte sie dann die Bedrohung vergessen, ihren Kopf in den Sand stecken und vorgeben, ausnahmsweise mal in Sicherheit zu sein.

Vielleicht würde dann die Musik zurückkommen.

J.J. konnte kaum atmen, so schnürte ihr die Angst die Kehle zu, und sie suchte nach einer Ausweichmöglichkeit. Sie brauchte einen Dreivierteltakt. Einen lebhaften Song. Jede Melodie würde es tun, solange sie das Durcheinander hinter ihren Schläfen ausblendete.

Ihr Blick ruhte wie gebannt auf Griggs, der drohend näher kam und sich neben ihr Bett stellte, und beim dritten Versuch fand sie den Takt. Wie ein Baseballspieler, der mit Vollgas die Bases umrundete, kam die rettende Melodie zu ihr. Akustisches, noch unbearbeitetes Gitarrenklimpern meldete sich. Als Nächstes setzte das Schlagzeug ein, schnippten imaginäre Finger in ihrem Kopf. B-Moll schaltete sich ein beim ersten Anschlag der Klaviertasten und …

Gott sei Dank. Das Stück war vollständig ausgestaltet. Nur der Text fehlte noch und ein vernünftiger Refrain. J.J. klammerte sich an den Rhythmus, ließ sich von der Musik davontragen und entspannte sich in der Komposition wie ein Sonnenbadender in der Mittagssonne. Wärme auf ihrem Gesicht.

Hitze in ihrer Seele. Kontrollierte Schönheit, gepaart mit Perfektion. Und als die Töne miteinander verschmolzen, entkrampfte sich ihr Körper, und sie konnte endlich die Luft herauslassen, die sie so lange angehalten hatte.

Schwester Ashford grummelte: »Blöder … hartnäckiger … Hebel.«

Ein doppeltes Einrasten war zu hören, bevor der Kopf der Schwester über der Matratze auftauchte. Als sie sich aufrichtete, lächelte sie J.J. an.

»Haben Sie es geschafft?«, fragte J.J., versuchte Zeit zu gewinnen, gab sich die größte Mühe, Griggs zu ignorieren.

Schwester Ashford rieb sich die Hände. »Ja, habe ich. Sie sind jetzt sicher untergebracht … rollen mir hier auf keinen Fall bald wieder weg.«

Mit selbstgefälliger Miene schnaubte das Wiesel: »Festgestellte Räder hin oder her, das hätte ich Ihnen auch sagen können.«

Die Schwester warf ihm einen scharfen Blick zu, und J.J. spannte sich an. Jetzt kam es. Gleich würde er …

Die Handschelle schlug gegen das Bettgitter. Metall klirrte, durchdrang die Stille, prallte ab von hellen Wänden und einer kahlen Fensterfront. Eine kräftige Drehung seiner Hand, und schon hatte er den Stahlring um das Gitter befestigt. Bei dem vertrauten Ratschen der Fesseln biss J.J. die Zähne zusammen. Als Nächstes kam das Zittern, erschütterte sie bis auf die Knochen. Sobald er nach ihrem Arm griff, zuckte sie zusammen, klammerte sich an den rettenden Ton der akustischen Gitarre und atmete aus. In Panik zu geraten würde nicht helfen. Aber ruhig zu bleiben, standzuhalten, stark zu bleiben angesichts der Angst? Diese Dinge bewährten sich immer.

Würden es ihr ermöglichen zu denken, einen Plan zu machen. Denn das Wichtigste war, das Wiesel mit seinen eigenen Waffen zu schlagen.

Leider war sie nie eine große Spielerin gewesen. Zumindest nicht, wenn es um Poker ging.

Aber Klavier? Hah, sie konnte es den ganzen Tag spielen. Und als sie sich festhielt am aufsteigenden Refrain, erschien ihr der stählerne Griff um ihr Handgelenk nicht mehr so schlimm. Auch nicht das Gewicht. Oder die Kälte auf ihrer Haut. Griggs sollte zur Hölle fahren … mit seiner gemeinen Neigung und seinen offensichtlichen Plänen.

Der Schweinehund hatte welche. Garantiert. Sonst würde er nicht Wache schieben im Krankenhaus. Die Frage war jetzt: Wie weit würde er gehen, damit sie weiterhin schwieg? Zweifellos sehr weit. Sie erkannte es an seinem Blick. Selbstgefällig. Siegesgewiss. Ein Kotzbrocken durch und durch. Und als er die Handschellen noch etwas fester zusammendrückte um ihr Handgelenk, gab J.J. nach und zuckte zusammen, rollte sich etwas zur Seite auf dem Bett. Der Gips zerrte an ihrer Wade, zog ihr Bein herunter und …

Du meine Güte. Sie hasste es, dass er so dicht neben ihr stand. Ekelte sich vor seinem warmen Atem und dem Geräusch von Gefängnisstiefeln. Und in diesem Moment hätte J.J. beinahe einen Handel mit dem Teufel abgeschlossen. Sie wollte nur noch, dass er abhaute. Sie brauchte es. Konnte den starken Geruch seines billigen Rasierwassers nicht ertragen, die …

»Du lieber Gott, Officer.« Schwere Missbilligung in der Stimme, wies die Schwester auf die Handschellen. »Ist das wirklich nötig?«

»Lassen Sie sich nicht von ihren unschuldigen blauen Augen täuschen.« Mit ausdrucksloser Miene hakte er seine Daumen in seinen Gürtel. Wenn diese Bewegung auf Wirkung abzielte, war sie gut gewählt. Mit den Händen auf dem schweren Ledergürtel sah er wie eine Verlängerung desselben aus – entschlossen, zuverlässig und einschüchternd –, mit einem zusätzlichen Plus. Die Haltung zog die Aufmerksamkeit auf die Pistole in dem Halfter an seiner Hüfte. »Sie ist eine eiskalte Mörderin.«

J.J. biss die Zähne zusammen, um nicht zu widersprechen. Es würde nur schaden, wenn sie frech wurde. Außerdem konnte sie ihn ja schlecht einen Lügner nennen. Was sie getan hatte, hatte sie getan. Hatte gezielt und abgedrückt. Und als die Erinnerung die Vergangenheit wieder hochholte, bedauerte sie es zutiefst. Das passierte jedes Mal, wenn sie an diesen schrecklichen Tag zurückdachte. Die Erinnerung war fest in sie eingepflanzt. Nicht abzuschütteln. Nicht zu leugnen. Das Gespenst, das sie ständig begleitete, wohin sie auch ging, also …

Nein. Es hatte wenig Sinn, sich gegen Griggs zur Wehr zu setzen. Zu widersprechen – ihren Fall im Einzelnen darzustellen mit all den mildernden Umständen – würde die Tatsachen nicht ändern. J.J. wollte das auch nicht. Sie war sich über die Folgen im Klaren gewesen. Hatte in vollem Bewusstsein gehandelt, und ungeachtet ihres nagenden Schuldgefühls konnte sie nicht leugnen, dass sie einen Mann getötet hatte, um ihr Leben zu retten und vor allem um ihre Schwester zu schützen. J.J.s Ex-Freund hatte nicht geblufft. Er hatte jedes einzelne Wort ernst gemeint. Hätte seine Drohung wahr gemacht. Hätte sie gezwungen zuzusehen, wenn er Tania die

Pistole an den Kopf hielt und abdrückte, bevor er sie in ihre Richtung drehte. Zwei Tote zum Preis von einer, nur …

… dass sie es nicht zugelassen hatte. Sie hatte dagegengehalten, bevor er seine Schau abziehen konnte.

Was sie am Ende hierhergebracht hatte … verletzt und allein im Swedish Medical mit Griggs und einer wütenden Schwester, die sich an ihrem Krankenbett gegenüberstanden.

Doch als Schwester Ashford eingriff und das Wiesel wütend anfunkelte, konnte J.J. nicht anders, als dankbar zu sein. Keiner außer Tania hatte sich je für sie eingesetzt. Es fühlte sich gut an, eine Freundin zu finden, auch wenn es nur eine so vorübergehende war wie eine zeitweilige Pflegerin. Die Geste war wirklich lieb. Und auch mutig in Anbetracht der Bösartigkeit, die Griggs aus allen Poren verströmte.

»Es ist schon gut, Schwester Ashford«, murmelte J.J. und hoffte, die Situation bereinigen zu können. Griggs zu verärgern war keine gute Idee. Ihm seinen Stolz zu lassen schien auf jeden Fall die sicherere Lösung zu sein. »Die Handschellen stören mich nicht.«

Eine Lüge. Frei heraus und ohne Umschweife. Aber ehrlich, sie wollte nicht, dass die Schwester Schwierigkeiten bekam. Nicht ihretwegen.

Schwester Ashford starrte sie an und schürzte die Lippen. Sie hielt inne, ihre Miene drückte Unentschlossenheit aus, dann …

»Gefängnisprotokoll, Ma'am«, sagte er und tat damit ihren unausgesprochenen Protest ab.

»Ich habe Ihren Namen nicht verstanden, Officer …?«

»Griggs, Ma'am.«

»Also, Officer Griggs, dann suchen Sie mal den Schlüssel

und *ent-protokollieren* sie.« Mit entschlossenem Gesichtsausdruck starrte Schwester Ashford ihn von der gegenüberliegenden Seite des Betts an. J.J.s Blick flog hin und her, sprang von Griggs zu ihrer potenziellen Retterin und wieder zurück. Mein lieber Scholli. Das war nicht gut. Die Schwester suchte Streit, und das würde am Ende nur ihnen beiden schaden. »Ich muss ihre Verletzungen ansehen und neu verbinden. Das geht nicht mit den Handschellen.«

Er runzelte seine blonden Augenbrauen und musterte sie mit schmalen Augen.

»Sie können sie später wieder anlegen, wenn ich fertig bin, aber für den Moment …« Die Schwester wies warnend mit dem Zeigefinger auf ihn.

J.J. unterdrückte einen Lachanfall. Gott liebte diese Frau, die Verkörperung von Stärke. Nehmen wir noch »störrisch« hinzu. Und fügen wir zum Schluss noch »redlich« an und … na bitte. Schon war es ein völlig neues Spiel. Eins, bei dem das Wiesel allein auf weiter Flur stand und versuchte, einen scharf geworfenen Ball zu fangen, ohne Baseballhandschuhe zu tragen. Sie spürte direkt, wie der brennende Schmerz einsetzte. Sah praktisch, wie er im metaphorischen Sinn zurückruderte, und als die Schwester ihm erneut warnend den Finger zeigte und sich dem Tisch neben dem Bett zuwandte, sagte J.J. im Stillen »danke«. Das Wiesel mochte zwar ein unglaublicher Tyrann sein, aber Schwester Ashford schlug ihn um Längen, setzte ihren Willen mühelos gegen ihn durch.

Hervorragend für J.J. Nicht so gut für Griggs.

Die Verzögerung verschaffte ihr, was sie brauchte: Zeit. Zusätzliche zehn, fünfzehn Minuten, um sich einen Plan zurechtzulegen. Griggs mochte ja ein Arschloch sein, aber er war nicht blöd. Er würde einen Weg finden, um zu bekommen, was er wollte, und ihre Schwester ausnutzen. Also, das Wichtigste zuerst. Sie musste Tania schützen, indem sie sie warnte. Ihr sagen, dass sie nicht vor Schichtwechsel kommen durfte, nicht, bevor Griggs abends nach Haus gegangen war.

»Sie warten hier, J.J.« Schwester Ashford streckte den Arm aus und tätschelte ihr den Rücken mit ihrer freien Hand, bevor sie sich umdrehte und einen Plastikbecher vom Nachttisch nahm. »Ich hole Ihnen etwas Wasser für Ihren wunden Hals und bin gleich wieder zurück. Und danach verbinde ich Sie neu, okay?«

Mit einem Auge auf Griggs nickte J.J. »Danke.«

»Kein Problem, Kindchen.« Ihre ausladenden Hüften schwenkend, marschierte Schwester Ashford auf die Badezimmertür zu. Dabei schüttelte sie den Becher, und der Strohhalm rasselte, drehte sich an dem Plastikrand entlang, während sie über die Schulter zurückblickte. Sie fixierte Griggs und hob eine gepflegte Augenbraue. »Officer? Ich höre gar kein Schlüsselgeklapper. Die Handschellen, wenn Sie so nett wären?«

Schwester Ashford betrat das Badezimmer. Ein Wasserhahn wurde aufgedreht, und das Geräusch von laufendem Wasser durchdrang die Stille.

»Was für eine Nervensäge von Frau.« Mit mordlüsternem Blick löste Griggs einen Knopf an seinem Gürtel. Das Fach für die Handschellen klappte auf. »Diese dämliche Niggerin muss mal in die Schranken verwiesen werden.«

Angesichts seiner Verunglimpfung verkrampfte sich J.J. Ihre Finger krallten sich ins Bettlaken. Dieser rassistische Hinterwäldler. Sie hätte ihm zu gerne eine runtergehauen dafür, dass er Schwester Ashford beleidigt hatte. Nur einmal. Okay, vielleicht lieber zweimal. Es würde sich einfach spitzenmäßig anfühlen, auszuholen und ihm eine zu scheuern. Ein kräftiger Faustschlag würde ihn zur Vernunft bringen. Nun ja, wenigstens redete sie sich das ein. Leider war es nur Theorie, und sie hatte es noch nie ausprobiert. Einen Wärter zu schlagen rangierte unter Dummheit, vielleicht sogar unter Selbstmord. Und trotzdem lebte der Traum weiter, bewegte sie den Gedanken in ihrem Kopf, was ihr eine gewisse Befriedigung verschaffte, als sie sich vorstellte, wie er k.o. am Boden lag.

Ohne seine oberen Schneidezähne.

»Was gibt es da zu glotzen, *Rothaut?*« Er grinste sie höhnisch an.

J.J. unterdrückte einen Seufzer, verbarg ihre Gefühle. Nichts Neues an dieser Front ... oder seinem unfassbaren Rassismus. Sie hatte ihre Lektion gut gelernt im Verlauf der letzten fünf Jahre. Mit Wut zu reagieren war grundfalsch. Es stachelte ihn nur noch mehr an, verschaffte ihm die Macht, sie zu verletzen. Als eingetragenes Mitglied des Clubs aller Rassisten e. V. ließ sich Griggs keine Gelegenheit entgehen, ihre Herkunft zu verunglimpfen. Oder ätzende Bemerkungen über das Cherokeeblut in ihren Adern zu machen. Es machte sie weniger menschlich in seinen Augen. Widerwärtig? Absolut. Grund, wütend zu werden? Keine Frage. Ein Trauerspiel heutzutage, wo Hautfarbe keine Rolle mehr spielen sollte? Zweifellos. Aber das hielt Griggs nicht davon ab, seine rassistischen Ansichten von sich zu geben, wann immer er glaubte, dass kein anderer zuhörte.

Die Tatsache, dass sie halb weiß war – mit blauen Augen und heller Haut –, war ihm egal. Ein Mischling war etwas Schmutziges ... nicht wert, von ihm beachtet zu werden. Leider ließ sich das Gleiche nicht von Tania sagen. Hätte Griggs ihre Schwester abgelehnt, hätte das viele Probleme gelöst, weil … genau. Hätten sie und ihre Schwester denselben Vater gehabt, hätte Griggs Tania keines zweiten Blickes gewürdigt.

Ganz zu schweigen davon, sich zwanghaft auf sie zu fixieren.

»Verdammte Rothaut.« Seine leise Stimme sorgte für Kopfschmerzen bei ihr, während Griggs seine Hände auf das Bettgitter stützte. Die Stange bog sich unter seinem Gewicht und zerrte an den Handschellen. Als die Stahlfessel an ihrem Handgelenk zog, brach sich die Panik, die sie unterdrückt hatte, Bahn. Sie rutschte zur Seite, krümmte sich unter der Bettdecke, versuchte verzweifelt, auf Distanz zu gehen. Es funktionierte nicht. Er drang in ihre Privatsphäre ein, brachte den beißenden Geruch seines Aftershaves mit. Ihre Bauchmuskeln zogen sich protestierend zusammen. Schmerz schoss seitlich hoch, hatte ihren Brustkorb im Griff, zerrte an den Nähten. »Du glaubst doch nicht etwa, dass du es geschafft hast? Nur weil diese verdammte Schwester Gefallen an dir gefunden hat?«

J.J.s Atem ging stoßweise. Der Kerl war mehr als krank. Ein echter Kandidat für die nächste Irrenanstalt. »Ich will meinen Telefonanruf.«

»Herrgott.« Verärgert richtete er sich auf, verhakte seine Daumen wieder in seinem Gürtel und schüttelte den Kopf. »Du schnallst es einfach nicht, was, *Rothaut*?«

Angst ergriff sie, schlug eine gemeine Richtung ein. »Ich habe ein Recht, meinen Anwalt anzurufen.«

»Quatsch. Du hast, was ich dir gebe, mehr nicht. Also hör zu, *Rothaut* … und hör gut zu.« Seine Augen glitzerten boshaft, sein Mund verzog sich, sein Lächeln halb spöttisch, halb knurrend. Der Druck auf sie nahm zu. Sie atmete ganz flach, kämpfte darum, eine ausdruckslose Miene zu behalten. Sobald sie sich gehenließ, sich geschlagen gab und Furcht zeigte, hätte er gewonnen. Und dumm oder nicht, J.J. weigerte sich, ihm einen sauberen Sieg zu überlassen. »Wenn du irgendetwas versuchst. Einen Anruf machst. Deine Schwester warnst. Dem Direktor oder irgendjemandem Scheiß über mich erzählst, kommst du hier nicht lebend raus. So einfach ist das. Also nur zu, *Rothaut*. Wirf mir was vor. Stell mich auf die Probe, aber nur, wenn du sterben willst. Sonst halt deine verdammte Klappe.«

»Sie werden nicht damit durchkommen«, sagte sie und gab sich überzeugt, ohne es zu sein.

»Bin ich schon. Und deine Schwester? Sie ist …«

»… klüger als Sie.«

»Es geht nicht darum, ob sie klüger ist. Es geht darum, dass *sie mich* zufriedenstellt. Und willst du noch was wissen? Je zufriedener ich bin, desto länger bleibst du am Leben.« Seine Mundwinkel hoben sich. »Was, glaubst du, wird Tania machen, wenn sie dich hier so liegen sieht, Solares? Hmm, willst du wissen, was ich glaube?« Er hielt inne, und seine Augen glitzerten vor Befriedigung, während er sie einen Moment zappeln ließ. »Ich glaube, sie wird tun, was immer ich ihr sage. Ihre Beine spreizen … mich hereinbitten … mir einen blasen, wann immer ich will, nur um dich in Sicherheit zu wissen.«

»Krümmen Sie ihr auch nur ein Haar, und so wahr mir Gott helfe, werde ich …«

»Was?« Er rüttelte an den Handschellen an ihrem Bett. »Komm schon, *Rothaut* … sag's mir.«

»Sie kranker Mistkerl.«

Er lachte. »Wurde auch langsam Zeit, dass du's kapierst.«

Türangeln knarzten. J.J. wandte ihren Blick ab von dem Widerling, der sie quälte, und blickte hinüber zum Badezimmer. Schwester Ashford stand zwischen den Türpfosten und drückte einen Deckel auf den Plastikbecher.

»Haben Sie schon diese Handschellen entfernt, Officer?«

Griggs zögerte.

J.J. schluckte, wartete auf den Ausbruch. Er kam aber nicht. Stattdessen lächelte er, und mit einer schnellen Drehung steckte er den Schlüssel ins Schloss. Die Handschellen fielen ab, schlugen gegen Metall. Halb erleichtert, halb krank vor Entsetzen, presste sie ihren verbundenen Arm gegen ihre Brust, machte ganz langsame Bewegungen, befürchtete, dass Griggs es sich anders überlegte und sie wieder fesselte.

»Ausgezeichnet. Vielen Dank, Officer Griggs«, sagte die Schwester und scheuchte ihn mit ihrer freien Hand aus dem Zimmer. »Und jetzt ab mit Ihnen. Es gibt eine Kaffeemaschine gleich den Flur hinunter. Ich rufe Sie dann, wenn ich mit meiner Patientin fertig bin.«

Griggs schaute wieder in ihre Richtung. J.J. spürte seinen stechenden Blick. Nicht, dass das eine Rolle spielte. Seine Drohungen hatten keinerlei Bedeutung für sie. Sie war Beschimpfungen gewöhnt. Konnte mit dem Wiesel fertigwerden – und mit allen Formen von Vergeltung –, um ihre Schwester zu schützen. Jetzt musste sie nur noch herausfinden, wie.

In der Sekunde, in der er über die Türschwelle getreten war, trat Schwester Ashford neben sie. Sie stellte den Becher auf den Tisch und wandte sich um zu der Schrankwand zu ihrer Rechten. Mit flinken Händen öffnete sie Türen und schloss sie wieder. Während in Plastik verpackte Päckchen, Verbandsmull und Pflaster in einem festen Plastikbehälter landeten, veränderte J.J. ihre Haltung auf der Matratze, versuchte, eine bequemere Lage zu finden. Warum sie sich abmühte, wusste sie auch nicht. Es war schließlich nicht so, als hätte sie auch nur die geringste Chance, den Schmerzen auszuweichen. Oder sie zu mildern. Von Bequemlichkeit stand nichts in ihren Karten. Griggs hatte ihr ein miserables Blatt geliefert, hatte das Spiel erhöht auf Kontaktsport.

Das Beste, was sie jetzt tun konnte, war, dafür zu sorgen, dass kein anderer verletzt wurde.

Schwester Ashford spähte hinüber zur offenen Tür. Und zu Griggs. Die Beine fest auf dem Boden, stand er auf dem Gang und hatte ihnen den Rücken zugekehrt. Er blickte erst in die eine, dann in die andere Richtung, studierte den Korridor, als erwartete er eine militärische Invasion. J.J. schüttelte den Kopf. Na toll. Genau das, was sie nicht brauchte … einen Neandertaler in Wartestellung.

Die Wachsamkeit in Person.

Schwester Ashford kam wieder in Sichtweite und stellte das Verbandszeug auf ihr Bett. »Ist er immer so?«

»So ziemlich.«

»Er nennt sie häufig *Rothaut*, nicht wahr?«

»Großer Rassist … kleines Hirn.«

Die Schwester schnaubte. »Ich werde es mir merken.«

»Tun Sie das bitte«, flüsterte J.J., während Sorge ihr das Herz abschnürte. »Aber verärgern Sie ihn nicht. Wenn Sie ihm in die Quere kommen, wird er es Ihnen heimzahlen.«

»Machen Sie sich keine Sorgen um mich.« Schwester Ashford trat zur Seite und packte die Kante des bodenlangen

Vorhangs. Sie zog. Ein Rattern durchdrang die Stille, als die kleinen Rädchen sich über die Metallschiene bewegten. Griggs blickte über seine Schulter. J.J. wendete die Augen ab, vermied den Blickkontakt. War das feige? Vielleicht, aber sie konnte einfach nicht mehr. Nicht jetzt. Wahrscheinlich eine ganze Weile nicht. Noch ein Zug, und der Vorhang zog sich rund um ihr Bett, hüllte sie ein. »Ich habe mein Leben lang damit zu tun gehabt.«

»Niemand ist wie er.«

»Unsinn. Ein Tyrann ist ein Tyrann. Spielt keine Rolle, was für eine Uniform er trägt. Aber genug davon.« Schwester Ashford hatte inzwischen ihren Tropf gecheckt und hielt jetzt eine chirurgische Schere in der Hand. »Wir haben nicht viel Zeit.«

J.J. blinzelte. *Zeit?* »Wofür?«

»Wissen Sie die Nummer Ihres Anwalts auswendig?«

Stirnrunzelnd öffnete J.J. ihren Mund, dann schloss sie ihn wieder. Es hatte keinen Sinn, es herausfinden zu wollen. Sie war noch nie gut im Rätselraten gewesen. »Ich verstehe nicht …«

Die Schwester registrierte ihre Verwirrung und lächelte. »Denn wenn dem so wäre, dann brauchen Sie möglicherweise so eins.«

Sie steckte ihre Hand in eine der Taschen ihres Kittels und zog ein …

Oh, dem Himmel sei Dank. Ein Handy. Eins dieser High-Tech-Dinger mit einem breiten, flachen Bildschirm.

Dankbarkeit überschwemmte sie. Ihr Herzschlag stoppte, dann setzte er wieder ein, und zwar so heftig, dass ihr der Kopf dröhnte. J.J. wusste nicht, was sie sagen sollte. Wie bei einer richtigen Heulsuse schossen ihr die Tränen so schnell in die Augen, dass das Gesicht der Schwester vor ihren Augen verschwamm.

»Machen Sie schnell.« Mit schräg gelegtem Kopf lauschte die Schwester, ob sie näher kommende Fußschritte hörte. Als sie nicht kamen, flüsterte sie: »Rufen Sie nicht an. Schicken Sie ihm eine SMS.«

»Ich weiß nicht, wie.« Mit zitternden Händen nahm sie das Handy entgegen und starrte das Ding wie ein fremdartiges Wesen an. Von dem Augenblick an, als sie unter Anklage gestellt und eine Kautionszahlung abgelehnt worden war, hatte sie ihre Sonderrechte verloren. Auch alle ihre Besitztümer ... inklusive ihr Prepaid-Handy. »Ich habe noch nie jemandem eine SMS geschickt.«

»Warten Sie. Hier, einfach ...«

Schnell wie eine Rakete drückte Schwester Ashford auf einen Knopf. Das Bild eines Hundes in einem rosa Pullover erschien auf dem Bildschirm. Ein kleine Berührung des Displays, und schon veränderte sich das Bild, forderte J.J. auf, an dieser Stelle eine Telefonnummer einzugeben. Die Nachricht darunter zu schreiben. Einfach. Effektiv. Himmlisch für eine Frau, die so ein Gerät noch nie benutzt hatte.

»Alles klar?«

»Hab's begriffen.« Eine weitere Runde Tränen verstellte ihr die Sicht. J.J. wischte sie weg. »Vielen Dank.«

Schwester Ashford sagte: »Hm-hm«, und sprach dann mit lauter Stimme weiter, laut genug, dass Griggs sie hören konnte. Während sie so tat, als würde sie ihr durch ihr Reden den Verbandswechsel erleichtern, ihr die Verletzungen erklären und was passieren musste, damit sie heilten, machte J.J.

sich an die Arbeit. Mit klopfendem Herzen, wirbelndem Verstand und Hoffnung, die wie ein Heißluftballon in ihrem Kopf aufstieg.

Mit der Rettung in Sicht fanden ihre Finger die richtigen Buchstaben.

Tania … hier ist J.J. Bin verletzt. Brauche Hilfe. Aber komm du nicht. Nicht sicher. Griggs ist hier. Ruf Anwalt an. Beantrage Schutzhaft. Sei klug. Bleib in Sicherheit. Alles Liebe, deine Schwester.

Sie fühlte sich so unter Stress, als würde ein Zehntonner auf ihr parken, als sie ihre Nachricht nochmals las. Eine Sekunde um die andere verstrich und …

Sie drückte auf den Sendeknopf.

Als Nächstes setzte das Beten ein. Zusammen mit all dem *Was wäre wenn.* Was wäre, wenn Griggs es herausfände? Was, wenn Schwester Ashford in Schwierigkeiten geriete? Was, wenn Tania die Nachricht nicht erhielte? Was, wenn der Direktor … o Gott. O Mist. Verdammte Scheiße, dreimal gequirlt. Sie hasste dieses *Was wäre, wenn* und all die miesen Möglichkeiten, die jede einzelne Sorge mit sich brachte. J.J. schloss die Augen, und ihre körperlichen Schmerzen wurden noch von ihren seelischen übertroffen. Jemand sollte sie gleich jetzt erschießen. Das wäre weiß Gott leichter. Ein schneller Tod war einem langsamen schließlich immer vorzuziehen.

Wick unterdrückte ein Knurren, trat über die Schwelle und betrat das Gridiron. Sein Körper rebellierte, verspannte sich total, als der stechende Geruch von Eau de Nightclub ihn traf.

Durch die unbewusste Reaktion geriet er in die Gefahrenzone, wodurch seine Nachtsicht ansprang. Verfolgungswahn flackerte auf, er sah sich von allen Seiten umstellt. Er verkniff sich eine Grimasse. Mann, er hasste diesen Ort. Hasste die Stroboskoplichter und dieses verkackte Gothic-Dekor. Konnte den haarsträubenden Death-Metal-Rhythmus nicht ausstehen, der durch die versteckten Lautsprecher dröhnte. Dieses Geschiebe und Gedränge von zu vielen Körpern auf zu kleinem Raum.

Nicht, dass ihm einer der Menschen je zu nahe kam.

So blöde war nun wirklich niemand. Was auch gut war. In seiner aktuellen Stimmung würde er möglicherweise ein paar von ihnen in Stücke reißen, nur um sich zu lockern. Die meisten Männer wären schnurstracks zur Bar gegangen. Hätten einen Drink gekippt gegen die Abneigung. Vielleicht sogar eine ganze Flasche getrunken, um die Aversion zu mildern und direkt ins Vergessen zu segeln. Er nicht. Er rührte das Zeug nie an. Würde es auch nie tun.

Alkohol war nicht sein Freund. Und heute Nacht? War es auch die Zeit nicht.

Wick rollte die Schultern, um seine Verkrampfung zu lockern, und wandte sich nach links. Zur VIP-Lounge. Die Menschen stoben auseinander wie Bowlingkugeln, taten, was sie am besten konnten … gingen ihm aus dem Weg. Die Treppe führte ihn fünf Stufen hinauf zu einem erhöhten Bereich, der die Tanzfläche überblickte. Er sah nicht einmal hin. Er wusste, was in der Richtung lag. Nichts als ein Meer von abgefüllten Menschen, die so taten, als könnten sie tanzen.

Die Stroboskoplampen an der Decke warfen grelles Licht an die schwarzen Wände.

Wick kniff die Augen zusammen gegen das blendende Licht und ging langsamer, nahm die Lounge gründlicher in Augenschein, peilte die Lage, überflog die Anzahl der Menschen, die tatsächlich versuchten, sich über diesen Höllenlärm hinweg zu unterhalten. Wick schnaubte. Überraschung. Überraschung. Mal wieder ein volles Haus heute Nacht … mehr Frauen, als er zählen konnte. Gute Auswahl für Venom und die anderen Krieger.

Nicht so toll für ihn.

Unsicherheit packte ihn, sein Nacken kribbelte heftig und … Mist. Schon wieder streikten seine Hände. Jedes Mal, wenn er hierherkam, wurden die Wichser taub. Eine Reaktion auf den Stress? Wahrscheinlich. Ein frühes Warnzeichen, um von hier verdammt schnell zu verschwinden? Absolut. Nicht, dass er das jetzt konnte. Mit Venom an seinen Fersen musste er den Albtraum ertragen. Je schneller er fertig war, desto eher wäre er raus aus dem Club, zurück auf der Straße und wieder hoch in der Luft.

Er warf einen Blick auf die nächstgelegene Tür. Das rote Schild über dem Ausgang leuchtete blutrot, brannte ihm Zwillingslöcher in seine Netzhäute. Ein Notausgang, einer, der auf die Gasse hinter dem Club führte. Die Versuchung war groß, all seine Muskeln verkrampften sich. Dreißig Sekunden. Höchstens. Und er wäre weg.

Leider war Feigheit etwas, was er nie und nimmer zulassen konnte.

Rückzug – hungrig zu bleiben – war keine Lösung. Nicht heute Nacht mit den Jungs im Rücken und einer Aufgabe vor ihm.

Herausgeputzt mit kurzen Röcken und bauchfreien Tops,

waren die Frauen einfach überall: faulenzten in plüschigen Nischen, saßen an der Bar, standen in Gruppen herum, stellten ihre Haut zur Schau, wiegten sich mit ihren Drinks in der Hand, während Eis in ihren Trinkgläsern herumwirbelte. Wick unterdrückte seinen Ekel, als der scharfe Geruch von Hochprozentigem ihn schier übermannte. Die Erinnerung wurde schärfer, und er fing innerlich an zu taumeln. Gott, dieser Gestank. Er schaffte es immer wieder, ihn in die Vergangenheit zu ziehen, an die er sich nicht erinnern wollte, die er aber nicht vergessen konnte. Und als er da stand, die Stiefel wie festgeschraubt am Boden, die Schultern angespannt, verblasste die Wirklichkeit und ging über in Erinnerung.

In die Grausamkeit einer anderen Zeit und eines anderen Ortes.

Wick schüttelte den Kopf. Sogar nach all diesen Jahren konnte er es nicht fassen. Konnte die Brutalität nicht verstehen, geschweige denn den Missbrauch. Er war noch so jung gewesen, als es begonnen hatte. Zu naiv, um zu begreifen, was passierte oder was diese Behandlung nach und nach mit ihm anstellen würde. Sogar nach achtzig Jahren empfand er immer noch das gleiche Entsetzen: Da waren das Halsband und der Käfig, das mentale Schleudertrauma und die unglaubliche Brutalität seines Entführers, der ihm Nacht für Nacht vierzigprozentigen Alkohol die Kehle hinunterzwang.

Alles im Namen der Unterhaltung.

Wick ballte die Fäuste und versuchte, das bittere Gefühl, seelisch gebrandmarkt worden zu sein, abzuschütteln, versuchte verzweifelt, die seelischen Flammen zu löschen. Aber nichts konnte den zunehmenden Schwall der Erinnerung fernhalten. Oder seine heftige körperliche Reaktion auf den

Geruch von Alkohol. Wick wusste das. Gewohnheit und Erfahrung hatten es ihn gelehrt. Er versuchte es trotzdem, wehrte sich gegen das Gefühl von Übelkeit, schluckte die aufsteigende Galle hinunter, bis sein Puls heftig pochte und sein Herz schmerzte.

Gottverdammter Mistkerl.

Der Bastard hatte ihn in einen Käfig gesperrt. Einen verdammten *Käfig* … komplett mit einem Stahlhalsband und Ketten. Warum ihn das mehr als alles andere rasend machte vor Wut, wusste Wick nicht. Schlimmer war bestimmt, dass er im Alter von sieben Jahren gezwungen worden war, Schnaps zu trinken. Abhängig geworden war er bereits mit zehn, ein rasender Alkoholiker, der brüllend seinen Drink verlangte vor jedem Kampf. Bevor sein Entführer ihn auf die Bühne zerrte, ihm ein Messer in die Hand drückte und ihn zwang zu …

Die schmerzliche Erinnerung tat höllisch weh, ließ ihn innerlich bluten.

Das Wimmern einer elektrischen Gitarre rettete ihn, schnitt direkt durch seinen mentalen Lärm.

Wick blinzelte. Eine Sekunde später schob er die Vergangenheit beiseite. Er war nicht mehr dort, an diesem unterirdischen Ort, verängstigt, allein und verletzlich. Venom hatte ihn da herausgeholt, und der Bastard, dem er gehört hatte, war tot. Sinnlos, auch nur etwas davon erneut zu durchleben. Das Beste, was er jetzt tun konnte, war, vorwärtszugehen, seine Wahl zu treffen und schnell zu verschwinden.

Was bedeutete, dass er ein weibliches Wesen für seinen Freund finden musste … umgehend.

Wick wandte seine Aufmerksamkeit der Bar zu, die sich

entlang der hinteren Wand erstreckte, und ließ seinen Blick über die Menge schweifen. Er zog eine Grimasse. Du liebe Güte. Was für eine Schande. Das Gridiron war eine echte Travestie. Nichts als angestrengte Oberflächlichkeit bei den Stammkunden. Eine Armee von gothicmäßig ausstaffierten Weicheiern, die einen auf hart machten, aber keinen Schimmer hatten, was das hieß. Versetzte man sie eine Sekunde lang in eine Notlage, forderte die Idioten heraus ... genau. Jeder einzelne von ihnen würde zu Boden gehen wie ein nasser Sack.

Wick schüttelte den Kopf und sah die Menschen stirnrunzelnd an.

»Reiß dich ein bisschen zusammen, Kumpel.«

Wick blickte nach links und hob fragend eine Augenbraue.

»Ich meine deinen angepissten Ausdruck.« Belustigung im Blick, schlug Mac ihm mit seiner großen Hand auf die Schulter. Seine Haut traf auf die Lederjacke, verursachte ein klatschendes Geräusch. »Wenn du sie weiter so ansiehst, verschreckst du die Weiber, und sie rennen weg. Nicht der beste Weg, um eine aufzureißen. Ein kleines Willkommen kann nicht schaden, weißt du.«

Mit schmalen Augen funkelte Wick das neueste Mitglied des Nightfury-Clans an.

»Meine ja nur.« Grinsend gab Mac ihm noch einen zweiten nett gemeinten Klaps. Der feste Schlag bewegte ihn vorwärts, zwang ihn, seine Position zu verändern oder hinzufallen. »Ich bin an der Bar.«

»Bleib da«, sagte er mit einer stummen Warnung im Tonfall. Es war notwendig. Trotz seiner Unerfahrenheit war Mac ein Joker, einer mit dem Verstand und der Stärke, einen Alleingang zu unternehmen. Nicht direkt das, was Wick aktuell in den Kram passte. Wenn Mac das Kommando übernahm – was durchaus im Bereich des Möglichen lag in Anbetracht der Tatsache, dass es bei dieser Mission um die Schwester seiner Frau ging –, würde Wick die Gelegenheit verpassen, seine Schulden zurückzuzahlen. Was unglaublicher Scheiß wäre. Er musste die Rechnung begleichen und das Problem loswerden. Und Jamison? Sie war das beste Mittel zum Zweck. »Ich hole die Frau heraus, nicht du.«

»Verstanden.« Mac nickte, seine blauen Augen glitzerten ernst, und er untermalte seine Worte mit der entsprechenden Haltung. Er streifte Wicks Schultern, als er an ihm vorbeiging und den Weg zur Bar am hinteren Ende der Lounge einschlug. »Amüsiert euch, Jungs. Gebt Laut, wenn ihr fertig seid.«

»Klar doch, machen wir.« Forge trat neben Mac und warf ihm einen Seitenblick zu. Erwartungsvoll rieb sich der Schotte die Hände. »Zeitrahmen?«

»Eine Stunde«, sagte Wick und unterdrückte einen Schauder. Fünfzehn Minuten hätten ihm besser gefallen, aber das würde verdammt noch mal nicht funktionieren. Seine Waffenbrüder würden protestieren und ihm den Arsch aufreißen, wenn er den Zeitrahmen noch mehr beschränkte. Keiner von ihnen teilte schließlich sein Leiden. Ob groß, klein, dünn, kurvenreich, mit oder ohne großes Energiepotenzial, es spielte keine Rolle. Jeder Krieger liebte es, mit einer Frau zusammen zu sein. Genoss jede Minute, die er mit einer verbringen konnte. Sehnte sich nach dem Kontakt und dem Schwall lebenserhaltender, orgiastischer Energie, die dem immer folgte. Wick wusste es, weil er gesehen hatte, wie Venom sich in Gegenwart von Frauen verhielt. Das Gequatsche im Hauptquartier nach einer durchzechten Nacht kannte und …

Mist, kein Zweifel. Alle liebten es, eine Frau zu berühren – und im Gegenzug berührt zu werden.

Alle außer ihm.

Angesichts dieses Eingeständnisses verkrampfte sich Wick noch stärker. Unsicherheit machte sich in ihm breit. Als Nächstes kam Wut. Himmelherrgott. Er war ein Krieger, Teufel noch eins. Stark. Klug. Tödlich im Gefecht und gefürchtet von seinen Feinden. Auf keinen Fall sollte es ihm unmöglich sein, sich einer Frau zu nähern. Aber die Wahrheit kümmerte sich einen Dreck um das, was sein sollte, oder um seinen Stolz. Wie er sich fühlte, seine Reaktion – das war, wie es *war*. Es war nicht zu leugnen. Und als er sich gegen das aufkommende Grauen und seine Neurose zur Wehr setzte, rollte er seine Schultern. Die Bewegung half nicht. Er wiederholte sie trotzdem, zwang sich, den Sack randvoll mit Schrecken, den er wie ein Gepäckstück mit sich herumschleppte, zu schultern.

Dann wiederholte er noch einmal den Plan. »Ich will vor Mitternacht im Krankenhaus sein.«

»Verdammte Scheiße.« Forge sah ihn finster an, protestierte gegen die knappe Zeit.

»Bis später«, sagte Sloan mit einem Knurren in der Stimme. Seine dunklen Augen schauten etwas erbittert, aber er setzte sich in Bewegung und folgte Forge ins Getümmel des Clubs. »Wir treffen uns auf dem Dach in sechzig Minuten.«

»Eine ganze Stunde.« Ein angedeutetes Lächeln im Gesicht, trat Venom neben ihn. Der DJ wechselte die Musik, verband Death Metal mit älteren Songs. Als die neue Mischung loslegte und durch die Lautsprecher dröhnte, hob sein bester

Freund eine Augenbraue. »Wie großzügig von dir. Wie kommt es, dass du mir nie so viel Zeit einräumst?«

»Fick dich, Ven.« Das war sein Lieblingsausdruck. »Komm doch später, wenn du willst.«

Venom seufzte, so als würde er sich schicksalsergeben mit Wicks Stinklaune abfinden.

»Ich lasse Jamison nicht länger als nötig dort.«

Überraschung blitzte auf in den rubinroten Augen. »Jamison, so heißt sie also? Seit wann das denn?«

Wick setzte eine gleichmütige Miene auf, gab sich alle Mühe, seinen Ausrutscher ungeschehen zu machen. Aber es war zu spät. Venom war kein Idiot. Sein Freund hatte seinen Tonfall aufgeschnappt … wie er ihren Namen ausgesprochen hatte. Super. Einfach spitzenmäßig. Er hatte einen taktischen Fehler gemacht und die Katze aus dem Sack gelassen. Noch während er versuchte, sie wieder hineinzustopfen, wusste Wick, dass er geliefert war. Venom würde genauso wenig lockerlassen, wie ein Hund einen Knochen losließ. Er würde ihm so lange zusetzen, bis er die Wahrheit zugab.

Jamison faszinierte ihn.

Irgendwie … irgendwo … innerhalb der letzten paar Stunden hatte sie sein Interesse geweckt. Was mehr als nur etwas seltsam war, um nicht zu sagen lächerlich. Neugierig war er noch nie gewesen. Er war ein einfacher Mann, der ein einfaches Leben liebte. Kampf. Abtrünnige jagen. Nach Hause kommen, wenn die Nacht zu Ende war. Daran war nichts Kompliziertes, aber als die Einzelheiten ihrer Situation ans Licht kamen und ihn kitzelten, konnte er sie nicht einfach ausblenden. Oder das neuartige prickelnde Gefühl, das einsetzte, sobald er an sie dachte.

Jetzt kreisten Myriaden von Fragen in seinem Kopf und verlangten Antworten.

Er wollte jede Einzelheit wissen. Aber noch mehr als alles andere? Er wollte der Frau hinter der Gefängnisakte begegnen, sie kennenlernen. Auf die kleinen Dinge war er gespannt, und als die brennende Neugier einsetzte, waren seiner Fantasie keine Grenzen gesetzt. Was für eine extreme Maßnahme. Sie hatte die Sache komplett durchgezogen, hatte einen Mann in den Tod gelockt … das Undenkbare getan. Wenigstens für eine Frau. Die meisten Frauen hätten nicht den Mut gehabt. Wegzulaufen und sich zu verstecken schien eine wahrscheinlichere weibliche Verhaltensweise zu sein.

Jamison jedoch war die Ausnahme von der Regel. Und ob es ihm gefiel oder nicht, Wick wollte wissen, warum.

»Also …« Venom walkte seine Hände, bis seine Knöchel knackten. Die Bewegung signalisierte Ungeduld. »Packen wir's an, oder was ist?«

Wick nickte. Es hieß jetzt oder nie. Und da *nie* mit Venom im Rücken keine Option war, ging Wick weiter. Er setzte seine Füße in Bewegung und ging auf das Unvermeidbare zu. Das Pochen in seinen Schläfen nahm zu, verursachte ihm Kopfschmerzen. Er schob das Unbehagen beiseite, sein Blick wanderte suchend über den VIP-Bereich und …

Bingo. Mac auf drei Uhr.

Getarnt durch Zauberkraft, unsichtbar für menschliche Augen, stand Mac im Schatten am Ende der Bar, die Schulterblätter gegen die Wand gepresst. Sein Blick schweifte über die Menge, und er trug einen gequälten Gesichtsausdruck. Das konnte Wick nachempfinden. Er wollte auch nicht hier sein, aber Notwendigkeit war nun mal echt Scheiße, und eine Frau zu finden, die er ertragen konnte, ein absolutes Muss.

Wick wandte seinen Blick ab von seinem Kumpel und ließ ihn über die Bar schweifen. Hohe Barhocker standen aufgereiht über die ganze Länge der Bar da, rückten die darauf Sitzenden ideal ins Sichtfeld. Ein breiter Spiegel befand sich hinter ihnen, farbenfrohe Flaschen wurden im schwachen Licht reflektiert. Seine scharfen Drachensinne schalteten auf Verfolgung und stuften jedes einzelne weibliche Wesen energetisch ein. Nö, keine anständigen Kandidatinnen hier. Er brauchte eine Frau mit starker Energie, stark genug, um sowohl ihn als auch Venom gleichzeitig zu nähren.

Er blickte flüchtig in eine Ecknische.

Sah noch einmal hin. Hmm. Das sah vielversprechend aus. Oder vielmehr, *sie* tat es. Perfekt. Dunkelhäutig und hübsch. Sie war genau nach Venoms Geschmack. Sein Freund bevorzugte schwarze Amerikanerinnen und … jawohl. Sie eignete sich prima mit ihren dunklen Augen und dem glatten, schulterlangen Haar. Das kaum vorhandene weiße Kleid schadete auch nicht. Der Stoff saß hauteng, hob ihre Brüste hervor und unterstrich noch die gesunde, lebhafte Ausstrahlung.

Wicks Mund verzog sich. Exzellent. Auf keinen Fall würde Venom ihr widerstehen können.

Wick hielt mitten im Schritt inne und blickte über seine Schulter.

Venom tippte sich ans Kinn. »Schon entschieden?«

»Hintere Ecknische.«

»Verdammt … hat man Töne.« Venoms Worte wurden beinahe überdeckt von dem knallharten Bass. Wick hörte sie trotzdem, nahm das plötzliche Interesse seines Freundes wahr.

Hauptgewinn. Sie hatten Starterlaubnis. Venom sah ihn an. Ein heißer Blick aus rubinroten Augen traf ihn. »Suchst du jemals eine Frau aus, die du attraktiv findest?«

Er zuckte die Achseln, ging der Frage aus dem Weg. Die Antwort auf sie wäre … im Leben nicht. Es war ja nicht so, dass er keine Frauen mochte. Er fuhr genauso auf lange Beine ab wie jedermann, aber es lag ein großer Unterschied zwischen Ansehen und Berühren. Ersteres tat er ausgiebig, studierte das andere Geschlecht, genoss an einer Frau das, was sie bot: schön und sanft, erregend mit all der glatten Haut, die sie zeigte. Kontakt jedoch – alles, was Zupacken einschloss – vermied er, wie Säure ins Gesicht zu bekommen.

»Willst du sie oder nicht?«

Venom knurrte. »Keine Frage.«

»Dann leg los.« Wick schob seinen Ärmel hoch und tippte auf seine Armbanduhr. »Noch siebenundfünfzig Minuten, und die Uhr tickt.«

»Teufel auch«, brummte sein Freund, verschwendete aber keine Sekunde.

Mit schnellen Schritten folgte Wick Venom über den schmutzigen Betonboden zur Lounge. Seine volle Aufmerksamkeit war auf die Frau gerichtet. Sie lachte über etwas, was ihr Begleiter sagte, und nippte an ihrem Drink. Ihre Blicke trafen sich über dem Glas. Sie hielt inne und erstarrte. Eingetuned auf ihre Aura, registrierte er, wie sich ihre Energie steigerte. Ihre Augen weiteten sich. Einen Moment später schlug ihr Puls schneller vor Furcht.

Immer dieselbe Geschichte.

Da sie sich seiner nie sicher waren, schreckten die meisten Frauen zuerst zurück vor ihm. Eine normale Reaktion. Eine, die Wick verstand, auch wenn in ihm Bedauern aufstieg. Es war ja nicht so, als täte er es mit Absicht. Wenn er auch nur die geringste Wahl gehabt hätte, hätte er ein besänftigendes Gefühl ausgestrahlt, nicht das räuberische, von dem er wusste, dass er es in sich trug, aber ... verdammt. Er wusste nicht, wie. Da er ein Jäger durch und durch war, ergriffen die meisten Männer die Flucht vor ihm – und erst recht natürlich Angehörige des schwachen Geschlechts. Trotzdem versuchte er, seine Rolle zu spielen, und zwang sich zu einem Lächeln. Vielleicht würde das helfen, den Weg zu ebnen, sie empfänglicher machen, Venom helfen.

Sein Freund blieb vor dem Tisch stehen.

Die Frau blinzelte und verlagerte ihre Aufmerksamkeit. Sobald ihr Blick Venom erfasste, atmete sie die angehaltene Luft aus, ihre Furcht wich Interesse. Sie reckte ihr Kinn und musterte Venom kurz prüfend, ihr Blick wanderte nach unten, dann wiederholte sie das Gleiche bei ihm. Wick verkrampfte sich. Sie lächelte und lehnte sich zurück, entspannte sich auf dem Sitzkissen, stellte ihre üppigen Reize zur Schau, als sie Blickkontakt aufnahm.

»Hallöchen.«

Wick erstarrte, als sie weiterhin seinen Blick festhielt. Oh, verdammt. Das war mal eine Abwechslung. Sehr befremdlich mit einer Extraportion Scheißdreck. Normalerweise zog Venom alle Aufmerksamkeit auf sich, aber als sie sich auf die Unterlippe biss, verstand Wick die Botschaft. Sexuelle Energie war leicht zu lesen. Genauso war es mit weiblicher Erregung, und als ihre Pupillen sich erweiterten und sich ihre Lippen öffneten, schluckte Wick schwer. Sie fuhr hundertprozentig auf ihn ab, ermutigte ihn, die Initiative zu ergreifen. Kontakt aufzunehmen, sich neben sie zu setzen und sie in die sexuelle Arena zu locken.

Was natürlich nicht lief mit seinem Chi. Ganz zu schweigen von seinem Bedürfnis.

Hilfe. Was zum Teufel sollte er jetzt tun?

Venom kam ihm zu Hilfe und zog die Aufmerksamkeit der Frau wieder auf sich. »Hallo, meine Schöne. Was dagegen, wenn ich mich zu dir setze?«

Mit einer entsprechenden Handbewegung lud sie Wicks Freund ein, sich zu ihr in die Nische zu setzen.

»Mervais, Talmina«, sagte Venom leise in der Drachensprache, als er ihr für ihre Aufforderung dankte.

Eine gedankliche Peitsche schwingend, vertrieb Wick den Typen neben ihr. Als der Mann Reißaus nahm, und zwar so schnell, als würde sein Leben davon abhängen, setzte sich Venom neben sie, nahm Platz in der Nische. Wie gewöhnlich stand Wick wie versteinert da, und zwar vor der Nische … neben dem Paar, auf Distanz. Ziemlich merkwürdig? Absolut, aber er wusste nicht, was er sonst tun sollte. Zwei Möglichkeiten boten sich an. Die erste lautete: bleib, wo du bist. Die zweite war, dass er um den Tisch herumging und sich auf ihre andere Seite setzte. Das schien ein guter Schritt zu sein. Für einen normalen Mann. Leider war er nicht *normal.* Er konnte sich nicht dazu bringen, diesen Schritt zu tun. Seine Stiefel klebten geradezu am Boden, und er blieb regungslos stehen, sein Hirn wie weichgekocht, die Muskeln verspannt, und Panik stieg in ihm auf. Alles nur, weil sie ihn begehrte … ihm herausfordernde Blicke zuwarf unter ihren dichten Wimpern.

Venom legte seinen Arm auf die Rückenlehne der Sitzbank und ging auf Tuchfühlung mit der Frau. Er flüsterte ihr etwas ins Ohr. Sie hob ihr Kinn an, wollte einen Kuss. Wicks Freund gab ihn ihr, presste seine Lippen auf ihren Mund, dann lehnte er sich zurück und sah sie an. Seine Fingerspitzen spielten mit ihrem Haar, strichen ihr die dunklen Strähnen aus dem Gesicht und weg vom Hals. »Wie heißt du, *Talmina?*«

»Iesha.«

»Hübscher Name.« Sie murmelte ein »Danke«, und Venom kam zur Sache. »Also, Iesha … hast du Lust auf ein bisschen Spaß?«

»Welcher Art?« Sie kaute auf ihrer Unterlippe und spähte in Wicks Richtung. Interesse und Verlangen flackerten auf, verliehen ihrer Aura einen hellen orangefarbenen Schein. »Ein Dreier?«

»In Ordnung.« Mit unmissverständlicher Begierde in seinem Ton ließ Venom seine Hand unter den Tisch gleiten. Sie sog scharf die Luft ein und veränderte ihre Sitzhaltung. Als sie den Kopf zurücklegte, nutzte sein Freund die Gelegenheit, spreizte ihre Beine, presste seinen Mund an ihren Hals. »Du hast mich überzeugt.«

Aus ihrem Lachen wurde ein Keuchen. »Wechselt ihr euch ab?«

»Einer nach dem anderen.«

»Hier? Oder in dem Wasch…«

»Gleich hier.«

Wick hätte beinahe zurückgescheut. *Hier?* Gleich *hier*, verdammt noch mal? Wo der ganze Club zusehen konnte? Er hatte sie wohl nicht mehr alle. Typisch Venom, so ungeduldig zu werden und jede Form von Anstand zu vergessen. Wick knirschte mit den Zähnen und setzte seine Zauberkraft in Gang, beschwor einen Tarnzauber. Schatten umfingen sie, verhüllten ihr glückliches kleines Trio vor menschlichen Blicken. Venom, den Mund am Schlüsselbein der Frau, murmelte ihr etwas Anzügliches zu. Wick fluchte leise.

»Okay.« Sie atmete stoßweise, als Venom sie tief zwischen ihren Schenkeln erforschte. Sie hatte die Lippen geöffnet, ihre Brüste hoben und senkten sich, ihre Wimpern flatterten. Als sie vor Lust erschauerte, warf sie Wick einen heißen Blick zu. Er war auf Alarmstufe Rot, dann verzog er das Gesicht, als sie stöhnte: »Ich will deinen Freund zuerst.«

Wick sagte kein Wort, wusste, was jetzt kam.

»Nein.« Venom knabberte an ihrer nackten Schulter und schüttelte den Kopf. Eine schnelle Drehung beförderte die Frau auf seinen Schoß. Eine weitere geschickte Bewegung, und sie saß rittlings auf seinem Freund, ihr Kleid über ihre Hüften hochgeschoben. Wick machte sich irgendwie noch breiter, um das Paar abzuschirmen, und blickte weg. Venom stöhnte, das Geräusch steigerte sich lustvoll. »Ich ficke dich zuerst.«

Sie hatte keine Einwände, sich eifrig dem zuzuwenden, was Venom ihr bot. Genauso wenig wie Wick. Insbesondere, weil er nicht *ficken* würde. Weder sie noch irgendeine andere Frau. Er brachte es nicht über sich, einer nahe genug zu kommen. Die wenigen Male, da er es versucht hatte, hatten mit einer Katastrophe geendet, die ihm klarer sagte als jedes Wort, dass Sex nicht sein Ding war.

Aber als Venom in Fahrt kam, es heiß herging und er die Frau ordentlich rannahm, wünschte sich Wick etwas anderes. Etwas, was nicht damit begann und endete, dass er in einem Club stand und seinem Freund beim Sex zusah. Nicht, dass das Venoms Schuld war. Der Mann sorgte einfach nur für ihn, tat, was Wick nicht selbst tun konnte … nämlich einer Frau einen Orgasmus zu verschaffen. Er schraubte ihren Energielevel so hoch, dass sie beide nähren konnte. Zwang ihn, den elektrostatischen Strom des Meridians anzuzapfen, um sich die Nahrung herauszuziehen, die alle Angehörigen des Drachenbluts brauchten, um gesund und stark zu bleiben.

Die Tatsache, dass Wick sich nicht selbst nähren konnte, beschämte ihn. Verstärkte sein Elend und seinen Widerwillen. Nach so langer Zeit sollte er doch wirklich stark genug sein, es selbst hinzukriegen. Stattdessen sorgte allein die Vorstellung dafür, dass sich ihm der Magen umdrehte. Ein Schauder lief ihm über den Rücken. Wick verdrängte ihn, bremste sich, als ihn wieder das Bedürfnis überkam wegzurennen. Es würde nur einen Moment dauern, nur wenige Sekunden, mehr nicht, und er wäre …

»Wick.«

Sein Kopf fuhr herum zu seinem Freund.

»Jetzt«, sagte Venom. »Sie ist bereit.«

Wick fluchte im Stillen und zuckte zusammen. Die Logik befahl ihm, sich zu bewegen. Aber Unsicherheit hielt ihn zurück. Was Dummheit hoch zwei war. Je schneller er machte, desto eher wäre es vorbei, aber …

Er wollte sie nicht anfassen. Würde lieber hungrig bleiben, wenn er die Wahl hätte. Er hatte es schon früher getan. Hatte sich monatelang nicht genährt und dennoch keinen Heißhunger auf Energie gehabt. Aber als er Venoms Blick auffing über ihren Kopf hinweg, wusste Wick, dass heute Nacht nicht eine dieser Nächte war. Wenn er die Flucht ergriffe, würde sein Freund hinter ihm herkommen. Würde ihm hart auf den Fersen sein. Ihn zurückzerren und ihn zwingen, sich zu nähren, also …

Nein. Heute bekäme er keine Freikarte. Und es würde auch keinen Ausweg geben. Nur schonungslosen Einsatz.

»*Tu es, Wick … jetzt.*« Venom hob seinen Kopf, seine rubinroten Augen leuchteten während des Gedankenaustauschs: »*Und du hörst erst auf, wenn ich es dir sage. Sie ist erstklassig … in der Lage, mit uns beiden fertigzuwerden. Keine Ausflüchte dieses Mal. Du nährst dich, bis du satt bist, oder ich trete dir in den Arsch.*«

Der Befehlston hätte Wick sauer machen müssen. Aber er registrierte ihn kaum. Ob Venom ihm drohte oder nicht drohte, es spielte keine Rolle. Er war viel zu nervös, um etwas anderes zu tun, als zu gehorchen. Gesagt zu bekommen, was er tun musste, half. Klar. Unmissverständlich. Kein Raum für irgendwelche Irrtümer oder Missdeutungen. Was ihm seltsamerweise den Mut gab, sich auf die Frau zuzubewegen, statt wegzurennen.

Mit einer schnellen Bewegung schob Wick den Tisch beiseite und trat hinter die Frau. Seine Lederjacke streifte ihre Schulterblätter. Als Nächstes beugte er sich hinunter zu ihr. Sie stöhnte, begrüßte seine Hitze, kam einem weiteren Stoß entgegen, ihre Hüften bewegten sich gemeinsam mit Venoms. Befleckt mit Alkohol, wogten ihm ihre Brüste ins Gesicht. Wick biss die Zähne zusammen, hörte aber nicht auf. Jetzt oder nie. Schnell hinzu. Noch schneller wieder weg. Er schaffte das. Konnte die Welle reiten, den Kurs halten, Venom stolz machen.

Der Gedanke verstärkte seine Anspannung noch.

Tapfer streckte er dennoch den Arm aus und umfasste ihre Kehle. Als seine Hand ihre Haut berührte, stöhnte sie und hob ihr Kinn, gab ihm mehr Raum. Entsetzlich. Gnadenlos.

Gefräßig. Das Tier in ihm erwachte mit einem gierigen Knurren, bettelte um Nahrung. Getrieben von seinem Instinkt, gehorchte er und legte seine Hand auf ihren Rücken, senkte seinen Kopf. Sie bettelte heftig um Lust, als sein Mund ihren Nacken streifte.

Energie stieg auf.

Der Meridian öffnete sich, traf ihn mit weißglühender Energie.

Unfähig, seine Begierde zu zügeln, trank Wick gierig, zog den elektrostatischen Strom durch sie in sein Inneres, während Venom Tempo aufnahm. Es war, als würde ein erotischer Schalter umgelegt bis zum Orgasmus. Als die Frau aufschrie vor Wollust, kämpfte Wick gegen eine aufkommende Welle von Übelkeit an und trank weiter. Venom knurrte, forderte ihn auf, noch mehr zu nehmen. Er tat es, trank gierig, nährte sich schnell, nahm einen Schluck nach dem anderen.

Aber während er sich nährte und sein Magen sich zusammenzog, gestand er sich die schreckliche Wahrheit ein.

Er war rettungslos verloren. Ein Scheißkerl jenseits aller Heilungsmöglichkeiten. Ein ehrenhafter Mann würde nicht die Anwesenheit seines besten Freundes brauchen, um sich zu nähren. Ein normaler Mann wäre in der Lage, selbst eine Frau zu befriedigen. Ein pflichtbewusster Mann würde sich nicht derartig selbst beschämen. Und als die Frau ein weiteres Mal zum Höhepunkt kam, ihm einen weiteren Schub verschaffte, setzte das Schamgefühl ein. Das Schicksal hatte ihm einen schlechten Dienst erwiesen. Jetzt konnte ihm niemand mehr helfen. Er war derartig verkorkst, dass das nicht mehr rückgängig gemacht, geschweige denn, geheilt werden konnte.

5

Warten gehörte nicht zu Ivars Stärken. Die Kunst hatte er nie erlernt. Was auch nie notwendig gewesen war. Den Anführer der Razorback ließ keiner warten. Sein Wort war Gesetz. Die Befehle, die er gab, wurden widerspruchslos befolgt. Seine war die einzige Stimme, die zählte, in einer Gruppe, die daran gewöhnt war, Befehle auszuführen, unabhängig vom jeweiligen Ausgang. Aber als die leise Fahrt des Fahrstuhls ihn aus seinem unterirdischen Hauptquartier nach oben auf Straßenniveau und in die zerfallene Feuerwache, die er jetzt sein Zuhause nannte, führte, erstaunte ihn die Ironie.

Hamersveld war zu spät.

Zugegeben, nicht sehr. Dennoch störte Ivar diese Kränkung mehr, als ihm lieb war. Er atmete tief ein und wieder aus, was seinen Ärger aber nicht verringerte. Keiner kam je zu spät. Nicht, wenn er mit ihm verabredet war. Allerdings war Hamersveld nicht einfach nur *irgendwer*. Er war eine besondere Art, ein Wasserdrache mit einem grausamen Charakter, einem scharfen Verstand und der Fähigkeit, beides zu benutzen. Eine fantastische Kombination, eine, die Ivar nicht nur bewunderte, sondern heiß begehrte. Er wollte den Intellekt des Mannes – ebenso wie seine Neigung zu Gewalt – für sich selbst.

Und den Razorback-Clan.

Das Problem jedoch? Hamersveld zu akzeptieren führte

ihn mitten in unbekanntes Gebiet. Der Mann war ein echter Spieler. Mächtig. Leicht erregbar. Unberechenbar. Diese Beschreibung passte auf Hamersveld wie angegossen. Genau wie »hat eine starke Aversion Autoritäten gegenüber«. Der Wasserdrache trug diese Kennzeichen mit Stolz, und nach allem, was man so hörte, bevorzugte er seine eigene Gesellschaft. Schnaubend schob Ivar seine Hände in die Taschen seiner Lieblingsjeans und lehnte sich zurück. Als seine Schulterblätter die verspiegelte Oberfläche der Wand berührten, ging er die Möglichkeiten durch.

Nach einer Weile schüttelte er den Kopf. Du liebe Güte. Was für eine Untertreibung. Der Mann verlieh dem Wort »gefährlich« eine völlig neue Dimension. Was in mancherlei Hinsicht exzellent war. Heikel in anderer. Wie gut, dass Ivar nie das Risiko gescheut hatte, auf Außenseiter zu setzen. Reine Spekulationen waren seine Spezialität. Manchmal entwickelte es sich zu seinem Vorteil, wenn er zwei Parteien gegeneinander ausspielte. Und Hamersveld? Ivar würde alles, was er besaß, auf eine Karte setzen, wirklich alles, in der Hoffnung, den tödlichen Mistkerl auf seine Seite zu bringen und in ihre Gemeinschaft zu integrieren.

Ein großes Risiko. Ein großer Gewinn … wenn er es hinkriegte.

Und wenn es nicht klappte? Tja, jemanden zu töten war immer eine Option.

Ivar zog eine Grimasse, seine Präferenz lag klar bei Option A statt bei Option B. Er wollte Hamersveld in seiner Ecke haben, wollte, dass er die Nightfury wegputzte, und nicht, dass er wie Kunstdünger über seinen neuen Hinterhof verstreut wurde. Aber notwendig war ein gewisses Maß an praktischem

Handeln. Weder Bedenken noch Gefühl gehörten in die Gleichung. Entweder der Mann schloss sich der Sache der Razorback an, oder er starb. Nichts einfacher als das. Kein Mittelweg. Kein Zwischending. Kein Zurück, weil einer seine Meinung änderte.

Alles oder nichts. Juhu.

Der Fahrstuhl summte und wurde langsamer, bevor er stoppte, und Ivars Herz machte einen Satz. Als es sich wieder beruhigte, starrte er in sein Spiegelbild in den Stahlpaneelen und wartete darauf, dass die Türen sich öffneten. Entweder jetzt oder nie. Er atmete tief durch, um sich zu beruhigen, und riss sich gewaltsam zusammen, schüttelte seine Unentschlossenheit ab. Er überprüfte ein letztes Mal den Inhalt seiner Gesäßtasche.

Seine Fingerkuppen trafen auf hartes Plastik.

Gut. Die Spritze war immer noch da, an einem sicheren Ort, und wartete darauf, benutzt zu werden. Gefüllt mit gefährlichem Nervengift. Die Droge war ein tödlicher Cocktail, hatte genug Potenzial, um drei Drachen zu erledigen, ganz zu schweigen von einem. Overkill? Wahrscheinlich, aber Ivar wollte auf Nummer sicher gehen. Nichts konnte dem Zufall überlassen bleiben, nicht bei einem Mann, der so gefährlich war wie Hamersveld und den er zum Dinner eingeladen hatte.

Er hatte Hamersveld in die Walton Street Nr. 28 eingeladen – sein neues Hauptquartier –, heute Morgen. Was ihn alles andere als glücklich gemacht hatte. Sobald er durch die mentale Verbindung Kontakt aufgenommen und ihm die Information übermittelt hatte, machte sich Besorgnis in ihm breit. Sogar jetzt noch machte sie ihm zu schaffen, drehte ihm den Magen um. Ivar schluckte schwer, versuchte die tiefsitzende Unsicherheit abzuschütteln. Hatte er die richtige Entscheidung getroffen? War es wirklich klug, Hamersveld zu vertrauen?

Die Frage trieb ihn um, zerrte an seinen Nerven, erfüllte ihn mit Zweifel, erzeugte in ihm den Wunsch, es noch einmal zu überdenken. Es rückgängig zu machen … egal wie. Leider war Rückzug keine Option. Er hatte sich angreifbar gemacht, und unabhängig davon, wie nervös ihn das machte, musste er die Sache bis zum Ende durchziehen. Bastian und seine fröhliche Bande Schweinebacken hatten einen Wasserdrachen in ihrer Gemeinschaft. Einen jungen und unerfahrenen, sicher, aber trotzdem gefährlich. Was ein riesiger Vorteil war in Bastians Krieg gegen Ivars Razorback. Ivar brauchte einen Mann, der im Machtkampf dagegenhalten konnte, und ob es ihm gefiel oder nicht, Hamersveld war dieser Mann.

Letztendlich seine einzige Waffe. Den geheimen Standort seines Hauptquartiers preisgegeben zu haben saß ihm dennoch quer im Magen.

Was kein Wunder war. Obgleich er einen großen Clan befehligte, hatten drei Viertel seiner Soldaten keinen Schimmer, wo er lebte. Wo er sein Haupt bettete, jeden Tag, und von wo aus er losflog, Nacht für Nacht. Es war sicherer so. Ein notwendiger taktischer Vorteil, um Bastians Anstrengungen, ihn aufzuspüren, zu vereiteln. In ihrer Gnadenlosigkeit waren sich die Nightfury-Arschgeigen nicht zu schade, Männer, die unter Ivars Kommando standen, zu foltern, um an Informationen zu gelangen, also …

Richtig. Kein Zweifel. Je weniger die Soldaten wussten, desto besser. Obgleich, um ehrlich zu sein, seinen Standort geheim zu halten auch noch einem anderen Zweck diente:

Abschottung vom größten Teil der Razorback-Bevölkerung bedeutete Ungestörtheit. So viel wie irgend möglich und etwas, was er nie für selbstverständlich hielt. Die wenige Ruhe, die er sich gönnen konnte, war ihm kostbar. Als Anführer der Razorback-Nation musste er einfach zu viele Ansprüche befriedigen, da hatte der Tag nie genug Stunden.

Unglaublich frustrierend, aber normal, schätzte er. Besonders, seit er es jetzt allein auf die Reihe kriegen musste.

Lothair, sein bester Freund und früherer Stellvertreter, hatte ihm die Last erleichtert, hatte die Hälfte an Verantwortung übernommen, wodurch er Ivar Zeit verschaffte, in seinem Labor zu arbeiten. Etwas, was er liebte, und eine Umgebung, in der er aufblühte. Petrischalen und Mikroskope. Luftschleusen und Experimente mit Viren. Genau sein Fall. Wissenschaftliche Versuche belebten ihn und taten seiner Seele gut, forderten sein Können heraus, während er seine Sache weiter vorantrieb.

Was genau … was war? Die Vernichtung der Menschen. Sie auszulöschen und den Planeten zu befreien von dem Joch ihrer Dummheit … und auch ihrem Egoismus. Allein dafür verdienten die Menschen den Tod. Sie versauten den Planeten, zerstörten die Ozonschicht mit Treibhausgasen, vergifteten die Ozeane und das Grundwasser, nahmen sich mehr, als sie brauchten, während sie andere Lebewesen ausrotteten.

Alles das war ihnen scheißegal.

Das konnte so nicht weitergehen. Mutter Erde lag im Sterben. Es war ein langsamer, qualvoller Tod, dem man nur schwer zusehen konnte, also … es war nicht zu ändern. Es blieb nur eins zu tun. Die Ursache dafür wie eine Invasion von

Kakerlaken zu bekämpfen und die menschliche Spezies auszumerzen. Schluss, aus, erledigt. Problem beseitigt, ein für alle Mal.

Bisher blieb ihm allerdings der Erfolg versagt.

Jetzt lag er schon Monate zurück und war nicht in der Lage, sein Versprechen gegenüber Rodin einzuhalten, dem Chef der Erzgarde. Dem Oberhaupt einer der fünfhundert Herrscherfamilien, die die Drachenblütigen regierten, der Mann, der die Menschen beinahe genauso gern vom Planeten tilgen wollte wie Ivar. Als politisches Wesen war Rodin ein mächtiger Verbündeter, lieferte die finanziellen Mittel für Ivars Lieblingsprojekte und die vielen Soldaten, die er brauchte, um die Ränge der Razorback zu füllen. Perfekt in vielerlei Hinsicht. Ivar bekam, was er benötigte, während Rodin sich die Fußsohlen in Prag kühlte, viele Tausend Kilometer entfernt. Geografische Distanz plus Geld ist gleich ultimative Kontrolle. Ivars Lieblingsgleichung.

Jetzt mussten nur noch seine Experimente Früchte tragen.

Leichter gesagt als getan. Jeder Fehlschlag machte ihm eine unangenehme Wahrheit deutlich, und als die Erinnerungen auftauchten, kehrte Ivar zum Ausgangspunkt zurück, wanderten seine Gedanken wieder zurück zu seinem besten Freund. Kummer verengte ihm die Kehle. Überwältigender Verlust. Erwachender Schmerz. Verdammte Scheiße, es tat immer noch weh. Was für eine Zeitverschwendung. Keine Trauer der Welt würde ihm seinen Freund zurückbringen. Lothair war tot. Erledigt. Vom Feind ermordet. Würde nie mehr zurückkehren. Die Trauer zerriss Ivar förmlich, bis er innerlich blutete: für Rache, für die Gelegenheit, Gleiches mit Gleichem zu vergelten. Verkackte Nightfurys. Diese mörderischen Saukerle. Bastian hatte den einzigen Mann getötet, den Ivar je geliebt hatte.

Mit zusammengepressten Zähnen fauchte Ivar, und sein Zorn wuchs. Ein Leben für ein Leben. Irgendwie – irgendwo – würde er dafür sorgen, dass der Kommandant der Nightfury bezahlte. Dem Mann irgendetwas nehmen, was ihm wertvoll war und die Rechnung beglich. Das schwor er sich bei seiner Ehre.

Die Fahrstuhltüren glitten mit einem sachten Zischen auf.

Ein leises Klingeln folgte, hallte wider in der Stille, lockte ihn über die Schwelle hinein in das, was irgendwann einmal der Tagungsraum der Razorback werden würde. Er ging hindurch, nahm kaum die Verwüstung wahr. Der Geruch jedoch war wie ein Schlag ins Gesicht mit der flachen Hand. Muffig und feucht, der Moder von verrottendem Holz, gemischt mit dem Geruch von frisch gegossenem Beton. Er rieb sich die Nasenspitze und ging zur anderen Seite des Raums. Seine Stiefel hinterließen Fußabdrücke im dicken Staub, während er hinübereilte zu den bodenhohen Fenstern. Teilweise gesprungenes Glas nahm die gesamte hintere Seite der alten Feuerwache ein. Mondlicht schien durch die Scheiben, warf Schatten auf den Fußboden und über die kaputten Backsteinmauern.

Ivars Mund verzog sich. Die Immobilie war der reinste Hohn. Trotzdem gefiel ihm das alte Gebäude. Seinem Augenschein zum Trotz war es solide und die Bausubstanz gut, also … nein. Es kümmerte ihn einen Scheißdreck, dass es am Rande des Zerfalls war. Vernachlässigt bedeutete schließlich nicht nutzlos. Außerdem erwies es sich von Vorteil für ihn, dass die Menschen die Feuerwache und das dreizehn Morgen große Grundstück, das dazugehörte, aufgegeben hatten. Niemand interessierte sich für das, was er tat. Niemand bemerkte es auch nur. Weder die Stadtverwaltung noch die Baubehörde noch seine Nachbarn. Jeder hielt sich zurück, war glücklich, dass jemand diesen Schandfleck gekauft hatte, überließ es ihm, ihn aufzumöbeln nach Gutdünken.

Exzellent. Genau, was er brauchte … Zeit, und zwar sehr viel.

Wofür? Um den Bau des unter der Erde befindlichen Hauptquartiers fertigzustellen. Seine Arbeitsbienen – die Menschen, die er für diesen Zweck gefangen hielt – arbeiteten sehr fleißig, mühten sich höllisch ab, um es ihm recht zu machen und das System von Gängen, Schlafzimmern und Wohnquartieren fünfzig Meter unterhalb der Erde zu vervollständigen. Sein Laboratorium mit seiner ausgeklügelten Ausrüstung war bereits fertig. Immerhin. Zumindest der Ort, den er als seinen Zufluchtsort betrachtete, war fertig und funktionierte. Nur noch wenige Monate, und auch der Rest der hochtechnisierten Einrichtung wäre installiert. Erst dann würde er seine Aufmerksamkeit dem oberirdischen Gebäude widmen.

Ivar ging um ein großes Loch in den verrotteten Dielen mitten im Raum herum und blieb vor der Fenstertür stehen. Sein Drachenradar scannte das Gelände hinter der Feuerwache. Er seufzte. Mist. Immer noch kein Hamersveld. Der Mann war jetzt eine volle Stunde zu spät. In Sachen Pünktlichkeit war das absolut nicht cool. Noch schlimmer war die Tatsache, dass er den Krieger nicht über die Gedankenverbindung erreichen konnte, das kosmische Äquivalent eines Handys für Angehörige des Drachenbluts. Jedes Mal, wenn er versuchte, sich einzuwählen, kamen nur atmosphärische Störungen, mal lauter, mal leiser, was ihn sauer machte und zugleich seine Besorgnis steigerte.

Ivar runzelte die Stirn, und sein Misstrauen wuchs. Er hielt es durchaus für möglich, dass der Norweger aussteigen und »Scheiß drauf« sagen würde. Er überdachte die Möglichkeit, wollte es nicht glauben, hoffte, dass es nicht zutraf. Was er brauchte, war einen Hamersveld in seiner Mannschaft, und nicht einen, der durch den Atlantik schwamm in Richtung Zuhause, aber …

Alles war möglich. Besonders nach einer neuen Runde mit den Nightfury letzte Nacht.

Die Scheißkerle hatten sich ganz schön exponiert, als sie ihrer hauseigenen Wasserratte, die Tania Solares beschützte, Rückendeckung gaben. Hatten seine eigenen Pläne durchkreuzt, die Frau mit dem hohen Energiepotenzial in einen Käfig zu sperren. Er hatte schon einen ausgesucht, das perfekte Zuhause für sie in Zellenblock A. Mit ihrer außergewöhnlichen Energie wäre sie eine spektakuläre Ergänzung der fünf Frauen gewesen, die er bereits gefangen hielt. Und zugleich ein unglaubliches Betthäschen. Jetzt hatte er weniger als nichts. Nur eine leere Zelle, in die Solares gehört hätte, und einen immer noch abgetauchten Wasserdrachen mit schlechten Manieren.

Dieser verkackte Pisser. Er hätte wenigstens anrufen können. Ihn anfunken können über ihr Drachen-Handy, um ihm zu sagen, dass er seine Meinung geändert hatte … dass er aussteigen wollte aus den Razorback-Plänen, um wieder seinen antisozialen Neigungen zu frönen.

»Dieses Arschloch von einer Wasserratte.« Sein Knurren dröhnte durch die Stille, hallte wider in seinem Kopf. Zum Teufel mit allem, schon wieder ein Rückschlag. Ein weiterer Fehler, der den bereits beträchtlichen Haufen vergrößerte. Die Enttäuschung saß tief, und in ihrem Gefolge meldete sich Wut. Gott, was für ein Schlamassel. Er hatte so große Hoffnungen in Hamersveld gesetzt und die speziellen Kräfte, die der Krieger in seine Gruppe mit einbringen würde. »Verdammte Inzucht.«

Jetzt war alles ruiniert. Seine Strategie. Seine Pläne. Seine Hoffnungen auf einen neuen Stellvertreter, der sich wie sein früherer Stellvertreter um die Bedürfnisse seiner Mannschaft kümmerte. Kopfschüttelnd ballte Ivar seine Hände zu Fäusten, spürte, wie seine Wut wuchs. Ivar riss sich zusammen. Wut würde nichts ändern. Genauso wenig, wie dem Verlust nachzutrauern. Nur Handeln würde die Situation bereinigen und den Plan retten, der ihm am Herzen lag. Er war ein Kämpfer, verdammt noch mal. Ein Kämpfer mit mörderischen Fähigkeiten und einem rasiermesserscharfen Verstand. Wenn er keinen Ausweg aus dem Schlamassel fand, fand ihn keiner, und …

Ein vertrautes Prickeln fuhr ihm über den Rücken.

Ivars Aufmerksamkeit schoss zurück zu den Fenstern. Er legte den Kopf schräg und beschwor seine Zauberkraft. Hitze stieg auf in einer mächtigen Welle und befeuerte seine Sinne. Er ließ sie an Stärke gewinnen, dann ließ er dem Inferno freien Lauf. Sein Sonarorgan wurde aktiv. Es rauschte zwischen seinen Schläfen. Er unterstützte die Verbindung und starrte durch die Scheiben in den Hinterhof. Auf einen mentalen Befehl hin flog die Glastür auf, und er trat hinaus auf den schmalen Balkon. Kühle Luft umfing ihn, brachte den frischen Geruch der Nacht mit sich. Er atmete tief ein, füllte seine Lungen mit der frostigen Luft, während er nach rechts spähte.

Ein Fauchen, begleitet von dicker, feuchter Luft, wurde von der Brise herangetragen.

Seine Sinneseindrücke verstärkten sich. Der Druck zwischen seinen Schläfen nahm schmerzhaft zu. Er zog seine Augenbrauen zusammen. Oh Mist. Etwas war da im Gange, stimmte nicht auf eine Weise, die er nicht einordnen konnte, aber er wusste genau, dass da etwas im Argen lag. Und zwar mächtig, so lautete die intensive, schreckliche und besorgniserregende Befürchtung, die sich bei ihm meldete.

Der Wind wurde heftiger, heulte irgendwie missmutig, riss am Saum seines T-Shirts. Und immer noch wartete er ungeschützt unter dem nächtlichen Himmel und wollte wissen, was diese Störung verursachte. Donner grollte, und der Mond verschwand hinter einer dicken Wolkendecke. Als sich der Horizont verdunkelte, gabelten sich Blitze über der Stadt. Das Licht der Straßenlaternen wurde schwächer in dem Gewitter und …

Er nahm eine Bewegung wahr am Rand seines Gesichtsfelds.

Ivar sog scharf die frostige Luft ein, als etwas Dunkelgraues, Verschwommenes in Sicht kam. Verdammt noch mal. Hamersveld … der wie eine Rakete mit rasender Geschwindigkeit heranschoss und einen Gewittersturm hinter sich herzog. Weitere Blitze zuckten. Eine weitere Runde Donner krachte. Der Mann schwankte in der Luft, seine Flügel waren völlig falsch ausgerichtet. Himmel, er flog viel zu schnell herein. War ja total außer Kontrolle. Auf keinen Fall konnte der Krieger so landen. Es sei denn, er hatte vor, sich den Hals zu brechen.

Ivars Überraschung nahm eine unangenehme Wendung in Richtung Besorgnis. Ungläubigkeit meldete sich, und der Gedanke »verdammte Scheiße« wanderte direkt in den roten Bereich.

Oh, das war überhaupt nicht gut. Der Norweger war in ernsten Schwierigkeiten.

Ivar konnte die angesengten Schuppen und das Drachenblut riechen, beides ausgehend von Hamersveld. Was nur eins bedeuten konnte. Er war verletzt worden von dem Nightfury, hatte eine Packung gekriegt im Kampf mit Bastians Wasserratte unterhalb des Wasserspiegels. In dem blöden See. Wegen der Frau mit der hohen Energie, die sich Ivar ursprünglich schnappen wollte, um sie seinem Zuchtprogramm einzuverleiben.

Also. Verdammte Scheiße. Wie es aussah, schuldete er Hamersveld eine Entschuldigung für seine unfreundlichen Gedanken.

Vielleicht ein anderes Mal, weil …

Ivar zuckte zusammen, als Hamersveld torkelnd auf die zerstörten Baugeräte zuhielt, die seinen Hinterhof übersäten. Eine Sekunde später fiel der Mann förmlich aus dem Himmel, landete ohne seine übliche Finesse. Aber was noch schlimmer war? Er rutschte aus, überschlug sich mehrmals und riss einen tiefen Graben in den Boden. Zu seinen beiden Seiten türmte sich Erde auf. Der gezackte Rand seines sägeblattartigen Schwanzes erwischte eine Reihe verrosteter Öltanks. Von dem Zusammenprall wurde er seitwärts geschleudert. Stahl krachte auf Stahl, ein grauenhaftes Geräusch in der Stille. Ivar sah das Unheil auf sich zukommen und beobachtete ungläubig, wie Hamersveld immer noch weiter rutschte und einen Frontlader in die Luft schleuderte.

Das Ding erlitt eine Bruchlandung und verstreute Holzbalken wie Zahnstocher.

Mit einem gemurmelten Fluch sprang Ivar über das Geländer und vom Balkon. Frostige Nachtluft empfing ihn. Kalter Wind fuhr ihm ins Gesicht, blies sein Haar zurück, als er drei Stockwerke tief sprang. Er landete hart, seine Knie prallten gegen seine Brust, hämmerten gegen sein Brustbein, sodass die Luft aus seiner Lunge entwich. Ivar ignorierte das Brennen und rannte, ohne eine Sekunde zu vergeuden, über den Hinterhof.

Gefrorenes Gras knirschte unter seinen Stiefeln, als er zwischen zwei Planierraupen hindurchsauste. Er wich den scharfen Kanten des verbogenen Metalls aus und behielt Hamersveld unbeirrt im Blick. Der lag schwer atmend da, seine haifischgrauen Schuppen klickten, während sich seine Brust hob und wieder senkte. Hamersveld war das reinste Knäuel – die Flügel standen in merkwürdigen Winkeln ab, der gehörnte Kopf lag halb vergraben unter einem Haufen Mutterboden, die riesigen Krallen zuckten, Blut sickerte aus einer Unzahl kleiner Schnitte, die sich kreuz und quer über seinen Körper zogen. Kein Problem unter normalen Umständen. Drachenblut-Angehörige genasen schnell, die Zauberkraft in ihrer DNA schloss Wunden so schnell, dass sie gewöhnlich innerhalb von Stunden heilten. Das Problem hier? Es waren vierundzwanzig Stunden vergangen seit ihrer Kraftprobe mit dem Nightfury-Clan und …

Scheiße. Die Situation war alles andere als *normal*.

Was war sein erster Anhaltspunkt? Hamersvelds Tattoo. Das zu beiden Seiten seines gezackten Rückenkamms verlaufende Stammeszeichen leuchtete. Und das noch nicht einmal in dem üblichen Dunkelblau … sondern in einem verdammten Hellrot.

Bei dem Anblick wurde Ivar richtig schlecht.

Trotzdem näherte er sich ihm, allerdings mit langsamen und vorsichtigen Schritten, denn er wollte den Mann auf keinen Fall erschrecken. Ein bezwungener Drache war immer gefährlich. Aber einer, der Schmerzen hatte? Noch viel gefährlicher und … jawohl. Keine Frage. Hamersveld hatte schreckliche Schmerzen. Mit diesem seltsamen Glühen sah er aus, als stünde er in Flammen, als würde er innerlich verbrennen. Etwas, was absolut nicht normal war für einen Wasserdrachen. Nun ja, wenigstens soweit Ivar wusste. Er und der Krieger mochten sich zwar verbunden haben, aber das hieß nicht, dass er die Neigungen einer so seltenen Art, wie Hamersveld sie repräsentierte, schnallte.

Das Tattoo pulsierte, pochte in der frostigen Luft, entwickelte ein Eigenleben.

Ivar zwang sich weiterzugehen, glitt zwischen zwei umgestürzten Öltanks hindurch. Mit leiser Stimme murmelte er: »Hamersveld.«

»Ivar?«, krächzte der in ihr Drachen-Handy, wobei sein norwegischer Akzent stärker war als sonst. Es klang wie ein leises, schmerzerfülltes Grollen, das Ivar durch die mentale Verbindung erreichte. Eine Sekunde später stöhnte der Krieger und öffnete ein Augenlid einen Spaltbreit. Eine schwarze Iris, umrahmt von Hellblau, blickte Ivar an. Sie schimmerte in

der Dämmerung, schloss sich der grellen Lichtschau von Hamersvelds Rücken und Schulter an und durchbohrte die Dunkelheit. Ivar verbiss sich einen weiteren Fluch. Scheiße aber auch, der Mann war echt in saumäßiger Verfassung, so schwach, dass er nicht mal den Kopf heben konnte. »*Brauche Hilfe.*«

»Ich bin hier.« Er legte dem Mann eine Hand auf die geschuppte Schulter. Er berührte ihn ganz vorsichtig, während er eine klaffende Wunde am Hals des Mannes prüfte. »Was zum Teufel ist passiert?«

»Fen… verletzt. Nightfury-Arschlöcher.« Er hustete, dann stöhnte er durch zusammengebissene Zähne. »Sorry … musste den Kampf aufgeben. Musste ihn … nähren.«

Ivar konnte dem nicht ganz nicht folgen und hakte vorsichtshalber nach. »Wen? Fen?«

Hamersveld nickte. Ein Krampf durchzuckte ihn, sorgte dafür, dass die angespannten Muskeln an seiner Flanke zitterten. Der Blick des Kriegers war besorgt, und Ivar gab sich alle Mühe, das zu verstehen. Fen war ein Wren, eine einzigartige Untergruppe Drachenblütiger. Leicht, schnell und grausam im Kampf, waren die Miniaturdrachen beinahe bis zur Auslöschung gejagt worden. Es wurde als Sport betrachtet, Wrens aufzuspüren und zu töten, und war ein großes Geschäft gewesen. Die Praxis war vor über einem Jahrhundert von der Erzgarde verboten worden – und da nur noch ganz wenige Wrens übrig geblieben waren, wurden sie von seinesgleichen nicht länger verfolgt.

Menschen waren schließlich eine bessere Beute.

»Wo ist der Wren jetzt?«, fragte Ivar.

»Sicher … drinnen.«

Sicher drinnen? Was sollte das nun wieder heißen? Ivar hatte keine Ahnung. Hatte auch keine Zeit, es herauszufinden. Nicht mit einem Hamersveld, der aussah, als hätte ihn ein Zug erwischt. Später – wenn der Krieger geheilt war und wieder auf den Beinen – wäre es noch früh genug, um das Rätsel zu lösen.

Der Kopf des Mannes wiegte sich im Dreck.

»Was brauchst du?« Ivar stieß ihn leicht an, wusste nicht, was er als Nächstes machen sollte. Als Wasserdrache hatte Hamersveld andere Bedürfnisse als er selbst. »Wie kann ich helfen?«

»Eine Frau … muss mich aufladen, um Fen zu nähren. Brauche auch Salzwasser.«

»Wird ein Salzbad genügen?«

»Perfekt.«

»Ich habe beides im Hauptquartier … lauter Frauen mit hoher Energie. Also beweg dich, *Zi Kamir*«, sagte er in der Drachensprache, nannte ihn »mein Bruder«, um Vertrauen zu erzeugen und Hamersveld in Bewegung zu setzen. »Bringen wir dich auf die Beine und ins Hauptquartier.«

Es kostete Hamersveld unglaubliche Anstrengung, sich mit seinen Pranken mit den Schwimmhäuten vom Boden hochzustemmen. Seine Muskeln traten hervor. Haifischgraue Schuppen wogten im schwachen Schein der Straßenlaternen. Mithilfe von Magie verwandelte er sich, nahm Menschengestalt an. Seine blonden Haare waren blutverkrustet, als er den Arm nach Ivar ausstreckte. Der zögerte nicht, legte seinen Arm um den Mann, zog ihn von seinen Knien hoch auf seine Füße. Hamersveld fluchte, als seine nackten Füße den Boden berührten. Ivar entschuldigte sich nicht und verbiss sich einen kräftigen Fluch. Verdammt, der Mistkerl war vielleicht schwer. Über zwei Meter groß, glich der Typ einem Wrestler.

Toll, ihn als Rückendeckung zu haben. Schrecklich, wenn man ihn durch das Kriegsgebiet, zu dem sein Hinterhof jetzt geworden war, navigieren musste.

Halb ziehend, halb ihn tragend, schaffte er es irgendwie, Hamersveld in Richtung Walton Street 28 zu bugsieren. Auf halbem Weg über den Hof überlief ein Kribbeln seinen Rücken. Er biss die Zähne zusammen, identifizierte das Prickeln als das, was ..., oder vielmehr wer es war. *»Was ist, Denzeil?«*

»Habe Infos.«

»Über Tania Solares?« Ivar taumelte zur Seite. Hamersveld grunzte. Ivar verstärkte seinen Griff und hob den Mann über eine unebene Stelle am Boden.

»Nicht direkt, aber ...«

»Dann will ich sie nicht hören.«

»Ich überwache ihr Handy. Eine SMS kam gerade rein, und ...«

»Himmel. Was habe ich gerade gesagt? Es ist mir scheißegal, Den«, sagte Ivar stocksauer, den Blick auf den Hintereingang der Feuerwache fixiert. *»Kümmere dich darum. Ich habe verdammt noch mal alle Hände voll zu tun.«*

»Verstanden, Boss. Ich schicke eine Kampfeinheit raus zur Erkundung.«

»Tu das«, grollte Ivar und schloss die Tür zu der mentalen Verbindung mit Den.

Er hatte keine Zeit zu vertrödeln. Nicht jetzt, da er Hamersveld genau da hatte, wo er ihn haben wollte. Dankbarkeit war schließlich eine mächtige Waffe. Er hatte vor, sie nach Kräften zu nutzen. Sie zu seinem Vorteil einzusetzen, um das Vertrauen des Kriegers zu gewinnen. Wenn er es richtig anstellte, würde er Hamersvelds Loyalität gewinnen, und dieser würde sich bei den Razorback engagieren. Damit hätte er sein Ziel erreicht, einen mächtigen Wasserdrachen auf seiner Seite. Alles, was er brauchte, um den Spieß gegen Bastian umzudrehen und seine eigenen Pläne weiterzuverfolgen.

6

Wicks miese Laune hatte sich inzwischen zu einem deftigen *Fickt euch!* gesteigert, als er durch das Gridiron zum Hinterausgang taumelte. Die Gäste gingen ihm kreischend weiträumig aus dem Weg und warfen ihm ungläubige Blicke zu. Er konnte es ihnen nicht verdenken. Schon wenn er sich unter Kontrolle hatte, verschreckte er die meisten Menschen höllenmäßig. Aufgrund seiner Größe. Seines Aussehens. Seiner tödlichen Ausstrahlung. Alles diente dazu, dass andere Personen auf der Hut waren vor ihm, und zwar unter optimalen Umständen.

Aber im Moment ... energieüberlastet und außer Kontrolle?

Du liebe Güte, er war das drachenmäßige Äquivalent einer Abrissbirne, seine Zurechnungsfähigkeit hing nur noch an einem seidenen Faden, seine Muskeln und Gelenke gehorchten ihm nicht mehr, seine Koordination war quasi nicht vorhanden, als er so durch den Raum schoss.

Wick hätte es gern geändert. Wünschte sich sehr, dass weibliche Energie ihn nicht so ins Schleudern brächte – jedes ... verdammte ... Mal. Aber etwas zu hoffen hieß nicht, dass es auch passierte. Und sich etwas zu wünschen veränderte Dinge nicht. Eine Affenschande. Er hätte ein bisschen Hoffnung im Moment wirklich gebrauchen können. Erst recht, weil seine Sehkraft irgendwie im Eimer war, quasi an- und ausging wie eine schizophrene Glühbirne.

Mist, er steckte in Schwierigkeiten.

Er wusste, dass die Tür da war … irgendwo dahinten. Eine verschwommene Ansammlung aus Pfosten und Balken, aber …

Übelkeit packte ihn, Magensäure stieg in seiner Kehle auf.

Sein Verstand setzte aus, und alles drehte sich in seinem Kopf. Er verlor die Balance und geriet ins Stolpern, hielt direkt auf den Gegenverkehr zu. Eine Gruppe von Frauen quiekte. Auf ihren acht Zentimeter hohen Stöckelschuhen beeilte sich das Trio, ihm auszuweichen, und warf ihm böse Blicke zu, bemüht, ihre Drinks ruhig zu halten. Trotzdem schwappte Flüssigkeit über die Glasränder. Der entsetzliche Geruch von Alkohol traf Wick wie ein Faustschlag. Er würgte und …

Verfluchte Scheiße.

Er musste hier die Fliege machen. Sofort. Raus aus der Hitze des Clubs. Weg von dem Gestank. Raus auf die Gasse und in die frische Luft. Sonst würde er flach auf dem Boden landen mitten unter dem Club-Abschaum und sich von einem Menschenhaufen wie ein wildes Tier im Zoo bestaunen lassen.

Wick knirschte mit den Zähnen und zwang sich, einen Fuß vor den anderen zu setzen. Seine dröhnenden Stiefelschritte hallten wider. Sein Herz hielt mit, wild entschlossen, ihm ein Loch in die Brust zu bohren. Die Energie, die er aufgesogen hatte, half nicht, summte in seinen Adern, griff seinen Körper an, bis er sich wie eine gekochte Nudel fühlte statt wie jemand mit Sehnen und Knochen. Die psychodelische Lasershow nahm noch mehr Fahrt auf, zerfetzte die Dunkelheit. Pulsieren, pulsieren, blitzen. Pulsieren, pulsieren, blitzen. Bunte Lichtexplosionen bestimmten das Muster, sodass er Kopfschmerzen bekam und ihm der ganze Körper wehtat.

Noch wenige Meter. Nur noch zwei Schritte, und er hätte es geschafft. Durch die Hintertür des Gridiron nach draußen.

Eine große Hand landete auf seiner Schulter.

Wicks Magen hob sich. Er schluckte das Brennen hinunter, wand sich, wehrte sich gegen den Griff.

»Sachte.« Eine tiefe Stimme, eingebettet in Magie, erreichte seine Sinne, drang durch den knallharten Bass zu ihm durch. *»Ich bin's nur.«*

Innerlich taumelnd, blinzelte Wick. Bostoner Akzent. Wahnsinnspräsenz. Eine vertraute Hand packte seine Lederjacke. Erleichterung durchströmte ihn. Dankbarkeit setzte als Nächstes ein, und zwar so intensiv, dass Wick seinem Kumpel sein übliches *»fick dich, Mac«* an den Kopf warf.

»Du weißt, dass du mich liebst, nicht wahr?« Mac hielt ihn immer noch an seiner Jacke fest und aufrecht. *»Brauchst du frische Luft?«*

»Ja.«

»Ich bleibe direkt hinter dir. Gehen wir.« Mac wies auf das Notausgangsschild. Direkt über der Tür angebracht, sah das Ding aus wie Erlösung. Wic allcs, was cr brauchtc, cingchüllt in ein willkommenes rotes Leuchten. *»Da lang.«*

Wick verschluckte eine giftige Antwort, denn ... genau. Sie lag ihm zwar schon auf der Zunge, schien ihm aber nicht sehr weise zu sein. Wenn er unverschämt wurde, würde Mac ihn möglicherweise abservieren. Was unter diesen Umständen ein ganz schlechter Plan war. Besonders unter Berücksichtigung der Tatsache, dass es echt klasse war von Mac, ihm zu helfen, auf den Füßen zu bleiben, ihn in Richtung Ausgang zu schieben und ihm die Klappe zu stopfen.

Unglaubliche Dankbarkeit durchströmte Wick.

Seine Kehle verengte sich. Gott sei Dank gab es Familie. Seine Waffenbrüder verstanden ihn möglicherweise nicht – hatten sogar von Zeit zu Zeit das Bedürfnis, ihm eine zu verpassen –, aber sie sorgten sich um ihn. Waren hundertprozentig verlässlich, wenn es darauf ankam.

»Mac …«

»Moment noch, Mann. Halte durch, bis wir draußen sind. Dann kannst du kotzen.«

Wie aufs Stichwort stieg ihm saure Galle hoch. Wick schluckte sie hinunter. Mac gab ihm einen ordentlichen Schubs, bugsierte ihn durch die Tür in das enge Foyer. Tief im Schatten lag zu seiner Rechten das Treppenhaus und führte hinaus aufs Dach. Das ansteigende Geländer folgte dem Verlauf der Treppe, Schritt für Schritt. Schweiß tropfte Wick in die Augen. Er wischte ihn weg und wandte seinen Blick von der Treppe ab, konzentrierte sich auf die Ausgangstür. Blutrote Farbblasen blubberten auf ihrer Oberfläche, unterbrachen die glatten Konturen.

Nur noch zwei Meter. Jetzt nur noch einer. Beinahe geschafft. Nur noch ein paar Sekunden und …

Wick stolperte vorwärts. Macs Griff wurde fester. Während sein Kumpel ihn aufrecht hielt, trat er den Stahlriegel vor der Tür weg. Sie schwang weit auf und knallte gegen die Backsteinmauer. Der Widerhall des Knalls drang durch die Stille, stieg auf in die kühle Nachtluft. Wick folgte ihm auf dem Fuß, schoss geradezu in die Gasse.

Seine Lungen schrien förmlich nach Luft, wollten mehr Sauerstoff.

Er ging in die Knie, stützte sich auf seine Handflächen, beugte sich vornüber. Er atmete tief ein, wobei er wie ein

Asthmatiker klang. Ein raues Keuchen nach dem anderen entrang sich seiner Brust. Ein frostiger Luftwirbel fuhr in die Gasse, zerrte an seiner Jacke. Wick ignorierte den brausenden Sturm, der die meisten Feuerdrachen hätte erzittern lassen. Trotz seiner Lava liebenden Natur störte ihn der Winter nicht. Was nicht überraschte in Anbetracht seiner »Erziehung«. Aufgewachsen unter verheerenden Bedingungen, waren für ihn Vernachlässigung und Entbehrungen die Regel gewesen, nicht die Ausnahme.

Ein exzellentes Training für einen Krieger. Ein verheerendes emotionales Trauma für einen normalen Mann.

Ganz tief durchatmend, stemmte Wick sich hoch. Als er aufrecht stand, verkrampften sich seine Muskeln. Leise fluchend, stampfte er mit den Füßen auf und ballte seine Hände abwechselnd zu einer Faust und löste sie wieder, regte seinen Blutkreislauf an. Als das Blut wieder zu fließen begann, fingen seine Fingerspitzen an zu kribbeln, und sein ganzer Körper zitterte.

Er ging gegen die Kälte an und atmete erneut tief durch, legte den Kopf dabei zurück. Dicke Wolken zogen über den Himmel, verdeckten die Sterne, spielten Verstecken mit dem Mond, während die erste Runde Schneeflocken heranwirbelte.

Na toll. Keine Ablenkung in Sicht.

Nur diese Scheißschwäche ohne irgendeinen Ausweg weit und breit. Und dazu kam noch die Beschämung.

Wick warf Mac einen Blick zu. Der stand hinter ihm, bereit einzugreifen und ihn davor zu bewahren, kopfüber im Dreck zu landen. Schon wieder. Teufel auch, was für eine Scheiße. Die Demütigung wurde größer, klebte an ihm wie eine läufige Hündin, und Wick wäre am liebsten im Boden versunken. Kampf oder Wegfliegen, eine instinktive Reaktion auf eine schlimme Situation. Als er ein weiteres Zittern unterdrückte, klang »sich dünne machen« nach einem prima Plan, bis auf ein Problem.

Mac würde ihn nicht abhauen lassen.

Dem Mann drang Besorgnis praktisch aus jeder Pore. Und was bedeutete das bei einem Ex-Bullen? Wick konnte die Anzeichen klar und deutlich entziffern. Sein Kumpel würde ihn beschatten, sobald er sich in Marsch setzte. Auf keinen Fall würde Mac ihn jetzt aus den Augen lassen, also …

Verdammt. *Wegfliegen* konnte er schon mal von der Liste streichen.

Was ihm nur noch eine Möglichkeit ließ.

Kampf. Eine gute Prügelei kühlte ihn immer ab, und sich mit Mac zu schlagen … den Mann anzugreifen, der gerade Zeuge seines Zusammenbruchs geworden war? Nun ja, darauf hatte er schon Bock, der Plan sprang direkt auf Platz eins seiner Liste. Schonungslos im Faustkampf, würde Mac ihm geben, was er brauchte – einen Haufen »verpiss dich« in einer hübschen, tödlichen Verpackung. Ernsthafte Schmerzen. Jede Menge Ablenkung. Wiedergutmachung in Form von Stolz aufbauender Anstrengung.

Mac würde hart zuschlagen und sich nicht entschuldigen.

Perfekt mit einem großen P.

Breitbeinig mitten in der Gasse auf dem nassen Pflaster stehend, warf er einen Blick zurück zur immer noch offenen Tür. Wicks Hoffnungen stiegen.

Mac musterte ihn misstrauisch mit gerunzelter Stirn. *»Vergiss es. Keine Chance.«*

»Was ist los?«, fragte Wick und versuchte, einen Streit vom Zaun zu brechen. *»Kneifst du?«*

»Hör auf damit, Wick. Renn auf und ab, bis du dich wieder gefangen hast.« Mit warnender Miene schlug Mac die Tür hinter sich zu. Der Knall hallte nach, schloss die Clubgeräusche aus. Als die Tür ins Schloss fiel, fluchte Wick im Stillen. Dieser verdammte Kerl. Typisch für ihren hauseigenen Wasserdrachen, ausgerechnet jetzt vernünftig zu sein, wo er es doch noch nie zuvor gewesen war. *»Ich werde mich nicht mit dir prügeln.«*

Verständlich. Zweifellos auch der beste Schritt. Besonders, da Wick nie aufgab. Oder einlenkte.

Er musste es noch nie, seine spezielle Bösartigkeit gefiel ihm besser als irgendwelche Unterbrechungen. Seine Natur bestimmte die Rahmenbedingungen. Er folgte dem Weg, befolgte die Regeln bis zum … Tod. Er kämpfte, bis jemand tot war. Punkt. Kein Spielraum für Verhandlungen. Kein Überreden. Nur Töten, was … Mac zu einem gemeinen, smarten Mistkerl machte.

Wick knurrte, warf seinem Kameraden einen angepissten Blick zu.

Mac sagte kein Wort. Stattdessen ahmte er mit den Händen Gehbewegungen nach.

Wick gab einen weiteren Fluch von sich, machte sich aber auf den Weg und an die Arbeit, drehte sich um. Mit rollenden Schultern, stampfenden Schritten und mächtiger Wut im Bauch lief er auf den Bürgersteig am Ende der Gasse zu. Zufrieden mit der Stampfnummer, verschränkte Mac die Arme vor der Brust und lehnte sich mit dem Rücken an die Wand des Gridiron. Mit Adleraugen verfolgte er jede seiner Bewegungen. Wick ignorierte ihn, lief über kaputtes Pflaster, kickte Sodadosen aus dem Weg, riss mit seinen Stiefeln halbgefrorene Pfützen auf, während er an einer Reihe von Müllcontainern vorbeilief.

Die heftigen Energiestöße verpassten ihm eine Gänsehaut.

Wick wehrte sich gegen die Stöße und erhöhte das Tempo, benutzte die Gasse als seine persönliche Trainingsstrecke. Hin und her, eine Bahn nach der anderen. Bei der dritten passierte etwas Seltsames. Sein Körper beruhigte sich. Sein Herzschlag verlangsamte sich. Das Prickeln wurde schwächer, veränderte sich von »kalt und schrecklich« zu »warm und angenehm«. Wick runzelte die Stirn und wurde langsamer, verfolgte das Abflauen des unangenehmen Gefühls. Die verkrampften Muskeln entspannten sich, einer nach dem anderen. Die Vorteile der Energieaufnahme gewannen tief in ihm die Oberhand. Seine neu aufgeladene Zauberkraft flackerte auf und knisterte in seinen Adern, sein Körper prickelte angenehm vor Wärme.

Seine Drachenhälfte seufzte.

Erleichterung erfasste ihn, das Grauen schwand, Wick war wie erlöst. Hm. Wer hätte das gedacht? Der Mist mit dem Auf- und Ablaufen funktionierte tatsächlich.

»Besser?« Mac stieß sich von der Wand ab.

Da Wick seiner Stimme noch nicht traute, nickte er nur.

»Die anderen sind fast fertig.«

Was übersetzt bedeutete? Das Sexgelage war beinahe beendet … Gott sei Dank.

Mac löste die vor seiner Brust verschränkten Arme und streckte sich, um die Verkrampfung zu lockern. *»Hast du was von Venom gehört?«*

Gute Frage. »*Noch nicht.*«

Aber das sollte er wirklich. Venom auf die Straße zu zerren würde kein Kinderspiel sein. War es nie. Sein bester Freund liebte weibliche Gesellschaft viel zu sehr, als dass er sich beim Sex beeilte. Er nahm sich gern reichlich Zeit, zog das Maximum an Lust aus seinen Sexpartnerinnen. Die Frauen genossen es zweifelsohne. Aber Wick? Nicht so sehr. Besonders nicht, weil er die Hälfte der Zeit außen vor war und darauf wartete, dass Venom endlich fertig wurde und genug hatte.

Nicht, dass er sich jemals über den Appetit seines Kumpels beschwerte.

Auf keinen Fall. So egoistisch war er nicht. Der Mann war absolut zuverlässig, wertvoll auf eine Weise, wie Wick es nie sein würde. Und sosehr es ihn schmerzte, das zuzugeben – Wick wusste, dass er ohne Venom an seiner Seite inzwischen tot wäre. Der Krieger kannte sein Geheimnis, verstand seinen Hintergrund, und es machte ihm nichts aus. Trotz Wicks Problemen, sich zu nähren, akzeptierte Venom ihn. Stellte sicher, dass er sich nährte und gesund blieb, zwang ihn zu tun, was er allein nicht tun konnte. Kein anderer wäre mit diesem Scheiß klargekommen oder hätte so lange zu ihm gehalten.

Also … nein. Unter normalen Umständen beschwerte er sich nie. Oder zerrte seinen Freund aus den Armen einer Frau. Heute jedoch war nun mal nicht *normal.* Er hatte eine Aufgabe zu erfüllen, eine heikle, die Jamison Jordan Solares hieß.

Wick schob seinen Ärmel hoch und blickte auf seine Armbanduhr. Noch zwanzig Minuten bis Mitternacht. Alles nach Plan. Was bedeutete … hopp, hopp, Zeit, die anderen aufzuscheuchen und an Venoms Kette zu rütteln. Je schneller es passierte, desto eher wäre er in Drachengestalt und in der

Luft. Das Swedish Medical war weniger als fünf Minuten entfernt. Und da drinnen? War eine Frau in Not und musste gerettet werden, sein Ticket, um schuldenfrei zu werden.

J.J. hätte gern geschlafen, hatte aber zu große Angst, die Augen zu schließen. Menschen wurden immer getötet, wenn sie gerade nicht aufpassten. Horrorfilme bewiesen es. Leben und Schicksal folgten dem Trend, griffen an, wenn man es am wenigsten erwartete. Also, Elementarwissen, mein lieber Watson. Angst war ein natürlicher Teil der Gleichung. Jedenfalls in ihrem Rechenbuch.

Wachsamkeit bedeutete, einen weiteren Tag zu erleben.

Eine hervorragende Strategie angesichts der Tatsache, dass Griggs direkt vor ihrer Tür stand. Im Flur. Weniger als sieben Meter entfernt. Quasselte mit seinem Kollegen. J.J. unterdrückte ein Gähnen und starrte hinüber zu dem uniformierten Paar. Die Glasscheibe, die sich von Wand zu Wand erstreckte vor ihrem Zimmer, bot ihr eine exzellente Sicht. Gut in mancherlei Hinsicht. Schrecklich in anderer. Durch die durchsichtige Trennwand hatte sie alles im Blick, während sie darauf wartete, dass Griggs seinen nächsten Zug tat: das unvermeidliche Näherkommen, die nächste niederträchtige Drohung, das Gefühl, wenn seine Hände sich um ihre Kehle schlossen.

Übelkeit wallte auf in ihrem Magen.

Das Schwindelgefühl erzeugte einen schlechten Geschmack in ihrem Mund. J.J. schluckte, verbot sich, auf dumme Gedanken zu kommen. Griggs würde nichts unternehmen in Gegenwart all der Krankenhausangestellten. Sie runzelte die Stirn. Oder? Während sie ihn nicht aus den Augen ließ, ließ sie sich diese Frage durch den Kopf gehen. Er stand mit dem Rücken zu ihr, die Schulterblätter an die Glaswand gelehnt, und lachte. Die Zeitschrift mit den Eselsohren, die er in den Händen hielt, bewegte sich. Es waren große Hände. Grausame Hände. Die eines Mannes, der weder ein Gewissen noch irgendwelche Skrupel besaß.

Ihre Unsicherheit ging über in Grauen, erhöhte ihre Furcht.

Ein Schauder erfasste sie. Da sie unfähig war, ihn zu unterdrücken, wurde aus dem Schauder ein konstantes Zittern. Die Handschelle um ihr Handgelenk klapperte gegen das Bettgitter. Das leise Geräusch steigerte ihre Anspannung noch. Du liebe Güte. Sie saß in der Falle. War total verletzlich.

Konnte nicht fliehen. Sich nirgends verstecken. Konnte niemanden zu Hilfe rufen.

J.J.s Fingerspitzen wurden taub, und sie krallte ihre freie Hand in das Laken. Baumwolle raschelte unter ihrer Handfläche und brachte sie zu der ultimativen Frage. Was sollte sie tun … was sollte sie tun? Lieber Gott im Himmel, sie wusste es nicht. Nach der SMS, die sie gesendet hatte, blieben ihr keine weiteren Möglichkeiten. Sie musste sich selbst helfen, und sie wusste, dass früher oder später Griggs irgendetwas versuchen würde. Seine Drohungen waren nicht müßig, genauso wenig wie seine Bosheit, also … Es war ein Selbstläufer. Der schmierige Wärter war aalglatt und dazu gewieft. Wenn er ihren Tod wollte, würde es irgendwann damit enden.

Eiskalt. Die Zehen steif. Auf einem Seziertisch in der Leichenhalle des Krankenhauses.

Sie wischte sich die schwitzenden Hände am Bettlaken ab und ging die verschiedenen Möglichkeiten durch. Tod durch Erdrosseln. Erstickt mit einem Kissen. Eine Überdosis –

welche Droge auch immer er auftreiben konnte. Alles eindeutige Möglichkeiten, wenn Griggs im Spiel war. Ihr Herzschlag beschleunigte sich, wurde noch schneller, trieb ihr das Blut durch die Adern. Das damit einhergehende Pochen verstärkte schmerzhaft den Druck auf ihrer Brust, als sie zu ihrer Infusionsnadel blickte. An den Kanten gewelltes medizinisches Pflaster hielt die Kanüle an Ort und Stelle. Es war der perfekte Zugang …

Für den perfekten Mord.

Schnell. Leicht. Teuflisch … mit einer eleganten Verbeugung.

Griggs Methoden ließen keinen Raum für Zweifel. Auch nicht für Fehler. Dafür würde er schon sorgen und es dem Gerichtsmediziner nur überlassen, zu einer von zwei Schlussfolgerungen zu gelangen: Tod durch Unfall oder aufgrund natürlicher Ursachen.

Pech für sie. Und erst recht für Tania.

Bitte, lieber Gott, lass meine Schwester die SMS erhalten haben.

J.J. schloss für einen Moment die Augen, bat um mehr Unterstützung, schickte ein Gebet zum Himmel empor. Während sie mit Gott verhandelte und um einen Ausweg bat, klopfte ihr Herz so heftig, dass sich neuer Schmerz hinter ihrem Brustbein sammelte. Es folgte ein Stechen in ihrer Seite, und eine Gefühlsaufwallung drang durch die Ritzen ihrer Abwehr. Die Tränen, gegen die sie sich so sehr gewehrt hatte, sammelten sich hinter ihren Augenlidern, und sie versprach, ein besserer Mensch zu werden, häufiger zu beten und zur Kirche zu gehen, wenn ER ihr nur diesen einen Gefallen täte.

Nur diesen einen. Es war doch nicht zu viel verlangt … oder doch?

J.J. fuhr sich mit der Zunge über die gespaltene Unterlippe und spähte hinüber zu der Fensterfront. Die einfarbigen Gardinen waren weit aufgezogen, umrahmten den Horizont. Die Lichter der Stadt glitzerten wie schöne Edelsteine und ließen Seattle wie eine um Mitternacht aufgenommene Ansichtspostkarte aussehen. Ihr Blick wanderte zu dem Digitalwecker, der auf ihrem Nachttisch stand – 23:57. Nicht schlecht. Nur noch drei Minuten. Gut geschätzt, wenn man bedachte, dass sie den Nachthimmel eine ganze Weile nicht gesehen hatte.

Fünf Jahre lang nicht, um genau zu sein.

Im Gefängnis wurde man immer vor Einbruch der Dunkelheit eingeschlossen. Und das schmale Fenster ihrer Zelle hatte ihre Lust am Sternengucken nie befriedigen können. Nicht, dass sie sich heute Nacht ihrem Lieblingszeitvertreib hätte hingeben können. Oder sich von der Musik ablenken ließ, die an dem geheimen Ort in ihrem Inneren aufstieg. Gefühlvoll und verhalten erklang die Melodie, verführte sie, sie auszugestalten, den Rhythmus zu finden, den Text zu kreieren, sie zum Leben zu erwecken und ihrer Glückseligkeit zu folgen. J.J. widerstand der Versuchung. Einen Song zu komponieren, während sie die Sternenkonstellation bewunderte, das würde es heute nicht geben.

Jedenfalls jetzt nicht. Vielleicht auch nie wieder, wenn Griggs etwas unternahm, bevor …

»Bereit für ein weiteres Abenteuer, Jamison Jordan?«

Gepaart mit einem leichten Akzent, traf der weiche Bariton sie.

J.J.s Aufmerksamkeit richtete sich auf die Tür. Die plötzliche Bewegung erzeugte ein Schwindelgefühl. Ihre Sicht verzerrte sich, sie sah nur verschwommene Streifen. Sie kniff die Augen zusammen, um diese Beeinträchtigung ihres Sehvermögens zu beseitigen. Keine Chance. Die Schmerzmittel verhinderten, dass sie sich konzentrieren und etwas klar erkennen konnte. Sie versuchte es trotzdem, kniff die Augen noch fester zusammen. Ein Knarren und Piepsen echote, legte eine Tonspur, verband sich mit dem Rumoren männlicher Stimmen auf dem Flur. Einen Moment später tauchte verschwommen ein Mann auf. Ihr Sehvermögen wurde klarer. Zwei dunkelblaue Augen blickten sie an. J.J. fluchte leise.

Ach, Mist. Nicht der schon wieder.

Aber obgleich sie sich heftig dagegen wehrte, täuschten sie ihre Augen nicht. Der Gothic-Typ war zurück, und dieses Mal schob er einen Rollstuhl.

»Gehen Sie weg.« Sie sah ihn finster an, warnte ihn mit ihrem Blick. Wenn er ihr irgendwie zu nahe käme, würde sie ihm eine kleben. Einfach ausholen und zuschlagen. Auf keinen Fall wollte sie eine zweite Runde mit dieser speziellen Ausgeburt des Wahnsinns … und dass ihr wieder schlecht wurde. Leider funktionierte ihr wütender Blick nicht. Obgleich sie ihn besonders grimmig musterte, kam er weiter auf sie zu, verringerten seine langen Beine die Distanz zwischen ihnen. Sie verengte ihre Augen zu schmalen Schlitzen. »Ich meine es ernst. Bleiben Sie mir vom Leib.«

»Aber, aber …« Sein Nasenstecker glitzerte in dem schwachen Licht. Und der Stecker an seiner Augenbraue blitzte auf. Er grinste sie an. Sie funkelte ihn ihrerseits an, entschlossener denn je, ihm Widerstand zu leisten. Der Rollstuhl war kein gutes Zeichen. Er signalisierte großen Ärger dergestalt, dass sie in Windeseile über einen Krankenhausflur geschoben wurde, und zwar von ihm. Was so gar nicht ratsam war. Ihr Magen würde die Auswirkungen nicht verkraften.

Er ignorierte ihr unmissverständliches »Zieh Leine, Kumpel« und stellte den Rollstuhl an das Fußende ihres Betts. »Behandelt man so etwa einen alten Freund?«

»Freund?« Ihr Blick blieb an dem Spinnen-Tattoo an seinem Hals hängen. Präzise schwarze Linien formten ein Netz auf seiner Haut für die rote Spinne, die ... du liebe Güte, derartig lebendig wirkte, dass sie fast ausgeflippt wäre. »Ja, richtig. Letztes Mal hätten Sie mich beinahe umgebracht.«

Er blieb neben ihr stehen und warf ihr einen amüsierten Blick zu. »Ist das nicht etwas übertrieben?«

»Mir wurde übel. Ich musste spucken ... beinahe wären meine frisch genähten Wunden aufgeplatzt Ihretwegen.«

»Na klar«, murmelte er und blickte auf die Infusionsnadel, die an ihrer Hand fixiert war. Sein Mund verzog sich. Sie war jetzt allerhöchst alarmiert. Was auch immer er vorhatte, er führte nichts Gutes im Schilde. Er war viel zu angespannt. Irre konzentriert. Er befingerte den dünnen Plastikschlauch, der sie mit dem medizinischen Cocktail, bestehend aus Kochsalzlösung und Antibiotika, verband, und schüttelte den Kopf. »In meinen Augen sehen Sie gut aus.«

Ihr Misstrauen erhöhte ihre innere Alarmbereitschaft noch um einiges. Etwas an ihm ... stimmte absolut nicht. Nicht, dass sie es genau definieren konnte. Mit Logik hatte das nichts zu tun. Basierend auf reiner Intuition, war ihre Reaktion möglicherweise irrational, aber sie war berechtigt.

Sie wand sich vor Unbehagen und ballte ihre freie Hand zur Faust. Nur für alle Fälle. Sie wollte ihn nicht wirklich schlagen, aber sie würde es tun … wenn er sie dazu zwang. »Was wollen Sie? Weiß Schwester Ashford, dass Sie hier sind?«

Er überhörte ihre Fragen und beugte sich vor, überprüfte ihren IV-Zugang. Stirnrunzelnd examinierte er die Öffnung im Infusionsschlauch, in die man die Spritzen steckte, um Medikamente zu injizieren. Ihr Instinkt schrie ihr eine Warnung zu. Er zog eine Spritze aus seiner Brusttasche und entfernte die Kappe. J.J. blieb die Luft weg. Sie schüttelte den Kopf, ihre Stimme hatte sich vorübergehend verabschiedet. Oh Gott. Sie konnte nicht schreien, und als ihr Herzschlag in apokalyptische Bereiche geriet, sah J.J., wie er die Hand hob.

Er steckte die Nadel in die Öffnung.

»O mein Gott … halt. Aufhören!« Schrecken, gemischt mit Entsetzen, erfassten sie, und sie griff nach seinem Arm. »Was tun Sie da?«

Er drückte den Kolben hinunter und injizierte ihr Gott weiß was in ihre Vene, dann maß er sie mit einem Seitenblick. Ein seltsamer Schimmer lag in seinen Augen. »Ich gebe Ihnen mehr Saft.«

»Nicht!« Sie zerrte an den Handschellen. Stahl stieß gegen Metall. Der Klang hallte wider, höllisch laut in der Stille. »Sie wollen …«

»Ich werde Sie nicht töten.«

Sicher. Richtig. Als würde sie ihm glauben, dass er die Wahrheit sagte. Ein Mörder warnte sein auserkorenes Opfer schließlich nie. O Gott. *Schrei!* Sie musste um Hilfe rufen … sofort. Bevor der verrückte Gothic-Typ sie unter die Erde beförderte.

Ein wissendes Funkeln trat in seine Augen. »Keine Angst. Sparen Sie sich Ihre Kräfte. Niemand kann Sie hören.«

Quatsch. Die Wärter standen nur fünf Meter entfernt. Sie würden sie hören – und auch Schwester Ashford, wenn sie laut genug brüllte – und angerannt kommen. J.J. öffnete den Mund, holte tief Luft. Ihr Brustkorb weitete sich. Heftiger Schmerz schoss ihr in die Seite.

Sie ignorierte den Schmerz und brüllte: »Hilfe! Zu Hilfe … wer auch immer!«

Nichts geschah. Keine plötzlichen Bewegungen oder Geräusche. Keiner blickte in ihre Richtung. Alles wie gehabt. Griggs lachte über irgendetwas, was der andere Wärter sagte.

Ein Kältegefühl kroch ihr über den Handrücken. Oh nein … das Medikament war unterwegs, floss direkt in ihre Vene. Verzweifelt bewegte sie ihren linken Arm auf den rechten zu. Ihre Hand mochte ja gefesselt sein, aber das hieß nicht, dass sie hilflos war. Sie musste die Nadel rausziehen, bevor …

»Störrisches Weib.« Schnell wie der Blitz griff Grufti zu. Er packte ihre freie Hand, hielt sie davon ab, die Kanüle herauszureißen. »Entspannen Sie sich. Sie brauchen diese Extra-Dosis. Es ist nicht sicher für Sie hier, also muss ich Sie verlegen. Das Demerol wird solange für Ihr Wohlbehagen sorgen.«

Sie wehrte sich gegen seinen Griff und schrie erneut. Er hielt fest, beobachtete ihre zunehmende Panik mit ungerührter Miene. Tränen traten ihr in die Augen, und sein Gesicht verschwamm.

»Es tut mir leid«, murmelte er tröstend. »Es ist der einzige Weg. Hätten Sie nicht diese SMS geschickt …« Ein Muskel zuckte an seinem Kinn, als er verstummte. Eine Sekunde später seufzte er und schüttelte den Kopf. »Aber kluges Kind, das Sie sind, haben Sie einen Weg gefunden. Jetzt habe ich keine Wahl. Kleine Planänderung, Schätzchen.«

»Lassen Sie mich«, krächzte sie und versuchte, sich zu befreien. Ein schwacher Versuch, aber das war alles, was sie bewerkstelligen konnte. Grufti wusste, was er tat. Er hatte seine Karten richtig ausgespielt, sie mit genug Demerol vollgepumpt, um sie zu schwächen. Jetzt spürte sie bereits die Wirkung, und als ihre verkrampften Muskeln sich entspannten, entgleiste ihr Verstand, wurde sie hilflos. »Sie Mistkerl.«

»Das stimmt«, sagte er, und seine Stimme erreichte sie wie durch einen Nebel. »Wehren Sie sich nicht dagegen. Lassen Sie das Medikament wirken. Sie werden mir später noch danken.«

Ihr Kopf wurde schwer, ihr Körper leicht, und sie begann zu schweben innerhalb ihres eigenen Schädels. Sie kämpfte gegen den Sog an und flüsterte: »Wer sind Sie?«

»Azrad.«

»Seltsamer Name.«

»Nicht für Angehörige meiner Spezies.«

Sie wurde müder und müder. Konnte die Augen nicht mehr offen halten. Ihre Lider klappten auf. Zu. Hoch. Runter. J.J. bemühte sich nach Kräften, nicht den Faden zu verlieren. Mit äußerster Konzentration zwang sie ihre Augen wieder auf. »Ihre *Spezies*?«

»Nichts, worüber Sie sich jetzt Sorgen machen sollten. Sie erfahren noch früh genug von den Drachenblütigen.«

Wie auf einer weichen Wolke schwebend, hielt sich J.J. am Geräusch seiner Stimme fest, benutzte sie, um sich an die Wirklichkeit zu klammern. Die Handschellen klickten. Der Stahl glitt von ihren Handgelenken. Sie blinzelte, sah ihre Hand, ohne sie zu spüren. Hm, das war merkwürdig. Er hatte die Handschellen geöffnet ohne einen Schlüssel. Hatte einfach nur das Schloss gestreift mit seinem Daumen und …

Sie sah die offenen Handschellen stirnrunzelnd an. »Wie haben Sie das gemacht?«

»Magie«, flüsterte er.

Und J.J. stimmte ihm zu, weil … wow. Die Medikamente waren *magisch*, halfen ihr zu schweben, hielten sie aufrecht, vertrieben den Rest der Schmerzen. »Meine Güte … das ist gut, das Zeug.«

Er schnaubte. Die rote Spinne auf seinem Hals blinzelte sie an. J.J. lächelte zurück. Azrad schüttelte den Kopf, und mit einem Fingerschnippen öffnete er das Bettgitter. Er klappte es herunter, legte seinen Arm um sie und hob sie hoch, trug sie zum Rollstuhl. Er setzte sie vorsichtig hinein, richtete behutsam ihre unkooperativen Glieder. Als sie sich mit einem Seufzen richtig hinsetzte, richtete er eine der Fußstützen auf, arretierte sie und stellte ihren verletzten Fuß im Gipsverband auf das Fußbrett. Er holte den Tropf und befestigte ihn an einer Stange, die an die Seite des Stuhls geschweißt war.

J.J. kümmerte das alles nicht. Sie spürte nicht das Geringste, einschließlich ihrer Nasenspitze. Alles war inzwischen taub.

Er schnappte sich die Decke vom Fußende ihres Betts und ging vor ihr in die Hocke.

Sie blinzelte und starrte ihn an. »Hey, Azrad?«

»Hmmm?«

»Wohin fahren wir?«

»Zu einer Party.« Er war fertig damit, ihr die Decke um die Beine zu wickeln, und trat hinter den Rollstuhl. Er packte die Griffe und schob sie in Richtung Ausgang. »Eine Art Kennenlernparty.«

Oh, eine Party. Wie schön. Wunderbar. Einfach toll. J.J.

zögerte. Oder nicht? Sie war seit Jahren nicht eingeladen worden zu einem geselligen Beisammensein. Nun ja, es sei denn, der Gefängnishof würde dazuzählen, also … jawohl. Eine Kennenlernparty klang nach Spaß.

Sie lehnte den Kopf zurück. Ihr Hinterkopf prallte gegen Azrad. Sie versuchte ihre inzwischen taube Zunge in Gang zu setzen, obgleich zu reden plötzlich wirklich schwierig schien. »Kriege ich ein Glasch Wein?«

Er gluckste. »Keine weiteren bewusstseinsverändernden Substanzen für Sie heute Nacht.«

»Spaßverderber.«

Er verdrehte die Augen.

»Hey, Azsch-rad?«, flüsterte sie und lallte seinen Namen mehr, als dass sie ihn richtig aussprach.

»Ja?«

»Sie sind mein Freund.« Sie zwinkerte im Zeitlupentempo. »Richtig?«

Er zögerte. Seine blauen Augen musterten ihr Gesicht. »Für den Moment, Schätzchen.«

Gute Nachrichten. Obgleich bei näherer Betrachtung nicht sehr inspirierend. Was zum Teufel bedeutete »für den Moment«?

J.J. summte. *Für den Moment … für den Moment …*

Der Ausdruck kreiste in ihrem Kopf, zapfte ihre Frontallappen an. Sie schüttelte den Kopf. Etwas daran stimmte nicht. Ein schlechtes Zeichen oder etwas in der Art, aber sie kam um alles in der Welt nicht dahinter. Andererseits … war das wirklich so wichtig? Erforderte es eine Fahndungsausschreibung? J.J. wusste es nicht. Ihr Verstand hatte sie im Stich gelassen, schwebte auf einem Meer von Dummheit, als die

Wirkung des Medikaments voll einsetzte, sie betäubte, ihr die Schmerzen nahm, sie zu der Entscheidung führte, dass sie sich morgen über das Rätsel, das Azrad darstellte, Gedanken machen würde.

Mit einem Seufzen sackte sie im Rollstuhl zusammen.

Es fühlte sich besser an zu schweben und zu vergessen … wenn auch nur für eine kleine Weile. Die Warnzeichen zu ignorieren und abzutauchen. Aber als Azrad sie über den Flur rollte – vorbei an den Wärtern, die nicht zu reagieren schienen, und an Schwestern, die nicht ein einziges Mal aufblickten –, meldete sich raunend ihr Instinkt, und J.J. dachte über ihren Freund *für den Moment* nach. Vielleicht war es am Ende doch nicht die beste Idee gewesen, sich von ihm entführen zu lassen.

7

Mit einer schnellen Bewegung stellte Wick die Flügel senkrecht und flog zwischen zwei backsteinverkleideten Hochhäusern hindurch, wobei er einen eisigen Staubwirbel hinter sich herzog. Direkt hinter ihm brachten die anderen Nightfury Fensterscheiben zum Scheppern. Sein Ziel fest im Auge, schoss Wick an einem weiteren Appartementkomplex vorbei. Mit einer schnellen Rotation, die Schuppen grün schimmernd in der Dunkelheit, nahm Venom die Position über ihm ein. Als brauner Schatten mit schneeweißen Fängen, sein Skorpionschwanz einsatzbereit, flog Sloan unter ihm. An seinen Seiten positionierten sich Mac und Forge und übernahmen die Aufgabe der Flügeldeckung, während Wick das Tempo verschärfte.

Überschallgeschwindigkeit. Nachtsicht gestochen scharf. Das Hauptaugenmerk auf ein einzelnes Gebäude gerichtet, das aus dem Gewirr der Straßen unter ihnen aufragte. Stimmt … stimmt … und stimmt auch.

Das Swedish Medical. Direkt vor ihnen.

Äußerst konzentriert rief sich Wick Jamisons Gefängnisjacke ins Gedächtnis. Dann sah er einen Schnappschuss von ihr vor seinem inneren Auge. Langes dunkles Haar. Hübsches ovales Gesicht. Volle Lippen, ein ernster Mund. Faszinierende himmelblaue Augen. Er heftete jedes Detail an seine mentale Pinnwand. Es hatte schließlich keinen Sinn, Scheiße zu bauen. Er musste sie schnell finden. Schnell hineinkommen. Sie herausholen. Eine schnelle Heimkehr, eine noch schnellere Übergabe an ihre Schwester und …

Hauptgewinn. Eine Frau gerettet. Mission erfüllt. Seine Schulden voll bezahlt.

Wick näherte sich in schnellem Gleitflug und bereitete seine Landung vor. In einer Ecke des Daches befand sich der Hubschrauberlandeplatz, im Zentrum gekennzeichnet mit einem großen weißen Kreuz. Er überflog das Gebiet noch einmal. Nichts, alles frei. Kein Hubschrauber, der ihnen wertvollen Platz wegnahm, und auch keine Menschen auf Wache.

Perfekt. So weit, so gut.

Er war jetzt über der Landezone und legte die Flügel an. Die Schwerkraft übernahm die Regie und riss ihn aus dem Himmel. Er landete direkt im Zentrum des weißen Kreuzes. Die stahlverstärkte Konstruktion stöhnte. Seine Krallen schürften die harte Oberfläche der Landezone auf in der Sekunde, bevor er seine menschliche Gestalt annahm. Magie leuchtete auf, und die Luft flimmerte, als er seine Kleidung herbeizauberte.

Als sich seine Stiefel um seine Füße legten, ging er den Plan noch einmal durch. *»Forge und Mac, ihr übernehmt den Transport.«*

»Mit einem Geländewagen?«, erkundigte sich Mac, der über ihm kreiste und dessen Schuppen blaugrau schimmerten.

Gleich im Gefolge seines Kumpel fragte Forge: *»Oder mit einem Kleintransporter?«*

»Egal womit. Besorgt einfach irgendeinen Wagen, der groß genug ist, um sie bequem zu transportieren.« Während Wick be-

reits über den Hubschrauberlandeplatz lief, sprach er über die mentale Verbindung mit ihrem hauseigenen Computergenie. *»Sloan …«*

»Ins System eindringen. Ihre Krankenakte klauen, dann alle Daten löschen.« Sloan, dessen Schuppen eher denen einer Klapperschlange als denen eines Drachen glichen, landete auf dem Dach. Die Beleuchtung rund um die Landezone tauchte seine weißen Pranken in blaues Licht. *»Bin schon dabei.«*

»Venom …«

»Direkt hinter dir.« Sein bester Freund legte seine Flügel an und landete. Seine dunkelgrünen Pranken rissen Furchen in die asphaltierte Oberfläche, als Venom hinter ihm rutschend zum Stehen kam. *»Geh du vor.«*

Wick nickte, umfasste das Geländer und schwang seine Beine hinüber auf den betonierten Weg darunter, der zum Transport von Patienten auf Krankentragen diente. Seine Augen auf die Tür am Ende der Rampe gerichtet, schritt er über den leicht abschüssigen Beton. Mit einem mentalen Befehl öffnete er das Schloss, ließ die Tür weit aufschwingen und trat über die Schwelle in das große Foyer dahinter. Mehrere Fahrstühle befanden sich an der gegenüberliegenden Wand. Wick drückte gedanklich auf einen Knopf. Magie flackerte auf, fuhr ihm prickelnd über den Rücken, als der Mechanismus sich in Gang setzte und die Kabine aus einem tiefer gelegenen Stockwerk herauffuhr.

Venom trat neben ihn vor die Aufzugtür. Sein Blick konzentrierte sich auf die Zahlen über dem Firmenschild. Die roten Ziffern blinkten, forderten sie auf, sich bereitzumachen.

Wick spähte über seine Schulter. *»Zimmernummer?«*

»Fünfter Stock.« Die dunklen Augen wachsam, begegnete

Sloan seinem Blick, als er hinter ihn trat. »*Zimmernummer 573.*«

Wick war jetzt absolut konzentriert auf seine Aufgabe und ganz gespannte Erwartung. Beinahe da. Höchstens noch fünf Minuten, und er würde Jamison persönlich sehen. In diese himmelblauen Augen blicken, während er sicherstellte, dass alles mit ihr in Ordnung war. Für ihre Geborgenheit sorgen. Sie in Sicherheit bringen und in das Fahrzeug verfrachten – was für eins auch immer sich Forge und Mac (auch bekannt als die Wunderzwillinge) bis dahin unter den Nagel gerissen haben würden für ihre Flucht. Mit zusammengekniffenen Augen rief er sich den Bauplan des Swedish Medical in Erinnerung. Er ging ihn noch einmal durch, entwarf die schnellste Route zu ihrem Zimmer und nickte befriedigt.

Gute Chancen. Solider Plan. Der Erfolg lag nur ein paar Stockwerke tiefer und einige Meter entfernt.

Die Fahrstuhltür öffnete sich mit einem leisen Klingeln.

Dreißig Sekunden und eine sanfte Fahrt später trat Wick hinaus auf den Flur des fünften Stockwerks. Absolut nichts Besonderes rundum begrüßte ihn. Das war zu erwarten gewesen. Krankenhäuser wurden nach rein funktionalen Gesichtspunkten gebaut. Langweilig und praktisch? Beides traf zu. Auch auf all die geschlossenen Türen. Aufgereiht wie strammstehende Soldaten, unterbrachen die Stahlrahmen die langen, hellen Wände. An einer Kreuzung bog Wick das erste Mal ab. Der schmale Flur führte ihn in einen sehr viel breiteren. Hervorragend. Jetzt konnte es nicht mehr weit sein. Noch einmal nach rechts, zweimal nach links, und er würde finden, wonach er suchte …

Den Knotenpunkt des fünften Stockwerks.

Dieses kreisrund gebaute Abwicklungszentrum stand in jeder einzelnen Etage. Sein Zweck? Verkehrssteuerung. Der Knotenpunkt war dafür verantwortlich, dass Menschen von A nach B fanden in einem ausgedehnten Komplex, der eher einer Kleinstadt als einem einzelnen Gebäude glich. Die Menschenmassen innerhalb des Gebäudes bestätigten es. Sogar um Mitternacht war viel los auf den Fluren, Schwestern eilten hin und her, Ärzte machten ihre Runden, Patienten wurden in Rollstühlen und auf Krankentragen zu ihrem nächsten Ziel transportiert.

Tja, wenn man vom Teufel spricht … Eine Menschenansammlung auf ein Uhr.

Wick blieb am Rand der T-Kreuzung stehen. Die Gummiräder eines rollenden Krankenbetts quietschten. Ohne auf das Geräusch zu achten, umringte ein Team medizinischer Profis das Bett, erhoben sich Stimmen, fielen Begriffe wie *Intubieren* und *Herzdruckmassage*. Als die Gruppe auf ihn zueilte, konnte er durch einen Spalt in der Mauer menschlicher Schultern die Patientin sehen. Ein kleines Mädchen. Vielleicht fünf Jahre alt. Wick erfasste die Situation in weniger als einer Sekunde. Die biologischen Eckdaten des Mädchens ebenso wie seine Lebenszeichen erschienen auf seinem mentalen Bildschirm.

Wick biss die Zähne zusammen. Ein Defekt … das Herz des kleinen Mädchens war beschädigt.

Den Blick auf ihr kleines Gesicht gerichtet, zögerte er einen Moment und …

Ach, scheiß drauf. Er war ja sowieso hier. Einem Kind zu helfen würde ihn nichts kosten. Wenn er allerdings nichts unternähme, würde es das Mädchen das Leben kosten. Angesichts dieser Sachlage wäre es echt eine Schande, nicht einzugreifen.

Mit einem Murmeln sammelte er seine Zauberkräfte. Hitze loderte auf, kleine Magmastrudel wirbelten in seinen Handflächen. Er wartete, bis das Mädchen mit ihm auf gleicher Höhe war, dann setzte er sie frei, hüllte das Kind in die heilenden Strudel ein. Sie keuchte, als ihr Herz einen Satz machte. Es folgte ein tiefes Durchatmen, wobei ihre schmale Brust sich hob und senkte unter der Hand eines Arztes. Das Ärzteteam hielt inne, beugte sich über sie. Einer rief: »Ich habe einen Puls!«, und schon waren sie weiter, rannten mit halsbrecherischer Geschwindigkeit über den Flur.

Venom schlug ihm auf die Schulter. »Was für ein Gutmensch.«

Sloan schnaubte.

Wick ignorierte die Kommentare und schwieg. Was konnte er schon sagen? Dass er eine Schwäche für Kinder hatte? Dass es ihm an die Nieren ging, wenn er eines leiden sah? Dass Kindheit voller Eiscreme, Lollis und Radschlagen sein sollte? Es schnürte ihm das Herz ab. Mist. Keiner seiner Brüder würde das verstehen. Nicht, dass das eine Rolle spielte. Er machte eh, was er wollte. Hatte er immer schon getan … es bestand kein Grund, es näher zu erklären.

Er schüttelte Venoms große Pranke von seiner Schulter ab, machte weiter im Programm. Ein Lautsprecher knisterte über ihren Köpfen, forderte irgendeinen Dr. Soundso aus der Kardiologie an. Sein Mund verzog sich. Gut. Die Menschen waren am Ball. Nicht, dass das Mädchen noch ihrer Aufmerksamkeit bedurft hätte. Seine Magie hatte ganze Arbeit geleistet, hatte das Loch in ihrer linken Herzkammer gestopft.

Auf leisen Sohlen bog er um die letzte Ecke auf dem glatten Krankenhausfußboden und …

Geriet direkt in die Hölle.

Er verzog das Gesicht, registrierte alle Aktivitäten. Schwestern in OP-Kitteln. Ärzte in weißen Kitteln. Besucher und Patienten auf Stühlen warteten darauf, an die Reihe zu kommen.

»*Verdammt*«, brummte Venom hinter ihm.

Kein Flachs. Der Ort war ein logistischer Albtraum. »*Der hintere Korridor auf der anderen Seite des Knotenpunkts.*«

»*Der neben dem Schwesternzimmer?*«

Wick nickte und bewegte sich auf sein Ziel zu. Je schneller er den Korridor erreichte, desto eher würde er Jamisons Zimmer finden.

»*Bis später, Jungs.*« Die Ledertasche über die Schulter geschlungen, setzte Sloan sich ab, schlug die andere Richtung ein. Er wich einem Mann an Krücken aus und einem Kind, das Hüpfen spielte auf den verschiedenfarbigen Bodenfliesen, und trat über die Schwelle. Er verschwand in der Tiefe des Gebäudes und teilte ihnen über ihr Drachen-Handy mit: »*Ich melde mich, wenn ich fertig bin im Com-Center.*«

Venom gab sein Okay.

Wick sagte kein Wort. War auch nicht nötig. Sloan brauchte keine Ermutigung. Der Mann würde tun, was er am besten konnte: in die Datenbank eindringen und sich holen, was er benötigte, ohne eine Spur zu hinterlassen. An der Front war alles paletti. »*Treffen uns später auf der Straße.*«

»*Hm-h*«, bestätigte Sloan, der mit seinen Gedanken bereits bei seiner Aufgabe war.

Wick ging der Stuhlreihe und den Menschen, die darauf

saßen, aus dem Weg und bewegte sich auf sein Ziel zu. Als er den hohen Tresen des Schwesternzimmers passierte, stellten sich ihm die Nackenhaare auf. Er wurde langsamer. Blieb regungslos stehen, während seine Drachenhälfte erwachte, er tief in sich hineinhorchte und das Signal suchte. Eine weitere Runde Knistern und Rauschen. Die Muskeln entlang seines Rückgrats spannten sich an, versetzten ihn in höchste Alarmbereitschaft.

Mist. Probleme. Und keine geringen.

Knurrend spähte Wick über seine Schulter.

»Ich spüre es. Wir bekommen Gesellschaft.« Mit glühenden roten Augen überflog Venom den Raum, suchte nach dem Feind. Als er keinen entdecken konnte, sah er hinüber zu Wick. *»Abtrünnige?«*

Wick schüttelte den Kopf. *»Vielleicht. Kann ich nicht sagen. Hier gibt's zu viele Störgeräusche.«*

Sein Freund fluchte.

Wick konnte ihm da nur zustimmen und setzte sich in Marsch. Es hatte schließlich keinen Sinn, hier tatenlos herumzustehen. Sich zurückzuhalten – darauf zu warten, dass was passierte – war nicht sein Stil. Den Spieß umzudrehen schon eher oder die Rolle des geborenen Killers. Während Wick die Entfernung verringerte, erwachte der Räuber in ihm, wollte seiner Pflicht nachkommen. Er bewegte sich konzentriert und ging vorsichtig in den Flur hinein. Atmosphärische Störungen rauschten in seinem Kopf. Er justierte sein Sonarorgan und stellte es auf die genaue Position ein.

Nah. Ganz nah. Der unbekannte Mann war in Bewegung, aber …

Verdammte Inzucht. Jetzt sah er den Mistkerl.

Der Mann schob einen Rollstuhl und war wie ein Krankenpfleger gekleidet. Er verlangsamte seine Schritte und blieb schließlich in der Mitte des Korridors stehen. Wick ebenfalls, wobei er sich so breit wie möglich machte und den Ausgang des Korridors blockierte, während er den Fremden abschätzte. Groß. Stark, aber eher schlank. Ein männlicher Angehöriger des Drachenbluts, der sich mit der Selbstsicherheit eines Kriegers bewegte. Aber noch seltsamer war, dass der Mann am Hals ein Spinnen-Tattoo hatte und burgunderrote Haarsträhnen.

Ein Blick aus blauen Augen traf ihn.

Wick knurrte.

Der Krieger lächelte leicht. Der Stecker in seiner Augenbraue blitzte auf, als er sein Kinn senkte und Wick mit hochgezogenen Augenbrauen musterte. Der Blick war die schiere Herausforderung, ein archaisches »Fick dich«, das Bände sprach.

»Kopf hoch, Schätzchen.« Den Blick unverwandt auf Wick gerichtet, senkte der Wichser den Kopf zu der Person, die im Rollstuhl saß. »Die Party beginnt jetzt.«

Die Insassin des Rollstuhls blinzelte.

Wicks Blick schoss zu ihr und …

»Verfluchte Scheiße«, knurrte er und erkannte sie augenblicklich. »Jamison.«

Der Wichser feixte. »Sie ist hübsch, nicht wahr, Nightfury?«

Richtig, in beiderlei Hinsicht. Obgleich es ihm ein Rätsel war, woher der Typ wusste, dass er ein Mitglied des Nightfury-Clans war. Eins, dessen Lösung Wick lieber auf später verschob. Jetzt wandte er seine Aufmerksamkeit der ersten

Behauptung zu. Und die war … meine Fresse … eine totale Untertreibung. Die Frau war mehr als nur *hübsch.* Sie war schön. Unbeschreiblich. Und ihre Verbindung zum Meridian so stark, dass die Luft um sie herum pulsierte.

Unerwartet in jeder Hinsicht angesichts ihrer Verletzungen.

Einige der Prellungen konnte er sehen. Andere nicht. Aber sogar so böse zugerichtet, glühte ihre Energie, leuchtete sie von innen heraus.

Als seine Reaktion auf sie verheerende Formen annahm, atmete Wick tief durch. Hohes Energiepotenzial, von wegen. Sie war ein vom Meridian gespeistes Inferno, brannte wild, das Dunkelorange und Rot ihrer Aura flammte hoch auf. Er konnte kaum an sich halten, wollte unbedingt in ihre Nähe kommen. Den Arm ausstrecken. Vielleicht sogar … ihm lief das Wasser im Mund zusammen … sie berühren, um herauszufinden, ob sie ihm einen Energiestoß versetzen würde. Der Stromstoß würde zweifellos rekordverdächtig sein und …

Wick zog die Augenbrauen zusammen.

Verdammte Scheiße. Was zum Teufel dachte er denn da? Die Hand ausstrecken und sie berühren? Gott mochte ihm gnädig sein, er hatte seinen Verstand verloren. Nichts anderes erklärte dieses plötzliche, dringende Bedürfnis. Oder die unleugbare Anziehungskraft, die sie ausstrahlte, wenn er sie ansah. Etwas an ihr reizte ihn unglaublich, erschütterte ihn von Grund auf, weckte seine Drachenhälfte, zerriss sein abgenutztes Regelbuch. Das ihm »nicht berühren, nicht reden, Augenkontakt vermeiden« verordnete, die Devise, nach der er lebte.

Unfähig sich dagegen zu wehren, musterte er sie trotzdem

genau. Nicht, dass er das wollte – wirklich, er wollte es nicht –, aber er brauchte die Informationen. Ihre Verletzungen einzuschätzen war wichtig für das weitere Vorgehen und …

Klar. Es gefiel ihm, wie sie aussah. Na und? Was war schon dabei?

Aber als ihre schläfrigen blauen Augen ihn ansahen und sein Drache zufrieden knurrte, mochte, was er sah, gab Wick seine Ausflüchte auf. Er begehrte sie. Zum ersten Mal in seinem Leben *begehrte* er eine Frau. Das Eingeständnis fiel ihm verflucht schwer. Seinen Drachen kümmerte es nicht, er fixierte sich auf sie, als wäre sie vom Himmel geschicktes Manna. Sie blinzelte langsam. Wick runzelte die Stirn. Etwas an ihrer Reaktion stimmte nicht. Sie war viel zu phlegmatisch. Die Erkenntnis brachte ihn wieder zu Verstand. Erweiterte Pupillen. Schlaffe Muskeln. Ausdruckslose Miene. Sein Blick fiel auf die Infusionsnadel in ihrem Arm, und es traf ihn wie ein Vorschlaghammer.

Betäubt.

Der Mann, der sie gefangen hielt, hatte die Dosis erhöht. Jetzt war Jamison nicht mehr richtig bei sich. War viel zu gefügig angesichts der Gefahr. Zu entspannt, obgleich sie sich eigentlich wehren sollte. Ein wehrloses Opfer, verletzlich in jeder Hinsicht.

»Venom …«

Scharf auf einen Kampf, knurrte Venom zurück: *»Wie tot willst du ihn?«*

»Lebendig genug, um reden zu können.«

Eine gute Strategie angesichts der Einmischung dieses Mannes. Etwas an dem Krieger stimmte nicht. Wie er roch, seine magische Ausstrahlung – alles war falsch … ausgesprochen unabtrünnig. Also, genau. Kein Zweifel. Herauszufinden was das Arschloch beabsichtigte – das Warum hinter dieser Entführung – hatte oberste Priorität. Erst danach würde er den Bastard dafür umlegen, dass er Jamison angefasst hatte.

»Also halb tot«, sagte Venom voller Vorfreude. *»Du kümmerst dich um sie.«*

Das war seine Absicht.

Mit seiner auf sie fixierten Drachenhälfte gab es keine andere Wahl. Animalische Begierde hatte ihn ergriffen. Jetzt war er wie besessen, nur noch instinktgetrieben; Verstand und Vernunft waren ausgeschaltet. Blieb keine Zeit nachzudenken oder nach dem Warum zu fragen. Das *Wie* war wichtiger. Er musste die Distanz zwischen ihnen überbrücken, um ihr Schutzschild zu werden. So schnell wie möglich. Bevor die Uhr ablief und keine Zeit mehr blieb. Bevor der tätowierte Bastard sie als Druckmittel benutzte. Bevor der Kampf begann und die Frau, die zu beschützen er geschworen hatte, ins Kreuzfeuer geriet.

J.J. traute ihren Augen kaum. Sie spielten ihr beide einen Streich, ließen sie etwas sehen, was nicht da sein konnte. Unmögliche Dinge. Schöne Dinge. Dinge wie … oh, sagen wir … einen unglaublich sexy aussehenden dunkelhaarigen Fremden. Sie blinzelte heftig und beugte sich vor im Rollstuhl. Ihre Der-Sache-näher-kommen-Strategie trug nicht zur Klärung der Dinge bei. Ihr Sehvermögen war im Eimer, veränderte sich ständig, tauchte alles in ein ätherisches Licht … ließ seine Umrisse leuchten.

Er war nicht von dieser Welt. Er musste ein Alien oder

etwas in der Art sein. Nichts anderes erklärte dieses Leuchten. Oder die Tatsache, dass seine Augen im schwachen Licht schimmerten. Der goldene Schein zog sie stark an, hielt sie aufrecht trotz dieses Schleiers, der sich über ihren Verstand gelegt hatte.

Hm. Merkwürdig, aber sie erkannte ihn irgendwie wieder, kannte ihn von irgendwoher, aus irgendeinem Grund.

Was wirklich überhaupt keinen Sinn ergab.

Der Gedanke, dass sie ihn kannte, war, nun ja … weit hergeholt. Falsch. Völlig daneben. Erst recht, da J.J. wusste, dass sie ihm nie begegnet war. Keine Frau würde einen Typen, der so aussah, vergessen. Eine derartige Begegnung würde sich für immer in ihr Gedächtnis einbrennen. Dieser Eindruck würde nie verblassen oder sich im mentalen Schrott verlieren. Er würde für immer haften bleiben. Die Logik sagte ihr das, trug Beweise zusammen, und dennoch … konnte sie das Gefühl nicht abschütteln. Er sah zu vertraut aus, strahlte eine Sicherheit aus wie ein Bunker, während ein Tornado wütete und die Landschaft darüber verwüstete.

J.J. hob den Kopf und rieb sich die Augen. Schlechte Idee. Die Bewegung erzeugte ein Schwindelgefühl. Ihr Hirn schwappte in ihrem Schädel hin und her. Als jedes klare Denken auf der Strecke blieb, sah sie Mr. Umwerfend stirnrunzelnd an. Wo nur hatte sie ihn schon mal gesehen? War er ein weiterer Freund *für den Moment* oder etwas Besseres? Beides spitzenmäßige Fragen. Von denen sie keine beantworten konnte. Schade, wirklich, weil … genau. Die Antwort schien wichtig zu sein, aber J.J.s Zustand wurde immer bedenklicher, und sie kämpfte darum, einen besseren Durchblick zu gewinnen.

Was zweifellos eine weitere schlechte Entscheidung war.

Der Gedanke belustigte sie. Merkwürdig, das wusste sie, aber … mein Gott. Aus irgendeinem Grund war das lustig.

Außerstande, sich zusammenzureißen, wurde sie wütend und gab etwas von sich, was halb Lachen, halb Schnauben war. Der Rollstuhl quietschte unter ihr. Die Gummiräder rollten vorwärts, und J.J. zwang sich zur Konzentration. Hm, sie Glückliche. Er war immer noch da. Wie angewurzelt stand Mr. Umwerfend am Ende des Korridors und sah einfach zum Anbeißen aus. Sie starrte ihn erneut an und seufzte. Wow … einfach, tja, wow. Als die personifizierte Kraft strahlte er eine geradezu unglaubliche Selbstsicherheit aus. Groß. Stark. Ein ganz harter Typ. Sah viel zu gut aus, um es in Worte zu kleiden, geschweige denn, für wirklich zu halten.

Ah, und das war es … Bingo, eine Schlussfolgerung, die passte.

Er war nicht wirklich. Ihr betäubter Verstand hatte ihr einen Streich gespielt. Und das Ergebnis? Sie hatte sich den goldäugigen Gott aus heiterem Himmel herbeigezaubert.

»Sch!«, flüsterte sie und hoffte, dass der Klang ihrer Stimme die Erscheinung vertreiben würde. Sie sehnte sich nach Klarheit. Wollte wenigstens ansatzweise die Kontrolle zurückgewinnen. Was bedeutete, dass der dunkle Fremde – diese außergewöhnliche Fantasievorstellung – verschwinden musste … und zwar schnell. Auf keinen Fall konnte sie klar denken, solange er da stand, wunderschön aussah und ihr Gesichtsfeld zumüllte. »Zeit für Sie zu verschwinden.«

Mr. Umwerfend sah sie stirnrunzelnd an.

Azrad bewegte sich hinter ihr. »Was haben Sie gesagt?«

»Oh, halten Sie den Mund, Azrad. Das ist alles Ihre Schuld.

Die blöden Medikamente bewirken, dass ich mir Dinge einbilde. Jetzt bilde ich mir *ihn* ein.«

»Ich sage es Ihnen nur ungern, Schätzchen, aber …«

»Ich bin wirklich.« Das leise Knurren hing in der Luft, klang weich, traf hart.

Sie blinzelte. »Sind Sie das?«

»Das ist er.« Ein großer blonder Mann tauchte hinter Mr. Umwerfend auf. »Genau wie ich.«

Azrad fluchte leise.

»Oh«, sagte sie und versuchte, die Kurzmeldungen zu verstehen.

Ein vergeblicher Versuch. Sie konnte nicht … war nicht in der Lage zu …

Du liebe Güte, er war tatsächlich real? Jenseits jeden Zweifels *real*? J.J. runzelte die Stirn. Wie war das denn möglich?

Verwirrung umfing sie, und sie konnte nur noch »o Scheiße« denken. Er veränderte seine Haltung – machte sich irgendwie breiter, riegelte den Korridor ab, ballte seine Hände zu Fäusten –, und J.J. starrte ihn an, zwang sich dazu, die Lage neu einzuschätzen. Okay, nicht nötig, in Panik zu geraten. Er war also kein Fantasiegebilde. Aber er sah todbringend aus. Und der Kerl neben ihm sah nicht weniger tödlich aus. Folglich …

Oh, du lieber Himmel. Jemand musste ihr zu Hilfe kommen. Er bewegte sich.

Mit wiegenden Schultern und langen Schritten kam er über den Korridor auf sie zu. Leder knarrte, und die Zeit verstrich, verzerrte die Wahrnehmung, bis sie nur noch ihn sah. Ihr Herz blieb stehen, dann setzte das Pochen erneut ein, schlug im Takt mit seinen Schritten. Jeder Herzschlag füllte ihren Kopf, bis sie nur noch ein Rauschen zwischen ihren Schläfen spürte. Sanft, intensiv, mehr als seltsam kam eine unglaublich starke elektrische Spannung näher. Ihre Haut kribbelte, und ihr sträubten sich die Haare. Ein Augenblick ging über in den nächsten, während ihr Herz wie wild hämmerte.

Erst da verstand sie. Er war mehr als wirklich. Er war eine Naturgewalt: selbstsicher in seiner Annäherung, die Situation absolut beherrschend, war er ganz auf sie konzentriert.

Ein Mann aus einer anderen Welt. Der Engel des Todes. Er war … er war …

Ach, Mist. Deshalb erkannte sie ihn. Das hätte jeder getan. Der Tod nahm schließlich alle möglichen Gestalten an. Und seine? Der Zauber und die Schönheit, seine jenseitigen Eigenschaften – alles ergab einen Sinn. Ihre Zeit war um. Er war gekommen, um ihre Fahrkarte abzustempeln. Jetzt würde sie für ihre Fehler büßen müssen. An den Ort gebracht werden, von dem J.J. wusste, dass sie ihn verdiente. Sie hatte gewusst, was es kosten würde abzudrücken. Sich zum Richter aufzuschwingen. Jemandem das Leben zu nehmen.

Ewige Verdammnis in der Hölle.

Mörder verdienten schließlich keine zweite Chance, aber … mein Gott. Sie war noch nicht bereit zu gehen. Nicht sofort. Zu viel war ungesagt geblieben. So viel noch unerledigt. All ihre Fehler verlangten nach Wiedergutmachung.

Tränen stiegen in ihr auf, brannten ihr in der Kehle.

»Nein.« Sie schüttelte den Kopf und begegnete dem Blick des dunklen Engels, sah ihn flehend an. Vielleicht, wenn sie bettelte, würde der umwerfende Mr. Todesengel Gnade walten lassen, ein andermal wiederkommen … sie zu einem anderen Zeitpunkt holen. Sobald sie Wiedergutmachung geleistet und alle Entschuldigungen ausgesprochen hatte, die sie noch schuldig war, und zwar in erster Linie die wichtigste von allen. Die, die sie ihrer Schwester schuldete. Tania verdiente eine Entschuldigung. Die Worte, sicher, aber auch die Reue und das Endgültige in ihnen. Sie brauchte noch eine letzte Umarmung. Noch eine gemeinsame Mahlzeit. Noch eine Nacht, in der sie redeten, das Recht auf Kontakt und einen angemessenen Abschied. »Ich bin noch nicht bereit zu gehen. Noch nicht. Ich komme ruhig mit, ich verspreche es, nur … bitte kommen Sie später wieder.«

Verblüffung huschte über das Gesicht des dunklen Engels.

»Nur etwas mehr Zeit. Das ist alles, was ich brauche. Bitte, ich …«

»Ganz ruhig.« Eine große Hand landete auf ihrer Schulter. Sanft zog Azrad sie zurück in den Rollstuhl. »Entschuldigung, Nightfury. Zu viel Demerol. Sie ist nicht ganz bei sich.«

»Lass sie los«, sagte der dunkle Engel, seine Stimme ruhig und dennoch irgendwie tödlich. »Dann bleibst du am Leben.«

»Du bist ein schlechter Lügner. Aber weißt du was …« Azrad hielt inne mit einem nachdenklichen Ausdruck auf seinem Gesicht. »Ich überlasse sie dir kampflos … aber das hat seinen Preis.«

»Und welchen?«, fragte der blonde Kerl.

J.J. wurde nachdenklich, ihr Blick schoss hin und her zwischen den beiden. Hm. Zwei Todesengel zum Preis von einem. Und der blonde? Er war auch schön, obgleich auf andere Weise. Sein dunkelhaariger Begleiter gefiel ihr besser. Sexy Schwingungen. Tolles Gesicht. Unglaublicher Körper. Eine dreizehneinhalb auf ihrer Hitliste, was …

Was total falsch war. Grandios falsch.

Du lieber Gott, was war nur los mit ihr? Auf keinen Fall sollte sie ihn bewundern. Der Typ hatte vor, sie zu töten, um Himmels willen. Wollte sie direkt in die Hölle befördern, und was tat sie? Starrte ihn an. Sang ein Loblied auf ihn. Stellte sich vor, welche Noten sie ihm geben würde … im Bett.

»Ein Treffen.« Mit quietschenden Rädern rollte Azrad sie rückwärts über den Krankenhausflur. Als er sich zurückzog, folgten ihm die Todesengel. »Bastians Anwesenheit ist erwünscht.«

»Wird nicht passieren«, sagte der dunkle Engel mit einem hörbaren Knurren in der Stimme.

»Zwei Möglichkeiten, Nightfury.« Mit einer Drehung ließ Azrad seine Hand über ihre Schulter gleiten. J.J. zuckte zusammen, der Schock legte sich wie ein stickiges Netz um sie, als er ihr seine Hand um die Kehle legte. Er presste seinen Daumen auf ihre Halsschlagader, hob ihr Kinn an und zwang ihren Kopf zurück. »Sie stimmen zu, oder ich breche ihr den Hals.«

Bewegungsunfähig ruckelte J.J. auf ihrem Sitz hin und her, um sich aus seinem Griff zu befreien. Zu schwach, zu spät. Sie erreichte gar nichts. Azrad war zu stark. Ihre Verletzungen hatten sie geschwächt. Und da auch noch ihre Reflexe getilgt waren durch Medikamente, lagen ihre Chancen, sich loszureißen, weit unter null. Sie schluckte schwer unter seiner Hand, die ihre Kehle zudrückte. Eine leichte Beute. Eine Nummer zu groß für sie. Ein Köder für Mr. Umwerfend. Und all das hatte Azrad von Anfang an beabsichtigt.

Mit glühenden goldenen Augen knurrte Mr. Umwerfend.

Der Blonde fletschte fluchend die Zähne.

J.J. keuchte, panisch vor Hilflosigkeit. Sie versuchte es

trotzdem. Sie packte Azrads Unterarm, um sich gegen die Umklammerung zu wehren. Ihre Nägel gruben sich tief in seine Haut. Mit einem »Verdammt!« packte Azrad sie fester, und sie keuchte, kämpfte um mehr Luft. Ein Zittern erfasste sie. Gefolgt von Furcht, die tief ging und ihren Selbsterhaltungstrieb freisetzte. Aber es war zu spät. Sie wusste es. Wie auch Azrad. Der Idiot hatte sie perfekt ausgespielt.

Und dumm, wie sie war, hatte sie nicht aufgepasst. War nicht ihrem Instinkt gefolgt – hatte jede Lektion ignoriert, die sie im Gefängnis gelernt hatte, wo sie umgeben war von gefährlichen Straftätern – und hatte Azrad sie austricksen lassen. Jetzt würde sie den Preis dafür bezahlen.

Azrad spielte nicht. Sie spürte es an seinem festen Griff. Erkannte es an der Anspannung und dem Wiederlockerlassen seines muskulösen Arms. Hörte die Warnung in seiner gepressten Stimme.

J.J.s Atemzüge steigerten sich zu einem Schluchzen. Leben oder Tod. Er hielt jetzt beides in seiner Hand.

»Azrad?«

»Bleiben Sie ganz ruhig, Schätzchen«, sagte er, gerade laut genug, dass sie es hören konnte.

»Sie tun mir weh«, krächzte sie und zog an seinem Handgelenk. »Bitte lassen Sie los.«

Er grummelte etwas vor sich hin. J.J. wollte gern glauben, dass es »sorry« war, aber so naiv war sie nicht. Er hatte ihre Kehle gepackt, also … nein. Nur eine Närrin würde glauben, dass er Reue empfand.

Mr. Umwerfend machte einen weiteren Schritt auf sie zu.

»Eine halbe Sekunde, länger dauert es nicht.« Azrad spannte sich an. J.J. zuckte zusammen, als seine große Hand sich gegen ihre Luftröhre presste. »Nicht genug Zeit für dich, um zu ihr zu gelangen, Nightfury. Du entscheidest … eine tote Frau oder eine freundschaftliche Plauderei mit deinem Kommandanten. Was wird es?«

Er antwortete nicht, kam nur näher, näherte sich langsam, aber beständig.

Der blonde Kerl machte schmale Augen. »Du bist kein Abtrünniger. Zu welchem Clan gehörst du?«

»Deine Antwort, Krieger«, sagte Azrad mit einem tödlichen Unterton.

»Wo und wann?«

»Starbucks … First Avenue, Ecke Pike Street. Morgen um Mitternacht.«

Der Blonde nickte. »Gebongt.«

»Hervorragend«, murmelte Azrad. »Sie ist ein schönes weibliches Wesen. Ich hätte sie wirklich sehr ungern verletzt.«

»Lass sie los.« Gefährlich unterkühlt, glitt die Stimme des dunklen Engels durch die Stille. J.J. bekam eine Gänsehaut am ganzen Körper.

»Mit Vergnügen.« Blitzschnell gab Azrad sie frei, lockerte seinen tödlichen Griff. Als sie erschrocken nach Luft rang, packte er die Lehne ihres Rollstuhls. »Halten Sie sich fest, Jamison Jordan. Er wird Sie auffangen … ich verspreche es.«

Sein beschwingter Tonfall warnte sie. Intuition schoss hoch. Verständnis folgte, rollte Gruftis Plan vor ihr aus wie eine Startbahn. »Nicht! Azrad … nicht!«

Zu spät.

Mit einem kräftigen Stoß schickte er sie auf die Reise. Die Gummiräder summten, als sie über den Flur schoss. Sie war so entsetzt, dass sie nicht mal Panik verspürte. J.J. schrie. Beide

Engel fluchten. Der Tropf prallte gegen die Metallstange, und sie wurde schneller. Raste unkontrolliert und ungebremst weiter und umklammerte mit beiden Händen die metallenen Armlehnen. Als ihre Knöchel weiß hervortraten, atmete sie stoßweise und war kurz davor zu hyperventilieren. O Gott. O nein. Himmel hilf. Sie würde stürzen, sich überschlagen und schwere Knochenbrüche davontragen.

Das Gepolter von Kampfstiefeln echote durch den Flur.

Ihre Wahrnehmung trübte sich, und die Zeit dehnte sich, alles lief wie in Zeitlupe ab. Grimmige goldene Augen fixierten sie. Sie beobachtete, wie er rannte, wie seine Arme und Beine arbeiteten, und ein Gebet stockte ihr in der Kehle. Aber sogar, als sie ihr Flehen himmelwärts schickte, Hoffnung ihr Herz höher schlagen ließ, lauerten am Ende des kurzen Trips nur Schmerzen auf sie. J.J. wusste ohne jeden Zweifel, dass Mr. Umwerfend es niemals rechtzeitig schaffen würde, sie aufzufangen.

8

Venom sprintete durch den Flur, jagte dem Idioten mit dem Spinnen-Tattoo hinterher. Wick bekam es gar nicht richtig mit. Er war viel zu sehr damit beschäftigt, die Beine in die Hand zu nehmen, hundertprozentig konzentriert auf die Frau. Schlechte Chancen. Und noch weniger Zeit. Er rannte trotzdem wie ein Berserker, das Knallen seiner Stiefel entsprach dem chaotischen Rhythmus seines Herzschlags. Seine Lungen brannten, seine Beine und Arme gaben ihr Bestes, und er fletschte die Zähne und legte noch einen Zahn zu. Er musste sie erreichen, die wilde Fahrt des Rollstuhls stoppen, bevor …

Scheiße. Er war geliefert. Immer noch viel zu weit weg. Sieben Meter von seinem Ziel entfernt, und er kam nicht schnell genug näher. Und während die Sekunden verstrichen, neigte sich der Sieg in die falsche Richtung. Gott mochte ihm beistehen. Jeden Moment würde der Stuhl verunglücken, auseinanderbrechen und sie herausschleudern. Das hätte einen Sturz zur Folge, der ihre Wunden aufs Neue öffnen würde. Sie bluten lassen würde. Ihr so viel Schmerz zufügen würde, dass sie vor Qual schrie.

Und nichts davon könnte Wick verhindern.

Der tätowierte Bastard war einfach zu gerissen.

Azrad wirkte einen höllischen Verschlüsselungszauber um Jamison. Jetzt war sie umhüllt von Magie, umgeben von einem unsichtbaren Kraftfeld, das den Rollstuhl mit halsbrecherischer Geschwindigkeit vorantrieb. Wick versuchte, die Verzauberung mental zu erreichen und zu zerreißen. Stark und komplex zugleich, schüttelte der Energieschild ihn ab, hielt stand, widersetzte sich seinem Willen, ihn niederzuringen. Wicks Bioenergie loderte auf. Seine Sorge um sie nahm zu, als er das Ausmaß ihrer Furcht registrierte. Sie war jetzt total in Panik, so verschreckt, dass er jeden schmerzvollen Herzschlag von ihr spürte, das Flackern ihrer Aura sah und ihr Entsetzen.

Ihr Herzschlag trieb seinen eigenen an, jeder einzelne Atemzug brannte in seiner Kehle. Wick ging über seine körperlichen Grenzen hinaus und schlug erneut auf den Energieschild ein. Die Struktur gab etwas nach. Sobald seine Drachenhälfte eine Schwäche wahrnahm, knurrte sie, und Wick drang tief in sich ein, verband sich mit seiner Kraftquelle. Magie schoss durch seine Adern, nahm allen Raum in seinem Kopf ein. Er hielt sie einen Moment ganz fest, dann holte er aus und ließ sie los, schleuderte den Entschlüsselungszauber wie einen Baseball gegen die unsichtbare Wand.

Die Gummiräder wimmerten, rollten schneller.

Jamison wurde wie verrückt hin und her geschleudert auf ihrem Sitz. Ihre Fingerknöchel traten weiß hervor auf dem dunklen Polster der Armlehne. Als der Metallrahmen anfing, heftig zu zittern, drehte sich der Stuhl, schoss auf eine Tür zu. Oh, Mist. Nicht gut. Der Stuhl würde dem Druck nicht standhalten und …

Metall stöhnte, drohte auseinanderzubrechen an den Schweißnähten.

Mit geweiteten Augen begegnete Jamison seinem Blick. Wick fletschte die Zähne. Er spannte seine bereits angespannten Muskeln noch mehr an, und Wut verlieh seiner Magie ungeahnte Kräfte. Das magische Gewebe um den Rollstuhl erbebte. Er schlug wieder auf es ein. Der Schild des Mistkerls zitterte, dann bröckelte er und löste sich wie Dampf in trockener Luft auf.

Wick brüllte, innerlich triumphierend.

Aber er legte keine Pause ein, um seine handwerkliche Leistung zu bewundern. In vollem Lauf streckte er seine gedanklichen Fühler aus und packte den Stuhl. Er erteilte einen mentalen Befehl. Die Geschwindigkeit verringerte sich, nahm nach und nach ab. Beinahe geschafft. Nur noch ein paar Sekunden, und sie wäre …

In Panik packte sie eins der Räder.

»Nein, Jamison … nicht!«

Sein Ruf verhallte ungehört, als der Rollstuhl umstürzte und sie aus dem Sitz katapultierte. Sie überschlug sich, ihre dunklen Haare peitschten durch die Luft. Bei diesem Anblick rastete Wick endgültig aus. Und er fluchte heftig, als er sah, wie sich der Infusionsschlauch straffte. Die Nadel wurde aus ihrem Arm gerissen. Der Geruch von Blut hing in der Luft. Wick blieb das Herz stehen, es hörte einfach auf zu schlagen.

Verdammte Scheiße. Noch eine Wunde. Noch mehr Schmerzen. Genau das, was er zu vermeiden versucht hatte.

Aber während ihr Lebenssaft auf ihr Krankenhaushemd spritzte, zögerte er keine Sekunde. Oder hörte auf zu rennen. Er reagierte stattdessen. Zeitlich genau abgestimmt, zerquetschte er den Rollstuhl mit einem gedanklichen Befehl mitten im Flug. Stahl bog sich unter seiner Kraft. Er schleuderte das zusammengepresste Metall wie eine Bowlingkugel, schützte die Frau vor Trümmerteilen, zielte auf das leere

Schwesternzimmer am Ende des Flurs. Während das Metall gegen die Theke krachte, neigte sich Jamisons Flugkurve dem Boden zu. Wick warf sich förmlich über den Flur. Mit rutschenden Stiefeln schlitterte er wie ein Baseballspieler auf dem Rücken übers Feld, mit ausgestreckten Armen, den Blick fest auf sie geheftet, sein Körper bereit, ihren Fall abzufedern.

Ein echter Spitzenzug. Wahnsinnsresultate.

Jamison landete mit einem soliden Plumps auf ihm. Sie wimmerte vor Schmerzen. Sein Magen zog sich zusammen, hielt aber durch. Gott sei Dank. Er hatte keine Zeit zum Ausflippen. Oder zum Kotzen. Diese ganze Aversionsnummer, nicht angefasst werden zu wollen, hatte zu bleiben, wo sie hingehörte. Auf dem Abstellgleis. Zwei Meter unter der Erde. Auf dem Beifahrersitz, nicht hinter dem Lenkrad … was auch immer. Wick war es schnuppe, solange er es auf die Reihe kriegte.

Seinetwegen, klar. Aber ehrlich gesagt, ging es im Moment hauptsächlich um sie.

Sie brauchte ihn. Und so seltsam es schien, er wollte ihr helfen, so gut er konnte, angesichts ihrer Qualen.

Er spürte, wie Jamison zitterte. Wick fluchte und, immer noch rutschend, legte seine Arme um sie, hielt sie ganz fest, um sie vor weiteren Verletzungen zu schützen. Seine Jeans glitten über den Krankenhausfußboden, seine Stiefelhacken bohrten sich hinein, sein T-Shirt und seine Jacke rutschten hoch, legten seinen Rücken zum Teil frei. Wunderbar. Genau das, was er nicht brauchte. Teppichbrand durch eine strapazierfähige Auslegeware.

Er achtete nicht auf die Schmerzen und hielt fest an seinem Hauptgewinn. Rutschte immer langsamer und blieb schließlich mitten auf dem Korridor sitzen. Schwer atmend, wurde er verspätet von einem heftigen Schock befallen, und er verharrte eine Weile reglos. Eine Sekunde nach der anderen verging, während er eine Bestandsaufnahme machte. Grelle Lampen über ihm. Er auf dem Fußboden. Sie auf seinem Schoß. Er blinzelte. Du heilige Scheiße, er hatte es getan. Nicht gezögert. War nicht zurückgeschreckt. War voll einsatzbereit gewesen in dem Moment, als sie ihn brauchte. Jetzt lag sie in seinen Armen, ein warmes Bündel, das sich an ihn schmiegte, ihr Kopf unter seinem Kinn.

Stolz erfasste ihn, drang ganz tief ein. Panik versuchte, ihn zu verdrängen, schnürte ihm die Kehle zu.

Wick verdrängte sie, zusammen mit seiner Phobie. Er hatte keine Zeit für diesen Quatsch. Sie war noch nicht aus der Gefahrenzone. Genauso wenig wie er. Er musste sie so schnell wie irgend möglich aus dem Swedish Medical schaffen. Fünf Etagen tiefer, um dort auf Forge und Mac zu treffen. Und die ganze Zeit musste er dafür sorgen, dass sie es möglichst angenehm hatte, also …

Stimmen ertönten, drangen aus einer unübersichtlichen Kurve zu ihm. Wicks Augen verengten sich, und sein Kopf fuhr herum in die Richtung. Unterschiedliche Fußschritte, einige schwerer als die anderen. Mindestens ein Mann in der Gruppe.

»Mist«, knurrte er und wusste, was das bedeutete.

Menschen. Ein ganzer Haufen kam auf sie zu.

So viel zu seiner brillanten Den-Rollstuhl-zerquetschen-Strategie. Der mörderische Lärm, den das Ding erzeugte, als es gegen die verlassene Theke des Schwesternzimmers krachte, hatte Wellen geschlagen. Die Aufmerksamkeit einer Gattung auf sich gezogen, die bekannt war für ihre Neugier … und ihre Fähigkeit, die Polizei schneller zu rufen, als eine F-18 auf Schallgeschwindigkeit kam. Also genau. Was du heute kannst besorgen, das verschiebe nicht auf morgen. Er musste so schnell wie möglich Leine ziehen.

Und zwar noch schneller als schnell.

Wick sammelte seine Zauberkräfte und kam auf die Füße. Jamison stöhnte. Er rückte sie behutsam zurecht und beschwor einen Tarnzauber. Die Gruppe, bestehend aus zwei Schwestern, angeführt von einem Sicherheitswachmann, betrat den Korridor. Energie knisterte. Unsichtbarkeit wogte heran, verbarg Wick und Jamison wie hinter einer Wand.

Als sie sich quasi in Luft auflösten, blieb der Wachmann abrupt stehen. »Du liebe Güte, haben Sie das gesehen?«

»Was gesehen?«, fragte eine der Schwestern.

Wick zog Jamison eng an sich und trat einen großen Schritt zurück. Seine Schulterblätter kollidierten mit der Korridorwand. Hervorragender Plan. Der beste in jeder Hinsicht, weil … genau. Ihnen aus dem Weg zu gehen – dem menschlichen Trio genug Platz einzuräumen, um an ihnen vorbeizugehen – schien eine gute Idee zu sein.

»Ich dachte, ich hätte …« Der Mann schüttelte den Kopf. Sein Blick schweifte über den Korridor, richtete sich auf den Fleck, wo Wick verschwunden war. Der Wachmann öffnete den Mund, dann schloss er ihn wieder. »Nichts, ich dachte nur …«

»Heiliger Bimbam.« Schwester Nummer eins ging um den Wachmann herum. Mit verblüffter Miene eilte sie auf den zusammengeknüllten Rollstuhl zu. »Würden Sie sich das mal ansehen?«

»Was?« Stiefel knarrten, als der Wachmann an Wick vorbeiging zu der Schwester.

»Jemand hat einen Rollstuhl zerquetscht … wie mit einer Abfallpresse oder dergleichen.«

»Du liebe Güte.« Der Wachmann nahm sein Walkie-Talkie zur Hand. »Ich muss das melden.«

Wick schnaubte. Viel Glück dabei. Alles, was die Krankenhausverwaltung bekommen würde, wäre ein Haufen zerquetschter Stahl und keine Erklärung dafür. Was bedeutete, dass sie weiter im Dunkeln tappten. Perfekt. Genau, wie es ihm bei Menschen am liebsten war, nun ja … jedenfalls meist. Was jedoch Jamison betraf? Sie musste er so schnell wie möglich ins Bild setzen, ganz abgesehen davon, ihr zu helfen. Sie blutete, zitterte in seinen Armen …

Hatte Schmerzen. Befand sich im Schockzustand. Brauchte sorgfältige Pflege.

Oder was auch immer.

Wick war sich nicht sicher. Verletzte weibliche Wesen waren nicht seine Spezialität. Er riskierte einen flüchtigen Blick und verzog das Gesicht. Meine Güte, war sie blass, ihre Lippen nahezu blutleer, die Wimpern nur dunkle Flecken auf ihren Wangen und …

Ach, zum Teufel, wem wollte er etwas vormachen? Er war nicht gemacht dafür. Wusste nicht, was er tun sollte oder wie er ihr helfen konnte. Weibliche Wesen hatten im Allgemeinen nichts in seiner Nähe zu suchen. Venom kümmerte sich immer um dieses ganze Gefühlszeugs. Das funktionierte besser, wenn man Wicks Neigung zur Gewalt in Rechnung stellte und die Phobie, die er wie eine Last mit sich herumschleppte. Aber als er ihr Gesicht betrachtete, weigerte sich

Wick, der Situation auszuweichen. Nicht heute Nacht. Für sie zu sorgen war seine Aufgabe, wenigstens vorübergehend. Es war Zeit, einen Zahn zuzulegen, Rückgrat zu zeigen und es hinter sich zu bringen.

Er holte ganz tief Luft, zog sie enger an sich und setzte sich in Marsch. Er ging an den schnatternden Menschen vorbei, die sich immer noch nicht wieder einkriegen konnten über den Rollstuhl, und blieb an einer Kreuzung stehen. Frei in beide Richtungen. Blieben ihm zwei Möglichkeiten: entweder nach rechts oder nach links. Seine Erinnerung flackerte auf, lieferte ihm den Grundriss des Swedish Medical. Wick ging nach rechts. Während er auf das Treppenhaus zuhielt, suchte er den Korridor nach einem Ort ab, wo er ihre Verletzungen überprüfen konnte. Ein leeres Zimmer. Ein Stuhl an der Wand. Verdammt, eine Besenkammer würde es auch tun, solange er einen Platz fand, wo er sie ablegen konnte und …

Bingo. Ein leeres Krankenbett.

Das Krankenhausbett, das an der Wand stand, war genau das, was der Arzt ihr verordnet hatte. Solide. Weich. Bequem. Genau das, was notwendig war für Jamison und was er für ein, zwei Minuten brauchte.

Wick rief seine Kräfte auf und umhüllte das Bett mit seinem Tarnzauber. Die Privatsphäre gesichert, legte er sie auf das Laken. Die Augen immer noch geschlossen, zog sie ihre Brauen zusammen. Der Gipsverband an ihrem Fuß stieß gegen die Innenseite seines Schenkels, wodurch sie zur Seite kippte. Instinktiv griff er nach ihr. Die Ärmel ihres Krankenhaushemds berührten leicht seinen Handrücken, als er ihren Bizeps packte. Sobald der Kontakt hergestellt war, flammte ihre Bioenergie auf, quasi wie mit einer Fernbedienung angeschaltet und …

Verdammte Inzucht. Ganz und gar nicht gut, von ratsam mal ganz zu schweigen.

Wick holte keuchend Luft, als sich eine Leitung in ihm öffnete. Verdammt, der Meridian. Der elektrostatische Strom war … er war … im Rückwärtsgang, verband ihn mit der Frau, die er gerade berührte, machte es ihm unmöglich loszulassen. Angeschlossen an sie, spürte er, wie sie sich ankoppelte, dann verband, eins wurde mit dem Energiestrom, der seine Gattung nährte. Nur …

Er war nicht derjenige, der sich hier nährte.

Sie war es – machte ihn ohnmächtig, sog Hitze aus seinem Inneren, machte ihn wehrlos gegenüber ihrer Gier. Wick knirschte mit den Zähnen. Er hätte sie niemals berühren dürfen. Hätte es besser wissen müssen, als ihre nackte Haut zu berühren. Jamison hatte ein hohes Energiepotenzial, und seine Drachenhälfte reagierte viel zu stark darauf. Trotz seiner Aversion – und seiner Einwände – wollte die Bestie sie nähren. Und jetzt produzierte dieses Mistvieh etwas, was Wick noch nie zuvor besessen hatte … heilende Energie. Eine richtige Sturzwelle, die ihn in ernsthafte Reizüberflutung stürzte.

Sein Magen meldete sich. Er spannte seine Hände an, wollte mit aller Macht, dass sein Verstand die Oberhand über seine Instinkte gewann. Er musste sie loslassen … sofort … seine Hände von ihr nehmen, bevor …

Sein Drache grollte. Also, so viel dazu. Die Idee war absolut nicht von Erfolg gekrönt. Die besitzergreifende Bestie in ihm weigerte sich zurückzuweichen. Es gab keinen Ausweg. Auch keinen Rückzug. Er bewegte sich direkt auf gefährliches

Terrain zu, auf eins, von dem Wick wusste, dass es von dort möglicherweise keine Umkehr mehr gab, als der Energiestrom noch stärker wurde.

Er war total eingeschlossen in ein Spannungsfeld.

Er wehrte sich gegen das Gefühl, eingesperrt zu sein, und gegen das Zittern. Alles vergeblich. Jamison verfügte über den Schalter, und solange sie ihn nicht wegstieß, hing er fest. War gefangen. Unwiderruflich verbunden mit ihr und unfähig, den heftigen Energiefluss zu unterbrechen von ihm zu ihr. Und nach ihrer Miene zu urteilen? Sehr unwahrscheinlich, dass das bald passieren würde. Ganz entspannt an seine Brust gelehnt, nahm sie alles, was er ihr gab, klammerte sich fest an ihrer Verbindung und der Kraft des Meridians.

Summend schmiegte sie sich an ihn, presste ihre Wange an sein Herz.

»Verdammte Scheiße«, krächzte er und wehrte sich immer noch dagegen, dass sie ihn festhielt. »Jamison … lass los. Du musst …«

»Nein.« Mit geschlossenen Augen und eher lallend, schüttelte sie den Kopf. Die leichte Bewegung streichelte seine Brust, feuerte ihn noch stärker an. »Fühlt sich zu gut an. Du … bleib … bei mir.«

Wick erstarrte und bat um Verschonung. Sie hörte nicht auf ihn. Stattdessen presste sie sich noch enger an ihn, seufzte und rückte an den Rand der Matratze. Eine Sekunde später wurde sie mutiger und legte ihre Beine um seinen Oberschenkel. Ihre Körperwärme verband sich wohlig mit seiner, und sie murmelte zufrieden. Er fluchte und versuchte noch einmal, sich zurückzuziehen. Sie murrte, schlang ihre Arme um seine Taille und umarmte ihn, zog ihn eng an sich.

Umarmte ihn, um Himmels willen. *Ihn.* Einen Mann, der es hasste, berührt zu werden, und dennoch …

Wick runzelte die Stirn. Er fühlte sich nicht bedroht. Oder hatte das Bedürfnis, sich zu übergeben. Was irgendwie nicht stimmen konnte. Keineswegs.

Er geriet immer in Panik, wenn er sich in der Nähe eines weiblichen Wesens befand. Aber nicht bei Jamison. Merkwürdig, aber aus irgendeinem Grund trieb sie ihn nicht in den Fliehen-wie-ein-Arschloch-Modus. Wick schnaubte. In Ordnung, also das stimmte nicht ganz. Er mochte es nicht – war sich nicht sicher, ob er sie weiter berühren wollte –, aber zumindest rastete er nicht aus in ihrer Nähe. Und ob es ihm gefiel oder nicht, das warf eine Frage auf.

Wie weit konnte sie ihn treiben?

Eine interessante Vorstellung. Eine, die er gern etwas genauer erforschen würde.

Wick musste plötzlich schlucken und zwang seine Muskeln dazu, sich zu lockern. Als seine Anspannung nachließ, intensivierte sich der Strom. Ein Prickeln überlief seine Schultern, dann glitt es mit unglaublicher Geschwindigkeit weiter hoch bis unter seine Schädeldecke. Bohrende Gefühle stimmten ihn ein auf die Frau in seinen Armen. Er konzentrierte sich auf ihren Kopf. Beine und Arme um ihn geschlungen, umgab sie ihn vollständig, verschleierte ihm den Blick mit lodernder Energie. Sein Drache kam ihr entgegen, gab ihr, was sie verlangte, nährte sie mit dem Energiestrom. Wick wurden die Lider schwer. Er blinzelte – einmal, zweimal, ein drittes Mal –, kämpfte gegen die plötzliche Bewusstseinstrübung an.

O Baby. Das fühlte sich unglaublich an. Nahrhaft. Liebevoll. Unglaublich heiß.

Und er wollte mehr. Nur noch ein ganz klein wenig mehr, aber …

Hmmm, lecker. So gut. Sie schmeckte so verdammt gut.

Wick kam schwankend auf die Füße und zwang seine Augen dazu, sich zu öffnen, starrte auf die helle Wand über ihrem Kopf. Hm. Nicht zu Hause. Nicht in einem Club. Er zog die Brauen zusammen, versuchte, durch die fließende Hitze an die Wahrheit zu kommen. Da war doch was, er sollte doch irgendetwas tun … oder nicht? Die Frage half seinem Verstand, sich wieder einzuschalten. Jawohl. Richtig. Keine Frage. Er sollte irgendwo sein, wo er *etwas* für jemanden tat.

Er schüttelte den Kopf wie ein nasser Hund, dann ließ er ihren Oberarm los. Der Energiestrom verringerte sich, veränderte sich von »umwerfend stark« zu »sanft und weich«. Sie murrte protestierend. Das Verlangen, sich wieder zu verbinden und den Fluss wieder zu verstärken, übermannte ihn fast. Er ignorierte es und atmete lange und tief durch. Der Geruch von Blut erreichte ihn. Besorgnis verdrängte das wohlige Gefühl.

Du lieber Himmel. Sie war verletzt.

Die Erkenntnis trieb ihn zum Handeln. Auf der Suche nach ihrer Verwundung überflog Wick ihren Körper. Er fand den Schnitt in weniger als einer Sekunde. Die Kanüle hatte ihren Arm gleich oberhalb ihres Handgelenks tief aufgerissen. Er packte eine Ecke der Decke, presste sie auf die Wunde und zauberte einige medizinische Artikel herbei, nur um festzustellen, dass sie gar nicht mehr blutete. Das Blut war bereits geronnen und …

Wow. Sieh sich das einer an! Der Schnitt schloss sich bereits, heilte viel schneller, als er es bei einem menschlichen Wesen erwartet hätte.

Er warf die Pflasterrolle und den sterilen Verbandsmull neben ihr aufs Bett und inspizierte die Wunde genauer.

Sie zuckte zusammen. »Aua!«

»Tut mir leid, Baby«, murmelte er leise und besänftigend. Er hielt sie aufrecht und riss das Päckchen mit dem Verbandsmull auf. Mit einer schnellen Drehung drückte er Verbandsmull auf ihre Wunde, dann griff er nach der Pflasterrolle. »Bin gleich fertig.«

»Baby?« Ihre dunklen Wimpern flatterten, bevor sie die Augen öffnete. Unter dem Einfluss des Meridians verringerte Magie die Wirkung der Medikamente in ihrem Blutkreislauf. Er konnte verfolgen, wie nach und nach ihre Augen die Ausdrucksleere verloren und sie wieder zu sich kam. »Kein Mensch nennt mich so.«

»Nein?« Überraschend, wirklich. Der Kosename passte zu ihr.

Sie schüttelte den Kopf. »Werde allerdings häufig *Rothaut* genannt.«

»Wer nennt dich so?«

»Arschloch Griggs.«

»Das klingt, als müsste man *Arschloch* Griggs den Kopf abreißen.«

»Meine Rede, seit Jahren«, sagte sie, immer noch etwas undeutlich.

Ein kleines Lächeln auf dem Gesicht, blickte sie hoch zu ihm. Wicks Herz überschlug sich mehrmals in seiner Brust. Mann, war sie hübsch. Sogar mit ihrer aufgeplatzten Lippe, ihrem gebrochenen Bein und all den Prellungen war sie das schönste weibliche Wesen, das er je gesehen hatte. Was ihn auf den Gedanken brachte, dass er den Verstand verloren hatte. Die Tatsache, dass er sie »Baby« genannt hatte, bestätigte es. Er war total durcheinander, stand bis zur Taille in einer Sickergrube und sank schnell tiefer. Aber obgleich er sich befahl, sich zusammenzureißen, hatte er das dringende Bedürfnis zurückzulächeln. Stattdessen trat er den Rückzug an, ging auf Nummer sicher, blieb auf Distanz, als er das Pflaster über den Verbandsmull klebte.

Sie zog ein Gesicht, protestierte aufgrund des Drucks, den er mit seinen Händen ausübte. »Das tut weh. Mir tut … alles weh.«

»Ich weiß«, sagte er und hatte erneut das Bedürfnis, sich zu entschuldigen.

Du liebe Güte, ohne es zu wollen, fügte er ihr noch mehr Schmerzen zu. Wick schluckte schwer. Perfekt, nicht wahr? Sie brauchte liebevolle Behandlung. Er war grob zu ihr. Die Wahrheit traf ihn unvermittelt. Er war nicht der Richtige, um für sie zu sorgen, geschweige denn, sanft mit ihr zu sein. Logo … das ergab Sinn. Freundlichkeit war noch nie ein Charakterzug von ihm gewesen. Er hatte kein großes Herz, keine sanfte Natur. Gewalt und Grausamkeit jedoch? Da konnte Wick ein Wörtchen mitreden. Aber als sie seinen Blick festhielt, passierte etwas Seltsames. Er sah das Vertrauen in ihren Augen – die Art von Verständnis, die er nie erfahren hatte – und wünschte sich, dass es anders wäre. Der Gedanke ließ einen weiteren aufkeimen, übernahm die Führung, war die Grundlage für …

Plötzlich wusste er, wie er sie behandeln musste.

Ihre Augen schlossen sich wieder.

»Jamison, sieh mich an.« Sie runzelte die Stirn, folgte aber trotzdem seiner Aufforderung und öffnete die Augen. Er nickte beifällig und murmelte leise, ahmte Venoms Methode nach. Schließlich schätzten landläufiger Meinung zufolge Frauen beruhigende Töne. Sein Freund setzte die Technik ständig ein, benutzte seine Stimme, um ihnen Wohlbehagen und Lust zu verschaffen. Nicht gerade etwas, dem Wick jemals nachgegeben hätte, aber … verdammt, warum nicht? Schadete schließlich nicht, es mal zu versuchen, also machte er weiter im Programm und redete mit ihr. »Ich werde dich jetzt hochheben … dich hinaustragen, in Ordnung? Es wird wehtun, aber ich muss …«

»Du kennst meinen Namen.«

»Ja.«

Tränen traten ihr in die Augen. »Das bedeutet dann wohl, dass es amtlich ist.«

»Was?«

»Es tut mir leid.« Eine Träne rollte ihr über die Wange. Das Bedürfnis, ihr die Träne abzuwischen, packte ihn. Er zögerte einen Moment, dann hob er die Hand und gab dem Drang nach. Und warum auch nicht? Da sie sich sowieso festklammerte an ihm, war seine Nicht-berühren-Regel bereits Geschichte. Es hatte keinen Sinn, deswegen auszuflippen. »Ich weiß, dass es dein Job ist, aber ich bin noch nicht bereit. Ich möchte nicht sterben.«

Seine Lippen zuckten. Erstaunlich, aber sogar überlastet durch den Meridian, war sie scharfsinnig. Er und töten waren schließlich ein und dasselbe. »Ich bin nicht hier, um dich zu töten.«

»Bist du nicht?«

Er schüttelte den Kopf.

»Aber du und der andere Engel waren …«

Wick schnaubte. *Engel.* Also, das war nun wirklich weit hergeholt. »Ich bin hier, um zu helfen. Tania hat mich geschickt.«

Sie blinzelte erneut. Wieder ein langsames Auf und Ab ihrer Wimpern. »Wow, das ging aber schnell. Ich habe ihr die SMS doch gerade erst geschickt.«

Die geflüsterten Worte hauten ihn beinahe um. »Du hast Tania gesimst?«

»Mit dem Handy der Krankenschwester.«

»Mist.«

»Ist das schlecht?« Wegen ihrer Verletzungen und der Erschöpfung lehnte sie sich an ihn. Wick rückte näher, statt zurückzuweichen, fing ihr Zusammensacken ab. Das elektrostatische Kribbeln, das sie verband, verstärkte sich, und er zuckte zusammen. »Sorry, aber ich konnte nicht warten. Arschloch Griggs ist hier, erinnerst du dich? Er ist bösartig, und ich brauche einen Anwalt.«

»Ist schon gut«, sagte er, reagierte auf ihre Furcht, auch wenn er sich gegen die Gefühle, die sie bei ihm auslösten, wehrte. Er fühlte viel zu intensiv, fühlte sich verletzlich, jenseits von normal, sie ließ ihn einfach viel zu viel *fühlen*. Gefährliche Dinge. Total unvertraute Dinge. Dinge, die nie wieder zurückgenommen werden konnten. Und als sie ihn total umkrempelte, sich ankuschelte, wieder Hautkontakt suchte, wollte Wick überall sein außer hier, sie halten, sie umsorgen … sie nähren, verdammt noch mal. »Wir müssen weg, *Vanzäla*.«

»*Vanzäla* … das ist hübsch«, sagte sie und unterdrückte ein Gähnen. »Was heißt das?«

Wick fluchte im Stillen. Gut gemacht, du Ass. Das Letzte, was er brauchen konnte, war, ihr einen Kosenamen in der Drachensprache zu geben. »Nichts.«

»Tania und ich haben eine Regel.«

»Tatsächlich.«

»Jawohl.« Sie kämpfte inzwischen nicht mehr dagegen an und gähnte herzhaft. »Lügen sind verboten.«

Beschissene Regel. Besonders, da Lügen sehr viel leichter wäre. Auch nützlicher, aber … egal. Wenn sie die Wahrheit wollte, würde sie sie bekommen. Was konnte es schon schaden? Nicht viel. Halb hinüber durch die Medikamente und tief im Energiestrom, würde sie sowieso nichts von dem erinnern, was er sagte.

Er streifte seine Lederjacke ab und legte sie ihr um die Schultern. »*Vanzäla* bedeutet ›Singvogel‹ in meiner Muttersprache.«

»Oh, das ist hübsch«, flüsterte sie, die Augen halb geschlossen. »Ich mag dich. Du bist nett.«

Nett? Wick unterdrückte ein Prusten. Klar, war er. »Und du bist total zugedröhnt.«

»Drogen haben diese Wirkung auf Frauen.«

»Zweifellos.«

Er zog die Jacke zu, hüllte sie in die noch vorhandene Wärme seines Körpers. Es war kalt draußen. Er wollte nicht, dass sie sich erkältete, wenn sie auf die Straße traten, die nur wenige Schritte entfernt von ihrem Treffpunkt lag. Und da wir schon davon reden? Es wurde Zeit, den Ausgang zu finden. Wick spähte den Korridor entlang. Eine schnelle Drehung, und er nahm Jamison auf die Arme. Weniger als eine Sekunde später hatte er sich in Bewegung gesetzt, das Ausgangsschild im Treppenhaus fest im Blick.

Ihr Gesicht halb vergraben in seinem Jackenkragen, holte sie tief Luft. »Hey, soll ich dir noch was sagen?«

»Was?«

»Du riechst auch gut.«

Wick zuckte zusammen. Gütiger Himmel. Was zum Teufel sollte er dazu sagen? Er hatte keinen Schimmer. Höfliche Unterhaltung war nicht seine Stärke. Er unterhielt sich nur, wenn es absolut unvermeidlich war. Genau genommen, musste man die ganze Unterhaltung mit Jamison als bizarr bezeichnen. Aber als er auf ihr Haar starrte, dachte er, vielleicht … sollte er … nun ja, etwas erwidern? Ihre Bemühungen honorieren – ebenso wie das Kompliment –, indem er ihr irgendwie antwortete?

Die Idee stand im Raum, die Stille dehnte sich aus. Dann kam die Inspiration, und er sagte: »Danke.«

»Nicht der Rede wert.«

Keine Sorge. Er würde bestimmt nicht so bald wieder *reden.* Das ganze Thema war eine Nummer zu groß für ihn. Ein anderes beschäftigte ihn jedoch und verlangte Klärung. »Hey, *Vanzäla?*«

»Ja?«

»Weißt du noch, was für eine SMS du geschickt hast?«

»Sicher.«

»Hast du deinen Namen genannt?«

»Weiß nicht.« Sie holte tief Luft und summte beim Ausatmen. Es war ein sehr zufriedenes Geräusch. Wick biss die Zähne zusammen, wild entschlossen, den Scheiß auf die Reihe zu kriegen. Sich zu einem Weichei zu entwickeln, nur weil eine Frau seinen Geruch mochte, stand nicht auf seiner Erledigungsliste heute Nacht. »Vielleicht.«

Na toll. Hinter diesem *Vielleicht* verbarg sich jede Menge Ärger.

Wick lief schneller. Die Razorback waren keine Idioten. Die Abtrünnigen beherrschten die Technologie und konnten menschliche Leitungen und Datenbanken genauso gut anzapfen wie Sloan. Wenn also Jamison ihren Namen genannt hatte, als sie ihre Schwester kontaktierte, würde der Feind nachforschen. Was seinen Zeitkorridor noch mehr verengte. Er musste sie unbedingt schnell hier herausbringen. Bevor der Feind das Nightfury-Energiesignal auffing. Unter normalen Umständen waren die Schwingungen, die eine große Gruppe von Männern, die sich in derselben Gegend aufhielten, ausstrahlte, ein Vorteil für sie. Sie erleichterten es ihnen, viele Razorback in die Todeszone zu locken.

Aber nicht heute Nacht. Wick wollte unter dem Radar des Feindes fliegen für eine Weile. Zumindest lange genug, um Jamison in Sicherheit zu bringen.

Mit einem mentalen Fingerschnippen ließ er die Tür zum Treppenhaus weit aufschwingen. Er lief vorsichtig, um Jamison so wenig wie möglich zu erschüttern. Sie grummelte, mochte das Joggen nicht, als er die erste Treppenflucht nahm. Mit einer gemurmelten Entschuldigung rückte Wick sie zurecht und verlangsamte sein Tempo etwas. Das Geräusch seiner Stimme beruhigte sie, und sie entspannte sich wieder, als er den zweiten Treppenabsatz in Angriff nahm.

Zwei Stockwerke geschafft, blieben noch drei.

Sie gähnte wieder. »Wie heißt du?«

»Wick.«

»Hm«, murmelte sie. »Noch ein merkwürdiger Name … wie bei dem Gothic-Typen.«

War nicht anders zu erwarten. Der tätowierte Bastard war ein Angehöriger des Drachenbluts. Einleuchtend, dass der

Mann einen Namen trug, der den Traditionen seiner Art entsprach. Nicht, dass Wick ihr das sagen würde. O nein. Dieses ganze geheimes-Drachengeschlecht-Pulverfass würde erst in ihrem Hauptquartier hochgehen. Und nicht durch ihn. Er dachte nicht daran, den Boten zu spielen. Es war nicht an ihm, sie darüber zu informieren, dass sie gerade eine andere Welt betreten hatte ... eine, in der Drachen regierten und Menschen keinen Schimmer davon hatten. Tania und Mac konnten sich mit diesem Albtraum befassen. Also, je schneller sie aufhörte, Fragen zu stellen, desto leichter wäre es für ihn.

»Jamison?«

»Ja?«

»Schlaf jetzt.«

Unbeeindruckt von dem direkten Befehl, sagte sie aufgebracht: »Du bist sehr warm ... wie ein Feuer.«

»Aha«, sagte er und hatte nicht vor zu widersprechen. Tatsachen zu leugnen war Zeitverschwendung. Als Feuerdrache besaß er immer eine Körpertemperatur über dem Siedepunkt.

»Das ist schön ... die Hitze.« Sie legte den Kopf zurück, öffnete die Lider, und er wurde durchbohrt von himmelblauen Augen.

Höllenmäßig abgelenkt, räusperte er sich. »Gut zu wissen.«

»Und weißt du was?«

»Allmächtiger, hilf mir«, brummte er. »Was denn noch?«

»Es heißt J.J. Niemand nennt mich Jamison.« Sie schob einen Arm aus seiner Jacke und streckte ihm ihre Hand entgegen. Ihr leichtes Gewicht in seinen Armen, starrte Wick sie an, fragte sich, was zum Teufel sie vorhatte. »Freut mich, dich kennenzulernen.«

Um Himmels willen. Sie wollte ihm die Hand schütteln? Jetzt?

Belustigung erfasste ihn. Verdammte Frau. Sie war schon eine tolle Nummer. Irgendwie irre auf eine Weise, wie es nur das schöne Geschlecht bewerkstelligte, aber … verflixt. Er konnte nicht leugnen, dass etwas Besonderes an ihr war, fast könnte man sagen, etwas Bezauberndes.

Er ignorierte ihre Hand und nahm die nächste Treppenflucht in Angriff. »Mir gefällt Jamison besser.«

»Nicht deine Entscheidung. Es ist mein Name.«

»Spitzname«, korrigierte er sie. »Ich nenne dich, wie ich will. Und jetzt schlaf.«

»Rüpel«, sagte sie, aber ihr amüsierter Tonfall strafte ihre Wortwahl Lügen.

Wick verkniff sich ein Lachen. Hatte er vorhin »bezaubernd« gesagt? Multiplizieren wir das lieber mit tausend und stellen fest, dass er total geliefert war.

Wick ergab sich in das Unvermeidbare – außerdem brauchte er dringend etwas Ruhe und Frieden – und öffnete die kosmische Leitung wieder etwas, verstärkte den Fluss des Meridians, um sie mit mehr Energie zu versorgen. Er hoffte, dass diese Überdosis sie umhauen würde. Sie ins Schleudern brächte. Sie tief in das Heilungsstadium beförderte … was auch immer. Es war ihm egal, wie es passierte, solange sie nur in tiefen Schlaf sank. Er brauchte eine Pause, bevor der heisere Klang ihrer Stimme ihn um den Verstand brachte.

»Schließ deine Augen, Baby.«

Überwältigt von dem Energieschub, gehorchte sie und gab sich dem warmen Schwall hin. Als sie einschlummerte, atmete Wick erleichtert durch.

Sie im Arm zu halten war schwer genug. Aber auch noch mit ihr zu reden – beeindruckt zu sein und sich über sie zu amüsieren? Die reine Folter, was sowohl gut als auch schlecht war. Einerseits war er gern allein. Fühlte sich wohler in Stille und Schatten als in der Gegenwart anderer. Das war auch nicht anders zu erwarten, schätzte er, wenn man an die ersten zwanzig Jahre seines Lebens dachte, die er allein im Dunkeln verbracht hatte. Dort war sein einziger Kontakt zur Außenwelt die brutale Faust eines gewalttätigen Herrn gewesen. Ansonsten hatte er unter den harten Bedingungen der Sklaverei gelebt. Er hatte andere immer nur berührt, wenn er im grellen Scheinwerferlicht und unter den wachsamen Augen männlicher Angehöriger des Drachenbluts gekämpft hatte, die dafür bezahlten, Knaben und junge Männer bis zum Tod kämpfen zu sehen.

Ein Kampfclub mit Beitrag zahlenden Mitgliedern. Ein ebenso widerwärtiges wie barbarisches Konzept.

Sogar jetzt noch, nach all diesen Jahren, konnte er seine gewalttätige Vergangenheit nicht abschütteln. Oder sich selbst verzeihen, wie viele Leben er ausgelöscht hatte. Unschuldige Leben in der Blüte ihrer Jugend. Spielte es eine Rolle, dass er selbst auch nicht mehr als ein Junge gewesen war? Im Alter von sieben dazu gezwungen, ein Messer in die Hand zu nehmen und zu kämpfen? Ein Todeswerkzeug zu werden zum Amüsement anderer Männer? Wick schluckte schwer. Immer ging es ums Ganze, die Geschichte seines Lebens. Und keine sehr gute. Wäre er stärker gewesen, hätte er das Richtige getan und wäre dabei draufgegangen: Er hätte seinem Herrn getrotzt, sich geweigert zu kämpfen und wäre elendig krepiert, um einen anderen Jungen siegen und überleben zu lassen.

Aber das hatte er nicht getan. Stattdessen hatte er das Unverzeihliche getan und hatte …

… überlebt.

So viele Tote, um ein Leben zu bewahren. *Sein* Leben. Jetzt lebte er mit der Schuld. Tagein. Tagaus. Nacht für Nacht. Was nur eins bedeutete.

Vergnügen jeglicher Art verdiente er nicht. Und ganz gewiss nicht die innere Ruhe, die Jamison ihm vermittelte. Sie war tabu. Nur ein Mittel zum Zweck. Das durfte er nicht vergessen. Sonst würde er seine Grenzen überschreiten, das Undenkbare tun und sich ihr nähern, um herauszufinden, wie sie nach der Heilung war.

Gefährlich. In vielfältiger Weise. Auf jeden Fall nicht ratsam.

Wick steuerte die letzte Treppenflucht an und konzentrierte sich auf die Panzertür am Ende.

»*Wick*«, hörte er Mac durch die mentale Verbindung, sein Bostoner Akzent deutlicher als sonst. Die veränderte Tonlage versetzte Wick in höchste Alarmbereitschaft. Der Mann klang immer angestrengter, einschließlich seines Akzents, wenn mit Problemen zu rechnen war. »*Ankunftszeit?*«

»*Jetzt. Ich bin an der Tür zur Gasse.*«

»*Beeil dich. Wir fangen haufenweise atmosphärische Störungen auf. Bekommen Gesellschaft.*«

»*Wie viele?*«

»*Bin nicht sicher.*« Eine Wagentür wurde zugeschlagen, was durch ihr Drachen-Handy zusammen mit Forges Stimme zu hören war. »*Meiner Schätzung nach? Eine volle Kampfeinheit.*«

»*Verdammt.*« Wick schaltete die Alarmanlage aus und stieß die Tür auf. Die aus verstärktem Stahl bestehende Tür schwang weit auf, gab den Weg frei in die Nacht. Frostige Luft strömte herein und zerzauste sein Haar, als er in die Gasse trat. Jamison zitterte. Wick reagierte, zog den Kragen der Jacke enger zusammen, um sie warm zu halten. Das Zurechtzupfen sollte eigentlich ausreichen. Tat es aber nicht. Er wollte mehr tun. Wollte um jeden Preis dafür sorgen, dass sie es behaglich hatte. Ohne weiter darüber nachzudenken, beschwor er seine Zauberkräfte und erhöhte die Temperatur, umhüllte sie mit einer geheizten Luftblase, isolierte sie gegen die Kälte. Seine Stiefelschritte knirschten über zerbrochenes Glas, während er auf das nördliche Ende der Gasse zuging und die nächste Querstraße nach seinen Waffenbrüdern absuchte. *»Venom, wo …«*

»Auf dem Weg zum Dach mit Sloan.«

»Und der Mann?«

»Weg.« Venom schnaubte sauer. *»Ist ein schlüpfriger kleiner Mistkerl, das muss ich ihm lassen. Aber keine Sorge, ich werde seinen Schädel morgen Nacht knacken.«*

Bei dem Treffen, das Azrad erpresst hatte. Das sagte Venom aber nicht. Musste er auch nicht. Nach Jahren des Zusammenlebens kannte Wick seinen Freund besser als sich selbst. *»Flieg los, Ven. Wir werden Rückendeckung brauchen.«*

»Schon unterwegs. Was für ein Auto habt ihr?«

Das Brummen eines Motors ertönte vom südlichen Ende der Gasse her. Scheinwerfer erleuchteten die Fassade des Gebäudes, schwenkten über dunkles Mauerwerk. Ein Geländewagen kam in Sicht und hielt am Randstein.

Mac mischte sich ein. *»Roter Suburban Chevrolet … funkelnder Kühlergrill, schicke Scheinwerfer.«*

»Verdammte Kacke«, knurrte Wick, als er das armselige

Exemplar von einem Transporter erblickte. Nichts ging darüber, etwas schön Protziges auszuwählen. Das Teil schrie geradezu »Hier bin ich«. *»Rot? Ihr habt ein rotes Auto geklaut?«*

»Sorry, Mann.« Mac stellte die Zuhälterkarre auf Parken, stieß die Fahrertür auf und trat auf den Bürgersteig. Er blickte auf den Chromstreifen, der über die Längsseite des Wagens verlief, dann wieder zurück zu Wick und zuckte die Achseln. *»Es war entweder dieser oder ein orangefarbener Prius.«*

Forge hüpfte vom Beifahrersitz und begegnete seinem Blick über dem Dach des Geländewagens. *»Wir haben uns fürs kleinere Übel entschieden.«*

Er war ein echter Glückspilz. Die Wunderzwillinge taten es schon wieder, deckten einander.

Wick machte sich nicht die Mühe, das Paar deswegen aufzuziehen. Die Mentor-Schützling-Nummer war eine ernsthafte Sache. Eine Verbindung nicht unähnlich derjenigen, die er mit Venom teilte: unzerstörbar, intensiv, die Art lebenslanger Freundschaft, bei der Männer füreinander eintraten. Dass Mac und Forge so kurz nach ihrer Begegnung schon in diese Kategorie fielen, war prima. Es war sinnlos, deswegen aus der Fassung zu geraten. Oder wegen ihrer saublöden Auswahl.

Erst recht nicht mit einem Schwadron Razorback in schnellem Anflug.

Jetzt, da er wieder draußen war, konnte Wick die beißende Luft riechen. Hinzu kam noch das elektrostatische Summen zwischen seinen Schläfen und … genau. Es waren viele Abtrünnige in der Gegend. Wahrscheinlich nur Minuten entfernt.

Seine stampfenden Fußschritte durchdrangen die Stille, als

Wick auf den einzigen Ausweg zurannte. Kurz bevor er den aufgemotzten SUV erreichte, riss Mac die hintere Tür weit auf. Wick beschrieb mitten im Lauf eine 180-Grad-Drehung. Er schob seinen Hintern auf die Kante des Rücksitzes und zwängte sich mit Jamison auf dem Schoß ins Auto, berührte mit seinen Stiefeln die Sitzpolster.

Die Tür des Wagens wurde zugeschlagen.

Forge begegnete seinem Blick über den Beifahrersitz hinweg. Violette Augen streiften die Frau, die in seinen Armen schlief, und schossen zurück zu Wick. Der Schotte hob die Augenbrauen, die Miene seines Kumpels ein einziges »bist du okay?«. Wick schwieg. Was konnte er sagen? Nein, nicht annähernd okay? Ja, alles bestens? Weder die eine noch die andere Antwort schien adäquat zu sein. Oder auch nur ansatzweise ehrlich. Statt also zu antworten, befahl er Mac, Gas zu geben. Er hoffte, dass der Ex-Bulle wie der Teufel fuhr. Sonst würde der Feind die Reihen schließen um sie herum, und Jamison würde als Zielscheibe enden.

9

In Gedanken schon zu Hause, nahm Nian zwei Stufen auf einmal. Der Rhythmus seiner Schritte echote im Treppenhaus, prallte ab von Beton und Stahl. Der Geruch von abgestandenem Bier und Sex hing in dem engen Schacht, sprach Bände, enthüllte die Geheimnisse des Treppenhauses. Kein Problem in den meisten Nächten. Es war ihm absolut egal, was in seinen Clubs vor sich ging. Im Moment jedoch dankte er Gott für die Ruhe und die nahende Dämmerung. Alle Stammkunden hatten den Emblem Club und den Nachtclub, der ein Stockwerk darüber war, bereits schwankend verlassen.

Eine Wohltat, wie sie im Buche stand.

Nach der anstrengenden letzten Woche brauchte er unbedingt eine Ruhepause. Er spürte, wie ihm die Erschöpfung in den Knochen saß, sich im ganzen Körper ausbreitete. Das kam selten vor bei ihm. Geschäftiges Treiben hatte ihn noch nie gestört. Er hatte gern viel zu tun. Blühte auf bei seinen vielen Aktivitäten. Freute sich auch über die Gewinne, die seine diversen Geschäfte ihm eintrugen. Heute Nacht war jedoch eine Ausnahme, nicht die Regel. Er war ausgelaugt … der ständigen Fragerei der Angestellten und der schweren Last der Verantwortung müde. Er brauchte Frieden. Er benötigte Ruhe. Und dass die Metallischen ihn verdammt noch mal zurückriefen.

Zur Hölle mit ihnen. Was um alles in der Welt trieben die

beiden eigentlich? Außer seinen Anrufen auszuweichen und seine Gegenwart zu meiden? Egal wie viele Nachrichten er hinterließ – nichts als Funkstille. Es war frustrierend. Ärgerlich. Mehr als respektlos. Etwas, was er bei niemandem tolerierte. Sein Stolz – und seine Position als Mitglied der Erzgarde – ließen Missachtung nicht zu. Von niemandem. Aber wie nicht anders zu erwarten, scherten sich die Krieger der Nightfury einen Dreck darum.

Oder um seine Pläne.

Jetzt hatte er so gut wie nichts. Nichts als rundum Stille an der östlichen Front. Nur unablässige Hinhaltetaktiken von Gages und Haiders Seite. Nian knirschte mit den Zähnen, packte das Geländer und ging eine weitere Treppe hinunter. Was zum Teufel spielte Haider für ein Spiel? Der Krieger schien doch einigermaßen aufrichtig zu sein, hatte ihm ein persönliches Treffen mit Bastian versprochen. Aber trotzdem kam es nicht zustande. Zumindest bisher nicht. Genau deswegen hatte er immer und für alles einen Alternativplan parat. Das galt auch für die Situation mit den Nightfury vor über einem Monat … lange bevor er Bastians Krieger angesprochen hatte.

Eine brillante Strategie, bis auf eine Sache.

Der verantwortliche Mann für Plan B rief ihn auch nicht zurück.

Zwei Wochen waren verstrichen, und … nichts. Nicht ein Pieps von dem Krieger, den er aus der Sklaverei befreit hatte, damit dieser die Szene von Seattle infiltrierte. Er brauchte verwertbare Geheimdienstberichte, um Bastian zu einer Allianz mit ihm zu überreden. Ein Angriff von zwei Seiten. Schritt eins bezog ihn mit ein. Als Mitglied des Hohen Rates und der Erzgarde-Elite – Oberhaupt einer der dynastischen Familien, die seine Spezies regierten – stand er an der Spitze der Drachenblut-Hierarchie, konnte er Insiderinformationen sammeln, an die Bastian sonst niemals käme. Das eine oder andere Detail würde er dem Nightfury- Kommandanten mitteilen, um sein Vertrauen zu gewinnen.

Und Schritt zwei? Einen Spion in das Nightfury-Lager einzuschleusen.

Ein riskantes Vorhaben? Keine Frage. Aber Erfolg erforderte gewisse kalkulierbare Risiken, und Nian brauchte einen Zugang. Einen, der es ihm ermöglichte, ein Auge auf Bastian und die Razorback-Situation zu haben. Der beste Weg, um das zu bewerkstelligen, war jemand innerhalb des Nightfury-Clans. Der Plan war unglaublich vielversprechend, hatte aber auch seine Schwierigkeiten. Bastian betrieb schließlich keine Adoptionsagentur. Der Mann war zu vorsichtig, um ein neues Mitglied aufzunehmen, ohne es vorher ganz genau unter die Lupe zu nehmen. Sodass die Chancen, einen Nian gegenüber loyalen Verbündeten in die Nähe des Nightfury-Kommandanten zu verpflanzen, sehr gering waren. Aber wenn sein Krieger sich als für Bastian nützlich erwies – einen Weg fand, am Rand des Clans zu existieren –, wäre das schon genug. Genug, um ihn, Nian, mit Informationen zu füttern. Genug, um Bastians jeweilige Gemütslage einschätzen zu können. Genug, um Nian einen Vorsprung zu verschaffen, während er seine eigenen Pläne weiter vorantrieb in Europa.

Aber nur, wenn der Mistkerl, den er nach Seattle geschickt hatte, seinen Job erledigte.

Von Ungeduld getrieben, erreichte Nian den letzten Treppenabsatz. Knurrend erhöhte er sein Tempo. Den Blick auf das Ausgangsschild gerichtet, klopfte er mental gegen den Sicherheitsriegel. Die Tür schwang weit auf und schlug gegen die Hauswand. Der heftige Knall wurde vom Mauerwerk zurückgeworfen über die Stadtlandschaft und in das Herz der Altstadt. Nian trat zur Seite, wich der zurückschwingenden stahlverstärkten Tür aus und schritt über das Dach.

Fünf Stockwerke hoch. Nicht gerade die ideale Höhe, um sich in die Luft zu erheben. Nian kümmerte das nicht. Er musste unbedingt fliegen. Drachengestalt annehmen, das Brausen kühler Nachtluft unter den Flügeln spüren und Prag in den frühen Morgenstunden genießen.

Mit aller Kraft und vollem Tempo sprintete Nian zur Kante. Straßenlampen blitzten am Rand seines Gesichtsfelds auf. Seine Magie entfachte sich, wirbelte in seinen Handflächen, wärmte die Luft um ihn herum, als er sich verwandelte und hochsprang. Das polierte Gold seiner geschuppten Drachenhaut schimmerte in der Dämmerung. Mit einem Knurren entfaltete er seine Schwingen und schraubte sich in einer Spirale empor. Der Nordwind trieb ihn nach Süden, Reif überzog seinen Körper, streifte den Stadtschmutz ab. Die dreizackigen Stacheln entlang seines Rückens rasselten. Bis zur Spitze seines stacheligen Schwanzes. Er entblößte seine Fänge und summte, genoss die süßen Winterdüfte, während er die städtische Beleuchtung überflog.

Oh, das tat gut. Mehr als *gut*, genau genommen. Es war die reine Perfektion. Eine Wohltat. Einfach toll, dieser offene Himmel und die schonungslose Dehnung seiner angespannten Muskeln.

Sein schneller Flug trug ihn aus der Stadt, über tiefe Wälder und felsiges Terrain. Nian seufzte. Beinahe geschafft. Nur noch ein paar Minuten, und er wäre, wohin er sich gesehnt hatte … zu Hause. Sicher innerhalb der Grenzen seines Schlupfwinkels in den Bergen. Weit weg von den Anforderungen, die seine vielen Geschäfte an ihn stellten, und all dem Erzgarde-Mist.

Feiner goldener Nebel stieg auf von seinen Nüstern, als Nian den Kopf schüttelte. Er musste etwas ändern, und zwar schnell. Er konnte Rodins Wahnwitz nicht länger ertragen. Das Oberhaupt der Erzgarde war außer Kontrolle: arrogant, vermessen, infiziert mit idiotischen Ansichten und getrieben von verdrehter Ideologie. So blind. So stur. So unglaublich dumm. Die Verdorbenheit, die Versteigerungen weiblicher Sklaven, die Kampfclubs mit zehn Jahre alten Knaben, die Gladiator spielten – all das bereitete Nian Übelkeit, trieb ihn fast zur Raserei.

Nicht gut. Oder auch nur im Mindesten produktiv.

Aber seine Karten zu früh auf den Tisch zu legen würde ihm nicht bringen, wonach ihn verlangte. Nur wohlüberlegte Aktionen und ein cleverer Plan führten zum Erfolg. Er wollte das Beste für seine Spezies. Aber solange Rodin an der Spitze stand, würde sich absolut nichts ändern. Das war eine Tatsache, keine Erfindung. Er hatte beobachtet und abgewartet, seit er seine jetzige Position innehatte, nach einem Licht am Ende des Tunnels Ausschau gehalten. Es gab keins. Jetzt – nach drei Monaten, in denen er die Korruption innerhalb der Erzgarde ertragen hatte – wusste Nian, dass es nie kommen würde.

Sein Abscheu saß tief. Gefolgt von Frustration, die ihm das Herz abschnürte.

Er verdrängte beide Empfindungen und tauchte ab in den

Wald unter ihm, die Augen auf die Baumwipfel gerichtet. Sekunden, bevor er mit einer Baumkrone kollidierte, wich Nian aus und sauste zwischen zwei mächtigen Baumstämmen hindurch. Mit erhöhter Geschwindigkeit schoss er unter den ausgestreckten Ästen alter Buchen hindurch, steuerte in engen Kurven um die hochaufragenden Tannen herum. Schneeflocken schwebten glitzernd durch die Luft, als er an der Klippe entlangsauste. Wie eine bleiche Geistererscheinung erhob sich die Bergwand, rief ihn nach Hause, beruhigte seine Seele, half ihm bei der Entscheidung über sein weiteres Vorgehen.

Es wurde Zeit, sich den Tatsachen zu stellen. Die gesamte Erzgarde musste ausgeschaltet werden. Zusammen mit Rodin.

Notwendigkeit und Ehre sowie die Gesundheit seiner Spezies diktierten den Weg. Er musste tun, was getan werden musste. Kein Zweifel. Kein Raum für Bedenken. Keine Chance, es jemand anderem zu überlassen. Einfach das sichere Wissen zusammen mit den nötigen Mitteln, um die endgültigen Todesstöße zu versetzen. Nian schüttelte sein gehörntes Haupt. Du liebe Güte. Was für eine Verschwendung. All diese Gewalt. Die vielen Toten. Die ganze kommende Zerstörung. Wenn er die Erzgarde doch nur dazu bringen könnte zuzuhören. Wenn der Hohe Rat doch die alten Pfade verlassen und die Angehörigen des Drachenbluts auf einen neuen Weg schicken würde … auf einen sichereren, einen besseren für zukünftige Generationen, einen ohne drohende Kriegsgefahr.

Krieg.

Nian wusste, dass er kam. Er konnte es förmlich riechen. Spürte es. Sah es an der Nervosität und dem Misstrauen, das zwischen Drachenblut-Clans auf der ganzen Welt herrschte.

Alle Augen waren auf Seattle gerichtet und auf die Fehde, die zwischen Nightfury und Razorback wütete. Mitglieder seiner Spezies ergriffen Partei – unterstützten entweder den einen oder den anderen Clan –, und bald … sehr, *sehr* bald … würde sich jeder Kommandant entscheiden. Seine Loyalität bekanntgeben. Die Fronten abstecken. Zulassen, dass die Kämpfe ihr Epizentrum – den Staat Washington – verließen und sich auf andere Gebiete des Erdballs ausdehnten.

Ein Zustand, der alle Angehörigen des Drachenbluts in Gefahr bringen würde.

Mit ausgebreiteten Schwingen flog Nian über den letzten Berg. Ein schneller Salto. Eine elegante Drehung. Ein leises Geräusch. Nichts weiter, und er stand quasi in der Luft, die Augen fixiert auf das Herrenhaus, das sich an die Bergseite schmiegte. Vor Jahrhunderten von einem Fürsten gebaut, stand sein Haus auf einem breiten Felsvorsprung, sicherer als eine Bergziege. Weder das Gebirge noch die heulenden Winde bedrohten es. Das Haus gehörte schlicht hierher, wuchs aus den zerklüfteten Felsen heraus wie ein Baum aus der Erde. Und als Nian auf dem Balkon landete, von dem aus man das Tal darunter überblickte, atmete er tief aus.

Seine rasiermesserscharfen Krallen klackerten, als seine Pranken auf verwitterten Stein trafen. Ohne Bedenken verwandelte er sich, nahm seine menschliche Gestalt an und beschwor seine Kleidung herbei. Als die schlabberigen Trainingshosen und das langärmelige T-Shirt sich um ihn legten, bewegte sich ein Schatten hinter der Reihe von Glastüren an der hinteren Balkonseite. Er verzog seinen Mund. Ein Türriegel klickte. Der Türknopf drehte sich, und sein zuverlässiger Diener trat hinaus in die Winterkälte.

Der Numbai trug wie immer einen eleganten Smoking und verbeugte sich. »Willkommen zu Hause, Mylord.«

»Lapier.«

»Gibt es etwas Neues?«

»Nichts«, sagte Nian und ging auf den einzigen Mann zu, den er als seine Familie betrachtete. Der Numbai diente ihm gut, sorgte für ihn, wie er es für jeden Mann aus seiner Linie seit Generationen getan hatte. Gott sei Dank. Nian wusste nicht, was er ohne ihn tun würde. Freund. Vertrauter. Verwalter. Das alles war Lapier für ihn, und die meisten Nächte sogar noch mehr. »Der Rat ist blind für Rodins Entwicklung. Alle bleiben dem Bastard gegenüber loyal. Ich kann einfach nicht zu ihnen durchdringen.«

»Dann ist es so, wie wir befürchtet haben.«

Schlimmer, genau genommen. Aber Nian wollte diesen Punkt nicht vertiefen. »Hat sich sonst irgendjemand gemeldet?«

»Noch nicht.«

»Herrgott!«

Nian ballte seine Fäuste und musterte mit gerunzelter Stirn den erwachenden Himmel. Es sollte nicht so schwer sein. Er versuchte doch nur, das Richtige zu tun, aber wie gewohnt, intervenierte das Schicksal, drehte sein lästiges Glücksrad. Kam ihm ins Gehege. Verpfuschte eine exzellente Strategie. Und während er wütete wegen der Rückschläge, sich den Kopf zerbrach, alles auslotete, um eine neue Vorwärtsstrategie zu entwerfen und Pläne zu schmieden, um noch etwas zu retten …

»Mylord.« Lapier, vor den Bögen aus Glas und Stein, die hinter ihm aufragten, sah ihn besorgt an, sprach aber nicht weiter, und Nian wusste, was er dachte. Der »Blick« – der, mit dem Lapier ihn nur dann bedachte, wenn er sich schlecht benahm – sagte alles. Der Numbai war nicht einverstanden mit seinem Plan … oder dem Ehrgeiz, der dahintersteckte. Nian seufzte. Lapier klatschte in die Hände, wodurch seine Ringe im schwachen Licht glänzten. »Vielleicht ist es so das Beste, Nian. Ein Zeichen, es so zu belassen, wie es ist.«

Das Beste? Auf keinen Fall.

Rodin sich selbst zu überlassen war keine gute Idee. Der Mistkerl verdarb alles, was er anfasste. Nicht, dass Lapier sich für das große Ganze interessierte. Der Numbai war nur Nian verpflichtet … nur ihm allein. Er machte sich keine Gedanken um das allgemeine Befinden seiner Spezies, ihm lag nur am Herzen, dass Nian am Leben blieb.

Nian verkniff sich einen Fluch und tappte barfuß über den Balkon. »Ich bin in meinem Arbeitszimmer.«

»Hätten Sie gern einen Bourbon?«

»Bring mir die Flasche.«

»Wie Sie wünschen, Mylord.«

Nian schnaubte. *Wie Sie wünschen.* Genau. Schön wär's … Was für ein Quatsch. Also blieb ihm nur eins. Sich mordsmäßig zu besaufen. Etwas Vergessen zu finden und für eine Weile daran festzuhalten. Zumindest tagsüber. Vielleicht wäre eine Eintrübung seiner Gedanken, die Verdrängung seiner Sorgen eine Starthilfe für eine neue Strategie. Frustration und Fixierung waren nie gut. Beide sorgten dafür, dass Männer in unvorhergesehener Weise handelten. Das konnte sich ein Krieger in seiner Position nicht leisten, also … warum nicht? Zur Flasche zu greifen für ein paar Stunden war kein schlechterer Plan als jeder andere.

Nian atmete tief durch und beschwor seine Magie. Durch ein mentales Fingerschnippen schwang eine der Flügeltüren weit auf. Die Steine unter seinen nackten Fußsohlen waren eiskalt, und er trat über die Schwelle in den Hauptkorridor. Helle Wände wechselten sich mit arabischen Türbögen ab, reichten bis an die Stalaktitendecke darüber. Opulente türkische Teppiche erstreckten sich über die ganze Länge des Korridors, bedeckten farbige Bodenmosaiken. Schlicht, aber dennoch schön. Er liebte das Haus, genoss seine Abgeschiedenheit, erfreute sich an der makellosen Symmetrie und der meisterhaften Ausführung, die von einer anderen Kultur aus einer anderen Zeit zeugte.

Trautes Heim, Glück allein. Warm. Einladend. Sicher.

Er ging in sein Arbeitszimmer und ließ seinen Blick kurz über die Fenster schweifen, die eine Seite des Raumes dominierten. Durch einen Zauber wellte sich das Glas, verdunkelte sich von Sekunde zu Sekunde mehr, schützte ihn vor der aufgehenden Sonne. Konzentriert auf die magische Metamorphose, griff Nian in seine Hosentasche. Das Feuerzeug, das er dort trug, glitt in seine Hand.

Sofort entspannte er sich. Fand umgehend Trost.

Mit einem schnellen Schnipsen öffnete er die goldene Verschlusskappe. Das Feuerzeug schnappte auf. Nian starrte es einen Moment lang an, dann ließ er den Deckel wieder zuschnappen. Der scharfe Klang hallte nach wie eine Frage. Was sollte er tun? Die Sache vorantreiben? Für ein paar Tage verschwinden und heimlich nach Seattle reisen, um Bastian persönlich zu bedrängen? Nian lockerte seine Schultern und starrte das Fresko an der gewölbten Decke an. Waldnymphen tollten übermütig herum. Er sah die halbnackten weiblichen

Wesen stirnrunzelnd an. Von dort kam keine Antwort. Er ließ das Feuerzeug erneut aufschnappen. Klick, klick, schnapp. Klick, klick …

Klingelingeling.

Nian blinzelte. Was zum Teufel war das?

Er sah sich in seinem Arbeitszimmer um. Das Geräusch ertönte wieder. Seine Aufmerksamkeit richtete sich auf seinen Schreibtisch. Klingelingeling. Sein Blick fokussierte sich auf den Computer, den er vor einem Monat installiert hatte. Nicht sein Lieblingsgerät. Technologie gehörte zu den Menschen, nicht zu seiner Spezies. Aber er konnte den Fortschritt nicht leugnen. Oder seine Unfähigkeit, seinen Kontaktmann über die mentale Verbindung zu erreichen. Der Mann war zu weit entfernt, um ihn über die kosmische Verbindung, die seinesgleichen bevorzugte, zu kontaktieren, was den Computer zu einem notwendigen Übel machte.

Eins, das er wirklich akzeptieren und sich zunutze machen musste.

Über den weichen Orientteppich ging er um seinen Schreibtisch herum und spähte auf den Monitor. Der ungenutzte Bildschirm war schwarz, nur ein kleines rotes Symbol blinkte in der Mitte. Nian schnappte nach Luft. Oh, Gott sei Dank. Eine Nachricht. Er hatte eine …

Klingelingeling.

Konzentriert auf das Symbol, warf er sein Feuerzeug auf seine Schreibtischunterlage und griff nach der Maus. Sobald er sie berührte, aktivierte sich der Bildschirm. Ein Kasten mit den Worten »Video-Konferenz« blitzte auf. Die Hoffnung, die in ihm aufstieg, ließ sein Herz schneller schlagen und schnürte ihm beinahe die Luft ab. Er schluckte schwer, betätigte den Cursor und klickte den Link an. Ein kleiner wirbelnder Kreisel tauchte kurz auf und dann …

Eine Bewegung blitzte auf, als ein Mann von einem Buch aufblickte, das er in Händen hielt. Dunkelblaue Augen musterten ihn finster. »Wo zum Teufel hast du gesteckt?«

Der Ton hätte ihn verärgern müssen. Stattdessen verzogen sich Nians Lippen zu einem Lächeln. Er konnte einfach nicht anders. War so froh, den Krieger zu sehen, dass seine Erleichterung den Mangel an Respekt, den er für gewöhnlich erwartete, überwog. »War unterwegs. Gut, dich zu sehen, Azrad.«

»Wünschte, ich könnte dasselbe sagen.« Der leere Raubvogelblick Azrads traf ihn über Zeit und Raum hinweg, drohte, ihn zu verschlingen. Sein Metallknopf-Piercing in der Augenbraue schimmerte und zog den Blick auf seine burgunderroten Haarsträhnen. Ein ziemlich derber Anblick. Ganz Gothic, nichts Raffiniertes in Sicht. Nicht, dass das eine Rolle spielte. Nian war es völlig egal, wie der Krieger aussah. Tödlich und mit einer guten Portion Gerissenheit ausgestattet, strahlte der Mann Know-how aus wie ein mit einer Rasierklinge versehener Baseballschläger … ohne Erbarmen oder auch nur das geringste Zögern. Das perfekte Instrument in dem Spiel, das Nian spielte. »Die Nightfury können einem schrecklich auf die Eier gehen. Hier ist etwas ziemlich Seltsames im Gange.«

Hoffnung keimte auf in Nian. »Aber du bist drin?«

»Mission erfolgreich abgeschlossen«, sagte Azrad und wirkte eher wie der wichtigste Mann im Team als wie ein ehemaliger Sklave, wie er sich da auf dem Bürostuhl rekelte. »Habe Bastian noch nicht getroffen, aber das kommt noch.«

»Und der Rest der Nightfury?«

»Wäre beinahe erwischt worden von zwei von ihnen heute Nacht.«

»Aber du …«

»Jawohl. Der erste Kontakt ist geknüpft. Treffen wurde für morgen um Mitternacht vereinbart … nach unserer Zeit hier in Seattle. Bastian wird da sein.«

»Bist du sicher?«

»Definitiv.« Der Stuhl knarrte, als Azrad seinen Hinterkopf mit beiden Händen umfasste. Die Ellbogen weit gespreizt, lehnte er sich an die Rückenlehne. »Ich habe eine gute Show abgezogen … habe ihre Aufmerksamkeit hundertprozentig auf mich gelenkt. Er wird auf keinen Fall widerstehen können, mich zu treffen. Wird wissen wollen, was ich vorhabe … und warum ich mich auf seinem Territorium rumtreibe.«

»Gut gemacht.«

Der Krieger schnaubte. »Gab es da je Zweifel?«

Einige. Nian äußerte seine aber nicht. Azrad war trotz all seiner Fähigkeiten nicht der Vertrauenswürdigste. Er war zu eigenwillig. Viel zu gerissen. Ungeachtet der Tatsache, dass er noch ein Sklave gewesen war vor knapp zwei Monaten, machte der Krieger, was er wollte. Nian hatte das von Anfang an gewusst, als er für Azrads Freilassung gesorgt hatte. Er hatte es heimlich getan. Hatte einen Pakt mit dem Teufel geschlossen unter der Nase der Erzgarde und das Einzige angeboten, was der Krieger am meisten auf der Welt begehrte …

Freiheit. Und auch Rache, eine Chance, sich für das Unrecht zu rächen, das Rodin ihm angetan hatte.

Nian tippte sich ans Kinn. »Ich werde an meinem Computer sein und auf deinen Anruf warten.«

»Aha.« Azrad starrte ihn vom anderen Ende der Welt an,

senkte seine Arme und griff nach vorn. Sein Finger verharrte über der Tastatur, und der Krieger zwinkerte ihm zu. »Bis später.«

Teufel auch, das hoffte er. Man konnte nie wissen bei Azrad.

Er konnte nur die Daumen drücken und beten, dass Azrad Wort halten würde.

Glaube und Ehre. Zwei sehr große Worte, die, wie er hoffte, sich zu seinen Gunsten wenden würden. Denn so sicher, wie er, Nian, in Prag lebte, verfolgte Azrad seine eigenen Pläne. Der Krieger hatte mehr gewollt als seine Freiheit. Er hatte nach Seattle reisen *wollen*. Und jetzt, zum ersten Mal, fragte sich Nian, warum.

10

Venom rannte wie ein Verrückter die Treppe hoch. Nahm drei Stufen auf einmal. Seine Brust brannte vor Sauerstoffmangel. Er biss die Zähne zusammen, war total fixiert auf den nächsten Treppenabsatz, versuchte, nicht an die Schmerzen zu denken, und bewegte Arme und Beine wie Kolben.

Hinauf. Hinauf. Hinauf.

Er musste unbedingt das Dach erreichen. Drachengestalt annehmen und dann nichts wie ab in die Luft.

Seine Knie agierten wie Stoßdämpfer, und das laute, rhythmische Stampfen seiner Kampfstiefel signalisierte Dringlichkeit. Das Geräusch hallte wider in der Enge des Treppenhauses, besetzte den gesamten Raum in seinem Kopf. Venom packte das Stahlgeländer und zog sich daran hoch, sauste um eine Kurve und nahm eine weitere Treppenflucht. Seine Armmuskeln protestierten lauthals. Er ignorierte den Schmerz. Nur eine Sache war wichtig … seine Waffenbrüder zu erreichen bevor die Razorback sie einkreisten und den Geländewagen ausschalteten.

Piff. Paff. Futsch.

So würde es ablaufen. Die Razorback würden das Fahrzeug in die Luft jagen, sobald sie es erspähten. Und merkten, wer darin saß. Es sei denn, dass er etwas unternahm …

Wie, sagen wir, das verdammte Dach des Swedish Medical erreichte. Sich den Abtrünnigen als Köder anbot und sich zum Schutzschild für seine Brüder machte. Ihnen genug Zeit verschaffte, um sich in Deckung zu bringen.

Deckung. Richtig. Wunschdenken? Wahrscheinlich. Die Razorback mochten zwar keine Einsteins sein, aber sobald sie eine Fährte aufgenommen hatten, erwiesen sich die Schweinepriester doch als äußerst effizient. Der beste Beweis war die Tatsache, dass die Bastarde ihn vor zwei Wochen beinahe gekillt hätten. Venom hätte gern behauptet, dass sie einfach Glück gehabt hatten, aber er kannte die Wahrheit. Der Feind hatte seine Überzahl wirkungsvoll genutzt, ihn von den anderen Nightfury isoliert, um ihn mit vereinten Kräften auseinanderzunehmen.

Ziemlich gute Strategie, alles in allem. Im Kampf Mann gegen Mann konnte ihn keiner schlagen. Zum Teufel, selbst drei gegen einen ging immer noch zu seinen Gunsten aus, weil … genau. Er war nun mal richtig stark, ein echtes Kraftpaket. Das größte, stärkste, das …

In Ordnung, vielleicht nicht das brutalste.

Wick übertraf ihn in dieser Hinsicht, aber nicht um Längen. Also, keine Frage. Er musste so schnell wie möglich nach draußen. Sofort. Bevor sich der Fluchtplan von »heikel« zu »tödlich« entwickelte.

Obgleich es sich seiner Kenntnis entzog, wie das passieren konnte. Wicks Plan war grundsolide gewesen. Gut durchdacht und perfekt ausgeführt. Mit gerunzelten Brauen brachte Venom den vorletzten Treppenabsatz hinter sich. Etwas hatte die Razorback auf den Plan gerufen. Oder vielleicht auch *jemand*. Venom knurrte. Azrad. Der verdammte Schweinehund. Er musste es gewesen sein. Nichts anderes erklärte die Gegenwart des Kriegers im Krankenhaus, geschweige denn sein Interesse an der Frau.

Nun ja, außer dass er unbedingt ein »Treffen« mit Bastian gewollt hatte.

Eine Falle. Das gesamte Szenario roch nach einem Hinterhalt. Einem Weg, den Nightfury-Kommandanten in eine Falle zu locken, um ihn zu töten. Heimtückisch. Hinterlistig. Und gut ausgedacht. Besonders, da Azrad nicht nach einem Razorback roch. Allerdings war dem Psycho Ivar durchaus eine derartige Gerissenheit zuzutrauen. Den Samen zu säen, die Neugier gären zu lassen und einfach abzuwarten.

Der perfekte Plan.

»Verdammte Scheiße«, sagte er halb knurrend, halb schnaufend. »Dieser Hundesohn.«

Einer, der nicht mehr lange leben würde. Warum? Morgen Nacht, bei dem Treffen, hatte Venom vor, Azrad die Eier abzureißen. Sollte er kreischen wie ein abgestochenes Schwein, würde Venom den Schmerzlevel in ungeahnte Höhen treiben, bevor er ihm den Kopf abriss und nichts anderes als ein Häufchen Drachenasche übrig blieb.

Eine rote Lampe blitzte vor ihm auf den Treppenstufen auf.

Mit einem Knurren ließ Venom seinen Zauberkräften freien Lauf. Energie entfachte sich peitschend. Druckwellen dehnten sich aus in dem engen Treppenhaus. Riegel sprangen auf, schossen förmlich aus ihren Verankerungen. Metall flog gegen Metall. Venom duckte sich, wich dem Sperrfeuer aus und donnerte gegen den Notausgang. Das stahlverstärkte Metall wölbte sich. Die Tür wurde aus ihren Angeln gerissen und schoss hinaus in den Nachthimmel. Als sie sich überschlug und dann auf den Hubschrauberlandeplatz krachte, sauste Venom über die Schwelle.

Backsteinstaub knirschte unter seinen Stiefeln. Innerhalb von Sekunden setzte er seinen Fuß auf den Rand des Gebäudes und …

War weg, segelte hinunter in Richtung Straße.

Straßenlampen flackerten auf unter ihm. Seine Nachtsicht sprang an, und der Winterwind fuhr unter seinen schweren Trenchcoat, sodass dieser weit aufschlug. Das flatternde Leder im Schlepptau, sichtete Venom den Boden, vollzog einen Salto und … oh ja. Der Wechsel fühlte sich toll an. Wie ein Geschenk, Hände und Füße verwandelten sich in Pranken, und die Spitzen seiner rasiermesserscharfen Krallen stießen klickend gegeneinander. Dunkelgrüne Schuppen umhüllten ihn, Drachenhaut bis zu den giftigen Stacheln seines Schwanzes. Bewaffnet und einsatzbereit, breitete Venom seine Schwingen aus. Kühle Luft glitt über sein gehörntes Haupt, seinen Rücken, die rasselnden Stacheln darauf.

Er vollführte einen Überschlag und flog eine enge Kurve. Die Flugbahn führte ihn um die Schornsteine des Krankenhauses. Als seine Flügelspitze einen Schornstein streifte, glühten seine Augen. Sein blutroter Blick durchdrang die Dunkelheit vor ihm und überflog weiter unten die Straße.

Nichts und niemand. Kein Reifenquietschen auf Asphalt. Auch kein roter Geländewagen in Sicht.

Erleichterung durchfuhr Venom. Wick und die anderen mussten schon weg sein. Suchten hoffentlich das Weite und nahmen die direkteste Route quer durch die Stadt in Richtung Brücke und Interstate.

In der Absicht, ihren Rückzug zu decken, kreiste Venom erneut über dem Gelände. Nach Osten zu fliegen schien die beste Wahl zu sein. Wenn er seine Karten richtig ausspielte, konnte er nicht nur ihren Rückzug sichern, sondern sich zwischen seinen Jungs und irgendwelchen ankommenden Abtrünnigen positionieren.

»Ven … bin in der Luft.« Ein dunkelbrauner Schatten geisterte durch die Dunkelheit, als Sloan heranflog. Schneeweiße Fänge blitzten auf, als sein Kumpel eine Drehung vollzog und die Position rechts von Venom einnahm. *»Spürst du es?«*

Verdammter Scheiß, als täte er das nicht immer. Kein Mann, der sein Geld wert war, konnte die atmosphärischen Störungen ignorieren. Das Rauschen pochte in seinen Schläfen, versorgte ihn mit Informationen. Sein Sonarorgan wurde aktiv, verband Instinkt mit Erfahrung. Die Zeichen waren nicht falsch zu deuten. Razorback. Und zwar ein Riesenhaufen, der rasend schnell angeflogen kam.

Venom fluchte im Stillen. *»Können den Arschlöchern auf keinen Fall entkommen.«*

»Ja und? Willst du den Köder spielen und umkehren?«

»Klingt nach einem Plan.«

Kein sehr guter, aber … zum Teufel. Das konnte man eine hässliche Wendung nennen.

Venom biss die Zähne zusammen. So viel dazu, ohne größere Probleme davonzukommen. Er hatte nicht mehr viel Zeit. Eine Minute – vielleicht zwei –, bevor die Abtrünnigen sie abfingen. Da er sich des Zeitrahmens sicher sein wollte, nutzte er seine Magie, und sein Verdacht bestätigte sich. Die Abtrünnigen hatten gerade die Drei-Meilen-Grenze überquert, was es ihm ermöglichte, ihren Standort präzise zu lokalisieren. Und wenn er sie spüren konnte? Dann konnten die Bastarde die magische Spur, die er hinterließ, ebenso verfolgen.

Sloan warf ihm einen Seitenblick zu.

Er ignorierte die Warnung. Sie zur Kenntnis zu nehmen würde nichts ändern. Genauso wenig, wie keinen Plan zu machen.

Venom umflog ein Hochhaus und aktivierte sein Drachen-Handy. »*Wick ... gib mir die Koordinaten.*«

»*Fahren nach Osten auf der Jefferson. Biegen links ab, fahren weiter in Richtung Brücke.*«

»*Nicht gut. Die Abtrünnigen haben unsere Fährte aufgenommen.*« Sloan folgte seiner Flugbahn zwischen zwei Appartementgebäuden. Eine schnelle Drehung, und er erschien über Venoms Rücken. »*Finde einen Unterschlupf und verschwinde, während wir den Himmel putzen.*«

»*Verdammte Scheiße.*«

Sloan überhörte Macs Fluchen und holte tief Luft, um die Feinde zu wittern. »*Ich zähle zehn.*«

Venom schüttelte den Kopf. »*Vierzehn ... Minimum.*«

»*Du liebe Güte*«, sagte Sloan. »*Wir brauchen Bas und Rikar.*«

Kein Flachs. Aber das würde nicht passieren. Jedenfalls nicht so schnell.

Bastian und sein Stellvertreter Rikar waren zwanzig Minuten entfernt, nahmen sich eine Nacht frei, genehmigten sich etwas wohlverdiente Ruhe und Erholung mit ihren gewählten Gefährtinnen im Hauptquartier Black Diamond. Etwas absolut Neues in ihrem Clan. Noch bis vor einem Monat hatte keiner von ihnen jemals eine Pause eingelegt. Aber einige Regeln waren dazu da, gebrochen zu werden. Jetzt herrschte eine neue Normalität. Eine, die eine gelegentliche freie Nacht einschloss – um sich auszuruhen, neu aufzutanken und wieder zu Kräften zu kommen.

Keine schlechte Sache, nur ... anders.

Die größere Änderung allerdings – jedenfalls für ihn – war die Erweiterung ihres Clans.

Zuerst hatte Venom die Veränderung widerstrebt, mochte er den Paradigmenwechsel nicht, fürchtete er, dass die neuen Mitglieder eine Gefahr für die anderen wären, dass sie gar das Leben einer der ihren gefährdeten. Aber nachdem er gesehen hatte, wozu Forge und Mac fähig waren … wie sie anderen in den Arsch traten und sich gegenseitig ergänzten? Da hatte er schnell seine Meinung geändert. In Ordnung, er konnte immer noch nicht widerstehen, Mac wegen seines Mangels an Erfahrung hochzunehmen – den hauseigenen Wasserdrachen aufzuziehen machte einfach viel zu viel Spaß –, aber genauso wenig konnte Venom leugnen, dass die Wunderzwillinge sich spitzenmäßig eingefügt hatten. Das Paar war Gemeinheit hoch zehn. Und ehrlich? Tödlich zu sein mit einer gehörigen Extraportion Brutalität fand Venom immer toll.

Dennoch, egal wie talentiert sie waren, die Krieger konnten ihren Kommandanten nicht ersetzen.

Bastian hatte besondere Fähigkeiten. Und zwar solche, die Venom im Moment gerade sehr gut gebrauchen könnte. Ohne Bas im Team – und seine Fähigkeit, die Stärken und Schwächen des Feindes aus der Entfernung zu orten – flog er blind. Waren da vierzehn oder mehr Razorback am Horizont? Die Erfahrung sagte ihm, mehrere Abtrünnige unterschiedlichster Fähigkeiten. Aber darüber hinaus? Er wusste es nicht. Was beunruhigend war. Ganz und gar nicht optimal, um in einen Kampf zu ziehen. Leider konnten Bettler nicht wählerisch sein. Um seine Gruppe und J.J. zu schützen, blieb ihm keine andere Wahl.

Venom erhöhte seine Fluggeschwindigkeit und spähte über

seine Schulter. Er fluchte. Abtrünnige auf sechs Uhr, sie flogen in Kampfformation, weißer Frost bildete sich an ihren Flügelspitzen … Sie befanden sich auf der Zielgeraden, waren direkt hinter ihnen.

»Hört zu, Jungs.« Venom beobachtete, wie sich der Zirkus hinter ihm entfaltete, und nahm eine Einschätzung der Lage vor. Er zählte schnell durch. Hm. Nur elf Abtrünnige am Horizont, drei weniger als zwei volle Kampfeinheiten. Sein Instinkt warnte ihn. Etwas mit ihrer Anzahl stimmte nicht. Genauso wenig wie ihre Strategie. Stirnrunzelnd gab Venom die Situation weiter an seine Brüder. *»Die Schweinebacken haben sich aufgeteilt. Die Hälfte kommt auf uns zu, aber einige sind auch auf dem Krankenhausdach gelandet.«*

»Scheiße«, sagte Forge mit breitem schottischem Akzent. *»Sie wissen von J.J.«*

»Sieht so aus.«

Wick knurrte. *»Blöde SMS.«*

»Sie hat eine geschickt?«, fragte Sloan.

»An Tania.«

»Verdammte Scheiße. Viel zu einfallsreich. Genau wie ihre Schwester«, knurrte Mac. Während er einen weiteren Fluch ausstieß, heulte der Motor des Geländewagens auf, das laute Dröhnen war deutlich durch ihre Gedankenverbindung zu hören, als der Ex-Bulle das Gaspedal durchtrat. *»Wick … leg J.J. hin, und mach dich bereit, das Steuer zu übernehmen. Forge und ich müssen in die Luft.«*

Verdammt richtig. Hervorragender Plan. Macs Strategie verdiente zehn Punkte. Dann immer noch zahlenmäßig drei zu eins unterlegen, waren ihre Chancen in einem Feuergefecht zwar nicht gerade ausgeglichen, aber …

Venom blinzelte. Moment mal. Einen Schritt zurück.

Was hatte Mac gerade gesagt? Irgendetwas über … *leg J.J. hin.* Venom runzelte so angestrengt die Stirn, dass seine Augenbrauen kollidierten. Was zum Teufel bedeutete das? Berührte Wick etwa die Frau? Hielt er sie gar auf seinem Schoß oder etwas dergleichen? Der Gedanke schien lächerlich zu sein. Völlig abstrus. Sein Freund mied Körperkontakt wie Feldmäuse Schlangen. Und angesichts der Tatsache, dass J.J. in einem Rollstuhl gesessen hatte, als er sie das letzte Mal gesehen hatte?

Da musste er nicht weiter nachgrübeln.

Wick nahm immer den Weg des geringsten Widerstands. Sein Freund hätte die Frau hinausgeschoben und sie umgehend übergeben, sobald er Kontakt hergestellt hatte mit den Wunderzwillingen. Darauf würde Venom jede Wette eingehen.

»Kopf hoch, Jungs«, sagte Forge. *»Wir biegen nach rechts ab zum …«*

Gelbe Flammen schossen über den Nachthimmel.

»Scheiße!« Mac trat auf die Bremse.

Quietschende Reifen malträtierten Venoms Kopf, als ein feindlicher Drache sich enttarnte. Mit weit gespreizten Flügeln hing der Bastard über der Stadtlandschaft und verströmte seinen gemeinen Atem. Feuer zischte zwischen den Fängen des Mistkerls. Und Venom wusste, dass sie geliefert waren. Der Mann war ein Flammenwerfer, konnte minutenlang einen ununterbrochenen Feuerstrom ausstoßen.

Das andauernde Inferno toste, schoss über Hausdächer, blitzte auf in dunklen Fenstern, verpestete die Luft mit Schwefelgeruch.

Aus dem Geländewagen ertönten weitere Flüche.

Venom raste förmlich vor Wut. Das durfte nicht sein. Nicht, wenn er die Oberaufsicht hatte. Der Abtrünnige mochte ja ein trickreicher Schweinehund sein – immer am Rand entlangzufliegen und dann durch die Hintertür hereinzukommen –, aber das bedeutete noch lange nichts, wenn er mit von der Partie war. Er war schneller, stärker, tödlicher und jetzt …

In der allerbesten Position.

Mit Überschallgeschwindigkeit schnellte Venom herum und vollzog eine volle Körperdrehung. Seine Flügelspitze streifte ein Fenster im obersten Stockwerk. Das Glas schepperte. Er nahm den Abtrünnigen ins Visier, nahm sozusagen Maß für den tödlichen Schuss. Zielte direkt ins Schwarze, in die Brust des Mannes. Der Idiot sollte es eigentlich besser wissen. Ein unbeweglicher Drache war ein toter Drache. Gut für ihn. Nicht so toll für den Razorback, der gerade versuchte, seinen besten Freund zu töten.

Das verdammte Arschgesicht.

Wie eine Viper tauchte Venom über den Dächern auf und atmete kräftig aus. Leuchtend grüner Nebel schoss zwischen seinen Fängen hervor. Wie eine pulsierende Welle fraß der bösartige Schaum die Luft, verschlang den Sauerstoff. Der Abtrünnige kreischte. Zu spät. Das glühende Gift setzte sich in den Lungen des Bastards fest, sodass er sich an die Kehle griff.

Der Feuerstrom versiegte.

Die Klauen einsatzbereit, griff Venom den Mann mit einer Breitseite an. Er drang mit seinen Krallen tief in den Schuppenpanzer ein, um an die Muskeln und Knochen zu gelangen.

Der Abtrünnige schrie. Warmes Drachenblut floss über Venoms Klauen, als der Razorback um sich schlug. Venom kannte keine Gnade, fletschte die Zähne und verstärkte den Druck. Schmerz, oh, dieser Schmerz. Was für ein Spaß, ihn dem Mann in seinem Griff zuzufügen. Und es war auch wohlverdient. Das Arschloch hatte versuchte, seine Brüder zu verbrennen, also … genau. Er sollte sich Zeit lassen, der Feind sollte ordentlich leiden, und er wollte die letzten Schreie hören, wenn der Schweinepriester um seinen Tod bettelte.

Nicht, dass es auf diese Weise ablaufen würde.

Mit mehreren Abtrünnigen, die sich ihm von hinten näherten, hatte er keine Zeit zu vertrödeln. Er packte fest zu und wirbelte den Mann wie ein Feuerrad herum. Einen Moment, bevor Venom ihn losließ, packte er den Mistkerl bei der Kehle. Ein schneller Schnitt. Eine scharfe Aufwärtsbewegung und …

Heureka! Ein toter Abtrünniger. Nichts als eine Explosion und Drachenasche.

Die wirbelnde graue Asche regnete herab, kollidierte mit einer Hausfassade, bedeckte das Glas, als ein weiterer Razorback Venom von hinten angriff. Kurz bevor die Feindesklauen ihn berührten, zog Venom seine Flügel ein. Mit einem Grunzen vollführte er einen Salto und überflog die Straße unter ihm. Erhitzt durch die Flammen, warfen der Teer und der Asphalt Blasen und …

Gott sei Dank. Der rote Geländewagen war weiter vorn.

Dem Gegrilltwerden knapp entkommen, sauste der Suburban mit rauchendem Heck auf das Ende der Straße zu in Richtung Kreuzung. Beide Seitenfenster, sowohl auf der Fahrer- als auch auf der Beifahrerseite wurden geöffnet. Mac und

Forge glitten heraus. Die Cowboystiefel auf die Trittbretter gestemmt, gaben die beiden die geborenen Surfer ab.

Erleichterung packte Venom, als Forge sich abstieß. Noch während er hochsprang, verwandelte sich der Schotte, blitzten purpurne Schuppen auf, verhieß sein Knurren nichts Gutes.

Gleich hinter seinem Kumpel landeten Macs Füße auf dem Dach des Wagens. Seine aquamarinblauen Augen leuchteten, als er auf eine Stelle über Venoms Schulter starrte. *»Ven … hart rechts.«*

Venom spannte die Muskeln an und wich aus, und Mac ließ seine Zauberkräfte von der Leine. Wasser zischte gefährlich durch die Luft. Mitten im Flug formte es sich zu einem Dreizack, der auf ihn zuflog. Venom duckte sich. Der Abtrünnige hinter ihm kreischte, dann flatterten seine Flügel, wurden immer hektischer, aber …

Knacks!

Der Dreizack traf, durchbohrte die Schuppen und landete direkt im Herzen des Feindes.

Der Abtrünnige gurgelte, erstickte an seinem eigenen Blut. Eine weitere Fuhre Asche wirbelte in dem stürmischen Aufwind.

Forge brüllte begeistert Hurra und griff mit gestreckten Klauen drei Abtrünnige auf einmal an. *»Spitzennoten, Junge. Mach weiter mit dem Scheiß.«*

»Mach ich«, murmelte Mac, die Augen auf den Himmel gerichtet.

Venom grinste und zeigte seine Fänge, als er nach einem vorbeifliegenden feindlichen Drachen schlug. Blut spritzte über seine Pranke. Mac schleuderte noch einen Dreizack und … bums! Sieg. Satz. Spiel. Wieder ein Razorback weniger.

Verdammt. Das mit den *Spitzennoten* stimmte. Mac hatte einen astreinen Wurf. Einen, an dem die Seattle Mariners ihre reine Freude hätten. Aber in diesem Moment? War Venom heilfroh, dass sein Kumpel für das Team Nightfury spielte, nicht in der menschlichen Welt. Diese Wasserdreizack-Nummer war echt abgefahren.

»Mac, beweg deinen Arsch«, grollte Wick vom Lenkrad aus. Er trat auf die Bremse, blockierte die Reifen. Das Heck des Geländewagens brach aus. Der Wagen schleuderte und schoss auf die 23. Avenue. Sobald sein bester Freund sich gefangen hatte, gab Wick wieder Gas. Der Acht-Zylinder-Motor heulte auf, die riesigen Bäume des städtischen Parks warfen Schatten auf das Pflaster. *»Flieg los, verdammt noch mal.«*

»Wick …«

»Was?«

Mac, der auf dem Dach des Wagens balancierte, rutschte ein Stück nach vorn, als Wick die Spur wechselte. *»Mach dich bereit, die Motorhaube aufzuklappen.«*

»Sag wann.«

»Jetzt!«

Die rote Haube klappte hoch.

Mac nahm Drachengestalt an und sprang vom Wagen ab, schnappte sich vorher aber noch die Motorhaube als Schild. Zwei Razorback attackierten. Venom knurrte, flog schnell heran und packte den zweiten Abtrünnigen am Schwanz. Scharfe Stacheln bissen in seine Pranken. Er riss den Feind zurück. Idiot Nummer eins kreischte. Venom ignorierte den Aufschrei. Mit einer schnellen Drehung brach er dem Feind das Genick, während Mac Dosenfutter aus dem anderen machte, ihm eine volle Ladung Blech ins Gesicht donnerte.

Noch ein Schlag mit dem scharfen Ende der Motorhaube und …

Drachenzähne flogen durch die Luft. Sie trafen Venom frontal und spritzten über seine Schuppen. *»Bäh.«*

»Stell dich nicht so an, Ven.« Grinsend attackierte Mac einen weiteren Abtrünnigen.

»Du hast leicht reden.«

Bereit einzugreifen, den Blick auf einen hellblauen Razorback geheftet, schoss Venom über ein Hochhaus. Staub hinter sich aufwirbelnd, streckte er seine Klaue aus und packte die Flügelspitze des Typen. Feindliche Krallen harkten über seine Brust. Venom ignorierte den Schmerz ebenso wie das Ausflippen des Razorback und … Knochen knackten, machten das Arschloch kampfunfähig, als seine Flügelhaut riss.

»Du hast schließlich keine …« Bereits nach dem nächsten Ziel Ausschau haltend, schickte Venom den Mistkerl im freien Fall nach unten und knurrte: *»… Zähne zwischen deinen Schuppen stecken.«*

Mac lachte.

Sloan, der zwei Abtrünnige verfolgte, strich an ihnen vorbei.

»Ven«, sagte Wick. *»Achtung. Ich verlasse die Straße.«*

»In Richtung Park?«

»Will sie abschütteln unter den Bäumen.«

Guter Plan.

Mit einem ganzen Schwarm Razorback und nur vier von ihnen, die die Stellung hielten, schien es absolut richtig, einen sicheren Platz zu finden, um die Frau zu verstecken. Exzellente Strategie – wirklich, das war es – bis auf ein winzig kleines Problem. Wick lebte, um zu kämpfen. Hasste es, tatenlos zuzusehen. Was bedeutete … Seinem Freund würde es sehr schwerfallen, sich zurückzuhalten, während Venom und die anderen den Himmel säuberten. Dieses Wissen lag Venom ziemlich quer im Magen. Andererseits … das passierte nun mal mit einem Mann im Team, der so unberechenbar war wie Wick.

J.J. wachte auf wie ein Astronaut, der mit atemberaubender Geschwindigkeit ins All schoss. Sie kam zu Bewusstsein. Ihre Sinneseindrücke wurden zunehmend deutlicher, Geräusche explodierten geradezu in ihrem Kopf. Irgendjemand fluchte. Etwas Leistungsstarkes rumpelte. Und der Wind. Mein Gott, wie der heulte und pfiff.

Sie zog die Stirn kraus. Wo zum Teufel war sie eigentlich genau?

Gute Frage. Da sie ihren Orientierungssinn komplett eingebüßt hatte, konnte sie das nicht sagen. Zu dumm, wirklich. Sie hätte einen kleinen Hinweis gut gebrauchen können, besonders, da sie ständig angerempelt wurde. Bei jedem Schwanken rollte sie erst vor, dann zurück. Hin und her. Bums. Ziemlich viel lautes Scheppern. Noch mehr markerschütterndes Beben und …

Ihr Magen zog sich zusammen. Ah, Mist. Nicht schon wieder.

Die Übelkeit scherte sich jedoch nicht um das, was sie sich wünschte. Im Gegenteil, der Brechreiz wurde stärker, genau wie der schreckliche Geschmack auf der Zunge. J.J. würgte, kämpfte aber gegen die Übelkeit an. In der Richtung lag nichts außer Schmerzen. Sie presste sich die Hand auf den Mund. Schlechte Entscheidung. Sobald sie den Arm hob, protestierte ihre Seite, heftige Schmerzen meldeten sich und zur Party gesellten sich auch noch ihre Rippen und zwangen sie, sich zu erinnern …

An alles.

An den Angriff im Gefängnis. An ihre Verletzungen, all die Stiche, die schrecklichen Medikamente, und da war auch noch etwas anderes.

Ein Typ. Da war ein Mann gewesen im Krankenhaus. Ein Fremder, ein Engel mit einer unwiderstehlichen Stimme, einer besänftigenden Gegenwart.

J.J.s Augen wurden schmal. Gott, diese Stimme. Tief. Bestimmt. Einfach unglaublich. Etwas daran zerrte an ihr, stachelte ihr Bewusstsein an, lenkte ihr Interesse in eine andere Richtung. Sie wollte sie wieder hören. Brauchte das volle Timbre, um sich im Hier und Jetzt zurechtzufinden. Vielleicht könnte sie dann wieder klar denken. Vielleicht ergäbe sich dann ein Zusammenhang. Vielleicht erinnerte sie sich dann wieder.

Sie konzentrierte sich mit aller Macht, jagte dem leisen Geräusch seines Murmelns nach in ihrem Inneren, suchte die Wahrheit. Die Erinnerung spielte ein grausames Versteckspiel. J.J. tauchte noch tiefer, musste es wissen. Kleine Fragmente blubberten an die Oberfläche. J.J. schüttelte den Kopf. Nichts davon schien wirklich, und trotzdem konnte sie ihn nicht einfach aufgeben. Er war so warm gewesen. So stark. So präsent und potent, dass der Eindruck, den er hinterlassen hatte, an ihr klebte wie Seetang in sonnenwarmen Senken. Er hatte irgendetwas mit ihr angestellt. Sie irgendwie gerettet. Sie getröstet, während er ihre Schmerzen linderte. Und, hmmm, das war sehr schön gewesen. Dieser Gefühlssturm. Dieses warme, wohlige Gefühl. Die starke Hitze seines Körpers zusammen mit seinem Duft, als er sie wegtrug.

J.J. sog die Luft ein. *Als er sie wegtrug?* Also, Moment mal eben. Bildete sie sich das ein, oder …

Ein leiser Fluch unterbrach ihren Gedankengang.

Ein kratzendes Geräusch kam als Nächstes, dann wieder das Gerumpel über irgendein größeres Hindernis.

Sie öffnete die Augen einen Spalt breit und … rums! Sofortiges Wiedererkennen. Ganz abgesehen von hundertprozentiger Alarmbereitschaft. Heiliger Strohsack. Sie war nicht länger im Krankenhaus, sondern befand sich auf dem Beifahrersitz eines Geländewagens. Den Sitz bis zum Anschlag zurückgestellt, lag sie auf der Seite, hatte sich in eine Lederjacke gekuschelt, eine Decke lag über ihren Beinen, und sie sah …

Einen Engel. Einen Mann, an den sie sich jetzt mit absoluter Klarheit erinnern konnte.

Merkwürdig, um das Mindeste zu sagen. Mit all den Medikamenten, die ihr Denken beeinträchtigten, hatte sie bezweifelt, dass er wirklich war, als sie ihn im Flur gesehen hatte. Jetzt, da die Wirkung des Demerols nachließ, setzte wieder Klarheit ein und half ihr, die Details zu katalogisieren. J.J. fuhr mit der Zunge über den Spalt in ihrer Unterlippe. Groß gewachsen. Kräftig. Bernsteingoldene Augen in einem viel zu schönen Gesicht. Groß, böse und stark. Alle Eigenschaften trafen auf ihn zu, er trug sie alle wie ein Schrottplatz-Wachhund sein Stachelhalsband, die rasiermesserscharfen Zähne immer gefletscht.

J.J. ignorierte ihre Beschwerden und schluckte schwer. »Wick.«

»Mist.« Er warf ihr einen Seitenblick zu. »Du bist wach.«

»Kein Engel.«

Er verzog den Mund. »Absolut nicht.«

Gut zu wissen. Noch besser, es nicht zu vergessen. Warum? Etwas an ihm war nicht ganz harmlos. Er war viel zu angespannt, um als ungefährlich betrachtet zu werden. Aber sogar als ihr Instinkt sich meldete und sie warnte, auf der Hut zu sein, empfand J.J. einfach nicht die leiseste Furcht. Er würde ihr nichts tun. War es verrückt, das zu glauben? Wahrscheinlich. Aber aus irgendeinem Grund änderte die Feststellung nicht das Geringste.

Sie hatte keine Angst vor ihm.

»Wo sind wir?« Hervorragende Frage. Eine, die eine Antwort verlangte – und zwar schnell – in Anbetracht ihres Begleiters und seines Bleifußes. Mann, er fuhr mit halsbrecherischer Geschwindigkeit … steuerte Gott weiß wohin. J.J. spähte aus dem Seitenfenster und konzentrierte sich. Baumstämme sausten vorbei, galoppierten in die Gegenrichtung. Der Motor dröhnte. Wick riss das Lenkrad herum, steuerte den Wagen um eine enge Kurve. Schmutz prasselte gegen das Fahrgestell. Mondlicht durchbohrte die Dunkelheit, während Zweige an der Karosserie entlangharkten wie knorrige Fingernägel. »Wohin bringst du mich?«

»An einen sicheren Ort«, sagte er, den Blick auf den Weg gerichtet, die großen Hände am Lenkrad, die Miene entschlossen. »Schlaf weiter.«

»Kann nicht.« Sie war jetzt beharrlicher, da ihre Schmerzen wieder zunahmen, und das Pochen sich durch ihr Bein bis zu ihrem gebrochenen Fußknöchel vorarbeitete. »Mir tut alles weh.«

»Ich weiß. Halte durch, *Vanzäla*. Ich besorge dir Hilfe.«

Nicht schnell genug. Das wäre nicht schnell genug. Sie brauchte jetzt sofort etwas. Etwas, wovon sie aus Erfahrung wusste, dass er es ihr geben konnte. »Kannst du …«

Fragend hob er eine Augenbraue. »Was?«

»… meine Hand halten?«

Er warf ihr einen verblüfften Blick zu, dann schüttelte er den Kopf. »Nein.«

»Bitte?« Sie hasste es zu betteln, wirklich, aber ihn zu berühren würde helfen. Oder ihr zumindest über das Schlimmste hinweghelfen. Spielte es eine Rolle, dass er ein Fremder war? Oder dass er sie nicht berühren mochte (jawohl, das kam laut und deutlich rüber)? Aber … nein. Zum Teufel mit der Logik. Nur eine Sache war wichtig. Sie brauchte ihn, aus irgendeinem bizarren Grund. Also, ob es ihm gefiel oder nicht, er würde ihre Hand halten. »Es wird schlimmer, und ich glaube, dass Berührung mir hilft.«

Ein Muskel zuckte an seinem Kinn.

»Bitte, Wick?«

Der Schmerz griff fester zu, schlängelte sich um ihren Brustkorb. Während sie keuchte, dehnte sich das Schweigen, verstrich eine Sekunde um die andere. J.J. zog ihre Knie enger an sich, nahm Fötushaltung ein, verkroch sich, soweit es ging, in seiner Lederjacke, da sie darum kämpfte, der Schmerzen Herr zu werden. Vergeblich. Ihre überdeutliche Wahrnehmung sagte ihr alles, was sie wissen musste. Das letzte Demerol hatte seine Wirkung verloren, sodass sie jetzt alles fühlte. Sie kämpfte gegen den Schmerz an, ihre Zähne fingen an zu klappern.

»Verdammt.«

Der Fluch schwirrte durch das Auto, bevor seine Hand das

Lenkrad losließ. Sie verharrte einen Moment mitten in der Luft, dann legte Wick seinen Unterarm auf die Mittelkonsole des Geländewagens. J.J. zögerte nicht. Sie streckte den Arm aus und ließ ihre Hand mit einem geflüsterten »Danke« in seine viel größere gleiten. Sobald Haut auf Haut lag, breitete sich seine unglaubliche Hitze aus. Ein warmes Prickeln kroch ihr den Arm hinauf, vertrieb das Frösteln. Sie seufzte erleichtert. Wick zuckte zusammen und fluchte erneut, umklammerte das Lenkrad so fest, dass seine Knöchel weiß hervortraten.

»Entschuldige«, sagte sie und versuchte, überzeugend zu klingen.

Was ihr aber nicht gelang. Lügen war nicht ihre Stärke. Genauso wenig wie Verstellung.

Ein schönes, warmes Gefühl durchzog sie. Etwas klickte, öffnete eine Leitung tief in ihr. Erleichterung stellte sich ein, überrollte sie wie eine Welle eine Brücke bei Hochwasser. Der abfließende Strom nahm sie mit, war die reine Wonne, entspannte sie total und … oh, Mann. *Ich danke dir, Gott.* Es war unglaublich. Auf der Stelle waren die Schmerzen verschwunden.

Ihr wurden die Lider schwer. Seine Finger zuckten über ihrer Hand. »Tue ich dir weh?«

»Nein.«

»Aber du magst es nicht.«

»Das habe ich nicht gesagt.«

Stimmt. Allerdings war er ohnehin nicht gerade ein Plappermaul. Er mochte kurze Antworten, vorzugsweise welche mit drei Wörtern. Kein Problem für sie. Von Natur aus ruhig, schätzte sie Stille – sowie knappe Antworten – mehr als die meisten Menschen. Sie hatte diese Kunst im Gefängnis gelernt. Je schweigsamer sie war, desto weniger nahmen andere Notiz von ihr. Eine hervorragende Eigenschaft, wenn man umringt war von gewalttätigen Straftätern, die sich nicht beherrschen konnten. Dum-Dum-Daisy war Beweis genug dafür.

Und da wir gerade davon reden? Die ganze Ausbruchsnummer war keine gute Idee.

»Du solltest mich zurückbringen, weißt du«, sagte sie, ihr Verstand funktionierte jetzt, da die Schmerzen nachließen, wieder besser. Was bedeutete … die Nummer mit dem Verdrängen war passé. Wie verrückt durch diesen Wald zu brettern, das sagte ihr alles, was sie wissen musste. Sie waren auf der Flucht. Zweifellos vor Streifenwagen mit dem Seattle-Police-Department-Logo an der Seite. Und sobald die Bullen sie eingeholt hatten? Konnte sie die Sache mit dem Bewährungsausschuss abhaken. Gäbe es nur noch adieu Freiheit, hallo Haftverlängerung. »Versteh mich nicht falsch, es ist toll, was du getan hast, aber ich habe in einem Monat einen Termin vor dem Bewährungsausschuss.«

»Vergiss es, Jamison.« Er packte das Lenkrad fester, während er über seine Schulter sah. Sein Blick richtete sich auf die Heckscheibe. »Ich bringe dich nicht zurück in dieses Drecksloch.«

Nun sieh mal einer an. Mehr als drei Wörter auf einmal. Sie machten Fortschritte. »Aber wenn die Polizei uns zu fassen kriegt …«

»Scheiß auf die Bullen.«

»Hör auf zu fluchen.«

Er schnaubte, halb wütend, halb lachend.

Und sie wusste, was er meinte. Ihre Reaktion war lächerlich.

Sie war an das Leben im Gefängnis gewöhnt, um Himmels willen – ein Ort, wo Flüche an der Tagesordnung war. Dennoch, seine Haltung ärgerte sie. Er hatte sie zurückgewiesen, ihre Probleme abgetan, sich durchgesetzt, ihr das Gefühl gegeben … nun ja … hilflos zu sein, mangels eines besseren Ausdrucks. Ja, er kontrollierte das Spiel, keine Frage. Saß hinter dem Lenkrad, bestimmte, wo es langging, sauste über irgendeine blöde Piste mitten im Nirgendwo, aber dies war ihr Leben. *Ihres.* Um ihre Zukunft ging es. Ihre Freiheit stand auf dem Spiel. Ihr Leben kam ins Schleudern. Wie kam er also dazu, ihre Ängste einfach so abzutun? Alles, wofür sie so hart gearbeitet hatte, das Klo hinunterzuspülen? Also …

Die Ablehnung machte sie sauer. Traf einen Nerv bei ihr. Jetzt wollte sie nur eins: weit ausholen und ihm kräftig eine verpassen, ihm etwas Einsicht einbläuen. Leider war der Zeitpunkt nicht der beste. Mit dem Ausbruch aus dem Gefängnis war sie so ziemlich geliefert. Die Bullen würden nicht verstehen oder glauben, dass die Flucht nicht ihre Idee gewesen war. Statt ihm also die vernichtende Antwort zu geben, die er verdiente, sagte sie: »Ich meine es ernst.«

Belustigung flackerte auf in seinen Augen: »Das sehe ich.«

»Weißt du, was ich vorhin gesagt habe? Dass du nett bist?«

»Ja.«

»Ich nehme es zurück.«

»Das freut mich. Wird langsam Zeit, dass du deinen Kopf aus dem …« Seine dunklen Augenbrauen zogen sich zusammen, und Wick brach ab. Er legte seinen Kopf schräg, beinahe, als würde er lauschen, und J.J. hatte ein schlechtes, wirklich *sehr schlechtes* Gefühl. »Scheiße.«

Bingo. Eine Eins für weibliche Intuition. Die Angespanntheit in seinem Ton sagte alles. Probleme. Und zwar haufenweise im Anmarsch. »Was ist los?«

»Gesellschaft.« Ein Muskel zuckte an seinem Kinn. Er zog seine Hand weg, und J.J. versuchte, sich noch einen Moment daran festzuklammern, dann ließ sie los. Als sich die Schmerzen leise zurückmeldeten, sah er sie an. »Was auch immer passiert, *Vanzäla*, bleib unten. Gib keinen Ton von dir. Es wird gleich stürmisch.«

»O mein Gott.«

Die Polizei.

Mit wild klopfendem Herzen spähte J.J. durch die Heckscheibe. Noch nichts. Kein Sirenenheulen, keine aufblitzenden Scheinwerfer, aber sie wusste, dass sie kamen. Es war nur eine Frage der Zeit, bevor die Polizei sie einholte.

Sie verschränkte die Arme vor der Brust. Gott. Sie war geliefert. Kurz davor, wieder eingefangen, gefesselt und zurückgeschickt zu werden ins Gefängnis. Für sehr lange Zeit.

Von tiefer Furcht gepackt, setzte bei ihr eine Kettenreaktion ein. Eine, die ihr die Kehle zuschnürte und sie in Panik versetzte. Die Tränen waren kaum mehr zurückzuhalten, brannten in ihren Augenwinkeln. J.J. schüttelte den Kopf. Das war einfach nicht wahr. Es *konnte* nicht wahr sein. Vor weniger als einem Tag war sie noch voller Hoffnung gewesen. Hatte eine Chance auf Freiheit und ein neues Leben gehabt. Und jetzt? Ihre ganze harte Arbeit lag in Trümmern. Zerstört von einem Mann, den sie nicht kannte, der aber mehr als deutlich eigene Absichten verfolgte.

11

Mit Stoßdämpfern, die Überstunden machten, raste der Geländewagen über eine weitere holprige Stelle auf dem verlassenen Waldweg. Baumstämme und skelettartige Äste blitzten in Wicks Gesichtsfeld auf, warfen Schatten auf den Waldboden. Die Scheinwerfer ausgeschaltet, seine Nachtsicht messerscharf eingestellt, musterte er den engen Weg vor ihnen, suchte nach der nächsten Möglichkeit abzubiegen, und hätte beinahe geschnaubt.

Ein Weg. Richtig. Eine totale Übertreibung. *Ein beschissener Pfad* träfe es besser.

Im Stillen fluchend, verlangsamte Wick das Tempo und fuhr um eine steinige Felszunge. Piniennadeln tanzten auf der Windschutzscheibe, sprangen gegen das Glas, als die Vorderräder einsanken und …

Rums!

Scheiße. Ein weiteres Schlagloch, eins von vielen und …

Ein Stöhnen erklang zu seiner Rechten.

Ein schneller Blick zur Seite bestätigte seine Vermutung. Jamison hatte Schmerzen, Tränen traten ihr in die Augen, auch wenn sie versuchte, tapfer zu sein. Es auszuhalten, ohne sich zu beschweren oder ihn abzulenken. Wick biss die Zähne zusammen, debattierte mit sich. Was sollte er tun … den Arm ausstrecken? Wieder ihre Hand nehmen? Oder »zur Hölle damit« sagen? Sie war eine erwachsene Frau, verflucht noch mal. Lange über das Babyalter hinaus. Mehr als in der Lage, für sich selbst zu sorgen.

Tolles Argument. Eins, mit dem er prima leben konnte.

Leider stimmte ihm da sein Drache nicht zu. Das Mistvieh stachelte ihn fortwährend an, drängte ihn, etwas Dummes zu tun. Wie … was? Ihren Namen zu murmeln. Die Distanz zur Mittelkonsole zu überwinden und sie zu berühren. Sie zu besänftigen, bis sie glaubte, dass er nicht der Feind war, sondern ihr einziger Ausweg.

Eine total bescheuerte Reaktion? Kein Zweifel. Er war schließlich nicht irgendjemandes Ritter in glänzender Rüstung.

Er war der andere Typ. Das Arschloch in Schwarz. Derjenige, der Tod und Zerstörung brachte, wohin er auch kam. Der Mann, dem keine Frau sich nähern mochte. Sodass der Drang, sie zu beruhigen, nicht nur idiotisch, sondern geradezu lachhaft war. Dennoch, er konnte das Bedürfnis nicht unterdrücken. Und als sich die Bestie in ihm erhob, tat er das Undenkbare. Er streckte den Arm aus und berührte ihre Wange. In ihren himmelblauen Augen glitzerten die nicht vergossenen Tränen, und sie schmiegte ihr Gesicht in seine Hand. Ihre Unterlippe bebte, was ihm das Herz schwer machte.

Mist. Ihr Elend ging ihm an die Nieren. Er hasste es, dass sie Angst hatte … beinahe genauso wie das, was er zu tun im Begriff war. Denn was beinhaltete das? Dass er sie erneut ängstigte, indem er ihr alle seine Karten zeigte.

»Es ist schlimm, nicht wahr?«, fragte sie, ihre Stimme kaum mehr als ein Flüstern. »Wir werden eingeholt.«

»Nein, Baby.«

»Bitte, lüg mich nicht an.«

Wick fuhr ihr mit dem Daumen über die Wange und schüttelte den Kopf. Er hätte es wissen müssen, dass sie sich nichts vormachen ließ. Zu jedem anderen Zeitpunkt hätte er sie deswegen bewundert. Er mochte es, wenn jemand klug war – und direkt –, aber nicht in dieser Nacht. Er hätte es vorgezogen, wenn sie nichts mitbekommen hätte. Oder noch besser, wieder eingeschlafen wäre, bevor sie einen Blick auf das werfen konnte, was sie verfolgte. Aber unvermeidlich war nun mal … *unvermeidlich.* Schicksal, sozusagen, und er musste es so nehmen, wie es war. Das Beste aus einer schlimmen Situation machen und hoffen, dass sie nicht ausflippen oder einen Herzinfarkt bekommen würde.

Er fing ein elektrostatisches Rauschen auf. Ein Auge auf den Himmel gerichtet durch die hochaufragenden Pinien, schaltete Wick sein Drachen-Handy ein. *»Venom.«*

»Was?«

»Bist du beschäftigt?«

»Ein bisschen.« Das Quietschen von Krallen auf Schuppen ertönte. Ein Mann schrie. Venom knurrte und … das Geräusch gebrochener Knochen echote in Wicks Schädel. *»Einer weniger … bleiben noch zwei. Was brauchst du?«*

»Rückendeckung.« Wick zuckte zusammen, als das Wort seinen Mund verließ. Er bat nie um Hilfe in einem Feuergefecht. Er brauchte nie welche. Diese Nacht allerdings war alles andere als normal, lief direkt auf ein großes Chaos zu. Also zum Teufel mit seinem Stolz. Mit Jamison neben ihm auf dem Beifahrersitz war alles möglich. Je mehr Krieger ihn deckten, damit er sie beschützen konnte, desto besser. *»Ich habe ein Trio Abtrünniger hinter mir.«*

»Scheiße.« Forge knurrte, und Metall schepperte, verband

sich mit einer Symphonie von zerbrechendem Glas. Ein feuchtes Gurgeln ertönte, als ein Mann an seinem eigenen Blut erstickte. Wick verzog den Mund. Er würde seinen Arsch darauf verwetten, dass der Schotte gerade die scharfe Kante eines Gebäudes benutzt hatte, um einen Razorback aufzuschlitzen. *»Wie viel Zeit bleibt uns?«*

Schwer zu sagen. Dank der Deckung, die der Wald bot, würden die Abtrünnigen möglicherweise eine Weile brauchen, um die Öffnung zu finden, die sie für ihren Angriff brauchten. *»Zwei Minuten … höchstens drei.«*

»Und J.J.?«, erkundigte sich Mac.

Wick fuhr ihr mit dem Finger sanft über die Schläfe. *»Verängstigt, aber am Leben.«*

»Sieh zu, dass es so bleibt.« Venom knurrte. Ein weiterer Abtrünniger kreischte. *»Halte durch, Wick. Gib mir eine Minute, um durchzubrechen. Ich komme zu euch.«*

Spitzenplan. Bis auf eine Sache.

Der Wald begann sich auszudünnen, die Bäume wurden mit jeder Sekunde weniger. Die Straße fiel ab, führte in eine abwärtsgeneigte Kurve und … du grüne Neune. Eine Lichtung. Direkt vor ihm.

Er verkniff sich einen Fluch und sondierte das Gelände. Er konnte nirgendwo abbiegen. Was bedeutete, dass er auf ein offenes Terrain zufuhr, eins, das die verkackten Pissnelken zu ihrem Vorteil nutzen würden … wenn er nichts unternahm. Auf der Stelle.

»Jamison.« Er spähte aus dem Fenster und schätzte die Entfernung ab. Mist. Drei geflügelte Schatten auf der Fahrerseite. Nur noch dreißig Sekunden entfernt und schnell näher kommend. »Schnall dich fest.«

»Aber …«

»Keine Widerrede.« Er packte ihr Kinn. »Tu es.«

Er hörte, wie sie an dem Gurt zog. Es klickte, als sie sich anschnallte. Wick nickte und ließ sie los, um beide Hände frei zu haben für das Lenkrad. Mondlicht schien durch eine Baumlücke, beleuchtete den Weg und …

Hauptgewinn. Eine kleine Lücke zwischen einem Findling und zwei riesigen Redwoods. Der perfekte Ort, um Jamison abzuschirmen – und den Geländewagen zu verstecken –, während er die Dumpfbacken verfolgte, die sie jagten.

Alte Bäume zu beiden Seiten bildeten einen Tunnel, die Äste wölbten sich über ihnen. Wick trat das Gaspedal durch. Der Suburban reagierte, schoss auf die Öffnung der Lichtung zu. Niedrige Gebüsche behinderten sie, kratzten an den Trittbrettern entlang. Jamison zuckte zusammen. Wick murmelte, hoffte, dass seine Stimme sie beruhigte. Es funktionierte nicht. Er roch ihre Angst förmlich. Spürte jeden einzelnen rasenden Herzschlag. Hörte jeden Atemzug von ihr, das Raspeln und mühevolle Luftholen, das stoßweise Atmen, und beobachtete, wie sie sich einrollte auf dem Beifahrersitz.

Verdammte Scheiße. Dafür würden die Razorback büßen. Dass sie J.J. Angst einjagten. Ihr noch mehr Schmerzen zufügten. Für die Megadummheit, ihn zu verfolgen, während er eine Frau beschützte.

Wick verkniff sich ein Knurren und überprüfte erneut sein seitliches Sichtfeld. So weit, so gut. Wenn er den richtigen Zeitpunkt erwischte, würden die Abtrünnigen nicht wissen, was sie getroffen hatte.

Der Ausgangspunkt des Wanderwegs verbreiterte sich zu

einem V, öffnete sich auf ein Feld. Langes Gras wiegte sich im Wind.

Der Anführer der Abtrünnigen-Gruppe kreiste über ihm.

Wick fletschte die Zähne, halb lächelnd, halb knurrend. Komm schon. Komm schon. Gleich haben wir es. Nur noch wenige Sekunden, und er hätte den Kerl genau da, wo er sein sollte … in hervorragender Abschussposition direkt vor seinen Klauen.

Helle Schuppen blitzten auf am Ende des Weges. Mit glühenden Augen breitete der Feind seine Schwingen aus, bremste ab und blieb in der Luft stehen, versperrte die Sicht auf das Feld dahinter. Schwarze Hörner krümmten sich über seinen Ohren, und der Mistkerl knurrte. Wick verstärkte seinen Griff um das Lenkrad, zählte die Sekunden ab. Drei. Zwei.

»Oh, Scheiße!« Jamisons erschrockener Aufschrei echote im Wagen. Ihre Augen weiteten sich. Voller Panik wand sie sich auf dem Sitz, als sie den Razorback durch die Windschutzscheibe anstarrte. »O … mein … Gott … Wick!«

Der Drecksack zeigte seine rasiermesserscharfen Fänge.

Eins!

Er trat auf die Bremse und riss das Lenkrad herum. Die Geländereifen blockierten, das Heck wurde herumgeschleudert. Der Wagen schoss von einer Seite zur anderen. Schmutz spritzte auf, und Lehmerde und Piniennadeln regneten auf das Dach. Er hörte, wie Jamison keuchte vor Schreck. Aber er ignorierte es, schaltete in den Rückwärtsgang und gab Gas. Stahl traf knirschend auf Stein, als er das Fahrzeug zwischen den Findling und die Redwoods zwängte. Ein Säurestrom flog durch die Luft. Der giftige Atem des Drachen fiel platschend zu Boden und bespritzte die Stoßstange. Rinde knisterte und zischte, fing an zu schwelen. Giftige Dämpfe wehten gegen den Kühlergrill und rollten auf die Windschutzscheibe zu.

Eine Millisekunde – mehr brauchte er nicht –, und Wick war außerhalb des Geländewagens.

Raus. Hoch. Und rüber. Er landete mit einem Plumps vor dem SUV. Seine Magie explodierte, wirbelte um ihn herum, als er Drachengestalt annahm. Schwarze Schuppen mit bernsteinfarbenen Spitzen umhüllten seinen Körper bis zu seinem gezackten Schwanz. Seine Hände und Füße wurden zu Drachenklauen mit rasiermesserscharfen Krallen. Voll kampfbereit, schlug er mit einem mentalen Befehl die Fahrertür zu und schloss Jamison ein. Ihr Schrei hallte wider in seinem Kopf, erfüllte ihn mit Bedauern. Wirklich schlimm für sie. Für ihn auch. Er hatte keine Zeit, um zurückzugehen und sie zu hätscheln. Nicht angesichts des Razorback, der bereit war, wieder zuzuschlagen.

In weniger als einer Sekunde überwand Wick die Entfernung. Der Feind wich aus, ein Flügel flatterte, um seinen Aufwärtssog abzufangen. Wick hätte am liebsten geschnaubt. Stattdessen knurrte er. Dieser Vollpfosten. Hing wie ein Vollidiot in der Todeszone, umgeben von Bäumen. Unbeweglich in der Luft, war er erstklassige Beute, blieb ihm kein Ausweg.

Wick legte die Flügel an, drehte sich auf die Seite und holte aus. Mitten in der Drehung schlugen seine Klauen zu. Drachenblut spritzte über seine Vordergliedmaße. Er grinste und packte fester zu, seine Krallen durchdrangen die Schuppen bis auf die Muskeln und Knochen. Der Razorback schlug um sich, wehrte sich nach Kräften und … oh, was für ein

Dummerchen. Das Kreischen wurde nie langweilig. Genauso wenig, wie jemandem Schmerzen zuzufügen.

Dieser abtrünnige Bastard. Verkacktes Arschloch. Eine Frau bedrohen, was?

Kommt nicht infrage.

Er dachte nicht daran, irgendeinem Razorback-Abschaum zu erlauben, Jamison zu nahe zu kommen. Oder gar sie zu verletzen. Nicht mehr. Nie wieder. Der Mann verdiente jedes Quantum Schmerz. Und als der Gestank der Verzweiflung des Feindes zunahm, zeigte Wick kein Erbarmen. Er hielt ihn eisern fest. Seine Krallen zerrissen dem Abtrünnigen die Kehle. Er ignorierte die Krallen des wild um sich schlagenden Feindes in seiner Brust. Der Schmerz war nichts, aber das Arschloch zu töten? Das war alles. Und als er den Mann Schuppe für Schuppe auseinandernahm, schwelgte er in Dominanz- und, erstmals, in Ehrgefühlen. Heute Nacht kämpfte er für etwas, was größer war als er selbst. Um jemanden zu beschützen. Zu dienen. Er kämpfte für eine Frau, die ihn als Beschützer brauchte.

Ein Todesröcheln stieg auf in der nächtlichen Brise.

Wick knurrte, als der Razorback sich auflöste in seinem Griff. Asche schwebte wie Schneeflocken, bedeckte seine Klauen, wirbelte ihm um den gehörnten Kopf – während er den Himmel absuchte. Oh, prima. Da waren sie … Arschlöcher Nummer zwei und drei kamen angesaust. Er schoss hoch, breitete seine Schwingen aus. Die Wichser griffen gleichzeitig an und wechselten sich ab. Er drehte sich in der Luft und nagelte Arschloch Nummer zwei mit seinem Stachelschwanz fest. Der Kopf des Abtrünnigen wurde zur Seite geschleudert. Wick nutzte seinen Vorteil, wirbelte herum und packte ihn bei der Kehle. Er zog seine Vordergliedmaße zurück und riss dem Wichser mit seinen Krallen den Kehlkopf heraus. Der Abtrünnige stürzte aus dem Himmel, nichts als Asche, noch bevor er den Boden berührte. Wick schwenkte ab, hoffte …

Teufel auch. So viel Glück hatte er nicht.

Arschloch Nummer drei zog sich zurück, verpisste sich, so schnell er konnte, und betete zweifellos, dass Wick ihn nicht verfolgte. Unter normalen Umständen hätte er das Weichei gejagt. Jedoch nicht in dieser Nacht. Morden und Verstümmeln waren nicht seine oberste Priorität. Leider. Er hätte diese kleine Körperertüchtigung gut gebrauchen können. Aber mit Jamison, die zusammengerollt im Wagen weniger als hundert Meter entfernt lag, schien es keine gute Idee zu sein, noch weitere Razorback-Drecksäcke umzubringen. Wick seufzte, zog seine Schwingen ein und landete mitten auf dem Feld. Scheiße. Er hatte sie wahrscheinlich traumatisiert. Sie derartig erschreckt, dass sie bestimmt ausflippen würde, wenn er sich ihr jetzt näherte.

Etwas Grünes war verschwommen zu erkennen über ihm. *»Wick … alles klar?«*

Wick verkniff sich einen kräftigen Fluch. Nicht annähernd. Er musste immer noch mit Jamison klarkommen. *»Zwei tot. Der letzte Abtrünnige hat gekniffen.«*

»Die Frau?«

»Immer noch im Wagen.«

Mit leuchtenden rubinroten Augen fiel Venom aus dem Himmel. Seine Schuppen rasselten im freien Fall, und als die Pranken seines Freundes aufprallten, machten sie das Gras in einem Umkreis von einem Meter platt. *»Ich hole sie.«*

»Einen Scheiß wirst du.«

Venoms Augenbrauen schossen in die Höhe.

Wick ignorierte dieses Zeichen von Überraschung. Er wollte es nicht erklären. Hätte auch nicht gewusst, wo er anfangen sollte. Was zum Teufel konnte er sagen? Dass er nicht ganz bei Trost war – total durch den Wind war, kurz vorm Durchdrehen oder etwas dergleichen – und dass er nicht zulassen konnte, dass irgendein Mann in Jamisons Nähe kam. Dass, wenn Venom sich ihr aus irgendeinem Grund näherte, er gezwungen wäre, seinem besten Freund eine neue Körperöffnung zu verpassen? Wick schüttelte den Kopf. Richtig. Als ob das gut gehen würde. Die gesamte Nightfury-Mannschaft würde Fragen stellen. Ihn aufziehen wegen seines Bedürfnisses, sie zu beschützen. Von ihm eine Erklärung für dieses zwanghafte Verhalten verlangen. Er wollte sich von den anderen Kriegern auf keinen Fall in eine solche Diskussion verwickeln lassen, wo er es doch nicht einmal selbst verstand.

»Bleib hier.« Er sah Venom an, warnte ihn mit seinem Blick. *»Gib mir eine Minute mit ihr.«*

Sein bester Freund zog eine Grimasse. *»Sie hat's gesehen?«*

»Sitzplatz erste Reihe.«

»Verdammt.«

Tja. Das fasste es ungefähr zusammen.

Wick nahm seine menschliche Gestalt an und zauberte seine Kleidung herbei. Abgetragene Jeans und ein T-Shirt legten sich um seinen Körper, und mit den Cowboystiefeln an den Füßen stampfte er über den Weg. Der Druck auf seiner Brust verstärkte sich, als der SUV in Sicht kam. Ihre Bioenergie klopfte, pulsierte in ihrer Aura, erleuchtete das Innere des Wagens feuerrot. Mit jedem weiteren Schritt verkrampfte er sich mehr. Je näher er kam, desto deutlicher wurde seine Wahrnehmung, sagte ihm alles, was er wissen musste.

Sie war völlig außer sich vor Schreck. Und es war seine Schuld.

Er näherte sich der Beifahrertür und spähte durchs Fenster. Verdammt. Das war nicht gut. Jamison hatte sich wie ein Fötus zusammengerollt. Aber was noch schlimmer war? Sie zitterte so heftig, dass seine Lederjacke um sie herum mitzitterte. Schwere Gewissensbisse quälten ihn. Wick unterdrückte die Reaktion. Gefühle zu haben war eine schlechte Idee. Und dass ihm etwas leidtat, was er nicht ändern konnte? Total bekloppt. Es würde ihm nicht helfen, geschweige denn ihr. Er musste sie in Bewegung setzen – und zwar in Richtung Black Diamond.

»Jamison.« Er streckte den Arm aus und öffnete die Wagentür.

Ihr Kopf fuhr hoch. Weit aufgerissene, entsetzte Augen blickten ihn an. »N-nicht! F-fass mich nicht an!«

»Ganz ruhig.« Zwischen der offenen Tür und dem Rahmen des Wagens stehend, streckte er ihr seine Hände entgegen, um sie zu beruhigen. »Ich bin's nur … Wick. Erinnerst du dich?«

»W-wick.« Sie schmiegte sich in seine Lederjacke, während eine Träne über ihre Wange kullerte. »Du … ich sah d-dich. Du bist kein … k-kein …«

»Mensch?«

Noch eine Träne fiel. »Was bist du?«

»Ein Drachenkrieger. Einer von den Guten.«

Nichtbegreifen in ihrem Blick, schüttelte sie den Kopf. Wick konnte es ihr nicht verdenken, dass sie ihm nicht glaubte. Er war nie einer von *den Guten* gewesen. Sah weder so aus noch verhielt er sich so, also … sie hatte den Nagel auf den Kopf getroffen. Es war nur natürlich, dass sie sich vor ihm fürchtete. Aber das änderte nichts an den Tatsachen. Oder daran, was er tun musste. Und dennoch wollte er ihr einen Augenblick geben, um sich zu berappeln. Eine Chance, es zu verstehen. Sich an den Gedanken zu gewöhnen, dass er vorhatte, sie wieder zu berühren.

»Hör zu, *Vanzäla*. Ich weiß, dass es schwer zu verstehen ist, aber ich möchte, dass du mir noch etwas länger vertraust.« Er hielt ihren Blick fest und trat näher. Behindert durch ihre Verletzungen, blockiert durch ihn, versuchte sie, auf Distanz zu gehen, obgleich sie nirgendwo hinkonnte. Er beobachtete sie einen Moment, fühlte sich hilflos, wusste nicht, wie er ihr helfen konnte, dann beugte er sich vor. Er zwängte seinen Körper durch die offene Tür und legte seine Hand auf die Mittelkonsole. Als sie wimmerte, sagte er: »Ich werde dir nicht wehtun.«

»Lügner«, krächzte sie. »Ich habe dich gesehen. Ich habe gesehen, wie du dich verwandelt hast in einen … einen …«

»… Drachen?«

Ihre Hände tauchten auf zwischen den Aufschlägen seiner Jacke, geballt zu wütenden Fäusten, und sie schlug nach ihm. Belustigung erfasste ihn. Respekt für sie folgte. Mensch. Was für ein Hitzkopf, eine Frau mit Mut und dem Willen, sich gegen ihn zu behaupten. Also Zeit, die Taktik zu ändern.

Wick setzte eine ausdruckslose Miene auf. Es hatte schließlich keinen Sinn, sie sauer zu machen. Wenn er über sie lachte, würde sie ihm einen linken Haken versetzen. »Willst du deine Schwester sehen?«

Sie blinzelte. »Du hast Tania?«

»Ja.« Kurz und knapp … immer die beste Strategie.

»Wenn du ihr etwas angetan hast, werde ich …«

»Unnötig, mir zu drohen«, murmelte er, während seine Achtung vor ihr weiter stieg. »Sie ist in guten Händen … verbunden mit einem Freund von mir.«

Die Neuigkeiten sorgten dafür, dass ihr vor Staunen der Mund offen stehen blieb. Wick machte sich ihre momentane Verwirrung zunutze, stopfte ihre Fäuste zurück in seine Jacke, die er fest um sie schloss. Eine halbe Sekunde, und er hatte sie aus dem Fahrzeug gehoben, stützte mit einem Arm ihren Rücken ab, den anderen hatte er unter ihre Knie gelegt. Er rückte sie noch ein wenig zurecht. Etwas mehr nach links. Eine knappe Drehung, und er entfernte sich von dem Geländewagen mit ihr auf seinen Armen. Das alles, bevor sie auch nur protestieren konnte.

Sie wand sich.

Wick fasste fester zu. »Entspann dich. Alles ist gut.«

»Entspannen«, sagte sie, ihr sarkastischer Tonfall ein einziges »klar, sicher«. Das Gesicht halb bedeckt von dem Kragen, hustete sie ins Leder, ein schmerzverzerrtes Geräusch. »Du willst mich wohl verarschen mit diesem Quatsch.«

Sein Kinn streifte ihr Haar, und Wicks Mund verzog sich. Nach einem Moment gab er dem Impuls nach und grinste. Er konnte nicht anders. Ihm gefiel ihr Mut. Er bewunderte sie dafür, dass sie nicht wie ein Baby heutlte. In Ordnung, ein paar Tränen waren gefallen. Keine Schande. Die meisten Frauen würden inzwischen Rotz und Wasser heulen – wären auf dem Post-Drache-Ausraste-Trip oder irgend so ein Scheiß. Also, ja. Jamison bekam die volle Punktzahl für ihre Haltung. Er hoffte nur, dass sie die Spur halten würde, als er auf die Lichtung trat zu seinem besten Freund.

Immer noch in Drachengestalt tippte sich Venom ans Kinn.

Wick nickte. Als Jamison Venom in voller Schuppenpracht sah, keuchte sie vor Schreck. Wick murmelte etwas Beruhigendes und rief seine Zauberkräfte herbei. Magie entfachte sich, waberte durch die Nachtluft, als Jamison an seiner Schulter wisperte: »Das kann nicht wahr sein … o mein Gott, das *kann* nicht wahr sein.« Sorgsam darauf bedacht, ihr nicht wehzutun, wechselte er in seine Drachengestalt. Als er sie in seine linke Vorderpranke bettete, zuckte sie zusammen, gab aber schnell ihre Widerstände auf, was ihn stolz machte, seine Abwehr durchbrach und einen schwachen Punkt tief in ihm berührte.

Das war etwas völlig Neues. Und auch nicht sehr klug.

Egal, wie faszinierend er sie fand, hatte Wick nicht vor, sich von ihr ködern zu lassen. Er war nicht mehr feucht hinter den Ohren, ein grüner Junge ohne den Verstand, den Gott ihm mitgegeben hatte. Er wollte nichts für Jamison empfinden. Oder von dem Verlangen nach einem weiblichen Wesen gequält werden, wie er es bei anderen Männern gesehen hatte. Er war für Beziehungen ungeeignet. Wollte keine Nähe erfahren oder sich nach jemand anderem sehnen. Er war ein allein lebender Mann, war bestens an Einsamkeit gewöhnt und nicht daran, eine Frau glücklich zu machen.

Wick breitete seine Schwingen aus, nickte sich selbst zu und sprang hoch. Genau. Perfekt. Hervorragende Schlussfolgerung. Verstand sich geradezu von selbst. Er wollte sie nicht. Sie mochte ihn auch nicht, das war ja sonnenklar. Jetzt blieb nur noch eine Aufgabe übrig … Black Diamond zu erreichen.

Je früher er Jamison ihrer Schwester übergab, desto besser wäre es für sie beide.

Hamersveld knurrte, als Ivar ihn von der Frau wegzerrte. Die schwarzen Augen halb geöffnet, das Tattoo, das seine Wirbelsäule einrahmte, immer noch leuchtend, wehrte sich der Mann und griff erneut nach ihr. Leise fluchend, festigte Ivar seinen Griff und zog den Mann gewaltsam auf die andere Seite der Gefängniszelle. Genug war genug. Bereits total ausgepumpt, konnte sie ihm nicht das kleinste bisschen Energie mehr liefern. Und der Krieger in seinen Armen brauchte auch nicht mehr. Aber als der bewusstlos zusammensackte auf dem Fußboden, schüttelte Ivar den Kopf.

Herrjemine. So etwas hatte er noch nie zuvor gesehen. Hamersveld war unersättlich. Seine Energie-Gier trieb ihn zu einer Frau nach der anderen, und seine Vernunft hatte er längst zugunsten seines Selbsterhaltungstriebs aufgegeben.

Nicht überraschend, wenn man den gegenwärtigen Zustand des Norwegers bedachte, ganz zu schweigen von seiner Bruchlandung im Hinterhof. Seitdem hatte er drei Frauen mit hohem Energiepotenzial vernascht, Energie gefixt wie ein Süchtiger Heroin. Alles zwischen Salzbädern. Hinein. Hinaus. Hochheben, hintragen … eintauchen. Ivar hatte die ganze Nacht nichts anderes getan, den Krieger von einer Frau nach der anderen weggezerrt, ihn in die und aus der Badewanne gewuchtet zwischen den Phasen der Energieaufnahme. Aber damit war jetzt Schluss. Das Schlimmste war vorbei. Zumindest hoffte Ivar es, denn …

Mann, seine Arme waren kurz davor abzufallen.

Seine Muskeln schrien vor Erschöpfung, als Ivar sich den

Arm seines neuen Freundes um die Schultern schlang. Mit einer Hand packte er Hamersvelds Handgelenk, die andere legte er ihm um die Taille und hielt auf den Eingang der Zelle zu. Nasse Haut berührte ihn. Er ignorierte das glitschige Gefühl und beförderte den Mann, ihn halb tragend, halb zerrend, auf die Glaswand zu, die sich über die ganze Breite der Zelle erstreckte. Befriedigung erfüllte ihn angesichts der Makellosigkeit. Diese durchsichtige, vierfach verstärkte Glaswand war eine perfekte Konstruktion, erinnerte in ihrer Pracht mehr an ein Aquarium als an ein Gefängnis.

Modern. In sich geschlossen. Der perfekte Käfig für seine exotische Sammlung menschlicher Vögel.

Zufrieden blickte er auf die bewusstlose Frau vor ihm. Zusammengerollt lag sie auf dem Fußboden, die blonden Haare total wirr, die Nummer drei eingebrannt in ihre Schulter. Ein passendes Zeichen, eins, das ihren Daseinszweck bekräftigte. Sie war lebendes Inventar, gefangen gehalten für eine einzige Aufgabe … die nächste Generation Drachenblut-Angehöriger hervorzubringen und hoffentlich – wenn das Serum, das er erstellt hatte, sich als erfolgreich erweisen sollte – den ersten weiblichen Nachwuchs seiner Spezies.

Es war eine ehrgeizige Zielsetzung. Auch ein riskantes Unternehmen. Eins, das unbedingt funktionieren musste.

Angetrieben von Wissensdurst und dem Kick, den ihm diese Forschung gab, suchte er nach der Chromosomen-Abfolge, um die Drachen-DNA zu knacken und den Bann aufzuheben, unter dem seine Spezies litt. Nur dieses Ergebnis würde ihn befriedigen. Die Aussicht auf Freiheit brannte tief in seinem Inneren, trieb ihn an, es besser zu machen. Die Antworten zu finden und seine Spezies vor der unausweichlichen

Zerstörung zu retten. Er hatte den Weg vor langer Zeit vor sich gesehen. Mit Frauen ihres eigenen Geschlechts wären die Drachenblut-Angehörigen nicht länger auf Menschen angewiesen, um zu überleben.

Und in dem Moment, wo das erreicht war? Würde er die Menschen eliminieren. Sie ein für alle Mal vom Angesicht der Erde tilgen.

Diese degenerierten Loser verdienten es nicht besser. Nur ein entsetzlicher Tod wäre angemessen. Warum? Es war einfach, wirklich. Egal wie oft Mutter Natur sie warnte, die Menschen weigerten sich, verantwortlich zu handeln. Der Beweis lag auf der Hand … oder eher, die Folgen. Globale Erwärmung. Katastrophale Wetterlagen und extreme Stürme. Alle Lebewesen auf dem gesamten Planeten wurden in den Untergang getrieben. Luftverschmutzung, Ozonloch, Ölkatastrophen und die Vergiftung des Grundwassers. Die Liste ging weiter und weiter … und weiter.

Und wenn man eins zum anderen rechnete, ergab sich …

… die Plünderung des Planeten Erde.

Also, scheiß auf sie. Er hatte die Nase voll davon, politische Fäden zu ziehen, zu hoffen, dass die Arschlöcher das Richtige tun würden. Die Zeit für Gespräche war vorbei. Jetzt blieb nichts mehr übrig, als das perfekte Supervirus zu finden. Eine unheilbare Krankheit, die sie infizieren würde, einen nach dem anderen, wenn er den Krankheitserreger auf die vermeintlich zivilisierte menschliche Gesellschaft losließ. Eine Epidemie in globalem Maßstab. Der perfekte Plan.

Mit einem mentalen Befehl öffnete Ivar das Schloss und stieß den Ausgang der Zelle auf. Das Glaspaneel glitt zur Seite. Er zog Hamersveld mit sich und betrat den Hauptkorridor von Zellenblock A. Die Tür schloss sich hinter ihm mit einem vernehmlichen Zischen. Er nahm kaum Notiz davon. Barfuß über den Betonboden gehend galt seine Konzentration nur einer Sache. Dem Labor. Er wollte wieder zurück zu seinen Superviren. Da seine Mannschaft draußen auf der Jagd war – und sein neuer Freund praktisch schon zu seinen Füßen schlief –, hätte er ein paar Stunden, bevor die Dämmerung einsetzte und seine Soldaten zurückkehrten.

Wenn er sich beeilte. Und Hamersveld beschloss zu kooperieren.

Ohne allzu große Hoffnungen beförderte er den Mann durch eine Anzahl komplizierter Türen. Stahlriegel klickten, öffneten sich nur kurz, um sich sofort hinter ihnen wieder zu schließen. Laute Geräusche hallten wider, das Zuschlagen von Türen echote durch verlassene Korridore. Als er in den Hauptkorridor einbog, zuckte der Mann, den er festhielt.

»Ivar.«

»Ja?«

»Will mehr.«

Mit zuckendem Kinn versuchte Hamersveld, die Augen zu öffnen. Seine blonden Wimpern flatterten. Ivar erhaschte einen kurzen Blick auf seine blau umrandeten schwarzen Iriden, bevor der Krieger aufgab und seine Lider wieder senkte. »Gib mir noch eine.«

»Keine Chance, mein Freund. Du bist bereits bis oben hin abgefüllt.«

»Sind wir …«

Stöhnend unter der Last des Norwegers, runzelte Ivar die Stirn. »Sind wir was?«

»Freunde.«

»Nach den letzten paar Stunden? Teufel auch, das sollten wir lieber sein«, sagte er, wobei er nur halb scherzte. »Sonst reiße ich dir den Arsch auf, schabe dich in einen Ascheimer und entsorge dich in die nächstgelegene Mülltonne.«

Hamersveld schnaubte. »Nee. Wir sind jetzt Freunde. Definitiv. Ist schon irgendwie seltsam.«

»Wieso das?«

»Hatte noch nie einen Freund.«

»Das gilt für uns beide«, antwortete Ivar, obgleich das eine Lüge war.

Lothair war sein Freund gewesen, ein ziemlich impulsiver, sicher, aber nichtsdestotrotz ein vertrauter Partner. Nun ja, zumindest bis zu seiner Ermordung vor wenigen Monaten. Ivar wurde das Herz schwer, als er Hamersveld durch den Korridor schleppte. Scheiße, er vermisste den Mann. Viel mehr, als er jemals angenommen hätte. Vermisste die Treffen am frühen Morgen. Vermisste, jemanden zu haben, der seine Ziele teilte und hart arbeitete, um sie zu erreichen. Er vermisste es sogar, dem verrückten Mistkerl Sandwiches zu schmieren, wenn er von einem erfolgreichen Überfall heimgekommen war. Aber das größte Problem? Was auch immer er versuchte, er fand kein Mittel gegen die Trauer. Der Schmerz blieb unverändert da, nahm einfach nicht ab, belastete ihn an jedem Tag, der verging.

Er litt jedes Mal, wenn er an Lothair dachte.

Ivar schüttelte den Kopf. Die Wirkung kam einer totalen Gehirnwäsche gleich. Einer, die er nicht gebrauchen konnte, geschweige denn wünschte.

»Bist du sicher, dass ich nicht noch eine haben kann?«

Ivars Lippen zuckten. Hartnäckig mit einer großen Portion

von »ach, komm schon«, hatte der Krieger ganz klar keinen Aus-Schalter. Drei Frauen in genauso vielen Stunden. Ein Rekord nach allgemeinen Maßstäben, aber beispiellos innerhalb des Komplexes unterhalb der Walton Street 28. Denn viel Aktion hatte es in seinem neuen Hauptquartier noch nicht gegeben. Was ganz in Ivars Sinn war. Nur Männer, denen er vertraute, erhielten Zutritt zu seinem neuen Heim, und noch weniger zu Zellenblock A, wo er seine Gefangenen mit dem hohen Energiepotenzial untergebracht hatte.

»Wie wäre es stattdessen mit einem weiteren Salzbad?«

Hamersveld grummelte, schüttelte den Kopf. »Zu Bett. Schlafen.«

Gott sei Dank. Wurde aber auch langsam Zeit. »Nur noch ein kleines Stück. Du kannst in meinem Zimmer ausruhen, bis deins fertig ist.«

Sein neuer Freund nickte, und Ivar erhöhte sein Tempo, ging schnell auf dem Hauptkorridor nach rechts auf sein Schlafzimmer zu. Immer noch im Bau, warfen nackte Glühbirnen Schatten über die Wände, die übersät waren mit Gips-Klecksen. Aber schon bald würden seine Arbeitsbienen – die ungefähr vierzig Menschen, die er gefangen hielt – das Projekt fertigstellen, nur glänzende Holzfußböden und keinen Staub hinterlassen. Eine Minute später blieb Ivar vor seiner Tür stehen. Hamersveld sackte zusammen in seinen Armen. Grunzend öffnete er die Tür. Das Licht schaltete sich ein, beleuchtete den Raum, den Ivar sein Eigen nannte. Es war ein Ort des Trostes für ihn, und er liebte es, sich hier aufzuhalten. Er fand die Seegrastapete und den Bambusfußboden einfach himmlisch, hier konnte er sich Tag für Tag, umgeben von organischer Baumwolle und Bio-Daunenfedern, entspannen.

Er trat über die Schwelle, schlug die Tagesdecke mit einem mentalen Befehl zurück und legte Hamersveld auf den hellen Laken ab. Auf dem Bauch liegend, streckte Hamersveld seine Arme weit von sich und seufzte tief auf. Kissen flogen über den Rand der Doppelbettmatratze, als der Krieger sich im Bett verwühlte. Ein schnelles Schnippen, und die Decke breitete sich über ihn.

Fantastisch. Mission abgeschlossen.

Das neueste Mitglied der Razorback war zugedeckt, sein nackter Hintern lockte ihn nicht länger. Was auch gut war. Während Hamersveld sich ordentlich ausschlief, konnte er, Ivar, sich wieder seiner Aufgabe widmen. Der nächste Supererreger wartete in seinem Labor, seiner Bösartigkeit wegen eingeschlossen in flüssigem Stickstoff. Ivar presste sein Kinn auf seine Brust und rieb sich den Nacken. Die Verkrampfungen durch die Anspannung und Erschöpfung lockerten sich, als er auf die Tür zuging. Zwei Stunden … mehr brauchte er nicht. Vielleicht, wenn er mit dem Virus experimentierte, die Dosis verringerte, die Inkubationsphase verlängerte, würde Virus Nummer drei besser wirken.

Ein blaues Licht blitzte auf in seinem Gesichtsfeld.

Ivar spähte auf den Flachbildschirm, der an der gegenüberliegenden Wand angebracht war. Die Video-Chat-Anzeige blinkte, in Leuchtbuchstaben stand ein Name in der Mitte.

»O nein.«

Ivar verschränkte die Hände über seinem Scheitel und atmete frustriert tief aus. Genau das, was er nicht gebrauchen konnte. Rodin skypte von Prag aus. Er hatte im vergangenen Monat jede Woche angerufen, wollte immer auf den neuesten Stand gebracht werden. Denzeil kümmerte sich normalerweise um die Anrufe, schirmte Ivar vor dem Wichser und eventuellen negativen Auswirkungen ab. Aber da der Krieger auf der Jagd war, musste Ivar den Anruf entgegennehmen.

Er seufzte. Erst Hamersveld, dann Rodin. Die Nacht entwickelte sich von »schlimm« zu »megaschlimm«.

Ärger, gemischt mit Furcht, erfasste ihn, während er um das Bettende herumging, mit nackten Füßen über die Bambusdielen zu dem Laptop, der auf der marmorverkleideten Theke stand. Ein schnelles Schnippen aktivierte den Computer. Ivar berührte die Maus und …

Na toll. Rodin in voller Pracht.

»Ivar«, knurrte der Kerl und musterte ihn finster mit seinen dunklen Augen. »Wird aber auch Zeit, dass du meinen Anruf entgegennimmst. Mich mit diesem Proleten Denzeil zu unterhalten nervt. Wo hast du gesteckt?«

Gut zu wissen. Ein Grund mehr, seinen Krieger vorzuschicken. »Im Labor, wo ich an dem Virus herumgetüftelt habe.«

»Irgendwelche Fortschritte?«

»Einige. Ich bin immer noch nicht zufrieden mit den Resultaten. Ich werde bald einen anderen Erreger testen.«

»Gut.« Rodin befingerte einen teuren Mont Blanc, hob den Füller und drehte ihn in seiner Hand. »Und das andere Experiment?«

»Ist voll im Gange auf unserer Seite«, antwortete Ivar und musterte den älteren Mann genauer. Rodin wollte nicht nur ein Update. Sicher, er stellte all die richtigen Fragen, aber etwas an seiner Haltung warnte Ivar. Das Oberhaupt der Erzgarde mochte zwar ein Verbündeter sein, aber man wusste nie, was morgen war. »Und eures?«

»Wir sind auf der Jagd. Ich habe eine zuverlässige Mannschaft, die die Stadt nach Frauen mit hoher Energie absucht«, sagte Rodin, der Stolz in seiner Stimme sprach Bände. *Eine zuverlässige Mannschaft.* Genau. Die Wortwahl konnte nur eins bedeuten … Zidane, Rodins erstgeborener Sohn, war mit von der Partie. »Bisher haben wir noch keine gefunden.«

»Sucht weiter«, murmelte Ivar. »Wenn ihr eine findet, findet ihr auch mehrere. Frauen mit hoher Energie ziehen sich gegenseitig an. Sie sind in der Regel miteinander verwandt oder befreundet.«

Rodin grunzte und wechselte das Thema. »Wie sieht es mit deinen Geldmitteln aus?«

»Könnte besser sein.«

»Du willst immer mehr.«

Ivar zuckte die Achseln. »Wissenschaft ist ein teurer Spaß.«

»Auch ein blutiger, wie ich höre.«

»Es ist besser so.«

Der Mann schnaufte. »Ich wusste doch, dass es einen Grund gibt, warum ich dich mag.«

»Ich setze nur mein Können ein.«

Ein Funkeln trat in Rodins Augen. Ivar verengte seine und tat, was er am besten konnte. Er analysierte. Stöberte Fakten auf. Stellte sie in einen entsprechenden Kontext. Komisch, aber … hm. Er hätte schwören können, dass das Glitzern in den Augen des Älteren väterlichem Stolz nahe kam. Ziemlich merkwürdig, wenn man in Rechnung stellte, dass Rodin so kaltblütig war wie kaum einer. Verdammt, der Saftsack hatte Lothair nie so angesehen, und der war Rodins jüngster Sohn gewesen.

Rodin drehte seinen Kopf und tippte mit seinem Füller auf

die Tastatur. »Überprüfe deine Konten. Ich habe dir gerade eine halbe Million überwiesen.«

»Im Austausch für?«

»Informationen und … deine Ehrlichkeit.«

Das Für und Wider abwägend, überdachte Ivar die Idee, klopfte sie auf Fallstricke ab. Wahrheit war schließlich eine heikle Angelegenheit. Da gab es sehr verschiedene Abstufungen. Die ein Mann durchaus manipulieren konnte, wenn er gewitzt genug war. »Was willst du wissen?«

»Wie ich höre, ist ein Mitglied des schottischen Clans in Seattle.«

Ivar verzog das Gesicht. Ihm gefiel die Unterstellung in der Frage nicht. Dafür arbeiteten die Geheimdienste viel zu präzise. Forge, der einzige Schotte, den er kannte, war vor einigen Monaten eingetroffen. Der Krieger hatte kurz nach der Pfeife der Razorback getanzt, bevor er das Bündnis gewechselt und sich den Nightfury angeschlossen hatte. Der Verlust wurmte Ivar immer noch, hinterließ einen schlechten Geschmack in seinem Mund. Er biss die Zähne zusammen und verkniff sich ein Knurren. Der verräterische Schotte war vielversprechend gewesen, hatte sich aber als große Enttäuschung erwiesen.

Verlogener Mistkerl. Forge hatte ihm seine Pläne vermasselt.

Nicht, dass es jetzt noch eine Rolle spielte. Die Vergangenheit gehörte dorthin, wo sie bereits war … in die *Vergangenheit*. Er konnte es nicht ändern. Die Zukunft jedoch? Hmm, dieses böse Mädchen war noch zu haben, was bedeutete, dass er vorsichtig sein musste. Rodins Interesse an Forge – und woher er die Information hatte – aktivierte Ivars inneren Radar. Irgendetwas war da im Gange. Weit, weit weg, denn … Mist.

Es klang beinahe so, als hätte das Oberhaupt der Erzgarde einen Spion in den Reihen der Razorback.

Nicht überraschend. Aber auch nicht gut.

Damit alles reibungslos funktionierte, brauchte Ivar weniger Kontrolle, nicht mehr. Also, was war zu tun? Sollte er die Informationen mit ihm teilen oder Rodin abblocken? Andere irrezuführen war schließlich seine Spezialität. Ivar ging kurz mit sich zu Rate, auf der Suche nach dem Kurs, der ihm am meisten nützen würde und …

Warum nicht? »Sein Name ist Forge. Er ist ein Mitglied des Nightfury-Clans.«

»Also jetzt einer von Bastians Kriegern«, sagte Rodin und wurde aschfahl.

Ivar nickte und wunderte sich über Rodins Reaktion. Der Mann war nicht leicht zu erschrecken. Das wusste er aus erster Hand. Er war Zeuge geworden, wie der ältere Mann seine Macht eingesetzt hatte, als er noch unter der Fuchtel der Erzgarde stand. Aber etwas an der Verbindung zwischen Bastian und Forge hatte den Mann gewissermaßen in den Grundfesten erschüttert, ihm seinen Hochmut ausgetrieben.

Interessant. Vielleicht sogar ein glücklicher Zufall.

Jetzt, mit einem aufgeschreckten Rodin, war möglicherweise der Zeitpunkt gekommen, Schluss mit dem Scheiß zu machen, direkt zur Sache zu kommen und ihm Lothairs Tod zu beichten.

Er hatte die Information zurückgehalten, die Wahrheit verborgen aus Furcht vor Rodins Zorn. Nicht gegen ihn. Ivar konnte mit allem klarkommen, was das Arschloch ihm an den Kopf werfen würde. Was er aber nicht wollte, war, dass der Kerl nach Seattle kam. Er musste seinen besten Freund rächen, ohne irgendwelche Einmischungen von außen. Und Rodin, mit einer Todesschwadron im Schlepptau, wäre eine ernsthafte Behinderung.

»Eins solltest du noch wissen, Rodin.«

Die dunklen Augen richteten sich auf ihn.

»Lothair ist tot … ermordet von den Nightfury.«

Rodin knurrte, fletschte die Zähne und raste förmlich vor Wut. Er hob die Hände und schlug mit beiden Fäusten krachend auf den Schreibtisch. Holz knackte. Der Computer sprang hoch, das Bild verwackelte. Mit einem zornigen Aufschrei explodierte der Mann in null Komma nichts. Mit offenem Mund sah Ivar zu, wie das Oberhaupt der Erzgarde am anderen Ende der Welt die Beherrschung verlor. Unscharf bekam er mit, wie Rodin um sich schlug, mit den Stiefeln heftig aufstampfte, und … *rums!* Ab die Post. Der Schreibtisch kippte um, und der Computer überschlug sich. Helle Wände wirbelten vorbei. Der Bildschirm wurde gegen irgendetwas geschleudert. Dann gab es nur noch ein Rauschen und kein Bild mehr, als die Verbindung zusammenbrach.

12

Venom, der an der Spitze der Gruppe flog, brach durch die Wolken wie ein Serienkiller auf der Suche nach seinem nächsten Opfer. Wachsam. Konzentriert. Angespannt. Zu dumm, dass er kein Ziel mehr hatte. Er hatte alle Hoffnungen auf eins hinter sich gelassen in der Stadt … zusammen mit den Abtrünnigen. Jetzt erstreckte sich meilenweit nichts weiter als dichter Wald unter ihm, starrte ihn von unten an, während sich ein Sturm zusammenbraute im Himmel über ihm. Regen zog auf, und das entfernte Donnergrollen war ein erstes Warnsignal, der dichte Nebel über dem Land ein weiteres.

Kondenswasser sammelte sich an seinen Schuppen, als er über seine Schulter spähte. Sein Blick fiel auf die Krieger, die in seinem Windschatten flogen. Venom verzog den Mund. Mann, was für ein Anblick. Symmetrie in Bewegung, hatten seine Brüder sich hinter ihm eingereiht, eine tödliche Ansammlung toller Flieger in perfekter Formation. Der Wald vor ihm wurde dünner. Eine Felswand tauchte auf, ragte in seltsamen Winkeln in den Nachthimmel. Venom legte sich in eine scharfe Kurve. Seine Flügelspitzen rauschten über die Klippe und erzeugten Luftwirbel. Gestein wurde losgerissen und fiel geräuschvoll in die Tiefe, als er eine schnelle Drehung machte und über die Küste flog. Er wechselte in einen sanften Gleitflug über dem sich schlängelnden Fluss und behielt die Oberfläche des Wassers scharf im Auge.

Eine weitere Runde Donnergrollen war über ihm zu hören.

Die ersten Regentropfen trafen ihn, plätscherten über eins seiner Hörner. Er registrierte, dass Wick über sein Drachen-Handy Kontakt aufnahm.

»Mac.«

»Ja?«

»Verzögere, wenn's geht, die Wassernummer.«

Die Frau in eine seiner Vordergliedmaße gebettet, hob Wick die andere und hielt sie gewölbt über ihren Kopf, beschirmte sie vor dem Regen. Magie sammelte sich zwischen den Klauen seines Freundes. Venom kräuselte die Stirn. Heiliger Strohsack. Die Reaktion seines Freundes auf sie war bizarr. Völlig inakzeptabel. Ganz entgegen seiner üblichen Gewohnheiten benutzte er seine Körperwärme und Magie, um sie warm zu halten.

Gut für J.J. Aber höllisch verwirrend für ihn. Er hatte noch nie erlebt, dass Wick sich so … so … verdammt beschützerisch verhielt. Niemandem gegenüber.

Wick zog J.J. näher an sich und versuchte, sie vor dem aufkommenden Wind zu schützen. *»Ich möchte nicht, dass sie nass wird.«*

Forge grunzte: *»Zu kalt für sie.«*

»Ist erledigt.« Noch mehr Wärme stieg auf und umgab J.J., erzeugte eine Art sprudelnde Barriere um Wicks Klauen herum. *»Aber ihr Gipsverband …«*

»Bin schon dran.« Seine scharfe Rückenflosse blitzte im Gewitter auf, als Mac einen Befehl murmelte. Magie entfachte sich, und Wassertropfen lösten sich in Nichts auf. Der zunehmend schwarze Himmel erstarrte, als würde er mitten im Luftholen eine Pause einlegen, und das Geräusch

des Donners erstarb. »*Ich kümmere mich auch um den Wasserfall.*«

Guter Plan. Sie waren beinah zu Hause.

Der Fluss machte jetzt eine 45-Grad-Biegung.

Venom erhöhte seine Fluggeschwindigkeit und bog um die Ecke. Majestätisch stürzte der Wasserfall aus einer Höhe von einhundert Metern tosend in den darunter liegenden Fluss. Dunst stieg auf in feuchten Wolken, löste sich auf in Gischt, die in den Himmel stieg. Kurz bevor sie ihr Ziel erreichten, setzte Mac seine Magie ein, unterdrückte den Sprühregen, bändigte den Nebel und …

Der Wasserfall teilte sich in zwei Hälften, öffnete sich wie ein Vorhang.

»*Scheiße … hast du so was schon gesehen?*« Forges Purpurschuppen blitzten auf, als er die Formation verließ und sich hinter Wick einordnete. Die anderen folgten ihm unverzüglich, gaben das Kampfdreieck zugunsten einer geraden Linie auf.

»*Gefällt mir*«, sagte Sloan und machte einen langsamen Salto am Ende ihrer Prozession. »*Geile Nummer.*«

Mac lachte.

Wick knurrte anerkennend.

Venom grinste und stimmte auf der Stelle zu. Ihr hauseigener Wasserdrache verdiente das Lob. Die Nummer war *geil.* Ihm gefiel sowohl die Ursache als auch die Wirkung. Keine Wasserlandung. Keine nassen Schuppen, kein kalter Rückstoß. Nur ein wunderbares Hindurchgleiten, als er in den Sinkflug ging. Das Geräusch von tosendem Wasser dröhnte in seinen Ohren. Sein Herzschlag beschleunigte sich, als er sich einfädelte – durch die Öffnung glitt, der nasse Vorhang ihn beidseitig umgab – und in den unterirdischen Tunnel schoss. Feuchte Luft empfing ihn. Totale Finsternis setzte ein. Seine Sinne schärften sich, bis seine Nachtsicht die Kontrolle übernahm. Sein rotglühender Blick übernahm die Führung für ihn, leuchtete die Dunkelheit so genau aus, dass er jede kleine scharfe Kante erkennen konnte.

Venom navigierte durch den engen Raum und bog um die letzte Kurve. Ein sanfter gelber Schein durchdrang die Dunkelheit, wies ihm die richtige Flugbahn. Er überwand das letzte Stück und flog in die Grotte. Die gewölbte Decke erhob sich über ihm. Durch Magie oben gehalten, wippten Glühbirnen an der Decke, stießen aneinander, fünfundzwanzig Meter über seinem Kopf. Er zog seine Flügel ein und landete schnell.

Die Ballen seiner Pranken schlitterten über Stein.

Venom stieg auf die Bremse, seine Krallen kreischten, und er nahm, noch während er rutschte, seine menschliche Gestalt an. Mit einem mentalen Schnippen zauberte er seine Kleidung herbei und flitzte zum Ende der Landezone. Im Weg zu stehen war keine gute Idee. Nicht, wenn einem eine tödliche Gruppe hart auf den Fersen war. Seine Kumpels würden ihn glatt zu einer Bowlingkugel machen – ihn umhauen bei ihrer Landung –, wenn er ihnen nicht schleunigst aus dem Weg ging. Die Landezone mochte zwar lang sein, breit und tief, ausreichend für vier Drachen, um gleichzeitig zu landen, aber …

Verdammt. Er hatte sich nun mal dafür entschieden, den Heimflug anzuführen. Was aus ihm die glückliche Nummer fünf machte heute Nacht.

Venom umkreiste den Honda in der Mitte der Landezone

und beobachtete, wie seine Waffenbrüder in die Höhle schossen. Erwartungsgemäß landeten Mac und Forge als Tandem nebeneinander auf der Plattform, ließen aber reichlich Platz für die beiden letzten. Während sich beide Krieger verwandelten und in ihre Cowboystiefel schlüpften, flog Wick herein mit Sloan im Schlepptau. Innerhalb von Sekunden kam sein bester Freund herunter. Das Gewicht auf den Hinterbeinen, schlug Wick einmal mit den Flügeln und nahm seine menschliche Gestalt an. Er ging auf die Knie auf dem Steinfußboden und zog J.J. in seine Arme.

Sie ruhte auf seinem Schoß, hielt die Augen fest geschlossen, und ihre Unterlippe bebte.

»Alles ist gut«, beruhigte Wick sie mit sanfter Stimme. »Jamison … sieh mich an.«

Sie schüttelte den Kopf.

Ihr Anblick schnitt Venom ins Herz. Mein Gott, sie sah so klein aus. So blass, eingehüllt in die viel zu große schwarze Lederjacke. Viel zu verängstigt, um alles unbeschadet zu überstehen.

Nicht, dass er Wick die Schuld daran gab, dass sie kurz vorm Ausrasten war.

Sein bester Freund tat, was er konnte – hielt sie vorsichtig, redete beruhigend auf sie ein, verhielt sich tröstend statt wie üblich wie ein Irrer … handelte wie ein normaler Mann unter vergleichbaren Umständen. Aber Venom kannte die Wahrheit. Wick war nicht *normal.* Geformt durch Brutalität und Misshandlung, war der Mann nicht dafür gemacht, mit einem weiblichen Wesen umzugehen, geschweige denn, ihr zu geben, was sie brauchte. Und was würde gleich passieren? Sein Freund würde ausrasten. Die Kontrolle verlieren. Reagieren, wie er immer reagierte, wenn er es mit einer Frau zu tun hatte.

Venoms Anspannung stieg. Er musste eingreifen. Hingehen. Vermitteln und Wick neutralisieren, um J.J. weitere Schmerzen zu ersparen, aber … Verdammt noch mal. Wick davon zu überzeugen, sie loszulassen, würde alles andere als spaßig werden.

Venom rollte seine Schultern, ballte die Fäuste, öffnete seine Hände wieder und wiederholte den Vorgang. Anspannen. Lockerlassen. Öffnen. Schließen. Die Bewegung half ihm beim Denken. Strategie war vorrangig, wenn es um Wick ging. Wenn er zu schnell handelte, würde sein Freund kämpfen. Wenn er nicht schnell genug handelte, würde J.J. unter den Konsequenzen zu leiden haben. Nicht gerade etwas, was er in Erwägung zu ziehen, geschweige denn, seinem Kommandanten zu erklären wünschte. Bastian mochte zwar vernünftig sein – nun ja, wenigstens meistens –, aber Tatsache war *Tatsache*. Bas duldete keine Unfähigkeit, Idiotie schon gar nicht. Sein Anführer hatte es gern, wenn alles sauber und ordentlich über die Bühne ging.

Besonders, wenn es darum ging, weibliche Wesen zu beschützen.

Also … genau. Jetzt oder nie sollte er in die Gänge kommen. Je schneller Wick sie übergab, desto besser würde es sein für …

»Venom.« Die tiefe Stimme vibrierte dröhnend in seinem Schädel.

Als die gemeine Schwingung Ping-Pong spielte zwischen seinen Schläfen, seufzte Venom tief. Na toll. Einfach perfekt. Genau das, was er nicht brauchte. *»Ja, Bas?«*

»Warum dauert es so lange?«

Sein Blick fuhr zurück zu dem umschlungenen Paar. *»Habe hier ein kleines Problem.«*

»Also, dann klär es«, antwortete Bastian ungeduldig. *»Meine Frau wetzt sich hier ihre Schuhsohlen ab und bittet mich, das Portal zu öffnen. Das tue ich auf keinen Fall, solange ich nicht weiß, dass da draußen alles in Ordnung ist.«*

Venom unterdrückte ein Schnauben. *In Ordnung?* Richtig. Das beschrieb die Situation nicht einmal annähernd. Nicht, wenn Wick Neckball mit einer Frau spielte.

»Wie geht es Tania?«, erkundigte sich Mac.

Bastian schnaubte. *»Höllisch angespannt.«*

»Halte durch.« Als Mac über die Landezone lief, hallte das Trampeln seiner Stiefel wider und sorgte dafür, dass die Glühbirnen schwankten über ihren Köpfen. Gesteinsstaub fiel von der Decke, besprenkelte Venoms Schultern, als Mac den Energieschild aktivierte, der Black Diamond schützte, ihr Hauptquartier vor Außenstehenden verbarg. Reibungselektrizität summte. Die Höhlenwand wellte sich, öffnete die magische Tür zu ihrem unterirdischen Hauptquartier. *»Ich komme.«*

»Schönen Dank auch«, murmelte Bastian. *»Ich weiß nicht, was ich mit ihr anstellen soll.«*

Das konnte Venom ihm nachfühlen. Er wusste auch nicht, was er mit Wick anstellen sollte.

Hilfesuchend blickte er sich nach Sloan um. Wie festgewachsen neben dem zerstörten Honda stehend, zuckte sein Kumpel die Achseln und hob die Hände zu einer Geste, die wohl bedeutete: »Wie zum Teufel soll ich das wissen?« Na wundervoll. Keine Hilfe aus dieser Richtung, aber vielleicht …

Er spähte über seine Schulter und begegnete Forges Blick.

Der Schotte schüttelte den Kopf. *»Sieh ja nicht mich an, Junge. Du kennst ihn besser als jeder andere.«*

Das war richtig. *»Macht mir Platz, Jungs. Ich bringe ihn auf Trab.«*

Als die Jungs zustimmten und sich schleunigst in Richtung Ausgang verzogen, ging Venom in die entgegengesetzte Richtung. Einen Meter vor seinem Ziel ging er in die Hocke vor seinem besten Freund. »Wick, lass mich …«

»Was soll ich tun, Ven?«

Venom blinzelte, verstand nicht.

»Ich weiß nicht, wie ich sie beruhigen kann.« Wick schmiegte seine Wange an J.J.s Haar und sah ihn an. Venom zuckte zusammen, war betroffen von der Qual im Blick seines Freundes, gepaart mit … nun ja … noch etwas anderem. Panik möglicherweise? Besorgnis? Wicks Ausdruck grenzte an beides. Nur dass das keinerlei Sinn ergab. Wick verlor nie seine Coolness. Niemals. »Du bist gut in diesem Mist. Sag mir, was ich tun soll.«

Venom wollte sagen »übergib sie mir«, wusste aber, dass das nicht funktionieren würde. Wick war zu angespannt, und so wie er ihn im Park angeschnauzt hatte, ja die Finger von ihr zu lassen? Seine Überlebenschancen im Falle einer feindlichen Übernahme standen nicht sonderlich gut. Wick würde sie nicht kampflos hergeben und … genau. Spontan, und so seltsam es auch klang, schien es die bessere Option zu sein, seinem Freund zu helfen, für sie zu sorgen, als ihm J.J. abzunehmen.

Und auch deutlich gesünder.

»Rede weiter mit ihr.« Venom balancierte auf seinen Fußballen und stützte seine Ellbogen auf seine Oberschenkel. »Du machst das prima.«

»Sollte ich … ich meine …« Wick schwieg, sein Zögern war deutlich spürbar. »… sie berühren oder so etwas?«

Die Frage traf ihn wie ein unerwarteter Schlag in die Magengrube, nahm ihm den Atem und … heiliger Bimbam. Die Situation hatte sich gerade von »mehr als seltsam« zu »total abstrus« verändert. »Willst du das denn?«

»Ich weiß nicht. Vielleicht.« Stirnrunzelnd unterbrach Wick den Blickkontakt und sah verloren aus – so verwirrt, dass es Venom schier das Herz brach. So kaputt. So unsicher. So in der Vergangenheit verhaftet. Sein Freund war ein Paradebeispiel für Missbrauchsopfer. Aber als er Wick anstarrte, traf ihn die Erkenntnis wie ein Hammerschlag. Er stand am Rande eines Abgrunds, es war der entscheidende Augenblick, der Wicks Leben verändern könnte. Genau hier. Genau jetzt. Umgeben von Stein und modriger Luft, hatte Wick die Möglichkeit dazu. Venom erkannte, dass es eine einmalige Gelegenheit war. Er sah den Unterschied in dem Mann, den er schon fast sein ganzes Leben lang kannte. Wick wollte helfen, etwas geben, statt sich abzuwenden. »Sie mochte es, meine Hand zu halten im Wagen. Sagte, dass es ihr gegen die Schmerzen half.«

Venom räusperte sich. »Dann nichts wie ran.«

»In Ordnung.«

Wick holte tief Luft, atmete aus und hob seine Hand. Mit den Fingerspitzen streichelte er ihre Schläfe, strich ihr die üppigen Haarsträhnen aus dem Gesicht. Seufzend rührte sich J.J., kam seiner Berührung entgegen, statt sich abzuwenden. Noch ein liebevolles Streicheln über ihre Haut. Ihre Bioenergie erwachte, blendete Venom beinahe mit dem heftigen Pulsieren ihrer Aura. Er wendete sein Gesicht ab, um seine Augen abzuschirmen. Der Meridian summte, erhob sich in einer mächtigen Welle, um eine Verbindung zwischen den beiden zu schmieden.

Venom stand da mit offenem Mund. Verdammt noch mal! Wenn das nicht irre, bizarr … was auch immer war. Die Beschreibung spielte keine Rolle. Aber das plötzliche Aufflackern? Mensch. Das spielte eine Rolle. Ohne es zu wissen, nährte Wick sie: öffnete einen Energiekanal, ließ sie sich einklinken, nährte sie mit dem heiligen Strom, der aus dem Meridian gesogen wurde.

»*Vanzäla*«, murmelte Wick, umfasste ihre Wange, versetzte Venom einen weiteren Schock, da er sie »Singvogel« nannte. Venom schüttelte den Kopf. Wick bemerkte es nicht. Ganz auf J.J. konzentriert, liebkoste er sie erneut. »Öffne deine Augen, und sieh mich an.«

Sie zitterte, erschauerte in Wicks Armen.

»Komm schon, Baby.«

Nasse Wimpern flatterten, hoben sich und enthüllten klare blaue Augen. »Du bist wieder da.«

Wick strich ihr übers Kinn. »Ich war nie weg.«

»Doch, warst du«, flüsterte sie. »Wie hast du das gemacht?«

»Was … die Gestalt gewechselt?«

Sie nickte.

»Drachen-DNA«, erklärte Wick, womit er ihr die einfachste Antwort gab.

»Klingt plausibel, schätze ich, da du dich in einen verwandelt hast.« Wick folgte mit dem Finger dem feinen Bogen ihrer Augenbraue, dann änderte er die Richtung und streichelte ihre Wange. Summend drehte J.J. ihren Kopf, kam seiner Berührung entgegen. »Du hast mir Angst gemacht.«

»Ich weiß.«

»Tu das bitte nicht wieder.«

Wick schnaubte. »Ich werde es versuchen.«

»Gut«, sagte sie, und Venom zuckte zusammen.

Verdammt noch mal. Bei ihrem Wortwechsel fühlte er sich wie ein unglaublicher Schurke. Wie ein Voyeur, der sich in etwas einmischte, was ihn nichts anging. Es war mehr als merkwürdig, grenzte schon an peinlich. Venom wurde unruhig. Am liebsten würde er sich umdrehen und verschwinden. Er wollte nichts mit der Situation zu tun haben und nicht zurückblicken. Eine gute Strategie, bis auf ein Problem.

Er konnte nicht gehen.

Die Pflicht rief. Die Ehre verlangte es von ihm, er hatte sein Wort gegeben. Bastian erwartete von ihm, dass er das Paar ins Hauptquartier schaffte. Was bedeutete, dass er wie ein Idiot dastand, Zeuge eines intimen Augenblicks zwischen zwei Menschen wurde, die so ineinander vertieft waren, dass sie seine Existenz vergessen hatten.

Venom räusperte sich in der Hoffnung, die Party zu unterbrechen.

J.J. ignorierte ihn. Sie hob ihre Hand und berührte mit der Fingerspitze Wicks Mundwinkel. Sein Freund versteifte sich, blieb sich aber treu, erlaubte ihr, ihn zu berühren. Sie malte einen kleinen Kreis auf seiner Haut. Als Reaktion darauf begannen Wicks Augen zu leuchten. »Du bist nicht menschlich.«

»Halb«, sagte Wick. »Wir sind eine andere Spezies.«

»Oh«, sagte sie mit einem Stirnrunzeln. Der Gesichtsausdruck schmerzte Venom. Sie sah aus, als würde sie das Gewicht der ganzen Welt auf ihren Schultern tragen. Nichts, was man irgendeiner Frau zumuten sollte. »Hey, Wick?«

»Ja?

»Ich bin wirklich müde.« Als ob dieses Eingeständnis ihre Erschöpfung noch verstärkte, gab ihr Körper nach. Sie ließ die Hand sinken, zog sie zurück auf ihren Schoß. Sie presste ihr Gesicht an Wicks Schulter und schloss die Augen. »Ich kann nicht mehr denken. Ich bin einfach ... fertig.«

Wick nickte, obgleich sie ihn nicht mehr sehen konnte. »Schlaf, *Vanzäla*. Du wirst dich besser fühlen.«

»Versprichst du mir etwas?«

»Was?«

»Lass mich nicht mit Fremden allein«, wisperte sie, Anspannung lag in ihrer Stimme. »Versprich mir, dass du da sein wirst, wenn ich aufwache.«

»Du brauchst mich nicht.« Wick verlagerte sie in seinen Armen und stand auf. Es war eine geschmeidige, beherrschte Bewegung, um es ihr behaglicher zu machen. »Deine Schwester wird ...«

»Bitte!«

Die geflüsterte Bitte gab den Ausschlag. Wie bei einer schlechten Pokerhand gab Wick auf und versprach es ihr, als die Erschöpfung J.J. in den Schlaf sinken ließ. Wick zog sie eng an sich und überquerte die Landezone. Venom folgte seinem Freund, fragte sich, was zum Teufel da gerade gelaufen war. Nichts davon ergab irgendeinen Sinn. Weder Wicks Reaktion auf J.J. noch ihr Mangel an Furcht oder dass sie einen Mann akzeptierte, dem die meisten Frauen möglichst aus dem Weg gingen. Und auch nicht das elende Verlustgefühl, das Venom erfasste.

Seine Reaktion war echt zum Kotzen. Total rückständig, stank geradezu nach Egoismus. Er sollte sich freuen für seinen Freund, nicht sauer sein und total von der Rolle und … ja … erst recht nicht neidisch auf Wicks Glück.

Das zu wissen genügte jedoch nicht, um diese kindische Eifersucht im Zaum zu halten. Und als Venom über die Landezone ging, konnte er die Wahrheit nicht leugnen. Er war verdrängt worden … beiseitegeschoben und ersetzt worden. Nach sechzig Jahren, in denen sie sich einzig und allein aufeinander verlassen hatten, war er dabei, seinen besten Freund zu verlieren. An eine Frau.

Sein Instinkt warnte ihn. Logik machte ihm die unbequeme Wahrheit unmissverständlich klar.

Energieaustausch war eine ernste Sache, eine magische Verbindung, eine Verbindung, die nur dann auftrat, wenn die Drachenhälfte eines Mannes seine Gefährtin gefunden hatte. Nicht gerade etwas, wogegen sich ein Mann wehren konnte. Jedenfalls nicht auf Dauer. Bas, Rikar und Mac waren Beweis genug, was bedeutete, dass früher oder später Wick auch unterliegen würde. Dieses Bewusstsein fraß an Venom, schmerzte zutiefst, schürte üble Gefühle.

Alles war dabei, sich zu verändern.

Und Venom wusste … *wusste* einfach … dass es nicht zum Besseren sein würde.

Als warmes Bündel lag Jamison wie ein Geschenk in seinen Armen. So entspannt. So vertrauensvoll. Einfach wunderbar. Wick biss die Zähne zusammen, seine Schritte hallten wider, als er sich der magischen Barriere vor Black Diamond näherte. An irgendeinem Punkt während der letzten Stunden hatte er den Verstand verloren. Das war die einzige Erklärung für sein Verhalten, ganz abgesehen von seinem Versprechen. Und der Tatsache, dass er sie weiterhin mit einem *Geschenk* verglich und …

Mann. Es bestand kein Zweifel. Er brauchte dringend einen Tritt in den Arsch. Oder sein Verstand musste neu gebootet werden. Das eine oder das andere, und zwar innerhalb der nächsten paar Minuten. Sonst käme es bei ihm erneut zu einer Kurzschlusshandlung, und er würde noch tiefer in den Schlamassel sinken. Was das allererste Mal wäre für ihn.

Wie dieses gottverdammte Versprechen.

Wick zuckte zusammen. Er hätte nie sein Wort geben sollen. Anwesend zu sein, wenn sie aufwachte, war keine gute Idee. Eine klare Trennung wäre für alle Beteiligten besser. Aber nein, er musste ja unbedingt abweichen von dem Plan. Jetzt steckte er in der Klemme, steckte zwischen zwei Denkrichtungen, die … na prima … gegensätzlicher Natur waren.

Helfen oder nicht. Sein Versprechen halten oder sich in Sicherheit bringen.

Er konnte nicht beides tun. Konnte nicht gleichzeitig bleiben und gehen, und während die Gegenkräfte in ihm arbeiteten, begann sein Kopf schmerzhaft zu pochen. Er zog Jamison enger an sich, suchte nach Hilfe, bekämpfte das Bedürfnis abzuhauen, wünschte sich, nicht so verkorkst zu sein. Ein normaler Mann würde wissen, was zu tun war, um es richtig zu machen für sie. Er schnaubte. *Normal.* Klar. Als ob er normal wäre. Er wusste einfach nicht nicht, wie das ging. Oder wie er sich verhalten musste.

Ein Beispiel? Jamison musste sanft behandelt werden. Er

war nie gutherzig oder liebevoll gewesen in seinem Leben. Sie brauchte Pflege und Trost. Er hatte nicht die leiseste Ahnung, wie er das zuwege bringen sollte. Sie vertraute ihm, dass er sein Wort hielt und für sie da wäre. Er konnte es kaum erwarten, sie zu übergeben und schnellstens in die andere Richtung zu verschwinden.

Die Vergleiche bescherten ihm Magenkrämpfe.

Verdammte Scheiße. Er verdiente es, gehängt und gevierteilt zu werden. Gestreckt und ausgeweidet zu werden. Erschossen zu werden. Such dir was aus. Die Foltermethode spielte keine Rolle. Nicht, solange er in Erwägung zog, ihr Vertrauen zu missbrauchen. Sie zu verlassen und falsches Spiel mit ihr zu treiben. Gott mochte ihm helfen, er hasste es, auch nur daran zu denken. Aber eine Tatsache war nun einmal genau das … eine *Tatsache.* Wenn er sein Wort brach, war er nichts weiter als ein unglaublicher Schwindler. Ein Betrüger. Ein Feigling, der das Credo, für das er sein Leben lang gelebt hatte, aufgab. Zugegeben, die Liste seiner Prinzipien war kurz, aber an oberster Stelle stand ein unverrückbares Diktat: ein gemachtes Versprechen war ein zu haltendes Versprechen.

Wick seufzte. Mist. Er konnte es nicht tun. Jamison war zu wichtig. Es war eine Frage der Ehre, dass er beendete, was er begonnen hatte. Seine Drachenhälfte wehrte sich, erlaubte ihm nicht, sich zurückzuziehen oder ihr noch mehr Schmerzen zuzufügen.

Also … hier war er, befand sich nicht länger auf sicherem Terrain, sondern mittendrin in dem Durcheinander.

Wick rückte Jamison zurecht, entfachte seine Zauberkräfte und aktivierte den Energieschild. Elektrizität knisterte, und seine Haut fing an zu prickeln, als das Portal reagierte. Fester

Stein wellte sich, wurde milchweiß. Wick atmete tief durch. Es wurde Zeit, die Suppe auszulöffeln und sich den Frauen auf der anderen Seite der Wand zu stellen. Tania und Myst warteten. Er nahm ihre Gegenwart überdeutlich wahr. Beide strömten höchste Anspannung und Frustration aus, während sie hin und her liefen und nur darauf warteten, ihm das Fell über die Ohren zu ziehen, weil er Jamison so lange draußen auf der Landezone zurückgehalten hatte. Das war nur normal, nahm er an. Soweit er wusste, kümmerten sich weibliche Wesen gern um andere Menschen, verhätschelten sie gern.

Keine schlechte Sache. Er war froh, dass sie sich um Jamison sorgten. Aber das hieß nicht, dass er sich gern von ihnen durch die Mangel drehen ließ, sobald er über die Schwelle trat. Also … neuer Plan. Einer, der ihm etwas Luft verschaffte. Genug, damit er die Krankenstation erreichte, statt auf dem Flur abgefangen zu werden.

Er aktivierte die gedankliche Sprechverbindung. *»Mac.«*

»Kommst du durch?«

»Ja.«

Er hob eine mentale Faust und pochte an den Energieschild, verlangte sicheren Durchgang. Noch etwas Brandneues heute Nacht. Normalerweise versuchte er einfach, sich seinen Weg hindurch zu erzwingen, forderte das magische Portal, das Black Diamond vor Außenstehenden beschützte, frech heraus. Die Provokation war eine Art Test – eine Methode, um sicherzustellen, dass es seinen Job tat. Und dieser Test lief immer auf das Gleiche hinaus. Das schäbige Ding genoss es, ihm jedes Mal einen Hieb zu versetzen auf seinem Weg hinein ins Hauptquartier. Wick drückte seine Frau fest an sich, hoffte, der Schild würde heute Nacht darauf verzichten.

Er brauchte keine weitere Lektion. Oder irgendetwas von dem sonst üblichen Zauberquatsch.

Jamison hatte bereits genug durchgemacht. War viel zu schwach, um noch eine weitere Runde Schmerzen zu verkraften, geschweige denn das magische Ausrasten, zu dem der Energieschild neigte.

Wick lockerte seine Schultern und bereitete sich trotzdem darauf vor. Man konnte nie wissen. Das Portal hatte seinen eigenen Willen. Es hatte keinen Sinn, das Teil zu unterschätzen. *»Sorg dafür, dass die Frauen auf der Krankenstation bleiben.«*

»Wird erledigt«, sagte Mac, und im Hintergrund war eine weibliche Stimme zu vernehmen. Wick verzog den Mund. Wow, sie klang nicht gerade glücklich, und … Mac fluchte. Ein kratzendes Geräusch ertönte durch die kosmische Verbindung, hallte wider in Wicks Kopf, als sein Kumpel knurrte. Die Balgerei dauerte noch einen Moment an, bevor alles ruhig wurde. *»Hab sie. Du kannst jetzt durch.«*

Mit einem gemurmelten »Danke« klopfte Wick erneut an das Portal. Magie summte. Energie entfachte sich und ließ Staubpartikel aufsteigen in der modrigen Luft. Wick ging mit gleichbleibend ruhigen, gemessenen Schritten weiter, das flimmernde Licht vor der Steinwand behielt er fest im Blick. Ein Moment ging über in den nächsten und …

Der Schild knurrte und starrte ihn durch verengte Augen an, fixierte sich auf ihn. Adrenalin durchschoss ihn. Sein Herz schlug schneller, hämmerte geradezu in seiner Brust. Er rief seine volle Magie ab und umhüllte Jamison damit, machte sich selbst verletzbar, als er in die Bresche trat. Ein Grollen ertönte in der Stille, und Wick spannte die Muskeln an. Jeden

Augenblick würde er das Aufblitzen sehen und das Pfeifen hören.

Wütend explodierte die blaue Flamme der magischen Peitsche über der Kluft.

Direkt hinter ihm begann Venom zu fluchen.

Wick ging schneller, fing an zu laufen. Mit stampfenden Schritten und schwer atmend sah er, wie die kräftige Peitsche durch die Luft sauste. Er drehte ihr den Rücken zu, um den Schlag abzufangen. Eine Sekunde, bevor die magische neunschwänzige Katze zuschlug, veränderte der Zauber seine Richtung, konzentrierte sich auf die Frau in seinen Armen. Oh, Mist. Nicht gut. Das Biest hatte was gegen Fremde und …

Jamison regte sich an seiner Brust.

Wick fletschte die Zähne. Auf keinen Fall. Das würde nicht passieren. Wenn der Schild sie auch nur berührte, würde er ihn dafür büßen lassen. Den Wichser einfach k.o. schlagen. Ihn gnadenlos auseinanderreißen ohne schlechtes Gewissen … ohne Rücksicht auf Black Diamond und die Reaktionen seiner Waffenbrüder. Aber als er die Stellung hielt und schweigend drohte, hielt der Zauber inne. Magie krachte wie Donner. Wick spürte die Absichtsänderung in der Sekunde, bevor das Biest seine Richtung korrigierte. Die Peitsche holte weit aus, verfehlte ihn um Zentimeter und wirbelte davon. Die feurigen Ranken verschwanden mit einem lauten Knall, während sie ihn zur anderen Seite hinausstießen.

Licht flackerte. Der Duft von Parkettpolitur erreichte ihn. Seine Füße prallten auf den Boden. Wick bemühte sich, das Gleichgewicht zu halten, und fluchte, als seine Kampfstiefel über den polierten Betonboden schlitterten.

»Ach du meine Güte.« Rikar beeilte sich, ihm aus dem Weg zu gehen.

Schwer atmend rutschte Wick weiter, bis er mitten auf dem Flur anhielt. Immer noch geschockt, blieb er wie angewurzelt stehen. *Ach du meine Güte,* fürwahr. Auch irgendwie irre, wenn man bedachte, dass der Energieschild ihn unversehrt gelassen hatte. Er blickte hinunter auf Jamison. Erleichterung überkam ihn. Fest schlafend, war sie trotz allem unbeschadet. Trotzdem zapfte er ihre Bioenergie an, wollte auf Nummer sicher gehen. Herzschlag gleichmäßig. Energiehaushalt gut. Jeder Atemzug ruhig und regelmäßig.

Gott sei Dank.

»Mann, ich hasse es, wenn du das machst.« Das Knurren kam von seiner Rechten.

Er wandte seine Augen ab von ihr und begegnete Rikars Blick.

Mit säuerlicher Miene funkelte der stellvertretende Kommandant ihn an. »Hör auf, ihn zu provozieren, und der Bastard lässt dich möglicherweise durch, ohne dann und wann zu versuchen, dich zu töten.«

»So läuft das bei dir?«

»Egal.« Belustigung funkelte in Rikars blassen Augen. Sein Mund verzog sich. Er konnte nicht dagegen an. Obgleich er es liebte, Wick aufzuziehen, mochte er den hartgesottenen Mistkerl. Er war tödlich in einem Kampf und absolut loyal, genau der Krieger, den ein Mann sich als Rückendeckung wünschte. »Gemeines Scheißding. Wird es immer bleiben.«

Mit einem »Aha« setzte Wick sich in Bewegung und ging in Richtung Krankenstation.

»Wie geht's ihr?«

»Am Leben.«

Rikar schnaubte. »Immer ein Vorteil.«

Allerdings. Und ein großer noch dazu, unter Berücksichtigung der Alternative. Die Vorstellung, dass sie tot auf irgendeiner kalten Steinplatte lag, bescherte ihm eine Gänsehaut. Er wollte sich das nicht vorstellen, es erst recht nicht als Möglichkeit in Betracht ziehen.

Noch vor wenigen Stunden hatte das keine Rolle gespielt.

Sie zu retten war ursprünglich eine Art Jux gewesen. Eine Herausforderung, eine Art Gefängnisausbruch. Jetzt allerdings – nachdem er ihr begegnet war, sie in den Armen gehalten hatte … mit ihr geredet hatte – spielte es eine verdammt große Rolle. Größer, als er zuzugeben bereit war. Was ihn noch mehr nervte. Seine Fixierung auf sie konnte nicht gesund sein. Sie war zu zügellos. Zu intensiv. Roch zu sehr nach einer Obsession, um etwas anderes als schlecht zu sein. Und dennoch, obgleich er sich der Gefahr bewusst war, konnte Wick die Faszination nicht abschütteln. Wie eine Motte in der Nähe einer Flamme sehnte er sich nach dem Inferno – wollte die Hitze spüren, die Flamme berühren, die Verbrennung fühlen –, statt sich klug zu verhalten und zurückzuweichen.

Was eindeutig verrückt war.

Wick ging auf dem leicht abschüssigen Flur an Rikar vorbei. Grob behauene Wände säumten seinen Weg, führten ihn an zerschrammten Steinen vorbei, seiner Rettung entgegen. Die Krankenstation lag direkt vor ihm. Gleich konnte er Jamison übergeben. Seine Verantwortung abtreten. Jamison fähigen Händen überlassen und seinen Verstand wiederfinden. Er musste sie zurücklassen.

Ausgeglichenheit. Frieden. Jede Menge Ruhe. Ihre Verbindung zu trennen … würde alles das liefern. Sich in die Abgeschiedenheit und Stille seines Zimmers zurückzuziehen, sich von den anderen zu isolieren, würde auch helfen. Aber noch während er sich die Weisheit dieses Plans klarmachte, hatte Wick mit dem Bedürfnis zu kämpfen, sie festzuhalten und …

… nie wieder loszulassen.

Mann war er im Arsch. Mehr als durch den Wind. Und als Rikar Schritt hielt mit ihm, überlegte Wick tatsächlich, ob er den Mann um Rat fragen sollte. Der Krieger wusste viel über weibliche Wesen. Er war mit einem verbunden, Teufel noch eins, und … nun ja … Angela schien recht glücklich zu sein. Also ja. Rikar wäre zweifellos ein exzellenter Mentor, der stellvertretende Kommandant würde keinen Quatsch reden. Aber als Wick den Mund öffnete, um ihn zu fragen, war seine Kehle wie zugeschnürt, und er brachte kein Wort heraus. Er wusste nicht, wie er das Thema anschneiden, geschweige denn, die Sache beschreiben sollte. Mist, er war ein gefühlsmäßiger Analphabet – unterentwickelt, unsicher, unfähig, um Hilfe zu bitten –, sodass er, statt zu fragen, sich wieder verschloss und für die einfachere Lösung entschied.

»Ist Myst bereit für uns?«

»Alles ist vorbereitet«, antwortete Rikar, der im Gleichschritt neben Wick ging. Er warf einen prüfenden Blick auf Jamison und hob eine Augenbraue. »Bin mir jedoch gar nicht sicher, dass sie es nötig hat. Sieht ziemlich gut aus, wenn man bedenkt …«

Hinter ihnen schnappte der Energieschild auf.

»Verdammter Mist!«

Wick grinste. Das konnte interessant werden. Wurde aber auch Zeit. Venom war direkt hinter ihm gewesen beim Eintritt. Er hätte das Portal schon längst hinter sich haben müssen.

Venom knurrte, als das Biest ihn ausspuckte. Mit halsbrecherischer Geschwindigkeit flog er auf den Flur, Kopf und Schultern voran. Mit rudernden Armen und Beinen kämpfte er darum, ins Gleichgewicht und auf die Füße zu kommen.

»Herrgott.« Augenzwinkernd sagte Rikar: »Sagte ich vorhin *gemein*?«

»Hast du«, sagte Wick und sah zu, wie sich sein Freund abmühte.

Mordsmäßig fluchend, landete Venom mit einem Plumps und wurde durch den Schwung weiter nach vorn geschleudert. Wick zuckte zusammen, als er gegen die Wand prallte und dann auf dem Rücken liegen blieb. »Was für ein Pisser«, stöhnte Venom.

»Was glaubst du, Wick?«

»Acht von zehn. Immerhin blieb er nicht mittendrin stecken.«

»Nett«, sagte Venom, und seine Stimme troff vor Sarkasmus. Er sah aus, als wollte er jemanden auf der Stelle töten, als er sich erhob. Während er sich den Schmutz abklopfte, murrte er: »Wie kann ich das Ding hassen und zugleich lieben?«

Rikar lachte.

Wick verzichtete darauf, die Augen zu verdrehen, als er weiterging, aber dieser Gegensatz war ihm durchaus vertraut. Liebe und Hass. Gegensätze, die eine höllenmäßige Kombination ergaben. Eine, die er jetzt kannte, wenn es um Jamison ging. Nicht, dass er sie hasste. Weit gefehlt. Wie er sich ihretwegen fühlte – verwirrt, verspannt … außer Kontrolle –, war nicht ihr Fehler. Sie hatte nichts falsch gemacht. Es war sein Fehler. Er war einfach dermaßen geschädigt.

Und dennoch nährte er sie weiter … obgleich er wusste, dass er es nicht tun sollte. Es würde ihm am Ende nur noch mehr Kummer bereiten. Leider interessierte das seine Drachenhälfte nicht die Bohne. Trotz seines Willens, die Kontrolle zu behalten, siegte Instinkt über Vernunft, und er gab nach, ließ zu, dass sie von ihm nahm. Ohne weitere Gegenwehr. Sie brauchte ihn viel zu sehr, und so seltsam es schien, er konnte es ihr einfach nicht verweigern, verstärkte den heilenden Energiefluss in dem Augenblick, in dem sie um mehr bat.

Schrecklich. Kompliziert. Unerwünscht.

All das traf zu, krempelte ihn total um.

Mit zugeschnürter Kehle schüttelte Wick den Kopf. Er hatte ein großes Problem, und zwar eins, das mit einem bestimmten Etikett versehen war … Energieaustausch. Das Bewusstsein zerriss ihn förmlich, verursachte ihm Übelkeit. Aber sogar noch, als es ihm den Magen umdrehte, wollte er die Wahrheit nicht an sich heranlassen. Unmöglich. Die Schlussfolgerung konnte nicht richtig sein. Er war ein gefühlloser Bastard, jenseits der Fähigkeit, andere zu retten. Intimität war nicht sein Ding. Und er wollte auch keine. Jedes Fünkchen Nettigkeit – zusammen mit dem Bindungstrieb, den andere männliche Exemplare seiner Spezies hatten – war schon vor Jahren aus ihm herausgeprügelt worden.

Und ehrlich? Es war ihm recht so.

Aufgrund seiner Distanziertheit konnte er seinen Job tun. War er zu dem Krieger geformt worden, den seine Brüder wertschätzten, den sie brauchten und den sie erwarteten –

dem geborenen Killer ohne Gewissen oder Erbarmen. Er wollte nicht, was die anderen Nightfury mit ihren Partnerinnen teilten. Eine Beziehung mit einer Frau konnte er mit seiner Verantwortung als Krieger nicht vereinbaren. Erstere würde ihn ablenken von Letzterer, dafür sorgen, dass er in beidem versagte.

Alles lief auf eines hinaus …

Darauf, eine Wahl zu treffen.

Er hatte seine vor Jahren getroffen, als er sich dem Nightfury-Clan anschloss. Seine Brüder – sein Eid, jeden Einzelnen zu beschützen – kamen vor allem anderen. Eingeschlossen weibliche Wesen zu bezirzen. Also genug der Dummheiten. Jamisons Anziehungskraft auf ihn musste eines schnellen, unchristlichen Todes sterben. Nichts Gutes würde daraus erwachsen, von dem bereits gewählten Pfad abzuweichen.

Zischend öffneten sich die Glastüren zur Krankenstation.

Außer sich vor Panik, schoss Tania über die Schwelle. Die Zeit verlangsamte sich, dehnte sich endlos, während sie auf ihn zukam. Ihre braunen Augen verdunkelten sich vor Entsetzen. Wick setzte eine gleichmütige Miene auf, bereitete sich auf das Schlimmste vor. Macs Gefährtin mochte ihn nicht. Sie hatte klargemacht, dass sie Angst vor ihm hatte … obgleich er nicht das Geringste getan hatte, was ihre Furcht rechtfertigte. Er war, was er eben war: ruhig, reserviert und absolut hilflos bei gesellschaftlichen Anlässen, wusste nie, was er sagen sollte, geschweige denn, wie er andere dazu bringen sollte, ihn zu mögen. Wick verstand und akzeptierte die Wahrheit. Die meisten weiblichen Wesen reagierten so auf ihn, aber als Tränen in Tanias Augen traten, wünschte er sich plötzlich, nicht so ungehobelt zu sein.

Einige wohlgesetzte Worte würden sie zweifellos beruhigen, aber …

»O mein Gott … o Gott. Mac!« Ihr entsetztes Krächzen ging Wick durch und durch, als Tania mitten auf dem Flur wie angewurzelt stehen blieb. Sie starrte ihn an, blieb regungslos stehen und schüttelte den Kopf. »Sie ist tot, nicht wahr? Du … du … o Gott, du …«

Wick knurrte, unterbrach sie mitten in ihrer Anschuldigung. Typisch. Tania glaubte, dass er ihre verdammte Schwester umgebracht hatte. Ihre Reaktion machte ihn sauer, obgleich sie es nicht sollte. Die Schlussfolgerung war ja gar nicht so falsch in Anbetracht seines Rufs und Temperaments. Seines Hangs zur Gewalttätigkeit.

Ja, zum Teufel. Ihre Annahme hatte durchaus eine gewisse Berechtigung.

»Sie ist nicht tot.«

Tania blinzelte. »Aber …«

»Scheiße.« Mac knurrte, als er aus der Krankenstation hinter seine Frau trat. »Tania, ich habe dich doch gebeten, dich nicht vom Fleck zu rühren.«

»Ich kann nicht … ich konnte nicht«, flüsterte sie. »Warum bewegt sie sich nicht? Warum hat er sie? Du hast versprochen … du hast gesagt, sie sei okay.«

»Ist sie auch, meine Süße. Deine Schwester ist verletzt. Sie ist erschöpft … schläft ganz fest, das ist alles.« Mac warf Wick einen entschuldigenden Blick zu, umfasste Tanias Schultern und zog sie an sich. Als ihr Rücken auf seine Brust traf, schloss er die Arme um sie. »Wick hat J.J. heute Nacht das Leben gerettet. Er hat gut für sie gesorgt. Du schuldest ihm eine …«

»Ich danke dir«, sagte sie und unterbrach ihren Mann. Mit

immer noch großen Augen in ihrem zarten Gesicht begegnete sie seinem Blick, und Wick blinzelte. Wow, hatte man so etwas schon erlebt? Tania hatte ihn noch nie zuvor angesehen, geschweige denn, mit ihm gesprochen. Beides waren unglaubliche Premieren, und sie war noch nicht einmal fertig. »Es tut mir leid, Wick. Bitte verzeih mir, ich wollte dich nicht … Es ist nur so, dass ich mir solche Sorgen gemacht habe und …« Jetzt rollen ihr Tränen über die Wangen. »Danke. Danke, dass du sie nach Haus gebracht hast.«

»Gern geschehen«, murmelte er, erwiderte diese Worte das erste Mal auf einen Dank, ließ Tania Gerechtigkeit widerfahren. Es war nur fair. Mut verdiente schließlich Anerkennung. »Es geht ihr gut, Tania. Ein bisschen angeschlagen, aber das ist nichts, was die Zeit nicht heilen würde.«

Eine Lüge. Frei heraus und ohne Umschweife.

Keiner wusste besser als er, dass Zeit nicht alle Wunden heilte. Jamison würde ihr physisches Trauma überwinden, keine Frage. Die heilende Energie, die er mit ihr teilte, würde dafür sorgen, aber fünf Jahre Gefängnis verletzten einen Menschen nachhaltig. Sich wieder an die Außenwelt zu gewöhnen – an die wirkliche Welt und ihre neugefundene Freiheit – würde mehr als nur Zeit brauchen. Dazu kam noch eine bösartige Messerattacke und Zeuge eines Drachenkampfes geworden zu sein und … jawohl.

Die Katastrophe war unvermeidlich. Seelische Schäden hoch zehn.

Er nahm aus dem Augenwinkel eine Bewegung wahr.

Er spähte durch die offene Tür und erblickte Myst auf der Krankenstation. Sie zog sich gerade ihre Einmalhandschuhe über und forderte ihn mit einer entsprechenden Kopfbewegung auf hereinzukommen. »Ich bin bereit. Bring sie herein.«

Wick nickte und trat über die Schwelle. Seine Cowboystiefel schrammten über den gefliesten Fußboden, und er sah den Untersuchungstisch – von der Größe her auf die Krieger ausgerichtet – unter den grellen Scheinwerfern. Edelstahlschränke standen an der hinteren Wand, rahmten die Frau ein, die jetzt neben dem Untersuchungstisch stand. Der Geruch von antiseptischer Seife fügte sich ein in das medizinische Ambiente, was dafür sorgte, dass seine Nase zuckte und sein Herz heftig schlug.

Immer dieselbe Geschichte.

Nur dass das nicht ganz stimmte.

Die medizinischen Instrumente, die, ordentlich aufgereiht, auf dem Rollwagen lagen, waren nicht für ihn. Oder für einen seiner Brüder. Im Moment nicht. Heute Nacht war jedes plastikverpackte Päckchen, waren alle diese Metallinstrumente zusammen mit dem Stethoskop und der Blutdruckmanschette für Jamison. Der Gedanke bohrte sich in seine Brust, traf in mitten ins Herz. Plötzlich konnte Wick nicht mehr atmen. Himmelherrgott. Er wollte sie nicht dort ablegen … sie nicht allein lassen.

Total lächerlich, wenn man berücksichtigte, wer hier im Raum stand.

Myst würde sich gut um sie kümmern. Sie behutsam anfassen und liebevoll behandeln, sicherstellen, dass Jamison alle Hilfe bekam, die sie brauchte, um gesund zu werden. Aber als Wick neben dem Tisch stehen blieb, all die Verbände und anderen Päckchen von Nahem sah, riss etwas tief in ihm. Er spürte die Schockwelle. Hörte die brüllende Verneinung und spürte, wie das Blut rauschte in seinen Ohren. Seine Schläfen pochten schmerzhaft. Wick schüttelte den Kopf, wehrte sich gegen die zunehmende Erkenntnis und kämpfte einen inneren Kampf. Sein Verstand sagte ihm, dass er sie übergeben sollte. Der besitzergreifende Bastard in ihm gewann aber die Oberhand.

Mist. Er konnte es nicht tun. Konnte sie nicht aufgeben …

»Wick.«

Bei der Schärfe in Mysts Tonfall fuhr sein Kinn hoch. Sie durchbohrte ihn mit ihren ernsten veilchenblauen Augen. »Du musst sie hinlegen.«

Wie ein störrischer Zweijähriger hielt er Jamison fest und schüttelte den Kopf.

»Vertraue mir … ich weiß, was ich tue.«

»Ich weiß«, krächzte er, bezweifelte keinen Moment ihre Fähigkeiten. Myst verfügte über eine Menge Know-how. Sie flickte die Nightfury-Krieger regelmäßig zusammen. Verdammt, Venom verdankte sein Leben Myst und ihrem Talent, mit einer Nadel umzugehen. Aber Jamison freizugeben war etwas anderes. Es ging um mehr. Pflicht, vielleicht. Ehre, gewiss. Ein merkwürdiges Gefühl von Berechtigung auch, weil … Mann. Nachdem er die letzten Stunden für sie gesorgt hatte, schien es falsch zu sein, sie jemand anderem zu überlassen. »Ich bin nur …«

»Ich verstehe. Wirklich, aber ich muss sie untersuchen. Sicherstellen, dass das Krankenhaus alles richtig gemacht hat und auf dem Weg hierher keine neuen Verletzungen hinzugekommen sind.« Sie klopfte mit der flachen Hand auf den Untersuchungstisch. Das Laken raschelte, verzog sich unter dem leichten Druck, erhöhte Wicks Anspannung. Sein Drache befahl ihm, sie nicht herzugeben. Myst wollte, dass er es tat, und als Tania am Kopf des Tisches stehen blieb, ihre Freundin unterstützte, stieg die Weigerung wie eine gewaltige Welle in ihm auf. »Wir holen dich, wenn sie dich braucht. Abgemacht?«

Wick zögerte. Eine große Hand landete auf seiner Schulter, drückte diese leicht. Gott sei Dank. Venom. Typisch für seinen besten Freund, gerade noch rechtzeitig aufzutauchen. Der Mann half ihm immer, zu Verstand zu kommen.

Wick atmete tief aus und lockerte sich. Der Käfig, den er mit seinen Armen geformt hatte, öffnete sich, und einfach so war es getan. Seine Arme waren leer. Jamison lag auf dem Tisch: Ihr Gesicht war halb unter seiner Lederjacke verborgen, die Decke lag um ihre Hüften, ihr Gipsverband lugte heraus mit ihren nackten Zehen. Der Anblick gab den Ausschlag. Er schnürte ihm die Luft ab, er konnte nicht mehr atmen. So schwach … so viele Verletzungen … mehr als verwundbar, wenn er sie nicht beschützte.

Venom drückte erneut seine Schulter.

Er schüttelte seine Hand ab und räusperte sich. »Ich komme später wieder.«

»Gut. Sie wird dich brauchen«, sagte Myst und schaffte es irgendwie, ihn gleichzeitig zu beruhigen und zu loben. Wie zum Teufel sie das hinkriegte, wusste Wick nicht, aber er dankte ihr trotzdem schweigend. Ihr sachlicher Ton beruhigte ihn, verringerte seine Besorgnis. »Wir bringen sie in den Aufwachraum eins.«

Wick nickte, ballte die Fäuste und durchtrennte die Verbindung mit einem heftigen mentalen Schlag. Sosehr er sich danach sehnte – zu bleiben war keine Option. Er würde vollkommen ausflippen, wenn er ihre Wunden sähe. Er brauchte sie nicht zu sehen, um zu glauben, dass sie da waren … oder die Brutalität, die sie erlebt hatte, zu begreifen. Also riss er sich stattdessen von ihrem Anblick los und bog ab in Richtung Ausgang. Eine Ablenkung. Er brauchte eine Ablenkung. Sofort. Bevor er etwas Dummes tat, wie zum Beispiel sich in einen erstklassigen Waschlappen zu verwandeln, der sich nicht von ihr losreißen konnte.

13

Wick stand hinten im Raum und beobachtete, wie die anderen Nightfury-Krieger einer nach dem anderen in das Computerzentrum hereinschlenderten. Schwere Schritte echoten von hellen Wänden, ließen den großzügigen Raum schrumpfen und verursachten ihm dumpfe Kopfschmerzen. Er rollte seine Schultern und widerstand dem Bedürfnis, sich die Schläfen zu reiben. Scheiß auf die Schmerzen. Auch auf den Frust und die Verwirrung. Er wollte nur weg von hier. Weg von dem Ort, der überfüllt war mit Männern, die viel zu viel Raum einnahmen. Weg von dem ganzen Rummel und dem Geschwätz. Wieder zurück in die tröstliche Ruhe und Geborgenheit seines Zimmers.

Leider würde das nicht so bald möglich sein.

Sein Blick verengte sich auf den für die Durchkreuzung seiner Pläne verantwortlichen Mann. Den, der ihm die Fluchtmöglichkeit verbaute.

Bastian stand neben dem Schreibtisch, vor dem ihr hauseigenes Computergenie auf einem mordshässlichen Sessel saß. Sloan nickte Bas zu, die Augen auf den an der Wand angebrachten Bildschirm gerichtet, während seine Finger über die Tastatur flogen und ein Lied anstimmten auf seinem Supercomputer an diesem frühen Morgen. Wick beobachtete das Geschehen und knetete seine Fäuste, versuchte, seine Angespanntheit abzubauen. Es funktionierte nicht. Er war zu aufgedreht. Zu nervös. Kurz davor, zu explodieren und seine Aggressionen an was auch immer abzureagieren. Er brauchte unbedingt mehr Raum und jede Menge Alleinsein, um wieder runterzukommen. Während seine Kumpels sich im Computerzentrum verteilten, den meisten verfügbaren Platz einnahmen und die ganze Luft im Raum verbrauchten, bemühte er sich also noch angestrengter, cool zu bleiben. Es war nichts weiter als Theater. Ein Versteckspiel, das er seit Jahren trieb.

Nicht einmal Venom kannte alle seine gefühlsmäßigen Abgründe. Er war gut darin, sie zu verbergen und aus dem Scheinwerferlicht zu halten. Das beherrschte er aus dem Effeff. Wick verschränkte die Arme vor der Brust und knurrte. Wäre ja auch noch schöner, wenn nicht. Er hatte jedes Buch gelesen, das sich mit dem Fachgebiet Psychologie beschäftigte – Jung, Freud, den verdammten Alfred Adler. Er kannte sie alle, jede einzelne ihrer Theorien. Alles Quatsch. Keines hatte ihm geholfen, hinter sein Problem zu kommen. Oder seine Phobie geheilt.

Bei dem Gedanken stieg Übelkeit in ihm hoch.

Wick schluckte das Brennen hinunter und bedachte ihren Kommandanten erneut mit einem bösen Blick. »Das reicht jetzt. Fangt schon an mit der verdammten Show.«

Seine Meckerei führte dazu, dass Bastian den Kopf wendete. Durchdringende grüne Augen musterten ihn. Wick versteifte sich. Der Kommandant verließ seinen Platz an Sloans Seite und kam von der anderen Seite des Raums auf ihn zu. Verdammter Mist. Jetzt kam es … die unvermeidliche Frage-Antwort-Routine, sobald Bas ihn erreicht hatte.

Bas blieb neben ihm stehen, lehnte sich an die Wand und hob fragend eine Augenbraue. »Bist du okay?«

»Ging mir nie besser.«

»Verscheißere keinen Verscheißerer.«

Wick schnaubte amüsiert. Er konnte nicht anders. Er mochte Bas. Respektierte den Mann auch. Was keine Kleinigkeit war für Wick. Gefühle waren schließlich nicht sein Ding. Aber nach jahrelangem Kampf, Seite an Seite mit dem Krieger, hatte sich aus Nähe Freundschaft entwickelt ... und aus Loyalität Zuneigung. Jetzt vertraute er Bastian voll und ganz. Der Mann war zuverlässig: beherzt, irre gerissen und außerordentlich tödlich. Immer eine gute Kombination. Aber das hieß nicht, dass er sich mit ihm über das auszutauschen gedachte, was vor wenigen Stunden in Seattle abgelaufen war.

Die Veränderung war noch zu frisch. Viel zu unverarbeitet, um sie mit Bas durchzukauen.

Also blieb ihm nur eins übrig ... die Besorgnis seines Kommandanten in eine andere Richtung zu lenken.

Wick verschränkte die Arme, winkelte das Bein nach hinten ab und stützte sich mit dem Fuß an der Wand ab. »Beginnst du jetzt mit dieser Party, oder was?«

»Netter Versuch, mein Lieber, aber ...« Als Bas schwieg, verspannte sich Wick. Himmel, jetzt war er geliefert. Sein Kommandant machte das Spiel nicht mit, was ihn auf den Schleudersitz setzte. Wunderbar. Genau das, was er zu vermeiden versucht hatte – eine gründliche Untersuchung mit Bastian am Ruder. »Möchtest du vielleicht erklären, was da draußen passiert ist, oder ziehst du es vor, dass ich meine eigenen Schlüsse ziehe?«

»Fick dich, Bas.« Die Antwort diente als Schutzschild, blockte jede Nachfrage ab, ließ eine Unterhaltung gar nicht erst aufkommen und hatte noch den zusätzlichen Vorteil, dass sie andere zwang, auf Distanz zu bleiben. Aber Bas fiel in der Regel nicht darauf herein, und als ein Muskel zuckte an seinem Kinn, gab Wick klein bei. »Ich bin noch nicht bereit, darüber zu reden.«

»Na gut.« Bastian nickte und trat den Rückzug an. Wenigstens in metaphorischem Sinn. Der Mann stand immer noch nah genug, um ihn mit seinem nüchternen Blick zu fixieren. »Aber wenn du es bist, komm zu mir. Dann reden wir darüber.«

Ein unbehagliches Gefühl durchzuckte ihn. Er wollte nicht darüber *reden*. Nicht jetzt. Niemals. Wick tippte sich trotzdem ans Kinn und stimmte wortlos zu ... wenn auch nur, um sich Bas vom Hals zu schaffen.

»Energieaustausch ist eine ernste Sache, Wick. Du kannst dich nicht dagegen wehren«, fuhr Bastian mit leiser Stimme fort, damit die anderen ihn nicht hörten. »Mein Ratschlag? Versuch es erst gar nicht. Nimm es an. Danke Gott, dass du sie gefunden hast. Gib deiner Frau, was sie braucht, und du bekommst am Ende mehr zurück, als du dir vorstellen kannst.«

Deine Frau. Verfluchte Scheiße. Bastian glaubte, dass Jamison zu ihm gehörte.

Er wollte es abstreiten, doch seine Kehle war wie zugeschnürt. Wick verdrängte das Gefühl, versuchte den Stich, den es ihm versetzte, abzuwehren. Es konnte nicht stimmen. Er verdiente kein Glück oder eine Gefährtin für sich. Konnte sich ja kaum um sich selbst kümmern, geschweige denn um jemand anders. Bas irrte sich – redete Schwachsinn, wenn er Wick für fähig hielt, eine dauerhafte Beziehung mit einer Frau aufzubauen. Märchen existierten in Kinderbüchern, nicht in seiner Welt.

Da ihm das Thema unangenehm war, unterbrach Wick den Blickkontakt und wechselte das Thema. »Hat Venom dir erzählt, was im Swedish Medical passiert ist?«

»Noch nicht. Klär mich auf.«

Wick nickte und beschrieb seinen Zusammenstoß mit Azrad ausführlich.

Bastian runzelte die Stirn. »Er benutzte J.J., um ein Treffen mit mir zu erpressen?«

»Jawohl.«

»Und er will mich in einem Coffee-Shop treffen?«

»First Avenue, Ecke Pine Street. Morgen um Mitternacht«, knurrte Wick und führte sich die Begegnung wieder vor Augen, sah den Rollstuhl den Flur hinuntersausen. Die Angst in Jamisons Gesicht kam als Nächstes, wurde zu einer lebhaften Vorstellung, sorgte dafür, dass sein Herz klopfte, machte ihn noch nachträglich stinksauer. Seine Nasenflügel bebten. Dieser Schweinehund. Azrad mochte zwar nicht nach einem Abtrünnigen riechen, verhielt sich aber wie einer … missachtete die Sicherheit eines weiblichen Wesens zu seinem eigenen Vorteil. Allein dafür würde Wick ihn in Stücke reißen, wenn er dem Mann das nächste Mal begegnete. »Er hat ihr wehgetan, Bas. Hat sie an der Kehle gepackt.«

»Und was jetzt?« Mit wissenden grünen Augen fixierte ihn sein Kommandant. »Jetzt willst du ihn tot sehen?«

»Das ist mein Recht.«

»Keine Einwände. Aber jetzt bin ich neugierig, also …« Bastian rieb sich den Nacken und seufzte. »Zuerst reden wir mit ihm. Ich will das *Warum* erfahren, bevor du ihn dir vornimmst. Abgemacht?«

»Abgemacht«, murmelte Wick und war schwer erleichtert.

Ob Azrad ein Abtrünniger war oder nicht, Bastian hatte Wicks Tötungsabsicht sanktioniert. Also … genau. Er würde seine Chance bei dem tätowierten Mistkerl bekommen. Würde alle Zeit der Welt haben, mit dem Mann abzurechnen. Es schmerzvoll machen. Azrad Schuppe für Schuppe auseinandernehmen, ohne dass der Nightfury-Kommandant intervenierte. Nichts besser als das, besonders wenn …

»Hey, Bas?« Sloan drehte sich mitsamt Sessel um und blickte in ihre Richtung. »Wir sind so weit.«

»Auf den Bildschirm damit.« Bastian klopfte Wick auf die Schulter, stieß sich ab von der Wand und ergriff das eine Ende des Konferenztisches aus Zedernholz. Die Holzbeine schrammten über den polierten Betonboden, als er den Tisch in die Mitte des Raumes zog. Das Gezerre setzte seine Brüder in Gang. Als sie herantraten, sich jeweils einen Ledersessel schnappten und die Sitzordnung neu arrangierten, fing der Bildschirm vor Sloan an zu flimmern. »Alle hinsetzen.«

Mehrere Sesselbeine kratzten über den Fußboden.

Wick schnappte sich einen Sessel weiter hinten und nahm seinen üblichen Platz an der Seite des Tisches ein. Als Venom sich neben ihn setzte, flimmerte ein Bild mit Gage und Haider an vorderster Front über den Monitor. Wick verzog den Mund zu einem Lächeln. Mann, es war gut, das Paar zu sehen. Besonders Gage. Er vermisste die beiden Männer im Hauptquartier, sicher, aber den Krieger mit dem intensiven Blick – und dieser grundsätzlichen Verpisst-euch-Haltung – mochte er von den beiden am liebsten. Bösartig bis an die Grenze zur Selbstzerstörung, trat Gage nie den Rückzug an oder gab auf.

Ein Mann ganz nach seinem Geschmack.

Haider jedoch war schwieriger einzuschätzen. Als Silberdrache verkörperte der Mann geradezu klischeehaft seine Untergruppe – und nicht nur, weil er so aussah mit seinen Quecksilberaugen und den schwarz-silbergrauen Haaren. Er beherrschte die Kunst des Schlüsseziehens perfekt, und sein Intelligenzquotient rangierte im oberen Bereich. Dazu kamen noch seine Fähigkeit, Geheimnisse zu bewahren, ein geradezu umwerfender Charme und die Tatsache, dass Haider beides wie eine Waffe einsetzte und … ja. Er war der perfekte Diplomat, ein Mann, der jeder Aufgabe gerecht wurde und in der Lage war, Informationen aufzustöbern, die eigentlich nicht für ihn bestimmt waren.

Eine nützliche Fähigkeit. Eine, die Haider äußerst effektiv einsetzte.

Gut war es auch aufgrund der Tatsache, dass das Paar sich in Prag eingenistet hatte und gesittet verhielt auf dem Erzgarde-Festival. Alles reines Theater, natürlich. Bastian interessierte es einen Dreck, die Mitglieder des Hohen Rates glücklich zu machen. Die Reise – unter dem Vorwand, die Traditionen ihrer Spezies zu ehren – galt mehr dem Sammeln von Fakten. Eine Mission, hinter der Wick voll und ganz stand. Er liebte Tricks. Sie kamen seiner Natur entgegen, um nicht zu sagen, seinem Temperament, und er nahm seinen Platz ein in der Hoffnung, dass die Metallischen erfolgreich gewesen waren.

Exakte Geheimdienstberichte eröffneten schließlich Chancen. Und Chancen eröffneten Möglichkeiten. Und Möglichkeiten? Nun ja, die schafften massenweise Optionen. Solche, die möglicherweise zu dem führten, was sich der gesamte Nightfury-Clan wünschte. Nämlich eine klare Trennung von der Erzgarde … und Rodins schädliche Einflussnahme auf ihre Spezies zu stoppen.

Bastian nahm seinen Platz an der Stirnseite des Tisches ein und begrüßte die Metallischen.

»Da laust mich doch der Affe.« Gage beugte sich weiter vor zur Kamera. Sein Bronzeblick schweifte über die Versammlung am Tisch und blieb an Angela haften. »Seit wann laden wir Frauen ein zu unseren Treffen?«

»Seit jetzt.« Rikars Gefährtin gesellte sich als Letzte zu ihnen und zog einen Sessel heran. Die Ex-Ermittlerin von der Seattle Police mit ihrer unglaublichen Spürnase warf einen Aktenordner auf den Tisch und funkelte Gage an. Der Blick schickte eine klare Botschaft durch den Äther – komm zur Vernunft, oder du handelst dir einen Tritt in den Arsch ein … von einer Frau. »Hör auf mit dem Quatsch, Gage, und komm zur Sache.«

Haider schnaubte belustigt.

Gage veränderte seine Blickrichtung und grinste Rikar an. »Ich mag sie.«

»Ich auch.« Rikar erwiderte das Lächeln des Mannes, streckte den Arm aus und umfasste ihre Hand. »Sie ist schwer in Ordnung.«

Angela verdrehte die Augen. »Fickt euch … alle beide.«

Lachend wies Bas mit dem Kinn in ihre Richtung. »Ange, du fängst an. Was hast du?«

»Es ist ein wenig dürftig, aber ich glaube, ich habe eine Spur.« Sie entwand Rikar ihre Hand und öffnete den roten Ordner. Darin befanden sich drei eingeschweißte Blatt Papier. Die Razorback hatten selbige durch den Reißwolf gedreht und in ihrem ehemaligen Hauptquartier zurückgelassen. Aber trotzdem hatte die Information Angela zu einer Spur geführt, von der alle hofften, dass sie bei Ivar dem Oberwichser enden würde. »Dies sind nur ein paar der zerhackten Dokumente, die ich zusammengeklebt habe, aber es sind die vielversprechendsten.«

Forge schnappte sich eines der Blätter. »Wieso das?«

»Es ist eine Inventarliste für eine Art Club.«

»Einen Nachtclub?«, fragte Venom.

»Möglicherweise«, sagte sie. »Ist noch zu früh, um das zu sagen. Auf den Dokumenten taucht kein Name auf, der uns zu irgendeinem Etablissement führt, aber es gibt einen definitiven Geldfluss, den man verfolgen kann. Sloan hat mir mit dem Computer geholfen.« Sie blickte hinüber zu Sloan, ihrem hauseigenen Computer-Freak. »Er hat mir auch beigebracht, wie ich mich einhacken kann. Mit etwas Glück stoße ich möglicherweise auf den Verteiler. Wenn ich die gezahlten Summen den Alkoholmengen zuordnen kann, die der Club bestellt hat, und die Daten übereinstimmen, kann ich vielleicht den Ort bestimmen. Es dauert wahrscheinlich …«

»Ewig, verdammt noch mal«, unterbrach Mac seine beste Freundin und ehemalige Partnerin beim Seattle Police Department. Sie sah ihn missbilligend an. Er machte einen Rückzieher. »Aber es lohnt den Versuch.«

»Myst und Tania helfen mir beim Sortieren der anderen Kartons.« Sie tippte mit den Fingerspitzen auf die Tischplatte und rutschte hin und her auf ihrem Sessel … als ob sie es nicht erwarten konnte loszulegen. »Es wird schneller gehen, als ihr denkt, wenn wir alle drei daran arbeiten.«

»Jamison wird auch helfen wollen.«

In der Sekunde, in der Wick den Mund aufgemacht hatte,

bereute er es auch schon. Besonders, weil alle Blicke in seine Richtung schossen. Überraschung zeichnete sich ab auf den Gesichtern der Krieger. Wick verkniff sich eine Grimasse, hätte sich in den Hintern beißen können vor Wut über sich selbst, dass er sein gewohntes Schweigen gebrochen hatte, aber … Mann. Er konnte einfach nicht aufhören, an sie zu denken. Konnte nicht vergessen, dass sie ganz in der Nähe war – einmal rechts um die Ecke und dreiundsiebzig Schritte weiter den Flur geradeaus –, geschweige denn, das Bedürfnis unterdrücken, hinzugehen und nach ihr zu sehen. Und ehrlich gesagt? Sie in das Team zu integrieren schien, nun ja … halbwegs natürlich.

Wick runzelte die Stirn. Der Impuls signalisierte ihm ein großes Problem. Eins, das seine Oh-Scheiße-Anzeige in den roten Bereich katapultierte.

»Ich meine … wahrscheinlich«, murmelte er und ruderte zurück. »Die Frau ist schließlich Tanias Schwester.«

Zustimmendes Knurren rundum ließ sich vernehmen.

Wick atmete erleichtert durch. Das Letzte, was er gebrauchen konnte, war, dass seine Brüder ihm auf die Schliche kamen. Dass Bastian von seiner Jamison-Obsession wusste, war das eine. Aber die ganze Gruppe? Himmelherrgott. Das würde ein Riesendurcheinander geben.

»Haider«, sagte Rikar und kam wieder zur Sache. »Gibt es irgendetwas Neues bei euch?«

»Nian entwickelt sich zu einem ernsthaften Spieler.« Die Unterarme auf den Schreibtisch gelegt, bewegte Haider seinen Bürostuhl nach vorn. »Er verbringt viel Zeit in Rodins innerem Zirkel. War auf mindestens drei Privatpartys in der letzten Woche, soviel ich weiß. Es geht das Gerücht um, dass er eine teure Frau gekauft hat auf einer dieser Partys.«

»Mist.«

»Du sagst es, Sloan. Aber das muss nicht unbedingt etwas Schlechtes bedeuten, glaube ich.«

»Wieso nicht?«, knurrte Bastian. »Wenn der Wichser im Sexgeschäft mitmischt, gebe ich Gage sofort grünes Licht.«

In Gage kam Leben. »Na toll. Seit wir hier sind, kann ich's kaum erwarten, den Schwanzlutscher auseinanderzunehmen.«

»Verstehe, aber da ist noch etwas ...« Haider schwenkte ein Blatt Papier vor der Kamera. »Am nächsten Tag kaufte Nian ein Erste-Klasse-Ticket fürs Ausland, sodass ...«

Forge fluchte. »Und es war nicht für ihn?«

Haider schüttelte den Kopf.

»Verdammt«, murrte Gage und riss seinem Kumpel die Rechnung aus der Hand. »Woher hast du die?«

»Spielt keine Rolle.«

»Du hast recht«, sagte Bas und klang nicht gerade glücklich. »Arrangiere ein Treffen mit Nian. Ich möchte mit der Ratte von Angesicht zu Angesicht reden. Eins noch ...« Er hielt inne und blickte in Wicks Richtung. »Gibt es noch etwas, was ihr wissen wollt, bevor wir Schluss machen?«

Wick war klar, worauf der Kommandant hinauswollte, und er verzog den Mund. Bastian war der Beste ... keine Frage. »Hat einer von euch schon mal den Namen Azrad gehört?«

»Nein«, antworteten beide Männer gleichzeitig.

»Könnt ihr euch mal ein bisschen umhören?«, bat er. »Mal sehen, was dabei herauskommt.«

Haider nickte. »Hast du irgendwelche Zusatzinformationen für mich?«

»Irokesenschnitt ... schwarze Haare, burgunderrote Haarsträhnen, dunkelblaue Augen«, sagte Venom und warf Wick einen Seitenblick zu. »Ein Metal-Fan. Trägt Stecker in Augenbraue und Nase.«

»Und hat ein Tattoo links am Hals«, murmelte Wick und fuhr mit der Beschreibung fort. »Schwarzes Spinnennetz. Rote Spinne in der Mitte.«

Gages Augenbrauen schossen hoch. »Abgefahren, aber einprägsam. Wenn es irgendwelche Informationen zu ihm gibt, stöbern wir sie auf für euch.«

»Ihr habt vierundzwanzig Stunden«, sagte Bastian. »Tut, was ihr müsst, dann packt zusammen. Sobald die Schlusszeremonie des Festivals gelaufen ist, kommt ihr schleunigst nach Haus. Wir brauchen euch hier.«

»Wie findest du das, Gage?« Haider lachte und stieß seinen Kumpel mit dem Ellbogen an. »Ich glaube, er vermisst uns.«

Rikar schnaubte. »Ja, ungefähr so wie ein zusätzliches Loch in seinem Schädel.«

Mit blitzenden Bronze-Augen grinste Gage ihn an: »Dafür kann jederzeit gesorgt werden.«

»Nur, wenn du es mit mir zu tun bekommen willst«, sagte Angela drohend.

»Was für eine streitsüchtige Frau, Rikar«, murmelte Gage. »Ich wette, sie hat dich voll im Griff.«

Venom lachte zusammen mit den anderen.

Der stellvertretende Kommandant knurrte etwas Obszönes.

Mit einem teuflischen Grinsen klopfte Gage mit den Knöcheln gegen den Bildschirm. »Bas, ich werde ein Treffen mit Nian verabreden und gebe dir das Datum durch. Wenn wir noch irgendwas rausfinden, schicke ich Sloan eine E-Mail. Sonst sehen wir uns demnächst drüben.«

Haiders Hand verharrte über der Tastatur, dann drückte er einen Knopf und …

Licht aus.

Sobald der Bildschirm leer war, stieß sich Wick ab vom Tisch und stand auf. Die beste Gelegenheit, sich dünnezumachen. Er war lange genug geblieben. Jetzt brauchte er etwas Ruhe, ganz viel Stille und einen Platz, der beides für ihn bereithielt.

Er ging an Venom vorbei und klopfte ihm auf die Schulter.

Rubinrote Augen musterten ihn. »*Halo* oder *World of Warcraft?*«

Wick schüttelte verneinend den Kopf. Was echt seltsam war. An den meisten Tagen ergriff er nur zu gern die Gelegenheit, mit Venom und seinem High-Tech-Spielzeug abzuhängen. Videospiele dienten beiden dazu, sich abzureagieren nach einer langen Kampfnacht. Aber nach der Kraftprobe in Seattle – und seiner bizarren Reaktion auf Jamison – hatte er für diese Nacht genug gespielt.

»Später.«

Als Venom »aha« sagte, war er bereits in Richtung Tür unterwegs. Beinahe zu Hause. Nur noch eine Kurve und ein kurzer Gang durch den Flur, und er stünde vor der Fahrstuhltür. Dann nur noch eine kurze Fahrt hinunter von ihrem oberirdischen Hauptquartier. Und ab in sein Zimmer. Aber als er das Rumoren männlicher Stimmen hinter sich ließ und auf den Flur trat, überfiel ihn ein seltsames Bedürfnis. Er wollte nach rechts gehen statt nach links … auf die Krankenstation zu statt weg von ihr.

Was für eine schlechte Idee.

Jamison war in guten Händen. Würde zweifellos noch eine

ganze Weile schlafen. Sie brauchte ihn nicht an ihrer Seite. Trotz seines Versprechens sagte ihm die Erfahrung, dass sie das, was sie gesagt hatte, nicht so gemeint hatte. Wenn sie aufwachte, würde sie ihn genauso wenig sehen wollen, wie er einen Tritt in die Eier einstecken würde. Ihre Bitte, in ihrer Nähe zu sein, war aus Verzweiflung geboren … aus Angst und Unsicherheit. Er war ihre Rettungsleine gewesen in einer Krise. Nicht mehr, nicht weniger. Sobald sie wieder bei klarem Verstand war, würde sie auf ihn reagieren wie alle anderen Frauen.

Mit Entsetzen und Abscheu.

Er wusste es. Hatte es immer wieder erlebt. Trotzdem war die Vorstellung, dass sie ihn auf diese Art ansehen würde, schmerzhaft und traf ihn tief. Und als die Schmerzen sich seines Herzens bemächtigten, musste Wick sich zwingen weiterzugehen. Es funktionierte nicht. Durch seine zwanghaft auf sie fixierte Drachenhälfte wurde seine Vorwärtsbewegung gestoppt. Fluchend blieb Wick mitten auf dem Flur stehen. Er ließ den Kopf hängen, ballte seine Fäuste und machte eine Kehrtwendung um 180 Grad, musterte die gläsernen Türen.

Verdammte Scheiße. Er konnte es nicht tun.

Konnte nicht weggehen, ohne vorher nach ihr zu sehen. Nur noch einmal.

Wick schimpfte sich selbst einen Dummkopf und ging los. Vielleicht reichte ihm ja ein flüchtiger Blick auf sie. Vielleicht würde ein kurzer Blick durch die Scheibe genügen. Oder einen Moment am Fußende ihres Bettes zu stehen – sie beim Schlafen zu beobachten … zu sehen, dass sie heil und unversehrt und ungestört war –, vielleicht würde das seine Besorgnis verringern. Aber als Wick sich dem Eingang der Krankenstation näherte, steigerte sich seine Nervosität. Sein Nacken kribbelte geradezu vor Besorgnis, und das Kribbeln breitete sich über seinen ganzen Rücken aus. Nichts an der Situation stimmte. Sein Bedürfnis, ihr nahe zu sein, war nicht richtig. Auch nicht gerade klug. Instinkt und Selbstschutz hatten schließlich ihre Berechtigung. Er musste beides einsetzen, die Dämonen vertreiben, die ihn in ihre Richtung trieben, und überhaupt musste er damit aufhören, an sie zu denken.

Das wäre sicherer für ihn. Und verdammt viel besser für sie.

Leider war das leichter gesagt als getan.

J.J. lag ganz am Rand der Matratze flach auf dem Rücken in einem riesigen Bett. Mann, in dem Teil konnten locker fünf von ihrer Sorte quer liegen. Vielleicht mehr … problemlos. Lächerlich. Besonders, da ihre Gefängnispritsche nur siebzig Zentimeter breit gewesen war. Das war zwar schmal gewesen, aber auch vertraut. Ihre Zuflucht in der Sicherheit hinter einer verriegelten Tür. Der einzige Ort auf der Welt, wo sie Trost gefunden hatte nach einem langen Tag, der aus der Vermeidung von Problemen bestanden hatte.

Traurig, nicht wahr? Anstatt es behaglich zu finden, verunsicherte sie dieser viele zusätzliche Platz.

Sie atmete ein, füllte ihre Lungen, zählte bis fünf und atmete dann langsam wieder aus, während sie auf die Uhr ihr gegenüber blickte. Aufgehängt an der Wand. Der Sekundenzeiger quälte sie mit seinem endlosen Ticken … ungefähr so wie die chinesische Wasserfolter einen Kriegsgefangenen. Sie versuchte, den Kloß in ihrem Hals herunterzuschlucken. Ein Kriegsgefangener. Ha. Überraschung, Überraschung … die Bezeichnung passte, traf auf alarmierende Weise zu, grenzte ans Surreale. Nicht, dass sie angekettet oder eingeschlossen war in einer schmuddeligen Hütte in einem gottverlassenen Dschungel irgendwo. Der Raum war schön: helle Wände, hoch modern eingerichtet und zu allem auch noch blitzsauber.

Normalerweise gefiel ihr das. Sauber bedeutete schließlich ordentlich. Alles an seinem angestammten Platz. Immer eine gute Sache, ihrer Meinung nach, aber nicht heute. Ordnungsliebe funktionierte nicht für sie. Nicht nach allem, was sie gesehen hatte letzte Nacht.

J.J. atmete erneut leicht zittrig aus und starrte wieder an die Decke. Nicht, dass da viel zu sehen war. Auch nichts zu zählen. Keine Pockennarben im Putz. Keine Abdrücke von Pinseln oder Farbrollen. Nur glatte Wände, ein Meer von Weiß, das nur unterbrochen wurde von heruntergedimmten Halogenleuchten über ihr.

Was echt nervte. Unglaublich.

Sie brauchte eine Ablenkung. Eine, die sie von der quälenden Tatsache ablenkte, dass Wick neben ihr lag. J.J. schnaubte. In Ordnung, also *neben ihr* war etwas übertrieben, aber nicht allzu sehr. Auf einem Stuhl sitzend, war er gegen ihre Matratze gesunken, nahm den ganzen Raum an ihrer rechten Seite ein. Seine dunklen Haare über seinem Unterarm, sein Gesicht an ihre Hüfte geschmiegt, war er eingeschlafen. Nicht, dass sie ihm zum Vorwurf machte, müde zu sein. Nachdem er sie aus dem Swedish Medical befreit hatte, verdiente er es, sich auszuruhen, aber …

Musste er sich unbedingt so … so …

Mannomann. Sie war echt in Schwierigkeiten. Solchen, die sie ins Schleudern brachten. Jetzt wusste sie nicht, was sie tun sollte. Oder welches die beste Reaktion war. Jedenfalls nicht, solange sein Arm an diese … nun ja … ziemlich empfindliche Stelle gepresst war.

Irgendwann im Schlaf hatte er ihn unter die Bettdecke geschoben. Jetzt ruhte ihre Kniebeuge auf seinem muskulösen Bizeps, während sein Unterarm weitergewandert war und seine Hand … heiliger Strohsack … jetzt über ihrer nackten Hüfte lag. Groß. Stark. Schwielig. Die Finger weit gespreizt auf ihrer Haut, okkupierte sie die Stelle unter ihrem Krankenhaushemd, sodass sie jeden einzelnen Nerv bewusst wahrnahm. Hinzu kam noch die Tatsache, dass seine Lage einen gewissen Teil ihrer Anatomie angreifbar machte, und schon bog Unsicherheit um die Ecke. Panik näherte sich ebenfalls geschwind, und flugs befand sie sich auf apokalyptischem Gebiet, auf dem ihr zwei Wahlmöglichkeiten blieben.

Stillzuhalten und es zu genießen – das Sirren und Surren in ihrem Körper, das seine Berührung auslöste –, während sie darauf wartete, dass er von allein aufwachte. Oder auszuflippen und ihm eine Ohrfeige zu geben.

J.J. ballte die Fäuste im Bett und überdachte die Vor- und Nachteile. Es war ein echtes Ausknobeln. Nach fünf Jahren im Gefängnis hatte sie ihre Orientierung verloren. Auch den größten Teil ihrer Autonomie. Ihre Fähigkeit, jemandem zu vertrauen? Schon lange den Bach runter. Gefängnisse übten nun mal diese Wirkung aus. Jeder – gut, schlecht oder weder noch – wurde verdächtigt, ein weiterer Feind in dem Überlebenskampf an einem Ort zu sein, an dem abgehärtete Verbrecher den Ton angaben. Aber als sie in dem schwachen Licht so dalag, unter dem Einfluss von Wicks warmer Handfläche, wollte sie nicht kämpfen. Sie wollte einfach nur liegen bleiben und zusammen mit dem Mann die Stille genießen, wenn auch nur für eine kleine Weile.

Was … klingelingeling, das Mädel hat gewonnen … keinen Sinn ergab.

Ihre Reaktion auf ihn grenzte an Dummheit. Sie hätte ihn inzwischen wegschubsen sollen. Hätte weit ausholen und ihm eine langen sollen, gleich nachdem sie aufgewacht war und er quasi auf ihr lag. Unter normalen Umständen hätte sie es ihm nicht durchgehen lassen, ihr zu nahe gekommen zu sein. Aber aus irgendeinem Grund war die Situation alles andere als *normal.* Mal ganz abgesehen von der Drachennummer. Ihr Zögern begann und endete mit Wick – dem Mann, nicht dem Monster. Seltsam in mehr als einer Hinsicht. Besonders, da sie nie Männer in ihrer Nähe duldete.

Jedenfalls nicht mehr.

Sie hatte ihre Lektion auf die harte Tour gelernt. Misstrauen mochte theoretisch nicht gut aussehen, aber es garantierte einer Frau Sicherheit. Ganz zu schweigen davon, dass es sie am Leben hielt.

Aber mit Wick war ihre Abwehr hinüber. Lag am Boden und hatte sich aus ihrer sicheren Verankerung gelöst. Etwas an ihm wirkte einfach aufrichtig. Trotz dieser Mann-in-Drache-Verwandlung erkannte sie, ob jemand eine Gefahr darstellte oder nicht, wenn sie ihn sah. Die meisten Frauen wären vor Begeisterung aus dem Häuschen. Wären ausgeflippt aufgrund seiner Vertrauenswürdigkeit und auf der Stelle Handtücher für sich und ihn einkaufen gegangen oder irgend so ein Mist. Aber nicht sie. J.J. gefiel die Vorstellung absolut *nicht.*

Die Anziehung, die er auf sie ausübte, erschreckte sie viel zu sehr.

Vorsichtig, um ihn nicht wegzuschubsen, veränderte sie ihre Lage. Als Nächstes atmete sie tief durch, um sich zu beruhigen, nahm ihren ganzen Mut zusammen und blickte in seine Richtung. O Gott. Das war unfair. Er sah unglaublich aus, wie er da neben ihr lag, wie ein gefallener Engel mit seinen dichten Wimpern und dem wirren dunklen Haar. Sie biss sich auf die Innenseite ihrer Unterlippe und musterte ihn erneut. Junge, war er groß. Auch faszinierend, so rundherum männlich mit seinen breiten Schultern, den muskulösen Armen und dem schönen Gesicht. Ihr Blick verharrte auf seinem Mund, und sie lauschte seinen Atemzügen, beobachtete, wie sich sein Rücken hob und senkte.

»Lieber Gott«, flüsterte sie. »Was soll ich bloß tun?«

Sie zermarterte sich das Hirn und wartete, hoffte, dass ER ein Einsehen hatte und ihr eine Idee eingab. Eine Andeutung machte. Einen Fluchtplan entwarf. Irgendetwas, was ihr aus der Klemme half. Aber als die Zeiger der Wanduhr weiterwanderten, tickend in der Stille, stellte sich absolut keine Lösung ein, weigerte sich ihr Verstand zu kooperieren. Ärgerlich? Keine Frage. Es war mehr als frustrierend, besonders, da die Versuchung lockte, ihre Neugier angestachelt wurde, und sie seinen Kopf anstarrte und über Dinge nachdachte wie …

Ob seine Haare wohl so weich waren, wie sie aussahen? Ob die Bartstoppeln an seinem Kinn wohl so kratzig waren, wie sie glaubte? Ob die Hitze, die er ausstrahlte, ihre Fingerspitzen wohl innerhalb von Augenblicken wärmen würde … oder würde es länger dauern?

Alberne Fragen. Jede einzelne. Sie wusste es im selben Augenblick, in dem sie ihr durch den Kopf gingen. Ihre Reaktion auf ihn – die schreckliche Anziehungskraft – grenzte ans Lächerliche. Man konnte es auch unlogisch nennen oder verrückt, wenn man bedachte, was sie über ihn wusste.

Ein Bild tauchte vor ihrem inneren Auge auf.

Ein gehörntes Haupt, goldene Augen. Schwarze Schuppen mit bernsteinfarbenen Spitzen blitzten auf im Mondschein. Rasiermesserscharfe Klauen an riesigen Pranken zerrissen andere Drachen.

Drachen. Du liebe Güte. Der Himmel war voll gewesen von ihnen, letzte Nacht.

J.J. schluckte, als sie wieder in Panik zu geraten drohte. Praktisches Denken stoppte ihre seelische Talfahrt. Auszuflippen würde ihr nicht helfen. Hatte es noch nie getan. Sie hatte gesehen, was sie *gesehen* hatte. Zwecklos, es zu leugnen. Und dennoch hatte sie, als sie ihn anstarrte und sich die Vorgänge wieder vor Augen führte, große Mühe, das, was sie gesehen hatte, mit dem neben ihr schlafenden Mann in Einklang zu bringen. Mit den sehr menschlichen Händen, die sie anfassten, und dem Bewusstsein, dass seine Berührung ihr sehr angenehm war und ihr wohltat. J.J. hätte es gern abgestritten, aber Tatsachen waren eine heikle Sache. Kompromisslos meldete sich jede einzelne und brachte sie dazu, die Wahrheit einzugestehen. Ihr tat nichts mehr weh. Die Schmerzen waren weg bis auf ein bohrendes Gefühl in ihrem Brustkorb, wo sie den tiefen Schnitt gehabt hatte.

Oh, und ein leichtes Pochen in ihrem Knöchel.

Sie wackelte mit den Zehen und hob ihr Bein an unter der Decke. Ihr Gipsverband ruhte auf einem Kissen, aber … hm. Ein bisschen unangenehm, aber nicht zu vergleichen mit früher, was ihr Folgendes bewusst machte: Er hatte etwas mit ihr angestellt. Man musste kein Genie sein, um den Schluss zu ziehen. Menschen genasen nicht derartig schnell, also …

Sie verdankte ihre schnelle Heilung Wick.

Stirnrunzelnd ging J.J. in sich, überprüfte ihre Schlussfolgerungen, wendete sie hin und her in ihrem Kopf, suchte nach Löchern in der Theorie. Nichts als Gewissheit blieb. Der sichere Beweis lag in dem merkwürdigen Fließen, das sie durchströmte. Sie konnte das Anschwellen und Abschwellen deutlich spüren. J.J. schloss die Augen und versuchte, das Zentrum auszumachen. Der hitzige Andrang ging aus von seiner Handfläche, breitete sich knisternd auf ihrer Haut aus, drang tief ein und umhüllte ihren Körper von innen heraus.

Zwischen zwei Herzschlägen traf J.J. ihre Entscheidung. Ihn aufzuwecken hatte gerade oberste Priorität gewonnen. Sie hatte Fragen. Er die Antworten. Eine Unterhaltung war angesagt. Es gab allerdings ein Problem. Sie wusste nicht, wie er reagieren würde. Die Erfahrung sagte ihr, dass Männer nicht gern aufgeschreckt wurden. Also Wick anzustoßen, während er schlief? Wahrscheinlich nicht die beste Idee. Er wachte möglicherweise zu abrupt auf, und unter Berücksichtigung der Größe seiner Hand, die auf ihrer Hüfte ruhte, schien es ihr eine exzellente Strategie zu sein, Prügel von ihm zu vermeiden.

Total angespannt, räusperte sich J.J. in der Hoffnung, dass das Geräusch ihn aufwecken würde. Nichts. Keine Reaktion. Nicht einmal das leiseste Flattern seiner Wimpern.

»Wick?« Sie befleißigte sich eines ruhigen Tonfalls. »Zeit, aufzuwachen.«

Wieder regte er sich nicht.

J.J. fiel nichts mehr ein, und sie streckte den Arm aus. Ihre

Hand berührte seine Schulter. Sie rüttelte leicht an ihm. Er runzelte die Stirn. J.J. rüttelte noch einmal. Er brummte etwas. Sie blinzelte. Langsam wurde sie sauer. Verdammter Kerl. Sie war sich zwar nicht ganz sicher, aber es klang, als hätte er ihr gerade gesagt, dass sie sich ficken sollte.

Verärgerung verdrängte den Selbstschutz. Sie stupste ihn an mit der Fingerspitze. »Hey!«

Seine Hand zuckte, packte ihre Hüfte eine Sekunde, bevor er knurrte. J.J. schrie erschrocken auf, als sein Kopf hochfuhr. Goldene Augen musterten sie, verengten sich. Ihr blieb die Luft weg. Erinnerungen überfielen sie, katapultierten sie fünf Jahre zurück an einen Ort, an dem sie nicht sein wollte. Oh, Mist. Gott mochte ihr helfen. Sie hätte niemals so ungeduldig sein dürfen. Jetzt würde er sie dafür büßen lassen. Sie bei lebendigem Leib verspeisen. Ihr wehtun, weil sie ihn wütend gemacht hatte. Die Erinnerung peitschte auf sie ein und hinterließ Striemen, zwängte ihr unliebsame Gedanken auf. Sie kannte den Gesichtsausdruck, den Wick trug … verstand, dass die Geschichte sich häufig wiederholte und dass ihre kurz davorstand, genau das zu tun. Und obgleich es nichts Neues für sie war, geschlagen zu werden, schrie J.J. innerlich, heulte wegen der Ungerechtigkeit.

Nicht wieder. Niemals wieder. Sie hatte es sich geschworen. Hatte einen Mann erschossen und getötet wegen dieses Schwurs und um sich zu schützen. Aber hier, in einem fremden Raum, unter der schwachen Beleuchtung, meldete sich die Vergangenheit zurück und suchte sie heim. Und als die Angst sie total beherrschte, lag sie wie erstarrt da und wusste nicht, wohin sie fliehen sollte.

»Es tut mir leid«, flüsterte sie und hasste sich für ihr Flehen aus dem Zustand der Schwäche heraus. Sie war verletzt. Mehr als schwach. Derart mitleiderregend, dass sie zusammenzuckte beim Klang ihrer rauen Stimme. Aber obgleich J.J. daran gewöhnt war, von einem sadistischen Mann geschlagen zu werden, zwang sie die Macht der Gewohnheit, eine Unterwerfungshaltung einzunehmen. Sie drehte sich blitzschnell weg und rollte sich zusammen. Hob die Arme, um ihr Gesicht zu schützen. »Bitte, sch-schlag mich nicht. Bitte nicht. Es tut mir … l-leid.«

Als die abscheulichen Worte ihr entschlüpften, zuckte Wick zusammen. »Heilige Scheiße.«

Sein Fluch dröhnte in ihrem Schädel. Ihr Herzschlag nahm ihn auf und ließ ihn nachhallen in ihrer Brust, während J.J. wartete. Auf den Luftzug. Auf den ersten Schlag. Auf die Schmerzen, die immer folgten. Aber …

Sie blinzelte. Nichts geschah. Das Schlimme trat nicht ein.

Und als die Stille sich hinzog nach ihrem Ausbruch, hörte J.J. auf zu reagieren und fing an zu denken. Sie holte tief Luft und lauschte angestrengt. Kein Geräusch. Keine Bewegung. Gar nichts. Nur das warme, schwere Gewicht seiner Hand auf ihrem Oberschenkel. Seine absolute Stille beruhigte sie. Sein Schweigen machte ihr Mut.

Sie hob ihren Ellbogen an und spähte durch den Spalt zwischen ihren Unterarmen. Mit gerunzelter Stirn starrte er sie an, Verwirrung und noch etwas im Blick. Mit leicht zittrigen Händen senkte sie ihre Arme ein Stück, um ihn zu testen. Als er absolut regungslos verharrte, atmete J.J. erleichtert aus. Gott sei Dank. Er hatte nicht vor, es ihr heimzuzahlen. Hatte nicht die Absicht, sie zu schlagen.

Tränen traten ihr in die Augen, als ihr das bewusst wurde.

Den Blick fest auf ihn gerichtet, atmete sie tief durch und entspannte sich. Als ihre Muskeln sich lockerten, schimpfte sie sich selbst eine Närrin. *Dumpfbacke* würde es noch eher treffen. Sie hatte ihn höllisch geschockt. Sie erkannte es an seiner Miene. Die Mischung aus Betroffenheit und Argwohn schnürte ihr das Herz ab. Sie hatte es schon wieder getan. War grundlos ausgerastet und hatte überreagiert, hatte ihre Vergangenheit die Oberhand über die Gegenwart gewinnen lassen. Was Wick zu einem Opfer in ihrem traurigen kleinen Krieg gemacht hatte, nicht wahr?

Was alles andere als spaßig war für ihn. Und unglaublich beschämend für sie.

Vor lauter Schamgefühl wurde sie knallrot. Sie zwang sich dazu, ihn anzusehen, und setzte sich im Bett auf. Er zog seine Hand unter der Decke hervor, hinterließ eine kalte Stelle auf ihrem Schenkel. Sie presste die Lippen zusammen und suchte nach den richtigen Worten. »Ich habe dich gerade beleidigt, nicht wahr?«

Er zuckte die Achseln, spielte ihren Ausbruch herunter.

»Es tut mir leid.« Sie schüttelte den Kopf. »Ich hätte es besser wissen müssen. Besonders nach letzter Nacht.«

»Warum? Du kennst mich doch gar nicht.«

»Ich habe dich gesehen, erinnerst du dich?« Ein weiteres Bild von ihm tauchte vor ihr auf. Von ihm im Krankenhaus, sanfte Hände auf ihren Armen, starke Arme um sie herum, während er sie die Treppe hinuntertrug, das tiefe Timbre seiner Stimme in ihren Ohren. »Du hast mich beschützt und mir das Leben gerettet. Es gibt keinen Grund, warum du mir jetzt wehtun solltest. Ich habe nur …«

Ihre Stimme brach, schnitt ihr das Wort ab.

Er hob eine Augenbraue und wartete, dass sie fortfuhr. Die Reaktion kam ihr merkwürdig vor. Nicht auf irgendeine schlimme Art und Weise, einfach nur ungewohnt und anders. Die meisten Männer hätten sie gedrängt. Auf ihre Armbanduhr geschaut, vielleicht sogar darauf geklopft und gesagt »hopp-hopp, Schätzchen«. Nicht aber Wick. Er saß regungslos da, geduldig, still, ließ ihr genügend Zeit, gestattete ihr, sich wieder zu fangen. Und während J.J. ihn anstarrte und Stille sich ausbreitete, stellte sie Erörterungen an.

Die Pros. Die Contras. Wie viel sie zugeben … was sie zurückhalten sollte.

Ehrlichkeit war ein seltenes Gut, eins, das sie mehr als alles andere schätzte, aber die Wahrheit befreite einen Menschen nicht immer. Das wusste sie, aber als sie seinen Blick festhielt, geschah etwas Seltsames. J.J. beschloss, mutig zu sein. Sie war es leid wegzulaufen. Hatte es satt, sich zu verstecken. War der Spiele müde. Und als das Schweigen sich ausdehnte und er geduldig blieb trotz ihrer Unsicherheit, gab sie ihre übliche Vorsicht auf. Zum Teufel damit. Er schien zuverlässig zu sein, vertrauenswürdig sogar, also … scheiß drauf. Es wurde Zeit, ihn zu testen und zu sehen, wohin es sie führte.

Nervosität schnürte ihr die Kehle zu. J.J. räusperte sich. »Manchmal handele ich, ohne nachgedacht zu haben. Meine Erfolgsbilanz, was Männer angeht, ist nicht gerade bombastisch, aber das ist keine Entschuldigung. Also, wenn ich deine Gefühle verletzt habe, tut es mir …«

»Wer hat dich geschlagen?«, fragte er und sah sie so durchdringend an, dass es sie ein klein wenig ängstigte.

»Mein Ex.«

»Der Mann, den du erschossen hast?«

»Ermordet, meinst du?«

»Quatsch.« Er verlagerte sein Gewicht auf dem Stuhl und stieß sich ab von der Bettkante. Räder quietschten, als die Distanz zwischen ihnen größer wurde. Ein halber Meter wurde zu einem Meter, bevor er das Rückwärtsgleiten stoppte. »Ich habe deine Akte gelesen.«

J.J. starrte ihn mit offenem Mund an. »Du hast meine Akte …«

»Jedes einzelne Wort.« Als sie ihn total verwirrt ansah, knurrte er: »Anständige Männer misshandeln keine Frauen, Jamison. Das Arschloch verdiente es zu sterben.«

Na gut, das war auch eine Sichtweise. Eine andere war, dass sie ihn kaltblütig erschossen hatte. Der Staatsanwalt hatte ganz bestimmt so gedacht. Ihr Bedauern und ihr Schuldgefühl schienen ihm zuzustimmen. J.J. packte ihr volles Haar mit einer Hand und zog es über ihre Schulter. Als ihre Mähne bis auf ihre Brust fiel, schüttelte sie den Kopf. Sie hatte alles falsch gemacht. Wenn sie klug gewesen wäre, hätte sie auf ihre Schwester gehört und das Richtige getan, wäre ins Krankenhaus gegangen, hätte die Misshandlungen gemeldet und Anklage erhoben. Aber hinterher war man immer klüger, und sie konnte es sowieso nicht rückgängig machen. Die Vergangenheit war *vergangen*. Es war vorbei und erledigt. Jetzt musste sie mit den Folgen leben, auch mit dem Schmerz.

»Niemand *verdient* es zu sterben, Wick.«

»Das stimmt nicht«, sagte er voller Überzeugung. »Ich töte ständig Männer, die es verdienen.«

J.J. blinzelte. *Ständig?* Junge, Junge, das klang nicht gut.

»Wie …« J.J. schluckte, überlegte, ob sie fragen sollte oder lieber nicht. Sie wollte ihn nicht verärgern, aber Sicherheit verlangte ein gewisses Maß an Sorgfalt. Trotz ihrer Vorbehalte musste sie es wissen. »Die Drachen auf der Lichtung?«

Er beobachtete sie mit raubtierhaftem Interesse, nickte und lockerte seine Schultern. Die Muskeln reagierten, zeichneten sich unter seinem T-Shirt ab, strafften sich an seinen Armen, lösten Schockwellen aus in ihr. Mann, war er stark. Eine Nummer oder eher mehrere zu groß für sie. Viel zu gefährlich und dennoch auch faszinierend. Ein Rätsel, das gelöst werden musste. Eins, dem sie nur schwer widerstehen konnte.

Was ein riesiges Problem aufwarf.

Sie konnte nicht noch mehr Ärger gebrauchen. Wollte die Faszination auch nicht spüren. Aber die Anziehungskraft zu leugnen brachte sie nicht gleichzeitig zum Verschwinden. Wick verdiente ihre Aufmerksamkeit … und noch etwas anderes. Ihr Interesse. Nicht gut. Oder auch nur annähernd klug. Er war ein Halbdrache. Sie war ein geschädigtes Mädchen. Es würde nichts Gutes daraus resultieren, wenn sie dem nachgab. Wenn sie doch nur die Fragen stoppen könnte, die ihr durch den Kopf wirbelten.

Und dass sie es nun mal liebte, Rätsel zu lösen.

Leichter gesagt als getan.

Wick stellte ein faszinierendes Rätsel dar. Ruhig. Reserviert. Dennoch bereit, hier bei ihr zu sitzen. Sie sah den Zwiespalt. Konnte ihn identifizieren und war auch sofort in der Lage, ihn zu benennen. Wick trug das Zeichen der Exilierten. War gebrandmarkt durch Schmerzen und Vergangenheit … genau wie sie.

»Du tötest sie also, weil …« Sie hob die Hände mit den Handflächen nach oben, schwieg und wartete darauf, dass er die Leere füllte.

»Wir sind im Krieg.«

»Warum?«

»Lange Geschichte und …«

»Ich habe Zeit.«

»Ich bin mehr an dir interessiert.« Die Stiefel auf den Fußboden gestemmt, stützte er seine Ellbogen auf seine Knie und beugte sich vor zu ihr.

In ihren Bewegungen eingeschränkt durch die Decke, versuchte sie, etwas von ihm abzurücken. Albern, das war ihr klar, aber egal wie sehr er sie interessierte, wollte sie nicht, dass er näher kam. Noch nicht. Vielleicht auch nie. Sie riss sich eisern zusammen, um ihre Fluchtbedürfnisse zu unterdrücken, und biss sich auf die Innenseite ihrer Wange. Ihre Reaktion grenzte an irrational, aber das zu wissen hieß nicht gleich, dass ihr Magen aufhörte zu rebellieren. Oder dass sie erleichtert darauf reagierte, als er sich straffte und den Stuhl noch ein Stück weiter zurückschob, ihr mehr Raum einräumte, sodass sie sich fragte …

Nahm er ihre Befürchtungen wahr? J.J. runzelte die Stirn, ließ sich das durch den Kopf gehen. Die Logik sagte Nein. Ihr Instinkt hielt dagegen und warf ein dickes, fettes Ja in den Ring.

Mit undurchdringlicher Miene ließ er seinen Blick über sie gleiten. »Wie fühlst du dich?«

»In welcher Hinsicht … in Bezug auf die Drachennummer? Oder ganz generell?«

Seine Lippen zuckten. »Generell.«

»Okay, schätze ich. Viel besser als vorher, andererseits …« Sie sah auf den Verband an ihrem Unterarm, zupfte an dem Pflaster und der Gaze. J.J. atmete pfeifend ein. Heiliger Strohsack, das war seltsam. Blut an dem Verband, aber kein Schnitt zu sehen. Auch keine Narbe. Etwas durch den Wind, aber hauptsächlich dankbar, rieb sie über die glatte Haut, dann hielt sie Wick ihren Arm zur Inspektion hin. »Das wusstest du bereits, nicht wahr?«

»Hoffen und Wissen sind zwei verschiedene Dinge, *Vanzäla.*«

Vanzäla? Ein Kosename oder etwas dergleichen?

J.J. lächelte, freute sich über die Möglichkeit. Niemand hatte ihr jemals zuvor einen Kosenamen gegeben. Der Gedanke brachte eine Saite in ihr zum Klingen, und ihr wurde ganz warm innerlich. Warum? Sie hatte nicht die geringste Ahnung. Es war eine alberne, reflexhafte Reaktion auf seine tiefe Stimme, aber … ach, verdammt. Er klang sooo gut, wie Kaffeeeis mit dunkler, flüssiger Schokolade. Ihr absolutes Lieblingseis. Und ob es jetzt albern war oder nicht, sie konnte nicht abstreiten, dass sie seine Stimme gern hörte.

»Wie hast du das gemacht?«

»Das zu heilen?« Als sie nickte, sagte er: »Ich bin zur Hälfte ein Drache, weißt du noch?«

Richtig. Natürlich. Blöde Frage, wenn sie bedachte, dass sie die letzte Stunde damit zugebracht hatte, ihn beim Schlafen zu beobachten und sich mit dieser Tatsache zu arrangieren. »Also ist es Magie oder etwas in der Art?«

»Etwas in der Art.«

»Also, wenn du nicht eine sprudelnde Quelle an Information bist«, kommentierte sie seine ausweichende Antwort. Oder seinen Widerwillen, sich ihr mitzuteilen. Aus welchem Grund auch immer, er bevorzugte kurze Antworten. Vier Wörter oder weniger schienen die Norm zu sein für Wick. »In

Ordnung, ich lasse das mal so stehen, für den Moment, aber …«

Er schnaubte.

»*Aber*«, sagte sie warnend. Nicht, dass ihn das kümmerte. Er war viel zu sehr damit beschäftigt, sie auszulachen. Okay, nicht laut heraus oder so – dafür war er zu klug –, aber sie sah die Belustigung in seinen Augen. Was, ehrlich gesagt? Sie auf dem falschen Fuß traf. »Du kannst mir wenigstens die nächste Frage beantworten.«

»Als da wäre?«

Sie schob die Beine über die Bettkante, setzte sich seitlich auf die Matratze und ließ ihren Gips und den nackten Fuß über die Kante baumeln. Sie machte eine den Raum umfassende Bewegung mit ihrer Hand: »Wohin hast du mich gebracht?«

»In unser Hauptquartier. Black Diamond. Dies ist mein Zuhause.« Er legte den Kopf schief und warf einen Blick auf die Tür. »Und jetzt auch das deiner Schwester.«

Hoffnung traf sie wie ein Schlag, fuhr ihr direkt ins Herz. »Tania ist hier?«

Nickend kam er auf die Beine. Mit schweren Fußschritten ging er um das Fußende ihres Bettes herum, nahm direkt Kurs auf die Tür. »Sie war bis zum Morgengrauen bei dir.«

Sie atmete stoßweise. »Was?«

»Du warst bewusstlos, aber …«

»Wo ist sie?«, fragte sie, regelrecht zappelig vor Erwartung. Unfähig, sich ruhig zu verhalten, hüpfte sie vom Bett. Balancierte auf ihrem guten Bein und hoppelte am Metallrahmen entlang, folgte Wicks Rückzug. »Kannst du mich zu ihr bringen?«

»Nicht nötig, *Vanzäla.*« Er drückte den Türgriff herunter und schob die Tür weit auf. Eine Sekunde später überquerte er die Schwelle zum Flur. Seine tiefe Stimme folgte ihm auf dem Weg nach draußen. »Sie ist bereits hier.«

J.J. verstand ihn nicht ganz. Was meinte er? Sie konnte nicht das Geringste sehen.

Die Tür fing an, sich zu schließen.

Ein Umriss tauchte im Flur auf.

J.J. umfasste die Stange am Fußende ihres Bettes und atmete tief ein. Das lange Haar zusammengebunden zu einem Pferdeschwanz, kam Tania ins Zimmer gerannt. Noch im Laufschritt rief ihre Schwester ihren Namen. Tränen sammelten sich in J.J.s Augen. Sie konnte nicht dagegen an. Konnte kaum glauben, dass dies Wirklichkeit war, dass es tatsächlich geschah.

Freiheit. Eine Wiedervereinigung mit ihrer Schwester. Sie beide endlich in Sicherheit.

Drei Dinge, die, wie J.J. wusste, man nie für selbstverständlich halten sollte.

Und als sie Tania auf halbem Weg entgegenkam und sie fest umarmte, wusste J.J., wem sie danken musste. Wick. Er hatte es möglich gemacht. Hatte nicht nur ihr Leben gerettet, sondern ihr auch das Einzige zurückgegeben, was verloren zu haben sie bedauerte: ihre Familie. Dafür schuldete sie ihm tiefe Dankbarkeit. Es ware eine Schuld, die sie niemals zurückzahlen konnte. Aber sie würde es versuchen. Ihm alle Wertschätzung zukommen lassen, die er verdiente … sobald sie es geschafft hatte, sich von ihrer Schwester zu lösen.

14

Mit gespreizten Flügeln sank Nian durch die dicke Wolkendecke. Während kalte Windstöße die letzten Wolkenfetzen wegfegten und über seine Schuppen fuhren, verstärkte er den Tarnzauber. Magie umkreiste seinen Rumpf, und er löste sich quasi in Luft auf. Mit einem leisen Knurren entblößte er seine Fänge und lächelte.

Perfekt. Wie gewöhnlich. Die Menschen würden nicht das Geringste mitbekommen.

Genau das gewünschte Ergebnis.

Er hatte keine Zeit für Quatsch. Oder Gedächtnis-Löschen zu spielen mit minderwertigen menschlichen Hirnen. Nicht heute Nacht. Nicht mit dem Meeting, das in zwei Stunden stattfinden würde. Er spürte die Erregung bis in seine Magengrube. Nerven? Erwartung? Wahrscheinlich ein bisschen von beidem in Anbetracht dessen, was auf dem Spiel stand … und der noch gefährlicheren Umstände. Zwei Parteien gegeneinander auszuspielen erforderte Geduld. Und Angehörige des Drachenbluts in eine neue Richtung zu steuern – eine, die in Ehre wurzelte statt in Verderbtheit – unglaubliches Geschick.

Wie gut, dass er über beides verfügte. Jetzt brauchte er nur noch ein Ass im Ärmel.

Nur ein Mann entsprach den Anforderungen. Bastian.

Der Kommandant der Nightfury war ein hervorragender Anführer. Einer, den Nian auf seiner Seite brauchte. Als unvergleichlicher Stratege hatte Bastian das ganze Feld im Blick, machte einen geschickten Schachzug nach dem anderen bei vollem Einsatz. Ein echter Krieger. Ein echter Kerl. Was Nians Vorsicht erklärte … und seine Misserfolge. Er hatte es zuerst mit Höflichkeit versucht, hatte Haider und Gage in der Hoffnung angesprochen, ihr Vertrauen zu gewinnen und sie zur Kooperation zu bewegen. Entschieden zu gewitzt, hatten die Metallischen das Spiel mit einer Präzision mitgespielt, die er bewunderte. Aber er konnte nicht länger auf Diplomatie setzen. Oder noch länger warten. Handlungen sagten mehr als Worte, sodass er heute vorhatte, den Schachmeister aufzuscheuchen und den Nightfury-Anführer davon zu überzeugen, dass Rodin für immer aus dem Hohen Rat verschwinden musste.

Kein schlechter Plan, alles in allem.

Solange er das heute überlebte, um ihn in die Tat umgesetzt zu sehen.

Nian bog ab nach Osten in Richtung Stadtzentrum. Glitzernd im Mondlicht, schlängelte sich die Moldau durch Prag, leitete ihn über rote Ziegeldächer und gepflasterte Straßen. Im Herzen der Altstadt lag der Emblem Club an einer Ecke der Hauptstraße, die für derartige Clubs bekannt war. Von den vielen Etablissements, die er besaß, war ihm der Emblem der liebste. Alte Schule. Distinguiert. Eine traditionsreiche Zigarrenbar für Gentlemen.

Der perfekte Ort für seine Telefonkonferenz mit Bastian.

Die Nachtsicht scharf gestellt, kreiste er über der Straße. Da er nichts sah als die verlassene, neblige Straße, legte er die Flügel an. Die Schwerkraft bemächtigte sich seiner. Summend fiel er wie ein Stein zwischen die Dächer und setzte geräuschvoll auf rissigem Pflaster auf. Die Stacheln auf seinem Rücken rasselten und klickten aneinander, bevor er seine menschliche Gestalt annahm und sich seine Kleidung herbeizauberte, sich für Freizeitkleidung entschied statt seiner üblichen Aufmachung. Anzug und Krawatte würden den Nightfury-Kommandanten nicht beeindrucken. Soweit er wusste, zog der Mann ungezwungene Kleidung vor, also … warum eigentlich nicht, verdammt noch mal? Das Unerwartete tun und sich wie ein Krieger kleiden statt wie ein verwöhnter Aristokrat.

Auf das goldene Feuerzeug konnte Nian jedoch nicht verzichten.

Er verließ das Haus nie ohne es. Und als er auf den Hintereingang des Emblem zuging, die Alarmanlage ausschaltete und die Tür weit aufriss, setzte sich die Gewohnheit durch. Oder vielleicht war es auch ein Zwang. Nian wusste es nicht. Wollte es lieber auch nicht so genau wissen. Stattdessen ließ er seine Hand in seine Tasche gleiten, zog das Feuerzeug heraus und ließ es aufschnappen.

Klick, klick, schnapp. Klick, klick, schnapp. Klick, klick, schnapp.

Das Geräusch gab ihm Halt. Die wiederholte Bewegung beruhigte ihn. Und das kühle Metall in seiner Handfläche? Nun ja, das verschaffte ihm Klarheit, schärfte seine Konzentration, als er von der feuchten Gasse ins offene Foyer trat. Er spähte nach links, überflog die Treppe, die ins obere Stockwerk führte zu einem seiner anderen Nachtclubs. Nichts und niemand. Hervorragend. Alle Stammkunden waren heimgegangen. Seine Angestellten hatten ihre Jobs erledigt und abgeschlossen, bevor sie das Gleiche getan hatten. Ein weiterer mentaler Befehl öffnete die Sicherheitstür, und der Emblem Club winkte. Stechender, strenger Zigarrenrauch, gemischt mit einer Andeutung von Alkohol, begrüßte ihn in seinem zweiten Zuhause.

Nian lächelte, als er den Club durchquerte, der dunkel war bis auf ein einzelnes Licht hinter der langen, hölzernen Bar. Seine Nachtsicht entfachte sich. Er musterte den Raum geschäftsmäßig, vergewisserte sich, dass alles an seinem angestammten Platz war. Details sprangen ihm ins Auge: hochgestellte Stühle auf den Tischflächen, der Dielenboden sauber poliert, die grün-goldenen Damastvorhänge zurückgebunden, während die Quasten …

Sein Nacken begann zu kribbeln. Seine Rückenmuskulatur verspannte sich, während Nian einen Fluch unterdrückte und in die Tiefe des Clubs spähte. Versteckt im Schatten, starrte ihn ein Mann aus dem Dunkel an.

»Wurde langsam Zeit, dass du dich blicken lässt, Nian.« Die Stimme tönte aus einer Ecknische herüber, durchdrang die Stille mit einem leichten Lallen. Eis klirrte in einem Glas. »Wo zum Teufel hast du dich die ganze Nacht rumgetrieben?«

Nian verschluckte einen weiteren Fluch. An Überfälle dieser Art gewöhnt, setzte er eine ausdruckslose Miene auf. Er durfte sich nicht verraten, bevor das Spiel begann. Aber als er dem Blick seines Gegenübers begegnete, verlor er beinahe die Beherrschung. Zur Hölle mit diesem Wichser. Rodin. Dieser lästige Mistkerl hatte ein lausiges Timing.

»Bei meinem Steuerberater.« Keine richtige Lüge. Allenfalls eine Halbwahrheit. Nian ging weiter und umrundete einige Tische.

Mit glitzernden dunklen Augen hob Rodin sein halb leeres Glas zur Begrüßung. »Wie verantwortungsvoll von dir.«

»Ich habe den Laden fest im Griff«, antwortete er und betrachtete den Chef der Erzgarde mit kritischem Blick.

Rodin sah nicht gut aus. Seine Krawatte hing schief. Die braunen Haare waren ungekämmt. Mit angespanntem Gesicht und blutunterlaufenen Augen hing der Mann in der hintersten Ecke der Nische. Nian runzelte die Stirn und betrachtete die Flaschen auf dem Tisch. Glenlivet Single Malt Whiskey … eine leer, die andere halb. Betrunken und liederlich.

Nians übliche Vorsicht meldete sich. Da stimmte etwas nicht … ganz und *gar* nicht.

Nian schnappte sich einen Stuhl von einem der Tische und stellte ihn auf den Boden. Holz scharrte über Holz, als er den Stuhl drehte, seine Arme über die Rückenlehne legte und sich direkt dem mächtigsten Mann seiner Spezies gegenüber niederließ. »Was ist los?«

»Wie kommst du darauf, dass irgendetwas los ist?«

Ach, komm schon. Wollten sie wirklich dieses Spiel spielen? Er hatte keine Zeit für Nebenkriegsschauplätze. Ihm blieb nur noch eine Stunde bis zum Beginn der Showtime, um Silfers willen. Er biss die Zähne zusammen und widerstand dem Bedürfnis, auf seine Rolex zu spähen. Stattdessen hob er die Augenbrauen zu einer schweigenden Frage. Geduld war schließlich besser als Nachsicht. Und gerade jetzt erschien ihm Schweigen die beste Politik zu sein. Er konnte es sich nicht leisten, den älteren Mann zu brüskieren. Er brauchte Rodins Vertrauen. Hatte hart daran gearbeitet, weiter vorzudringen während der vergangenen Monate, und die Tatsache, dass Rodin jetzt in seinem Club saß statt auf der anderen Seite der Stadt in seinem Vergnügungspavillon, war ein gutes Zeichen.

Rodin unterbrach den Blickkontakt und schaute finster in seinen Drink. »Lothair ist tot.«

»Wie?«

»Ermordet vom Nightfury-Clan.«

»Ah, verdammt, Rodin … das tut mir leid«, sagte er, obgleich er es nicht meinte. Lothair. Der Mann verdiente es nicht, dass man ihn betrauerte. Rodins zweiter Sohn hatte alles verkörpert, was Nian ändern wollte bei den Angehörigen des Drachenbluts. Und soweit es ihn betraf? Bastian hatte der Welt einen Gefallen getan, den Schweinehund umzubringen. Nicht, dass er das jemals zugeben würde. »Aber Lothair kannte die Gefahr, als er sich Ivars Truppe anschloss. Jeder Mann, der in diesen Krieg verwickelt ist …«

»Quatsch!« Rodins Faust donnerte auf den Tisch. Die Whiskeyflaschen sprangen hoch und glitten über die Holzfläche. Mit gefletschten Zähnen und glühenden Augen beugte Rodin sich vor, rasend vor Wut. »Er war mein Sohn. Meiner! Gegen den Tod gefeit. Weißt du, was für ein Licht das auf mich wirft? Ich bin das Oberhaupt der Erzgarde … der mächtigste männliche Drachenblütige der Welt. Niemand legt Hand an etwas, was mir gehört.«

Und da war er – der wirkliche Grund für diese Raserei. Rodin war es gleichgültig, dass sein Sohn tot war. Seine Besorgnis galt seinem eigenen Ansehen.

»Und was hast du vor?«

»Sie alle umzubringen.«

Die Ankündigung ließ Nian einen Schritt zurückweichen.

Die Überzeugung, die Rodins Miene widerspiegelte, gab ihm zu denken. Der Mistkerl mochte ja betrunken sein, aber er war nicht dumm. Er hatte es sich wohl überlegt. Hatte einen Plan im Hinterkopf. Was bedeutete, dass der Stein bereits ins Rollen gebracht war … in böse Richtungen.

»Wie?«, fragte er, brauchte unbedingt mehr Informationen. Geheimwissen bedeutete schließlich Macht. Die richtigen Informationen an den richtigen Mann gebracht zum richtigen Zeitpunkt konnten den ganzen Unterschied ausmachen. Jedenfalls für ihn. Rodin selbst interessierte ihn einen Scheiß. »Die Nightfury sind ein Krieger-Clan … einer der stärksten und tödlichsten. Bastian ist hoch angesehen. Viele folgen ihm … beknien ihn, als Großkanzler der Erzgarde zu fungieren, wie sein Erzeuger vor ihm. Wenn du versuchst, ihn umzubringen, werden die Clans Partei ergreifen. Drachenblütige werden sich abspalten. Du wirst einen Krieg anzetteln, Rodin.«

»Nicht, wenn ich mich der *Xzinile* bediene.«

Nian blinzelte. Du lieber Himmel. Nicht gut. Das Gesetz der *Xzinile* war uralt, ein rechtmäßiger Weg, jemanden als Verräter zu brandmarken. Einmal dazu erklärt und vom Hohen Rat bestätigt, würde der Mann oder eine Gruppe von Männern zu Ausgestoßenen, zu Freiwild. Die Erzgarde würde nicht nur die Hinrichtung des Kriegers sanktionieren, sondern auch noch eine Belohnung auf ihn aussetzen, ihn dadurch zu einem attraktiven Ziel für jeden Angehörigen des Drachenbluts machen, der in Geldnot war, prestigesüchtig … oder sich die Gunst der Erzgarde erwerben wollte.

Gefährlich. Tollkühn. Brillant auf eine kranke Art und Weise.

Und es gefährdete außerdem Nians Absichten. Er brauchte Bastians Unterstützung bei der feindlichen Übernahme des Hohen Rats. Aber wenn der Nightfury-Clan unter das Gesetz der *Xzinile* fiele? Dann wäre er angeschissen. Müsste auf eine andere Gelegenheit warten, die oberen Ränge zu vertreiben und selbst die Macht zu übernehmen.

»Wer ist verantwortlich für Lothairs Tod?«

»Ein schottischer Krieger«, sagte Rodin. »Soll Forge heißen.«

Aha. Nicht einmal nahe der Wahrheit.

Der Scheißkerl log. Nian bemerkte den falschen Tonfall. Rodin hatte keine Ahnung, wer seinen Sohn getötet hatte. Was eine Frage aufwarf: Warum wollte er den Mord einem bestimmten Mitglied von Bastians Clan anhängen? Nian verengte die Augen. Die ganze Sache stank zum Himmel. Was nicht überraschte. Nichts, was Rodin tat, roch jemals nach Rosen. Das Oberhaupt der Erzgarde hatte Forge aus einem bestimmten Grund ins Visier genommen. Einem sehr speziellen. Einem, darauf würde Nian seine Fänge verwetten, der mehr mit Rodins eigener Haut zu tun hatte als mit der Wahrheit.

Nian veränderte seine Sitzhaltung und starrte an die Tapete über Rodins Kopf. Während er vorgab, das Für und Wider abzuwägen, schüttelte er den Kopf. »Das wird schwer verkäuflich sein.«

»Nicht, wenn du hinter mir stehst.« Der Schweinepriester verzog die Mundwinkel und grinste schmierig, erzeugte in Nian das Bedürfnis, ihm den Kopf abzureißen. »Die anderen Mitglieder des Hohen Rats werden sich uns anschließen.«

»Du willst mein Wort, dass ich dir meine Stimme gebe.«

»Ich erwarte deine Loyalität und Unterstützung.«

Zwei Dinge, die Rodin nie haben würde, aber was konnte er schon tun? Wenn er Nein sagte, gefährdete er seine Position. Wenn er Ja sagte, verurteilte er einen unschuldigen Clan zum Tod.

»Ich werde darüber nachdenken«, sagte er. Er weigerte sich, sich wie eine Fünfzig-Dollar-Nutte zu verhalten und umstandslos die Beine breitzumachen. Stärke respektierte Stärke. Es wurde Zeit, dass er Rodin etwas davon zeigte. »Wann ist die Abstimmung?«

»Übermorgen, kurz vor der Schlusszeremonie des Festivals … wenn ich sie einberufe.«

Nian nickte. »Berufe sie ein.«

»Kann ich auf dich zählen?«

»Ich werde da sein.«

»Gut.« Rodin trank seinen Whiskey aus, glitt aus der Nische und stand auf. Mit schwerer Hand schlug der Mistkerl Nian auf die Schulter, dann drehte er sich um und ging zur Tür. »In der Zwischenzeit sorge dafür, dass Gage und Haider gefasst werden, okay?«

Alarmglocken schrillten in Nians Kopf. »Zu welchem Zweck?«

»Sie werden festgehalten, bis Bastian nachgibt und mir den schottischen Hund zur Hinrichtung ausliefert.«

Festgehalten, dass er nicht lachte. Nian unterdrückte ein Wutschnauben. *Gefangen gehalten* kam der Sache schon näher. »Das wird er nicht tun.«

»Genau.« Auf halbem Weg zum Ausgang spähte Rodin über seine Schulter zurück. Mit einem schrecklichen Glitzern in den Augen murmelte er: »Hier geht es um Machtspiele,

Nian. Wenn Bastian sich weigert, Forge auszuliefern, werden alle Nightfury … jeder verdammte einzelne von ihnen … unter das Gesetz der *Xzinile* fallen und …«

»Die Metallischen zu Freiwild.«

»Wie klingt ›im Zweikampf enthauptet während der Schlusszeremonie des Festivals‹ für dich?«

»Könnte lustig werden.«

»Das finde ich auch«, sagte Rodin, und seine dunkle Stimme verhallte.

Das Türschloss klickte. Die Tür öffnete sich und schloss sich wieder hinter Rodin.

Nian war übel. Randvoll mit Fusel zu sein wäre angenehmer als dieses Gefühl. Aber als Nian aufstand und automatisch den Stuhl wieder auf den Tisch zu den anderen zurückstellte, versuchte er es zu ignorieren. Er drehte sein Handgelenk und blickte auf seine Uhr. So viel zu tun, so wenig Zeit. Nicht mal eine Stunde, um seinen Plan zu revidieren, einen neuen zu entwerfen und … Nian schluckte … zu entscheiden, wie viel er Bastian enthüllen sollte. Und währenddessen auszutüfteln, wie er Gage und Haider so schnell wie möglich aus Prag schmuggeln könnte, ohne sich selbst in Gefahr zu bringen.

Oder erwischt zu werden.

15

Nichts als Stille dort unten, die durch die kühle Luft nach oben drang und die Umgebung elektrisierte. Ein gutes Zeichen. Je weniger Menschen zugegen waren, desto besser.

Wick wollte nicht abgelenkt werden. Nicht, solange er Azrad jagte.

In Ordnung. Vielleicht war *jagen* nicht das richtige Wort. *Suchen* mochte zutreffender sein, wenn man in Rechnung stellte, dass Bastian erst mit dem Mistkerl reden wollte. Aber als Wick über die Dächer flog und nach Bedrohungen Ausschau hielt, die sich möglicherweise hinter Stahl und Beton versteckten, kümmerte ihn die Absicht seines Anführers nicht sonderlich. Jedenfalls im Moment nicht. Sein Bedürfnis nach Vergeltung war stärker als die ausgegebene Parole. *Rache* klang noch besser. Und auch nach bedeutend mehr Spaß, also …

Nein. Der tätowierte Krieger, der gern weibliche Wesen verletzte, würde nicht ungeschoren davonkommen. Nicht dieses Mal. Nicht, wenn Wick an der Sache beteiligt war.

Seine Nachtsicht messerscharf eingestellt, überflog er die Stadtlandschaft. Puget Sound glitzerte in der Ferne, Wellen rollten heran und brachen sich am Ufer. Er verzog einen Mundwinkel, entblößte einen seiner riesigen Fänge. Kühle Luft wehte über seine Zähne. Er genoss die Kälte. Väterchen Frost belebte ihn, überzog seine Schuppen mit Reif, bereitete ihn auf das Kräftemessen vor und …

Volltreffer. Wurde auch langsam Zeit. Der Coffee-Shop auf zwölf Uhr.

Wick wechselte in langsamen Gleitflug und holte weit aus, legte sich in eine Warteschleife. Er flog in konzentrischen Kreisen, erweiterte das Gebiet mit jeder Drehung, erkundete das Terrain, suchte es nach Feinden ab innerhalb des Zielgebiets, während er den Luftraum über Starbucks mied. Unnötig, den Mistkerl zu warnen. Es war besser, sich unentdeckt zu nähern. Wenn er direkt darüberflog, riskierte er es, dem Feind seine Gegenwart zu enthüllen.

Nicht ratsam. Besonders nicht, wenn er einen verdeckten Angriff plante.

Während sich sein Blick auf die Stadt unter ihm verengte, arbeitete sein Sonarorgan. An der Ecke First Avenue und Pike Street war tagsüber die Hölle los, aber nachts war sie total verlassen. Unter ihm lagen nichts als ordentliche Straßenecken, ziegelsteinverkleidete Gebäude und breite, fußgängerfreundliche Bürgersteige. Liebenswert mit dreiarmigen Straßenlaternen im alten Stil. Lauter nostalgische Reminiszenzen an eine andere Zeit und andere Orte.

Die gute alte Zeit.

Wick schnaubte. *Gut.* Du liebe Güte. Wo, um alles in der Welt, kam der Vergleich denn her?

Er brauchte weniger als eine Sekunde, um es herauszufinden.

Jamison. Trotz ihrer Vergangenheit verkörperte sie mit ihren großen blauen Augen, ihrer seidenweichen Haut und ihrer natürlichen Schönheit Unschuld. Wick schüttelte den Kopf, befahl sich, bei seiner Aufgabe zu bleiben, aber … Mann. Es war schwer. Sie war so verdammt hübsch, ihr dunkles Haar so lang und glatt, dass er sich fragte, wie es sich wohl anfühlte, wenn er es sich um die Faust wickelte. Oder durch seine Finger gleiten ließ, es über seine Handfläche strich. Bei der Vorstellung schluckte er schwer. Sich das Gefühl vorzustellen beklemmte ihn. Seine Muskeln verkrampften sich, jagten ihm einen Schauder über den Rücken.

Wick unterdrückte das Gefühl, bevor es ihn ganz erfasste, und krümmte eine Pranke. Die Spitzen seiner Klauen drangen ihm in die Drachenhaut. Der scharfe Schmerz, der ihn durchfuhr, ernüchterte ihn. Er musste sich wieder in den Griff bekommen. Schnell. Die zwanghafte Beschäftigung mit ihr würde die Tatsachen nicht ändern. Er war nicht gemacht für eine Beziehung, geschweige denn für die Intimität, die damit verbunden war. Und dennoch konnte er seine Neugier nicht leugnen. Zum ersten Mal – überhaupt – gestattete er sich die Möglichkeit. Er wollte den ausgestreuten Brotkrumen folgen bis zum Ende, ihr vielleicht näherkommen und sehen, was passierte.

Verdammt befremdlich. Auch mehr als nur ein bisschen abgedreht, wenn man seine Phobie bedachte. Und dic Tatsache, dass er nie eine Frau berührte, sich durch sie nährte … es sei denn, dass er durch Not und Venoms nerviges Drängen dazu gezwungen war. Er hatte auch nicht vor, sein Verhalten zu ändern, bloß …

Mist. Er hatte sie immer wieder berührt in den vergangenen vierundzwanzig Stunden. Hatte sie umsorgt. Sie gehalten. War aufgewacht mit der Hand auf ihrer weichen Haut.

Stirnrunzelnd umrundete Wick ein paar Schornsteine. Rauch wirbelte hinter ihm auf, tanzte in der frostigen Luft. Er beobachtete, wie er sich kräuselte und davonschwebte in den dunklen Himmel und …

»*Wick*«, knurrte Bastian und lenkte damit Wicks Aufmerksamkeit wieder auf seine Mission. Gott sei Dank. Er musste sich auf die Aufgabe konzentrieren, nicht auf Jamison. An sie zu denken lenkte ihn ab, teilte seine Konzentration und führte sie in zwei verschiedene Richtungen. Nie eine gute Sache, wenn man auf ein mögliches Feuergefecht zusteuerte. »*Wie nah bist du dran?*«

»*Noch dreißig Sekunden.*«

Seiner Gruppe fünf Minuten voraus, spielte er den Anführer heute Nacht. Obgleich *Köder* vielleicht seine Rolle besser beschrieb. Venom hatte gekniffen, mochte den Plan nicht. Wick hatte darauf bestanden. Auf keinen Fall wollte er den Kommandanten vor Ort haben – oder auch nur in Azrads Nähe –, ehe er die Situation gecheckt hatte. Ein Hinterhalt? Könnte sein. War es vermutlich auch. Wick schnaubte. Verdammt, das Treffen in einem Coffee-Shop, der Menschen gehörte, roch geradezu nach einer Lockvogeltaktik.

Was ihn zu dem besten Mann machte für den Job.

Er war am manövrierfähigsten im Flug, Tarnung war seine Spezialität. Er war gut im Vertuschen seiner Spuren – fähig, das individuelle Energiesignal zu tarnen, das er hinterließ. Die meisten Männer sahen ihn nicht kommen. Es sei denn, dass er es darauf anlegte, also … um ehrlich zu sein … in neun von zehn Fällen. Er konnte schnelles Töten nicht leiden. Mochte es, die Klauen zu wetzen, die Muskeln anzustrengen in einem guten Kampf und sich einer gegen einen gegenüberzustehen. Oder, lieber noch, drei gegen einen. Einer Überzahl gegenüberzustehen erhöhte den Spaß kolossal. Jede Nacht war, wenn er auf Patrouille war, eine Möglichkeit, sein Können zu testen.

Nicht, dass es jemals zu einem echten Test kam.

Die Abtrünnigen waren jämmerliche Stümper. Total unfähig. Feige. Unerfahren. Eine verdammt schlechte Kombination, die insgesamt wenig befriedigend war.

Gott sei's geklagt.

»*Achtung.*« Er machte eine langsame Drehung und verharrte seitlich von einem Apartmentgebäude. Von dort hatte er die Pike Street und gleichzeitig das Eckgebäude gegenüber von Starbucks im Blick. Alles klar. Nichts, was einen beunruhigen müsste … jedenfalls noch nicht. Er wandte sich nach rechts und flog um ein Hochhaus herum. »*Mache noch einen letzten Bogen.*«

»*Sei vorsichtig.*« Venom fluchte leise. »*Keine Fisimatenten. Wenn du was Verdächtiges siehst, ziehst du dich zurück und gibst Laut.*«

Was Verdächtiges? Wick verzog den Mund. Was für eine Wortwahl war das denn? Keine sehr gute, da ihm etwas Teuflisches lieber war als etwas Verdächtiges. Etwas Böses klang auch gut. Und etwas Tödliches? Sogar noch besser … solange es mit einem Feind zu tun hatte. Verdammt, er hoffte, dass er so viel Glück hatte. Seiner Drachenseite juckte es gewissermaßen in den Fingern, sie sehnte sich nach einem echten Kampf. Wollte ihre Klauen tief in die Schuppenhaut der Feinde versenken. Wollte Abtrünnigen-Blut fließen sehen zwischen ihren Pranken und dass es warm und nass über ihre Vordergliedmaßen spritzte.

Nur der Tod des Gegners würde ihn befriedigen.

Der geborene Killer, den er in sich unter Verschluss hielt, summte zustimmend. Oh, so vielversprechend. Die kommenden Stunden waren unglaublich hoffnungsvoll, voller Möglichkeiten: ein langsames Vorspiel, gefolgt von einem mörderischen Spaß. Als er noch ein weiteres Mal vorbeiflog, rasselten die Stacheln auf seinem Rücken. Wick schmeckte das Potenzial geradezu. Er spürte es in seinen Knochen. Nahm den Geruch wahr in der Nachtluft, der ihn noch bestärkte, als er seinen Ausgangspunkt wählte.

Den perfekten Angriffsort.

Nah genug an seinem Ziel und dennoch mit genügend Spielraum.

Wick legte schnell seine Flügel an und landete. Seine Pranken prallten donnernd auf den Boden. Fensterscheiben klirrten in ihren Rahmen, und die Wucht des Aufpralls riss ihn mit sich. Durch das regennasse Pflaster rutschte er zur Seite. Wick biss die Zähne zusammen und verlangsamte sein Tempo, um das Rutschen zu kontrollieren. Seine Sohlen brannten. Die Spitzen seiner Klauen senkten sich, rissen Kerben in den Asphalt. Steinstücke flogen durch die Luft. Die erzeugten Geräusche prallten ab von Glas und Stahl, wehten über die Allee hinunter zum Wasser.

Mit einem leisen Fluch stoppte Wick schließlich mitten auf der Straße.

Total aufmerksam und wachsam, duckte er sich wie eine angriffsbereite Raubkatze, war er bereit zu töten, während seine Zauberkraft ihn mit Informationen fütterte. Wie klaffende Wunden in einem blassen Gesicht starrten ihn die Fenster an. Ohne ihn zu spiegeln. Keine Überraschung. Getarnt durch Magie, war er für niemanden sichtbar. Und als Wick die Umgebung absuchte, erst nach links, dann nach rechts blickte, war ringsum nichts als Stille in der leeren Straße.

Nichts und niemand. Beide Daumen hoch bisher.

»Bin gerade auf der Pike *gelandet.«* Wick schüttelte sich und nahm wieder menschliche Gestalt an. Ohne groß darüber nachzudenken, wünschte er sich seine Kleidung herbei. Leder legte sich um seine Haut. Geschützt durch seine Kampfklamotten, glitt er in den Schatten eines Gebäudes. *»Ich gehe jetzt um den Block. Keiner rührt sich, bevor ich grünes Licht gebe.«*

Während die anderen Nightfury brummend zustimmten, knurrte Venom.

Wick ignorierte seinen besten Freund. Der überfürsorgliche Mistkerl musste warten. Er war schließlich erwachsen, verdammt noch mal. Konnte sehr gut auf sich selbst aufpassen. Also scheiß auf Venom und seine Ansichten. Das Gelände abzusichern hatte Vorrang vor dem nervigen Verantwortungsgefühl seines Bruders.

Auf leisen Sohlen bog er um die Straßenecke von First Avenue und Pike Street. Erst vor Kurzem gepflanzte junge Bäume säumten beide Straßenseiten, ihre dürren Zweige schwankten in der salzigen Meeresbrise. Der Geruch von Pökellake hing in der Luft. Wick blieb unter einer Dachrinne stehen, ließ den Coffee-Shop nicht aus den Augen. Eine Außenterrasse befand sich an einer Seite des Hauses, wo man draußen in der Sonne sitzen konnte. Jetzt war sie leer bis auf kreuz und quer stehende Tische und Stühle vor den großen Fensterscheiben.

Schatten bewegten sich hinter den dicken Glasscheiben.

»Bas? Ich nehme drei Männer drinnen wahr. Kommt das ungefähr hin?«

»Ich auch. Alle in menschlicher Gestalt.«

»Was können sie?«, fragte Wick und spielte auf Bastians Gabe an, einen Mann aus der Entfernung einzuschätzen.

»Der erste ist ein Säure-Atmer, der zweite … ein Verbrüher.«

Als sein Kommandant nicht weiterredete, vibrierte die Luft vor Magie. Und Wick summte vor Erwartung, weil … oh Mann. *Ein Verbrüher.* Was für eine interessante Waffe. Eine, die nicht viele ihrer Spezies besaßen. Natürlicher Napalm, gemischt mit Gift, war der Atemstoß sehr gefährlich – eine giftige Brühe, die sich durch die Schuppen fraß und tödliche Lähmungen verursachte. Eine echte Herausforderung, dem auszuweichen, was umso mehr Spaß verhieß. *»Aber der Dritte? Mist, ich weiß es nicht. Bei ihm blicke ich nicht durch.«*

»Azrad … garantiert«, murmelte Wick. *»Der Wichser ist stark.«*

»Herrjemine«, sagte Rikar, der sich jetzt einschaltete. *»In Ordnung, Jungs … dies ist der Plan.«*

Mac klang zufrieden. *»Raus damit.«*

»Du, Sloan und Forge, ihr bezieht draußen Posten. Nichts und niemand kommt rein oder raus.«

»Sollte es jemand versuchen, drücken wir ab«, murmelte Forge, sein schottischer Akzent stärker als üblich.

Was Bände sprach. So reagierte der Schotte immer beim leisesten Hinweis auf einen Kampf. Erregung möglicherweise. Ungeduld auf jeden Fall. Wick konnte es ihm nachfühlen. Er konnte auch kaum erwarten, dass es losging. Oder dass er Azrad seine Faust in die Fresse knallte.

Rikar knurrte. *»Gut.«*

»Der Rest von euch … zu mir. Rütteln wir mal am Käfig des Mistkerls«, sagte Bastian. *»Und … Wick?«*

»Was?« Seine volle Aufmerksamkeit auf die Eingangstür gerichtet, überquerte Wick die Straße.

»Denk an unsere Abmachung. Halte dich zurück, bis wir gelandet sind. Wir gehen geschlossen rein.«

Quatsch. Scheiß auf die Abmachung und den ausdrücklichen Befehl. Das Schicksal hatte ihm nur einen Versuch zugebilligt. Nur einen Augenblick, um etwas wiedergutzumachen. Jetzt stand er nur einen Steinwurf entfernt von dem Mann, der dieses weibliche Wesen verletzt hatte. Auf keinen Fall würde er zulassen, dass Bas oder jemand anders ihm in die Quere kam. Er musste unbedingt Vergeltung üben, Azrad dafür büßen lassen, dass er Jamison Schmerzen zugefügt hatte.

Wick vergeudete keine Sekunde und rannte los.

Mit donnernden Schritten sprintete er zum Eingang des Cafés. Bas knurrte warnend. Venom stimmte mit ein und fluchte mordsmäßig, als Wick mithilfe eines mentalen Befehls die Tür aufriss.

Schon landeten die anderen geräuschvoll auf dem Asphalt hinter ihm, doch das kümmerte Wick nicht. Er brauchte nicht mehr als dreißig Sekunden. Zeit genug, um Azrad zu erledigen, und als er über die Schwelle rannte, stürzte er sich mit wild pochendem Herzen, getrieben von unglaublichen Aggressionen und entfesselten Höllenkräften, auf sein Ziel.

Azrad fuhr herum neben seinen beiden Begleitern und ging mit erhobenen Fäusten und blitzenden Augen in Kampfbereitschaft neben der Theke des Coffee-Shops. Wick bleckte die Zähne. Na prima. Das war ja so was von geil, weil … genau. Der Mann stellte sich bereitwillig dem Kampf. Echt perfekt. Mehr als befriedigend. Azrad verdiente jeden Hieb, den er gleich austeilen würde.

Vergessen wir die Ursache. Zum Teufel mit der Vernunft. Scheiß auf alles.

Jamison gehörte ihm. Sie fiel klar in seinen Verantwortungsbereich seit dem Moment, in dem er sie gerettet hatte. Jetzt würde seine Vergeltung Rache für sie sein.

Venom knurrte, als er einen Ellbogen ins Gesicht bekam. Der Treffer am Kinn schleuderte ihn einen Schritt zurück, brachte seinen Schädel zum Wackeln. Blut rann ihm über die Zähne, füllte seinen Mund mit einem widerlichen metallischen Geschmack. Er zuckte zusammen bei dem Schmerz in seinem Kiefer, der sich in seiner Gesichtshälfte festkrallte und ihm als Nächstes in die Schläfe stieg. Um einem weiteren Ellbogen auszuweichen, stürzte er nach vorn, rutschte mit den Stiefeln über den Holzfußboden, wobei sein Blick die ganze Zeit auf Wick und die fliegenden Fäuste gerichtet war.

Verdammter Kerl. So viel also zum Plaudern mit Azrad.

Wick hatte einen Kampf angezettelt bei Starbucks. Jetzt war eine handfeste Prügelei im Gange … Nightfury gegen drei fremde Krieger in einem Kampf, der jeder Vernunft widersprach. Verdammt und zugenäht. Typisch für Wick, Sand ins Getriebe zu streuen und alles falsch anzupacken. Nicht dass er es seinem besten Freund verdenken konnte. Wick war, was er *war* – gewalttätig, unberechenbar, gnadenlos –, und nach dem, was im Swedish Medical abgelaufen war, verstand Venom ihn auch. Er tat es wirklich, weil … verdammt. Wenn Venom es gewesen wäre, der diese Frau beschützt hätte? Dann wäre Azrad inzwischen längst tot.

Wick traf den Mann erneut.

Azrad fluchte und taumelte zurück, als er unterhalb seines Auges zu bluten anfing.

»Verdammte Scheiße, Ven.« Das leise, gefährlich klingende Knurren jagte Venom einen Schauder über den Rücken, während Rikar sich hinter ihm ins Getümmel stürzte. Ein feindlicher Mann fluchte. Eis knackte, und Frost breitete sich aus, überzog die Innenseite der Fenster des Coffee-Shops, ließ die Temperatur sinken, bis jeder Atemzug zu einer weißen Wolke wurde. »Krieg ihn endlich unter Kontrolle, um alles in der Welt!«

Wick riss sich zum zweiten Mal von Venom los.

»Verdammt noch mal.« Venom knirschte mit den Zähnen. »Glaubst du etwa, ich versuche es nicht?«

Leichter gesagt als getan.

Wick war eine Naturgewalt in einer guten Nacht. In einer schlechten war er der leibhaftige Teufel. Absolut nicht aufzuhalten.

Venom versuchte erneut, ihn festzuhalten.

Schlüpfrig wie eine Wasserschlange, wich Wick aus. Venoms Hände griffen in die Luft, was ihn aus dem Gleichgewicht brachte. Während er versuchte, sich wieder zu fangen, entfernte Wick sich, trieb den Mann rückwärts durch das Café. Ihre lauten Schritte echoten in dem hohen Raum. Mordsmäßig frustriert, verfolgte Venom die beiden, als sein bester Freund Azrad gegen die Wand donnerte, sodass die Bilderrahmen klapperten. Einer fiel herunter. Das Holz splitterte, das Glas zerbrach und verteilte sich über den Boden, als Wick seinen Gegner erneut bearbeitete.

Und wieder. Und noch einmal.

Venom überbrückte die Distanz zwischen ihnen. Blitzschnell packte er seinen Freund bei der Lederjacke. Wild entschlossen, hielt er fest und zog Wick zurück. Aber der stemmte sich dagegen und holte erneut aus. Er stieß Azrad sein Knie mit aller Kraft in den Bauch.

Der Mann stürzte.

»Du elender Mistkerl.« In seinen eigenen Kampf verwickelt, trat Bastian einem Mann die Füße weg. Der Krieger ging krachend zu Boden. Mit einer flinken Bewegung packte Bas ihn am Arm und drehte ihn auf den Bauch. Er presste dem Mann sein Knie ins Rückgrat und nagelte ihn fest. »Leg Wick an die Leine, Venom!«

»Wenn du glaubst, dass das so leicht ist …« Außer Atem schlang Venom seinem Freund einen Unterarm um den Hals. »Dann komm rüber, und mach es selbst.«

Wick hob seinen Kampfstiefel und zielte auf Azrads Kopf.

Der Krieger warf sich herum und ging zum Gegenangriff über, versetzte Wick einen rechten Haken. Knochen krachten auf Knochen. Wicks Kopf fuhr zur Seite, und Venom nutzte die Gelegenheit. Den einen Arm um seinen Hals gelegt, den anderen um seine Brust, packte er seinen Freund von hinten und zog ihn zur Seite. Hoch. Weg. Und vorbei. Fantastisch. Er hatte Startgenehmigung … mit anderen Worten, er verlor das Gleichgewicht.

Venom fluchte, als er zurücktaumelte. Seine Arme jetzt um Wicks Brust geschlungen, schlitterte er mit ihm über den Boden. Nun verhielten sie sich beide wie Flipperkugeln, prallten von Tischen ab, rissen Stühle um, torkelten durch den kleinen Raum. Festgeschraubt in der Mitte des Cafés, stand ein massiver Hartholztisch und …

Ah, verdammt. Das würde wehtun.

Er hatte recht.

Beißender Schmerz traf seinen Hüftknochen, als er mit dem Ding kollidierte. Zusammen mit seinem Freund segelte er über die Tischkante. Auf der anderen Seite des Tisches stürzten sie mit einem die Knochen erschütternden Plumps zu Boden und rissen dabei gleich noch vier Clubstühle mit um. Venom dachte nicht daran loszulassen, und behielt Wick eisern im Griff. Was unnötig war. Sein Kumpel blieb regungslos stehen – Gott sei Dank – und spähte über seine Schulter. Schimmernde goldene Augen begegneten seinen. Ruhig. Gelassen. Nicht der geringste Zorn war zu sehen. Venom runzelte die Stirn. Was zum Teufel ging hier vor? Nach dieser Darbietung hatte er angenommen, dass Wick sich wehren würde, um wieder die Oberhand zu gewinnen und sich erneut wie ein Verrückter auf Azrad zu stürzen.

Stattdessen verzog Wick den Mund. »Ich habe meinen Standpunkt klargemacht.«

»Hast du Töne?«, knurrte Azrad von der anderen Seite des Cafés. »Verdammt, ich glaube, meine Schneidezähne haben sich gelockert.«

»Hast du verdient.« Wick schob Venom beiseite und stand auf.

Da er seinem Freund keine Sekunde traute, eilte Venom an seine Seite. Machte keinen Sinn, denselben Fehler noch einmal zu wiederholen. Die Schlägerei war seine Schuld. Er hätte gewappnet sein müssen. Hätte wissen müssen, dass Wick sich bei erstbester Gelegenheit auf Azrad stürzen würde.

»Ich weiß.« Auf ein Knie gestützt neben der Theke, wischte Azrad sich fluchend mit einem Zipfel seines T-Shirts das Blut ab, das von seinem Kinn tropfte. »Gibst du Erklärungen immer auf diese Art ab, Nightfury?«

Wick zuckte die Achseln. »Meistens.«

»Recht effektiv.«

»Du hast die Botschaft geschnallt?«

»Ja. Keinen Scheiß machen mit weiblichen Wesen, die unter deinem Schutz stehen.« Mit einer Grimasse stand Azrad auf. Er rollte seine Schultern, dehnte seine schmerzenden Muskeln, betrachtete stirnrunzelnd seine lädierten Fingerknöchel. Als er seine Hand krümmte, warf der Mann Wick einen prüfenden Blick zu. »Wie geht es ihr?«

»Ist verletzt.«

»Ich wollte ihr nicht wehtun.«

Wick wich einem umgestürzten Stuhl aus und ging in die Raummitte. »Warum hast du es dann getan?«

Verblüfft durch den Austausch, sah Venom hin und her. Während er von Wick zu Azrad blickte und wieder zurück, schüttelte er den Kopf. Sein Freund redete nie mit jemandem, also … warum tat er es jetzt? Was war der Grund? Venom verengte die Augen. Es musste einen geben. Wick mochte ja still sein, aber er besaß sehr viel Verstand. Der Mann war unglaublich klug. Übervorsichtig und … genau.

Wick wusste etwas, was er nicht wusste.

Venom hatte einen mordsmäßigen Fluch auf der Zunge und spähte hinüber zu ihrem stellvertretenden Kommandanten.

Mit wachsamen blassen Augen funkte Rikar ihn mittels Gedankenübertragung an. *»Verstehst du ihn?«*

»Noch nicht«, sagte er, und sie führten die Unterhaltung verdeckt weiter.

»Sieh dir Azrad mal näher an«, murmelte Rikar. *»Sieht er jemandem ähnlich, den wir kennen?«*

Venom wechselte die Blickrichtung. Er sah in Azrads Richtung, musterte das Gesicht des Mannes, versuchte, von den Verletzungen abzusehen und etwas Bekanntes an ihm zu entdecken. Es war schwer. Dieses ganze Heavy-Metal-

Zeugs – Augenbrauen- und Nasenstecker – lenkten ihn ab. Das Tattoo, ein schwarzes Spinnennetz an seinem Hals, von dem sich eine abschreckende rote Spinne abhob, half auch nicht weiter. Er starrte Azrad noch prüfender an, strich all den Schnickschnack ab – den Irokesenschnitt, die Tätowierung, die Gothic-Attitüde –, um der Sache auf den Grund zu kommen. Die Hautfarbe und die Gesichtsform des Mannes rückten in den Vordergrund und …

Venom sog scharf die Luft ein. *»Ach du meine Fresse.«*

»Bingo.«

Sprachlos öffnete Venom den Mund, dann schloss er ihn wieder.

»Ich bedaure, dass es nötig war, Krieger«, sagte Azrad, dessen Tonfall absolut aufrichtig klang.

»Mein Name ist Wick.«

Azrad nickte. »Ich hätte sie nicht aus dem Krankenzimmer geholt, aber mit einer Schwadron von Abtrünnigen im Anflug, waren meine Optionen …«

»Begrenzt?« Bastian hob eine Augenbraue.

Der Kommentar lenkte Azrads Aufmerksamkeit auf jemand anderen. Sein Blick blieb an Bas haften. Etwas, was Ehrfurcht nahe kam, spiegelte sich in seiner Miene. Er schluckte so heftig, dass Venom sah, wie sich sein Kehlkopf auf und ab bewegte. »Ich … ich bin … du bist …«

»Bastian, Kommandant des Nightfury-Clans.« Die grünen Augen fest auf Azrad gerichtet, zog Bas seinen Gefangenen auf die Füße. Er gab dem Mann einen kräftigen Stoß. Der Blonde knurrte, verstand aber den Hinweis und durchquerte den Raum. Rikar folgte dem Beispiel seines Kommandanten und entließ seinen Krieger, der ein blaues Auge davongetragen hatte, aus seinem Würgegriff. Stille breitete sich aus. Alle im Raum sortierten sich neu, alle Beteiligten gingen in ihre entsprechenden Ecken zu ihren Anführern, um sie zu schützen. »Aber die wichtigere Frage … die einzige, an der ich interessiert bin, ist: Wer zum Teufel bist du?«

»Ich habe dir etwas zu zeigen.« Azrad griff in seine Jackentasche und zog ein dünnes in Leder gebundenes Buch hervor, verschlissen vom Alter, am Rücken eingerissen. »Ich habe dies vor gut einem Jahr bekommen. Es gehörte …«

»Ich weiß, wem es gehörte.« Wutentbrannt setzte Bas sich in Bewegung und durchquerte das Café. Sein Ziel? Unschwer zu erraten. Der neue Junge mit dem alten Büchlein. Azrad hatte sich gerade selbst eine Zielscheibe auf die Stirn gemalt. Was weder ratsam noch besonders klug war. Ein wütender Bastian kam einem Becken voller Haie, in dem das Wasser voll Blut war, gleich. »Woher hast du das?«

»Ein Numbai hat es mir gegeben. Es gehörte meinem Erzeuger.«

»Schwachsinn«, sagte Bastian mit zuckersüßer Stimme. Venom setzte eine ausdruckslose Miene auf, unterdrückte eine Grimasse und machte sich bereit einzugreifen. Jetzt war die sprichwörtliche Kacke am Dampfen. Das sagte ihm Bastians Tonfall. Immer, wenn sein Kommandant den einsetzte, musste jemand dran glauben. »Mein Vater hat keine weiteren Söhne gezeugt. Ich habe keine Geschwister.«

»Das stimmt nicht.« Die starken Gefühle waren seinen dunkelblauen Augen anzusehen, mit denen er Bastian anblickte. »Du hast mich.«

Magie wallte auf, und Spannung erfüllte die Luft, als Bastian knurrte.

Es war eine leise und tödliche Warnung, die Art Knurren, die kluge Männer in die Flucht schlug. Venom rückte stattdessen vor, stellte sich Schulter an Schulter neben seinen Kommandanten, während Rikar und Wick sich hinter ihnen postierten. Eingeschlossen zwischen einer Wand aus muskulösen Männern und der erhöhten Theke hinter ihm, reckte Azrad sein Kinn und wich nicht von der Stelle. Dumm? Mutig? Venom war sich nicht sicher. Es war viel zu früh, um das zu sagen. Eins war jedoch klar. Trotz der verblüffenden Ähnlichkeit zwischen Bastian und Azrad musste der Mann äußerst vorsichtig sein. Was auch immer der Neuling sagte in den nächsten dreißig Sekunden, würde sein Schicksal besiegeln.

»Weißt du, wie lange ich darauf gewartet habe, dich zu treffen?«, fragte Azrad verzweifelt. »Von dem Augenblick an, in dem ich die Wahrheit erfuhr. Von der Sekunde an, in der ich das Tagebuch gelesen habe, wollte ich … Herrgott. Monatelang an diesem gottverdammten Ort zu verrotten … die Wahrheit zu kennen ohne die kleinste Chance zu entkommen. Zu leben in der Hoffnung, einen Bruder zu treffen, von dem ich nicht mal wusste, dass er existierte.« Ein Muskel zuckte an seinem Kinn. Er ballte seine Faust, rang um Fassung. »Bastian … ich würde mir lieber die Eier abschneiden, als dich anzulügen. Du bist mein Bruder. Wir sind blutsverwandt. Ich schwöre es bei meinem Leben.«

Nicht gewillt, ihm zu glauben, musterte Bastian ihn zornig.

Knurrend schüttelte Azrad seine Jacke ab. Als die Militärjacke zu Boden fiel, packte er den Saum seines T-Shirts und zog es sich über den Kopf. Mit nackter Brust und angespannten Muskeln fletschte er in dem schwachen Licht die Zähne und warf Venom das zusammengeknüllte Baumwollteil an die Brust. Im Reflex fing Venom es auf, der Geruch von Blut und Mann stieg auf aus den Falten. »Blut lügt nicht. Überprüf die verdammte DNA.«

Sollte es ein Bluff sein, so war es ein guter. Besser als gut, wenn man die Richtigkeit seiner Behauptung in Rechnung stellte. Drachen-DNA *log* nicht.

Was bedeutete, dass eins von beidem richtig war.

Entweder sagte Azrad die Wahrheit. Oder er spielte seine letzte Karte aus und versuchte, Zeit zu schinden, um sich und seine Jungs so schnell wie möglich aus der Schusslinie zu bringen. Das machte Sinn vom taktischen Standpunkt aus. Die DNA musste im Labor analysiert werden, Allele und familiäre Kennzeichen mussten in vier Drachen-Chromosomen-Strängen übereinstimmen, die in unzerstörbare Magie eingehüllt waren. Keine einfache Analyse. So etwas nahm Zeit in Anspruch, was Azrad zweifellos wusste.

Venom presste die Lippen aufeinander. Sehr pfiffig. Und auch mehr als gefährlich. Der Mistkerl war gerade zum Klassenbesten aufgestiegen. »Ziemlich gute Geschichte, Azrad.«

»Das ist keine Geschichte. Nur die Wahrheit.«

Mit gerunzelter Stirn blickte Bastian ihn an. Als Venom seinem Blick begegnete, streckte sein Kommandant die Hand aus. Venom ließ das blutige T-Shirt los und warf es Bas zu. Der fuhr mit dem Daumen durch die Falten und über einen der Flecken. »Das kann nicht sein.«

»Ich glaube nicht, dass er lügt«, murmelte Wick und trat aus ihren Reihen vor. Das Geräusch seiner Schritte mischte sich mit dem leisen Summen der Deckenbeleuchtung, als er im Vorübergehen Venoms Schulter streifte und anschließend einen weiten Bogen um den Mann schlug, der das Undenkbare behauptete. Mit leuchtenden goldenen Augen sog Wick tief die Luft ein, filterte den Geruch mit seinen scharfen Sinnen und betrachtete Azrad kritisch. »Er hat eine Abart deines Geruchs an sich … dieselbe magische Signatur in seinen Adern. Ich habe es in der Sekunde wahrgenommen, in der er anfing zu bluten.«

Stille setzte ein nach dieser Behauptung.

Venom schnaubte. Tja, das erklärte die Kehrtwendung. Wick hatte von ihm abgelassen und sich einen eher freundlichen Schlagabtausch mit Azrad geliefert, um seinen Standpunkt klarzumachen, statt ihn umzubringen. Und dennoch. Trotz der Überzeugung seines Freundes blieb Venom skeptisch. Es war eine gute Geschichte, eine, die der Wahrheit nahe kam und auch ehrlich klang. Andererseits … war es nicht genau das, was eine Lüge glaubhaft machte? Erwähne genug nachweisbare Einzelheiten. Füge ein paar vereinzelte Wahrheiten hinzu, gemischt mit etwas Aufrichtigkeit und …

Peng.

Alle glauben dir. Alle werden hereingelegt. Alle werden getötet.

Sie durften keinen Fehler machen. Nicht, wenn die Razorback darauf lauerten, den gesamten Nightfury-Clan auszulöschen – seine Familie, die Männer, die er liebte und mehr als alle anderen wertschätzte.

Ivar würde vor nichts zurückschrecken. Und einen Spion in das Nightfury-Lager zu schmuggeln – einen, der behauptete, Bastians lange verlorener Bruder zu sein? Verdammt, das könnte man als gerissenen Coup bezeichnen. Wäre ein echter Sieg für diesen Schweinepriester, sodass … genau. Bruder oder nicht, Venom wollte alles wissen. Bis auf die letzte Dezimalstelle hinter dem Komma. Erst wenn Azrad gründlich überprüft worden war, würde er sich entscheiden. Ob er ihm Glauben schenken und ihn akzeptieren sollte. Oder ob er ihn töten und vernichten sollte, um seinen Clan zu schützen.

16

Spannung hing in der Luft wie radioaktiver Niederschlag, Misstrauen verbreitete sich im Coffee-Shop. Was Wick nicht weiter störte. Unbehagen und Anspannung machten ihm nichts aus. Vorsicht hielt einen Mann am Leben. Und mit der scharfgemachten Atombombe schien Wachsamkeit eine gute Idee zu sein im Moment.

Andererseits, wann war das nicht der Fall?

Mit leisen Schritten umkreiste Wick Azrad noch einmal. Die Männer, die Azrad befehligte, bewegten sich unsicher. Er konnte es ihnen nicht verdenken. Niemand legte sich mit ihm an – oder seinen Waffenbrüdern – außer gezwungenermaßen, und diese beiden? Das Paar sah gewitzter aus als die meisten, erkannte, dass eine tickende Bombe kurz davor war zu explodieren. Wick konnte praktisch den Countdown hören. Das Ticken der Uhr, während der Sekundenzeiger sich auf »Start« zubewegte.

Was bedeutete, dass er handeln musste.

Blitzschnell. Also, verdammt noch mal ... jetzt sofort. Sonst würde die Situation detonieren, seinen Clan mit einem Krater voller Spekulationen und keinen richtigen Antworten zurücklassen, folglich ... keine Frage. Die Situation zu entspannen schien ein guter Plan zu sein. Ein sehr guter, bis auf eins.

Nachdenken war nicht seine Stärke. Sein Können lag auf anderen Gebieten – nämlich im Töten –, aber das änderte nichts an den Tatsachen. Nichts an der Dringlichkeit. Da Bastian kurz davorstand zu explodieren, hatte er nicht mehr als höchstens eine Minute, bevor sein Kommandant die Geduld verlor und in die Luft ging. Die Auswirkungen dessen wären nicht sehr schön. Genauso wenig wie das Aufräumen hinterher. Und das, was von Azrad und seinen Jungs übrig geblieben war, vom Boden zu kratzen? Stand auch nicht auf seiner Erledigungsliste heute Nacht. Er hatte andere Pläne. Die beinhalteten herauszufinden, ob er in Bezug auf Azrad recht hatte.

Gleich und Gleich erkannte einander schließlich. Eine unanfechtbare Tatsache.

Zunehmendes Misstrauen packte Wick bei den Eiern. Azrad trug alle Kennzeichen. Aber ob sie echt waren? Die Wahrheit, wer und was er war, ging tief unter die Haut, ging dem Mann bis ins Mark. Lag in der Art, wie er sich bewegte, roch und dachte. Wick konnte praktisch hören, wie die Gedanken in Azrads Kopf kreisten, also …

Keine Chance. Er würde Bas nicht sich selbst überlassen, ehe er sich nicht sicher war, entweder so oder so.

Wick schnappte sich einen Stuhl im Vorbeigehen und stieß ihn in die Mitte des Raums. Das unangenehme Quietschen von Metall auf Holz erschütterte die Stille, führte zum gewünschten Effekt … sorgte dafür, dass die anderen Krieger zusammenzuckten. Dass Bewegung in die festgefahrene Situation kam, als alle in seine Richtung blickten. Venom sah ihn fragend an. Wick erwiderte seinen Blick und tippte sich ans Kinn, was ihm nur eins signalisieren sollte. Vertrau mir. Er brauchte Venom als Rückendeckung, wenn die Situation kritisch werden und Bastian ausflippen sollte. Als sein Kumpel zurücknickte, packte Wick einen zweiten Stuhl und schob ihn in Azrads Richtung.

Der Mann hielt ihn mit einem Fuß auf.

Wick gab sich nicht mit Erklärungen ab, sondern demonstrierte ihm stattdessen seine Absicht. Er drehte seinen Stuhl herum und setzte sich rittlings darauf, legte seine Unterarme auf die Rückenlehne. Er zwang sich zu einer lockeren, coolen Haltung, um Azrad die Befangenheit zu nehmen. Die Körpersprache übermittelte eine klare Botschaft: Es geht nur um eine Unterhaltung. Keiner muss hier sterben.

Wick unterdrückte ein Schnauben. Herrgott. Wenn das nicht mehr als ironisch war. Ausgerechnet er … offen für ein Gespräch. Was für ein verdammter Scherz. Aber hey, den Hau-drauf-Faktor herunterzuspielen erforderte ein gewisses Maß an Finesse. Und wenn der Versuch lohnte, es mal mit Diplomatie zu versuchen – wenn das Azrad genug entspannte und ihm die gewünschten Informationen verschaffte? Nun ja, Geduld und Feingefühl auf den nächsten Level zu bringen schien ihm der beste Weg zu sein.

»Habe einige Fragen.« Den Blick auf den Mann gerichtet, der einen Meter entfernt stand, wies Wick auf den zweiten Stuhl. »Bist du bereit zu reden?«

Der Nette-Kerl-Zug führte zu einer Kettenreaktion. Überraschung breitete sich aus, und es wurde auf einmal unruhig im Raum. »Was zum Teufel«-Gemurmel war zu hören. Wick ignorierte die ungläubigen Blicke, die seine Kumpels ihm zuwarfen. Es war ihm gleichgültig, was die anderen Nightfury dachten. Er hatte auch keine Zeit für den üblichen Quatsch. Nicht, wenn das, was er hinsichtlich Azrads vermutete, sich als richtig erwies.

»Kommt darauf an.« Mit Misstrauen im Blick packte Azrad den Stuhl. Er drehte ihn um 180 Grad und nahm die gleiche Haltung ein wie Wick, setzte sich ihm gegenüber.

»Worauf?«, fragte Wick und hob die Augenbrauen.

Azrad runzelte die Stirn. Sein Augenbrauenstecker blitzte auf im Licht. »Was du wissen willst.«

Alles. Aber dazu würde er später kommen. »Zeig mir die Innenseite deines Unterarms.«

Blondie und Blauauge bewegten sich, gaben ihrem Anführer Rückendeckung.

Die Warnung war subtil. Die zur Schau gestellten Muskeln nicht. Wick verzog den Mund. Das Paar war Azrad ergeben. Gut. Solidarität bedeutete Stärke. Ein hervorragendes Zeichen. Es sagte eine Menge aus über den Mann, der ihm gegenübersaß. Ein Anführer, der Loyalität und Liebe einflößte statt Furcht, war zu bewundern. Vielleicht sogar ein möglicher Verbündeter.

Azrads Miene wurde verschlossen, und er schüttelte den Kopf.

Wick blieb beharrlich. »Ich muss es sehen.«

»Verdammt«, knurrte der Mann leise. Einen Augenblick später gab er nach. Er entflocht seine Finger und drehte sein Handgelenk um. Ein Muskel zuckte, als er Wick anfunkelte. »Zufrieden?«

Nicht annähernd. *Zufrieden* hatte überhaupt nichts damit zu tun.

Wick nickte trotzdem, sein Blick verharrte auf der Narbe, die die Innenseite von Azrads Unterarm verunstaltete. Verdammte Scheiße. Misstrauen war ja schön und gut, aber Instinkt war der bessere Schlafgenosse. Seiner hatte ihn nicht getrogen. Da er im selben Höllenloch ausgebildet worden war, war es nicht allzu schwer gewesen, Azrad einzuordnen. Trotzdem erzeugte der Anblick des Brandmals Ekel in ihm, zerrte unliebsame Erinnerung an die Oberfläche und drehte Wick den Magen um. Er schluckte das Brennen hinunter, konnte den Blick nicht losreißen von dem Beweis der Grausamkeit der Erzgarde.

So was von obszön. So was von barbarisch. So was von unnötig.

Und das Brandmal blieb.

Wick zog seine Jacke aus und ließ sie hinter sich fallen. Als das Leder auf dem Boden landete, rollte er seinen Ärmel hoch. Drei Zentimeter unterhalb seines Ellbogens verunstalteten die Drachen-Symbole – siebenstellig – die Haut auf der Innenseite seines Unterarms.

Azrad sog scharf die Luft ein.

»Wick«, murmelte Venom und trat hinter ihn. »Das ist nicht nötig.«

»Es ist Zeit, Ven. Ich bin es leid, es zu verbergen.«

Er hatte schließlich gute Arbeit geleistet, nicht wahr? Keiner seiner Waffenbrüder kannte die Wahrheit. Keiner hatte jemals das Brandzeichen gesehen. War er in Drachengestalt, hatte er es aus Schamgefühl versteckt, seine Magie dazu benutzt. In menschlicher Gestalt konnte er die Narbe nicht verbergen. Was bedeutete, dass er nie sein Hemd auszog oder kurze Ärmel trug. Aber jetzt, nach all den Jahren, wollte er mit sich ins Reine kommen. Wollte, dass die anderen verstanden, warum er so für sich geblieben war und nicht viel geredet hatte.

Er war von frühester Jugend an darauf trainiert worden,

sich so zu verhalten. Nicht zu reden. Keinen Körperkontakt. Keine Wärme welcher Art auch immer. Derartige Entbehrungen veränderten einen Mann. Sorgten dafür, dass er schweigsam war. Auf Distanz blieb. Erzeugten Misstrauen und Argwohn.

Die ultimative Art und Weise, eine Killermaschine zu erschaffen.

Wick krümmte seine Hand und beobachtete das Spiel seiner Muskeln unter dem Brandmal, die die Ziffern verzerrten, die sein Entführer ihm in die Haut gebrannt hatte … und erinnerte sich daran, wodurch das geschehen war.

Flüssiges Drachengift, die einzige Substanz, die seine Spezies brandmarken konnte.

Wenn es eingesetzt wurde, bevor ein Mann seine *Verwandlung* durchlief – bevor die Magie in seinem Blut aktiviert wurde –, erzeugte das Gift eine Narbe, die nie verschwand. Wurde zu einer ewigen Bürde, einer gellenden Erinnerung, eingeätzt in die Haut. Zu einer, die man sich jeden Tag ansehen und mit der man leben musste. Die die Vergangenheit, egal wie weit sie entfernt lag, in die Gegenwart zerrte.

Er musste es wissen.

Jedes Mal, wenn Wick sie ansah, rebellierte sein Magen, führte ihn zurück in die Nacht, in der er sein Brandmal erhalten hatte. Während die Erinnerung ihn ins Schleudern brachte und Dinge, die er sehnlichst zu vergessen wünschte, an die Oberfläche stiegen. Blitzartig war er wieder in dem Schmutz und Elend, durchlebte erneut die Brutalität – die hohen Flammen in der Feuergrube, das rote Glühen des Stahls, als der Schweinehund das Brandeisen aus dem Bottich mit brodelndem Drachengift zog, den beißenden Geruch von Rauch in der Luft, die harten Hände, die ihn am Boden hielten, den schneidenden Stahl an seiner Kehle.

Wick biss die Zähne zusammen. Er sollte inzwischen darüber hinweg sein. Sechzig Jahre waren eine lange Zeit, um sich noch an die Qualen zu erinnern, aber … Herrgott. Die Erinnerung war ein echtes Miststück, das ihren eigenen Willen hatte. Egal wie oft er versucht hatte, die Details auszulöschen, verfolgte ihn das Erlebnis immer noch, quälte ihn nach wie vor. Die Hilflosigkeit angesichts der Grausamkeit. Der bittere Geschmack der Niederlage. Seine Raserei, als sie ihn zwangen, sich zu unterwerfen.

Nicht, dass es viel gebraucht hatte, ihn zu bezwingen.

Sein Entführer hatte es richtig gemacht. Hatte gewartet, bis seine Körperchemie kippte, ihn an den Rand der *Verwandlung* beförderte. Er war zu schwach gewesen, um sich zur Wehr zu setzen … so krank, mehr als verwundbar, hatte Hilfe gebraucht von einem älteren Mann, um seinen ersten Wechsel zu überstehen. Die meisten Männer freuten sich auf dieses Ereignis. Träumten von der Nacht, in der es stattfinden würde, und frohlockten, wenn es so weit war. Andererseits hatten diese Männer auch Erzeuger, die sie liebten. Er hatte einen sadistischen Bastard gehabt, der ihn beim ersten Anzeichen wahrer Stärke tot sehen wollte. Kaum hatte Wicks Magie sich gezeigt, war seinem Bewacher die Gefahr bewusst geworden, hatte er den Krieger in ihm erkannt und begriffen, dass Wick ihn bis ans Ende der Welt verfolgen würde – ihm jedes Glied einzeln ausreißen würde –, sobald er in Drachengestalt erwachte.

Also ja. Er verstand Azrad. Und als er den Mann ansah, der

ihm gegenübersaß, sah Wick seine ganzen Gefühle in ihm widergespiegelt.

»Sie haben dich nicht …« Azrad räusperte sich und hielt inne. Er legte die Stirn in Falten und rutschte auf seinem Stuhl hin und her. Einen Augenblick später unterbrach er den Blickkontakt und fuhr mit seiner Fingerspitze über seine eigene Narbe. »Du bist nie in Tanzenmed gewesen. Ich hätte dich da gesehen.«

Der Name sorgte dafür, dass Wick sich versteifte. Tanzenmed. Ein Drachen-Gefängnis, das so grauenhaft war, dass Männer um ihren Tod bettelten, um einen gnädigen Tod, wenn sie mit der Aussicht konfrontiert waren, dort eingekerkert zu werden.

»So weit ist es nie gekommen.« Dank Venom. Sein bester Freund hatte alles riskiert. Hatte ein angenehmes Leben innerhalb des Drachenadels aufgegeben, um ihn zu retten. Mit zugeschnürter Kehle warf er einen Blick über seine Schulter. Wie immer stand Venom Gewehr bei Fuß, bereit, ihm jederzeit beizustehen. Genau wie in jener Nacht, in der er dem General die Stirn geboten und eingegriffen hatte, um ihm das Leben zu retten. »In welchem Club hast du deinen Weg gemacht?«

»In Rodins.« Mit einem harten Ausdruck in den Augen blähte Azrad die Nasenflügel. »Und du?«

»Dem des Generals.«

»Dem Club meines Erzeugers«, sagte Venom gleichzeitig, seine Stimme überlagerte Wicks und enthüllte, was beide bisher geheim gehalten hatten. »Rodins rechte Hand damals.«

»Verdammt und zugenäht. Ein Kampfclub, geführt von Elitemitgliedern unserer Spezies?« Rikar schnappte sich einen

Stuhl und schloss sich ihrem Kreis an. Schwer erschüttert, schüttelte er den Kopf. »Die Praxis ist seit Hunderten von Jahren verboten.«

»Was nicht heißt, dass die Clubs nicht mehr existieren. Das neue Gesetz hat sie nur in die Illegalität getrieben.« Mit übergeschlagenen Beinen lehnte Bastian sich an die Tischkante. Die Pose sollte Entspanntheit signalisieren. Wick wusste es besser. Sein Kommandant tat nur freundlich. »Dachte, die benutzen nur menschliche Kämpfer.«

»Tun sie wahrscheinlich immer noch«, sagte Wick, dem unbehaglich zumute wurde. Er wollte nicht darüber reden. Hasste die Macht der Erinnerung und was sie mit ihm anstellte. »Aber sie wetten auch auf Knaben.«

»Ich habe den Ring zum ersten Mal an meinem siebten Geburtstag betreten.«

»Ich auch.« Ein schlechter Geschmack breitete sich aus in seinem Mund. Verdammt. Keine Geheimnisse mehr. Kein Verstecken mehr. Wick ballte die Fäuste, wusste nicht so recht, was er mit dem Wissen anfangen … oder wie er sich verhalten sollte, jetzt, da seine Waffenbrüder die Wahrheit kannten. »Sie haben mich tagsüber in einem Käfig gehalten, und nachts musste ich kämpfen, bis …«

»Du in die *Verwandlung* eintratst«, vollendete Azrad seinen Satz.

Wick nickte. »Danach wäre ich ein zu großes Risiko gewesen. Ich war für Tanzenmed vorgesehen, aber Venom griff ein, zog mich vom Lastwagen, bevor der General mich abtransportieren konnte.«

Was mit dem Tod von Venoms Vater geendet hatte.

Wick schluckte schwer. Vatermord. Herrgott, was für eine

schwere Bürde. Eine, die Venom jeden Tag trug. Ein einziger Augenblick hatte dafür gesorgt, dass ein Preis auf ihren Kopf ausgesetzt und ihr Schicksal besiegelt wurde. Eine Tat, nach der sie auf der Stelle geflohen waren, mit nichts weiter als der Kleidung, die sie am Leib trugen.

»Ich tat, was notwendig war«, murmelte Venom und tat das Opfer mit einem Achselzucken ab. Das tat er immer, spielte immer seinen Mut herunter. Aber Wick kannte die Wahrheit. Diese Nacht hatte ihnen einen schrecklichen Preis abverlangt. Die Anspannung in der Stimme seines Freundes vermittelte das laut und deutlich. »Aber du warst zu dieser Zeit bereits in Tanzenmed.«

Azrad nickte. »Ein verfluchter Ort.«

Kein Zweifel.

Gegründet zur Ausbildung der Elite, benutzte das Gefängnis lebende Ziele – Angehörige des Drachenbluts, die zum Tod verurteilt waren, Männer, die aus den Kampfclubs rekrutiert wurden, oder jeden anderen, den die Erzgarde zum Schweigen bringen wollte – in verschiedenen Kriegsspielen, die junge Drachen das Kämpfen lehren sollten. Es stand auf einem sich über viele Morgen erstreckenden Gelände im ländlichen Russland und hielt die Gefangenen mithilfe eines elektronischen Kragens im Zaum, der es jedem Verfolger ermöglichte, die Opfer aufzuspüren und zu töten. Gefüllt mit Sprengstoff, würden die Kragen detonieren und den Gefangenen den Kopf abreißen, sobald sie vom Gelände zu fliehen versuchten.

Tod durch C4. Oder durch den Versuch, sich den Weg freizukämpfen.

Eine grausame Praxis mit einem gleichermaßen ekelerregenden Ende. Einmal dort eingesperrt, entkam niemand Tanzenmed lebend.

Was eine Frage aufwarf, nicht wahr?

Wick nahm Azrad ins Visier.

Schnell von Begriff, erfasste Venom seine Gedanken. »Das Gelände gilt als uneinnehmbar. Nur ein Weg hinein. Kein Weg hinaus, also …«

Rikar schnaubte. »Willst du uns vielleicht erklären, wie du es geschafft hast zu fliehen, Azrad?«

»Falsche Frage, mein Bruder«, sagte Bastian.

»Genau.« Wick folgte seiner Eingebung und knurrte. Ah ja … die Sache wurde langsam interessant. »Das *Wie* ist nicht wichtig, Rikar. Das *Wer* interessiert uns.«

»Verdammte Scheiße«, knurrte Rikar.

»Nian«, sagte Venom, die Wut in seiner Stimme unüberhörbar. »Du steckst mit dem Bastard unter einer Decke.«

»Nein.« Azrad setzte sich aufrechter hin und schüttelte den Kopf. Die heftige Bewegung unterstrich seine Verneinung, ließ seine Augen wie blaue Diamanten leuchten. »Ich habe Nian nur benutzt, um diesem Höllenloch zu entkommen … nichts weiter.«

»Nichts ist so einfach.« Bastian stieß sich von der Tischkante ab. Die geäußerte Verdächtigung ließ die Luft vor Feindseligkeit knistern. Aber mit der Geduld, die eines Anführers würdig war, blieb Bastian ruhig. »Was hast du ihm versprochen … meinen Kopf auf einem silbernen Tablett?«

»Niemals«, sagte Azrad. »Nian kam vor drei Monaten mit einem Vorschlag zu mir.«

»Warum zu dir?«, wollte Bas wissen.

»Ich hatte mir im Gefängnis einen gewissen Ruf erworben.«

»Ach, tatsächlich?« Mit vor Sarkasmus triefender Stimme lächelte Rikar ihn an. »Möchtest du uns vielleicht einweihen?«

Mit ausdrucksloser Miene ließ Azrad seine Finger knacken. »Ich töte alles, was mir zu nahe kommt.«

Wick schnaubte. »Nützlich.«

»War in Ordnung für mich. Also, es lief folgendermaßen.« Azrad blickte von ihm zu Bastian und wieder zurück zu ihm. »Ihr wisst ja, wie die verwöhnten Scheißkerle denken. Nian ist nicht anders. Er brauchte einen Krieger außerhalb des Erzgarde-Netzwerks, einen Spieler, den sie nie sehen und schon gar nicht vermissen würden. Er bot mir einen Deal an ... Freiheit und ein Erste-Klasse-Ticket nach Seattle aus einem einzigen Grund.«

»Ein Treffen mit mir.«

»Bingo.« Azrad zuckte die Achseln. »Die Abmachung ist Folgende: Ich musste nahe genug herankommen, um das Treffen zu ermöglichen. Danach sollte ich mich gut mit euch stellen ... euch nah genug kommen, um ihn mit Informationen über euch zu füttern. Dem Teil der Abmachung habe ich nie zugestimmt, aber ...« Er schwieg und musterte stirnrunzelnd seine kaputten Fingerknöchel. »Ich wollte dich treffen, also schien es mir kein schlechter Spielzug zu sein, ihn wegen der Bespitzelung zu belügen.«

»Kein schlechter Plan«, sagte Venom und klang beeindruckt.

»Er hat mich hierhergebracht, nicht wahr?«

Venom verdrehte die Augen.

Azrad grinste, dann wurde er wieder ernst und sah Bas an. »Hör zu, ich weiß, dass du mir nicht über den Weg traust. Das kann ich dir nicht verdenken. Wenn jemand auftauchen und behaupten würde, mein Blutsverwandter zu sein, würde ich ihn erst zusammenschlagen und dann Fragen stellen. Ich bitte dich nur darum, dass du diesen DNA-Test durchführst. Gesteh mir wenigstens das zu.«

Bastian sah ihn gelassen an. »Keine Versprechungen, aber … gib uns ein paar Tage. Die Tests werden angeleiert. In der Zwischenzeit …«

»In der Zwischenzeit«, fiel Azrad ein, »bin ich noch an etwas dran, was ihr wissen solltet.«

Neugier erfasste Wick. »Was ist das zusätzliche Sahnehäubchen?«

»Ich habe mich ins feindliche Lager eingeschleust.« Mit einem bösen Glitzern in seinen Augen lächelte Azrad. Er sah aus wie ein absolut gefährlicher Gegner. Wie einer, der das Sagen hatte. »Ich ging davon aus, dass ihr möglicherweise eine Geste des guten Willens braucht, um mich ernst zu nehmen, also habe ich vor über zwei Wochen die Reihen der Razorback infiltriert.«

»Herrgott«, sagte Rikar und sah aus, als hätte ihm jemand mit einer scharfen Axt eins über den Schädel gegeben.

Venom blinzelte. »Wirklich?«

»Wirklich. Die Scheißkerle halten mich für einen der ihren.«

»Ein Spitzel.« Wick grinste. Er konnte einfach nicht anders. Der Plan mutete ihn echt genial an. Gewitzt. Beherzt. Ein mutiger Schachzug von einem mutigen Mann. Ganz nach Wicks Geschmack. »So hast du von Jamison erfahren.«

Dunkelblaue Augen begegneten seinen. »Razorback-Geplapper und ein bisschen Recherche führten einfach zu der Frau. Ihr habt ganz schön für Ärger gesorgt, als ihr Tania Ivar quasi vor der Nase weggeschnappt habt. Es war nur logisch, dass ihr euch als Nächstes um die Schwester kümmern würdet.«

Rikar fluchte erneut kräftig. »Sind wir derart leicht zu durchschauen?«

»Nur, wenn es um Frauen geht.« Seine Heavy-Metal-Ausstattung im Gesicht blitzte im schwachen Licht, als Azrad den stellvertretenden Befehlshaber der Nightfury ansah. »Sonst seid ihr ein verdammtes Mysterium. Was auch gut ist. Mit den Razorback auf den Fersen, ist Geheimhaltung …«

»Also … der kleine Bruder möchte sich uns anschließen.« Als Azrad nickte, näherte sich Bastian ihm auf leisen Sohlen. Er ging um die Theke herum und auf seinen *mutmaßlichen* Bruder zu. Azrad erstarrte. Wick konnte ihm das nicht verdenken. So ruhig Bastian auch wirkte, wusste doch jeder im Raum, dass er keine Spielchen spielte. Bas hob einen Fuß und stieß Azrads Stuhl an der Seite an. »Was ist dabei für dich drin?«

»Rache.«

»Macht Ivar dich wütend oder etwas in der Art?«

»Ist noch zu früh, um das zu sagen. Ich bin ihm noch nicht begegnet.« Er legte den Kopf zurück und sah hoch zu Bastian, begegnete seinen hellgrünen Augen. »Ich bin noch dabei, mich in der Befehlskette der Razorback hochzuarbeiten. Aber Ivar ist nur ein Sprungbrett, das ich benutze, um einen größeren Fisch zu angeln.«

Wick stieß einen Pfiff aus. »Du redest von Rodin.«

»Ich verdanke ihm ein Leben voller Qualen.« Azrad lächelte animalisch. »Nebenbei … Rodin und seine Kumpane finanzieren die Razorback.«

Interesse blitzte in Bastians Miene auf. »Hast du Beweise dafür?«

»Noch nicht, aber …«

Ein schnell piepender Weckruf ertönte.

Azrad spähte auf seine Armbanduhr. Punkt Mitternacht. »Nian sucht mich. Hast du Interesse, mit ihm zu reden?«

»Hast du einen Computer dabei?«

Der Mann nickte.

Bastian tippte sich ans Kinn. »Dann setze ihn in Gang.«

Das ließ Azrad sich nicht zweimal sagen. Sobald Bas seine Zustimmung signalisiert hatte, sprang Azrad so schnell auf, dass sein Stuhl kippelte. Als er sich zu seinen Kriegern umdrehte, reichte Blauauge ihm einen schwarzen Rucksack. Er schlang ihn sich über die Schulter, ging hinüber zu dem großen Tisch in der Raummitte und machte sich an die Arbeit. Er öffnete den Reißverschluss des Rucksacks, holte einen Laptop heraus, gab mit fliegenden Fingern alles ein und bereitete den Video-Chat vor.

Der an der Wand angebrachte große Flachbildschirm über den Clubsesseln erwachte zum Leben. Wick schlenderte hinüber, um eine bessere Sicht zu haben. Der Video-Souffleurkasten blinkte in der Mitte des Schirms, überflutete die hellen Wände des Coffee-Shops mit hellblauem Licht. Ein kluger Einfall von Azrad. Die Weitwinkel-Webcam, die oben auf dem Bildschirm angebracht war, würde den gesamten Raum einfangen und es Nian ermöglichen, sie alle zu sehen vom anderen Ende der Welt aus.

Azrad tippte auf einige weitere Tasten und …

»Wurde aber auch verdammt noch mal Zeit.«

»Freut mich auch, dich zu sehen, Nian.«

Hinter einem Schreibtisch starrte sie ein dunkelhaariger Mann an. Seine Augen, die die Farbe von Opalen hatten, überflogen den Innenraum von Starbucks. »Wer von euch ist Bastian?«

»Hier.« Gelassen setzte Bastian sich in einen Clubsessel. Als er seine Cowboystiefel auf den Kaffeetisch legte, sah er dem jüngsten Mitglied der Erzgarde in die Augen. Mit ziemlich ungeduldigem Knurren sagte er: »Was zum Teufel willst du, Nian?«

»Alles Mögliche«, sagte der Mann. »Aber das Wichtigste zuerst. Du musst deine Krieger so schnell wie möglich aus Prag rausholen. Rodin brütet einen Plan aus … einen, der Gages und Haiders Hinrichtung einschließt. Bei Einbruch der Nacht wird ein Trupp ausgeschickt, um sie gefangen zu nehmen.«

Wick fletschte knurrend die Zähne.

»Verdammt«, fluchte Venom.

»Genau.« Vor einem Bücherregal sitzend, beugte sich Nian auf seinem Bürosessel weiter vor. Er verbarg seine Besorgnis nicht und nagelte Bastian mit seinen schimmernden Augen fest. »Ich weiß nicht, wo die Metallischen schlafen, sodass ich sie nicht erreichen kann. Aber wenn du es kannst … tu es. Sag ihnen, sie sollen keine Drachengestalt annehmen. Nicht fliegen. Die Stadt wird ab Sonnenuntergang von Rodins Schlägern wimmeln. Sag ihnen, sie sollen mich über diesen Weblink kontaktieren. Ich werde sie aus der Stadt schmuggeln.«

Eine schöne Theorie. Ein großes Problem angesichts der geplanten Hinrichtung.

Wick traute dem Erzgarde-Jüngelchen nicht weiter, als er

ihn werfen konnte. Das würde kein Mann, der noch seine sieben Sinne beisammenhatte. Erst recht nicht, wenn man Nians Abstammung und Werdegang bedachte. Alles Mögliche konnte sich daraus ergeben. Der Mistkerl konnte mit Rodin verbündet sein. Er stellte möglicherweise dem Oberhaupt der Erzgarde eine Falle, um seinen Sturz für seine eigenen Pläne zu nutzen. Könnte ihnen frech ins Gesicht lügen, um die Metallischen in eine Falle zu locken. Jede Kombination davon würde bedeuten, dass seine Waffenbrüder kaltblütig ermordet werden könnten.

Alles nur Verlustpläne.

»*Sloan*«, sprach Wick seinen Kumpel an, der draußen Wache hielt.

»*Hier.*«

»*Such dir einen Computer.*«

Schuppen klickten, als Sloan sich auf dem nahe gelegenen Dach bewegte. »*Was brauchst du?*«

»*Warne die Metallischen. Rodin hat einen Preis auf ihre Köpfe ausgesetzt.*« Mit einem Ohr verfolgte Wick die Unterhaltung zwischen seinem Kommandanten und Nian, während er dem Blick des stellvertretenden Kommandanten begegnete. Rikar nickte, und er fuhr fort. »*Sag ihnen, sie sollen aus Prag verschwinden. Unter dem Radar. Ruckzuck.*«

»*Verstanden.*«

Stiefelschritte waren zu hören durch ihr Drachen-Handy.

Bei dem Geräusch spannte sich Wick an. Am liebsten hätte er seinem Kumpel »beeil dich« zugebrüllt. Aber er beherrschte sich und schwieg. Sloan würde sein Möglichstes tun. Aber Computer waren nicht so verlässlich wie ihr mentales Kommunikationssystem. Die Nachricht ging möglicherweise nicht oder nicht rechtzeitig genug durch. Der gesamte Nightfury-Clan war gerade eben in eine Warteschleife gezwungen worden. Es blieb ihnen nichts anderes übrig, als zu beten, dass Gage und Haider unverletzt entkamen.

Sesselfedern quietschten, als Nian seine Position veränderte und näher zum Computerbildschirm rückte. Die Unterarme auf den Schreibtisch gestützt, beugte er sich vor, nahm Details auf, schätzte die Situation ein, während er Bastian anstarrte. Heiliger Strohsack. Er hatte schon damit gerechnet, dass der Nightfury-Kommandant stark war. Aber was er sah, übertraf alle seine Erwartungen. Der Mann war mehr als stark und wirklich gefährlich. Er strahlte geradezu ein »Leg dich ja nicht mit mir an!« aus, und als Bastians grüne Augen ihn fixierten, glaubte Nian schlagartig alles – jedes Gerücht, jede Geschichte, jedes in dunklen Ecken geflüsterte Wort über den Mann und seine Taktiken.

Zum Glück saß er Tausende von Meilen von ihm entfernt. Sicher genug. Außerhalb seiner Reichweite mit einem ganzen Ozean zwischen ihnen. Zumindest hoffte Nian das. Bastian verfügte ohne Zweifel über einen langen Arm und viele Verbündete auf beiden Seiten des Atlantik. Männer, die bereitwillig seiner Bitte folgen würden, ohne weiter Fragen zu stellen, und zwar umgehend.

Der Gedanke war nicht erfreulich.

Wie gut, dass er keine schwachen Nerven hatte. Oder machtlos war.

Nian veränderte seine Sitzhaltung und blickte auf den Bildschirm, sah einen offenen Raum mit großen Fenstern. Hinter seinem Sessel versammelt, gaben die Nightfury ihrem

Kommandanten Rückendeckung. Groß. Stark. Standhaft. Krieger mit einem starken Beschützertrieb, jeder Einzelne von ihnen. Nian kannte die Sorte, wich aber nicht zurück, begegnete dem Blick jedes Einzelnen, bevor er seine Aufmerksamkeit wieder Bastian zuwandte. So weit, so gut. Alles startklar. Mission beinahe erledigt. Mit Gage und Haider zu beginnen war ein Geniestreich gewesen. Die Masche hatte die Aufmerksamkeit des Nightfury-Kommandanten gefesselt, wie nichts anderes es gekonnt hätte. Jeder Blinde konnte sehen, dass Bastian sich um seine Kameraden sorgte. Seine Besorgnis war spürbar, sogar über die Entfernung hinweg. Er wollte Gage und Haider außer Gefahr haben. Wollte sie in Sicherheit bringen. Er wollte, dass die beiden heimkamen nach Seattle.

Perfekt in jeder Hinsicht.

Ironisch auch. In seinem Bemühen, Bastian zu vernichten, hatte Rodin – mit seinem dämlichen Plan – Nian das Einzige geliefert, was dieser mehr als alles andere brauchte … einen Zugang zum Nightfury-Clan. Jetzt saß er am Bildschirm einem der mächtigsten Männer seiner Spezies gegenüber, nur Minuten entfernt davon, sich die Unterstützung zu sichern, die er brauchte, um das Oberhaupt der Erzgarde zu Fall zu bringen.

Aber nur, wenn er seine Karten richtig ausspielte.

Bastian war nicht dumm. Andererseits war Nian es auch nicht.

Ohne ihn aus den Augen zu lassen, nahm Bastian seine Stiefel vom Kaffeetisch. Er veränderte seine Sitzhaltung auf dem ledernen Clubsessel und beugte sich vor, die Füße auf dem Boden, die Ellbogen auf die Knie gestützt, die Finger zwischen seinen Oberschenkeln verschränkt. Die Bewegung brachte ihn näher an die Kamera. Nian schluckte, widerstand dem Bedürfnis zurückzuweichen … außer Schussweite zu kommen, bevor die Dinge aus dem Ruder liefen. Eine dämliche Reaktion. Bastian konnte ihm nichts anhaben. Jedenfalls im Moment nicht.

»Wie bist du an diese Information gekommen, Nian?«, fragte Bastian leise. Der seltsame Unterton in seiner Stimme sorgte dafür, dass sich Nian die Nackenhaare sträubten, ihn das Kribbeln warnte ohne Worte. Dieser Tonfall war viel zu gefährlich, um ihn zu ignorieren. »Sitzt du in Rodins Hosentasche?«

Nian schüttelte den Kopf. »Nein, aber ich habe hart daran gearbeitet, sein Vertrauen zu erlangen. Jetzt habe ich es. Er hat angefangen, mir Dinge zu erzählen. Jede Information, die ich habe, kommt direkt von dem Bastard. Da kannst du sicher sein.«

»Dann sag mir …« Derselbe Tonfall. Schauer liefen Nian über den Rücken, als der Nightfury-Kommandant ihn mit seinen schimmernden grünen Augen festnagelte. »… was wirklich dahintersteckt. Was hat Rodin vor?«

Herrgott. Hatte er »schlau« gesagt vorhin? Tja, er hatte »brillant« gemeint. Bastian war so gerissen, dass man höllisch achtgeben musste. »Er weiß von Lothairs Tod. Hat es von jemandem aus Seattle gehört.«

»Verdammte Scheiße.« Das kam von einem blonden, helläugigen Krieger, der hinter dem Sessel seines Kommandanten stand und ihn wütend ansah. »Ivar. Das Arschloch hat mit Rodin geplaudert.«

»Das nehme ich auch an«, sagte Nian und sah von dem

Blonden wieder zu Bastian. »Ich kann die Verbindung noch nicht beweisen, aber ich glaube, dass Rodin die Razorback finanziert. Er betreibt geheime Kampfclubs und veranstaltet Auktionen, auf denen Frauen als Sklavinnen verkauft werden. Macht einen Haufen Kohle mit beiden Unternehmungen und …«

»Woher weißt du das?« Ein wissendes Glitzern in den Augen, legte Bastian den Kopf schief und starrte ihn an, angespannt wie ein Raubtier. »Hast du Rodins Spielplätze besucht?«

Nian öffnete den Mund, um zu antworten.

Bastian bremste ihn. »Warum erzählst du mir nicht von der Frau?«

»Welcher Frau?«

»Der, die du letzte Woche auf der Auktion gekauft hast.«

Überrascht zuckte Nian zusammen. Bei der Erinnerung bekam er einen trockenen Mund. Du meine Güte. Nicht gut. Er wollte nicht, dass irgendjemand diese Leiche ausgrub. Sie musste ganz tief vergraben bleiben. Sonst würde das, was in dieser Nacht passiert war, seinen Tod bedeuten. Aber obgleich Nian sich befahl, es unter dem Deckel zu halten, gelassen und ruhig zu bleiben und die Unterstellung abzustreiten, schleuderte die Erinnerung ihn in gefährliche Richtungen.

Grace von Ziger. Die schöne Blondine mit den großen braunen Augen und der umwerfenden Energie. Nicht, dass das viele Männer mitbekamen. Sein besonderes Talent hatte ihre Besonderheit ans Licht gebracht, als sie in seinem Haus aufgewacht war. Als Frau mit superhohem Energiepotenzial – seltener als selten – war Grace eine *Zinmera*, so hochentwickelt, dass sie ihre Verbindung zum Meridian verbergen konnte. Die chamäleonartige Fähigkeit war ihr sehr zustatten gekommen, hatte es ihr ermöglicht, Mitglieder seiner Spezies zum Narren zu halten und sie glauben zu machen, dass sie nur über niedrige Energie verfügte, weshalb sie sie übersahen.

Auf ihn traf das allerdings nicht zu.

Von dem Augenblick an, als er sie gesehen hatte, war er unfähig gewesen, seinen Blick abzuwenden. Oder einem anderen Mann zu erlauben, sie zu erwerben. Sie zu berühren. Sie zu besitzen und zu behandeln wie ein Sexobjekt.

Er nahm seine Hand von der ledernen Schreibtischunterlage, lehnte sich zurück, griff unter die Schreibtischplatte und befingerte den Führerschein, den er darunter geklemmt hatte. Lapier glaubte, dass er ihn weggeworfen hatte, jede Spur von ihr ausgelöscht hatte, aber er hatte es nicht über sich gebracht. Er hatte das laminierte Stück Papier gern in Reichweite. Schlug es häufig auf, um sich ihr Foto anzusehen. Sich vorzustellen, dass sie in Amerika in Sicherheit war, mit dem Startgeld, das er beigesteuert hatte, ein neues Leben begann. Aber als seine Fingerspitzen über das gefaltete Dokument glitten und er Bastians Blick festhielt, wusste Nian, dass er es wegwerfen sollte … es verbrennen sollte zusammen mit dem Aktenordner in seinem Safe, der alle ihre persönlichen Informationen enthielt.

Etwas von ihr aufzubewahren war schließlich töricht, um nicht zu sagen *brandgefährlich*.

Genauso gefährlich wie der in Seattle angesiedelte Krieger-Clan.

»Wie lange bespitzelst du mich schon?«, fragte er und kam sich dumm vor, dass es ihm noch nicht früher aufgefallen war.

Verdammt, Bastian hatte zweifelsohne jemanden, der ihn genau in diesem Moment beobachtete.

»Lange genug, um zu wissen, dass du ein Erste-Klasse-Ticket für einen Flug nach New York gekauft hast. Die Frage ist … wer war in diesem Flugzeug? Du nicht, also …« Bastian hob fragend die Augenbrauen. »Willst du, dass ich mich schlau mache? Dass ich Passagierlisten und Flugpläne innerhalb der Staaten überprüfe? Ich kann zwei Krieger entsenden, um …«

»Komm ihr nicht zu nahe«, knurrte Nian wutentbrannt.

»So viel bedeutet sie dir?«

Nian schwieg, blickte ihn nur warnend an. Er verstand Bastians Absicht … bekam die Botschaft klar und deutlich mit. Der Mistkerl wollte ihn wissen lassen, dass er, Nian, nicht unbezwingbar war, dass jeder eine Schwachstelle hatte. Und Bastian – kluger Taktiker, der er war – wusste, wo er den Hebel ansetzen musste. Aber wenn die Nightfury-Krieger sich auch nur in die Nähe von Grace wagten, würde Nian keine Gnade kennen. Er würde jedes bisschen Macht, das er besaß, einsetzen, um den Nightfury-Clan plattzumachen. Scheiß auf irgendwelche Allianzen. Grace verdiente einen Neuanfang, und er hatte ihr nicht das Leben gerettet – und sein eigenes dabei riskiert –, um sich jetzt abzuwenden und sie wieder in Gefahr zu bringen.

»In Ordnung«, murmelte Bastian, der ihn aufmerksam musterte. »Aber das Angebot bleibt bestehen. Wir verletzen keine Frauen, Nian. Wenn sie Probleme bekommt … Hilfe braucht … lass es mich wissen. Mein Clan ist näher dran, kann sie schneller erreichen.«

Nian hätte das Angebot begrüßen müssen. Stattdessen

machte es ihn stinksauer. Wenn Grace in Schwierigkeiten geriete, würde er persönlich über den Großen Teich fliegen, um für ihre Sicherheit zu sorgen. Niemand anders würde einbezogen werden, und der Nightfury-Kommandant schon gar nicht.

Nian hatte genug von diesem Quatsch und griff den bedrohlichen Krieger an. »Bist du endlich fertig mit dem Scheiß? Können wir wieder zur Sache kommen?«

Ein leises Lächeln breitete sich auf Bastians Gesicht aus. Die Belustigung erreichte allerdings nicht seine Augen. »Solange wir uns gegenseitig verstanden haben.«

»Daran besteht kein Zweifel«, sagte Nian, dessen Ärger mit Respekt gemischt war. Frecher Mistkerl. Für was auch immer Bastian berühmt war, es funktionierte, und so sehr es Nian auch ärgerte, es zuzugeben, er bewunderte den Krieger dafür. »Ich bin mir so gut wie sicher, dass Rodin und Ivar verbündet sind. Der Gewinn aus den Kampfclubs und Sklavenauktionen ... und er ist beträchtlich ... taucht nicht auf seinen privaten Konten auf. Er fließt woanders hin.«

»Gehst du der Sache nach?«, fragte der blonde Mann.

Nian nickte. »Ich versuche es, aber er ist clever. Versteht es, seine illegalen Holdings zu verschleiern – wie auch den Geldfluss. Aber das ist nicht das vordringlichste Problem.«

Bastian hob seine Augenbrauen. »Wie kommst du darauf?«

»Rodin beruft eine Sondersitzung des Hohen Rates ein. Er will, dass Lothairs Tod gesühnt ... als Mord behandelt wird. Gegen ein Mitglied deines Clans soll Anklage erhoben werden.«

»Gegen wen?«

»Forge.«

Bastian fluchte. Die Nightfury-Krieger hinter ihm gaben

ähnliche Gefühlsäußerungen von sich. Als alle schwer fluchten, tischte Nian ihnen den Rest auf. »Er wird dich auffordern, Forge zum Prozess nach Prag auszuliefern.«

»Und zur Hinrichtung«, sagte Bastian, der blitzschnell begriffen hatte. Der Prozess würde nicht mehr sein als ein Trick. Eine Farce, die hinter verschlossenen Türen ablief. Oh, Rodin würde dafür sorgen, dass es gut aussah. Ein Prozess unter dem Vorsitz wohlwollender Drachenblütiger – und zugleich Gerüchte verbreiten, die die Schuld des Mannes erhärteten. Während Forge in Wirklichkeit niemals das Innere des Gerichtssaals der Erzgarde zu sehen bekommen würde. »Warum Forge?«

»Das weiß ich nicht, aber …« Nian hielt inne, dann ließ er seinem Verdacht freien Lauf. »Rodin ist erschüttert, gibt sich allergrößte Mühe, etwas zu verheimlichen … fürchtet Forge aus irgendeinem Grund. Aber er hat keinen Beweis, dass er an Lothairs Tod beteiligt war, dessen bin ich mir sicher.«

Bastian schnaubte. »Er wird sich das schon irgendwie zurechtbiegen.«

»Wahrscheinlich, aber jetzt kommt der eigentliche Knüller.« Nian nahm sein Feuerzeug, das neben dem Laptop lag, in die Hand und ließ den Deckel aufschnappen. Das Geräusch hallte in der Stille wider. »Wenn du ihm Forge nicht auslieferst, wird der gesamte Nightfury-Clan in Verdacht geraten. Rodin wird dann einen Grund haben, die alten Gesetze wiedereinzusetzen und …«

»Herrgott«, knurrte Bastian. »*Xzinile.*«

»Exil«, grunzte der Blonde und zeigte eine Reihe gerader weißer Zähne. »Und eine Zielscheibe auf unseren Rücken für jeden Kopfgeldjäger.«

»Es ist ein Machtspiel, Rikar.« Der Nightfury-Kommandant drehte sich auf dem Sessel und blickte über seine Schulter. Er begegnete dem Blick des Kriegers und schüttelte den Kopf. »Verdammt, der Schweinehund ist hinter mir her.«

Als Nian nickte, ließ sich durch die Lautsprecher eine erneute Runde leisen Fluchens vernehmen.

Bastian drehte sich wieder um und erhob sich. Beide Hände zu Fäusten geballt, ging er näher an die Kamera heran und fixierte Nian. »Wann ist die Abstimmung?«

»In zwei Nächten.«

»Kannst du sie hinauszögern?«

»Vielleicht.« Nian schürzte die Lippen und ließ sich machbare Varianten durch den Kopf gehen. Die besten lagen in den Buchstaben des Gesetzes. Wenn er zu viele Schwierigkeiten machte, würde Verdacht auf ihn fallen, und Rodin würde sein Spiel durchschauen. Nian drehte das Feuerzeug hin und her in seiner Hand und strich mit dem Daumen über das Wappen, das in das Gold eingraviert war. »Es gibt gewisse Regeln, die Rodin befolgen muss, um das Gesetz der *Xzinile* wiedereinzusetzen. Wenn ich ihn zwinge, sich an alle zu halten, wird es länger dauern.«

»Gut«, sagte Bastian nickend. »Halte mich auf dem Laufenden.«

Nian beugte sich vor. »Kann ich auch bei dir darauf zählen?«

Eine dreiste Frage mit potenziell katastrophalen Folgen. Ein kluger Mann kniff einem mächtigen Drachen nicht in den Schwanz. Nian wusste das, aber es war ihm egal … er konnte sich die Gelegenheit nicht entgehen lassen, sich Bastians Unterstützung zu versichern. Er hatte monatelang auf eine Unterredung mit dem Nightfury-Kommandanten gewartet – um zu erlangen, was er brauchte, um seine Pläne hinsichtlich der Erzgarde voranzutreiben. Jetzt, da er seinen Teil dazu beigetragen und Bastian wertvolle geheime Informationen geliefert und ihm sein Vertrauen bewiesen hatte, wollte Nian etwas im Gegenzug dafür. Ein Zeichen der Zustimmung des Kriegers. Etwas, was Bastian erst mal nicht viel kosten würde, aber enormes Potenzial enthielt für die kommenden Jahre.

Die grünen Augen verengten sich. »Wie bitte?«

»Eine Hand wäscht die andere.« Nian hielt Bastians Blick stand und trieb seinen Plan voran. »Ich will, was du auch willst, Bastian … Rodins Kopf auf einem Tablett. Das schaffe ich nicht ohne deine Rückendeckung. Habe ich die?«

Schweigen beantwortete seine Frage. Schrecklich und wirkungsvoll breitete sich das Schweigen aus, füllte die Leere, glitt herein wie eine bösartige Schlange – leise, giftig, tödlich. Nian war total angespannt. Der Druck auf seiner Brust nahm immer mehr zu. Nian unterdrückte seine Reaktion, versuchte, trotz seiner zugeschnürten Kehle ruhig weiterzuatmen, und wich keinen Millimeter zurück. Das Ergebnis war zu wichtig. Alles hing von den nächsten Augenblicken ab. Von Bastians Entscheidung.

»Du hast sie«, murmelte Bastian. »Aber, Nian?«

»Ja?«

»Enttäusche mich, und du bist tot.«

Bastian warnte ihn mit einem Blick, dann drehte er sich um und ging. Unsicherheit schlich sich in Nians Herz, ließ es heftig pochen in seiner Brust, als er beobachtete, wie der Nightfury-Kommandant quer durch den Raum auf die Tür zuging. Eine Sekunde später wurde der Computerbildschirm schwarz, die Verbindung getrennt, ließ ihn im Dunkel zurück, ohne die Bestärkung, die er sich ersehnt hatte. Und ohne das Triumphgefühl, das er erwartet hatte.

Nach monatelanger Planung hatte er endlich bekommen, was wollte, aber … Nian runzelte die Stirn. Warum freute er sich nicht? Er sollte es. Sollte erleichtert sein, dankbar, dass er jetzt die Rückendeckung dieses mächtigen Mannes hatte, aber …

Er war absolut nicht dankbar. Auch nicht glücklich. Stattdessen war er argwöhnisch. Hatte das Gefühl, allein auf weiter Flur zu sein. Fühlte sich unwohl in seiner eigenen Haut, weil … kein Zweifel. Er hatte ein schlechtes, *sehr schlechtes* Gefühl. Eins, das ihm sagte, dass er gerade einen Hai in seichtes Gewässer gelassen, ihn quasi in sein privates Planschbecken eingeladen hatte.

17

Nachdem sie medizinisch versorgt worden war, blieb J.J. noch auf dem Untersuchungstisch sitzen, zog sich ein T-Shirt über den Kopf und beäugte ihren neuen Gehgips, der eigentlich mehr wie ein Stiefel aussah. Königsblau mit einem hässlichen Klettverschluss und ohne jeden modischen Schick. Aber sie wollte sich nicht beschweren. Arme Leute konnten nicht wählerisch sein, und angesichts der Tatsache, dass sie gerade für rundum gesund erklärt worden war, wäre Undankbarkeit wirklich fehl am Platz gewesen.

Wirklich ganz und gar, wenn man bedachte, dass sie immer noch atmete.

Noch lebte und dass es ihr gut ging. Ein wirklich gnädiger Zustand.

J.J. wackelte mit den Zehen und veränderte ihre Position auf dem Untersuchungstisch. Papier knitterte unter ihr, und ein schwacher Schmerz meldete sich in ihrer Wade. Sie schnaubte. Na gut, *rundum gesund* war vielleicht ein bisschen übertrieben. Ihr gebrochener Knöchel tat immer noch weh, und ihre Seite? Obgleich Myst ihr gerade die Fäden gezogen hatte – und sie für so gut wie geheilt erklärt hatte –, tat sie ihr immer noch höllisch weh, durchzuckte sie ein scharfer Stich, sobald sie sich zu abrupt bewegte. Aber ansonsten? War sie so gut wie neu.

Alles dank Wick. Der Kerl hatte wirklich was drauf an der

Heilungsfront. Übernatürlich? Sicher. Eine willkommene Wendung der Ereignisse? Absolut. Zumal sie erst vor knapp achtundvierzig Stunden aus dem Operationssaal gekommen war.

Eine weitere Welle der Dankbarkeit durchflutete sie.

Glück gehabt. Sie hatte so verdammt viel Glück gehabt. Der Beweis lag in der Art und Weise, wie er sie behandelt hatte, aber auch in diesem Raum.

J.J. blickte in Richtung der Edelstahl-Schränke und der beiden Frauen, die im Verlauf der letzten Stunden ihr Rettungsanker gewesen waren. Seite an Seite verstaute das Paar emsig medizinische Instrumente und anderes Zubehör. Ein hübsches Bild. Eins, das J.J. sehr gut kannte. Sie war damit aufgewachsen, die beiden zu beobachten. Beste Freundinnen für immer. Die meisten Mädchen behaupteten das irgendwann, aber dann verloren sie sich doch aus den Augen und trieben in verschiedene Richtungen. Aber nicht diese beiden. Myst und Tania blieben dauerhaft eng verbunden. Das waren sie schon seit der dritten Klasse, und als J.J. ihre Schwester lachen hörte – was ihre Stimmung sofort aufhellte –, staunte sie über die Ironie.

Derart verschiedene Lebenswege. Gefängnis für sie. Karriere und Gemeinschaft für die beiden. Zwei total verschiedene Wege, und dennoch, hier saß sie …

… und teilte den Raum mit ihnen. Auf der Krankenstation von Black Diamond.

Sie drehte sich um 180 Grad und setzte sich seitlich auf den Tisch. Mit baumelnden Beinen musterte sie den Raum. Eine hochtechnologische Ausstattung stand entlang der Rückwand. Kastenförmige Neonleuchten summten an der Decke, tauchten alles in warmes Licht. Sie unterdrückte einen Schauer. Die helle Wandfarbe und das leise elektrische Brummen erinnerten sie an vergangene Tage und das Gemeindezentrum in der ehemaligen Nachbarschaft. Da war auch alles farblos gewesen. Helle Wände. Bleichgesichtige Menschen. Kaum Abwechslungsmöglichkeiten … eigentlich so gut wie gar keine.

J.J. schluckte den Kloß in ihrer Kehle hinunter. Es schien ihr eine Ewigkeit her zu sein. Die vielen Male, die Myst an ihre Tür geklopft und gefragt hatte, ob Tania zum Spielen herauskommen könne. Und später dann – nachdem die Hormone sich gemeldet und die Pubertät eingesetzt hatte –, ob ihre Schwester nach der Schule und an den Wochenenden mit ihr zum Four Corners Community Center gehen dürfe. Bei der Erinnerung musste J.J. lächeln. Sie freute sich noch nachträglich für ihre Schwester, auch wenn es sie gleichzeitig ein bisschen traurig machte. Sie hatte sich immer eine Freundin wie Myst gewünscht. Jemanden, der für sie eintreten, ihr beistehen würde … einfach da sein würde, wenn alle anderen kniffen.

Das Gefühl schmeckte nach Eifersucht.

Aber es war keine.

Komischerweise neidete J.J. ihnen ihre Freundschaft nicht. Hatte es nie getan. Oh, sie hatte mehrmals versucht, es ihnen gleichzutun, hatte gehofft, auch eine gute Freundin zu finden. Aber vergeblich. Sie war nicht wie Tania: charmant, zuverlässig, in der Lage, beruhigend auf Menschen einzuwirken und ihr Vertrauen zu gewinnen. Die angeborene Gabe ihrer Schwester, das Richtige im genau richtigen Moment zu sagen, hatte J.J. nie besessen. Sie war mehr von der stillen Sorte. Beobachtete Menschen gern … und zwar genau. Sie bewegte sich so weit wie möglich unter dem Radar der anderen. Hielt sich bedeckt und sah mehr als die meisten.

Eine nützliche Fähigkeit, wie sich inzwischen herausgestellt hatte. Das Talent hatte sie im Gefängnis mehr als einmal gerettet. Zu wissen in welche Richtung man sich zu bewegen hatte, bedeutete dort schließlich, am Leben zu bleiben.

»Hey, Mädels?« Ihre Stimme unterbrach den Gesprächsstrom auf der anderen Seite.

Eine Plastikverpackung in der Hand, blickte Tania über ihre Schulter. »Bist du fertig?«

»Fertig angezogen«, sagte sie und strich über ihre graue Trainingshose. Vorsichtig, um ihre Rippen zu schonen, glitt sie von dem Tisch und hüpfte auf den Boden. Das Band in ihrem Hosenbund löste sich. J.J. verknotete es ein zweites Mal und zog ihre Hose hoch. Dann ergriff sie die Krücke, die an der Tischkante hing. Sie stellte sie auf den Boden, verlagerte den größten Teil ihres Gewichts auf ihr gutes Bein und wandte sich der Glastür zu. »Wohin gehen wir? Zur Turnhalle, um Ange zu helfen?«

»Gleich.« Myst nahm das Stethoskop ab und legte es fort. Mit einer schnellen Drehung lehnte sie sich gegen den nächsten Schrank und rieb sich mit der Hand über den flachen Bauch. Sie tat das häufig, dachte zweifellos an das Baby, das sie in sich trug … und ihren Gefährten, den Drachentypen, der für ihren Zustand verantwortlich war. Seit zwei Monaten schwanger und unfähig, ihre Vorfreude zu verbergen. J.J. verzog den Mund zu einem Lächeln. Bevorstehende Mutterschaft. Sie stand Myst gut. »Wir müssen vorher noch etwas besprechen.«

J.J. blinzelte. Aha. Das klang nicht gut. Zumal sie im Verlauf der letzten Stunden nichts als geredet hatten. Was toll war in vielerlei Hinsicht. Sie kannte jetzt ihre Situation, wusste alles über Black Diamond und die Drachentypen, die dies ihr Zuhause nannten. Dazu kam noch Daimler – der anbetungswürdige, Smoking tragende Butler, der hereingeschneit war mit einem Tablett voll Törtchen und sie alle drei aufgefordert hatte, nach Herzenslust zu schlemmen, als sie sich auf dem Bett im Aufwachraum zusammengesetzt hatten – und … genau. Sie war jetzt offiziell auf der anderen Seite der Wand. Mitten in einem Zauber.

Oder auch nicht. Sie wusste es noch nicht so sicher.

Tania, Myst und Angela kamen ihr eigentlich nicht verrückt vor, und ihre Beteuerungen waren nicht von der Hand zu weisen, halfen ihr, diese Anhäufung von Unglaublichkeiten in ihrem Kopf zu sortieren. Und trotzdem …

Trotz ihrer Beteuerungen war die ganze Story alles andere als leicht zu verdauen.

Na gut, mit der Drachennummer kam sie klar. Die Wahrheit in Abrede zu stellen, nachdem sie Wicks Verwandlung gesehen hatte – komplett mit Fängen, Krallen und Schuppen –, schien kontraproduktiv zu sein. Um nicht zu sagen lächerlich. Sie konnte schließlich nicht zurück und es *ungesehen* machen. Ja, so seltsam es auch klang, diese Verwandlungsnummer von einem Menschen in einen Drachen und umgekehrt war nicht das Problem. Aber diese Energie-Sache? Genau, die ängstigte sie total. Das kriegte sie einfach nicht auf die Reihe.

Verpflichtung. Verbindung. Energieversorgung, ein Bund, den eine Macht außerhalb ihres Willens formte. Das gesamte Konzept war höllisch beängstigend.

Sie eignete sich nicht für Beziehungen. Nicht gut jedenfalls. Ihre bisherigen Erfahrungen sprachen Bände … keine einzige gute war darunter. Aber das änderte nichts an den Tatsachen. Laut Tania log der Meridian nicht – die mächtige Quelle, die den Planeten umspannte und alle Lebewesen ernährte, also auch Angehörige des Drachenbluts. Der Meridian machte keine Fehler. Was bedeutete, dass sie und Wick jetzt an eine kosmische Verbindung gekoppelt waren. J.J. erschauerte, als sich Unbehagen in ihr ausbreitete.

Energieaustausch. Die magische Verbindung zwischen Paaren.

Beides ein Angriff auf ihre Unabhängigkeit und ihren Seelenfrieden.

J.J. atmete zittrig aus und zwang sich zur Ruhe. Ihre Nerven machten nicht mit, flatterten wie verrückt, als sie Mysts Blick begegnete. »Bist du dir sicher, was diese … ganze Energienummer betrifft?«

»Er hat dich genährt, J.J. Hat alles bis auf die schwersten Verletzungen in weniger als zwölf Stunden geheilt.« Myst nahm eine Operationsschere und drehte sie in ihren Händen. Sie presste ihre Daumenkuppe auf eine der abgestumpften Spitzen und seufzte. »Und das geschieht nur, wenn die männliche Drachenhälfte dich anerkennt und …«

»… als seine Gefährtin akzeptiert«, fiel Tania in beruhigendem Tonfall ein und sprang Myst zur Seite.

»Was ist, wenn ich nicht verbunden sein möchte?«

J.J. zuckte zusammen. Sie hasste die Frage. Aus irgendeinem Grund kam sie ihr schäbig vor, so als wäre allein das Nachdenken darüber ein Betrug an Wick, ganz zu schweigen davon, sie laut auszusprechen. Was nun wirklich einfach nur dämlich war. In jeder Hinsicht. Sie kannte den Kerl kaum. Zugegeben, er war gut zu ihr gewesen – freundlich, sanft, geduldig angesichts ihres Ausrasters –, aber das hieß nicht, dass sie gleich vor den Traualtar treten oder eine Beziehung eingehen wollte, die zweifellos in einer Katastrophe enden würde.

Wieder.

Der Gedanke erwischte sie kalt. Aha, und da war er. Der wirkliche Grund für ihre Ängste. Frühere Erfahrungen. Ihre Reaktion hatte nicht das Geringste mit Wick zu tun, sondern nur mit ihr selbst. J.J. zog die Stirn kraus. Machte sie das zu einem Feigling? Oder war sie nur vorsichtig? Sie wusste es nicht. Aber was sie genau wusste? Dass er sie auf eine noch nie dagewesene Weise rührte, und ob es ihr gefiel oder nicht, sie fühlte sich zu ihm hingezogen. Sogar jetzt, da er nicht im Hauptquartier war, summte die Synergie in ihren Adern. Beherrschte sie der Sog. Zog ihre Aufmerksamkeit auf sich. Drängte sie, verstärkte sich, ließ sie sich unglaublich lebendig fühlen, sodass sie spürte, wie alles an ihr prickelte.

Und sie wusste … ohne den Schatten eines Zweifels … dass er der Grund war.

»Hör zu«, murmelte Tania. »Ich weiß, dass dich das erschreckt. Wenn Wick auf mich fixiert wäre, wäre ich auch entsetzt. Er ist ein gefährlicher Kerl, total undurchschaubar und …«

»Was redest du da?« Na gut, sie hatte anfangs auch Angst vor Wick gehabt. War mehr als nur leicht unsicher gewesen, aber das hatte nicht lange angehalten. Er war viel zu zuverlässig, als dass man sich vor ihm fürchten müsste. Zu aufrichtig, als dass man ihm misstrauen müsste, und trotz ihrer Negativbilanz in Sachen Männer konnte J.J. etwas Gutes erkennen, wenn sie es vor sich sah. Sich das bewusst zu machen half ihr allerdings nicht weiter. Hieß nicht, dass sie eine Beziehung mit ihm anstrebte. Allein der Gedanke daran warf sie aus der Bahn. Es konnte viel zu viel schiefgehen. Sie könnte wieder einen Fehler machen. Sich falsch entscheiden. Und wieder bis zum Hals in Schwierigkeiten stecken. »Ich habe keine Angst vor Wick. Es geht hier nicht um ihn. Ich meine … nicht direkt.«

»Hast du nicht?«, fragte Tania nach und klang total verblüfft.

»Nein. Er war großartig.«

Myst stand da mit offenem Mund. »War er das?«

»Ja.« Was in jeder Hinsicht der Wahrheit entsprach. Jedes einzelne Wort, und als ihr Blick zwischen den beiden hin und her sprang, gestand sich J.J. die Wahrheit ein. Zumindest sich selbst gegenüber. Sie mochte vielleicht in diesem Moment nicht geneigt sein, sich zu binden, aber vielleicht … nur vielleicht … würde sie ihre Aversion überwinden, wenn sie mehr Zeit mit Wick verbrachte. Wenn man den Energieaustausch mal beiseiteließ, fühlte sie sich wirklich sehr stark von ihm angezogen. Das war nicht abzustreiten. Und wenn sie ehrlich war? Dann wollte sie das auch gar nicht. »Auch sehr geduldig, hat mit mir geredet und mir über meine Ängste hinweggeholfen und …«

»Er hat mit dir *geredet*?« Tania blickte Myst ungläubig an.

J.J. hätte am liebsten die Augen verdreht. Stattdessen verschränkte sie die Arme vor der Brust und ließ die Krücke von ihrer Fingerspitze baumeln. Was zum Teufel war los mit den beiden? Natürlich hatte er mir ihr geredet. Na gut, vielleicht hatte er nicht gerade Bandwurmsätze benutzt, aber hey – mit knappen Sätzen hatte sie kein Problem.

»Du, Tania?« Myst nagte an ihrer Unterlippe. »Wenn er so auf sie reagiert, waren wir vielleicht zu voreilig.«

»Daimler wird nicht gerade glücklich sein.«

Myst schüttelte den Kopf. »Keine Sorge. Ihre neue Identität wäre nicht für den Papierkorb. Sie braucht sowieso einwandfreie Papiere, wenn sie tagsüber das Hauptquartier verlassen möchte.«

Überrascht blinzelte J.J. *Neue Identität?* »Wovon redet ihr da?«

»Weißt du, wenn ich jetzt darüber nachdenke, ergibt es tatsächlich Sinn«, sagte Tania nachdenklich mit schräg gelegtem Kopf, schnitt ihr das Wort ab. Du liebe Zeit. Nicht gut. J.J. kannte diesen Blick. Wann immer ihre Schwester diese Miene aufsetzte, gab es Probleme. »Er ist den ganzen Tag bei ihr geblieben. Hat mich praktisch aus dem Zimmer geworfen, um bei ihr zu sein.«

»Tatsächlich?« Interesse leuchtete in Mysts Augen auf. »Was hat er gesagt?«

»Nichts«, antwortete Tania. »Er hat mich schief angesehen. Mac versicherte mir, dass alles okay sei, und ich sagte ihm, wir würden im Nebenraum schlafen, also in …«

»Hörweite.« Myst grinste. »Cleverer Schachzug.«

»Danke«, sagte Tania. »Und dann habe ich zugesehen, dass ich Leine zog.«

J.J. öffnete den Mund, dann schloss sie ihn wieder. Was konnte sie schon sagen? Sie fühlte sich wie eine Zwölfjährige. Eine mit überfürsorglichen Eltern, die gerade über ihr Leben bestimmten. Ganz und gar. Was … genau … eine ihr nur allzu vertraute Geschichte mit ihrer großen Schwester war.

Gott mochte ihr Kraft geben.

»Na gut«, sagte Myst. »Neuer Plan. Wir halten Daimler auf dem Laufenden, bitten ihn aber, seine Bemühungen um einen sicheren Unterschlupf fortzusetzen … für den Fall, dass die Dinge aus dem Ruder laufen. Jetzt müssen wir nur noch herausfinden …«

»In Ordnung, das reicht.« J.J. war es leid, Plänen zuzuhören, die sie zweifellos entmündigen würden, und funkelte die beiden an. Sie liebte zwar ein gutes Rätsel hin und wieder, aber den Esel in der Mitte zu spielen? Das war nicht nach ihrem Geschmack. »Was um alles in der Welt geht hier vor?«

Myst bearbeitete erneut ihre Unterlippe mit den Zähnen, während Tania vorgab, ihre Fingernägel zu überprüfen. Die Hinhaltetaktik funktionierte nicht. J.J. erkannte Probleme, wenn sie welche sah. Die beiden gingen in Deckung, überlegten bestimmt, wie viel sie ihr erzählen sollten. Was nichts Gutes verhieß. Jedenfalls nicht für sie. Tania plus Myst hieß gewitzt hoch zwei. Da wurde ganz ohne Zweifel etwas ausgeheckt. Etwas, was mit ihr zu tun hatte – wahrscheinlich auch mit Wick –, sodass …

Nein. »Schlafende Hunde soll man nicht wecken« war keine Option.

»Also?« J.J. ignorierte den schmerzhaften Stich in ihrer Seite und stieß sich ab vom Tisch. Sie musterte die beiden streng und hob fragend eine Augenbraue. Als keine von beiden klein beigab, setzte J.J. nach. Sie dachte nicht daran, blind, taub und dämlich durch Black Diamond zu laufen, während

Tania so etwas wie einen militärischen Überfall plante. »Raus damit, sonst könnt ihr was erleben.«

Die Verlegenheit in Person, was echt ungewöhnlich war, seufzte Tania. »Ich habe mir Sorgen um dich gemacht.«

»Seit wann das?« J.J.s Stimme troff vor Sarkasmus. Sich um alles Sorgen zu machen war schließlich eine chronische Krankheit ihrer Schwester. Normalerweise machte ihr das nichts. Das ständige Trommelfeuer von Besorgnis beruhigte sie, sagte ihr klarer als Worte, dass ihre Schwester sie liebte. Heute allerdings wäre ihr etwas weniger Sorge und mehr Offenheit lieber gewesen. »Sag mir, weswegen du dich mal wieder gesorgt hast.«

»Ich bin ausgeflippt, als Wick dich hereingetragen hat.«

Myst schnaubte. »Sie hat ihm vorgeworfen, dich getötet zu haben.«

»Was?«

»Ich weiß«, murmelte Tania. »Absolut unangebracht, und ich habe mich auch entschuldigt, aber das heißt nicht, dass ich ihm nicht zutraue, dich zu verletzen. Er ist ein Killer, J.J.«

»Das bin ich auch«, sagte sie, woraufhin ihre Schwester zusammenzuckte. J.J. spürte ihre Reaktion ganz deutlich, was sie furchtbar schmerzte. Sie erinnerte Tania wirklich nicht gern daran, aber Tatsache war Tatsache. Sie hatte einen Mann ermordet. War des gleichen Verbrechens schuldig, das ihre Schwester Wick vorwarf. Und ehrlich? Die Doppelmoral ärgerte sie. Wick verdiente die Verachtung, die ihm entgegengebracht wurde, nicht. »Er würde mir nie wehtun.«

»Das kannst du nicht wissen.«

»Doch … kann ich.« Die Worte auszusprechen bestärkte sie in ihrer Sichtweise. Wick mochte ja ein ungeschliffener

Kerl sein. Er erschreckte ihre Schwester und Myst möglicherweise unglaublich, aber ihm das Etikett eines Mannes, der Frauen schlug, anzuheften, war schlicht unfair. Sie hatte ihn einmal damit beleidigt, dass sie befürchtete, dass er sie schlagen würde. Aber J.J. würde das nicht noch einmal tun. Oder zulassen, dass andere schlecht von ihm dachten. »Er hat mir das Leben gerettet, Tania. Hat mir geholfen, Griggs zu entkommen und mich hierhergebracht. Und die ganze Zeit über hat er dafür gesorgt, dass ich keine Schmerzen hatte. Also, es ist mir egal, dass du Angst vor ihm hast. Ich mag ihn. Ich fühle mich hingezogen zu ihm. Auch wenn ich bei dem Gedanken an eine Bindung am liebsten weglaufen würde … ich will mehr über ihn erfahren. Also hör auf.«

Ihr Ausbruch hallte auf der Krankenstation wie eine Maschinengewehrsalve wider.

Verblüfft schwiegen beide Frauen und starrten sie an. J.J. starrte zurück, ihre Wut half ihr, die Stellung zu halten. Sie war eine erwachsene Frau. Durchaus in der Lage, für sich selbst zu sorgen. Also scheiß auf den neuen Personalausweis und den Vorschlag ihrer Schwester, einen sicheren Unterschlupf zu suchen. Sie wollte die Gelegenheit haben, Wick besser kennenzulernen. Eine bemerkenswerte Entscheidung. Zum ersten Mal, seit sie aus dem Gefängnis heraus war, behauptete sie sich. Ein Tribut an ihre Autonomie und die wiedergefundene Freiheit. Und wenn sie die falsche Wahl traf und alles schiefging? Nun ja, dann könnte sie keinem anderen als sich selbst die Schuld daran geben.

18

Mit nackten Füßen auf der Badematte stehend fuhr sich Ivar durch sein nasses Haar und zerrte ein Handtuch vom obersten Regalbrett. Das silberne Regal schepperte. Das Frottee riss ein, protestierte gegen die raue Behandlung. Ivar war das egal. Er hätte am liebsten das ganze Badezimmer kurz und klein geschlagen. Einfach seiner Wut nachgegeben. Wäre mit der die Faust durch die Wand gegangen. Das Einzige, was ihn davon abhielt, war der Anblick der kunstvollen Lampen links und rechts des antiken Spiegels.

Er starrte die Scheißdinger wütend an. Ach, zum Teufel, er brachte es einfach nicht über sich.

Erst vor weniger als einer Woche installiert bezeugte das Paar einen bedeutsamen Anlass, nämlich, dass der Ausbau des unterirdischen Hauptquartiers so gut wie abgeschlossen war. Das bewiesen diese Verschönerungen, die jetzt seinem Badezimmer den letzten Schliff gaben. Nach Monaten des Wartens stand der Waschtisch endlich an seinem Platz, waren die letzten Fliesen gelegt, und, ja, er besaß jetzt Wandleuchter. Kleinigkeiten. Große Wirkung. Was bedeutete, dass er sich wieder einkriegen musste, bevor er seinen Frust an den falschen Dingen ausließ. Und seine Pläne erneut zurückschrauben musste. Jetzt, da das Bad fertiggestellt war, wollte er seine Arbeitsbienen nicht länger in seinen Privaträumen beschäftigen. Die menschlichen Arbeitskräfte, die er gefangen hielt, hatten auch ohne zusätzliche Behinderung der Abläufe genug zu tun.

Vernünftig. Logisch. Und unglaublich nervig.

Er wollte etwas zerstören. Vielleicht würde sich dann sein Lagerkoller legen. Zwei Tage. Beinahe achtundvierzig Stunden absoluten Nichtstuns. Kein Fortschritt im Labor. Kein Kontakt mit seinen Soldaten. Auch keine frische Luft. Warum? Es gab nur eine Antwort. Er hing mit Hamersveld in seinem Schlafzimmer fest. Der Mann war immer noch neben der Spur, pennte in seinem Bett und litt Höllenqualen wegen eines Wrens, den Ivar nicht finden konnte.

Knurrend warf er das Handtuch in die Ecke und rief seine Kleidung herbei. Herrgott. Konnte es überhaupt noch schlimmer werden? Eine weitere Nacht vergeudet. Die Einengung machte ihm zu schaffen. Nichtstun machte ihn verrückt. Leerlauf trieb ihn zum Wahnsinn, machte ihn unzufrieden und …

Durch die geschlossene Tür war ein Stöhnen zu hören.

Ivar seufzte. Spitze. Zeit für eine weitere Runde mit Hamersveld.

Er zog gar nicht erst Schuhe an, sondern tapste über die beheizten Fußbodenfliesen und riss die Tür weit auf. Die Badbeleuchtung warf einen Lichtschein auf den Bambusboden und fiel auf das Bett weiter hinten. Den Kopf halb unter einem Kissen vergraben, das blonde Haar schweißnass, lag Hamersveld bäuchlings auf dem Bett, ein Arm hing über die Bettkante. Nicht viel Veränderung hier. Der Krieger war schon die ganze Zeit in diesem Zustand, seit er auf dem Bett zusammengebrochen war, aber …

Ivar runzelte die Stirn, ging um den Stuhl herum, den er

neben das Bett gestellt hatte, und starrte auf den Rücken des Mannes. Die Tätowierung beidseits seines Rückgrats bewegte sich, und … du liebe Güte. Ivar sog vor Überraschung scharf die Luft ein. Das war alles andere als normal. Das Stammeszeichen, das Hamersveld wie eine Ehrenmedaille trug, war nicht mehr rot, sondern veränderte sich, wechselte seine Farbe, bis es schließlich silbern glänzte. Wie gebannt trat Ivar einen Schritt näher, um einen besseren Blick zu haben. Das Tattoo wurde spiegelglatt, reflektierte das Rosa von Ivars Augen.

Ein Zischen und Fauchen ertönte in der Stille. Feuchtigkeit bildete sich auf Hamersvelds Haut, von der Dampf aufstieg.

Ein Muster formte sich in den Dunstschwaden.

Ivar erstarrte, dann trat er den Rückzug an. Langsam, Schritt für Schritt. Distanz schien ihm eine gute Idee zu sein und Vorsicht ein absolutes Muss. Besonders in diesem Moment. Etwas Hässliches starrte ihn aus dem Dunst an, gelbe Augen mit geschlitzten Pupillen funkelten ihn an. Sein Selbsterhaltungstrieb setzte ein. Ivar benutzte seine magischen Kräfte und rief einen Schutzzauber auf. Er hielt den unsichtbaren Schutzschild in Händen und …

Das Ding war schneller, kreischte und kam mit enblößten Fängen durch den Nebel auf ihn zu.

Fluchend wich Ivar aus, als sich der Miniaturdrache auf ihn stürzte. Er hielt den Schutzschild hoch, wehrte die kleine Pranke mit den beiden messerscharfen Krallen, die blitzschnell vorschoss, ab und konterte, verpasste dem Wren eine volle Ladung magischen Stahls ins Gesicht. Ein brutales Knacken hallte wider. Fens gehörnter Kopf kippte zur Seite. Schuppen, die genauso haifischgrau waren wie die seines Herrn, klickten, als sich der Blick des Wrens wieder auf Ivar heftete. Es war eine langsame, bedächtige Bewegung, voller Aggression und doppelt so tödlich. Ivar erstarrte, hoffte, dass das Ding die Botschaft verstand. Er wollte ihm nichts tun. Wusste auch nicht viel über Wrens. Nach allem, was man so hörte, verfügte diese Untergruppe seiner Spezies zu gleichen Teilen über Bösartigkeit und Grausamkeit.

Schön für Hamersveld. Nicht so toll für ihn im Moment.

Fen hatte keine Ahnung, wer Ivar war. Und das sah man.

Der Wren zog seinen Kopf ein, die zuvor flach anliegenden Stacheln an seinem Hals stellten sich auf wie zu einem Stachelkragen. Das Vieh sah eindeutig bösartig aus. Auch tödlich. Eigenschaften, die Ivar schätzte. Jedenfalls unter normalen Umständen. Aber hier … verwickelt in einen Kampf mit einem Miniaturdrachen in seinem Schlafzimmer? Nicht so sehr. Er konnte keine Drachengestalt annehmen, um sich selbst zu schützen. Tief unter der Erde, umgeben von Felsgestein und Beton, hatte er nicht genug Platz. Er würde eingequetscht, und auch für Hamersveld und seinen Wren würde es tödlich enden. Ein schrecklicher Ausgang in Anbetracht der Tatsache, dass er für den Norweger stundenlang die Krankenschwester gespielt hatte.

»Hamersveld!« Sein halb gebrüllter, halb geknurrter Hilferuf hallte wider im Raum. »Wach auf, verdammt noch mal!«

Fens giftiger Schwanz rasselte, während er sich am Fußende des Betts festkrallte. Die gelben Augen funkelten Ivar in tödlicher Absicht an, Fen fletschte seine rasiermesserscharfen Zähne, duckte sich sprungbereit und …

»… Fen … stopp!« Hamersveld sprang hinter dem Wren

auf die Füße. Große Hände packten Fens Kehle von hinten. Sobald er die Berührung spürte, unterwarf sich Fen. Die gesträubten Stacheln glätteten sich wieder an seinem Hals, als der Wren sich umdrehte und sein gehörntes Haupt unter das Kinn seines Herrn schmiegte. Ivar blinzelte. Herr im Himmel. Das Ding wollte gestreichelt werden. Hamersveld tat ihm den Gefallen. Mit völlig zerzausten Haaren stand der blonde Krieger auf der Matratze und ließ seine Hand über Fen gleiten, streichelte ihn wie einen Hund. »Ist schon gut. Alles ist in Ordnung.«

»Mir geht es auch gut.« Knurrend ließ Ivar seinen Schutzschild fallen. Magie knisterte, dann löste sie sich auf, nahm den unsichtbaren Schild mit sich. »Danke der Nachfrage.«

Die schwarzen, hellblau umringten Augen begegneten seinen über Fens Kopf hinweg. »Tut mir leid. Er ist immer ein bisschen nervös, wenn er hervortritt.«

Ein bisschen? Da lause ihn doch der Affe! Wenn das *ein bisschen* war, musste Ivar seine Parameter neu justieren. Oder sich ein neues Wörterbuch besorgen. Entweder das eine oder das andere, weil … Teufel auch. Hamersvelds Beschreibung des Wrens fehlte ein entscheidendes Detail. »Scheint einen starken Beschützerinstinkt zu haben.«

»Na und ob«, murmelte Hamersveld. »Ich bin sein Wirt. Wenn ich sterbe, stirbt er auch.«

Verständnislos schüttelte Ivar den Kopf und musterte Fen kritisch. In Drachengestalt weniger als halb so groß wie Ivar selbst, kam ihm der Wren winzig vor. Allerdings musste man Abstriche machen, da das kleine Biest absolut nichts Menschliches an sich hatte. Wrens waren einerseits mit den Drachenblütigen verwandt, andererseits eine eigenständige Spezies.

Was bedeutete, dass sie nach anderen magischen Prinzipien funktionierten. Interessant. Besonders vom empirischen Standpunkt aus betrachtet. Chromosomale Mutationen faszinierten Ivar, befeuerten seinen wissenschaftlichen Forschertrieb.

Und der Wren? Mann, der Miniaturdrache war eine Goldmine. Die Struktur von Fens DNA zu entschlüsseln und zuzuordnen könnte Monate, wenn nicht Jahre dauern. Und jetzt – da Hamersveld sich den Razorback angeschlossen hatte – hatte Ivar die perfekte Gelegenheit, die Sache anzuleiern.

Langsam und vorsichtig bewegte sich Ivar zum Fußende des Betts. Er musterte die Flanken des Wren und streckte die Hand aus. Als seine Hand die haifischgrauen Schuppen berührte, fauchte der Wren. Hamersveld murmelte ihm beruhigend zu, hatte nichts dagegen, dass Ivar ihn untersuchte. Hm. Total cool. Der Mini-Drache unterschied sich gar nicht so sehr von den anderen Drachen: Schuppen, scharfe Krallen, Stacheln entlang seines Rückens bis hinunter zum Schwanz. Er war einfach nur eine kleinere Ausgabe einer größeren Version. Die einzige Abweichung waren die Pranken an seinen Vordergliedmaßen, die nur zwei Krallen hatten statt der üblichen fünf.

Ivar platzte beinahe vor Neugier und wollte unbedingt mehr wissen. »Wie funktioniert es?«

»Die Verbindung zwischen ihm und mir?«

Ivar nickte.

»Was weißt du über Wrens?«

»Nicht viel, außer dass sie eindeutig eine andere magische Spezies sind.« Er trat um das Fußende herum und berührte einen der Stacheln auf dem Rücken des Wren. Ein Blutstropfen quoll aus seiner Fingerkuppe. »Und dass wir sie vor einigen Jahrhunderten beinahe bis zur Ausrottung gejagt haben.«

»Eine grausame Praxis, die die Wrens dazu gezwungen hat, unterzutauchen … oder vielmehr … im Äther zu verschwinden.«

»Meine Güte«, murmelte Ivar total überrascht. Niemand, der in den Äther eindrang, kam da lebend wieder heraus. Dieser unermesslich große Raum zwischen Himmel und Erde gehörte einer Gottheit. Das magische Ödland fungierte als Pufferzone und schützte die Götter vor den irdischen Bereichen. Aber regiert wurde es von einer einzigen Gottheit. »Die Göttin aller Dinge hat das zugelassen?«

»Sie hat allen Wrens Zuflucht angeboten, hat sie eingeladen, sich innerhalb des verwunschenen Landes niederzulassen.« Die dunklen Augen voll heftiger Gefühle, schob Hamersveld Fen beiseite, damit er sich auf die Bettkante setzen konnte. Als der Norweger seine nackten Füße auf den Fußboden stellte, schmiegte sich der Wren von hinten an seinen Herrn, halb auf dem Bett, halb übers Bett hinausragend, und legte ihm seinen Kopf in den Schoß. »Unter einer Bedingung.«

Typisch für die Göttin. Rachsüchtiges Biest. Gab niemals etwas, ohne eine Gegenleistung zu verlangen. Beweis dafür war die Tatsache, dass sie alle Angehörigen des Drachenbluts für den Fehler des untreuen Drachengotts Silfer, dieses Idioten, bestraft hatte. Sie hatte seine Spezies an die Menschen angekoppelt, sie dazu verdammt, sich mit diesen schwachen Wesen fortzupflanzen, ihnen die Fähigkeit genommen, sich direkt am Meridian zu nähren und weibliche

Nachkommen zu zeugen. Ein Umstand, den Ivar mit seinem Serum und seinen wissenschaftlichen Experimenten zu ändern hoffte.

»Was hat sie im Gegenzug verlangt?«, fragte Ivar und stellte den Stuhl zurück ans Bett. Er platzierte ihn Hamersveld gegenüber, setzte sich, hob seine Beine und legte sie aufs Bett. Das Buch, das er dort hingelegt hatte, glitt zur Seite. Seine schnellen Reflexe verhinderten, dass es zu Boden fiel. Den Blick fest auf seinen neuen Freund geheftet, drehte er das rote, in Leder gebundene Notizbuch in seiner Hand. »Lebenslange Sklaverei?«

Hamersveld schüttelte den Kopf. »Ihr Hass auf uns erstreckt sich nicht auf unsere Verwandten.«

»Was dann?«

»Sie hat ihre magische Zusammensetzung verändert.«

»Erzwungene Evolution.« Das ergab Sinn. Eine Spezies entwickelte sich im Laufe der Zeit, passte sich an veränderte ökologische Bedingungen an, aber das war ein langsamer Prozess, ging nicht von heute auf morgen. Was Ivar einen Fingerzeig gab. Verdammt. Sie hatte eine gesamte Spezies verändert, um sie vor dem Aussterben zu bewahren. »Sodass jetzt ein Wren sich mit einem Angehörigen des Drachenbluts verbinden muss, um sein Überleben zu sichern. Er nährt sich nicht auf die übliche Weise, nicht wahr? Du nährst ihn mit deiner Energie genauso, wie Menschenfrauen uns nähren.«

»Sehr gut, Ivar. Du bist schnell von Begriff.« Mit gleichbleibenden Bewegungen streichelte Hamersveld seinem Liebling die Schuppen. Fen schnurrte. »Das Stammeszeichen, das ich trage, dient als Zugang … als eine Art Leitung. Wann immer Fen hungrig ist, stöpselt er sich ein, wird eins mit dem Tattoo und verbindet sich durch mich mit dem Meridian.«

»Und nur ein Mann mit dem richtigen Tattoo besitzt einen Wren.«

»Genau.«

»Wie kann ich einen bekommen?«

»Gar nicht. Das Zeichen erscheint im Zuge der Verwandlung. Entweder man hat das Zeichen oder nicht. Da gibt es nichts zu verhandeln.« Hamersvelds Blick fiel auf das Buch in Ivars Händen. »In dem Moment, in dem ein Mann sich verwandelt, sendet das Tattoo ein Signal aus, das es der Wren-Kolonie ermöglicht, ihn aufzuspüren. Danach ist es ein Wettrennen. Alle Wrens möchten zurück zur Erde. Es ist ein besseres Leben. Aber nur der stärkste und schnellste erreicht den männlichen Drachenblütigen als Erster und …«

»… schafft die für ihn notwendige Verbindung, um auf der Erde zu bleiben.«

Als Hamersveld nickte, fluchte Ivar. »Also die Wasserratte der Nightfury?«

»Er trägt das Zeichen. Es ist nur eine Frage der Zeit, bis ein Wren ihn erreicht.«

»Wie schnell wird das sein?«

»Kommt drauf an. Die Reise aus dem Äther dauert sehr lange. Fen hat beinahe ein Jahr gebraucht, um mich zu erreichen.«

»Wir müssen die Ratte töten, bevor das passiert.« Also … sofort, verdammte Scheiße. »Bastian hat schon genug Asse im Ärmel. Mit einem Wren in seinem Lager … Herrgott. Diese Art von Problem können wir wirklich nicht gebrauchen.«

»Der Welpe überlebt die erste Zeit der Verbindung vielleicht nicht. Nur die stärksten Männer überstehen das. Ich bin sehr krank geworden, als Fen seine Lebenskraft mit meiner verschmolzen hat.« In die Erinnerung versunken, schüttelte Hamersveld den Kopf. »Aber keine Sorge. So oder so wird mein Sohn schon bald tot sein.«

Ivar blinzelte. »Dein *Sohn*?«

»Nur ein Wasserdrache kann einen Wasserdrachen zeugen, Ivar.«

»Hast du ein Problem damit, ihn umzubringen?«

»Nicht das geringste«, murmelte Hamersveld mit tödlicher Stimme. »Ich bin einzigartig unter meinesgleichen. Seit Jahrhunderten töte ich meine Nachkommen, um mir diesen Status zu erhalten. Der Nightfury wird keine Ausnahme sein.«

Na gut, in Ordnung. Krise abgewehrt. Und auch noch im Handumdrehen. Ivar wollte zurück ins Labor. Nachdem er durch die Pflege Hamersvelds mehrere Tage verloren hatte, war er bei dem Projekt Supervirus in Verzug geraten. So viel zu tun, so wenig Zeit. Ivar blätterte gedankenverloren in den zerfetzten Seiten seines Notizbuchs. Er brauchte neue Menschen, um …

»Was steht in diesem Buch?« Hamersveld hielt seinen Blick fest und hob fragend eine Augenbraue.

Ivar zögerte, überlegte, wog das Für und Wider ab. Wie viel sollte er preisgeben? Jede Einzelheit? Oder nur die Grundzüge? Er ließ sich das einen Moment durch den Kopf gehen. Die Intuition drängte ihn, den Sprung zu wagen, während die Vernunft ihm zur Vorsicht riet. Bis zu diesem Punkt hatte nur ein Mann die Einzelheiten seines Plans gekannt. Es versetzte ihm einen Stich, als er an Lothair dachte. Mann, er vermisste den Mann, aber ihn zu betrauern änderte nichts an den Tatsachen. Sein bester Freund war tot, dank seiner Feinde. Jetzt musste er neu anfangen. Und Hamersveld – ein Krieger, der bereit war, seinen eigenen Sohn zu töten? Verdammt, möglicherweise würde er in seinem Krieg gegen die Nightfury, und im weiteren Sinne gegen die Menschen, nie wieder einen besseren Verbündeten finden.

»Was weißt du über Naturwissenschaften?«

»Genug.«

Zufrieden mit der Antwort, nickte Ivar und begann mit seinen Ausführungen. Während er sprach, unterbrach Hamersveld ihn hier und da, fragte etwas, machte scharfsinnige Bemerkungen und bestärkte damit Ivar in seiner Entscheidung, den Krieger einzuweihen. Der Norweger war unglaublich klug und dabei hoch gefährlich. Ivars Freude war groß, und seine Stimmung hellte sich auf. Fantastisch. Der Mann war mehr, als er gehofft hatte, und alles, was er brauchte, um seine Arbeit fortzusetzen.

Als Ivar mit seiner Zusammenfassung fertig war, schob Hamersveld Fen beiseite und stand auf. Er dehnte und streckte sich, lockerte seine verspannten Muskeln und sah ihn nachdenklich an. »Warum arbeitest du nur im Labor? Warum nicht eine menschliche Bevölkerungsgruppe direkt infizieren? Und dann sehen, wie sich das Virus entwickelt?«

»Ich habe die Verabreichungsform noch nicht perfektioniert.« Ivar runzelte die Stirn, stand auf und durchquerte den Raum. Er ging um die Bar herum, an einer Wand voller Flachbildschirme vorbei, machte kehrt und kam zurück zum Bett. »Ich muss sicher sein, dass es eingenommen wird, bevor …«

»Was, wenn ich garantieren kann, dass es eingenommen wird?«

»Wie?«

»Du lieferst das Supervirus«, sagte Hamersveld. »Ich schleuse das Virus in die Wasserversorgung ein. Jeder Mensch, der davon trinkt, wird infiziert.«

Ivar blieb mitten im Raum abrupt stehen. Er öffnete den Mund, dann schloss er ihn wieder. Herrgott. Das war brillant.

»Aber wir testen es zuerst.« Magie knisterte in der Luft, als Hamersveld eine Landkarte des Staates Washington herbeizauberte. Noch gefaltet, warf er sie Ivar zu. »Such dir eine Kleinstadt aus. Irgendein Provinznest mit einer Wasseraufbereitungsanlage.«

»Dann warten wir einfach ab, wie es sich ausbreitet.« Ein mächtiger Adrenalinschub durchfuhr Ivar. »Protokollieren und verfolgen die Daten. Nehmen Anpassungen vor, falls nötig.«

Mit einem bösen Glitzern in den Augen grinste Hamersveld.

Ivar erwiderte das Lächeln und entfaltete die Landkarte. Verdammt, er konnte es kaum erwarten anzufangen.

19

Die Glasur schmeckte wie frische Erdbeeren.

J.J. saß auf einem Hocker an der Kücheninsel und musste lächeln, als sie noch mehr rosa Zuckerguss aus der Schüssel löffelte. Wer hätte gedacht, dass ihr Backen so viel Spaß machen würde? Sie nicht, das stand fest. Noch vor gut einer Stunde hätte sie den Gedanken weit von sich gewiesen. Jetzt konnte sie es kaum erwarten, das nächste Törtchen in Angriff zu nehmen. Aus irgendeinem Grund entspannte sie diese einfache Tätigkeit.

Es war seltsam befreiend. Niemand, der ihr sagte, was sie oder wie sie es tun sollte. Nur sie, eine Schüssel voll Glasur und ein Buttermesser. Nichts als haufenweise Törtchen, die sie ganz nach ihrem Geschmack dekorieren durfte.

J.J.s Lächeln wurde breiter. Und die ganzen Geschmacksrichtungen zu probieren war auch nicht zu verachten.

Sie hielt ihr nächstes Opfer hoch und beäugte die helle Oberfläche des Cupcakes. Was jetzt? Sollte sie sich an Altbewährtes halten? Oder einen Gang höherschalten und ihr neues Können testen? Mit einer schnellen Drehung des Buttermessers überzog sie das Törtchen mit Zuckerguss, dann betrachtete sie die kleinen Schüsseln neben ihr. Allein die Auswahl, die dort an Dekoration parat stand, warf sie um. Bunte Streusel. Bonbons und Schoko-Raspel. Marzipan-Deko in allen Formen und Größen. Sie überflog alles mit einem Blick, dann musterte sie die bereits fertigen Törtchen. Auf einer dreistufigen Etagère angeordnet, erfüllten ihre hübschen Kreationen so gut wie alle denkbaren Wünsche. Nur noch einige wenige fehlten, also …

Sie griff nach dem Spritzbeutel mit Schokoladenglasur.

»Ah, wir werden langsam mutiger, wie ich sehe.« Sein britischer Akzent war voller Anerkennung, und Daimler hob die Augenbrauen.

J.J. verdrehte die Augen und schnitt eine Grimasse.

Er prustete, klopfte einen Holzlöffel am Rand eines großen Topfes ab und verließ den sechsflammigen Herd. Wie alles in der Küche von Black Diamond sah das Gerät teuer aus. Ein Küchenherd der Spitzenklasse, umgeben von Stahl und eleganten Designermöbeln. Nicht wirklich überraschend. Jeder, der Augen im Kopf hatte, konnte sehen, dass Daimler für kulinarische Glanzleistungen stand. Und ehrlich? Die schicke weiße Ausstattung passte zu ihm.

Ein eleganter Ort für einen eleganten Elfen.

Er kam zur ihr an die Kücheninsel und sah sich ihr Werk an. »Gut gemacht, Mylady. Ich hatte so im Gefühl, dass Sie eine wundervolle Bäckerin abgäben.«

Das Kompliment freute sie. Der Titel jedoch? J.J. versuchte, nicht zusammenzuzucken. *Mylady*. Genau. Als ob sie es verdient hätte, so genannt zu werden. »Daimler, zum tausendsten Mal, ich heiße J.J. Es ist mir wirklich unangenehm, wenn …«

»Die sind fantastisch, Mylady!« Sein Ausruf erstickte ihre Bitte. J.J. seufzte. Sie konnte diese Auseinandersetzung nicht gewinnen. Egal wie oft sie Einwände erhob, er ignorierte ihre Wünsche. Etwas sagte ihr, dass er immer so war. Dass er berühmt dafür war, höflich alles zu überhören, was ihm nicht gefiel, und auf seine freundliche Art einfach weiterhin seinen Willen durchzusetzen. So wie jetzt, als er die Etagère auf der Theke drehte, und seine Augen vor Begeisterung strahlten, und er sie mit Komplimenten überschüttete ... sodass sie ihn am liebsten zerdrückt hätte vor Freude. »Es ist einfach ein Vergnügen, Sie hierzuhaben.«

Aha. Und da war sie ... die Ablenkung in Form eines Kompliments.

J.J. wusste, dass sie nicht darauf hereinfallen sollte. Standhaft bleiben sollte angesichts derart offensichtlicher Manipulation, aber ... na ja, Quatsch. Einfach Quatsch. Sie genoss es, wie er sie behandelte – wie schnell er sie trotz ihrer fragwürdigen Vergangenheit akzeptiert hatte. Sie bekam Beklemmungen vor lauter Dankbarkeit. Mann, es fühlte sich gut an: wertgeschätzt zu werden, willkommen zu sein, sich zugehörig zu fühlen. Eine völlig neue Erfahrung nach fünf Jahren des krassen Gegenteils.

»Danke, dass ich das hier machen durfte«, murmelte sie und lauschte dem leisen Summen weiblicher Stimmen im angrenzenden Raum. Hinter dem breiten holzverkleideten Türbogen nahm ein langer Tisch die Mitte des Esszimmers ein. Ein wunderschöner Kronleuchter hing über der Mahagoni-Tischplatte, geschliffenes Kristall reflektierte das Licht, warf einen ätherischen Schein auf die drei Frauen darunter. Ihr Blick landete auf Tania, dann sprang er weiter zu Myst und Angela. Fleißig Daimlers Anweisungen befolgend, umkreiste das Trio wie Haie in einer Warteschleife den Tisch und platzierte Teller, Bestecke und Weingläser an den vorbestimmten Plätzen. »Es macht viel mehr Spaß als Tischdecken.«

»Der reine Egoismus meinerseits, das versichere ich Ihnen.« Wie ein stolzer Vater sah Daimler zu, wie J.J. das Törtchen mit einer hübschen Schokoladenverzierung garnierte. Er grinste, wobei sein goldener Schneidezahn aufblitzte. »Sie sind ein Naturtalent, Mylady. Ich werde noch eine Meisterbäckerin aus Ihnen machen.«

J.J. schnaubte. »Und ich werde am Ende dreihundert Pfund wiegen.«

Er lachte, und sie verliebte sich Hals über Kopf in ihn. Er war einfach zu süß mit seinem Elfengesicht und den spitzen Ohren, die aus seinem dunklen Haar hervorlugten. Daimler war definitiv schwer in Ordnung.

Mit ruhiger Hand setzte sie eine Marzipanblume auf die Glasur. Ein kleiner Schubs. Eine kleine Korrektur und … perfekt. Jetzt brauchte sie nur noch einige Streusel hier und da. Vielleicht auch noch einige Blätter, um aus einem hübschen Törtchen ein traumhaft schönes zu machen. »Wofür sind die eigentlich alle?«

»Meine Hochzeit.«

J.J. fuhr überrascht zusammen und zerquetschte das süße Blatt in ihrer Hand. Ihr Blick schoss nach links. »Mensch, Tania. Musst du dich immer so anschleichen?«

»Ah, wieder wie in guten alten Tagen.« Die braunen Augen blitzten schalkhaft, als sie ihre kleine Schwester umarmte und liebevoll drückte.

»Sei ja vorsichtig, Schwesterherz. Du weißt, ich bestehe auf Revanche.«

»Was bestimmt zehnmal schlimmer ist.«

»Genau. Also pass bloß auf«, sagte sie und genoss das gegenseitige Necken, weil … genau. Tania hatte recht. Es fühlte sich an wie früher. »Und während du das tust … kläre mich auf.« J.J. hob fragend die Augenbrauen. »Hochzeit?«

»Eine Doppelhochzeit.«

J.J. runzelte die Stirn und sah ihre Schwester an, während sie sich den Kopf zerbrach. Obgleich sie ihn noch nicht kennengelernt hatte, wusste sie alles über Mac. Tania konnte einfach nicht aufhören, von ihm zu reden. Oder sagen wir lieber … ein Loblied auf ihn zu singen. Jedes Mal, wenn sie ihn erwähnte, leuchteten ihre braunen Augen, und J.J. musste lächeln. Sie konnte nicht anders. Sie liebte ihre Schwester. Wollte, dass Tanias Leben glücklich und erfüllt war. Und nachdem sie ihr Leben lang von dem Richtigen geträumt hatte? Freute sie sich wahnsinnig zu sehen, dass der Traum ihrer Schwester wahr geworden war.

Sie schürzte die Lippen. Aber jetzt zurück zu dem ursprünglichen Rätsel. Was bedeutete eine Doppelhochzeit …

Ah ja. »Ange und Rikar auch?«

»Mac und Ange sind beste Freunde, sodass es nur plausibel ist, es gleichzeitig zu tun.«

»Ich dachte immer, du wünschst dir eine Riesenhochzeit?«

»Das ist mir nicht mehr wichtig.« Tania drückte sie noch einmal, dann setzte sie sich auf den Stuhl neben ihr. »Ich will nur ihn.«

»So sehr liebst du ihn?«

»Mehr.«

»Ich freue mich so für dich, Tania. Bin auch stolz auf dich. Du hast ihn gefunden … hast ausgeharrt, bis der Richtige kam«, flüsterte sie heiser, da ihr das Herz überging vor Gefühlen. Tränen traten Tania in die Augen. J.J. tat es ihr sogleich nach, hatte Mühe, ihre Gefühlsaufwallung im Griff zu behalten – zusammenzubrechen in Gegenwart von glasierten Törtchen schien ihr irgendwie unpassend zu sein –, und nahm Zuflucht zur einzigen Waffe, die ihr zur Verfügung stand. »Hier. Nimm ein Törtchen.«

Tania wischte sich die Tränen aus den Augen und protestierte. »Ich hatte bereits zwei. Es sind bald keine mehr da, wenn wir sie jetzt schon alle essen.«

»Vergiss es. Wir haben etwas zu feiern.« J.J. nahm das hübscheste Teil vom Teller und reichte es ihrer Schwester. »Daimler und ich machen einfach neue.«

»Sprechen Sie nur für sich, Mylady.« Ziemlich gerührt durch ihren Wortwechsel, versuchte Daimler, streng auszusehen. Stattdessen musste er schniefen. »Wenn Sie alle Hochzeitstörtchen aufessen, haben Sie das ganz allein zu verantworten. Ich werde es meinen Jungs jedenfalls nicht erklären.«

Ihre Schwester verdrehte die Augen. *»Jungs.* Ist dir klar, dass du über erwachsene Männer sprichst, noch dazu Krieger, die …«

Tania hielt inne und verschluckte den Rest des Satzes.

Perplex starrte J.J. ihre Schwester an, dann zuckte sie zusammen, als ein Kribbeln ihr über den Nacken fuhr. Das Gefühl breitete sich aus und veränderte sich zu einem Signal in ihrem Kopf. Ihr Blick schoss zu dem Korridor, der zum Eingangstor führte. Wick. Er war ganz nah … so nah, dass seine Nähe ihr ein Kribbeln verursachte. Der warme Wirbel blieb einen Moment, dann veränderte er die Richtung, lief ihr über den Rücken und …

»Oh!« Tania gab ihr einen Klaps auf den Arm mit dem Handrücken. Als J.J. »au« sagte, hüpfte ihre Schwester vom Stuhl und zog sich schnurstracks zurück. Eine Sekunde, bevor sie in den Korridor verschwand, sagte sie über ihre Schulter: »Komm, Baby J. Sie sind zu Hause.«

Es konnte kein Zweifel daran bestehen, wer »sie« waren.

Was ihr erster Hinweis war? Die Aufregung ihrer Schwester und ihr promptes Verschwinden. Der zweite Hinweis? Das Geschirrklirren aus dem Esszimmer, als Myst und Angela ihre Pflichten vernachlässigten, um den Tisch liefen und sich ihrer Schwester anschlossen. J.J. beobachtete den Massenexodus und glitt von ihrem Stuhl, blieb aber stehen. Es hatte keinen Sinn, voreilig zu sein. Oder sich zum Narren zu machen, wenn sie nicht wusste, wo er stand …

Oder ob es Wick überhaupt recht war, dass sie ihn begrüßte.

Die Annahme schien weit hergeholt zu sein. Allerdings betraf das grundsätzlich alles bei ihm. Es war ein merkwürdiger Zustand … ihn besser kennenlernen zu wollen, ohne die geringste Ahnung zu haben, wie sie das anstellen sollte.

J.J. balancierte auf ihrem guten Bein und biss sich auf die Unterlippe, überlegte, was sie tun sollte. Gehen oder bleiben? Vorsichtig oder mutig sein? Sie spähte hinüber zu Daimler, hoffte auf einen Rettungsplan. Er blickte sie erwartungsvoll an. Also, wenn das mal keine Abfuhr war? So hilfsbereit, wie der Numbai noch in den letzten Stunden gewesen war, so entschieden weigerte er sich jetzt, ihr einen Fingerzeig zu geben. Stattdessen schwieg er eisern, wartete zweifellos ab, in welche Richtung sie hüpfen würde.

J.J. funkelte ihn an. Verdammter Elf. Er sah aus, als würde er es genießen.

»Ah, Master Wick«, murmelte Daimler, ein wissendes Funkeln in seinen Augen. »Willkommen daheim.«

Sie klammerte sich an die Kante der Theke, als ihr Blick

zur anderen Seite der Küche wanderte und … du liebe Güte. Gott stehe ihr bei. Wick in seiner ganzen Pracht sah besser aus als die Törtchen, die sie gemacht hatte, und zweimal so süß. Seine goldenen Augen musterten sie. Ihr Herz machte einen Salto in ihrer Brust, rutschte ihr in die Hose, nur um gleich wieder hochzuspringen. Er musterte sie erneut, gab ihr das Gefühl, als würde sie gerade einer Leibesvisitation unterzogen. Stünde innerhalb eines Sekundenbruchteils splitterfasernackt da … und alles, ohne dass er sie berührt hatte.

Himmel hilf. So etwas hatte sie noch nie erlebt. Oder so jemanden. Ihn nur anzusehen entflammte sie schon, und in diesem Moment begriff sie, was primäre Anziehung war. Begriff das Ausmaß und den Ursprung dessen, was sie zu ihm zog. Akzeptierte das Verlangen. Genoss die Begierde. Fühlte den zugrundeliegenden Sog, während das Schicksal zuschlug.

Komplett lächerlich? Nichts als Hokuspokus und Quatsch?

Vielleicht. Vielleicht auch nicht. Alles, was J.J. wusste, war, dass sie sich nicht dagegen wehren konnte. Dass es ihr verheißungsvoller erschien, es zu erforschen.

J.J. holte tief Luft, öffnete den Mund, um ihn zu begrüßen.

»Ich bin dann in meinem Zimmer.«

Sie blinzelte.

Daimler nickte. »Wie Sie wünschen, Master Wick. Ich werde mich um Ihr Abendessen kümmern.«

Und einfach so war er weg, schwere Fußschritte echoten, als er sich umdrehte und in einen weiteren Korridor marschierte.

Verdutzt starrte J.J. auf die Stelle, an der er eben noch gestanden hatte. »Was zum Teufel war das denn?«

»Gehen Sie ihm nach, Mylady. Aber bevor Sie das tun, möchte ich Sie um eines bitten.«

»Worum denn?« Unglaublich frustriert, humpelte J.J. um die Kücheninsel.

»Seien Sie geduldig mit ihm«, sagte Daimler, was sie innehalten ließ. »Er hatte ein hartes Leben, eines, das Sie, glaube ich, besser verstehen als die meisten anderen. Tatsächlich besser als jede andere Frau, also … bitte, seien Sie geduldig, Mylady. Er braucht Sie mehr, als er selbst weiß.«

Seine Bitte beruhigte sie.

Was Elend war, wusste sie. Hatte mit der Realität tagein, tagaus gelebt … und jetzt mit der Erinnerung daran. Sie würde die Auswirkungen niemals vergessen. Oder das Chaos, das es angerichtet hatte. Also, nein, kein Problem. Sie konnte sanft sein – zäh, geduldig –, was auch immer Wick brauchte. Nachsicht war schließlich ihre Freundin. Aber als sie aus der Küche auf den Flur humpelte, befielen sie Zweifel. Was, wenn er sie abwies? Kein unwahrscheinlicher Ausgang, wenn man bedachte, dass er sie nur kurz angesehen und in die Gegenrichtung gelaufen war.

Wick registrierte ihre Gegenwart, lange bevor sie sich seinem Schlafzimmer näherte. Er stand vor seiner Staffelei, starrte unverwandt zur Tür und wischte sich die Hände an einem Tuch ab, das schon bessere Tage gesehen hatte. Es war über und über mit alter Farbe bedeckt und an den Kanten ausgefranst. Aber er benutzte es gern, wenn er malte. Jetzt warf er den Lappen auf den Tisch neben ihm und zupfte seinen Lieblingspinsel aus einem großen Einweckglas. Die anderen Pinsel stießen gegen den Rand des Gefäßes. Der vertraute Laut entspannte ihn aber nicht im Geringsten. Seine Sinne waren viel zu sehr auf diese Frau eingestimmt, nach der er sich sehnte, von der er aber wusste, dass er sie nicht verdiente.

Er sollte sie wegschicken. Vorsichtig sein. Sich vernünftig verhalten. Das Richtige tun und sie nicht hereinlassen. Sie so weit wie möglich auf Distanz halten.

Klang nach einem Plan, bis auf ein riesiges Problem.

Er begehrte sie zu sehr. Musste herausfinden, was sie so sehr von anderen Frauen unterschied. Sehnte sich danach, sie wieder zu berühren und zu erforschen, ob das alles nur in seinem Kopf stattfand. Oder ob Jamison so unglaublich war, wie sie zu sein schien, fähig, seine Phobie zu bannen – seinen Appetit zu schüren, seine Drachenseite allein durch ihr Dasein zu interessieren.

Wick fuhr mit dem Daumen über die Wildschweinborsten und betrachtete nachdenklich das Bild, an dem er seit Tagen arbeitete. Beinahe fertig, fehlten der Stadtlandschaft nur noch einige wenige Details. Ein bisschen Feinschliff, einige wohldosierte Glanzlichter, die aus einem guten ein großartiges Bild machten. Während er es prüfend betrachtete, fuhr er sich mit der Hand über seine nackte Brust und wartete gespannt, hielt halb den Atem an und hoffte, dass es klopfen würde. Würde sie den Mut haben? Wollte sie wirklich mehr wissen – über ihn, über sie beide, darüber, was es bedeutete, über die Schwelle zu treten und in seine Domäne einzudringen?

Wick atmete lange aus. Keine Nachsicht. Das würde es bedeuten. Sie würde keine Nachsicht erfahren. Er würde sie nicht schonen, wenn sie sich dazu durchrang, auf ihn zu- statt von ihm wegzugehen. Unfair? Wahrscheinlich. Aber das war ihm egal. Trotz seiner Phobie war er kein Feigling. Und angesichts seiner heftigen Neugierde dachte Wick nicht daran, zurückzuweichen. Er wollte es wissen. Die zunehmende Verbindung zwischen ihnen genauer unter die Lupe nehmen und die Variablen bestimmen.

Was … genau … Jamison auf den Schleudersitz setzte.

Leise, unregelmäßige Fußschritte machten vor seiner Tür Halt.

Er verspannte sich. Der Augenblick der Wahrheit. Würde sie? Oder würde sie nicht?

Fingerknöchel klopften auf Holz, das Geräusch zögernd und zugleich dennoch irgendwie sicher. Sein Mund verzog sich zu einem Lächeln, obgleich er den Kopf schüttelte. Und da war sie … die Antwort. Die mutige, wunderschöne Jamison hatte gerade das Spiel eröffnet, ihre Karten ausgespielt, ihm seine ausgeteilt, ihr Schicksal besiegelt. Die Erkenntnis machte ihn nervös. Doch obgleich sich ihm der Magen umdrehte, machte sich auch Erregung bemerkbar, nahm er alles überdeutlich wahr. Ein Abgrund. Er stand am Rande eines Abgrunds, und das Bedürfnis zu springen kämpfte gegen die Angst vor dem Absturz.

Das leise Klopfen ertönte erneut.

»Sei behutsam.« Er rollte die Schultern und versuchte, die Verkrampfung abzuschütteln, sich zur Lockerheit zu zwingen. Aber es war schwer. Der kurze Blick auf sie in der Küche hatte ihn total erregt. »Verschrecke sie nicht.«

Vernünftiger Ratschlag. Auch eine gute Strategie.

Wick beherzigte beides und rief seine Magie auf. Mit einem mentalen Fingerschnippen öffnete er den Türriegel. Einen Moment später schwang die Tür weit auf und … oh, verdammt. Konnte sie überhaupt noch anbetungswürdiger sein? Sogar in einer viel zu großen Trainingshose und einem verwaschenen T-Shirt sah sie unglaublich aus. Jugendlich frisch ohne ein Gramm Make-up, das ihre Schönheit kaschierte. Stark. Sicher. Mehr als sexy mit ihrem dunklen Haar, das ihr um die schmalen Schultern fiel.

Augen, die blauer waren als ein wolkenloser Himmel, blickten ihn an. Sein Herz pochte heftig in seiner Brust, als sie ihn musterte. Ihr Blick wanderte schonungslos über seine nackte Haut, fiel auf seine mit Farbe bespritzte Jeans. Sie starrte auf seine nackten Füße, kurz bevor es um ihre Mundwinkel zuckte.

Wick schluckte schwer. Ach, verdammt. Schlechtes Benehmen. Er war nur halb angezogen, verdammter Dreck. »Mist. Sorry. Ich ziehe mir schnell ein Hemd über.«

»Mach dir keinen Kopf deswegen. Es steht dir gut.« Als er blinzelte und überlegte, was zum Teufel sie damit meinte, fragte sie: »Ist es in Ordnung, wenn ich hereinkomme?«

Wick fand seine Stimme nicht und nickte bloß.

In ihren Bewegungen eingeschränkt durch ihren Gehgips, humpelte sie über die Schwelle. Er runzelte die Stirn, betrachtete sie. Sie stützte ihre rechte Seite ab, indem sie ihren Ellbogen eng an ihre Rippen presste, so als würde eine falsche Bewegung ihr Schmerzen bereiten. Er verkniff sich ein Knurren, zapfte ihre Bioenergie an und überprüfte ihre Vitalzeichen. Verdammte Scheiße. Sie hatte immer noch Schmerzen. Keine starken, aber schlimm genug, dass er sich am liebsten selbst in den Hintern getreten hätte.

Er hätte wissen müssen, dass eine Runde mit ihm nicht reichen würde. Nicht nach den Verletzungen, die sie erlitten hatte. Also Zeit, wieder auf den Energiezug zu hüpfen.

Sie brauchte eine weitere Infusion, und gezwungenermaßen musste er sie wieder nähren. Ihr verschaffen, was ihr Körper brauchte, um schnell und sauber zu heilen.

»Jamison«, sagte er und hörte selbst die Erwartung in seiner Stimme. Er konnte nichts dafür. Der Gedanke, sie zu berühren, stellte seltsame Dinge mit ihm an. Statt dass er mit Widerwillen reagierte, erregte ihn die Vorstellung mordsmäßig. »Komm her.«

»Gleich.«

Wicks Augenbrauen stießen beinahe zusammen. Was zum Teufel meinte sie mit *gleich*? »Du brauchst mehr heilende Energie. Ich kann dir helfen, wenn …«

»Ich weiß«, sagte sie und schloss die Tür hinter sich. Das Klicken ertönte laut in der Stille, verstärkte seine Anspannung, als sie am Kamin vorbei zu den maßgefertigten Bücherregalen ging. Voller gebundener Bücher reichten die eingebauten Regale bis an die Decke. Begeistert fuhr sie mit ihrer Fingerspitze über einen bunten Buchrücken. »Tania hat mir das mit dem Meridian erklärt.«

»Hat sie?«

»Ja«, murmelte sie und blickte über ihre Schulter. Ihr Blick fuhr von ihm zu dem ungemachten Bett.

An der Wand lag die Doppelmatratze auf dem Fußboden. Kein Bettgestell. Keine seidenen Laken oder irgendwelche Zierkissen. Nichts Schickes. Nur zerwühltes Bettzeug auf der Matratze. Wick verzog das Gesicht zu einer Grimasse. Nicht seine Sternstunde. Halb angezogen. Ungemachtes Bett. Zugemülltes Zimmer. Vielleicht hätte er ein bisschen Ordnung schaffen sollen. Einen guten Eindruck machen und sie mit Ordnungsliebe blenden sollen, aber …

Tja, dafür war es zu spät.

Seine Tendenz zur Unordnung war jetzt kein Geheimnis mehr. Genauso wenig wie seine Angewohnheit, feuchte Handtücher in die Ecke neben der Tür zu schmeißen. Eine Tatsache, die sie bereits bemerkt hatte (verdammter Mist). Daimler kümmerte sich normalerweise darum, aber mit den auf Hochtouren laufenden Vorbereitungen für die Hochzeitszeremonie war der Numbai zu beschäftigt gewesen, um seine üblichen Runden zu absolvieren. Zu dieser Katastrophe kamen noch all die Leinwände, die an der hinteren Wand standen und … genau. Den Preis »Ordentlichster Mann des Jahres« würde er nicht so schnell bekommen.

Er ging um die Staffelei herum, zog das Bettzeug glatt, hob die Tagesdecke auf vom Fußboden, faltete sie ordentlich zusammen und legte sie auf das Matratzenende. Jamison stellte das Buch, das sie sich angesehen hatte, wieder zurück an seinen Platz. Ihr Blick fiel auf die Leinwände, die gegen die Wand gelehnt am Fenster standen. Seine Nervosität stieg sprunghaft an. Da er nicht wusste, was er sagen sollte, schob er seine Hände in die Taschen seiner Jeans und wartete – darauf, dass er einen Geistesblitz hatte, dass sie als Erste das Schweigen brach, auf den Augenblick, in dem sie ihm grünes Licht gab, sie wieder zu berühren.

Ob es ihm schwerfiel oder nicht, es war ihre Entscheidung. Was bedeutete, dass er lieber anfangen sollte zu beten, weil … Mist. Es sah nicht gut aus bisher.

»Wow«, sagte sie und blieb vor einem Stapel Bilder stehen. Sie befingerte die weißen Ecken der Leinwände und fuhr mit der Hand über die Oberseite der ersten Gruppe, dann bewegte sie sich weiter zur nächsten. Mindestens vierzig Stück stark, repräsentierte die Sammlung seine Arbeit der letzten achtzehn Monate. »Hast du die alle gemalt?«

»Ja.«

Sie überflog die Bilder und lächelte, und sein Herz überschlug sich in seiner Brust. Gefiel ihr, was sie sah? Der Künstler in ihm wollte es wissen … wollte gelobt werden für seine Anstrengungen. Seine eher praktische Seite verspottete sich selbst. Er malte schließlich nur für sich selbst. Der Zeitvertreib half ihm, sich zu entspannen, verschaffte ihm einen Ausgleich nach einer durchkämpften Nacht. Ende der Geschichte. Nicht nötig, um irgendjemandes Lob zu werben. Aber als er zusah, wie sie Bild für Bild betrachtete, sehnte sich Wick nach einem freundlichen Wort. Irgendeinem, das ihm sagte, was sie von seiner Arbeit hielt.

Was natürlich nichts als unglaublicher Schwachsinn war. Und der Grund, warum er nie irgendjemandem seine Kunst zeigte.

Nicht einmal Venom.

Niemand außer Daimler – und jetzt Jamison – wusste, dass er malte. In Ordnung, alle seine Waffenbrüder wussten um seine Liebe zur Kunst. Sie hätten blind sein müssen, um das nicht zu bemerken. Die Beweise hingen über den ganzen Korridor verteilt außerhalb seines Zimmers … und überall im Black Diamond. Aber er redete nie darüber, und keiner der anderen Nightfury kannte das Ausmaß seiner Obsession. Oder eher … Passion.

Und Wick zog es vor, es dabei zu belassen.

Er hatte Daimler nur aus Gründen der Notwendigkeit eingeweiht. Anfangs hatte es ihm nicht gefallen, auf einen anderen angewiesen zu sein. Mit der Zeit jedoch hatte sich der Numbai als echter Partner erwiesen, ihn immer ausreichend mit Malbedarf versorgt, ihm geholfen, kostbare Gemälde aufzuspüren und aus allen Teilen der Welt aufzukaufen, während er all das vor den anderen Kriegern geheim hielt. Alles ohne Murren oder seine Nase in Dinge zu stecken, die ihn nichts angingen.

Alles in allem ein Wahnsinnstyp, dieser Mann.

»Heiliger Strohsack, Wick.« Mit ehrfürchtigem Staunen in ihrer Miene blickte J.J. ihn über ihre Schulter an. »Die sind ja fantastisch. Wie lange malst du schon?«

»Eine Weile«, murmelte er und sah sie genau an. Die Bewunderung, die er in ihren Augen erspähte, warf ihn geradezu um. Beinahe vor Stolz platzend hatte er Mühe, ihn nicht zu zeigen. Herrgott. Ihre Bewunderung erregte ihn unglaublich. Aber noch mehr als das liebte Wick die Art und Weise, wie sie ihn ansah. Interesse mit einem kräftigen Beigeschmack von Begehren las er in ihrer Miene. Es vermittelte ihm das Gefühl, geschätzt zu sein. Ihrer würdig. Ein aufrechter Mann, der ihre Aufmerksamkeit verdiente. »Beinahe seit zwanzig Jahren.«

»Du musst sie ausstellen. Sie gehören in eine Galerie.«

Er zuckte die Achseln, verbarg seine Freude. »Ich bin kein Galerie-Typ.«

»Nein, das kann ich mir auch nicht vorstellen …« Sie schwieg und drehte sich zu ihm um, durchquerte den Raum mit langsamen, schlurfenden Schritten. »Dafür bist du zu bescheiden.«

Wick unterdrückte ein Prusten. Total lachhaft. Er war ungefähr so bescheiden wie ein sein Rad schlagender Pfau. Er zog es nur vor, das für sich zu behalten, bevor er sein wahres Gesicht zeigte, das war alles.

Etwas stärker humpelnd als vorher, ging sie um das Fußende des Bettes herum. Großen Abstand haltend trat sie hinter ihn. Seine Haut prickelte, als ihre Aura sich entfachte, sie von innen heraus erleuchtete. Wick atmete tief ein und langsam wieder aus. Sie blieb vor seinem Arbeitsplatz stehen, streckte den Arm aus und befingerte die Pinsel, dann wandte sie ihre Aufmerksamkeit den verschiedenen Farbtuben zu, die auf dem Tisch verstreut lagen. Sie berührte jede einzelne, die blaue, grüne und rote, um die ockergelbe in die Hand zu nehmen.

Wick trat von einem Fuß auf den anderen. Während seine nackten Füße den Holzfußboden streiften, krümmte er seine Hände und befahl sich, geduldig zu bleiben, aber … Grundgütiger. Nur einen guten Meter entfernt. Sie war so nah und dennoch zu verdammt weit weg.

Seine Drachenseite drängte ihn, sich zu bewegen, die Distanz zu verringern und zu ihr zu gehen. Sein Instinkt riet ihm zu warten. Auf ihre Stimmung eingestellt, spürte er ihre Anspannung so deutlich wie seine eigene. Ihre Verzögerungstaktik hatte einen Grund. Vielleicht versuchte sie, Zeit zu gewinnen. Vielleicht brauchte sie mehr Raum. Vielleicht ein bisschen von beidem. Was auch immer der Grund war, Wick wollte sie nicht drängen. Wenn sie das Bedürfnis hatte, dass er sich zurückzog und …

»In Ordnung«, flüsterte sie, und die Anspannung in ihrer Stimme war nicht zu überhören, als sie sich zu ihm umdrehte und ihn direkt ansah. »Ich bin jetzt bereit.«

Unruhe überfiel ihn. »Was ist los?«

»Nichts.«

»Lüg mich nicht an.« Sein barscher Tonfall führte dazu,

dass sie zusammenzuckte. »Ich will, dass du ehrlich bist. Und zwar ohne Einschränkung, Jamison.«

»In Ordnung. Ich schätze, das bin ich dir schuldig«, sagte sie und sah so unsicher aus, dass ihm das Herz blutete. »Allein mit dir zu sein macht mich nervös. Ich weiß, das ist albern. Ich meine, du hast mich schon berührt und überhaupt, aber im Moment ist es …«

Er hob fragend die Augenbrauen, als ihre Stimme erstarb.

Sie biss sich auf die Unterlippe. »Einfach folgerichtig. Ich meine, ich habe keinerlei Drogen genommen oder so.«

»Hast du Angst, dass ich dich verletze?«

»Nein«, wehrte sie so schnell ab, dass es seinem Stolz schmeichelte; Wick in dem Glauben ließ, dass er ihr helfen konnte, während er gleichzeitig sich selbst half. »Ich weiß, dass du mich nie verletzen würdest.«

»Aber?«, fragte er nach, drängte sie, ermutigte sie, mit ihm zu reden.

Mit einer Falte zwischen ihren Augenbrauen wandte sie ihren Blick ab, dann sah sie ihn wieder an, zeigte ihm ihre Verletzlichkeit. Der Anblick tat ihm ihretwegen weh. Er wusste, wie sich Unsicherheit und Zweifel anfühlten. Jeden verdammten Tag damit leben zu müssen. Aber während er wartete, dass sie fortfuhr, geduldig ihr Schweigen ertrug, wünschte sich Wick nichts mehr, als ihr helfen zu können. Er hätte ihr nur zu gern die Last abgenommen, die Angst vertrieben, sie getröstet und ihr Zuversicht gegeben.

»Hör zu, wenn du es wirklich wissen willst, werde ich ehrlich sein. Ich bin hierhergekommen in der erklärten Absicht, dir näherzukommen, aber ein Blick auf dich und … Herrgott, Wick. Du bist so stark. So viel größer als ich, und …« Sie schüttelte den Kopf und atmete zittrig aus. »Es ist mir zur zweiten Natur geworden, mich zu schützen. Meine Erfolgsbilanz ist echt mies. Ich war nie mit einem Kerl zusammen, der mich nicht verletzt hat, und auch wenn ich davon überzeugt bin, dass du es nicht tust, passiert es einfach … ich weiß auch nicht … dass ich ein bisschen ausflippe.«

»Das verstehe ich, Jamison.« Und das tat er wirklich. Seine Hände-weg-Politik stammte aus der Zeit vor dem Zweiten Weltkrieg. Verdammt lange, um im Verborgenen zu leben, ohne die wärmende Berührung eines anderen Lebewesens. Aber hier … genau jetzt … in der Gegenwart einer Frau, konnte er nicht widerstehen, sah Wick die Chance, das Ruder herumzureißen, einen anderen Kurs einzuschlagen und in eine gesündere Richtung zu steuern. Furcht war etwas Schreckliches und Vertrauen mehr als nur das Wissen darum. Es ging darum, es zu demonstrieren. Also nahm er, statt sich abzuwenden, seine Hände aus den Hosentaschen und trat auf sie zu. Als sie nicht zurückscheute, hob er seinen Arm und hielt ihr einladend seine offene Handfläche hin. »Komm, *Vanzäla*. Lass dir von mir zeigen, wic bchutsam ich scin kann.«

Die beschwörenden Worte überraschten ihn selbst. Die Bedeutung dahinter noch mehr.

Er hatte sich selbst nie als einen behutsamen Mann betrachtet. Ein gewissenloser Killer? Zweifellos. Aber als Jamison ihre viel kleinere Hand in seine legte, ihm vertraute, dass er Wort hielt, nahm Wick eine Neueinschätzung vor, betrachtete sich in einem neuen Licht. Vielleicht war es trotz allem möglich, dass er sich änderte. Vielleicht war er doch nicht dazu bestimmt, allein zu sein. Vielleicht … nur vielleicht … hatte er endlich die richtige Gefährtin gefunden.

20

Sanft zog Wick sie in seine Arme. J.J. erbebte, ließ es aber geschehen. Sich dagegen zu wehren würde ihr nicht helfen, das Rätsel zu lösen. Oder ihr das geben, was sie nur zu gern hätte ... Antworten, die das Mysterium klären würden, das er darstellte. Einerseits war er der harte Krieger. Andererseits waren seine Berührungen liebevoll. Köstliche Zweiteilung. Wunderbare Gegensätzlichkeit. Und während sie abwartete – atemlos und mit Herzklopfen und zunehmend unsicher –, fragte sie sich, was er wohl als Nächstes tun würde.

Sie hochheben. Aufs Bett legen. Sie ausziehen.

Alles schienen großartige Möglichkeiten zu sein. Etwas, was sich die meisten Frauen wünschten. Das Problem war nur ...

Sie war nicht wie die *meisten* Frauen. Nicht mit ihrer Vergangenheit und ihrem Strafregister. Das Leben hatte sie Vorsicht gelehrt. Ihr Ex hatte sie Furcht gelehrt. Sodass die Frage – die eine, die sie wirklich beantworten musste ... und zwar schnell – ungefähr so lautete: Sollte sie mit Verlangen reagieren, das sie bereits spürte, oder die Flucht ergreifen?

Ihre Hand immer noch in seiner, atmete J.J. lange und langsam aus. Was für eine große Entscheidung. Und so wenig Zeit, um zu entscheiden, welchen Weg sie einschlagen sollte. Bleiben und mehr herausfinden. Oder weglaufen und sich verstecken. Die zweite Option war sicherer, aber die erste zerrte an ihr, drängte sie, mutig zu sein. Sich vorwärtszubewegen statt wegzugehen. Sich ausnahmsweise zu nehmen, was sie sich wünschte, und die Gunst der Stunde zu nutzen.

Schließlich hatte sie in ihrem Leben selten genug derartige Gelegenheiten gehabt.

Wie gut, dass das Schicksal einen merkwürdigen Sinn für Humor hatte. Es katapultierte sie in eine Lebenslage, die ihre Neugierde anstachelte, sie dazu trieb, ihn unbedingt kennenlernen zu wollen. Und zwar so vollständig, wie eine Frau einen Mann nur kennenlernen konnte. Und als er sie in seine Arme schloss und sie sich an seinen muskulösen Körper schmiegte, ließ J.J. gründlich los. Jede einzelne üble Tat. Jeden erlittenen Schmerz. Jede erhaltene Strafe. Sie verdiente diese Erfahrung. Hatte das Recht, es herauszufinden, ein Recht auf ein bisschen Glück. Also hier … jetzt … heute würde sie den Mut aufbringen, sich zu nehmen, was sie sich wünschte. Ohne Furcht. Ohne Zaudern. Zum Teufel mit dem Selbstschutz.

Bei dem Gedanken musste sie lächeln.

Seine Augen reflektierten ihre Stimmung, schimmerten wie goldene Sterne, als Wick sie enger an sich zog. Ihre Handflächen berührten seine nackte Brust und … meine Güte. Haut auf Haut. Was für ein Energiestoß durch diese körperliche und gefühlsmäßige Verbindung, durch zwei Seelen, die sich gegenseitig treffen wollten. J.J. erkannte es auf der Stelle, spürte die Bewegung und dass sich ihre Welt verschob, hörte sein leises Knurren, bevor sie sich entspannte und an ihn schmiegte, sich auf das Unvermeidliche zubewegte statt zurückzuweichen.

Ihre Wange wanderte über seine Brust und hielt inne über seinem Herzen. Sie nahm das regelmäßige Pochen wahr, ihr Herz nahm den Rhythmus auf und bewegte sich im Gleichklang mit seinem. Sie war unfähig zu widerstehen und streichelte seine Schulter. Spürte das Spiel seiner Muskeln unter ihren Fingerspitzen, lockerte sich mehr und mehr.

»Wie schön«, wisperte sie, während sie ihren Kopf unter sein Kinn schmiegte. In spielerischer Erkundungslust ließ sie ihren Händen freien Lauf. Sanft streichelte sie seinen Bizeps, dann änderte sie die Richtung. Seine Schultern streifend, bewegte sie ihre Hände nach unten, ließ sie über seinen Rücken kreisen. Er erbebte. Sie seufzte und bewunderte seine unglaubliche Größe und Stärke. »Du bist immer so warm.«

»Der Fluch eines Feuerdrachen.«

Auf keinen Fall. Nicht annähernd ein *Fluch.* Sie mochte seine Hitze. »Atmest du Feuer?«

»So in etwa«, sagte er mit heiserer Stimme, als sie fortfuhr, ihn zu streicheln. Wick mischte jetzt mit und zupfte an ihrem T-Shirt. J.J. sog scharf die Luft ein, als seine Hand unter den Baumwollsaum glitt. Er legte seine Handfläche auf ihren Rücken. Sie wölbte sich ihm entgegen. Er nutzte die leichte Drehung und umfasste mit seiner freien Hand ihren Nacken unter ihrer Haarmähne. Unbeschreibliche Hitze glitt ihr übers Rückgrat. Als sie den Atem anhielt, neigte er seinen Kopf, streifte mit seinem Mund ihre Schläfe. »Mein Atem ist gewissermaßen kandiert. Dreifach tödlich. Magma, umgeben von giftigem Gas … Feuer an der Außenseite.«

»Ein Feuerball mit Pfiff.« Als er leise lachte, rieb sie ihre Wange an seiner. Seine Bartstoppeln kitzelten ihre Haut. Hmmm, jaaa. Sie hatte die richtige Entscheidung getroffen. Es fühlte sich so an, als wäre er unglaublich gut im Bett. »Muss den Razorback ja einen mächtigen Schock versetzen.«

»Das ist der Sinn der Sache.« Er trat ein wenig zurück, hob

den Kopf und begegnete ihrem Blick. Flüssige Hitze ließ seine goldenen Augen schimmern, sodass Schockwellen sie überliefen. Er hielt sie fest an sich gepresst, bewegte seine Hüften und presste die Schwellung hinter seinem Hosenschlitz an ihren Bauch. »Wohin führt uns das, Jamison?«

Ah, und da war sie. Die Forderung nach Wahrheit. Jetzt ging es ums Ganze.

Sie presste die Lippen aufeinander und wandte den Blick ab von ihm, spähte über ihre Schulter. Seine Matratze lag dort. Nicht mehr als drei Meter entfernt. Eine Welle der Erregung durchfuhr sie. Begehren nahm das Stichwort auf, haute sie schier um, verlangte Unerschrockenheit, führte sie zu der Wahrheit, die er gefordert hatte.

»Es führt uns dort hinüber«, sagte sie mit leicht zittriger, heiserer Stimme. »Ich habe vor, mit dir ins Bett zu gehen.«

Sein Griff um ihren Nacken wurde fester. »Ist das wahr?«

»Ist es.«

»Dann sollte ich dich wahrscheinlich warnen.«

»Wovor?«

»Ich bin nicht gut darin, *Vanzäla.* Hatte nie viel Praxis«, murmelte er, und Röte breitete sich auf seinen Wangenknochen aus. »Ich weiß nicht, wie ich dich im Bett befriedigen soll.«

Anspannung lag in jeder Silbe, füllte sein Geständnis mit Gefühl. Scham. Verlegenheit. Aufrichtigkeit. All das lag in Wicks Worten. Und während sie ihr ins Herz schnitten, spürte J.J., wie bei ihr der Damm brach und die Liebe begann. Und zwar die ganz große, die einherging mit Mitgefühl und großem Respekt. Vor Wicks Mut. Vor seiner Ehrenhaftigkeit. Vor der Verletzlichkeit, die er ihr offenbarte.

Er war so schön. Und zugleich rückhaltlos.

Er mochte ja stark sein – ohne seinesgleichen, körperlich –, aber Daimler hatte recht. Er brauchte sie, um ihn zu führen. Zurück zu sich selbst. Zu dem Mann, der er ursprünglich werden sollte. Und als er den Blick abwandte, sie nicht ansehen mochte, sehnte sie sich danach, ihn nicht nur zu trösten, sondern ihm zu beweisen, dass er mehr konnte, als er glaubte.

Selbstvertrauen erlangten schließlich diejenigen, die es ausprobierten.

»Soll ich dir etwas verraten?« Sie umfasste sein Kinn und zwang ihn, sie anzusehen.

»Sicher.«

»Deine Unerfahrenheit macht uns zu Gleichen, weil ich auch nicht weiß, was mich befriedigt.« Seine Augenbrauen schossen in die Höhe, und J.J. verkniff sich ein Lächeln. Gott, er war anbetungswürdig, anders als alle, die sie kennengelernt hatte. Ein guter Mann in jeder Hinsicht, die zählte. Er war völlig anders als ihr Ex. Genau genommen, das Gegenteil. Adam war es gleichgültig gewesen, ob er sie befriedigte oder nicht. Er hatte ihr nie einen Orgasmus verschafft. Aber Wick? Sie spürte bereits die zunehmende sexuelle Anziehung. Die Explosion lag gewissermaßen in der Luft, brachte ihr Blut zum Kochen, erfüllte sie mit dem Verlangen, ihn zu berühren und ihrerseits berührt zu werden. Und, Grundgütiger, sie konnte es kaum erwarten, dass er die Führung übernahm und es geschah. »Also, wie wäre es damit, wenn wir einen Handel abschließen. Du tust, was dir gefällt, und wir finden heraus, ob es mir auch gefällt.«

Er warf ihr einen zweifelnden Blick zu.

Sie stellte sich auf die Zehenspitzen ihres guten Fußes. Ihr Mund streifte seinen. Ihm stockte der Atem. Sie fuhr ihm mit den Händen durchs Haar. Hmm, so weich. So voll. Einfach himmlisch. Unwiderstehlich, und als J.J. mit seinen dunklen Strähnen spielte, ihm mit ihren kurzen Fingernägeln über den Kopf fuhr, schnurrte sie. Er erbebte in ihrer Umarmung bei diesem Ausdruck reinen Genusses. Sie wiederholte es und streifte erneut seine Lippen, küsste seine Zweifel weg. Er fing an, schneller zu atmen. J.J. nutzte ihren Vorteil aus und knabberte an seiner Unterlippe, dann tauchte sie tief mit ihrer Zunge ein und erkundete seinen Mund.

Der Geschmack von Zimt ließ sie aufstöhnen. Mmm, mmm, lecker. Er schmeckte wie gewürzte Bonbons, nach dunkler Erotik an einem faulen Nachmittag. Dekadenz in ihrer ganzen Pracht. Mehr als sündhaft, als er seinen Mund öffnete und dem Ansturm nachgab. Wonneschauer liefen ihr über die Haut, als seine Hände ihren bloßen Rücken streichelten, ihre Begierde anfachten. Sie verspürte ein Verlangen, das so gewaltig war, dass sie sich kaum beherrschen konnte, um sich Zeit zu lassen. Sie wollte ihn nicht drängen, aber …

»O Gott, Baby.« Fertig damit, ihrer Führung zu folgen, knurrte er an ihrem Mund. »Du schmeckst so verdammt gut.«

Super, das zu wissen. Noch besser, es zu erfahren. »Küss mich noch einmal.«

»Ich werde dich überall küssen.« Seine Arme umfingen sie noch fester, als er seinen Kopf senkte und die Führung übernahm, sie mit seiner Zunge reizte. Sie stachelte ihn an, wollte mehr, bat ihn mit jedem Kuss darum. Er gab ihr alles, was sie verlangte, drehte sich um und führte sie rückwärts. Zum Bett.

O Gott. Fantastische Idee. Sie musste ihn unbedingt dort hinlegen … oder hingelegt werden. J.J. war es egal, wie es passierte, solange es schnell passierte. »Auch zwischen deinen Schenkeln.«

Das Versprechen klang wie eine Drohung. Eine köstliche, bis auf eins. Sie hatte das noch niemals … nun ja, äh … getan. Oder vielmehr … das hatte noch nie jemand mit ihr getan.

Ihre Füße stießen gegen die Matratze.

Wick packte sie um die Taille und hob sie hoch. Einen Moment war sie schwerelos. Baumwolle seufzte, als ihre Schulterblätter auf das Laken trafen. Seine Schenkel zwischen ihre gepresst, folgte er ihr, schloss sie mit seinem Körper ein, während sich seine Brust hob und senkte und er heftig atmete. Die goldenen Augen voller Versprechen, zupfte er an ihrem Shirt. Der Stoff wurde hochgezogen und enthüllte ihren BH. Eher gewagt als schlicht, verbarg das zarte Wäschestück nicht viel. Seine Nasenflügel bebten, als er sich auf einen Ellbogen stützte. Bewunderung lag in seinem Blick, kurz bevor seine Fingerspitzen sich senkten und er durch die Spitze ihre Brustwarze streichelte. Er senkte seinen Kopf. Sie stöhnte erwartungsvoll. Bitte, o Gott. Sie wollte, dass er …

Sein Mund berührte sie. Hitze explodierte, breitete sich aus auf ihrer Haut.

Wimmernd wand sie sich, krümmte sich unter ihm, empor zu ihm, bat um mehr. Er versagte es ihr nicht. Als er saugte und die Spitze benetzte, den Druck verstärkte, sobald sie darum bat, befingerte er den Verschluss ihres BHs. Ein schneller Knips öffnete selbigen. Kühle Luft fuhr über ihre Brüste. Seine Zungenspitze folgte. Sie stöhnte seinen Namen. Wick leckte sie wieder, dann hob er seinen Kopf, um sie anzusehen. Die Hitze seines Blickes traf auf ihre Haut. J.J. krümmte sich, ritt auf einer Welle der Lust, liebte das Brennen, als er mit Stöhnen reagierte.

»Herrgott, Jamison. Du bist so schön«, murmelte er, und seine Stimme war voller Verwunderung. »Ich möchte den Rest von dir sehen.«

Mit weit gespreizten Fingern streichelte sie seinen Rücken, ließ ihre Hände spielerisch über seine Haut gleiten, bevor sie sie in den Hosenbund seiner Jeans schob. Bei ihrer Erkundung traf sie auf straffe Muskeln und … o ja. Er war unglaublich, jeder verdammte Zentimeter von ihm. Sie wölbte sich ihm entgegen, presste ihre Hüften an seine, bewegte sich mit ihm hin und her. »Zieh zuerst die Jeans aus. Dann lasse ich dich mich ausziehen.«

»Wie du mir, so ich dir?«

»So in etwa.«

Belustigung flackerte auf in seinen Augen. »Das ist nur fair, weil ich vorhabe, dich zu ficken.«

»Mich zu *ficken*?« Die Empörung in ihrer Stimme erregte ihn. Er lachte sie aus, grinste übers ganze Gesicht, sah so spitzbübisch aus, dass sie ihn am liebsten damit hätte durchkommen lassen, so zu tun, als sei sie eine schnelle Nummer an einem schönen Nachmittag. Dieser Teufel. Sie spielte mit und zog an seinem Haar. »Das formulierst du besser neu, mein Lieber, oder ich ziehe mein Angebot zurück.«

Seine Miene veränderte sich im Handumdrehen von spielerisch zu ernsthaft. »Gut, dann also dich zu lieben. Ich habe vor, dich zu lieben … dich überall zu berühren, dich ganz innig zu berühren, dafür zu sorgen, dass du so heftig kommst, dass du meinen Namen laut ausrufst.« Er strich mit dem Daumen sanft über ihre Lippen, tauchte dann ein, versorgte sie mit dem umwerfenden Geschmack seiner Haut. »Ein Traum wird wahr, *Vanzäla*. Ich danke dir für dieses Privileg.«

Es verschlug ihr die Sprache. Oh, wow. Was für eine unglaubliche Sache, das zu sagen. »Wick?«

»Ja?«

»Beeil dich«, flüsterte sie. »Ich glaube nicht, dass ich noch länger warten kann.«

»Ungeduldig?«

»Begierig. Ich will dich.«

Er küsste sie liebevoll. Eine Sekunde später verschwanden seine Jeans, und er lag nackt in ihren Armen. J.J. stöhnte erleichtert. Gott sei Dank. Tania hatte ihr alles erzählt über diese Klamotten-wegzaubern-Nummer, die alle diese Jungs anwendeten, und … oh, Allmächtiger. Ihre Schwester hatte recht gehabt. Der Trick gehörte ins Guinnessbuch der Rekorde, in die Ich-danke-dir-o-Herr-Abteilung.

Wick stützte seine Fäuste links und rechts neben ihr auf die Matratze und stemmte sich auf die Knie. Als er sich rittlings auf ihr Bein setzte und seine Handfläche auf ihren Gehgips legte, nahm J.J. die Herausforderung an und ließ ihren Blick über ihn wandern. Sie schluckte. Hatte sie vorhin »stark« gesagt? Nun ja, »ganz schön stark« klang besser. »Muskulös« ging auch, weil … heiliger Bimbam. Er war ein goldhäutiger Gott, schön modellierte Muskeln über Knochen, so kräftig gebaut, dass es ihr den Atem raubte. Prickelnde Erwartung durchströmte sie, und sie atmete tief und seufzend aus. Das Geräusch des Klettverschlusses, der ihren Gehgips hielt, war zu hören, als Wick ihn aufriss.

J.J. nahm es kaum wahr. Sie war viel zu sehr damit beschäftigt, ihn anzustarren und zu überlegen, ob er wohl …

Die Neugier gewann die Oberhand, und sie streckte den Arm aus.

Sie fuhr sich mit der Zunge über die Unterlippe und streichelte ihn mit ihrer Fingerspitze. Seine Erektion bewegte sich auf und ab. Klare Flüssigkeit perlte aus der Spitze, und Wick zuckte zusammen. Seine Hände umfassten immer noch ihre Wade, und er fluchte und schloss die Augen. Sie streichelte ihn wieder. Er kam mit seinen Hüften näher, so als wollte er mehr. Sie wurde mutiger, stützte sich auf einen Ellbogen und umschloss ihn mit ihrer Hand.

»Meine Güte, Wick.« Weiche Haut über heißem Stahl. So hart. So stark. So bereit, ihr Lust zu verschaffen. »Wie wäre es, wenn wir dies hier in Gang setzen würden?«

Knurrend riss Wick den letzten Klettverschluss auf. Sanft zog er ihr den Gehgips vom Fuß. Ungeduldig warf er ihn über das Fußende der Matratze. »Nicht, bevor ich dich geschmeckt habe.«

Die Erinnerung an das, was er mit ihr vorhatte, ließ sie erröten. Als sich die Röte über ihr ganzes Gesicht ausbreitete, verstärkte J.J. ihren Griff und streichelte ihn in seiner ganzen Länge von oben bis unten. »Später. Wir haben jede Menge …«

»Nein. Jetzt.«

Mit einem weiteren »verdammt« packte er ihr Handgelenk und zog ihre Hand weg. Dann griff er nach dem Bund ihrer Trainingshose und pellte sie aus dem Kleidungsstück. Das Spitzenhöschen kam als Nächstes an die Reihe, sodass sie nur noch ihre Haut trug. J.J. erstarrte, als er sie musterte, sie mit raubtierhaftem Blick betrachtete. Auch mit besitzergreifendem. Und in dem Moment fühlte sie sich in Besitz genommen … als ob er das Recht auf jeden einzelnen Zentimeter von ihr hätte. Leise knurrend, umfasste er ihre Brüste. Seine Daumen streiften über ihre Knospen, reizten sie, erregten sie, erweckten ihr Verlangen, als sein Blick zu dem dunklen Dreieck zwischen ihren Schenkeln wanderte.

Heftig atmend, sah sie, wie er schluckte und … o Gott. Sie wusste, was er dachte. Er stellte sich vor, wie sie da unten wohl schmeckte. Sie konnte es seinem Gesicht ansehen, seine flüsternden Gedanken hören, fühlen, wie ihn zunehmende Begierde erfasste. Die Verbindung hätte sie ängstigen sollen. Stattdessen erhöhte sie die Intensität, entrollte sich das Wonnegefühl wie eine Peitsche. J.J. verlor die Beherrschung. Tief in ihr pulsierte es, und sie wand sich auf dem Laken. Allein der Gedanke daran, ihn in sich zwischen ihren Schenkeln zu haben, ließ sie vor Erwartung beben.

»Bitte. Wick, bitte …«

»Wie du wünschst.« Er verfolgte ihre Kurven, streichelte über empfindsame Haut, ganz auf sein Tun konzentriert. Die Hitze seines Mundes fuhr über ihren Bauch, dann wanderte sie weiter. J.J. brauchte unbedingt einen Halt und vergrub ihre Hände in seinem Haar, flehte ihn an, ohne Worte zu gebrauchen. Wick hinterließ feuchte Spuren auf ihrer Haut und hielt inne, um ihren Venushügel zu küssen. »Bitte mich herein, Baby … ich bin hungrig.«

Das war sie auch, aber J.J. gehorchte trotzdem und …

»O Gott. Was tust du … heiliger Strohsack … o … mein … Gott!«

J.J. krümmte sich, als er sein Ziel zwischen ihren Schenkeln gefunden hatte. Er zeigte kein Erbarmen, ließ seine Zunge tief in sie gleiten, leckte ihre Schamlippen, führte J.J. in einen wonnevollen Lusttaumel. Und sie flehte. Flehte um Erlösung. Flehte um noch mehr Lust. Flehte um ihn. Versprach ihm alles im Gegenzug für den Orgasmus, den sie bereits kommen spürte, aber noch nicht kriegte. Meine Güte, sie wollte ihn. Brauchte das Lustgefühl und dass er sein Wort hielt. Er hatte versprochen, sie zu ficken, bis sie laut schreien würde. Aber obgleich sie ihn daran erinnerte, ließ er sich Zeit, verlängerte sein Vergnügen und genoss ihren Geschmack. Als er sich ihrer Klitoris näherte und sich ihr ausgiebig widmete, trieb er sie beinahe an den Rand des Wahnsinns.

»Mmmm, Baby, du bist so feucht. So heiß. So verdammt süß.« Er traktierte sie mit einer weiteren Runde, saugte noch stärker, sodass sie sich ihm auf der Matratze entgegenwölbte. Als sie wimmerte, knurrte er: »Komm für mich, Jamison. Jetzt sofort. Ich möchte es schmecken.«

Seine Worte erlösten sie, schleuderten sie in ein von ihm gebautes Lustschloss.

Die Explosion befreite sie, und als sie sich in einem Wonnetaumel auflöste, hob Wick seinen Kopf. Seine Hüften nahmen jetzt den Platz seines Mundes ein, spreizten ihre Schenkel weit. Er flüsterte ihren Namen und presste die Spitze seines Schwanzes in ihr Innerstes und …

In der Sekunde, in der er tief in sie eindrang, kam sie erneut.

Schockwellen durchfuhren sie, ertränkten sie in Lust. Bis zum Anschlag in ihr, schrie Wick auf, das Geräusch halb Brüllen, halb Fluchen, und zog sich zurück, nur um sofort erneut tief in sie einzudringen. Vor und zurück. Stoßen und

Zurückziehen. Er brachte sie zum Erbeben mit der ganzen Kraft seines Körpers, gab ihr alles, nahm alles, tat, was er versprochen hatte, brachte sie dazu, seinen Namen auszurufen, als er sie in die Erfüllung trieb, in ihr pulsierte und pochte und ihr dann ins Vergessen folgte.

Einen ganzen Nachmittag mit Liebesspielen verbracht.

Wick konnte es immer noch nicht glauben. Er hatte es nicht nur überlebt, sondern war aufgeblüht in den Armen einer Frau. *Seiner* Frau. Grundgütiger. Wenn das nicht erstaunlich war. Er war nicht einmal zurückgeschreckt oder hatte Übelkeit verspürt, und er wusste auch, warum. Jamison. Es hing alles mit ihr zusammen. Sie war unglaublich. Ein seltenes Vergnügen. Ein wunderschönes Geschenk. Eins, das er, wie er wusste, nicht verdiente, aber dennoch ersehnte.

Ihn einen glücklichen Mistkerl zu nennen beschrieb es nicht annähernd.

Immer noch tief in ihr und ohne den Wunsch, sich zurückzuziehen, packte Wick ihre Hüften und fiel zurück auf die Matratze. Noch schwer atmend von der letzten Runde ihres Liebesspiels, stöhnte sie – was ihn erneut befeuerte, ihn so stolz machte, dass sich sein Herz weitete – und sackte vornüber, ließ sich auf ihn fallen, vertraute darauf, dass er sie auffing. Er umfasste ihr Gesicht, küsste sie wieder und schloss sie in seine Arme. Sie murmelte seinen Namen, als ihre Brüste seine Brust berührten und … mmmh. Sie fühlte sich himmlisch an, und er konnte nicht genug kriegen: von dem Kontakt mit ihr, von der unglaublichen Hitze, die sie ausstrahlte, und ihrem tiefen Vertrauen darauf, dass er sie hielt. Haut auf Haut. Herz an Herz. Sie vermittelte ihm das Gefühl, dass sie zu ihm gehörte. Und als sie sich an ihn schmiegte, ihre Wange an sein Herz presste und zufrieden seufzte, dankte Wick seinem glücklichen Stern erneut.

Schöne, wunderschöne Frau. Kostbarer, als Worte es ausdrücken konnten.

»Meine Güte«, murmelte sie und bewegte ihre Hüften, bevor sie über ihm erschlaffte. Das leichte Wackeln sorgte dafür, dass er noch tiefer in sie eindrang. Wick stöhnte, liebte das heiße Brennen der Lust. Mann, war er empfindsam. Schon wieder bereit für sie. Unersättlich, wenn es um sie ging. Konnte einfach nicht genug kriegen von dem, was sie mit ihm anstellte. »Ich hatte ja keine Ahnung, dass es so gut sein kann.«

Genauso wenig wie er. Man lernt durchs Leben. Eine hervorragende Methode voranzukommen.

Und kommen könnte er tatsächlich schon wieder in Anbetracht von Jamisons Appetit ... und seinem Bedürfnis, ihn zu befriedigen. Das letzte Mal hatte sie ihn hart rangenommen. Es hatte ihr gefallen, oben zu liegen. Sie hatte es genossen, ihn zu beobachten, während sie ihn reizte und herausforderte. Sie hatte in seinem heiseren Flehen geschwelgt, mit dem er um Erlösung bettelte. Ein weiteres erstes Mal. Er bettelte nicht. Grundsätzlich um nichts. Es war eine der Regeln, nach denen er lebte, aber ... Mist. Sie hat das vor ungefähr einer Stunde geändert, ihn gezwungen, sich zu unterwerfen, während sie das Steuer übernahm.

Und ihn direkt über den Rand fuhr.

Zum ... nun ja, er wusste nicht genau, wievielten Mal.

Er hatte die Übersicht verloren – zusammen mit seinem Verstand – irgendwann nach der zweiten Runde. Jetzt wollte er sie nur noch festhalten und sich im Nachbeben der körperlichen Eroberung aalen. Ihrer. Seiner. Wick war es egal, was davon zutraf. Es spielte keine Rolle. Für ihn war es einerlei, obgleich er wusste, dass es nicht von Dauer sein konnte.

Der Gedanke machte ihm das Herz schwer. War kaum zu ertragen. Besonders, da ihre gemeinsame Zeit beinahe vorüber war.

Er spürte bereits die Unruhe und Bewegung im Hauptquartier. Seine Brüder waren aufgewacht, bereiteten sich auf die Nacht vor und halfen Daimler fleißig bei den Vorbereitungen für die Hochzeitszeremonie. Jede Minute würde jemand an seine Tür klopfen … und ihm Jamison stehlen. Sie aus seinen Armen reißen und ihr sagen, dass sie sich anziehen sollte. Ihre Pflicht erfüllen sollte. Ihren Platz in dem Heiligen Kreis einnehmen sollte. Als Trauzeugin, während Tania ein Mitglied seines Clans heiratete.

Wick widerstand dem Bedürfnis, sie in seinem Zimmer einzuschließen und für sich zu behalten, und strich ihr das lange Haar über die Schulter. Die eine Hand spielte mit ihren üppigen Strähnen, die andere streichelte ihren Rücken. Sie schnurrte, rührte sich unter seiner Berührung. Er summte. So weich. So süß. So wenig zurückhaltend in ihrer Leidenschaft. »Jamison?«

»Hmmm?«

»Erzähl mir noch ein Geheimnis.«

Jamison schnaubte kurz, bevor ihre Lippen sich an seiner Brust zu einem Lächeln verzogen. Wick grinste. Sie liebte dieses Spiel. Genau wie er. Sie spielten es schon den ganzen Nachmittag. Redeten zwischen ihren Liebesspielen. Fragten sich gegenseitig aus. Enthüllten lange gehütete Geheimnisse.

Nun ja, jedenfalls einige. Obgleich sie seine Narbe mit ihrer Fingerspitze verfolgt hatte, über die Ziffern geglitten war, die in der Drachensprache in seinen Unterarm eingebrannt waren, hatte sie nicht gefragt. Stattdessen wartete sie geduldig, nahm sein zunehmendes Zögern wahr. Er wollte ihr nicht von seiner Vergangenheit erzählen. Wollte nicht erklären, was geschehen war, oder das Mitleid in ihren Augen sehen, wenn er ihr von dem Käfig und dem Halsband erzählte. Von den Kämpfen. Oder von den Leben, die er genommen hatte, um sein eigenes zu retten.

War das sehr falsch? Keine Frage. Sie verdiente es, die Wahrheit zu erfahren. Musste die Wahrheit erfahren, um ihn verstehen zu können … wer er war, was er war und warum er zu dem Mann geworden war, der er heute war. Egoismus hinderte ihn daran. Er wollte, dass kein Schatten auf ihre gemeinsame Zeit fiel. Dass sie unbefleckt blieb von seiner Vergangenheit. Unbeschädigt durch Schuld. Rein in jeder Hinsicht. Also behielt er es für sich, ließ die eine Sache aus, von der er wusste, dass er sie ihr offenbaren sollte.

»Lass mal sehen. Noch ein Geheimnis.« Himmelblaue Augen begegneten seinen, als sie den Kopf hob. Sie verschränkte ihre Unterarme auf seiner Brust und stützte ihr Kinn darauf. Dann schürzte sie die Lippen. »Als ich elf Jahre alt war, habe ich von der Veranda unseres Nachbarn eine Gitarre gestohlen.«

»Wirklich?«

»Ja.«

»Wurdest du ertappt?«

»Sozusagen. Lady hat mich in flagranti erwischt.« Als er sie fragend ansah, erklärte sie: »Mr. Huffersons Bulldogge.«

»Mr. Hufferson.« Er strich ihr eine verirrte Haarsträhne aus der Stirn und grinste sie an. »Der Besitzer besagter Gitarre.«

Sie nickte. »Ich wusste es damals nicht, aber der Hund versteckte sich immer in dem vorderen Blumenbeet, zerquetschte alle Petunien. Komisch, aber er hat mich nie verraten.«

»Gut, dass Hunde nicht reden können.«

»Allerdings.« Sie wurde etwas ernster. »Ich kam mir wirklich schlecht vor, aber …«

»Nicht schlecht genug, um sie zurückzugeben?«

»Nein.« Als sie ihren Blick abwandte, runzelte sie die Stirn. »Es war schrecklich, das zu tun, aber ich wollte so furchtbar gern eine Gitarre haben. Wir hatten nicht viel Geld. Meistens hatten wir nicht einmal genug zum Essen, sodass Mom es sich auf keinen Fall hätte leisten können, mir ein Instrument zu kaufen, ganz davon zu schweigen, mich zum Musikunterricht zu schicken.«

Ihre Stimme wurde brüchig, und Wick litt mit ihr. Konnte sie sich als elfjähriges Mädchen vorstellen, dessen große blaue Augen in Tränen schwammen, als ihre Mom ihr das Einzige verweigerte, was sie zum Leben brauchte. Ihre Musik.

»Ich wollte nur meine Songs schreiben«, flüsterte sie. »Und Mr. Hufferson ließ die Bedell immer neben dem Schaukelstuhl stehen. Ich ging jeden Tag daran vorbei nach der Schule, sodass …«

»Die Bedell?« Weil er sie trösten wollte, streichelte er ihr den Rücken, fuhr ihr mit der Hand über die weiche Haut, zeigte ihr auf die einzige Art und Weise, die er kannte, dass er es verstand.

»Die Gitarre.« Sie beschrieb einen Kreis auf seiner Schulter mit ihrer Fingerspitze und räusperte sich. »Und dieser dumme

Hund. Lady hätte mich vielleicht nicht verraten, aber sie hatte angefangen, jeden Tag nach der Schule auf mich zu warten. Folgte mir dann nach Hause und starrte mich böse an den ganzen Weg lang … als wüsste sie, dass ich eine Diebin war.«

»Wahrscheinlich war dem auch so. Hunde sind klug.«

»Das würde ich auch sagen. Ich schloss die Gartenpforte hinter mir, aber sie stieß sie jedes Mal mit dem Kopf auf. Nach einer Weile hörte ich auf, sie wegzuscheuchen, und redete stattdessen mit ihr. Sang ihr häufig was vor, teilte mit ihr die Songs, die ich immer im Kopf hatte … behandelte sie mehr wie einen Freund als wie einen Hund.« Tränen glitzerten in ihren Augen. Jamison blinzelte sie weg und schüttelte den Kopf. »Blöd, nicht wahr? Aber ich liebte sie. Und darin liegt das Geheimnis.«

»Der Grund, warum du Hunde so liebst?«, fragte er, obgleich er bereits die Antwort kannte.

Seine Frau war leicht zu durchschauen. Meistens war sie ein offenes Buch. So vertrauensvoll, dass sie, wenn er sie darum bat, ihm alles mitteilte, sich ihm ganz öffnete und ihr wahres Ich zeigte. Faszinierend in gewisser Hinsicht, zugleich aber auch beängstigend, weil … Mist. Eine falsche Bewegung, und er würde es verderben. Ihr Vertrauen zerstören. Sie, ohne es zu wollen, verletzen, einfach dadurch, dass er nun mal war wie er war.

Er war für niemanden ein Gewinn, und als sie ihn anlächelte, wusste Wick, dass er ihr für den wundervollen Nachmittag danken und gehen sollte. Die Verbindung abzubrechen – schnell und respektvoll – wäre das Beste. Das Netteste, was er für sie tun konnte. Trotz des aufschlussreichen Zwischenspiels und der Tiefe seiner Gefühle für sie. Er war nun mal nicht für

Beziehungen gemacht. Wusste jenseits jeden Zweifels, dass er ihr das Herz brechen und ihre Seele verletzen würde, wenn er ihr ein Morgen verspräche. Sie verdiente etwas Besseres als ihn, einen Mann, der seine grausame Vergangenheit einfach nicht abschütteln konnte und den Zorn, der damit einherging. Ein gewissenloser Krieger mit sehr wenig Ehre. Sie brauchte einen Mann, der sie an erste Stelle stellen und immer an sie denken würde. Aber als sie seinen Mund mit ihren Lippen streifte und wisperte: »Die Bulldogge Lady hat Schuld«, fügte er seiner beträchtlichen Liste schlechter Charaktereigenschaften »egoistischer Mistkerl« hinzu und erwiderte ihren Kuss.

Nur noch einmal. Nur noch eine Stunde mit ihr, bevor die Zeit und die Umstände sie ihm wegnahmen.

Dann würde er das Richtige tun und sie für immer gehen lassen.

21

Als die Jaworte gesprochen waren, stand Wick am Rand des Heiligen Kreises unter der hohen Rotunde im Herzen von Black Diamond. Bunte Wandmosaike, die seine Kameraden in Drachengestalt darstellten, wechselten sich ab mit hohen weißen Säulen. Normalerweise war er gerne hier. Voller Farben und Perspektiven – Architektur und Licht –, sprach der Raum den Künstler in ihm an, beruhigte ihn, sobald er die Stufen erklomm und einen der vier Torbögen passierte, die in die Mitte führten.

Aber heute litt er.

Er litt wegen der Entscheidung, die er getroffen hatte. Er litt wegen der Schmerzen, die er Jamison zufügen würde, wenn er ihr die Wahrheit sagte. Er litt wegen seiner Unfähigkeit, einen sauberen Trennungsstrich zu ziehen.

Und als er von seinem Standort aus mitbekam, wie Jamison, die ihm gegenüberstand, aufschrie, als sie das Paarungszeichen sah, das Tania jetzt über ihrem rechten Handrücken trug, würgte ihn der Selbsthass. Er war ein unglaublicher Idiot. Nicht zuletzt deshalb, weil er es zugelassen hatte, dass sie ihm einen letzten Kuss gab. In dem verdammten Korridor. In aller Öffentlichkeit vor dem Schlafzimmer, das ihre Schwester mit Mac teilte. Er hatte nicht gewollt, dass sie ihm noch einmal so nahe kam. Hatte vorgehabt, sie abzuliefern zum rituellen Ankleiden der Braut und dann zu verschwinden, aber …

Verdammt. Sie hatte ihn überrumpelt mit diesem Kuss. Und als sie ihren schlanken Körper an seinen gepresst, ihre kleinen Händen in seinem Haar und ihre Zunge tief in seinem Mund vergraben hatte, hatte er den Verstand verloren und ihr einen falschen Eindruck vermittelt. Sie erwartete jetzt etwas von ihm. Eine Verbindung? Etwas Langfristiges? Für immer? Wick wusste es nicht, aber er sah es an der Art und Weise, wie sie ihn ansah. So glücklich. So aufgeregt. So erwartungsvoll, als sie die Hand ihrer Schwester umfasste und das komplizierte Tattoo aus Silber, das Zeichen für ein verheiratetes Paar, studierte und dabei so sehnsüchtig aussah.

Als würde sie selbst gern so ein Zeichen der Verbundenheit tragen.

Der Gedanke ließ Wick schier ausflippen. Er konnte das einfach nicht. Konnte nicht im Zentrum des Heiligen Kreises stehen – wie Mac und Rikar es gerade getan hatten mit den von ihnen erwählten Frauen – und die Gelübde ablegen, die ihn für immer mit Jamison verbinden würden. Es wäre unredlich. Trotz seines Verlangens nach ihr – und die unglaublichen Stunden, die er in ihren Armen verbracht hatte – weigerte er sich, ihr das anzutun. Er erfüllte die Anforderungen nicht. Verdiente das Privileg nicht, sie zu seiner Gefährtin zu erklären. Wäre nie in der Lage, ihr das Leben zu bieten, das sie sich vorstellte. Aber noch als er der Wahrheit ins Auge blickte, meldeten sich seine primären Instinkte, versuchten, ihn zum Falschen zu verleiten und sie trotzdem zu heiraten.

Bevor sie zu viel von ihm entdeckte und zu Verstand kam.

Was ihn noch schlimmer machte, als nur ein Dummkopf zu sein. Es machte ihn zu einem Arschloch.

Wick zwang sich dazu, seinen Blick von ihr abzuwenden. Es würde nichts Gutes daraus entstehen, sie in die Falle zu locken. Oder zu zwingen, sein Leben zu teilen. Er musste die Stärke aufbringen, sie gehen zu lassen, sonst …

»Ich kann sie an dir riechen.« Leise, vielleicht sogar ein wenig nachdenklich, meldete sich die tiefe Stimme hinter ihm. »Hattest einen vergnüglichen Nachmittag, was?«

»Vorsicht, Ven.« Wick blickte über seine Schulter. Mit verengten Augen musterte er seinen besten Freund und ballte die Hände zu Fäusten. »Wenn du ihr gegenüber auch nur die geringste Respektlosigkeit zeigst, wird das das Letzte sein, was du tust.«

»Keine Respektlosigkeit beabsichtigt. Ich bin nur überrascht, das ist alles. Freue mich auch für dich, aber …« Mit ernstem Gesichtsausdruck blickte Venom ihn an und schüttelte dann den Kopf. »Alles verändert sich. Ich schätze, ich frage mich nur, ob mit dir alles in Ordnung ist. Ob *mit uns* künftig alles in Ordnung ist.«

Die unerwartete Besorgnis – und Venoms Unsicherheit – hauten Wick um. Er verdaute den Schlag, unterdrückte seine Reaktion. Herrgott. Er hätte wissen müssen, dass Venom so reagieren würde. Er kannte den Mann besser als jeder andere. Verstand den Wunsch seines besten Freundes, ihn zu beschützen. Venom brauchte es, *gebraucht* zu werden. Es war ihm angeboren. Wenn man das unglaubliche Helfersyndrom, das Venom mit sich herumschleppte, mit der Geschichte verband, die sie teilten, dann … genau. Es war nur natürlich, dass sein Freund auf die Veränderung reagierte, dass Jamison jetzt wichtiger für ihn war als Venom.

Sechzig Jahre waren eine lange Zeit, um aufeinander aufzupassen. Sich aufeinander zu verlassen. Sich füreinander aufzuopfern, ohne auch nur darüber nachzudenken, was es einen selbst kostete. Wick verstand das. Er empfand für Venom das Gleiche. Sie waren Brüder – freiwillig, nicht durch Geburt –, aber Zeit heilte nicht alle Wunden, und Gewohnheiten hatten ihre eigene Art, zu einer Belastung werden.

Vielleicht wurde es Zeit, dass er Venom von dieser Last befreite.

Wick atmete tief aus und öffnete den Mund, um genau das zu tun.

Venom kam ihm zuvor. »Hast du vor, sie zu behalten?«

»Nein«, sagte er, während sein Blick Jamison suchte und sie fand. Sie lachte über etwas, was Angela sagte. Sein Herz hüpfte, dann sank es ihm wieder, und Grauen sammelte sich in seiner Magengrube. »Nein, ich habe vor, sie gehen zu lassen.«

Venom runzelte die Stirn. »Was zum Teufel soll das bedeuten?«

»Jungs«, sagte Forge, dessen schottischer Akzent durch die Rotunde driftete.

Wick begegnete dem Blick des Schotten und schätzte den Schaden ein. Die Schatten in Forges Augen sagten alles. Er war von Bastian bereits in die Mangel genommen worden, Information hieß das Spiel. Jeder wollte wissen, was der Mann wusste – den Grund für Rodins plötzliche Fixierung auf ihn, den Grund, warum gegen ihn zu den Waffen gerufen wurde. Oder vielmehr, warum ein Meuchelmord an ihm geplant war. Nicht, dass Bas es ihnen sagen würde. Zumindest jetzt noch nicht. Sein Kommandant war sehr gut darin, das Privatleben eines Mannes zu respektieren, ein Geheimnis unter dem

Deckel zu halten, bis keine andere Wahl blieb, als das Wissen mit dem Rest des Clans zu teilen.

Wick bewunderte Bas für seine Taktik. Jedenfalls meistens. Aber als Forge näher kam und der Saum seiner marineblauen zeremoniellen Robe seine nackten Füße umspielte, empfand er Mitgefühl mit seinem Kameraden. Was immer er für Sünden in der Vergangenheit begangen hatte, Forge verdiente es nicht, von der Erzgarde herausgegriffen zu werden. Oder schuld daran zu sein, dass der gesamte Nightfury-Clan ins Rampenlicht gestellt wurde, mit einer riesigen Zielscheibe auf dem Rücken jedes Einzelnen.

Forge verzog besorgt das Gesicht und korrigierte die Haltung seines kleinen Sohnes, legte ihn sich gegen die Schulter, als er auf Wick und Venom zuging. Augen von demselben dunklen Violett wie die seines Erzeugers hefteten sich auf Wick. Das Baby sah ihn ernst an und brabbelte etwas Unverständliches. Wicks Lippen zuckten. Mann, der Kleine war vielleicht gesprächig … und sah irgendwie lustig aus mit seiner dunklen Irokesenfrisur.

Forge ging an Wick vorbei und auf einen der Torbögen zu. »Meeting im Wohnzimmer, Jungs. Wir haben fünf Minuten. Dann kommt das Hochzeitsessen auf den Tisch und …«

Der Kleine quäkte wieder, glotzte Wick von der Schulter seines Vaters aus an.

»… Daimler verpasst uns einen Arschtritt«, vollendete Wick Forges Satz, während er das Baby anlächelte. Er konnte nicht anders. G.M. mochte ja winzig sein, aber er war eigensinnig. Ganz zu schweigen davon, dass er höllisch süß aussah.

Forge gab seinem Sohn einen Kuss aufs Haar und nickte. »Ziemlich gut getroffen.«

Venom schnürte seinen Gürtel enger. »Dann setzen wir uns lieber in Bewegung.«

Kein Witz. Nur ein Idiot würde Daimler verärgern. Einer, dem es egal war, ob er jemals wieder gut essen würde.

Wick folgte Forge und trottete die Stufen hinunter in das Wohnzimmer. Der Raum war der Inbegriff von Gemütlichkeit und lud jeden Mann ein, sich dort hinzusetzen und eine Zeit lang zu verweilen. Was auch häufig der Fall war in Anbetracht der Größe der Couch. Die Ledercouchgarnitur nahm den gesamten Raum vor dem Kamin ein, der das Wohnzimmer vom Esszimmer trennte. Deckenhohe Fenster auf der einen Seite des Raums ließen das Mondlicht herein, als selbiger hinter einer Gewitterwolke hervorlugte. Hinzu kamen Kicker- und die beiden großen Billardtische. Erhöht wurde der Komfort noch durch fünfzehn tiefe Sessel, die wie in einem Theater vor dem riesigen Flachbildfernseher standen, der komplett mit einer hochtechnologischen Videospielkonsole ausgestattet war. Der Raum fungierte als allgemeiner Treffpunkt, und viele Nightfury-Krieger wurden nachmittags von der Spielzone angelockt.

Wick ging an der Couch vorbei zu seinem üblichen Platz … und zu dem hauseigenen Computergenie der Nightfury. Mit dem Hintern auf der Rückenlehne der Couchgarnitur, die Kampfstiefel auf den Sitzkissen, Laptop auf dem Schoß, blickte Sloan stirnrunzelnd auf den Bildschirm. Wick spähte über seine Schulter und warf im Vorbeigehen einen Blick auf den Bildschirm. E-Mails aufgerufen. Videokonferenz-Software blinkte. Eine Straßenkarte von Prag auf dem Schirm.

»Irgendetwas?«

Sloan schüttelte den Kopf. »Kein Wort bisher.«

Scheiße. Nicht gut. Wo zum Teufel steckten Gage und Haider? »Weiß Bas Bescheid?«

»Ja«, knurrte Sloan und spähte verstohlen hinüber zu Bastian. Mit finsterer Miene saß der Kommandant Sloan gegenüber, hatte seine Stiefel Größe vierundfünfzig auf dem gläsernen Couchtisch platziert. »Er ist nicht glücklich darüber.«

»Das sehe ich«, meinte Wick und peilte die Lage mit einem schnellen Blick in die Runde.

Alle Jungs waren anwesend. Trugen immer noch ihre zeremoniellen Roben. Nackte Füße lugten unter jedem Saum hervor. Sahen aus wie ein Haufen kampflustiger Mönche. Wick unterdrückte ein Schnauben. *Mönche.* Klar. Die sexgierige Meute, die er seine Brüder nannte, war dieser Beschreibung nie auch nur annähernd gerecht geworden. Er war der Einzige gewesen, auf den sie zugetroffen hatte. Aber nach einem Tag mit Jamison konnte er nun offiziell berichten: Es gab absolut nichts Mönchisches an ihm.

Nicht mehr.

Danke, verdammt noch mal.

Mit schmalen Augen überflog Wick die Szenerie erneut. Jemand fehlte unentschuldigt. Seine Frau hielt sich nicht mehr in diesem Raum auf. Die Ohren gespitzt, filterte er das leise Raunen männlicher Stimmen, versuchte weibliche aufzufangen. Er pickte ein Trio heraus, als er um einen der Billardtische ging. Von dem Standort aus konnte er prima ins Esszimmer schauen. Ah, und da war sie, stand neben dem Tisch, plauderte mit ihrer Schwester und Myst, sah umwerfend aus in einem schulterfreien Abendkleid. Die bernsteinfarbene Seide betonte ihren Teint, ließ ihre Haut leuchten und ihre dunklen Haare mehr schwarz als braun wirken. Sie nahm ein Feuerzeug von Daimler entgegen, knipste es an und wollte zweifellos die Kerzen, die vor den Gedecken standen, anzünden.

Eine Flamme entzündete sich.

Wick pustete sie aus.

Als sie die Stirn runzelte und das Feuerzeug schüttelte, ließ er seine Magie aufwirbeln. Feuer flackerte auf, ergriff die Dochte, entzündete die Kerzen. Jamison hielt die Luft an und blickte hinüber zu ihm. Er tippte sich ans Kinn. Sie dankte ihm mit einem langen, sexy Lächeln und sagte wortlos »danke«, vermittelte ihm das Gefühl, mindestens drei Meter groß zu sein.

»He, Wick. Bist du noch bei uns, Kumpel?«

Die Bemerkung führte dazu, dass Wick den Kopf wendete. Forge hob die Augenbrauen, sein Blick eine deutliche Botschaft. Eine, die lautete »hallo, irgendjemand zu Hause?«. Wick unterdrückte das Bedürfnis zusammenzuzucken. Scheiße. Er musste wirklich besser aufpassen. Nicht gerade das Leichteste im Moment. Jamison lenkte ihn viel zu sehr ab.

»Klar«, sagte er und machte weiter im Programm. Zwei große Schritte brachten ihn auf die Höhe des Kamins. Er nahm seinen gewohnten Platz ein und lehnte seine Schulter gegen den dicken Holzbalken des Kaminsimses. »Macht weiter.«

Bastian veränderte seine Sitzposition und blickte über seine Schulter. »Du bist dran, Ange.«

»Wie ich schon sagte ... wir haben eine Spur. Ich fand einige interessante Verweise in einer Finanzaufstellung.« Herausgeputzt und in einem eisblauen Abendkleid, hielt die Ex-

Polizistin einen roten Aktenordner hoch. Mit einem harten Glitzern in ihren haselnussbraunen Augen überflog sie die versammelten Nightfury. »Hat irgendeiner von euch mal vom Deuce gehört?«

»Ich. Das ist ein privater Club in der Innenstadt. Ein Sado-Maso-Club, soweit ich weiß. Sehr exklusiv. Sehr teuer.« Mac trat neben seine beste Freundin und nahm ihr den Ordner aus der Hand. Als er ihn aufschlug und den Inhalt überflog, stieß er einen leisen Pfiff aus. »Hatte sich damals nicht die Sitte dafür interessiert, als du noch für sie gearbeitet hast, Ange?«

»Ja«, erwiderte sie. »Wir wussten, dass dort jede Menge illegaler Scheiß ablief. Drogen. Prostitution. Glücksspiele. Das Problem war …«

Bastian fluchte. »Ihr konntet es nicht beweisen.«

»Genau. Es war, als würde man versuchen, ein bewegliches Ziel mit einem Blasrohr zu treffen. Unmöglich, irgendjemandem auf die Schliche zu kommen, geschweige denn, ihn festzunageln.«

»Das leuchtet ein«, sagte Rikar und verflocht seine Finger mit Angelas. Der stellvertretende Kommandant der Nightfury schenkte seiner Gefährtin einen heißen Blick und presste seinen Mund auf ihren Handrücken … auf das Zeichen ihrer Verbundenheit, das seinem glich. Als Wick sie beobachtete, verengte sich seine Kehle. Tiefe Trauer folgte, überraschte ihn, obgleich er sie hinnahm. Er würde das nie tun … niemals Jamison derart offen seine Zuneigung zeigen zu können. »Wenn der Club Angehörigen des Drachenbluts gehört …«

»… dann wird von mächtiger Magie er umgeben sein«, murmelte Bastian und unterbrach seinen besten Freund. »Ein

Ablenkungsmanöver, um sich die Menschen vom Leib zu halten. Eins, das Ivars würdig ist.«

Wick summte, Erregung packte ihn. Endlich. Eine brauchbare Spur. Eine, die man verfolgen konnte. »Könnte sein neues Hauptquartier sein.«

»Und eine gute Einnahmequelle.« Venom packte mit seinen großen Händen die Rückenlehne der Couch und beugte sich vor. »Wir müssen das überprüfen. Nachsehen, ob da irgendein unterirdischer Komplex in der Nähe ist.«

»Und ihn dann in die Luft jagen.« Wick ließ seine Fingerknöchel knacken. Verfluchte Scheiße. Ein Club voller Razorbacks. Ein geschlossener Raum mit begrenzt vielen Ausgängen. Oder vielmehr Hintertüren. Gott, er konnte es kaum erwarten, höllenmäßig loszulegen und die Saukerle dort zu erwischen, wo sie lebten.

»Und das werden wir auch.« Bas schwang seine Füße vom Couchtisch und erhob sich. »Aber nicht heute Nacht.«

Laute Flüche ertönten im Raum.

Bastians grüne Augen blitzten drohend, als er den Kopf schüttelte. »Diese Nacht ist zum Feiern da. Zur Entspannung und für die dringend benötigte Ruhe und Erholung. Das Deuce läuft uns nicht weg. Wir stellen noch ein paar Nachforschungen an, tüfteln einen Plan aus und jagen den Club morgen Nacht in die Luft. In der Zwischenzeit … Sloan, hast du irgendetwas für mich?«

Sloan nickte und drückte auf ein paar Tasten. Die dunklen Augen undurchdringlich, zeigte er ihnen den Laptopbildschirm. »Die DNA stimmt überein, Bas. Azrad hat die Wahrheit gesagt. Er ist der Sohn deines Erzeugers … dein Blutsbruder.«

Die Erklärung platzte wie eine Bombe in die Runde, saugte die Luft aus dem Raum.

Keiner bewegte sich. Keiner sagte ein Wort. Der gesamte Clan wartete, verharrte absprungbereit, überlegte, in welche Richtung es gehen sollte. Und wie Bastian reagieren würde. Mit Vernunft? Oder würde er sich die Schuld daran geben, dass er seinen jüngeren Bruder nach der Ermordung ihres Erzeugers einem Schicksal überlassen hatte, das schlimmer war als der Tod? Die Tatsache, dass Bas selbst misshandelt und eingesperrt worden war und sich der grausamen Vormundschaft der Erzgarde hatte beugen müssen, bevor er seine *Verwandlung* durchlief, spielte keine Rolle. Genauso wenig wie die Tatsache, dass er als Grünschnabel geflohen war, um sein eigenes Leben zu retten. Ebensowenig, dass er nichts von Azrads Geburt gewusst hatte. Nicht für Bastian. Das sagte Wick ein einziger Blick auf ihn. Als ehrenhafter Mann konnte sein Kommandant den Gedanken nicht ertragen, irgendjemanden im Stich gelassen zu haben, den er als Familie betrachtete.

Keiner wurde zurückgelassen. Niemals. So schlicht und einfach war das.

Es war Teil des Nightfury-Kodex'. Ein Credo, nach dem Wick lebte und das er fraglos akzeptierte. Nur dass in diesem Fall jemand zurückgelassen worden war. Azrad. Sodass nur eins zu tun blieb. Herauszufinden wie das wiedergutzumachen war. Für Bastian. Für den Bruder, den sein Kommandant nicht kannte. Für den gesamten Nightfury-Clan.

»Verdammt.« Bas fuhr sich mit beiden Händen durch die Haare und ließ den Kopf hängen. »Was zum Teufel soll ich nur tun? Er wurde von Nian hierhergeschickt. Hat Verbindungen zur Erzgarde, verdammte Scheiße. Trotz allem kann ich ihm nicht trauen.«

»Nein, aber du kannst ihn testen«, sagte Wick und sprang in die Bresche … sowohl für Bastian als auch für Azrad. Er verstand den Mann. Ließ sich von gemeinsamer Erfahrung leiten und von – Instinkt, Intuition … einem törichten Ehrgefühl für den Krieger, der das gleiche Schicksal erlitten hatte wie er. Er wollte, dass Azrad eine Chance bekam, seine Loyalität zu beweisen. »Weih ihn ein. Erzähl ihm vom Deuce. Gib ihm den gesamten Plan … das Wann, Wo und Wie. Bis ins letzte Detail.«

»Da laust mich doch der Affe.« Ein raubtierhaftes Glitzern trat in Venoms Augen. »Wenn wir morgen Nacht in einen Hinterhalt geraten, wissen wir, dass er mit den Abtrünnigen unter einer Decke steckt. Wenn nicht …«

Rikar schnaubte. »Betrachten wir ihn als Aktivposten innerhalb des Razorback-Lagers, bis wir hundertprozentig sicher sind, dass er auf unserer Seite steht, dann holen wir ihn zu uns. Machen ihn zu einem Mitglied unseres Clans.«

»In Ordnung.« Bastian atmete tief durch und fuhr sich mit der Hand über seine Bartstoppeln. Das Reiben hinterließ rote Abdrücke auf seinem Kinn, ein Zeichen seines Unbehagens und seiner Bestürzung. »So wird's gemacht. Bereite alles vor, Sloan. Lass Azrad und seine Mannschaft wissen, was wir vorhaben. Und der Rest von euch? Schickt ein gutes Wort nach oben … betet, dass ich nicht gezwungen sein werde, meinen eigenen Bruder zu töten.«

Gute Idee. Ein hervorragender Punkt auf einem Wunschzettel, fand Wick, als er seinen Kumpels ins Esszimmer folgte.

Einen Blutsverwandten zu töten hatte schließlich immer einen schrecklichen Preis.

Als die Dämmerung in die Nacht überging, der Himmel sich verdunkelte und die ersten heftigen Schneestürme der Saison tobten, überprüfte Nian erneut seinen Computer. Die Handflächen auf den Schreibtisch gestützt, wuchs seine Frustration, verkrampften sich seine Muskeln immer mehr. Verdammter Mist. Warum dauerte das so verflucht lange? Gage und Haider hätten ihn inzwischen kontaktieren müssen. Er atmete tief ein und langsam wieder aus, versuchte die Spannung zu mindern und scrollte erneut durch seine Nachrichten. Er biss die Zähne zusammen. Keine Videonachricht. Keine einzige E-Mail. Nichts von den Kriegern, die ihm helfen sollten – nein … die ihm helfen *mussten*.

Wie unglaublich enttäuschend.

Und auch gefährlich. Für ihn genauso wie für die Metallischen. Alles hing von Nightfury-Kriegern ab, sowohl von denen, die hier waren, als auch von denen auf der anderen Seite des Atlantiks. Er brauchte die Unterstützung des mächtigen Clans, um seine Position zu festigen. Aber wenn die beiden Rodin ins Netz gingen, bevor er sie außer Landes schaffen konnte? Dann würde Bastian ihn umbringen. Aber nicht, bevor die Metallischen in der dreistöckigen Arena der Erzgarde getötet wurden. Also wirklich, zwei Männer während der Schlusszeremonie des Festivals zu köpfen war nicht gerade seine Vorstellung von der richtigen Richtung, die einzuschlagen war. Sobald Rodin Nightfury-Blut vergießen würde, wäre alles möglich. Das galt auch für seine so sorgfältig vorbereiteten Pläne. Alle Machtstrategien wären am Arsch.

Aber was noch schlimmer war? Bastian würde seine Zurückhaltung aufgeben, ihn ermorden und der Erzgarde den Krieg erklären.

Der Herr mochte mit ihnen allen Erbarmen haben, wenn das passierte.

Nian machte sich da keine Illusionen. Nicht, nachdem er mit Bastian geredet hatte. Der Nightfury-Kommandant war eine Naturgewalt, eine einflussreiche Person, die in der Lage war, sich der Ergebenheit, Unterstützung und … ja, sogar der Liebe … der Gemeinschaft der Drachenblütigen zu versichern. Sobald Bastian zu den Waffen rief, würden ihm Tausende Krieger folgen. Einen Krieg anfangen, wie ihn die Welt der Drachen noch nie gesehen hatte.

»Kommt schon«, murmelte er und starrte auf den leeren Bildschirm. »Ruft mich an.«

Stille folgte auf seine Beschwörung.

Knurrend stieß sich Nian vom Schreibtisch ab und trat an die Fensterfront. Schnee wirbelte hinter den Scheiben vor seinem Arbeitszimmer, und der Winterwind heulte. Nian sah eine Weile zu, überlegte, ob die Entscheidung, heute Nacht zu Hause zu bleiben, die richtige gewesen war. Vielleicht sollte er seinen Computer verlassen und stattdessen in den Emblem Club in der Innenstadt gehen. Das war ein Lieblingsort der Metallischen, die elegante Zigarrenbar zog die beiden magisch an. Die Krieger hatten sich während des Festivals die meiste Zeit in einer Ecknische verschanzt, teuren Scotch getrunken, Zigarren geraucht und sich mit irgendwelchen Frauen vergnügt.

Gleich drei Laster. Dazu die Neigung zu einem guten Pokerspiel, und ihre Sünden multiplizierten sich.

Im Moment hoffte Nian jedoch, dass die beiden sich nicht in der Nähe des Emblem Clubs aufhielten. Er betete, dass Gage und Haider klüger waren. Die Zigarrenbar war zu naheliegend. Jedes Mitglied der Erzgarde wusste, dass sie der Lieblingsaufenthaltsort der Männer war. Nichts, was die Nightfury betraf, war im Hohen Rat unbemerkt geblieben. Was Nian nervös machte. Rodin war nicht dumm, sonst wäre er niemals so mächtig geworden. Er hatte möglicherweise die Metallischen bereits verhaften lassen. Was nicht unmöglich schien in Anbetracht der vielen Todesschwadronen, die der Schweinehund befehligte.

Was auch die Funkstille erklärte, nicht wahr?

Mit einem unterdrückten Fluch blieb Nian vor der Anrichte stehen. Er schnappte sich ein Glas von dem goldenen Tablett, griff nach der Flasche Bourbon und goss sich einen Fingerbreit ein. Als er sich umdrehte und an die Antiquität lehnte, funkelte er den Computer an. Er wollte das Ding am liebsten aus dem nächsten Fenster werfen. Einfach ausholen und …

Vor seinem Arbeitszimmer war ein Aufprall zu hören.

Nian lauschte angestrengt und starrte auf die geschlossene Tür. Nichts als Stille. Er verließ seinen Standort und durchquerte den Raum. Der türkische Teppich dämpfte seine Schritte. Mit einem schnellen mentalen Befehl drehte er den Türgriff und zog die Tür weit auf. Jenseits der Schwelle sah er den sanften Schimmer von Kerzenlicht.

Ein weiterer Rums erschütterte die Stille.

Er runzelte die Stirn. »Lapier?«

Als sein Ruf unbeantwortet blieb, betrat Nian den Hauptflur auf der Suche nach seinem Diener. Die Geräusche stammten zweifellos von ihm. Getreu seiner Numbai-Natur, verbrachte Lapier die Nacht nie, ohne irgendetwas aufzuräumen oder zu putzen. Und dennoch, als Nian in die Schatten am Ende des Flurs spähte, lief es ihm kalt über den Rücken. Irgendetwas war da los. Nichts Schlimmes, aber …

Seine Nachtsicht entfachte sich. Nian bog ab in Richtung Eingangshalle. Er rief wieder nach Lapier und rannte fünf Treppenstufen hinunter. Riesige Eichentüren, die sein Zuhause schützten, zeichneten sich im Dunkeln ab. Als er die letzte Stufe erreichte, sah er Lapier. Neben dem runden Tisch in der Mitte des Vorraums lag der Numbai der Länge nach schlaff auf dem Boden, die Arme weit ausgestreckt, den Kopf zur Seite, die Smokingweste in Unordnung.

»Was zum Teufel …«

Sorge um seinen Diener folgte diesem Ausbruch und ließ ihn über den Mosaikboden eilen. Sobald er neben Lapier kniete, begriff Nian, dass er einen Fehler gemacht hatte. Aber es war zu spät. Der Feind war bereits drinnen. Als er herumwirbelte, um sich zu verteidigen, pfiff etwas zischend durch die Luft. Eine Druckwelle traf sein Schulterblatt. Zwei Zacken durchschnitten sein Hemd, punktierten seine Haut. Eine elektrische Ladung traf ihn, erfasste seine Muskeln, paralysierte ihn per Knopfdruck.

O nein. Ein Elektroschocker.

Totale elektrische Überlastung. Das Einzige, was einen männlichen Angehörigen des Drachenbluts überwältigen konnte. Die gewitzten Mistkerle. Sie hatten seine Schwäche wirkungsvoll genutzt. Ohne Erbarmen, ohne das geringste Zögern trafen ihn weitere vierzigtausend Volt. Sein Körper zuckte, er konnte nicht mehr sehen, nicht mehr atmen, sich nicht mehr bewegen. Als er keine Luft mehr bekam, fing Nian an zu keuchen. Er fiel mit dem Gesicht nach unten auf den Fußboden. Höllenqualen brachten ihn um den Verstand, und er blieb bewusstlos liegen.

22

Durch einen Tarnzauber verborgen, landete Ivar auf dem Parkplatz. Kies knirschte unter seinen Krallen. Das unangenehme Geräusch ging ihm gewaltig an die Nerven. Schon die ganze Zeit trieb ihn Sorge um, verstärkte seine Unsicherheit. Von einem anderen abhängig zu sein war nicht gerade seine Stärke. Sich auf jemand anderen zu verlassen, wenn es um seine Wissenschaft ging, erschien ihm, nun ja … unnatürlich.

Wie eine faule Ausrede, die direkt unter seiner Haut saß und mächtig juckte.

Führend auf dem Gebiet der Virologie und Mikrobiologie, überließ er nie einem anderen das Steuer. Oder das Mikroskop. Aber als die Wasseraufbereitungsanlage auf der künstlich angelegten Lichtung vor den alten Bäumen im Mondlicht auftauchte, musste Ivar zugeben, dass nach zwei erfolglosen Versuchen in seinem Labor Hamersvelds Idee die vielversprechendste war. Sie hatte beste Chancen auf Erfolg, und wenn er ehrlich war, spielte es letzten Endes keine Rolle, wer den Plan ausgebrütet hatte. Die Freude über die Vorstellung, eines seiner Babys – Supervirus Nummer drei – auf die Welt loszulassen, übertraf bei Weitem sein Unbehagen, befeuerte ihn wie schon lange nichts mehr.

Granite Falls, Washington. Kleinkleckersdorf, USA.

Mit knapp über dreitausend Einwohnern war die Kleinstadt das perfekte Ziel. Ländlich. Pittoresk. Eingebettet in die

Cascade Mountain Range, nordöstlich von Seattle ... nicht zu weit entfernt, aber nah genug. Aber was noch besser war? In der Kleinstadt wohnten Paare und junge Familien, es war eine Gemeinde voller gesunder Immunsysteme. Ein Schauer der Erregung durchfuhr ihn, ließ die Stacheln auf seinem Rücken rasseln. So vielversprechend. So viel Spaß. So viel zu tun. Wenn er Granite Falls infizieren konnte und sein Virus sich ausbreitete, dann konnte er es auch in jeder anderen Stadt einsetzen, die er sich aussuchte.

Weltweit.

Bebend vor Erwartung, entblößte Ivar seine Fänge. Ein echter Test, durchgeführt in einem abgelegenen Nest. Mein Gott. Außer Frauen zu ficken und sie bis zur Neige auszusaugen, konnte er sich nichts Schöneres vorstellen.

Hamersveld näherte sich in langsamem Gleitflug und landete neben ihm. Der große Drache schlug mit seinen Flügeln. Glatte haifischgraue Schuppen ordneten sich, seine Stammestätowierung tanzte, wellte sich auf schweren Muskeln. Der Norweger nahm seine menschliche Gestalt an und blickte in den Himmel. *»Fen ... aufs Dach. Halte Wache. Gibt's Probleme, rufst du.«*

Der Wren kreischte zur Antwort. Das schreckliche Geräusch zerriss die Stille, knallte gegen Ivars Schläfen, drang in seinen Schädel.

Ivar krümmte sich. »Herrgott, ist der laut.«

»Das ist noch gar nichts«, murmelte Hamersveld und sah zu, wie Ivar mit den Stiefeln aufstampfte. Kies spritzte auf und schlug geräuschvoll gegen einen Laternenpfahl. »Warte, bis du ihn im Kampf hörst. Er kann durch seinen Schrei einen Drachen überwältigen, ihn total desorientiert aus der Luft holen.«

»Und dann schlitzt er ihn auf?«

»So ungefähr.«

»Wie gut, dass er auf unserer Seite ist.«

»Du sagst es.« Hamersveld sah ihn fragend an. »Bist du bereit?«

»Von Geburt an.«

Als der Mann lachte, lächelte Ivar, ließ seiner Erregung freien Lauf und schlenderte zwischen zwei geparkten Autos hindurch. Sein neuer Kamerad folgte ihm über den Parkplatz in Richtung Eingang. Die Anlage war funkelnagelneu, ein überragendes Beispiel technologischen Fortschritts. Gut für ihn und sein Vorhaben. Nicht so toll für die Menschen, die Granite Falls ihre Heimat nannten.

Nicht, dass das Ivar kümmerte. Die Idee war schließlich, sie ganz und gar vom Erdboden zu tilgen. Den nie enden wollenden Zwist zu beseitigen, den Umweltterror, den die Menschheit Tag für Tag beging ... Jahr für Jahr. Und wenn auf dem Weg zu einer besseren Welt ein paar von ihnen dran glauben mussten – wen kratzte das schon?

Mit einem gedanklichen Befehl riss Ivar die Eingangstür weit auf. Innerhalb von Sekunden schaltete er die Alarmanlage aus. Als der Piepton erstarb, überflog Ivar den Flur. Niemand in Sicht. Perfekt. Nicht, dass das eine Rolle gespielt hätte. Da sie immer noch unsichtbar waren, würden die Menschen weder ihn noch Hamersveld sehen.

Praktisch, nicht wahr? Unsichtbarkeit. Die Visitenkarte seiner Spezies.

Nach einem Gang durch labyrinthartige Korridore, vorbei an modernen Filtergeräten und Rohrleitungen, stand Ivar vor seinem Ziel ... vor einem großen Tank. Gefüllt mit gereinigtem Wasser, der Inhalt einsatzbereit. Man musste nur einen Wasserhahn aufdrehen, und schon wurde es in die Häuser der Menschen gepumpt. Ivar setzte seine Magie ein und beschwor die hermetisch versiegelte Teströhre herbei. Als er das glatte Metall in seiner Handfläche spürte, trat Hamersveld neben ihn, Schulter an Schulter.

Ein Blick aus hellblauen Augen begegnete seinem eigenen. Hamersveld streckte die Hand aus.

Ivars Magen zog sich zusammen. Zeit, Flagge zu zeigen. Mit einem Kopfnicken und einer Menge Vertrauen übergab er sein Baby seinem neuen Kumpel. »Genau wie im Labor.«

»Keine Abweichung. Ein Spaziergang«, sagte Hamersveld mit gedämpfter Stimme. Der geradezu andächtige leise Tonfall des Norwegers rückte alles ins rechte Licht. Sie waren dabei, Geschichte zu schreiben. Die Zukunft des Planeten zu verbessern. »Ich werde die Wassermoleküle mit den Viren mischen und durch Zauberkraft eine Verbindung herstellen. Jeder Mensch, der damit in Kontakt gerät, infiziert sich. Dann werden wir …«

»Uns zurücklehnen, den Reversosmose-Faktor protokollieren und sehen, wie schnell die Krankheit sich ausbreitet.« Ivar kannte den Plan. Er hatte ihn schließlich mit entworfen, zum Teufel. Hatte in seinem Labor zusammen mit Hamersveld über zwanzig Stunden die Zuleitungsmethode getestet. Aber jetzt, da er vor der Entscheidung stand, spielten seine Nerven nicht mit. Herrgott. Er hoffte wirklich inständig, dass es außerhalb einer sterilen Umgebung funktionierte. Er atmete tief durch und gab das Startzeichen. »Tu es.«

Nickend schwenkte Hamersveld ab. Er ließ Ivar neben dem Wassertank stehen und ging zu dem Hauptleitungsrohr, das über die gesamte Länge des Raums verlief. Er blieb vor einer Klappe stehen, die oben in die Wasserleitung eingelassen war. Der Krieger rief seine Magie auf. Ivars Haut fing urplötzlich an zu prickeln, und seine Nackenhaare sträubten sich, als sich die Klappe mit einem Zischen öffnete. Gereinigtes Wasser blubberte hoch durch die Öffnung. Mit einem leisen Murmeln kontrollierte sein neuer Freund es, ließ es wie eine Kobra aus einem Korb aufsteigen. Dann tauchte er seine Hand in den nassen Wirbel, ließ die Teströhre los und zog seine Hand aus dem Wasser. Ivar beobachtete, wie die Edelstahlröhre einen Moment in den Wellen trieb, dann brach das kryogenische Siegel.

Die Mikroorganismen ergossen sich in den Strudel. Hamersveld fletschte seine Zähne und verstärkte seine Magie, justierte sie genauer. Der tödliche Virus verband sich mit den Wassermolekülen, wurde eins mit der Wasserversorgung.

Ivar stand da, hingerissen vor Begeisterung und Staunen. Endlich. Nach all diesen Jahren …

»Geschafft.«

»Jetzt gibt es kein Zurück«, murmelte Hamersveld, dessen norwegischer Akzent ausgeprägter als gewöhnlich war. Mit stolzer Miene beobachtete er, wie sich das Wasser in die Leitung zurückzog. Metallscharniere quietschten, als die Klappe sich wieder schloss, das Ventil sich drehte und die Hauptleitung abdichtete. »Wir sollten feiern.«

»Verdammt, und ob.« Euphorie erfasste ihn. Er hatte es getan. Dieses Mal hatte er es wirklich getan. Ivar schlug Hamersveld auf die Schulter und umfasste den Nacken seines neuen besten Freundes. Ein Grinsen. Ein freundschaftlicher

Schubs. Fast hätte er ein Triumphgeheul von sich gegeben, aber er fragte stattdessen: »Wonach ist dir, Sveld … dem Deuce?«

Mit glitzernden Augen knuffte Hamersveld ihn spielerisch. »Das Deuce ist perfekt.«

Fantastisch. Ein Supervirus freigelassen und unterwegs. *Und* die Aussicht, mehrere weibliche Wesen im Club zu ficken. Die Nacht konnte unmöglich noch besser werden.

23

Venom hatte sich auf dem Dach gegenüber des Deuce postiert und hockte hinter einer niedrigen Mauer. Außer Sichtweite. Praktisch unsichtbar. Sein Mund verzog sich. Die Ruhe vor dem Sturm. Die Razorback hatten keinen Schimmer, dass er sich auf ihrem himmlischen Fleckchen niedergelassen hatte.

Genau, wie er es am liebsten hatte. Und wie es bitte schön auch bleiben sollte.

Jedenfalls im Moment. Später – wenn sie alles ausgekundschaftet hatten – war immer noch genug Zeit, einen Weckruf loszulassen … in Gestalt eines Feuersturms.

Er drehte sich auf seinen Fußballen und ging nach links, den Blick verengt auf das gegenüberliegende Gebäude. Die von Mondlicht überflutete unscheinbare Steinfassade wirkte geradezu unschuldig. Kein Vordach, das Besucher willkommen hieß. Auch keine Türsteher, kein Portier. Nur eine schlichte schwarze Tür mit einem goldenen Türschild. Venom schnaubte. Pfiffige Masche mit großer Wirkung. Ein Passant würde nie auf die Idee kommen, dass sich dahinter ein Privatclub befand, geschweige denn, dass er vornehmen, reichen Leuten mit bizarren Geschmäckern vorbehalten war.

Soweit er gehört hatte. Aber nachdem er den Ort in Augenschein genommen hatte? Jetzt glaubte er es auch, weil … oh ja, da drinnen waren jede Menge Angehörige seiner

Spezies. Er nahm die Schweinehunde deutlich wahr. Was nicht schwer war. Die magische Spur, die jeder Mann hinterließ, sandte ein klares Signal aus. Genauso wie der Geruch von Sex, der in der Luft hing. Teufel noch eins, er konnte die Bums-Hitze sogar über die Straße hinweg riechen.

Ein Spielplatz der Abtrünnigen mitten in Seattle.

Summend vor Erwartung, nahm Venom mentalen Kontakt mit seinen Kameraden auf. »*Wir können loslegen. Alles ruhig hier so weit.*«

»*Hier auch.*« Zwei Meilen östlich des Clubs hatte sich Forge mit Mac postiert und seufzte genervt. »*Hätten ein Kartenspiel mitnehmen sollen, um die Zeit totzuschlagen. Ich langweile mich unglaublich.*«

Mac knurrte zustimmend.

Venom biss die Zähne zusammen und verbarg seine Belustigung. Machte keinen Sinn, die Wunderzwillinge auszulachen. Sie nahmen es möglicherweise persönlich. Und das konnte unangenehm werden. Zumal er sich nicht zur Wehr setzen konnte. Jedenfalls nicht, solange er hier festsaß ohne die geringste Aussicht darauf, ihnen in den Arsch zu treten, wenn sie frech wurden. Außerdem wäre er nicht mit ganzem Herzen bei der Sache. Er verstand ja ihre Ungeduld. Observierung gehörte auch nicht gerade zu seinen Lieblingsbeschäftigungen. Er zog es vor, mit dem Scheiß zu beginnen, statt herumzusitzen und darauf zu warten, dass es losging.

Aber ein Plan war ein Plan. Drei Kampfeinheiten: Rikar und Bastian nördlich, die Wunderzwillinge östlich, während er, Wick und Sloan ein Auge auf die Beute hatten. Die Anordnung war prima, lieferte ihnen drei Angriffswege, falls Azrad sie reinlegte …

Und die Abtrünnigen zum Spielen herauskamen.

»Haltet euch zurück, Jungs«, sagte Rikar mit einem frostigen Unterton. »*Wartet ab.*«

»Noch fünfzehn Minuten.« Schwere Fußschritte waren durch die Gedankenverbindung zu hören, zusammen mit Bastians Stimme. Als das Stampfen nicht aufhörte, wurde Venom bewusst, dass sein Kommandant hin und her ging. Ungewöhnlich für Bas. Der Mann war unerschütterlich wie ein Fels. Aber da sie Azrad eingeweiht hatten, war Bas angespannter als sonst. »*Wenn Azrad sich als vertrauenswürdig erweist und nicht auftaucht, gehen wir rein. Legen jeden Abtrünnigen da drinnen um. Fackeln diese Lasterhöhle ab.*«

Venom rollte seine Schultern, mehr als bereit für grünes Licht. Er liebte diese Missionen. Sie heizten ihn auf wie nichts sonst. Alles an ihm vibrierte vor Erwartung, erhöhte seine Anspannung. Er wollte sofort loslegen. Einfach über die Dachkante springen, auf dem Asphalt landen und die Straße überqueren. Innerhalb von Sekunden wäre er durch die Eingangstür, in bester Position, während Wick den Club in Brand setzte. Eine exzellente Strategie, bis auf eins …

Er spähte nach rechts. Genau. Keine Veränderung in Sicht. Wick war immer noch mordsmäßig abgelenkt.

Er hockte nur einen Meter entfernt und starrte auf seine Fingerknöchel, statt das Ziel im Auge zu behalten. Kein gutes Zeichen. Venom presste die Lippen zusammen, während seine Unsicherheit in Besorgnis umschlug. Das hatte er bei Wick noch nie erlebt, dass er so … nun ja, er wusste es auch nicht genau. So unkonzentriert war. So blind gegenüber seiner Umgebung. So in sich versunken und mit den Gedanken bei etwas anderem als bei ihrem Einsatz.

Was Venom mordsmäßig erschreckte.

Wick mochte ja wortkarg sein, aber er war immer … *immer* … bei der Sache. Ihm entging nichts, und er sah mehr als die meisten anderen. Also, ja … ein nicht richtig anwesender Wick gab Anlass zur Sorge. Keiner wollte einen Kampf beginnen mit einem Wick, der nur halb bei der Sache war. Als ihren wildesten Krieger brauchten Venom und die anderen ihn an Bord, erpicht darauf zu kämpfen, und nicht in Gedanken versunken. Und woran dachte er? Venom fluchte leise. Der Sprung von reiner Annahme zu Gewissheit war nicht weit. Jamison Jordan. Verfluchter Mist. Diese Frau verdrehte seinem besten Freund den Kopf … schon den ganzen Weg von ihrem verdammten Hauptquartier hierher … und ruinierte Wicks Konzentrationsfähigkeit.

Ein ernstes Problem in Anbetracht ihres Plans.

Besorgt spähte Venom über seine Schulter. Sloan, der in Drachengestalt auf einem Schornstein kauerte, schüttelte den Kopf, wobei seine Schuppen klackerten. Er hatte die Anspannung seines Kumpels bemerkt und auch die Ursache für sein Unbchagen. Der Mann wusste, was mit Wick los war, und ihm passte es genauso wenig wie Venom.

»*Wick*«, knurrte er in barschem Tonfall. Sein bester Freund zuckte zusammen. Schimmernde goldene Augen blickten in seine Richtung. Gott sei Dank. Wick mochte sich zwar wie ein Blödmann verhalten, aber wenigstens war er nicht taub. *»Zieh den Kopf aus deinem Arsch. Ich brauche dich voll konzentriert … im Hier und Jetzt, nicht halb im Hauptquartier.«*

Wick nickte, sah aber nicht überzeugt aus. *»Ich bin geliefert, was?«*

»Wenn es um die Frau geht?« Venom hob eine Augenbraue, seine Miene besagte nichts anderes als »da hast du verdammt recht.« Egal wie sehr es ihm gegen den Strich ging, er sah keinen Grund zu lügen. Wick musste man nicht hätscheln. Er brauchte einen Tritt zurück in die Realität. Genauso wie er, als ihm klar geworden war, dass sein bester Freund sich mit einer Frau verbunden hatte. Die Wahrheit zu leugnen funktionierte nie, also Schluss damit, den Kopf in den Sand zu stecken. Es war passiert. Es konnte nicht ungeschehen gemacht werden. Es wurde Zeit, es zu akzeptieren. *»Allerdings, du bist total geliefert.«*

Wick fluchte wieder.

»Energieaustausch ist eine ernste Sache, Wick. Ich weiß, dass es dich erschreckt. Teufel noch eins, mir gefällt es auch nicht. Veränderungen sind scheiße, und so ungern ich es sage, ich werde …« Wicks Augen glühten, und eine rote Brühe ergoss sich aus ihnen und befleckte die vereisten Stellen auf dem Dach, während Venom beiseitesprang. Wicks Blick verengte sich auf ihn. Er starrte wütend zurück. Es war unglaublicher Quatsch, an der Vergangenheit zu kleben, egoistisch zu sein, sich zu weigern, seinen besten Freund mit jemandem zu teilen. Aber egal wie sehr er sich wünschte, dass alles unverändert blieb, das tat es nun mal nicht. J.J. war hier und würde hierbleiben. Wick konnte nicht zurück und er genauso wenig. *»Hör auf, so ein Schlappschwanz zu sein. Akzeptiere sie. Liebe sie. Verbinde dich mit ihr, und sei glücklich.«*

»Scheiß auf glücklich«, knurrte Wick und ließ seine Fingerknöchel knacken. *»Hier geht es um sie, nicht um mich. Sie verdient was Besseres …* jemand *Besseren. Ich kann ihr nicht geben, was sie langfristig braucht.«*

»Woher willst du das wissen?«, fragte Venom, spielte den Advocatus Diaboli. *»Du hast es noch nicht mal versucht.«*

»Fick dich, Ven.«

Ah, und da war sie wieder. Wicks Lieblings-Retourkutsche, das Signal, dass die Diskussion beendet war.

Sloan kriegte die Botschaft nicht mit. Oder vielleicht war es ihm auch schnuppe. *»Du weißt, dass er recht hat, Wick. Benimm dich wie ein Mann und zeig Rückgrat. Ich würde mein linkes Ei dafür hergeben, um zu finden, was du …«*

Plötzlich explodierte Magie, sandte Druckwellen aus. Die Nachtluft pulsierte und veränderte sich, es entstand eine Art Tunnel. Angespannt starrte Venom die Anomalie an, machte sich sprungbereit. Ein Drache materialisierte sich über dem Deuce, die roten Schuppen blitzten auf, die rosa Augen glühten, es knisterte vor Energie. Und hinter ihm? Hamersveld zusammen mit einem Miniaturdrachen.

Wick knurrte. *»Ivar.«*

»Wick, nicht!« Mit einer schnellen Drehung griff Venom nach Wick. Seine Fingerspitzen streiften noch das Leder, aber … verdammte Scheiße. Wick entglitt ihm und Venom griff ins Leere. *»Bastian … Mann über Bord.«*

»Mist.« Das Rasseln von Schuppen ertönte durch ihr Drachen-Handy. *»Bleib dran. Wir fliegen los. Geschätzte Ankunftszeit … in sechzig Sekunden.«*

Das Kratzen von Krallen war zu hören, als Mac und Forge sich von ihrem Versteck aus in die Luft schwangen.

Aber es war zu spät.

Ivar war bereits am Apparat, setzte einen Notruf ab, alarmierte die Abtrünnigen im Club. Als Venom spürte, wie sie sich aufmachten und zu den Ausgängen eilten, nahm er

Drachengestalt an. Während seine Hände und Füße sich in Pranken verwandelten, konzentrierte er sich auf Wick und … aha, verdammt. Auf keinen Fall würde er ihn jetzt noch erwischen. Sein Freund war bereits außerhalb seiner Reichweite. Schoss förmlich über die Dachkante. Schwarze Schuppen mit bernsteinfarbenen Spitzen blitzten auf, seine goldenen Augen glühten, als er Ivar ins Visier nahm. Mit einem unterdrückten Fluch entblößte Venom seine Fänge und sprang seinem Freund hinterher. Verflixt und zugenäht. Das war's dann wohl mit dem Überraschungsmoment. Wick hatte ihren Vorteil mit einem Schlag zunichtegemacht. Ein unglaublich dämlicher Fehler. Einer, der seinen Freund töten könnte, wenn Venom sich nicht beeilte.

Als ein Geschwader Razorback vom Dach des Deuce abhob, schimpfte Wick sich selbst einen Vollidioten. Schnurstracks, eiskalt, auf frischer Tat ertappt, hatte er sich gerade das Bekloppten-Abzeichen der Pfadfinder verdient, indem er zu früh aus der Deckung gekommen war. Scheiße … Scheiße … *Scheiße.* Impulsivität war ein Fluch, hatte ihn zum Handeln getrieben, bevor er seinen Verstand einschaltete.

Was völlig untypisch für ihn war.

Er machte keine Fehler. Nie. Allerdings gab es ein erstes Mal für alles. Was jetzt passierte, war ein spitzenmäßiges Beispiel. Hätte er den Verstand benutzt, den Gott ihm gegeben hatte, würde er immer noch auf dem Dach kauern und darauf warten, dass Ivar und seine Bande landeten. Das Trio hätte ein Bombenziel abgegeben dort auf dem Dach des Deuce. Stattdessen flog der Anführer der Abtrünnigen schnell wie der Blitz in die entgegengesetzte Richtung mit seinen neuen

Kumpels – der Flussratte und dem Mini-Drachen –, während seine Soldaten ihn umzingelten.

Verdammter Mist. Hatte Wick sich eben einen Idioten genannt? Also, streichen wir das. »Arschloch« war bedeutend zutreffender.

Er legte seine Flügel an und schraubte sich spiralförmig nach oben, zwischen zwei Abtrünnigen hindurch. Das Paar knurrte und schlug zu. Die Krallen der Feinde rissen seine Seite auf, und er blutete. Wick begrüßte die Schmerzen mit offenen Armen, wusste, dass er sie verdiente. Dafür, nicht nachgedacht zu haben. Einen Fehler gemacht zu haben. Seine Waffenbrüder in Gefahr gebracht zu haben. Und als seine Gruppe sich hinter ihm einordnete, um den Feind zu beschäftigen, hätte Wick sich nur zu gern einen Arschtritt verpasst. Oder Venom gebeten, es für ihn zu tun.

Sein bester Freund hatte recht. Ein dämlicher Fehler, das stimmte. Idiotie auf der nächsthöheren Ebene. Zumal das, was ihn antrieb, nichts mit ihrem Plan zu tun hatte.

Wut. Zweifel. Verzweiflung. Alles traf zu, erklärte das *Warum* hinter dem *Was*, hatte ihn an den Rand des Abgrunds geführt, ihn sich ins Getümmel stürzen lassen, ohne die Konsequenzen zu bedenken.

Und das nur, weil er einen Kampf brauchte.

Eine richtig deftige Schlägerei, die ihm half zu vergessen. Um den Gedanken an das auszulöschen, was er tun musste, wenn er nach Hause kam. Jamison gehen zu lassen. Sie wegzuschicken. Ihr die Freiheit zu geben, das Leben zu leben, das für sie bestimmt war, und nicht das, das sie mit ihm erleiden würde.

Das war das Richtige. Es war das Beste für sie. Aber obgleich er sich der Wahrheit stellte, hasste er die Konsequenz.

Er wollte es nicht tun. Sie bei sich zu behalten klang besser für ihn. Und sie für sich zu beanspruchen … so, wie es seine Spezies nunmal tat? Mist, das schien der beste Plan von allen zu sein. Ein selbstsüchtiger Mann würde das tun. »Scheiß auf die Folgen!« sagen und sich nehmen, was er sich ersehnte. Leider stand Ichbezogenheit nicht auf seiner Tanzkarte. War keine Sprosse auf seiner Karriereleiter.

Trotz seiner vielen Fehler dachte er nicht daran, Jamison festzuhalten. Sie verdiente mehr, als er ihr jemals geben konnte. Also egal wie sehr es ihn schmerzte, er würde sich dazu zwingen, sie gehen zu lassen. Sie wegschicken. Sich ehrenhaft verhalten. Tun, was nötig war, um sie dazu zu bringen, Black Diamond zu verlassen und ein neues Leben zu beginnen. Ohne ihn.

Aber zuerst? Würde er seinen Kampf bekommen.

Knurrend rammte er einen Razorback. Als der Mann kreischte, schoss Wick hoch, drehte sich und … *knacks*! Ein schneller Griff. Eine noch schnellere Drehung, und er hatte dem Feind das Genick gebrochen. Er ließ ihn in der Luft zu Asche werden und ging auf den Nächsten los. Mit geschärften Sinnen behielt er Ivar und dessen Rückzug im Auge. Er konnte nicht weit kommen. Forge und Mac waren in ihrem Element, spielten die Trumpfkarte aus. Wick grinste, während er einen weiteren Schädel knackte. Eins zu null für die Wunderzwillinge. Die beiden waren genau da, wo sie sein sollten: schnitten Ivar den Fluchtweg ab, nahmen ihn in die Zange, sorgten dafür, dass er kämpfte, statt den Schwanz einzuziehen und die Fliege zu machen.

Mit Überschallgeschwindigkeit schoss ein Abtrünniger auf Wick zu, genau auf seine rechte Seite. Verzerrte Geräusche ertönten, Drachenschuppen rasselten. Krallen glitzerten im Mondlicht, als der Schweinehund ihn angriff. Wick wich aus, vollführte einen Salto mit anschließender Schraube. Hoch. Überschlag. Rundherum und … o ja. Der Feind griff ins Leere, verpasste ihn um Zentimeter.

Wick enblößte seine Fänge und zischte zufrieden. Luftakrobatik … seine Spezialität.

Eine, die wie ein Zauber funktionierte, zumal sie ihn in die beste Position hinter einem Razorback-Trio beförderte. Als er nahe genug dran war, schlug Wick zu. Seine Krallen trafen auf Schuppen. Er packte zu. Die rasiermesserscharfen Spitzen trafen auf Knochen. Seine Krallen schlossen sich um das Herz des Wichsers. Knurrend riss Wick daran. Blut spritzte ihm über seine Vorderpfote. Ein metallischer Geruch breitete sich aus, dann war er plötzlich verschwunden, als das Herz des Feindes in seiner Pranke zu Asche zerfiel. Die beiden anderen brüllten, als ihr Kumpel sich auflöste und Wick machte sich bereit.

O Baby. Unmittelbar bevorstehende Attacke. Nichts besser als das.

Die Flügel weit gespreizt, bog er scharf ab, als die anderen beiden Abtrünnigen ihn angriffen. Wick stimmte es zeitlich genau ab und vollführte einen Überschlag. Vollpfosten Nummer eins versuchte, sich anzupassen. Zu spät. Wick war bereits in Position über dem Rücken des Kerls, bereit zuzuschlagen. Wick zögerte nicht. Er kam aus der Deckung und packte die Hörner des Abtrünnigen. Der Razarback brüllte. Wick brach dem Wichser das Genick und drehte sich um. Seine Augen richteten sich auf den letzten Abtrünnigen. In totaler Panik schlug der Drache mit seinen Flügeln und versuchte ohne

Zweifel, eine Entscheidung zu treffen: sich Wick zu stellen. Oder die Kurve zu kratzen. Wick wich weit nach rechts aus, hoffte, dass Ersteres der Fall sein würde, aber …

Kein Glück. Wick knurrte angewidert. *Ach, komm schon.* Wollte der Hohlkopf wirklich …

»Scheiße«, brummte er, als der Razorback umdrehte und in die entgegengesetzte Richtung floh.

Wick erhöhte seine Flügelschlagfrequenz und jagte ihm hinterher, zwischen zwei Wolkenkratzern hindurch. Glas klapperte in Stahlrahmen. Um den Razorback nicht zu verlieren, bog Wick nur Zentimeter entfernt von dem Gebäude um die Ecke. Sein Sonarorgan arbeitete, schärfte seine Wahrnehmung. Das Licht der Straßenlaternen verschwamm zu Streifen unter ihm. Er summte, als er in Reichweite seines Ziels gelangte.

Weniger als zwanzig Meter entfernt. Hervorragend. Die ideale Schussweite.

Den Rücken des Abtrünnigen im Visier, holte Wick tief Luft, füllte seine Lungen bis zum Anschlag. Ein Feuerball sammelte sich in seinem Rachen und … hmm. Er liebte den Geschmack. Konnte nicht genug kriegen von der Ursache und Wirkung seines Arsenals.

Tödlich. Wirkungsvoll. Brandstiftend. Die dreifache Gemeinheit war ein großzügiges Geschenk.

Eines, das die Razorback ständig unterschätzten. Der Feind sah es nie kommen. Nicht, dass Wick sich darüber beschweren wollte. Die chemische Komplexität seines Atems erhöhte den Reiz. Führte zu einer enormen Vielschichtigkeit: blaue Flammen an der Außenseite, wunderbar zähflüssige Lava im Inneren, dazwischen eine Schicht Giftgas.

Süß und sauer mit einem Schuss scharfer Soße.

Der Abtrünnige flog im Zickzack, wich zwischen Gebäude aus. Wick hüpfte über einen Schornstein. Es wurde Zeit, der Arschgeige die Hölle heißzumachen, wenn der Typ vorbeiflog. Magma spritzte über Wicks Backenzähne. Er schoss nach rechts, entblößte seine Fänge und fing mit dem Countdown an.

Drei …

Feuer leckte über seine Zunge.

Zwei …

Giftgas verband sich damit, stieg in seiner Kehle auf.

Eins …

Wick drückte ab. Der gefräßige Ball schoss aus seinem Rachen. Verheerende Hitze entwickelte sich. Das Inferno saugte den Sauerstoff aus der Luft und zog einen höllischen Streifen hinter sich her, zischte durch die Dunkelheit, vertrieb die Kälte. Der Razorback schrie und versuchte verzweifelt, dem aus dem Weg zu gehen …

Kawumm!

Der Abtrünnige brüllte im Todeskampf. Wick wich dem Rückstoß des lavagefüllten Feuerballs aus. Rauch waberte nach oben. Der Geruch versengter Schuppen und verbrannter Knochen verpestete die Luft und …

Mission abgeschlossen. Ein gegrillter Razorback stürzte vom Himmel.

Wick sah kurz zu, wie er verbrannte, dann drehte er um und sah sich nach seinem nächsten Ziel um. Aha. Keins in Sicht. Was nur eins bedeuten konnte. Er war weit vorausgeflogen, hatte den Abtrünnigen bis über die Kampfzone hinaus verfolgt … wo seine Waffenbrüder immer noch kämpften.

Während aus dem Abtrünnigen ein Häufchen Asche wurde, schoss Wick im Tiefflug über einen Gebäudekomplex.

Der Windstoß seiner Flügel traf die Umgebung. Baumkronen schwankten. Autos fingen an, auf ihren Rädern zu wippen. Autoalarmanlagen gellten. Hier und da ging Licht an. Wick verstärkte seinen Tarnzauber. Unsichtbarkeit war ein absolutes Muss. Die Nachbarschaft zu erschrecken war schließlich nie eine gute Idee.

Genauso wenig wie in den Abendnachrichten aufzutauchen.

Die Nachtsicht messerscharf eingestellt, musterte Wick den Himmel. Nichts. Niemand in Sicht. Er sandte einen Testballon aus. »*Venom.*«

»*Was?*«

Wick verschluckte ein Prusten. Mann. Sein Freund klang angepisst … und außer Atem. Sah aus, als käme er gerade rechtzeitig. »*Vier erledigt. Bei mir ist alles klar.*«

»*Gratuliere.*« Schuppen rasselten. Venum grunzte. »*Mich verfolgen immer noch drei.*«

»*Sollte ein Spaziergang für dich sein, Ven.*«

»*Verpiss dich, Sloan*«, knurrte Venom. »*Beweg schleunigst deinen Arsch hierher, und hilf mir.*«

Sloan schnaubte. »*Wenn du meine Hilfe willst, komm verdammt noch mal hierher. Ich beeile mich.*«

»*Wird aber auch langsam Zeit.*«

Wick folgte den Energiesignalen seiner Kumpels und schoss über ein Dach. Ein gelber Razorback griff ihn aus dem Nichts an. Da der Zusammenstoß unvermeidlich war, trat Wick auf die Bremse und duckte sich. Der Schweinepriester streifte ihn mit einer Flügelspitze, und seine Schulter bekam einen Schnitt ab, der gemein brannte. Verdammte Scheiße.

Das war knapp gewesen und … Wick blinzelte, sah den Grund für die Hysterie des Mannes. Na gut. Der feindliche Drache hatte guten Grund, das Weite zu suchen.

Direkt hinter ihm blitzen Rikars weiße Schuppen auf in der Dunkelheit. Eiskristalle wirbelten hinter ihm durch die Luft, als der stellvertretende Kommandant der Nightfury Wick anfunkelte. *»Nett von dir, dich uns anzuschließen, du Ass.«*

»Ich war etwas beschäftigt.« Sein Vorgesetzter meinte nur: »Aha.« Wick grinste und genoss die arktische Bö, als Rikar an ihm vorbeiflog.

»Wick«, ließ sich Bastian knurrend vernehmen. Wicks Blick schoss nach rechts. Er überflog den Horizont und entdeckte Bas. Mitten im Kampfgetümmel funkelten seine Krallen im Mondlicht, als sein Kommandant ausholte. Eine Schweinebacke kreischte, als Bas zudrückte und dem Feind das Rückgrat brach. *»Hilf Mac und Forge. Dreh ab, und lass es auf einen Versuch ankommen. Hol Ivar runter, aber äschere ihn nicht ein. Wir brauchen ihn lebend.«*

Gute Idee. Ivar das Arschloch verfolgte hundsgemeine Absichten. Solche, die Experimente und einen Stall voller unwilliger Frauen mit einem hohen Energielevel einschlossen. Also genau. Den Anführer der Abtrünnigen lebend zu fassen machte echt Sinn. Das Problem? Ivar war weder dämlich … noch allein. Er hatte aufgerüstet, mit einer Mauer von Muskeln zwischen sich und den Wunderzwillingen.

Was bedeutete, dass Wick sich einen strategischen Zeitvorteil verschaffen musste. Und zwar einen soliden. Er musste sich dem Feind ungesehen nähern.

Mit schmalen Augen suchte Wick einen Schwachpunkt. Er brauchte eine Lücke, die gerade breit genug war, dass er hindurchschlüpfen konnte, während Mac und Forge die Abtrünnigen beschäftigten. Was durchaus der Fall war. Die Krieger leisteten bereits ganze Arbeit, droschen auf Ivars vorderste Verteidigungslinie ein. Wick summte, als Forge ausatmete. Flüssiges Feuer schoss zwischen seinen Fängen hervor, erleuchtete den Nachthimmel. Hamersveld konterte, ließ eine Wasserwand aufsteigen. Der Feuerstoß traf zischend auf die Barriere, flackerte und erlosch wie eine Glühbirne. Mac knurrte und entfachte seinerseits seine Zauberkräfte. Die Flutwelle verdunstete, schleuderte Nebel in die Wolken wie Konfetti.

»Köpfe hoch«, murmelte Wick und glitt leise wie eine Schlange heran. *»Macht euch zum Rückzug bereit.«*

Mac stieß einen Abtrünnigen in die Seite, wirbelte herum und fütterte ihn mit einem Wasserspeer. Als der Mann getroffen aus dem Himmel fiel, knurrte er: *»Nur zu.«*

»Sag, wann.« Forge wich seitwärts aus und erledigte einen weiteren Bewacher.

»Gebt mir noch eine Sekunde …«

Wick näherte sich von hinten im Gleitflug. Sein Blick verengte sich auf Ivar, malte eine Zielscheibe auf dessen rote Schuppen. Noch dreihundertfünfzig Meter. Noch nicht nah genug. Noch etwas näher heran. Nur noch ein klein wenig. Höchstens noch zehn Sekunden, bevor er die Tötungszone erreicht hatte. Die optimale Entfernung, um sicherzustellen, dass er Ivars Flügel versengte. Sobald sein Atem Ivar treffen und das verletzliche Gewebe ansengen würde, könnte der Mistkerl nicht mehr fliegen. Und einmal am Boden? Da würde er ihn total zusammenschlagen. Ihm gewaltig zusetzen. Seinen Tribut fordern und ihn gerade noch so am Leben lassen, damit er Bastians Fragen beantworten konnte.

Antworten. Wick wünschte sich die genauso sehr wie sein Kommandant.

Der Feind verletzte die, die am schwächsten waren. Frauen wie seine Jamison. Es spielte keine Rolle, dass er sich nicht mit ihr verbinden wollte. Der Anspruch war irrelevant. Wenn er sie gehen ließ, musste er die Gewissheit haben, dass Jamison aus Black Diamond in eine sicherere Welt kommen würde. In eine, in der Ivar nicht existierte und der Kodex, nach dem die meisten Angehörigen des Drachenbluts lebten, die Welt regierte.

Leben bewahren. Die Schwachen beschützen. Das Recht einer Frau, ihre eigene Wahl zu treffen, respektieren.

Wick holte tief Luft und rief seine Magie auf, sammelte seinen Atem und ließ ihn in seinen Rachen fließen und …

Der Wren, der Hamersveld beschützte, schlug wie wild um sich. Seine gelben Augen begegneten Wicks Blick und weiteten sich. Der Miniaturdrache entblößte seine kleinen Fänge und kreischte eine Warnung. Ein Geräusch wie Donnerhall explodierte und zerriss förmlich die Luft. Die Schallwellen, die Wick trafen, schwächten ihn unglaublich. Der starke Schmerz, der in seinen Schläfen hämmerte, hatte bewusstseinsverändernde Wirkung. Der Druck wurde stärker, verzerrte seine Wahrnehmung, zerriss ihm nahezu die Trommelfelle, verpasste ihm ein Schleudertrauma.

Seine Sicht verschwamm.

Der Wren kreischte erneut.

Die unglaubliche Lautstärke attackierte brutal die Innenseite seines Schädels. Wick brüllte vor Schmerz. Seine Muskeln verkrampften sich. Er verlor die Kontrolle über seinen Feuerball. Die Flamme schoss aus seinem Maul, und brüllende Hitze breitete sich aus in der kühlen Luft. Mac fluchte und wich aus. Forge schrie auf, als er ins Kreuzfeuer geriet. Aber es war zu spät. Der gefräßige Ball streifte ihn, riss ihn um. Als sein Körper zur Seite geschleudert wurde, krachte das Inferno in den Wolkenkratzer hinter ihm. Ein ohrenbetäubender Knall ertönte, hallte über die Stadtlandschaft. Lava ergoss sich in einem tödlichen Schwall. Glas und Stahl detonierten. Splitter flogen durch die Luft, rissen Forges Seite auf.

Drachen – Razorback und Nightfury gleichermaßen – schrien vor Schmerz.

Allgemeines Entsetzen herrschte, und Wick ließ seiner Seelenqual freien Lauf, schrie sich die Kehle wund, als er zusah, wie Forge aus dem Himmel fiel.

24

J.J. saß im Schneidersitz auf einer Matte am Boden und blätterte einen weiteren Aktenordner durch. Das abgenutzte Papier war mit Wasserflecken übersät und hatte Eselsohren. Sie las die Seite durch, blätterte sie um und schüttelte den Kopf. Noch mehr Kauderwelsch. Nichts Spezielles. Genau wie der letzte … hmmm, mal sehen. Der wie vielte war es jetzt? Aktenordner Nummer zehn oder elf? Sie hatte schon vor zwei Stunden die Übersicht verloren.

Nicht, dass sie sich beschwerte. Etwas zu tun zu haben war auf jeden Fall besser, als Däumchen zu drehen.

Besonders, da Tania ihr die Aufgabe übertragen hatte. Alles in allem, wahrscheinlich eine gute Idee. Ihre Schwester hatte andere Dinge im Kopf. Sie war zu beschäftigt mit einem großen Traum, entwarf neue architektonische Pläne. Solche, die einen Außengarten zusammen mit einem riesigen Swimmingpool für Mac einschlossen. J.J. knickte die Ecke der Seite um und lächelte. Landschaftsdesign. Die Geschichte des Lebens ihrer Schwester.

Tja, das und eine Schwarzseherin zu sein.

Ein ehrenhafter Zeitvertreib, wirklich. Sich um andere zu kümmern hatte durchaus Gewicht. Signalisierte Sorge … und auch tiefsitzende Liebe. J.J. schnaubte. Ironisch, nicht wahr? Vor heute Nacht hätte sie sich selbst nie als jemand betrachtet, der sich übermäßig Sorgen machte. Aber während der letzten paar Stunden? Hatte sie kaum etwas anderes getan, sodass …

Her mit den Papierstapeln. Auf dass es bis zum Morgen dauerte.

Bis Wick wieder durch die Tür trat. Gesund und munter und zurück in ihren Armen.

J.J. strich sich die Haare hinter die Ohren und schüttelte den Kopf. So was Verrücktes. Ihre Sorge um ihn grenzte an Idiotie. Er war ein Krieger: stark geboren, zum Kämpfen erzogen, unvergleichlich tödlich. Sie wusste es. Sie hatte ihn in Aktion gesehen und die Tatsachen akzeptiert. Nicht, dass das eine Rolle spielte. Logik hatte nichts damit zu tun. Nicht, wenn ihre Besorgnis den Ton angab und sie sich wie eine Idiotin verhielt.

Eine Idiotin mit schrecklichen Kopfschmerzen. Und ohne Verstand.

J.J. stieß einen Stoßseufzer aus und blätterte eine neue Seite um, überflog den getippten Text, sah ihn, ohne ihn wirklich zu sehen. Sie verstand es nicht. Die Anziehung. Den Sog. Die lächerliche Sehnsucht, die sie jedes Mal spürte, wenn sie an ihn dachte. Was, Gott mochte ihr helfen, sehr häufig passierte. Sie betrachtete finster einen dunklen Schmutzfleck auf der Ecke des Ordners. Zwei Tage. Nicht mehr als schäbige achtundvierzig Stunden, die sie ihn kannte. Peanuts. Ein Tropfen auf dem heißen Stein in der allgemeinen Zeitrechnung, und dennoch war die Bindung, die sie mit ihm teilte, unwiderlegbar. Nicht zu leugnen. So felsenfest, dass sie sie nicht abschütteln konnte. Aber das wirklich Verrückte daran? Als sie merkte, wie die Verbindung immer stärker wurde, hatte sie sich nicht dagegen gewehrt. Sie hatte nachgegeben und der Magie und dem Meridian ihren Lauf gelassen. Energieverbindung, der heilige Gral der Liebe. Ein verführerisches Elixier, etwas, wonach jede Frau suchte, was sich aber nur selten fand.

Ihres. Leicht zugänglich.

Es gab nur ein Problem. Märchen waren etwas für andere Menschen, nicht für sie. Niemals für sie. Ungeachtet allen Hoffens und Träumens. Ungeachtet dessen, was sie für Wick empfand. Ungeachtet aller Gegenbeweise. Es schien zu schön, um wahr zu sein, und obgleich sie es gern geglaubt hätte, konnte J.J. nicht anders. Sie wartete auf die nächste Hiobsbotschaft.

Mit einem hörbaren Seufzer blätterte sie eine weitere Seite um.

»Willst du darüber reden?«

Überrascht zuckte sie zusammen. Ihr Blick fuhr nach rechts. Wanderte über Lagen von blauen Turnmatten. Ernste haselnussbraune Augen blickten sie an. Sie blinzelte und … oh, richtig. Sie war nicht allein. Angela saß nur einen Meter weiter weg. Aktenkisten stapelten sich hinter ihr wie Legobausteine, und sie sah sie fragend an. Unsicherheit durchfuhr J.J., fegte wie ein Sturm das Dach des Hauses weg, in dem Vertrauen lebte. Als es im Äther verschwand, knabberte sie an ihren Fingernägeln und blickte hinunter auf die Akte in ihrem Schoß.

Allein in einer Turnhalle mit einer ehemaligen Ermittlerin der Mordkommission. Na spitze. Der feuchte Traum jedes verurteilten Verbrechers.

»Du weißt, dass es mich einen Dreck kümmert, nicht wahr?« Die Frage war freundlich, die Bedeutung dahinter weit mehr als das. Akzeptanz und noch etwas anderes klang mit in Angelas Tonfall. Merkwürdig – mehr als nur ein bisschen erstaunlich –, wenn man J.J.s Geschichte mit der Polizei von Seattle bedachte. »Wick ist nicht der Einzige, der deine Akte gelesen hat, J.J. Ich weiß, was passiert ist. Dein Ex war ein ordinärer Wichser.«

Jamison keuchte ungläubig. Und die Hoffnung brachte sie dazu zu fragen: »Also macht es dir nichts aus, dass ich ihn erschossen habe?«

»Ich verstehe, warum du es getan hast.« Angela saß gegen ein Tischbein gelehnt und rieb sich die Schulter an der hölzernen Kante. Als sie sich genug gekratzt hatte, legte sie einen Fuß über den anderen und zuckte mit den Schultern. »Und ich verurteile dich deswegen nicht. Außerdem hast du deine Strafe abgesessen.«

»Meine Schuld gegenüber der Gesellschaft beglichen?«

»Etwas in der Art.«

»Richtig«, flüsterte J.J., die es noch nicht ganz glauben konnte. Wenn es doch so einfach wäre. Wenn sie es doch nur vergessen könnte. Wenn der Schmerz doch nachlassen würde, ihr Luft zum Atmen ließe und sie nicht mehr so angespannt wäre. Wunschdenken, das wusste sie. So lief es nicht mit Schuldgefühlen. Sie verschwanden nie. Wie alte Schulden blieben sie, bis sie entweder bezahlt oder vergeben waren. Zwei Dinge, die ihr nie widerfahren würden. »Ich habe deswegen manchmal immer noch Albträume.«

Angela warf ihr einen verdutzten Blick zu.

Sie konnte ihr das nicht verdenken. Ihr Geständnis überraschte sie selbst auch. J.J. kaute auf ihrer Unterlippe und legte die Stirn in Falten. Was zum Teufel tat sie da eigentlich? Es zu thematisieren. Es auszubreiten. Ihre Seele auszuschütten. Nichts davon passte zu ihrem normalen Verhalten. Sie redete nie darüber. Nicht einmal mit Tania. Aber aus irgendeinem Grund – Instinkt, schwesterlicher Zuneigung, dem Wunsch nach Verständnis – wollte J.J. es erzählen. Etwas sagte ihr, dass Angela es verstehen würde. Sie hatte so manches gesehen, war ein Teil *dieser* Welt gewesen … der Welt, in der J.J. die letzten fünf Jahre gelebt hatte.

Was, so seltsam es erscheinen mochte, sie irgendwie zu Gleichen machte.

J.J. versuchte, tief durchzuatmen, um den Druck auf ihrer Brust zu verringern. Ganz oder gar nicht. In diesem Fall gab es kein Dazwischen. Nur unumwundene Ehrlichkeit oder totales Schweigen. Sie schluckte, um sich die Kehle zu befeuchten. »In einigen Nächten wache ich schweißgebadet auf und kriege keine Luft. Ich möchte schreien und kann nicht. Das Gefühl seiner Hände um meinen Hals … und wie er zudrückt.«

»Davon kann ich auch das eine oder andere Lied singen.«

Und da war es. Das Detail von der ihr ihre Intuition gesagt hatte, dass es da war. Ausgegraben. Aus der Tiefe hochgeholt. Dem Ort, an dem Geheimnisse begraben lagen. Ein Schauer kroch J.J. über den Rücken.

»Vor ein paar Monaten geriet ich ins Kreuzfeuer.« Gequält. Kein anderes Wort beschrieb Angelas Gesichtsausdruck, und als J.J. ihrem Blick begegnete, versuchte sie, nicht zusammenzuzucken. Ihre neue Freundin würde Mitleid nicht ertragen. Wollte auch kein Mitgefühl, aber … o Gott. Sie kannte diesen Ausdruck. Hatte ihn in ihrem eigenen Gesicht gesehen, wenn sie in den Spiegel geschaut hatte. »Ich wurde von einem Razorback misshandelt … gefangen gehalten in einem ihrer Quartiere. Rikar hat mich befreit.«

»Oh, Ange, es tut mir so leid. Das wusste ich nicht«, sagte J.J. Angelas Eingeständnis zerriss sie förmlich. Sie wusste, wie es sich anfühlte: in die Enge getrieben zu werden, festgehalten und … gezwungen zu werden. Dass es die Hände ihres Freundes gewesen waren, machte die Erfahrung nicht weniger schrecklich. Jung. Dumm. Naiv. Sie hatte ihm vertraut, dass er ihr nicht wehtun würde. Stattdessen hatte er sie am Boden zerstört, ihr Vertrauen zusammen mit ihrem Selbstwertgefühl vernichtet. »Wie lange warst du da?«

»Nicht lange. Zwölf Stunden, andererseits …« Angelas Stimme brach. Als sie sich wieder gefasst hatte, ballte sie ihre Hände zu Fäusten. »Es braucht nicht lange, um eine Person zu zerstören … ihr das Leben zu nehmen, ohne sie zu töten … nicht wahr?«

»Nein, das stimmt.«

Angela blickte auf die Papiere auf ihrem Schoß und räusperte sich. »Du solltest deine Gefühle mit Wick teilen. Er wird dir helfen, mit dem Schmerz fertigzuwerden, mit der Vergangenheit. Rikar hat Wunder gewirkt bei mir.«

J.J. nickte, glaubte ihr aufs Wort. Wick war die Stärke in Person. Heftig und zugleich freundlich. Tödlich im Kampf und zugleich liebevoll zu ihr. Unaufdringlich und zugleich unglaublich heiß im Bett, schaffte er es, dass sie begierig und voller Verlangen war wie noch nie zuvor. Vor sich sah sie das Bild von ihm, wie er sie mit schimmernden goldenen Augen geliebt hatte. Heiße Lust wallte umgehend in ihr auf. J.J. rutschte hin und her auf der Turnmatte und … genau. Sie verhielt sich wie ein dummes Betthäschen. Nur an ihn zu denken – wie er sich anfühlte neben ihr, in ihr, wie seine Haut die ihre streifte, an seinen Geschmack – und …

Du liebe Güte. Sie musste sich in den Griff bekommen. Oder unter eine kalte Dusche stellen. Schnell. Bevor sie sich vor Angela lächerlich machte, der mit Sicherheit nichts entging und …

»Akzeptier es und mach weiter.« Mit einem Zwinkern grinste Angela sie an. »Rikar hat auf mich genau die gleiche Wirkung. Mir wird heiß, wenn ich nur an ihn denke.«

»Muss ja ziemlich interessant sein, wenn er morgens zur Tür hereinkommt.«

»Du machst dir keinen Begriff.«

»Hm, na ja«, sagte sie und zog eine Grimasse. »Ich glaube doch.«

Angela lachte. J.J. fiel ein. Gott, es fühlte sich so toll an zu lachen … schien so normal zu sein, sich einfach nur auszutauschen, ohne jedes Wort auf die Goldwaage legen zu müssen. Ohne abzuwägen, ob das, was sie sagte, ihr schaden könnte. Oder ihr Schwierigkeiten mit den Gefängniswärtern einbringen würde. Allerdings war das auch nicht mehr ihr Leben. Sie war in Sicherheit an einem Ort, wo keiner vorhatte, ihr zu schaden. Der Gedanke beruhigte sie. Sich das bewusst zu machen, veränderte ihre Perspektive.

Verankerte in ihr die Vorstellung, dass sie frei war. Von allem. Der Furcht, früheren Fehlern, dem ganzen Schmerz.

Jetzt hatte sie die Möglichkeit, einen neuen Weg zu gehen und sich ein neues Leben aufzubauen. Also wurde es Zeit, die Vergangenheit zu verschnüren und wegzupacken. Es würde nichts Gutes daraus entstehen, sich der Wahrheit zu verschließen. Oder sich gegen das zu wehren, was sie für Wick empfand. Er war jetzt Teil der Gleichung, und wenn sie ehrlich war? Er war alles, was sie sich von der Zukunft versprach.

Die Erkenntnis schnürte ihr die Kehle zu, obschon sie zugleich eine Befreiung war. »Hey, Ange?«

»Ja?«

»Darf ich dich etwas fragen?«

»Alles.«

»Kannst du Rikars Gedanken lesen?« Als ihre neue Freundin überrascht blinzelte, beeilte sich J.J., es zu erklären. »Ich meine, wie stark ist die Verbindung … diese ganze Energieaustausch-Nummer, weil ich Dinge über Wick weiß, die ich nicht wissen sollte. Dinge über seine Vergangenheit, die er mir noch nicht erzählt hat. Ich weiß, das klingt seltsam, aber wenn ich mit ihm zusammen bin, ist es, als wäre ich angeschlossen an ihn … als würde ich mit Informationen gefüttert. Mit Bildern. Erfahrungen. Wie es ihm damit geht.«

»Willkommen im Club«, antwortete Angela. »Die Verbindung zwischen Paaren ist sehr stark. Ich picke mir ständig Rosinen aus Rikars Kopf. Gedanken. Sorgen. Das, was er vor mir verbergen will, weil er versucht, mich zu beschützen. Manchmal ist es nur ein Gefühl … wie eine Vibration. Und manchmal fange ich Erinnerungsfetzen auf.«

Erinnerungsfetzen. Genau. Das ergab Sinn. Nur dass sie sehr viel mehr als das von Wick aufgeschnappt hatte. *Ein ganzer Film* schien ihr die bessere Beschreibung. Während sie in seinen Armen gelegen und seinen Atemzügen gelauscht hatte, ihn im Schlaf beobachtet hatte, hatte sie Dinge gesehen, die er versucht hatte zu verbergen. Sie hatte die Grausamkeit miterlebt: den Käfig und das Halsband, das Kämpfen und Töten … diesen ersten Tag, an dem er sich geweigert hatte und dieser schreckliche Mann ihm ein Messer an seine Hand gebunden und ihn in den Ring geworfen hatte. Herrgott. Die

Bilder taten ihr innerlich weh. Sie litt mit dem kleinen Jungen mit den goldenen Augen, der so verloren und ängstlich aussah. Mit dem jungen Mann, als Wick sich gegen die Ketten stemmte und vor Qualen schrie, als das glühend heiße Eisen seine Haut versengte. Und das schreckliche Brandmal auf seinem Unterarm zurückließ.

Gottverdammte Mistkerle. Die Schweinehunde hatten ihn entsetzlich verletzt.

Ihr wurde das Herz schwer, und Tränen brannten in ihren Augen. J.J. unterdrückte sie. Ihr Weinen würde Angela nur dazu bringen, Fragen zu stellen. Die sie auf keinen Fall beantworten würde. Wick verdiente seine Privatsphäre. Seine Vergangenheit gehörte ihm allein. Ob er sie mit jemandem teilen wollte, war einzig und allein seine Entscheidung und …

»Mylady!« Der Ruf hallte wider im Korridor.

J.J. tauschte einen Blick mit Angela und sprang auf. Etwas stimmte nicht. Sie konnte es an Daimlers Stimme hören. An den eiligen Fußschritten, die vor der Turnhalle zu hören waren. Spürte es mit jedem Herzschlag.

»Mylady, wo sind Sie?«, rief Daimler, sein Ton derart panisch, dass sich J.J. die Nackenhaare sträubten. »Myst!«

»Auf der Krankenstation, Daimler«, rief J.J., obgleich sie den Butler noch nicht sehen konnte. Noch vor Angela rannte sie durch die Turnhalle. Als sie zur Tür kam, sauste Daimler mit fliegenden Frackschößen an ihr vorbei. O nein. O verflixt. Das war gar nicht gut. Der Elf schien eigentlich von der unerschütterlichen Sorte zu sein, aber im Moment? Mit der Ruhe war es vorbei, stattdessen war er total alarmiert. »Sie ist auf der Krankenstation!«

»Was ist los?« Angela drängte sich an J.J. vorbei und blieb

mitten im Flur stehen. Schwer atmend fixierte sie den Elfen und sah ihm hinterher, als er zur Krankenstation rannte. »Wer ist verletzt?«

Mit großen, ängstlichen Augen blickte Daimler über seine Schulter, ohne langsamer zu werden. »Ich weiß es nicht, Mylady, aber es ist schlimm!«

Die Wand, die den Korridor abschloss, schwankte.

J.J. blieb wie angewurzelt stehen und hielt den Atem an. Wartete. Hoffte. Betete.

»Bitte, Gott«, flüsterte Angela, den Blick unverwandt auf den magischen Eingang gerichtet. »Nicht Rikar. Bitte, lass es nicht …«

Ein dumpfes Dröhnen in den Ohren, verstand J.J. zwar nicht die letzten Worte ihrer Freundin, füllte aber die Leerstelle und setzte Wicks Namen ein. *Bitte, lass es nicht Wick sein.* Während ihr diese Wörter im Kopf herumsprangen, verstand J.J. die wahre Bedeutung von Verzweiflung und wie schrecklich sie sein konnte. O Gott, wie verwerflich. Wie total krank … jemand anderem Schlechtes zu wünschen, damit der Mann, den sie liebte, unverletzt war. Aber sie konnte einfach nicht anders. Der Gedanke an einen verletzten Wick brachte sie total ins Schleudern. Stellte schreckliche Dinge mit ihrem Sinn für Richtig oder Falsch an. Mit ihrem Sinn für Gerechtigkeit. Im Moment wollte sie nur, dass es jemand anders war als er.

Egoistisch. Unfair. Mehr als schrecklich in Anbetracht der Tatsache, dass sie neben einer Frau stand, die mit einem Nightfury-Krieger verbunden war. Einer, die in dem Augenblick sterben würde, in dem er starb.

Es schnürte ihr die Kehle zu, als die alten Steine wogten,

sich wellten im schwachen Licht. Das Portal erweiterte sich und bildete eine Türöffnung, gestattete ihr, in die Höhle dahinter zu blicken. Ein Trio kam in Sicht. Drei dunkle gebeugte Köpfe, zwei Krieger stützten einen dritten, halb trugen, halb zogen sie den Verletzten. Den Blick auf die Gruppe fixiert, schüttelte J.J. den Kopf. Tränen brannten in ihren Augenwinkeln, als einer von ihnen in ihre Richtung blickte. Grimmige goldene Augen begegneten ihrem Blick. J.J. wurden die Knie schwach. *Oh, ich danke dir, Gott.* Nicht Wick. Es war nicht Wick. Er war nicht verletzt, aber …

Gnädiger Gott. Forge.

Der Krieger war übel zugerichtet. Schlimmer als *übel.* Er wirkte wie tot: bewusstlos, seine Stiefelspitzen schleiften über den Boden, sein Körper war über und über mit Blut bedeckt. Mac und Wick trugen ihn auf die Krankenstation, hinterließen blutige Streifen auf dem Boden.

Sein Kopf pochte wie verrückt, als Wick seinen verletzten Kameraden auf den Untersuchungstisch legte. *Verletzt.* Verdammt, was für eine Untertreibung. Forge war von oben bis unten aufgerissen, blutete immer noch wie ein Schwein und war dem Tod so nah, dass Wick nicht wusste, was er tun sollte. Schreien vor Qual angesichts seines sterbenden Kameraden? Oder sich mit einem Skalpell selbst aufschlitzen dafür, dass er seinen Freund so verwundet hatte?

Sein eigener Tod schien ihm wünschenswert zu sein. Durchaus den Schmerzen, der Scham, der Schuld vorzuziehen.

Er fuhr sich mit den Händen durchs Haar und trat zurück vom Tisch, dachte aber nicht daran, den Blick abzuwenden.

Von dem Blut. Von den klaffenden Wunden. Von dem sicheren Wissen, dass er Forge an die Schwelle des Todes gebracht hatte. Verdammte Scheiße. Er hatte es getan. Er war die Ursache. Er war verantwortlich für das ganze Chaos und die Schmerzen. Hätte er seinen Job gemacht und sich an den Plan gehalten, statt überstürzt zu handeln – und seine Brüder mit in den Kampf zu ziehen –, läge sein Kamerad nicht dort auf dem Tisch. Nur einen Herzschlag davon entfernt, sein Leben zu verlieren.

Seine Schuld. Es war alles seine Schuld.

»Herrgott«, ächzte er und blickte hinunter auf seine blutbesudelten Hände. Sie zitterten. Die Kehle schnürte sich ihm zu, als Gewissensbisse und Selbsthass aufeinanderprallten. Das Geräusch von Stoff, der zerschnitten wurde, erweckte seine Aufmerksamkeit, und er hob den Kopf wieder. Mit geballter Konzentration schnitt Myst Forges blutdurchtränktes Hemd auf, legte seine ganzen Wunden offen. Wicks Augen brannten, als er ihrem Blick begegnete. »Du musst ihn retten. Bitte rette ihn, Myst. Was kann ich tun? Sag mir, was ich …«

»Geh aus dem Weg«, sagte sie, ihr Ton so ruhig, dass es ihn umhaute. Total beherrscht. Absolut Herrin der Lage und ihrer Domäne. In ihrem Element. Die Einsicht gab Wick Hoffnung. Er trat einen Schritt zurück. Und noch einen, machte ihr Platz, tat, worum sie ihn gebeten hatte, betete inständig, als seine Schulterblätter mit der Wand kollidierten. »Und holt Sloan. Ich brauche zwei weitere Hände.«

Mac rannte zum Ausgang.

Die Glastüren glitten auf.

»Da bin ich.« Sloan eilte in den Raum und schnitt Mac den Weg ab. »Wie kann ich helfen?«

Ihre Hand hob und senkte sich, während Myst eine weitere Naht legte. »Bereite alles für eine Infusion vor.«

»Schon dabei.« Sloan umrundete das Ende des Untersuchungstisches. Er eilte zu einem Rolltisch. Schnappte sich einen Beutel mit klarer Flüssigkeit, befestigte ihn an der dafür vorgesehenen Vorrichtung und führte die Kanüle in Forges Vene ein. Klebeband zischte, als Sloan es von der Rolle zog. Während er die liegende Nadel befestigte, sah er Wick besorgt an. »Hol J.J. und Angela. Myst kann ihn wegen ihrer Schwangerschaft nicht nähren, aber er braucht eine Energieinfusion. Und … Mac?«

»Ja?«

»Hol Tania. Wir brauchen sie möglicherweise auch.«

Mac nickte. Wick zuckte zusammen, als sein Kumpel zum Ausgang rannte. Scheiße. Jamison, die Forge nährte. Allein der Gedanke gefiel ihm nicht. Zumal sich bei der Vorstellung seine Drachenhälfte vor Aggression aufrichtete. Ein verbundener Mann teilte seine Partnerin nicht. Niemals. Aber als er Myst bei der Arbeit beobachtete, wusste Wick, dass es die einzige Möglichkeit war, Forge zu retten. Er musste genährt werden. Wenn er keine Energie bekam, würde der Krieger sterben. Würde die nächste Stunde nicht überleben, geschweige denn den Tag. Sogar mit der Energiezufuhr schaffte er es möglicherweise nicht, aber …

Die Luftschleuse zischte, als sich die Tür zum Korridor öffnete.

»Mac sagte, du brauchst uns.« Außer Atem kam Jamison hereingerannt, Angela im Schlepptau.

»Was können wir tun?«, fragte Angela.

»Viel.« Sloan sah Jamison an und winkte sie zu sich.

»J.J., du zuerst. Komm hierher. Ich erkläre dir, was du tun musst.«

Nickend ging seine Frau auf den Untersuchungstisch zu. Ein Grollen stieg in Wicks Kehle auf. Primitiv. Besitzergreifend. Räuberisch. Das leise Knurren hallte durch die Stille. Wie rasiermesserscharfe Drachenkrallen kratzte die Warnung an seiner Zurechnungsfähigkeit, katapultierte Wicks Verstand an einen anderen Ort. An einen Ort, an dem Instinkt regierte und Logik nicht existierte. Den Blick auf seine Frau fixiert, fletschte er die Zähne. Magie erschütterte ihn, rumorte in seinen Adern, ließ ihn zucken vor Begierde, sie zu besitzen.

Seine Hände ballten sich zu Fäusten, als Wick einen Schritt auf sie zumachte.

Jamison, die seinen Gesichtsausdruck sah, sog scharf die Luft ein und blieb auf halbem Weg abrupt stehen. Als sie ihn ansah, flüsterte sie seinen Namen. Einladend. Voller Verlangen. So voller Begierde, dass Wick jedes Gefühl für sich und seine Umgebung verlor.

Er wollte sie. Gleich jetzt. Er musste sie unbedingt dominieren. Seine Herrschaft beweisen und jedem zeigen, dass Jamison ihm gehörte. Nur ihm.

Ausschließlich *ihm*. Und keinem anderen.

»Ach du dickes Ei.« Mit glitzernden dunklen Augen warf Sloan die Gedankenverbindung an. *»Venom, beweg deinen Arsch hierher. Bring Bas und Rikar mit. Wick rastet aus.«*

Jamison starrte ihn an und fuhr sich mit der Zunge über die Unterlippe. Lust regte sich tief in ihm und entfachte ein derart heftiges Verlangen, dass Wick es nicht zurückhalten konnte. Ein weiteres Knurren entrang sich seiner Kehle.

Venom kam schlitternd vor der Krankenstation zum Stehen,

Bas und Rikar dicht hinter ihm. Eine Kakophonie von Flüchen drang vom Korridor herein. Wick öffnete seine Fäuste und ging auf seine Frau zu. Sein bester Freund sprang über die Schwelle. In weniger als einer Sekunde packte Venom zu. Wick wehrte sich gegen den Griff, schnellte herum und hob seinen Arm. Knochen krachte auf Knochen.

Venoms Gesicht wurde zur Seite gerissen. »Verdammte Scheiße!«

Wick ballte erneut seine Faust. Richtig. Falsch. Nichts zählte mehr. Es ging nur um eins. Um Jamison. Er musste zu ihr. Sofort. Bevor irgendjemand sie berührte.

»O mein Gott.« Schock flackerte in den Augen seiner Frau auf. Unsicherheit kam als Nächstes, brachte sie dazu, ihre Hände zu heben. Sie hielt ihm ihre offenen Handflächen entgegen, um ihn zu beruhigen. »Wick, hör auf. Es ist in Ordnung. Lass …«

Er sprang vor, zog Venom mit sich.

»Scheiße«, knurrte Bastian und stürzte sich ins Getümmel. Die Luft war geladen mit knisternder Elektrizität. Starke Hände packten zu. Wick brüllte, als er zurückgezogen wurde. Weg von Jamison. Über die Schwelle. Hinaus auf den Gang. Abwechselnd von Bas und Venom gehalten, wehrte er sich nach Kräften, seine Stiefel rutschten über den Betonboden, seine Drachenhälfte fixiert auf *sie.* Er drängte wieder nach vorn. Bastians Hände rutschten ab. »Verdammte Scheiße. Rikar …«

»Hab ihn.« Frost überzog Wicks Lederjacke. Wick wand sich brüllend. Rikar fluchte und wandte härtere Mittel an, pustete ihm arktische Luft in seine Lunge. Wick keuchte, benutzte den kleinen verbliebenen Rest Sauerstoff, um »nein!«

zu brüllen, als seine Brüder ihn wegzogen. »Sloan … beeil dich, und dann schaff sie auf den Gang. Wir halten ihn fest, bis sie fertig ist.«

Bastian drückte ihn mit dem Bauch nach unten auf den Betonboden. Immer noch kämpfend, versuchte Wick, sich loszureißen. Bas fluchte erneut heftig und packte seinen Arm, hielt ihn hinter seinem Rücken fest. Dann setzte er sich auf ihn, während Rikar seine Beine fixierte. »Es tut mir leid. Es tut mir leid, mein Bruder, aber Forge braucht es. Er *braucht* es, Wick.«

»Nein«, krächzte Wick heiser, obgleich er die Wahrheit kannte. Aber Mist, es ging hier nicht um Vernunft. Oder darum, das Richtige zu tun. Der besitzergreifende Bastard in seinem Inneren hatte die Herrschaft übernommen. Jetzt hatte er seine Reaktionen nicht mehr im Griff. Konnte nicht mehr klar denken. »Sie gehört mir. *Mir.* Ich kann nicht … lasst …«

»Ich weiß.« Neben ihm hockend, umfasste Venom seinen Hinterkopf. »Aber es ist bald vorbei. Bleib stark. Nur noch einen Moment.«

Einen Moment? Wozu … um einen anderen Mann zu nähren? Verdammte Scheiße. »Lass los.«

Bastian festigte seinen Griff. »In einer Minute.«

Aus einer Minute wurden zwei. Und dann vier. Wick zählte die Sekunden, jede einzelne trieb ihn näher an den Rand des Wahnsinns. Seine angespannten Muskeln verkrampften sich noch mehr, dann fingen sie an zu zittern. Venom murmelte etwas, versuchte, ihn zu beruhigen. Es half nicht. Er wollte alle töten. Seinen Brüdern die Glieder einzeln ausreißen, weil sie ihm im Weg waren. Weil sie Jamison auf den Schleudersitz setzten und ihn in die gefühlsmäßige Kernschmelze zwangen.

Und als sein Wahnsinn immer größer wurde, seinen Schädel in einen Dampfkochtopf verwandelte, litt Wick Höllenqualen. In all den Jahren des Kämpfens, bei all den Verletzungen hatte er nie derartige Schmerzen erlitten. Elende. Lähmende. Lebensverändernde Pein. Die bohrenden Schmerzen drangen tief in ihn ein, bis die seelische Qual ihn geradezu aushöhlte.

Das Gesicht auf den Beton gepresst, stöhnte Wick ihren Namen.

»Hier, Baby. Ich bin hier«, wisperte eine leise Stimme hinter ihm. Ihr Duft erreichte ihn in einer Hitzewelle. Wick atmete tief ein, brauchte jedes winzige Stück von ihr. »Bitte, lasst ihn los.«

»Ich glaube nicht, dass das eine gute Idee ist, J.J.«, sagte Rikar und weigerte sich loszulassen.

»Er ist viel zu aufgedreht. Er würde möglicherweise …«

»Er wird mir nichts tun. Ich kann mit ihm umgehen, Bastian. Bitte, lasst los.«

Bas lockerte seinen Griff. Wick fletschte seine Zähne und kämpfte sich frei. Ein Stromstoß riss ihn förmlich auf die Füße. Seine Brüder zogen sich zurück, als er herumwirbelte, um seine Frau anzusehen. Ernste blaue Augen sahen ihn an. Sie flüsterte seinen Namen und streckte die Arme nach ihm aus. Er zögerte nicht. Verzweifelt vor Begehren, flog er förmlich in ihre Arme. Er umfing ihren Po, hob sie hoch, legte ihre Beine um seine Hüften und neigte seinen Kopf, küsste sie. Unfähig zu widerstehen, verband er seine Zunge mit ihrer. Summend vergrub sie ihre kleinen Hände in seinen Haaren. Verheerende Hitze entwickelte sich, als das Verlangen sie überwältigte. Sie küsste ihn leidenschaftlicher, öffnete ihren

Mund weit, lud ihn ein, während ihre Finger sich in seinen Haaren verkrallten, ihre Hüften sich an seine pressten und ihn antrieben.

Ein Schauer fuhr ihm über den Rücken. O Gott. Es war unfassbar. Sie schmeckte so gut. War so heiß. So begierig. So süß. Und als er sie leidenschaftlicher küsste und sie über den Korridor trug, wusste Wick, dass er erledigt war. Am Abgrund stand, kurz davor, das Richtige zu verleugnen und kopfüber das Falsche zu tun. Egal wie sehr er sich auch bemühte, er konnte dieser Verlockung nicht widerstehen. Oder die schreckliche Anziehung stoppen.

Es war der helle Wahnsinn. Der reinste Eigennutz.

Aber das war Wick gleichgültig. Er brauchte sie. Sie wollte ihn. Also scheiß drauf. Er würde sie nehmen. Würde sie feucht machen. Sie lange und hart reiten. Sie dazu bringen, ihn blind zu lieben. Die Zukunft spielte keine Rolle. Morgen konnte warten – ebenso wie die Konsequenzen.

25

Splitterfasernackt lag J.J. mitten in der Turnhalle und versuchte, wieder zu Atem zu kommen. Eine Unmöglichkeit. Wick dachte nicht daran aufzuhören. Oder ihr eine Pause zu gönnen. Stattdessen nagelte er sie auf der Turnmatte fest, trieb sie auf den Höhepunkt zu, der am Ende wartete. Als sie keuchte und um Erlösung flehte, knurrte er ihren Namen. Verschonte sie nicht. Spreizte ihre Schenkel noch weiter. Drang tief ein, nur um sich zurückzuziehen und wieder zuzustoßen, sodass sie vor Lust stöhnte, während er sie in eine Welt trieb, in der es nur Leidenschaft gab. Nur unbeschreibliche Wonne und …

O Gott. Millionenfache Ekstase.

Er bewegte sich wie ein Traum. Fühlte sich unglaublich an in ihren Armen, und sie wollte mehr. Mehr von seinem Duft auf ihrer Haut. Mehr von seinem Geschmack auf ihrer Zunge. Mehr von der Lust, die er ihr bereitete.

Aber nur, wenn er sie kommen ließ. Sofort.

»Wick …«

»Mmm, Baby.«

»Jetzt … bitte, jetzt.«

»Noch nicht.« Er stützte eine Hand neben ihrem Ohr auf, umfasste ihr Knie mit der anderen und zog es hoch, öffnete sie noch weiter. Drang noch tiefer ein. Ihr stockte der Atem, sie empfand nur noch reine Wonne, so heftig, dass sie kurz davor war zu explodieren. Wick hob den Kopf. Schimmernde goldene Augen blickten sie an. Er knurrte. Sie schluchzte, so bereit zu kommen, dass sie sich verkrampfte und sich vor Lustschmerzen unter ihm wand. »Nicht, bevor ich es sage.«

»Das ist unfair.«

»Keiner hat etwas von fair gesagt«, keuchte er über ihr. »Keine Gnade, *Vanzäla.*«

»Warum nicht?«

Er senkte seinen Kopf und leckte über ihre Brustwarze. »Ich kann ihn immer noch an dir riechen.«

»Was … du meine Güte«, keuchte sie und wurde schier verrückt, als er an ihrem empfindsamen Nippel saugte. Er knabberte daran, und als Nächstes ließ er dem anderen die gleiche Aufmerksamkeit zukommen. Himmel. Er würde sie noch umbringen … vor Wollust. Normalerweise kein Problem. Sie würde gern glücklich sterben, aber als die Hitze sich ausbreitete und ihr unter die Haut ging, schlug ihre Begierde in Verzweiflung um. »W-wen?«

Mit einem Knurren erhöhte er das Tempo, stieß immer heftiger zu, bestrafte sie mit Lust. Ein Schrei entrang sich ihr. Sie wölbte sich ihm entgegen, rieb ihre Hüften an seinen. Die Begierde steigerte sich, schraubte sich höher und höher. Katastrophal. Verzweifelt. Wunderbar. Brennendes Verlangen.

Er atmete stoßweise.

J.J. nutzte ihren Vorteil.

»Es gehört mir. *Mir* … hörst du?« Sie vergrub ihre Fäuste in seinem Haar, zog seinen Kopf zu sich herunter und küsste ihn. Er stöhnte. Sie verstärkte ihre Liebkosungen und ließ ihre Hände über seinen Körper wandern. Streichelte seine Haut, presste ihre Handflächen auf seinen Rücken. Er reagierte auf ihre Umarmung. Sie saugte an seiner Zunge und … hmm, lecker. Er schmeckte wie exotische Länder und gewürzter Rum. Eine tödliche Kombination, eine, die sie mutig machte. Sie unterbrach den Kuss und bleckte die Zähne. »Ich will es. Gib es mir. Jetzt!«

Sie gab den Befehl. Die Botschaft kam bei ihm an und … oooh, Baby. Wie er ihn befolgte, ihr den Atem nahm, seine Hüften kreisen ließ, so tief eindrang und genau … den richtigen … Punkt traf. Sie verharrte einen Moment atemlos, als Wick seinen Kopf neigte. Sein heißer Atem berührte ihre Haut, kurz bevor seine Zähne ihre Kehle streiften. Er knabberte an der zarten Haut über ihrer Halsschlagader, und Ekstase kündigte sich an, peitschte sie mit glühend heißer Lust. Sich vor Wonne auflösend, rief J.J. seinen Namen. Wick schrie auf, seine Muskeln verspannten sich, und pulsierend ergoss er sich tief in ihr.

Als er in ihr zuckte, nahm sie ihn fest in die Arme und hielt ihn an sich gepresst. Er seufzte und sackte warm und schwer über ihr zusammen – die Hüften zwischen ihren Schenkeln, die starken Arme um sie gelegt, das Gesicht an ihren Hals geschmiegt. Vertraute ihr vollkommen. Ließ J.J. Gerechtigkeit widerfahren. Löste sich in ihrer Umarmung auf, während er in die warme Welle des Nachbebens sank.

Erstaunlich. Unglaublich. Einfach alles übertreffend.

J.J. summte befriedigt. Sie liebte es, ihn zu lieben. Aber ihn hinterher in den Armen zu halten? Haut an Haut und Herz an Herz? Einfach himmlisch. Und als er ihren Namen murmelte, flüsterte sie seinen zurück, aus vollem Herzen, das vor Liebe überströmte. Dieser wunderbare Mann. Unglaublich in so vielerlei Hinsicht, und als sie sich, gesättigt vor Lust, entspannte, drückte sie ihm einen sanften Kuss auf die Schulter, so unglaublich dankbar, dass er ihr gehörte.

Oder jedenfalls ihr gehören würde … wenn sie fertig mit ihm war.

Viel zu befriedigt, um sich zu rühren, lag Wick in den Armen seiner Frau. Immer noch tief in ihr und nicht bereit, die Wärme ihres Körpers zu verlassen, atmete er ihren Duft ein, liebte die Fülle ihres Geruchs ebenso wie die Tatsache, dass sie nicht länger nach einem anderen Mann roch. Lächerlich, das wusste er. Bewusstlos aufgrund seines Blutverlustes, hatte Forge sie nicht berührt. Es war kein Sex mit dem Energieaustausch verbunden gewesen. Nur die Berührung ihrer Hände, eine Verbindung, die es Jamison ermöglichte, ihm ihre lebensrettende Energie zu spenden. Genau das, was sein Waffenbruder brauchte, um zu genesen und sich zu erholen.

Das zu wissen machte es jedoch nicht leichter, es zu ertragen.

Er hatte es nicht ertragen. Musste unbedingt jede Spur von Forge von ihrer Haut tilgen und sie durch seinen Geruch ersetzen. Dumm. Besitzergreifend. Irrational. Aber da war sie, seine Drachenhälfte, mit voller Gewalt, die sich wie ein Miststück aufführte, sogar angesichts der Notlage seines Kumpels.

Aber es war vorbei, und jetzt lag sie in seinen Armen. War die Seine, die er nehmen konnte. Die Seine, die er lieben konnte. Die Seine im Hier und Jetzt … an einem sehr öffentlichen Ort. Wick zog eine Grimasse. Verflixter Mist. Er hatte sie mitten in der Turnhalle geliebt. Im hellen Licht, auf einer Turnmatte, quasi direkt unter einem Basketballkorb, wo jeder jeden Moment die Tür öffnen und sie sehen konnte.

Nicht gerade der klügste Schachzug.

Andererseits hatte er in dem Moment nicht klar denken können. Und jetzt war es ihm, ehrlich gesagt, egal. Sie fühlte sich so gut an, und als er sich an sie schmiegte, atmete Wick erneut tief ein. Sein Mund verzog sich an ihrem Hals zu einem Lächeln. Zimt und gewürzte Süßigkeiten. Das war unschlagbar. Ihr natürlicher Duft passte zu ihr. Zog ihn an. Ließ ihn nach ihr verlangen und ihn sich einprägen, mit allen Sinnen und aus tiefstem Herzen. Er musste sich unbedingt alles merken. Jedes noch so kleine Detail. Wie sie schmeckte, wie sie roch, die Weichheit ihrer Haut und wie wunderbar sie in seinen Armen lag … so zart und dennoch so unglaublich perfekt.

Kleine Dinge. Große Wirkung.

Das alles musste sein Leben lang vorhalten. Jahre überdauern, ohne jemals zu verblassen. Ihm helfen, die Zeit zu überbrücken, es ihm ermöglichen, sich genau an sie zu erinnern. Er wusste, dass es dazu kommen würde … zur Enttäuschung und dem unvermeidlichen Abschied. Sie würde gehen. Eine Frau ihres Kalibers würde niemals einen Mann wie ihn wählen. Wick akzeptierte das, aber statt es ihnen leichter zu machen, statt das Richtige zu tun und sie wegzustoßen, hielt er sie fest. Nur noch ein paar Minuten. Vielleicht eine Stunde, wenn er Glück hatte. Danach würde er die Kraft finden, sie gehen zu lassen. Ihr das Leben, das sie verdiente, ermöglichen, statt desjenigen, das er ihr bieten konnte, und dann würde er lernen zu überleben.

Ohne sie.

Es würde nicht leicht werden. Er trauerte jetzt schon um sie. Sie zu verlieren würde höllisch wehtun. Es wäre leichter, die Wahrheit zu ignorieren, aber Wick hielt nichts davon, sich selbst zu belügen. Es gab kein Zurück. Keine Möglichkeit, die letzten paar Tage auszulöschen. Er wollte es auch gar nicht. Jamison machte es unmöglich, dass er es bedauerte, ihr begegnet zu sein. Stattdessen war er dankbar. So wenig Zeit, und dennoch waren die Auswirkungen auf ihn unleugbar. Unwiderlegbar. Auch unglaublich. Er hätte nie geglaubt, dass er eine Frau lieben könnte. Aber Tatsachen waren nun mal nicht zu leugnen. Er liebte sie innig, wahrhaftig, sehnte sich nach ihr auf eine Weise, die er noch nicht ganz verstand, von der er aber instinktiv wusste, dass sie richtig war.

Was für eine verdammte Scheiße. Zumal, wenn er gleichzeitig mit der Aussicht, sie zu verlassen, konfrontiert war.

Wick ließ seine Finger durch ihr seidenweiches Haar gleiten und presste seinen Mund an ihren Hals. Ein sanfter Kuss auf ihre Haut. Ein schwieriger Abschied ohne Worte. Die beste Erinnerung an das, was er tun musste. Er atmete tief durch, um sich zu bestärken, hob den Kopf und verlor wieder sein Herz.

Verdammt, sie war so schön.

Er zog seine Hand aus ihrem Haar zurück und strich sanft über ihre Augenbraue. Sie seufzte, als er sanft ihre Schläfe umkreiste, dann seine Hand hinunter zu ihrem Wangenknochen wandern ließ. Mit geschlossenen Augen lag sie entspannt in seinen Armen und genoss die Berührung, schmiegte ihr Gesicht in seine Hand. So vertrauensvoll. Viel zu verletzlich. Schöner als schön. Unfähig zu widerstehen beugte er sich vor und streifte ihre Lippen mit seinem Mund. Sie summte einladend, ließ ihn spielen, streichelte mit einer Hand seinen Nacken, während die andere über seine Schulter wanderte. Ihre Berührung erweckte in ihm das Bedürfnis nach mehr. Ihr

Geschmack brachte ihn dazu, sie wieder zu küssen, lange, ausdauernd und liebevoll. Als sich ihre Zungen verbanden, schimpfte Wick sich selbst einen Dummkopf. Nichts Gutes würde daraus entstehen, das Unvermeidliche hinauszuzögern. Das Beste wäre, es hinter sich zu bringen. Aber als er von ihr abließ, schlug sie die Augen auf und begegnete unverwandt seinem Blick.

Was … verdammter Mist … dazu führte, dass er sie wieder küsste.

Wie lange das so weiterging, wusste Wick nicht. Eine Minute? Zehn? Er hatte das Zeitgefühl verloren nach dem zweiten Kuss. Was nicht überraschend war. Die meiste Zeit konnte er sich in ihrer Gegenwart nicht mal seines eigenen Namens erinnern, aber wenn sie ihre Hände in seinem Haar hatte und er ihren Geschmack in seinem Mund? Traurig, es sagen zu müssen, aber Vernunft hatte da keine Chance.

Wick raffte seine gesamte Willenskraft zusammen und wandte sein Gesicht ab. Sie murrte protestierend. Er räusperte sich. »Jamison, wir müssen reden.«

»Nein«, flüsterte sie und berührte mit ihrer Fingerspitze seine Unterlippe. »Daraus wird nichts, ich lasse mich nicht wegschicken. Ich gehe nirgendwohin.«

Wick blinzelte überrascht. Das hatte er nicht erwartet, aber als sie ihn ansah, sah er ihre eiserne Entschlossenheit. Er legte die Stirn in Falten, versuchte, ihre Reaktion einzuordnen. Auf keinen Fall sollte sie in der Lage sein …

Herrgott. Er kapierte es nicht. »Es wäre besser, wenn du gehst.«

»Für wen?« Mit erhobenen Brauen sah sie ihn fragend an. »Für dich oder für mich?«

»Für dich.«

»Das stimmt nicht. Ich bin genau da, wo ich sein muss … hier bei dir.«

»*Vanzäla*«, sagte er, und ein verzweifelter Tonfall schlich sich in seine Stimme. Er rückte näher und schob ihr eine widerspenstige Haarsträhne aus der Stirn, während er den Kopf schüttelte. »Ich versuche, das Richtige für dich zu tun … es dir leicht zu machen zu gehen. Dir die Möglichkeit zu geben …«

»Ich möchte nicht gehen. Und wenn du ehrlich bist zu dir selbst, möchtest du es auch nicht.«

»Es geht nicht darum, was ich möchte. Es geht darum, was du brauchst.«

Fluchend stützte Wick seine Hände auf die Matte und stemmte sich hoch. Er brauchte Abstand. Auf keinen Fall konnte er standhaft bleiben, wenn sie noch miteinander verbunden waren. Aber als er versuchte, sich aus ihren Schenkeln zu lösen, ließ sie das nicht zu. Sie zog ihn zurück, schwang ein Bein über seine Hüften und setzte sich rittlings auf ihn. Wick zuckte zusammen. Ihre Hände stützten sich auf seine Brust, als sie sich senkte und ihren exquisiten Po auf seinem Schoß platzierte und … Das war ja nicht auszuhalten. Er konnte einfach nicht anders, packte ihre Taille, genoss ihre weiche Haut, und die Verlockung war riesengroß, nicht länger zu zögern und sie wieder in Besitz zu nehmen.

Stattdessen wählte er den Weg der Aufrichtigkeit. »Herrgott, Jamison. Ich bin einfach nicht geschaffen für diesen Mist. Ich weiß nicht, wie ich dir ein Gefährte sein kann. Ich werde es versauen. Ohne es zu wollen werde ich dir wehtun und alles zerstören.«

»Bullshit«, sagte sie, und ihre herbe Ausdrucksweise überraschte ihn. Wieder. Wie nicht anders zu erwarten, nahm er an. Zumindest, was die laufende Unterhaltung anging, weil … wow. Alles, was sie sagte, schien ihn heute mächtig zu schockieren. »Ich akzeptiere das nicht. Willst du wissen, warum nicht?«

»Sag es mir«, murmelte er, wollte sie ausreden lassen.

Eine schlechte Entscheidung? Wahrscheinlich. Aber mit der Hoffnung hatte er sowieso ein Hühnchen zu rupfen – das Miststück erfüllte ihn, ließ sein Herz heftiger klopfen, flüsterte ihm leise etwas zu, bis er zu hoffen wagte, dass vielleicht … nur *vielleicht* … Jamison sich ihn als ihren Gefährten wünschte. Weit hergeholt? Unbestreitbar. Es war ein Stoßgebet zum Himmel, obgleich das Spiel schon verloren war, aber ungeachtet des Resultats wollte er hören, was sie zu sagen hatte.

Sie beugte sich vor und küsste ihn auf seinen Mundwinkel. Nur eine kurze Berührung ihrer Lippen. Und ein schneller Rückzug. Man konnte es kaum einen Kuss nennen, aber … Mist. Er erwies sich als effektiv, erheischte seine Aufmerksamkeit, wie nichts anderes es konnte. »Nichts ist perfekt, Wick. Dic besten Dinge im Leben sind nicht leicht zu haben. Sie erfordern Bindung und harte Arbeit, und soll ich dir noch was sagen?«

Er starrte sie unverwandt an, voll konzentriert. »Was denn?«

»Jeder vermasselt es … *jeder.*« Mit gerunzelter Stirn fuhr sie ihm mit den Fingern über das Schlüsselbein und musterte sein Gesicht. Die Sorge in ihren Augen brachte ihn schier um. Er wollte ihr nicht wehtun. Er wollte sie befreien, ihr Möglichkeiten eröffnen, statt sie einzuschränken. Aber als sie auf ihrer Unterlippe kaute, wusste Wick nicht mehr weiter. Richtig.

Falsch. Er konnte das eine nicht mehr vom anderen unterscheiden. »Ich bin das beste Beispiel, geradezu ein Aushängeschild dafür, wie man alles falsch machen kann. Daher möchte ich, dass du mir zuhörst … mir *zuhörst*, wenn ich dir sage … dass ich nichts suche, was perfekt ist. Alles, was leicht ist, interessiert mich nicht, aber du tust es. Alles, was ich will, ist, mit dir zusammen zu sein. Nur mit dir. Mit keinem anderen.«

Wick bemühte sich, es zu glauben, und schluckte schwer. »Du kennst mich kaum.«

»Ich kenne dich besser, als du glaubst.« Sie entfernte seine Hand von ihrer Taille, drehte sein Handgelenk um und enthüllte die Narbe an seinem Unterarm. Er erstarrte, ballte seine Hand, versuchte, sie wegzuziehen, wollte nicht, dass sie die Narbe sah. Oder fragte, was sie bedeutete. Sie ließ nicht los, hielt seinen Arm fest, während sie das Brandzeichen mit den Fingerspitzen nachfuhr. »Ich weiß, wo du gewesen bist. Ich habe deine Vergangenheit gesehen.«

»Unmöglich.« Auf keinen Fall. O Gott, Hilfe. Sie konnte das unmöglich wissen.

»Ich schwöre bei Gott.« Sie hielt seinen Blick fest und fuhr mit dem Finger über seine hervortretende Haut. Schmerz schnürte ihm die Kehle zu, seine Augen tränten, während die Vergangenheit wiederauferstand, und er brannte vor Scham. Jamison umfasste sein Kinn und schüttelte den Kopf. »Hör auf. Es gibt nichts, wofür du dich schämen müsstest. Was dir passiert ist, ist gegen deinen Willen geschehen. Wenn ich die Zeit zurückdrehen und den Bastard dafür töten könnte, dass er dich verletzt hat, würde ich es tun. Mehr als zehnmal.«

Verdammt. Er kriegte keine Luft. Wusste nicht, wie er antworten sollte, geschweige denn, was er fühlen sollte. Er hatte nie die Absicht gehabt, es ihr zu erzählen, aber irgendwie, auf die eine oder andere Art, hatte sie die Wahrheit erfahren. »Wie … ich verstehe es nicht.«

»Energieaustausch«, sagte sie. »Ich kann dich spüren … dich verstehen … wie einen Herzschlag. Du hast mir von deiner Vergangenheit erzählt, ohne es zu wissen … durch die Verbindung, die wir teilen. Und weißt du was? Ich bin immer noch hier. Es erschreckt mich nicht, und genauso wenig tust du es.«

Ihr Eingeständnis ließ ihn nackt und bloß dastehen, öffnete ihn, machte ihn schutzlos. Vor Hoffnung. Vor Bedürftigkeit. In dem sicheren Wissen, dass sie ihn trotz seiner Vergangenheit wollte. Und als die Tore in seinem Innern sich öffneten, schnürte es ihm die Kehle zu, war er unfähig zu etwas anderem, als ihren Namen zu flüstern.

»Bitte, Wick. Weis mich nicht ab. Schick mich nicht weg. Ich will, dass du mir gehörst.« Mit Tränen in den Augen presste sie ihm ihre Handfläche auf die Brust, direkt über seinem Herzen. »Du gehörst zu mir, und ich liebe dich. Nichts anderes ist wichtig.«

Überwältigt von dem Ansturm seiner Gefühle, gab Wick nach. Er konnte ihr nicht widerstehen. Oder seine Bedürfnisse leugnen. Er hatte versucht, ehrenhaft zu handeln. Hatte versucht, das zu tun, was er für richtig hielt. Aber Jamison war anderer Meinung, und wenn er ehrlich war? Es verlangte ihn viel zu sehr nach ihr. Er war zu schwach, sich von allem, was sie anbot, abzuwenden. Also akzeptierte er es. Beugte sich dem Schicksal ebenso wie ihren Wünschen. »Du verdienst so viel Besseres, als ich es bin.«

»Dann werde der Mann, den ich verdiene«, flüsterte sie und

hielt ihn fest an sich gedrückt, schmiegte ihre Wange an seine. »Bleib bei mir. Akzeptiere mich. Liebe mich, Wick. Mehr verlange ich nicht. Mehr brauche ich nicht.«

»Ich liebe dich.«

»Dann ist es entschieden. Ich bleibe.«

Dankbarkeit traf ihn mit voller Wucht, traf direkt ins Herz. »Du bleibst. Aber ich verlange eine Gegenleistung.«

»Und was?«

»Heirate mich, *Vanzäla* … auf Drachenart.« Die Hände flach auf ihrem Rücken, küsste er ihr Schlüsselbein und hob den Kopf. »Stell dich mit mir in den Heiligen Kreis, schwöre den Eid und …«

»Ja.« Ihre himmelblauen Augen leuchteten, und sie lächelte. »Sag mir nur, wann.«

»Jetzt.«

Sie blinzelte. »Wirklich? Und was ist mit der Rotunde, der Zeremonie, all dem schicken Drumherum?«

»Schnickschnack.«

Sie verzog den Mund zu einem Lächeln. »Kein Bedarf.«

Er grinste zurück, hielt sie fest, während er sich erhob, und zog sie in seine Arme. Sie schmiegte sich an ihn wie ein Geschenk, warm und bereit, als er von der Turnmatte trat. Er ging mit nackten Füßen über den kühlen Fußboden zur Mitte des Basketballfeldes. Als er sie im Zentrum absetzte, bebte er vor Erwartung. Bald. In wenigen Minuten würde sie ihm gehören.

Kein Zögern. Kein Zurückweichen. Seine Gefährtin in jeder Hinsicht.

Er nahm ihre Hände und trat einen Schritt zurück. Magie flackerte auf, kribbelte über seine Handflächen, als er den ersten Stein herbeibeschwor. Oval in der Form, mit glatten, abgerundeten Kanten, lag das schwere Gewicht in seiner Handfläche. Er ließ sie nicht aus den Augen und legte den Stein auf den Boden, dann rief er den nächsten. Und noch einen. Bis elf identische bunte Edelsteine einen perfekten Kreis um seine Frau bildeten. Murmelnd öffnete er einen Kanal zum Meridian und beschwor den Zauber, füllte jeden der elf Steine aus der Quelle, die alle lebenden Dinge nährte.

Energie knisterte, surrte in der Luft wie Elektrizität.

Wick beschwor ein gelbes Band herbei und erhob sich. »Fertig?«

Ohne sich zu zieren, stand Jamison nackt in dem hellen Licht und antwortete nicht. Sie hielt ihm stattdessen ihre Hand entgegen. Wick atmete tief durch und streckte seinen Arm aus, nahm ihre Hand in seine. Sie zog. Er nahm die Einladung und das Schicksal an und trat zu ihr in den Heiligen Kreis. Vor ihr stehend, hob er seine rechte Hand. Sie tat es ihm nach und presste ihre Handfläche gegen seine. Innerhalb von Sekunden band er das Satinband um ihre Hände, verflocht es in seiner ganzen Länge mit ihren Fingern, vervollständigte den notwendigen Teil der Zeremonie, verband sie mittels eines uralten Rituals.

»Ich erinnere die Worte von Tanias Hochzeit«, sagte sie in andächtigem Tonfall. »Ich zuerst.«

»Jamison?«

»Ja?«

»Vergiss nie, dass ich dich liebe.«

Tränen traten ihr in die Augen. Eine rollte über ihre Wimpern. Er wischte sie weg, und sie lächelte. Nicht strahlend, gerade genug, um ihm genügend Sicherheit zu vermitteln, als sie ruhig einatmete und wieder ausatmete und mit dem Ritus begann, der sie für alle Zeit verbinden würde. »Schicksal meines Schicksals. Licht meines Lichts. Verwandter meiner Seele ohne jeden Zweifel. Du bist mein. Und ich bin dein. Zwei Herzen vereint, für immer.«

Als sie ihr Gelübde gesprochen hatte, begann er mit seinem, sprach zu ihr in der Drachensprache, der Sprache seines Volkes. Während er sie unverwandt anblickte, hob und senkte sich seine Stimme bei den rollenden Rs und den gedehnten Ss. Ihr stockte der Atem. Noch eine Träne rollte ihr über die Wange. Die Edelsteine begannen zu leuchten. Weißes Licht stieg aus ihrer Mitte auf, schlängelte sich um ihre Füße. Ehrfurcht erfasste ihn, ihm blieb das Herz stehen, als der Bindungszauber einsetzte, seine Lebenskraft mit der seiner Gefährtin verband und ihre mit seiner.

Schmerz versengte seinen Handrücken.

Magisches Feuer entzündete das gelbe Band. Satin wurde zu Asche, als das Zeichen ihrer Verbundenheit sich in seine Haut brannte. In Silber formten sich wunderschöne Muster, entstanden Tattoos auf ihrer Haut, die sich gegenseitig ergänzten. Überwältigt von Gefühlen, versagte ihm die Stimme. Jamison fing an zu weinen, und als sie ihre Finger mit seinen verschränkte, zog er sie in seine Arme. Die Wärme ihrer Haut verband sich mit seiner. Wick summte, hielt sie ganz fest und küsste jede Träne weg. Sie hatte ihm ein unfassbares Geschenk gemacht. Seine Frau. Seine Gefährtin. Ihm ebenbürtig in jeder Hinsicht. Und als sie ihren Kopf unter sein Kinn schmiegte und ihm zuflüsterte, dass sie ihn liebte, schwor Wick, sie immer zu beschützen, sie immer zu ehren und ewig zu lieben.

26

Langsam und vorsichtig glitt Wick aus dem Bett. Als seine Füße den kalten Fußboden berührten, grummelte Jamison, protestierte gegen den Verlust seiner Körperwärme. Sein Mund verzog sich zu einem Lächeln, als er im Dunkeln registrierte, wie sie sich auf der Seite einrollte. Mit seiner messerscharfen Nachtsicht sah er alles. Jede einzelne ihrer Haarsträhnen. Jede einzelne ihrer Wimpern. Die wunderschönen Linien des Paarungszeichens auf ihrem Handrücken, das ihm deutlicher als Worte sagte, dass sie ganz die Seine war.

Er ballte seine Faust und starrte auf seine Fingerknöchel, studierte sein eigenes Tattoo.

Verschiedenste Gefühle erfüllten ihn. Stolz. Dankbarkeit. Aber vor allem ein überwältigendes Gefühl von Zufriedenheit. So befreit. So heiter. Sein Herz war noch nie so voll davon gewesen … oder so verletzlich. Aber verdammt. Er konnte einfach nicht gegen seine Glücksgefühle an. Wollte es auch nicht. Jamison war der Grund dafür, dass er sich gut fühlte – geschätzt, ehrenhaft und gebraucht.

Alles, was er ersehnt, aber nie für möglich gehalten hatte. Bis jetzt.

Dennoch, die Veränderung verwunderte ihn ein wenig, ließ die üblichen roten Warnlampen aufleuchten, schaltete sein inneres Alarmsystem an. Alte Gewohnheiten lassen sich schwer ablegen. Wick schob sie dennoch beiseite. Verdrängte die Zweifel, entspannte sich und akzeptierte, dass die Dinge sich geändert hatten. Bei ihr musste er nicht auf der Hut sein. Jamison würde ihm nie wehtun oder ihn betrügen. Seine Geheimnisse waren bei ihr sicher aufgehoben, und das galt auch für sein Herz.

Er konnte einfach nicht widerstehen und stützte seine Hände auf die Bettdecke links und rechts von ihr. Als er sich vorbeugte und sie auf die Schläfe küsste, streckte sie den Arm aus. Ihre Handfläche glitt über das leere Kissen. Sie runzelte die Stirn und murmelte seinen Namen.

Er küsste sie erneut liebevoll. »Schlaf, *Vanzäla*. Ich bin bald zurück.«

Sobald sie sich wieder zusammenrollte, stieß er sich ab von der Matratze, beschwor seine Kleidung herbei und umrundete das Fußende des Bettes. Abgetragene Jeans und ein verwaschenes T-Shirt legten sich um seinen Körper. Mit Stiefeln gab er sich gar nicht erst ab. Er hatte nicht vor, lange wegzubleiben. Würde schon bald wieder neben seiner Frau ins Bett schlüpfen, sobald er diesen Gang hinter sich gebracht hatte.

Der … Mist … nicht erfreulich werden würde.

War natürlich nicht anders zu erwarten. Sich zu entschuldigen, egal aus welchem Grund, nervte.

Leise durchquerte Wick barfuß den Aufwachraum. Die Wahl des Bettes war zielorientiert gewesen. War aus mehreren Gründen rein strategisch gewesen. Der erste Grund war, dass er es nicht erwarten konnte, Jamison nach ihrer Hochzeitszeremonie wieder zu lieben, und dass ihm sein eigenes Schlafzimmer zu dem Zeitpunkt viel zu weit entfernt schien. Und der zweite Grund? Forge. Er lag nur einen Raum weiter. Bewusstlos, erholte sich von brutalen Verletzungen und schlief wie ein Toter.

Jedenfalls noch bis vor wenigen Minuten.

Dank seiner scharfen Drachensinne hörte Wick Stimmen. Kein Zweifel. Die Wunderzwillinge waren schon zugange. Was in Anbetracht der späten Stunde nicht überraschte. Wick ging an einem runden Tisch und zwei Stühlen vorbei und warf einen Blick auf die Uhr über der Reihe von Edelstahlschränken. Jedes Ticken klang laut in der Stille, der Sekundenzeiger wanderte über das Zifferblatt, viel zu schnell verging die Zeit. 14:43 Uhr. Zu dieser Zeit wachten die meisten Nightfury-Krieger auf. Also jetzt oder nie. Er musste sich beeilen und die Unterhaltung hinter sich bringen, bevor Bas und die anderen kamen, um nach Forge zu sehen.

Wick setzte seine Zauberkraft ein, betätigte den Türgriff und schob. Die Verbindungstür öffnete sich weit. Festen Schrittes trat er über die Schwelle und …

»Verdammter Mist.« Forge saß, gegen ein paar Kissen gelehnt, in seinem Krankenbett und sah seinen Schützling finster an. Ein Stapel Spielkarten lag zwischen ihnen. Forge senkte den Blick auf seine Karten, da warf Mac seine auf die Matratze. Der Schotte fluchte leise. »Du Wichser.«

»Willst du gewinnen?« Mac, der auf einem Stuhl neben dem Bett saß, griff nach dem Pot. Bunte Pokerchips rasselten, als er sie zusammenharkte. »Schlag mich anständig und ehrlich.«

»Verflixter Ire«, grummelte Forge und warf seine eigenen Karten hin. Pik und Karo glitten über die Bettdecke, drei Sechsen fielen auf zwei Buben. Vorfreude durchfuhr Wick. Poker, sein Lieblingsspiel. »Sturköpfe, allesamt.«

Schnaubend zeigte Mac seinem Kumpel einen Vogel, dann sammelte er die Karten ein und begann zu mischen.

Wick blieb dicht neben dem Eingang stehen und schloss die Tür hinter sich. Das leise Klicken verband sich mit dem ruhigen Summen der Halogenlampen. Zwei Augenpaare wandten sich ihm zu. Aber nur eins zählte für ihn. Er begegnete Forges Blick. »Wie fühlst du dich?«

»So, als würde ich Mac am liebsten nach Strich und Faden verprügeln.«

Mac verdrehte die Augen.

Wicks Mund zuckte. »Also besser.«

»Ja.«

Forges leise Stimme lockte Wick weiter hinein in den Raum. Er blieb am Fußende des Bettes stehen, stützte seine Unterarme auf die Stange und beugte sich vor. Er betrachtete den handgemachten Quilt, dann räusperte er sich. Herrgott. Wie sollte er bloß anfangen? Was sollte er sagen? Wo sollte er beginnen? Er wusste es nicht. So etwas wie Zerknirschung hatte noch nie zu seiner Gefühlsausstattung gehört, aber als er aufblickte und den dicken Verband betrachtete, der kreuz und quer über Forges Brust verlief, traf ihn die Reue mit voller Wucht. Mein Gott, er hätte beinahe einen seiner Brüder umgebracht.

Der Gedanke erzeugte heftige Übelkeit in ihm.

»Es tut mir leid«, sagte er und starrte auf seine Hände, die Kehle so verengt, dass er kaum ein Wort herausbrachte. »Ich wollte dich nicht verletzen.«

»Ich weiß.« Forge bewegte sich im Bett, setzte sich etwas aufrechter hin. »Beschuss durch die eigene Seite, Junge. Das passiert.«

»Mir nicht.«

»Das passiert jedem mal, wenn er lange genug lebt.«

Wick schüttelte den Kopf. Trotz Forges Bereitschaft, ihm zu verzeihen, konnte Wick die Sache nicht einfach abhaken. Er hatte einen Fehler gemacht. Er musste dafür bezahlen. »Ich schulde dir eine Wiedergutmachung. Es ist eine Blutschuld von …«

»Quatsch. Du schuldest mir nichts«, knurrte Forge. »Es ist genau andersherum. Du hast deine Frau geteilt. Mir das Leben gerettet, indem du zugelassen hast, dass J.J. mich nährt.«

Zugelassen? Was für eine dicke, fette Lüge. »Ich war nicht direkt einverstanden.«

»Ich auch nicht.« Mit ernster Miene teilte Mac die Karten mit einer Hand. Eine Profibewegung. Was nicht überraschte. Das neueste Mitglied des Nightfury-Clans war ein spitzenmäßiger Pokerspieler. Ein regelrechter Kartenhai, sogar nach Wicks hohen Maßstäben. »Venom und die anderen haben auch mich festgehalten, als Tania an der Reihe war. Und Rikar?«

Wick sah ihn fragend an, wartete auf die Pointe.

»Der Korridor hat sich in ein Winterwunderland verwandelt. Wurde ein Eispalast, sobald Ange sich ins Getümmel stürzte. Wir konnten ihn nicht zurückhalten, sodass Bastian ihm eine reingehauen hat. Hat ihn k.o. geschlagen.« Mac schnaubte, die Karten bewegten sich wie Schnellfeuer, während er sie weiter geräuschlos mischte. »Du solltest mal das Veilchen sehen, das er jetzt hat. Ange muss ihn immer noch hätscheln.«

»Scheint die Runde zu machen«, sagte Forge und wies auf Wicks Handrücken. »Du hast jetzt auch so eins.«

»Allerdings.« Wick krümmte seine Finger, sodass sich das

Paarungszeichen bewegte. Tiefer Stolz erfüllte ihn. Ein Wirbel von Glücksgefühlen folgte. »Hatte nicht gedacht, dass ich den Mut hätte, ihr einen Antrag zu machen, du etwa?«

»Mut ist nicht dein Problem, Wick.« Forge nahm einen Pokerchip auf und schnipste ihn Wick zu. Der fing ihn in der Luft auf und fuhr mit dem Daumen über die Kante, drehte ihn hin und her. Mit Schalk in den Augen feixte der Schotte: »Aber soziale Kompetenz.«

»Fick dich, Forge«, sagte Wick, ließ mal wieder seinen Lieblingsspruch vom Stapel.

Wie beabsichtigt, fingen die beiden anderen Männer an zu lachen. Und einfach so war die Spannung beseitigt, und es war vorüber. Die Entschuldigung angenommen. Alles wieder in Ordnung. Vergebung erbeten und erhalten. Fantastisch. Aber als die Erleichterung einsetzte, meldete sich gleich eine neue Sorge. Ein große, die nichts zu tun hatte mit den Kriegern, die bereits sicher im Hauptquartier waren.

Wick ging um das Bett herum und setzte sich auf die Matratze. Er lehnte sich mit dem Rücken ans Fußende, streckte seine Beine aus auf dem Quilt und verschränkte die Füße. Sein Blick schoss zwischen seinen Kameraden hin und her, als er fragte: »Irgendwelche Neuigkeiten von Gage und Haider?«

Mac schüttelte den Kopf. »Nichts. Bas ist schwer beunruhigt.«

Das war Wick auch. Die Metallischen hatten sich noch nie so lange nicht gemeldet. Die Tatsache, dass Funkstille herrschte, war kein gutes Zeichen. »Und was ist mit Nian?«

»Sloan schickt ihm Nachrichten, aber bisher hat er nicht geantwortet.«

»Scheißdreck.«

»Du sagst es.« Mac rutschte weiter nach vorn auf seinem Stuhl und lehnte sich zurück. Plastik knarrte, als er seine Beine hob und seine Stiefel neben Wicks nackte Füße legte. »Wir haben aber noch eine andere Option.«

»Azrad«, murmelte Wick und nahm den Gedankengang seines Kumpels auf.

Forge brummte. »Ein guter Tipp, wenn man seine Verbindung zu Nian berücksichtigt. Der Mann weiß möglicherweise was.«

Da konnte man nur die Daumen drücken. Informationen zu beschaffen war der erste Schritt. Handeln käme als Nächstes. »Plant Bastian ein neues Meeting?«

»Ja. Ich weiß nur nicht genau, wann«, sagte Mac. »Zuerst will er, dass Forge wieder auf die Beine kommt.«

Wick nickte. Das machte Sinn. »Alle Mann an Bord.«

»Das wäre verdammt noch mal auch besser.« Genervt funkelte Forge sie an. »Wenn ihr mich zu Hause lasst, trete ich euch von jetzt bis zum St. Patrick's Day in den Arsch.«

»Könnte schlimmer kommen.« Mac grinste breit, halb teuflisch, halb begierig. »Zumindest gibt es dann jede Menge Bier zu trinken.«

»Bio-Bier«, sagte Wick und machte mit bei dem Spaß.

»Unglaubliche Wichser … alle beide.«

Mac lachte.

Wick schüttelte den Kopf über die beiden, obgleich er sie sehr schätzte. Mac und Forge waren zwar Neulinge im Clan, passten aber perfekt zu ihnen. Sie gehörten einfach dazu. Gehörten zur Familie in jeder Hinsicht. Was bedeutete, dass er sie alles fragen konnte. Er runzelte die Stirn. Richtig? Nachdem er einen Moment darüber nachgedacht hatte, hatte er die Antwort. Keine Frage. Beide Männer waren zuverlässig, vertrauenswürdig und höllisch gewitzt, sodass … jawohl. Sie um Rat zu fragen schien empfehlenswert zu sein.

Bis auf ein kleines Problem.

Er hatte noch nie zuvor jemanden um Hilfe gebeten. Wusste nicht so recht, wie er das anstellen sollte. Sollte er mit der Tür ins Haus fallen? Gab es ein Protokoll, das er befolgen musste? Irgendwelche Anstandsregeln? Mist, er wusste es nicht, sodass …

Scheiß drauf. Er konnte das Problem genauso gut direkt anpacken. »Hey, Forge?«

»Was ist?«

»Wie ich höre, kannst du gut mit einem Hammer umgehen.«

Eine Untertreibung. Eine riesige. Zumal Wick seine Arbeit gesehen hatte. Forge war ein meisterhafter Tischler und verfügte über eine beträchtliche Anzahl von Werkzeugen und jede Menge Können. Und das setzte er jeden Nachmittag sinnvoll ein, um weiter an dem Regal zu schnitzen, das er für seine Sammlung edler Weine und alter Whiskys brauchte. Er war mit Leib und Seele dabei, war glücklich, wenn er an seinem Weinkeller basteln konnte in einer Ecke des unterirdischen Hauptquartiers. Obgleich noch im Anfangsstadium befindlich, strahlte der Ort bereits Stil und Raffinesse aus mit den Edelhölzern aus exotischen Ländern und sprach dank Forges Sinn für althergebrachte Traditionen aus seinem Heimatland, von seinem schottischen Erbe und einer Geschichte, die fortdauerte.

Lebhaftes Interesse trat in seine Augen, und Forge wirkte gespannt. »Was willst du bauen?«

»Ein Geschenk für Jamison.«

Mac rieb sich die juckende Schulter an der Rücklehne. »Raus damit.«

Und einfach so fingen sie an, sich zu unterhalten. Erstaunlich, wirklich. Etwas so Einfaches wie eine Frage führte zu kameradschaftlichem Umgang. Wie er ihn nur mit Venom kannte. Ja, als Wick ihnen seine Idee mitteilte, akzeptierten ihn seine Brüder fraglos, halfen ihm, seine Vorstellungen zu entwickeln, die Details durchzugehen und eine Materialliste aufzustellen. Außergewöhnlich. Machte auch ungeheuren Spaß, und als er Forge und Mac darüber streiten hörte, welche Holzschrauben am besten wären, kannte seine Begeisterung keine Grenzen. *Passt nur auf, ihr da draußen*! Er machte sich auf in das große Unbekannte, war dabei, etwas, was er noch nie zuvor probiert hatte, mithilfe seiner Freunde auszuprobieren. Die Kunst, eine Frau zu erfreuen. Und, o Baby, er konnte es kaum erwarten anzufangen. Konnte es kaum erwarten, Jamisons Gesicht zu sehen, wenn er sie mit seinem Geschenk überraschte.

J.J. hockte auf einem Stuhl an der Kücheninsel, klopfte mit ihrem Stift auf den Schreibblock und betrachtete nachdenklich den Kuchen vor ihr. Der Radiergummi attackierte das Papier, bestrafte einen schnörkeligen Violinschlüssel und die angrenzenden Zeilen, die eine Abfolge von Musiknoten enthielten. Zwei Fliegen mit einer Klappe. Tonsätze kreieren und gleichzeitig backen … ein Glücksfall. Einer, den sie mit Daimlers Hilfe entdeckt hatte. Ein Zeitvertreib, den sie genießen würde, wäre da nicht Folgendes.

Ihr Entwurf war Asche.

Oh, nicht der Song. Die Melodie nahm genau die richtige Form an, der lebhafte Refrain floss in jeden Vers wie ein Fluss ins Meer. Wie gerufen. Perfekter Rhythmus, der im Takt blieb. Überhaupt keine Probleme an der Musikfront. Es war die Drachentorte, die ihr Sorgen machte. Die Beine waren zu dick, der Hals zu dünn und der Kopf? Mann, so ein Mist. Das Ding glich mehr einem Dreieck als den glatten geformten Konturen, die sie sich vorstellte. Sie kaute auf ihrer Lippe, fügte ihrem Song eine weitere Notenreihe hinzu, dann ließ sie den Stift fallen, um das Backmesser zur Hand zu nehmen. Sie klopfte mit seiner Spitze auf die Marmortheke. Das Rat-ta-ta-tat nahm sie kaum wahr. Sie war zu sehr damit beschäftigt, herauszufinden, welchen Fehler sie gemacht hatte.

Nicht beim Backen selbst. Die Torte mit ihrem weißen Zuckerguss sah ganz okay aus. Also nein, das konnte es nicht sein. Sie legte den Kopf schräg, erst auf die eine, dann auf die andere Seite, schürzte die Lippen, hoffte, ein anderer Blickwinkel würde helfen, aber …

Kein Glück. Der Kopf sah immer noch schrecklich aus.

Sie sah ihn finster an. Blödes Ding. Wer hätte gedacht, dass eine Torte zu dekorieren so schwierig war? Sie jedenfalls nicht. Nicht, nachdem das Dekorieren der Törtchen so gut geklappt hatte. Sie stupste die Torte an, schob den Schreibblock beiseite und drehte ihren beschissen aussehenden Drachen einmal ganz im Kreis herum, betrachtete ihn von allen Seiten, dann blickte sie auf das Messer in ihrer Hand. Vielleicht, wenn sie ihn ein bisschen skalpierte. Den Körper verkleinerte. Den Hals verbreiterte. Und Hörner, Schuppen und Stacheln mit buntem Marzipan verzierte? J.J. zog eine Grimasse. Vielleicht sollte sie einfach ganz von vorn anfangen. So ungern sie es auch zugab, aber das schien ihr die beste Lösung zu sein.

»Verdammt und zugenäht«, grummelte ihre Schwester. Tania, die ihr gegenübersaß, kaute auf dem Ende ihres eigenen Bleistifts. Sie wedelte mit einem Skizzenblock und fluchte leise. »Es sieht immer noch nicht gut aus.«

»Willkommen im Club.«

Aufgeschreckt aus ihrem kreativen Dilemma, hob Tania den Kopf. »Was?«

J.J. stach mit ihrer Messerspitze in den Drachenkopf. »Tja, sieh ihn dir nur an. Die reinste Katastrophe. Es sieht aus wie etwas aus einem schlechten Horrorstreifen.«

Tania prustete vor Lachen. »Der Hals ist zu dünn.«

»Danke für die Kurznachrichten«, murrte J.J. und warf ihrer Schwester einen gequälten Blick zu. Tania grinste. J.J. verdrehte die Augen. Ah, Mist … sie konnte es genauso gut zugeben. Sie hatte sich zu viel vorgenommen. Und da Daimler nicht im Black Diamond war – unterwegs in einem gehcimen Auftrag für Wick –, hatte sie keine Chance, die Backkatastrophe abzuwenden. »Was ist dein Problem?«

»Der Wasserfall.«

J.J. sah sie fragend an.

Seufzend schob ihre Schwester ihr den Skizzenblock zu. J.J. blinzelte. Wow. Siehe sich einer das an. Die dreidimensionale Zeichnung sprang einen geradezu an, stellte einen mondbeschienenen Teich, umgeben von üppigem Wald und glatten Steinen dar. Tania starrte auf das Bild und schüttelte den Kopf. »Ich möchte, dass das Wasser über die Felswand in den Pool fließt, aber … ich weiß auch nicht … irgendwie stimmt die Perspektive nicht oder was auch immer. Ich finde einfach nicht heraus, was daran falsch ist.«

»Da bin ich überfragt.« Angestrengt studierte J.J. den Entwurf. »Ich verstehe nicht das Geringste von …«

Ein warmes Kribbeln fuhr ihr über den Nacken.

Sie hielt den Atem an, als ihr das angenehme Gefühl über den Rücken glitt. Gut, gut, das wurde aber auch Zeit. Wick war auf dem Weg zu ihr, und nachdem er sich den ganzen Nachmittag nicht hatte sehen lassen? War sie bereit, ihn zu sehen. Bereit, ihn wieder zu fragen, zu stochern, zu bohren, zu betteln, zu flehen um einen Hinweis. Er führte irgendetwas im Schilde. Sie spürte es bis ins Mark. Erkannte es an dem vielsagenden Glitzern in seinen Augen. Konnte es förmlich riechen. Aber das Beste von allem? Er hatte sich die letzten drei Tage quasi unsichtbar gemacht.

Zusammen mit den anderen Nightfury-Kriegern.

Sehr verdächtig? Und ob. Mehr als mysteriös, ein Rätsel, das unbedingt gelöst werden musste.

Voller Erwartung glitt J.J. vom Hocker. Als ihre nackten Füße die warmen Fliesen berührten, warf sie ihrer Schwester einen Seitenblick zu. »Bis später.«

»Hipp, hipp, hurra, Schwesterherz«, sagte Tania mit Schalk in den Augen. »Geh und hol ihn dir, Tigerin.«

Lachend ging J.J. um die Kücheninsel herum. Alle ihre Sinne auf Wick konzentriert, bog sie in den Korridor und … Grundgütiger. Da war er, schon halb durch den Flur, und sah zum Anbeißen aus, wie er da auf seinen langen Beinen auf sie zukam. Sie eilte ihm entgegen mit klopfendem Herzen, ihr Körper bebte förmlich vor aufwallender Begierde. Seine goldenen Augen schimmerten, als sich auf seinem Gesicht langsam ein Lächeln ausbreitete. Ihr Magen machte einen Salto. Ein Glücksgefühl folgte sogleich. Gott, sie liebte es, wenn er sie so ansah, mit einem Verlangen, geboren aus Leidenschaft und Gier, mit so viel Liebe darin, dass es ihr den Atem nahm.

»Hey«, sagte sie und schmiegte sich eng an ihn. Seine Arme schlossen sich fest um sie. Hmm, er roch immer so unglaublich gut, nach Holzfeuer und Männlichkeit. Sie atmete tief ein und drückte ihm einen Kuss auf seine mit einem T-Shirt bekleidete Brust, hob ihr Kinn und bot ihm ihre Lippen. Er überlegte es sich nicht zweimal, sondern neigte den Kopf und küsste sie. Sie lächelte an seinem Mund und ließ ihre Hände über seinen Rücken gleiten, liebte es, ihn zu berühren, aber dann kam sie zur Sache. Ihre Wissbegier verlangte nach einer Antwort, und sie wollte es wissen. »Also, erzählst du es mir jetzt?«

Er schüttelte den Kopf. »Wie wäre es, wenn ich es dir stattdessen zeige?«

O ja, bitte. Erst recht, wenn das *Zeigen* beinhaltete, dass sie mit ihm in die Horizontale ging. »Wohin gehen wir?«

Wick antwortete nicht. Stattdessen nahm er ihre Hand, verflocht ihre Finger miteinander und führte sie den Korridor hinunter. Weg von ihrer Schwester und der Küche. Vorbei am Schlafzimmer, das J.J. jetzt mit ihm teilte. Seine lauten Stiefelschritte hallten wider in der Stille, während sie ihm folgte, ohne ihn weiter zu löchern. Wohin … wohin? Die Frage erhöhte ihre Erwartung, bis sie es nicht mehr aushielt.

Sie wollte es wissen. Sofort.

Was bestimmt Teil seines Plans war, wie sie sich denken konnte.

Gemeinerweise hatte Wick sie perfekt ausgetrickst, hatte

sie wissen lassen, dass er etwas im Schilde führte, ohne das Geheimnis zu lüften. Er hatte sie sogar im mentalen Bereich ausgeschlossen, hatte ihr verweigert, über ihre mentale Verbindung in ihm zu lesen. Was ihre Neugierde natürlich erst recht unglaublich angestachelt hatte. Nahezu idiotisch grinsend, nahm sie seine Hände in ihre und hüpfte wie eine aufgeregte Fünfjährige auf und ab. Sie konnte einfach nicht anders. Was immer er geplant hatte, es musste etwas Großes sein. Riesiger als riesig, denn …

Er blieb vor einer Doppeltür stehen. Blitzende, erwartungsvolle Augen maßen sie. »Bereit?«

So gespannt, dass ihr die Stimme wegblieb, drückte sie seine Hand und nickte.

»Schließ die Augen.«

J.J. atmete tief durch und gehorchte. Er trat neben sie. Das Türschloss klickte, das leise Geräusch hallte wider in ihrem Kopf. Wick zog sie sanft vorwärts, führte sie über die Schwelle und tief in den Raum hinein. Er kam ihr groß vor, offen, mit hoher Decke, mehr wie ein Wohnraum als ein Schlafzimmer. Der Duft von frischer Farbe hing in der Luft, zusammen mit einem Hauch von Sägemehl. Aber der Fußboden fühlte sich glatt an, wie Hartholz und … oh. Weiche Fransen streiften ihre nackten Füße. Sie hatte gerade einen Teppich betreten. Einen großen, nach der Entfernung zu urteilen, die sie zurücklegte, bevor Wick stehen blieb.

Er löste seine Finger aus ihren und gab ihre Hand frei.

J.J. wand sich, bohrte ihre Zehen in den dicken, weichen Teppich. »Jetzt?«

»Ja«, murmelte er und streifte mit seinen Lippen ihre Kehle. Ein Schauer durchfuhr sie, und sie bekam eine Gänsehaut, als er an ihrer Ohrmuschel knabberte. »Jetzt. Mach die Augen auf, Jamison.«

Sie tat es und …

Du lieber Himmel. J.J. blinzelte. Ein echter Flügel. Ein verdammter *Stutzflügel* stand mitten im Raum. Hochglänzender schwarzer Lack. Elfenbeinweiße, schimmernde Tasten. Eine gepolsterte Sitzbank rief sie. Und neben dem Flügel stand stolz auf einem Gitarrenständer eine brandneue Bedell – das honigfarbene Holz glänzte im schwachen Licht. Ungläubigkeit kämpfte mit überwältigender Freude. Unnachsichtig traf sie sie direkt ins Herz, drückte ihr förmlich die Luft zum Atmen ab. Ihre Hände fingen an zu zittern. Tränen traten ihr in die Augen, trübten ihr die Sicht, schnürten ihr die Kehle zu.

Sie öffnete den Mund, dann schloss sie ihn wieder. Es war zu viel. Viel zu viel. Das Schönste, was sie je gesehen hatte. Es übertraf bei Weitem alles, was sie sich hätte vorstellen können für sich.

»Oh, Wick«, wisperte sie, so überwältigt, dass sie nicht wusste, was sie tun sollte. Sich hinsetzen und wie ein Baby heulen. Oder Wick so fest umarmen, dass sie ihm die Rippen brach. »Oh, mein Gott. Du … ich … es ist …«

»Na, wie hab ich das gemacht?«

»Ich kann nicht … ich weiß nicht mal, wie ich …«, sagte J.J. mit rauer Stimme, bemüht um eine Antwort. Sie schüttelte den Kopf, wusste, dass sie Wick eine schuldete, aber … o Gott. Sein Geschenk machte sie sprachlos. Ein Musikzimmer. Was für ein wunderbarer, verrückter Mann. Er hatte ihr ein Musikzimmer eingerichtet. Einen Platz, wo sie komponieren konnte. Einen Ort, der wie geschaffen war zum Spielen. Einen Raum ganz für sie allein. Überquellende Dankbarkeit erfüllte ihr Herz, verband sich mit der Liebe für ihn. Mit einem Schluchzen in der Kehle riss J.J. ihren Blick los von der Bedell und drehte sich zu ihm um. Er stand einen Meter entfernt, sah sie gespannt mit seinen goldenen Augen an, beobachtete, wartete … fragte sich zweifellos, ob ihr sein Geschenk gefiel. »Es ist phänomenal. Mehr als fantastisch. Ich liebe es. Du bist einfach … irre, unglaublich.«

Freude flackerte auf in seinen Augen, bevor sein Mund sich zu einem Lächeln verzog.

Mehr Tränen fielen, und unfähig, noch eine Sekunde länger zu warten, streckte J.J. ihre Arme nach ihm aus. Er machte einen Schritt auf sie zu und zog sie liebevoll in seine Arme, gab ihr das Gefühl, etwas ganz Besonderes zu sein. Erstaunlich … in jeder Hinsicht. Niemand hatte ihr je das Gefühl gegeben, wichtig zu sein – geschätzt, gebraucht, derartiger Aufmerksamkeit würdig. Niemand außer Wick, und als sie ihre Wange an seine Brust schmiegte und seinem Herzschlag lauschte, verstand sie zum ersten Mal, was wahre Liebe bedeutete.

»Danke«, sagte sie, und ihre Tränen durchtränkten sein T-Shirt. »Es wird nie genug Worte geben dafür, aber … danke, Wick. Ich danke dir tausendmal.«

Mit einem zufriedenen Summen drückte er ihr einen Kuss auf den Kopf. »Ich habe noch ein Geschenk.«

»Mannomann«, sagte sie schniefend. »Versuchst du, mich umzubringen?«

Er lachte, strahlte sie an und schwenkte sie herum. Mit langsamen Tanzschritten führte er sie durch den Raum zu einer Sitzecke. Die sie bisher noch gar nicht bemerkt hatte. Total verständlich. Sie war viel zu sehr damit beschäftigt gewesen, den Flügel und ihre neue Gitarre anzustarren, als dass sie noch etwas anderes hätte wahrnehmen können, aber als Wick sie auf der Couch platzierte, setzte ihre Beobachtungsgabe wieder ein. Ein Geschenk – ein großes mit einer schlappen roten Schleife – stand auf dem Couchtisch. Wick setzte sich neben sie aufs Sofa, in dessen weiche Polster er tief einsank.

Über J.J.s anfängliche Überraschung siegte jetzt die Neugier. Ihre Blicke trafen sich. Sie hob ihre Augenbrauen.

Wick legte seine Arme auf die Sofalehne und beobachtete sie. Er tippte sich ans Kinn. »Öffne es.«

»Du verwöhnst mich.«

»Das Vorrecht eines Gefährten.«

Sie erschauerte vor Freude. *Gefährte.* Oh, wie sie dieses Wort liebte, und als sie sich abwandte und auf dem Polster vorrutschte, hätte sie das Geschenk am liebsten vergessen. Es aufgehoben für später und stattdessen mit ihm Sex gehabt. Sie blickte über ihre Schulter und sah ihn aufreizend an. Hitze flammte auf in seinem Blick. Sie fuhr sich mit der Zunge über die Unterlippe. Wick schüttelte den Kopf und zeigte auf das Geschenk.

»Okay, okay.« J.J. griff nach dem Geschenk und zog den großen Karton zu sich. »Mach dich lieber schon mal auf was gefasst, weil ich dich hinterher dafür büßen lasse, dass ich warten musste.«

»Gebongt.«

J.J. löste die Schleife, öffnete den Deckel, spähte über die Kante und guckte hinein. Sie erstarrte. Du meine Güte. Das konnte doch nicht wahr sein. Auf keinen Fall würde er …

Ihr Geschenk bewegte sich.

J.J. saß da mit offenem Mund. Total geschockt. Sie war keines Gedankens mehr fähig. Absolut verzückt.

»Du meine Güte, Wick … du kannst doch nicht«, flüsterte sie, konnte es nicht glauben, sogar als sie hineingriff und ihr Geschenk aus dem Karton hob. Ein junger Hund starrte sie an, mit weiß-grauem Fell und ernsten dunkelbraunen Augen, die schwarze Nase nur Zentimeter von ihrer entfernt. Sprachlos starrte J.J. zurück. Du liebe Zeit, ein Hund … und nicht nur irgendeine Rasse, sondern eine rundherum perfekte Baby-Bulldogge mit schwarzer Knautschnase. »Du kannst doch nicht einfach …«

»Wie es aussieht, konnte ich doch.« Er ließ sie nicht aus den Augen, saugte jede Nuance ihres Gesichtsausdrucks in sich auf. »Gefällt sie dir?«

»Ob sie mir … heiliger Strohsack, nein. *Gefallen* trifft es nicht annähernd. Ich *liebe* sie.« Eine neue Runde Tränen war angesagt. Ein Musikzimmer und ein Hundebaby. Alles am selben Tag. Absolut surreal. So total unerwartet, dass J.J. es einfach immer noch nicht fassen konnte. Aber als sie ihr neues Hündchen knuddelte und Wick ansah, begriff sie es schließlich. Dies war ihr neues Leben. *Er* war ihr Leben. Sie gehörte zu dem unglaublichsten, großzügigsten, fantastischsten Mann auf der Welt – und er zu ihr. »Habe ich dir heute schon gesagt, wie sehr ich dich liebe?«

»Worte, *Vanzäla*«, sagte er und hatte ein Knurren in der Stimme. Der tiefe Ton spielte auf amouröse Nachmittage und unbeschreibliche Ungehörigkeiten an. Begierde flammte in ihr auf, sorgte dafür, dass sich ihre Zehen krümmten. »Beweise es mir.«

Mit einem »Verdammt, und ob!« nahm J.J. die Herausforderung an und setzte den Hund neben der Couch ab. Mit der Nase am Fußboden machte sich der kleine Schatz daran, seine Umgebung zu erkunden, und J.J. zögerte nicht länger. Sie glitt in Wicks Arme, vergrub ihre Hände in seinem Haar und küsste ihn leidenschaftlich, wusste, dass sie nie genug von ihm bekommen würde. So glücklich. Trotz ihrer Fehler. Trotz der steinigen Vergangenheit und des schlechten Starts. Trotz all der Schuld und des Herzleids. Das Schicksal lächelte ihr zu, vergönnte ihr, wovon sie bisher nicht gewusst hatte, dass sie ohne es nicht existieren könnte …

Für immer und ewig mit dem Mann in ihren Armen zu leben.

Danksagung

Ich habe im Laufe der Zeit festgestellt, dass jedes Buch, das ich schreibe, anders ist. Jede Geschichte braucht ihre eigene Zeit, hat ihren eigenen Rhythmus, ihre Ideen, Themen und Charaktere, die miteinander verschmelzen und den individuellen Zauber einer Erzählung entfalten. Aber dieses Buch hat mich auf eine Weise berührt, die ich nur schwer erklären kann. Vielleicht, weil ich mich in Wick verliebt habe, den Helden aus *Verhängnisvolle Liebe*, sobald ich ihm begegnet bin. Sie haben schon etwas an sich, die bösen Jungs, nicht wahr? Besonders einer mit einer zwielichtigen Vergangenheit, einer ungewissen Zukunft und schlechtem Benehmen. Aber trotz seines Starrsinns hat er aus mir eine bessere Autorin gemacht, hat mich auf eine Weise herausgefordert, wie bisher noch keine Geschichte es getan hat … und dafür danke ich ihm.

Herzlich danke ich auch meiner Literaturagentin, Christine Whitthohn. Du bist ein Genie, Baby!

Großer Dank gebührt Eleni Caminins und Melody Guy. Ich danke euch für die viele harte Arbeit, euer Engagement und eure Unterstützung. Das alles bedeutet mir unglaublich viel. Ebenfalls danke ich dem gesamten Amazon Publishing Team, dessen Talent, Enthusiasmus und Einsatzfreudigkeit mich immer wieder verblüffen. Ich genieße die Zusammenarbeit unglaublich!

Und natürlich danke ich meinen Freunden und meiner Familie. Ich liebe euch alle. Danke, dass ihr es mit mir ausgehalten habt, wenn ich zerstreut und mit meinen Gedanken nur noch bei meiner Geschichte war.

Und zu guter Letzt danke ich Kallie Lane, meiner Schreibpartnerin, Kritikerin und Freundin: Du machst mich besser. Hast du immer schon getan. Ich danke dir!

Ich erhebe mein Glas auf euch alle.

Jeanine Krock

Gib mir deine Seele

Wie weit würdest du gehen, um deinen Traum zu leben?

Die junge Sängerin Pauline ist hochbegabt, aber ohne Engagement. Das ändert sich schlagartig, als sie den geheimnisvollen Constantin Dumont kennenlernt. Innerhalb kürzester Zeit macht er sie zum Star, dafür verlangt er aber bedingungslose Hingabe auf der Bühne – und in der Liebe. Anfangs zögerlich, dann immer mutiger lässt sich Pauline auf das verführerische Spiel aus Sex und Macht, Dominanz und Unterwerfung ein. Ein Spiel mit dem Feuer ...

978-3-453-52836-9

Leseproben unter **www.heyne.de**

HEYNE

J.R. Ward

Düster, erotisch, unwiderstehlich – die Mystery-Bestseller-Serien

»Wer einmal mit J. R. Ward anfängt, kommt nicht mehr von ihr los!« *Publishers Weekly*

BLACK-DAGGER

978-3-453-53271-1

FALLEN ANGELS

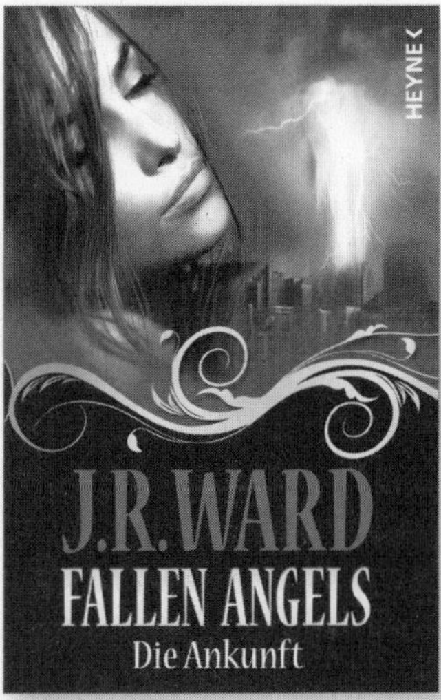

978-3-453-26664-3

Leseproben unter: **www.heyne.de**

HEYNE